U0747042

清詩話全編

道光期十四

張寅彭 編纂
張宇超 朱洪舉 點校

上海古籍出版社

第十四册目次

小厓説詩

小厓説詩提要

《小厓説詩》八卷，據道光二十八年刊巾箱本點校。撰者梁邦俊（一八一三—一八四八），字伯明，號小厓，廣東順德人。官太常寺典簿。有《焚香省過齋詩稿》。按符葆森《國朝正雅集》引《嶺表詩傳》，謂梁氏得年僅三十六歲。邦俊爲梁九圖從兄，九圖有《十二石山齋詩話》，故張維屏序贊其兄弟同撰詩話爲古來未有之佳話。黄培芳序辨析「説詩」與「詩話」之别，所見甚精，惟謂本書「有微旨存焉」則非是，其書實係詩話，而恰非説詩也。全書所録亦如《十二石山齋詩話》，多爲當代人之作，每引歷代名家比而揚之，如謂羅天尺「地開彭蠡闊，天入楚山孤」等聯不遜孟浩然之「氣蒸雲夢澤，波撼岳陽城」，乃弟福草《太湖夜歸》不減太白《下江陵》之類。他如今人詠當鋪，詠寒暑表，詠男奪女寵、婦人生鬚，詠楊貴妃與蘇東坡同好荔枝等，均以前人未道而津津表彰之。宗唐，録詩情韵有餘而雄健不足，於本朝名家如王漁洋之精於叠字，袁隨園、張船山一派之性靈詩無間言，而屢指沈歸愚《國朝詩别裁集》之不辨古今人詩。凡此褒貶，亦與十二石山齋同趣，所失亦同。二著幾如前、後編，惟兄早逝，張南山謂爲未竟之作，故精、博稍不如弟也。

小厓說詩序

梁君福草所撰《十二石山齋詩話》，已不脛而走矣。今又刻其哲昆《小厓說詩》，問序於余。小厓癖耽韵語，著書未竟，遽返蓉城，故所説止此。此編卷帙雖無多，然余披覽數過，歎其留心事理，意不專在於詩。如霜淞、雪淞、白雨、靚雨，則有關於天文；桑駱、酆都、阿拉克、俄羅斯，則有關於地理。觀張度西《有虎》詩，虎不傷孝子，則使人興孝；觀煎海僧居海島五百人同死，則使人興義。觀莊恪公三世同榜，詩云「欲爲科名增盛事，故遲孫子共賢書」，則家乘之美談也；觀沈夫人《誡子書》云「毋慮不足而多取一錢，毋恃有餘而多用一錢」，則官箴之要語也。其餘所載，皆足以參證舊聞，啓發新義。至佳篇警句，層出不窮，閲之令人惟恐其盡，雖卷帙無多，亦可謂少之爲貴者矣。且尤有可貴者，古來詩話傳者不下數十家，未有兄弟所撰並行於世者。今小厓、福草詩話兩種，流播一時，萃風雅於一門，譬壎篪之迭奏，誠詩話中之佳話，余故樂爲序之。道光戊申重陽後九日，珠海老漁張維屏。

小厓説詩後序

説詩何昉乎？曰昉於孔子，子所雅言是也。詔伯魚爲《周南》、《召南》，説詩之大本也。命門人聽《滄浪》之歌，説詩之觸類也。「小子何莫學夫《詩》？自興、觀、群、怨，上至事父事君，下逮鳥獸草木」，則説詩之義咸備矣。迨孟子謂「説《詩》者，不以辭害意。以意逆志，是爲得之」，此深得孔子説詩之傳者也。後來匡説詩解人頤，説詩而不能解頤，非説之善者也。嚴羽説詩，多主乎悟。説者謂其以禪説詩，不知「賜，可與言《詩》」、「商，可與言《詩》」，「言」即「説」也，不取其説之悟，而何説之取耶？順德梁子伯明，著有《小厓説詩》八卷。伯明爲青厓中翰哲嗣，故自稱小厓，不曰「詩話」，而曰「説詩」，似有微指存焉。昔宋姜元章有《白石道人詩説》，明謝茂秦有《詩家直説》，我朝宋商丘又有《漫堂説詩》，伍芝軒有《説詩樂趣》，沈歸愚有《説詩晬語》，稱名不苟，則其取義必有道矣。小厓既歸道山，其從弟福草將取付手民，與《十二石山齋詩話》並傳。張南山司馬既爲之序，復以後序屬予。凡編中體要，南山已詳序之者，予不復序，即古人一書不兩序之遺意也。道光二十九年己酉嘉平望日，白雲山樵黄培芳。

小厓說詩卷一

順德梁邦俊伯明

桑駱海在西藏北，錢塘袁簡齋太史枚叙岳威信公鍾琪追羅卜藏丹津之役，所云「紅柳毿毿，路自此窮」者也。邵陽魏中書源謂：「究竟桑駱海，豈渺無邊際？金石典册之文，當使後人知地利、知兵法、知賊情，可等諸稗官以幻爲奇乎？」論最有識。會稽王笠舫大令衍梅詩云：「萬里窮邊戰血腥，更無羌管按離亭。毿毿紅過桑駝海，始信東風不遺青。」則更訛爲「桑駝」矣。

儀徵阮芸臺相國元試會稽時，以「越舟六咏」命題。有一真本未完者，讀之驚爲逸材，招許再試，乃寒士陶綬也。其《梭纜》云：「曉霜貼岸幾人影，春水一肩何處潮。」《篷窗》云：「波光倒碧涵詩籠，山色飛青落酒杯。」

黄子雲謂昌谷之筆有若鬼斧，然僅能鑿幽，而不能抉明。今觀《長吟閣集》中，七古幽艷，雖類昌谷，而邊幅較狹矣。其《采石磯題太白樓》云：「猶有浣花祠屋在，懷鉛直欲錦城遊。」蓋青蓮猶不屑也。

《金史》：孟宗獻大定三年鄉、府、省、御四試，皆第一，號「孟四元」。余族伯戢龕司馬翰，於乾隆間鄉、會兩科，俱由副而正，當時亦號「梁四榜」。

吾粵日光下雨謂「白撞雨」，又曰「靚雨」。張船山詩云：「老樹盤風勢若傾，怒雷馳電欲東行。黑雲只擁天西角，晴日暉暉照雨聲。」最善狀此景。

熊蔗泉《秦淮雜咏》云：「秦淮三月畫簾開，便有遊人打槳迴。燕子不歸春又暮，幾家閒煞好樓臺。」錢唐家諫庵《泛湖口占》云：「到處茶坊閒酒家，瞢騰多是賞繁華。無人更向東門去，閒煞連畦野菜花。」

唐眉山云：「凡作詩，平居須收拾詩材以備用。」往聞王漁洋在京師闢小閣爲詩室，斷箋零紙，鱗次壁上，或一二語，或數十字。可知錦囊貯句，不獨昌谷爲然也。

沈歸愚，一代宗工，其詩亦有盜襲前人處。曹能始《金陵懷古》云：「江東列郡領丹陽，鼎足三分此一方。總爲石城成虎踞，不知巫峽下龍驤。雲深寢廟千秋冷，月照籬門幾夜長。年少風流能顧曲，行人猶自説周郎。」沈作云：「石頭如虎踞巖疆，鼎足三分此一方。但恃江頭横鐵索，不知名將下龍驤。紫髯空自争荆楚，青蓋旋看入洛陽。太息雄圖消歇盡，霸才終古憶周郎。」

桐城楊米人太守昶，八歲即能詩，有「寒月隱梨花，輕風落香雪」之句，爲時所賞。所著《中隱軒詩鈔》，如「官比畫師聊寫意，吏無公事可忘形」、「沿堤官舫宵吹角，隔岸人家夜有燈」、「芳草緑沾遊女屐，野花紅上故人墳」，多近皮、陸。

咏懷古蹟，徒摭故實，鮮探驪珠。自劉夢得《西塞山懷古》後，惟義山庶足嗣音。嘉興沈補隅廉《劍門》云：「亂山迴抱蜀天昏，雙劍爲峰闢一門。怨鳥三春悲望帝，井蛙當日笑公孫。幽花怪木隨高下，冷霧荒雲自吐吞。千載漫多憑弔客，摩崖詩遍緑苔痕。」頷聯深得此意。

張風子道渥，山西浮山人。工書、善畫、能詩。官天津海口同知。出入好跨驢，羅兩峰爲畫《張風子跨驢圖》，一時題咏殆遍。越數年，謫官金門，驢爲富兒所典。及回成都，遇驢於途，似認故主而長鳴者。張爲詩云：「猶記西山策蹇回，長鳴官路晚烟開。灞橋風雪盧溝月，一樣清寒送句來。」「舊雨青山喜再逢，濡毫爲我寫狂容。而今畫裏驢何在，未免無詞對兩峰。」

江夏黄子雷鍾山，性好苦吟，困躓不輟。所著《萍遊小草》，自叙其詩格凡四變。句如「清磬落空翠，遠峰横夕陽」、「萬山横古翠，一櫂入空明」、「酒旗村路近，漁艇野橋通」、「山光多抱水，樹色不離村」、「石高知水涸，木落見山多」、「古寺無人到，青苔滿院生」、「晚風花港笛，秋雨竹樓燈」、「花港魚唫月，松窗鶴聽棋」，皆秀雅。

年華易逝，人多不自愛惜，而玩好聲色，每着意經營。蒲城屈悔翁詩云：「百金買駿馬，千金買美人。萬金買高爵，何處買青春？」真堪唤破夢夢也。

滄州劉提因太史果實，五歲受書，過目成誦。年二十一成進士，入詞垣，韓公慕廬歎爲曠代逸才。旋守遺訓，解組歸里。李安溪先生撫直隸時，聘至署，講「先後天」累日。安溪忽出書一函，投諸火，曰：「此素著《易》講，聞公論至高，愧膚末不足存，當更著之。」公晚歲家居，授徒自給，然必孤貧之士乃容，執贄脩脯皆無幾。嘗買米斗餘，貯罌中，食月餘不盡，意甚怪之。忽檐際語曰：「僕是天狐，慕公雅操，私益之耳，勿訝也。」劉詰曰：「君意誠善，然君必不耕，此粟何來？吾不飲盗泉也。」狐歎息而去。公操行如此，故於學益純，而詩筆極秀。其《秋日城西訪友》絶句云：「葡萄熟後已無瓜，楊柳蕭疎村徑斜。一樹當窗門静掩，豆花紅處是君家。」

石僧，天津僧也。敝衣草履，行歌城市。持一硯，終日撫摩，飢則舐硯，倦則枕硯，臨流則滌硯。風清月白，走入破寺中，置硯於地，以敗絮濡墨，草壁淋漓，多不可識。且書且吟，狂發叫舞。迫而觀之，用絮塗抹，抱硯以去。知之者，俟其書畢興盡去後，徐出辨視，往往有奇句，然率斷缺，不能成章。如「花影自閒風不許，流雲能走月纔孤」、「日月兩丸忙甚事，神仙半點不如人」、「寒雲怪雪無如我，冷月空山少個僧」、「前山有雨後山月，昨日方春今又秋」、「袖中月好人難見，骨裏詩香世莫聞」、「無情大地雲埋我，多事空山月照人」、「噉來石髓甜於雪，齅得心香勝似花」，味其語，豈食人間烟火者乎！

天津周七峰焯有佳硯，忽墮爲數片，粘好如一，即作詩銘自刻於四周，寶之更甚於未破時。臨没，乃贈友人高青疇。金芥舟爲銘云：「達人之觀，無物不公。忍使玉碎，全不瓦同。玉碎瓦全，有周七峰。此石如鑄，傳必有宗。青疇高氏，墨藏之龍。寶此破石，其筆愈工。雲烟滿紙，鱗甲生風。」又得宋謝文節橋亭卜卦硯，寢食與俱，即以「卜硯」名其集。臨終贈查恂叔，一時題者如雲。錢辛楣云：「眼中只有石丈人，江南更無廝養卒。」紀心齋云：「遠過一片韓陵石，留伴千秋玉帶生。」吴白華歌云：「我儕問石石不言，回視主人慘寒顫。月東處士吾石交，卧褥傳言寄鑾甸。」生前玩好，身後令其得所，洵達觀也。

天津張治堂廷選《遊上房山》云：「嵐光水氣靄難分，高處鐘聲低處聞。滿眼是山山不見，一層紅樹一層雲。」殊有畫意。

查心穀爲仁以解元被劾，超雪後息意名場。有園曰「水西莊」，大江南北才人過津門者，一刺之投，無不延款。月夕花晨，簪裾滿座，醼遊觴咏，殆無虚日。許渭符刺史贈詩有「庇人孫北海，置驛鄭南陽」之句，當時以爲確切。

許渭符珮璜，浙江仁和人。其太夫人徐德音，工詩畫，少寡，著有《净緑軒詩刻》行世。或見其《芳草蝶飛圖册》，並有詩云：「香鬟花板太風流，新倚青篁拜粉侯。取次百花都不戀，惟憐蘅杜在芳洲。」令人想見林下風致。

天津朱陸槎徵君函夏弱冠時，某中丞招集黄鶴樓，開宴賦詩。朱以年少居末座，成詩云：「經過夏口一登臨，古意盈盈楚客心。抗手雲中思駕鶴，無人漢上與題襟。渚宫秋色惟烟水，大别山光自古今。果有荀懷遇仙侶，峭帆他日此重尋。」吟至「渚宫」一聯，合座讀之，齊爲擱筆，幾如王子安「落霞孤鶩」、「秋水長天」矣。

佛女，佚其姓名里居，事親不嫁。嘗曰：「女之嫁，猶男之仕也。士不盡仕，女豈盡嫁乎？嘗見夫仕者，熱中屈己，奴顔婢膝，所甘未償所苦。兒有異性，不樂與俗人居。且親老矣，兒無兄弟，適人後，堂上益寂寥無歡。倘誤適匪人，且重爲兩親憂，曷若繡佛相伴，娱二老餘年乎？」父母察其意堅，姑聽之。女於饔飧外，輒閉户謳吟。嘗有句云：「新詩草就無人贈，閒向梅花窗下吟。」其風旨可想矣。親殁後，刺繡自給，親舊罕見其面。梅樹君重女之名，浼媪以詩囊求刺，兼乞詩句，女曰：「梅孝廉老於詩龕久矣，勿留其值。」爲繡絶句二章，其一云：「驢背尋詩竹杖挑，天涯吟遍路迢迢。定知風雪梅花裏，獨負寒香過灞橋。」

科名與功名不同，人多囫圇説去。袁簡齋云：「莫爲科名始讀書。」此語便好。李霽峰云：「讀書豈盡爲功名。」此語便錯。

李霽峰裕霈，鹽山人。句如「病多詩漸少，夜短夢偏長」，「雀喧無葉樹，人碎有魚冰」，却有新致。

慶雲崔曉林孝廉旭，以詩受知於張船山，至以「崔不雕」相擬，故曉林詩有「呼我崔黄葉，幽居似直塘」之句。後曉林訪梅樹君成棟於津門，入座時，適有送瓶梅一枝者，樹君成句云：「詩傳黄葉三津滿，人與梅花一日來。」可謂文章天成，妙手偶得矣。

余從弟福草憲部九圖，先伯父中憲公夢張伯英來謁而生，故初名芝，後改今名。八九歲即能作草書，近則兼通篆隸，尤喜爲詩。五言句如《西溪曉起》云：「亂峰撑日上，一水破雲飛。」《晚眺》云：「山吞紅日入，天壓白雲低。」《登丫髻嶺》云：「山亦學人語，雲常争鳥飛。」《雜感》云：「風霜催歲暮，兒女逼人貧。」《舟行》云：「山肩寒蘸水，帆腹飽吞風。」《登五指山》云：「鬼嘯荒山月，魚吹大海風。」《紫藤館夜話》云：「疎籬不礙月，怪石愛生苔。」《舟中》云：「江聲千騎令，春色萬峰歸。」七言句如《自責》云：「酒逢花勸渾添量，書據牀看較愜心。」《歸汾江草廬》云：「多買異書羸置產，飽看怪石當遊山。」《感懷》云：「萬事稱心曾有幾，一生好夢亦無多。」《紫藤館偶興》云：「詩難割愛如妻子，書有清談即友朋。」《連陽舟中》云：「亂峰擘掌争摩漢，怒壁張牙欲噉舟。」《春曉》云：「宿霧濛濛飛蜆陣，新雷隱隱汕魚花。」《土木懷古》云：「從無婦寺能謀國，徒有公卿數上書。」《佛山》云：「福地争雄三大鎮，汾江環衛四條沙。」《咏韓侂胄》云：「印綬竟孤三省重，頭顱僅贖一關歸。」《咏賈似道》云：「半壁陸沈多寶閣，一時粉飾《福華編》。」《書傅青主〈霜紅龕集〉後》云：「生殊張際心彌痛，死等劉因目不瞑。」俱有古人風骨，不愧吾家阿連也。

南皮張佩庚孝廉恪，以《秋蝶》詩受知於陳荔峰學使，其句云：「年華回首春無價，花事關心鬢有霜。」沈雲巢太史戲呼爲「張年華」。自鐫其印曰「十年辛苦一聯詩」，謂此也。著有《防躁軒詩草》。五言如「秋光三尺水，暮色滿城烟」，七言如「世事無常新舊雨，故人何處短長亭」，俱工。

長洲張霞城女史絢霄，畢秋帆尚書配也。著有《綠雲樓删存詩稿》。《咏陳橋驛》云：「驛亭未改舊時名，往事追論觸慨情。何故黄袍歸國後，不聞復禦契丹兵。」冷語解頤，勝作一篇史論。

楊紹霆《七里瀧》後半律云：「大吏痌瘝切，斯民水旱仍。釣臺非所事，未暇拜嚴陵。」運意最工。

劉澄齋太守錫五《咏姚道衍静室六絶句》云：「瓦屋三楹野砌花，凌烟臺閣白雲遮。阿師城裏如嫌鬧，當日何緣不出家。」「北固山青眼倦看，燕雲選地結松關。蕭梁那復干卿事，重見臺城血戰寒。」「金川門外黍離離，杜宇青山繞故枝。十族方家無限恨，枉思和尚發慈悲。」「桐宫閉後冲人死，燕子飛歸故宅荒。可是高皇當日意，名僧妙選侍諸王。」「阿姊堂前躑躅時，半文也自屢歔欷。豈期今日空山裏，猶着前朝一品衣。」「建業千年王氣銷，十三陵草莽蕭蕭。大師果有西山墓，不合斯庵尚姓姚。」調侃處具見精采。

邊塞曲結響貴高。陳雲伯文述云：「百戰威名百戰身，年年戰血洗邊塵。封侯畫像尋常事，生縛樓蘭最快人。」陳曼生云：「弓彎霹靂射天狐，驚落雙鵰萬衆呼。好語將軍休見妬，凌烟容得幾人圖。」

黄莘田有硯癖，胡默庵亦有硯癖。黄顔其室曰「十硯齋」，胡顔曰「三十六硯齋」。胡官盱眙典史，詼諧放曠，嘗作詩云：「强自尋歡入酒筵，逢場作戲大堤邊。無多薄俸真堪笑，不够看花一日錢。」後卒以此詩坐累。

香山黄香石廣文培芳，能書善畫，著作等身。所爲詩，諸體悉工。余尤愛其五律《暮春登黄鶴樓》云：「天風吹玉笛，仙鶴昔曾停。今我浮江漢，憑高入杳冥。雲低三楚白，烟斷九嶷青。明日揚帆去，飛花滿洞庭。」與崔司勳作各有其勝。

吾粤珠江之勝，較「閶門一樹垂楊」、「秦淮二分明月」尤爲華麗。邑人陳夢生殿槐句云：「花田歌妓月，畫舫酒人燈。」頗繪得出。

咏魯仲連者，屈華夫後，鮮有嗣響。余詩云：「義折客將軍，矍矍玉貌人。死寧蹈東海，生不帝西秦。一矢仍排難，千金笑溷身。誰云次高士，高士問誰倫。」頗覺愜意。

李悦心《舟中感懷》云：「離家已二年，菽水應多缺。游子一帆風，高堂兩鬢雪。」二十字中，較孟郊《遊子吟》更覺雋永。

余邑蔡鹿野如苹《治春詞》云：「已愁多雨挫花開，日日雲陰長緑苔。如許青春誰誤了，無人肯看落花來。」《代姬人呈人》云：「徐陵筆架愛珊瑚，花霧親研侍點朱。偷學簪花數行字，不曾妨却繡工夫。」「雅訓殷勤感我師，才情媿比謝家姬。檀郎自有金荃句，不誦前人本事詩。」張無山思齊《夜起》

云：「晨星欲落夜漫漫，遠寺鐘聲聽漸殘。半畝湖烟一林月，有人消受五更寒。」《山塘雜詩》云：「緑莎小院月如銀，忽覩雲英掌上身。閒把琵琶訴飄泊，銷魂總在不曾真。」「我亦三生杜牧之，春風江上偶來遲。鈿蟬金鳳俱零落，愁見當年畫壁詞。」意雖不深，却耐吟諷。

余從姪咏流世杰，工駢體文，詩亦清麗，絶句尤爲擅長。《夜泊珠江登帆影閣》云：「層層傑閣俯西河，十里潮平水不波。紅板青樽花舫夜，萬燈如海酒人多。」

荆州郡廨有石槽，傳是漢壽亭侯飲馬器，咫尺深廣，雕鏤精緻。歲久剥蝕，中斷，雨過積水其中，牽馬就飲，輒驚躍不前，亦可異也。長洲蔣立厓業晉歌中云：「白衣陰謀赤兔蹶，麥城驢磨長哀號。紫髯紅輝躡雲去，憑依天厩驚凡毛。牽之不前就不飲，譬若叱咤千人逃。視魏如鬼吴如犬，凛凛聲氣猶蕭騷。髯推絶倫馬無匹，槽亦附驥傳不祧。君不見，夔府八陣風雲護，江流怒激石不摇。又不見，神兵殺賊驅石馬，戰罷流汗威靈昭。惟侯精誠塞天地，風馳電掣靈旗飄。神遊故土應呼吸，騏驥精爽如堪招。我歌傳信非誌怪，此槽永古枕卧荆江皋。」

小厓説詩卷二

順德梁邦俊伯明

秦淮舊院自明季滄桑後，已成廢圃。蔣虎臣修撰所謂「荒園一種瓢兒菜，獨占秦淮舊日春」是也。余邑吴星儕茂才炳南八絶句云：「長柳條條踠地垂，困人天氣殢人時。頓楊沙傅風流杳，腸斷新城斷句詩。」「青溪溪上數峰青，歌扇低徊寶帳停。頭白尚書工制淚，南巡法曲醉中聽。」「諸公晚節抱微慙，回首青樓也不堪。留得媚香私印在，稜稜俠骨重江南。」「武定橋邊碧漲通，脂香流膩二分紅。丁家水閣知何處，應在零烟斷雨中。」「選舞徵歌到莫愁，一時忙煞秣陵舟。君王自愛《春燈謎》，不管樓船下石頭。」「玉檻珠簾繞教坊，當頭明月忽蒼涼。敬亭落拓崑生老，狎客無人弔建康。」「内殿傳呼出御城，水田衣换可憐生。琴音歇絶淮流咽，不見當年卞玉京。」「緑水淒迷暗上潮，雅游麗品總魂銷。遺民别有滄桑淚，愴絶鬘持記板橋。」寫水軟山温之地，寓悲歌慷慨之思，憑弔興亡，扶持名節，卓然可傳。

作雅肖雅，作頌肖頌，莫如張度西《平回雅》十八章、《南巡頌》九章。《雅》中第八章云：「葉爾闐闐，哈什嵬嵬。伯克來迎，里門大開。朱旗瑚戈，入其内郭。撫其郊原，收其税租。以我貝刀，易其騰格。以我冠裳，臨其髽幗。」《頌》中第三章云：「鉤陳天開，華杠星扶。行於二東，遂至南吴。車以和風，旗以澍雨。牛呞而耕，麥花於土。既除賦供，亦額丁徭。或給穜稑，或截漕艘。煮海之商，負弩之役。以汜以濩，以嘘以植。昔歲協洽，越赤奮若。帝來錫類，愷澤磅礴。重覲天顔，重瞻慈暉。六年慰望，歌仁祝鼇。更億萬斯年，懿壽無有期。」兩漢醇茂，猶鮮此種。

顧俠君《元詩選》中，載揭曼碩《曉出順承門有懷太虛》詩云：「步出城南門，悵望江南路。前日風雪中，故人從此去。」此本韓偓詩，具載《全唐統籤》、《全唐詩》等書中。「南」字原作「東」。意當時曼碩嘗書以寄太虛，後人誤入《秋宜集》耳。

倪秋槎濟遠以名元聯捷，出宰粵西。十年不調，故得肆力於詩。句如「鐙前白菜供寒食，江上紅棉夢廣州」、「風雨蠻瀧秋士老，琴亭高館故人多」、「幾見勳名關著作，最難卿相換神仙」、「句不驚人詩懶作，事難如願氣先平」、「水火無交仍故我，妻孥多累過中年」、「俗骨豈能輕富貴，才人不幸託神仙」，彫琢皆極自然。

高文端公之父嵩瞻《贈弟斌》云：「與君一世爲兄弟，今日相逢第二場。」徐笑黿《江上遇大兄》詩云：「與君一世爲兄弟，只是相逢在路傍。」查初白《喜弟德尹至都》云：「可憐半世爲兄弟，兩度相逢在路歧。」徐拙齋《得兄鐵華書賦寄》云：「可憐十五年來別，才接家書第二封。」同一感慨悲涼，而句調抑何相似。

黎二樵「黃昏閉門睡，鳥鼠皆鬼趣」，寫夜間畏怖之狀，殊堪捧腹。

甘莊恪公巡撫粵西時，得其封君並子若弟鄉試捷音，喜賦云：「當年壯氣負雄圖，健舉如何駐副車。欲爲科名增盛事，故遲孫子共賢書。」「碧桐秀發新枝早，丹桂香分老幹餘。莫羨前驅執殳者，簸揚糠粃獨慚余。」封君以甲子中副榜，至丙午，計四十三年，始登正榜。三代同榜，世亦罕覯。

吾粤香茶，全以珠蘭、茉莉等花熏蒸。杭堇浦《謝劉運副惠茉莉》云：「虚堂先借竹簾遮，玉蕊商量未放花。贏得越甌香不散，爲君蒸透火前茶。」

「夜深吹笛移船去，三十六灣秋月明」，姜堯章《寄湘陰蕭某》句。究不知何時訛爲許丁卯，而《長沙志》亦仍其謬。秀水盛秦川大令百二《三十六灣詩》云：「嫋嫋江邊蘆荻風，蘭舟連夜發湘東。笛聲三十六灣月，誰念當時白石翁。」不欲没其實也。

仁和杭堇浦太史世駿詩，論者謂其入粤後彌工，余終嫌其氣體稍薄。集中如《梅嶺》云：「攙天路迴盤蛇細，拔地峰奇去雁空。」《土橋牐守風》云：「天蒸鬱氣爲淫雨，波捲秋聲作晚潮。」《秋柳》云：「永豐東角荒涼雨，鄴水西頭上下潮。」與「飄零水驛來時路，憔悴江潭别後人」等句，自耐吟諷。

東坡所遊赤壁，實屬黄州，而賦中必借言江南赤壁，興會始見淋漓也。南海謝澧浦太史蘭生《經夾馬營》云：「白溝以外爲遼土，黄屋何曾返故鄉。見説真龍嘗王漢，謬傳玄鳥此生商。洛中園寢經秋草，河畔人家半夕陽。徽道周廬何肅穆，翠華南幸有雲莊。」自注：「此與洛陽夾馬營同名，實非宋祖所生處。」其詩中必説及趙宋者，亦坡仙之法也。

李客山與歸愚齊名，以布衣終。所著《咏歸亭詩鈔》，有《從弟至》云：「奔走憐吾弟，歸來感慨多。風塵遭白眼，冰雪渡黄河。幾作無家客，空爲擊楫歌。嗟余亦寥落，相對奈愁何。」氣格最爲渾成，而人多賞其「梨花明月寺，芳草牧牛庵」之句。

夷工之巧，至寒暑表而極。其製以圓筒注鉛汞其中，天氣所感，能伸縮上下，覩其分刻，自識寒暑淺深。潘伯臨比部正亨詩云：「昔針直指南，今表曲應節。迎寒《豳詩》吹，逆暑土鼓設。春氣噓清和，秋陽蓄煩熱。四序頻推遷，一日亦更迭。製作圓其筒，琉璃光以澈。旁木鏤分刻，底壺聚芳烈。中貫以銀汞，或紅如雌蜺。下上視寒暄，銖黍不侵軼。」

粵俗廟宇不時修飾，動費千萬金，督理者多從中染指。倪秋槎大令《蓋神廟》云：「石人悲，泥鬼笑。東西村，蓋神廟。借問董役誰，村中某貲郎。鳩工更庀材，乾没半入囊。一斗之粟一尺布，日日抽錢寫緣簿。」

天津陳東華汝杰與梅樹君，秋日同遊西沽。東華得句云：「秋約黄花來蟹市，人隨紅葉上漁船。」且吟且行，適有漁舟，遂登之，幾失足墮水，賴榜人扶救得免。可想見推敲得意之狀。

會稽任福泉兆麓《賈誼》詩云：「豈是文章涕淚多，有才無命復如何。當年若問蒼生事，不向湘潭弔汨羅。」《漢宫》云：「玉漏無聲夜色昏，瀟瀟風雨遍長門。黄金難買相如賦，得嫁呼韓即是恩。」

擇地安親，古人具有成法。黎俗舁櫬而行，以一人前導，用雞卵擲地，不破處爲吉穴，可謂奇卜。任福泉詩云：「敢是青囊有異編，頻將雞卵卜牛眠。一抔黄土尋常事，如此奇聞亦可傳。」

徐夢秋良琛，南海人。與弟石洲良瑛仝工詞賦。石洲有《秋夜》絶句云：「水涼天碧夜迢迢，十二樓臺鎖寂寥。何處離人遣愁思，月明風裏一聲簫。」爲時傳誦。惜年未弱冠卒。夢秋詩宗昌谷，而參之以杜、韓。五言如「沙平舟在地，月黑樹疑山」、「秋聲涼帶雨，人影瘦依燈」、「風扶一水立，雨蹴萬山浮」。七言如「夕陽在山歸鳥亂，落葉滿道行人稀」、「畫舫夜明紅袖玉，碧波秋淡緑鬟烟」、「明月何曾有長滿，滄波無力使西流」、「萬朵芙蓉三面水，滿胸星斗四圍山」、「老成頓盡生何恃，門户深期事半虛」、「西風南雁秋千里，殘月啼烏夜五更」，皆不肯爲皮、陸語者。

仁孝所感，雖猛獸亦不忍犯。張度西《有虎行》云：「孤兒入山，斧薪作糜。有虎不知，突銜其衣。孤兒言：我肉汝食焉敢辭，有母昨日未食，今日尚飢。孤兒啼，虎亦啼。虎亦有母子，虎亦有夫妻。食之不義安忍爲？山風蕭蕭，樹鳴其枝。虎送孤兒，恐傷其肌。」

西竺僧每多異跡，故人多敬信。雲南螺峰寺鐘樓下卧一僧，自云百有餘歲。制府張相國賜以銅牌，述其始末，能咒神鬼，嗜酒，貌醜而穢。或詈寺僧隱事，咸厭之。婦孺來謁，皆以酒供養。病者以手摩頂即愈。醉則永夜叫囂，見人輒作番語，手書空，嘔伊不可辨。寒暑一敗褐瓢杖，皆相國所供。張度西有詩云：「螺峰松勢壓城中，石穴虛無漲海通。何日胡僧來席地，見人番語但書空。醍醐供養千瓢酒，神鬼驅訶五尺銅。欲問恒河沙幾許，夕陽天外有罡風。」

蔡芷衫云：「五絶不絶而絶，下手不得太重。七絶絶而不絶，下手不得太輕。」四語發盡絶句之妙。

女子勇烈，死著靈爽者，莫如蕭山沈雲英。其父至緒爲道州游擊，獻賊寇道州，緒戰死。女率十餘騎斫賊營，奪父屍還，賊駭走武岡。道州人德之，建祠麻灘以祀。國朝著靈，復驅山賊。張度西詩云：「父守危城憑險阻，斬將搴旗血戰苦。國步艱難可奈何，身委疆埸目如炬。將軍怒馬提長刀，鷹聲奮呼鬫虎虓。奪還父屍賊膽摇，鷹隼一擻秋旻高。」又云：「將軍有夫賈安策，勇冠荆州號無敵。督師棄之以倭賊，頭顱手向岷江擲。報國復仇今已矣，草疏陳情歸故里。」又云：「康熙年間山賊嘯，轟然巨礮騰神廟。摶空泥馬簇瑚戈，兜鍪現出將軍貌。」讀之覺英風颯颯，尚在目前也。

壺式近以宜興爲上。陳其年詩云：「宜興作者推龔春，同時高手時大彬。碧山銀槎濮謙竹，世間一藝皆通神。」

好古物者，每以贋爲真，究竟千古遥遥，留遺有限。紀文達公《銅雀瓦硯歌》云：「銅雀臺址頹無遺，何乃贋瓦多如斯。文人例有嗜奇癖，心知其妄姑自欺。」又云：「三國距今二千載，胡桃油事誰見之。況乃陶家日作僞，實非出自漳河湄。」誠爲通論。

秦淮貧家，多編蘆作屋。許太守同安守淮時，謂置之園林，可入圖畫，歸仿爲之，名曰「淮屋客」。題詩云：「淮人作蘆屋，縛蘆爲桷椽。磚瓦省塗塈，欂櫨無刻鐫。結構樸而雅，庀治廉且便。許君守淮陰，但飲淮上泉。歸來結淮屋，亭午猶醉眠。人言蘆爲屋，嘗恐火誤燃。建章三月火，豈亦蘆使然。又云不耐久，風雨易漏穿。此屋如傳舍，次公皆非賢。竹樓安在哉，其名至今傳。」

田横死義，千古艷稱。明末煎海僧，本名諸生，妻亦工詩畫，能舉八十斤鐵刀。王師圍江陰，率壯士五百人入守。臨行，其妻自殺，曰：「毋爲君内顧憂。」縣尉閻煌嘗命率五百人突圍求救，既出，少三十人，獨提刀引之出。如是者三，五百人無一損。城破爲僧，率五百人居海島，煮鹽自給，號「煎海」。當事患爲亂，使使招之，與五百人皆自殺。雲溪樂府所謂「煎海僧，海可煎，不可填。頭顱五百甘心墮，魂向田横島邊過」。雖其數亦適相符也。

「一飯矜嚴常選客，半生孤冷不宜花」，簡齋贈山舟之句，而山舟調吴兔園云：「爲君此事費商量，倘惹人猜作季常。不是河東獅子吼，倩他暖老亦何妨。」「頭顱六十已星星，肯爲雙荷困此生。畢竟香山老居士，放楊枝是劇無情。」調陶篁村云：「不是朝雲侍老坡，也知天女伴維摩。對門有箇林和靖，冷抱梅花奈爾何。」「好將斑管畫眉雙，莫染星星鬢上霜。比似詩人張子野，鶯花猶有廿年狂。」愛其孤冷中别饒風趣。

張船山《論詩絶句》云：「文章體製本天生，衹讓通才有性情。模宋規唐徒自苦，古人已死不須争。」「名心退盡道心生，如夢如仙句偶成。天籟自鳴天趣足，好詩不過近人情。」議論頗近簡齋。當時有謂其學隨園者，笑賦云：「詩成何必問淵源，放筆剛如所欲言。漢魏晉唐猶不學，誰能有意學隨園。」迄今讀之，即謂非學隨園不得也。

石琢堂殿撰韞玉配蔣夫人，工書法。張船山題其小照云：「斑管雲箋妙入神，曇華偶現女郎身。只將餘慧教夫壻，已是瓊林第一人。」

詩人之旨，要於温厚和平。然《新臺》、《牆茨》列《三百篇》，終不嫌其猥褻，義兼美刺無害也。玉溪咏楊妃云：「夜半宴歸宫漏永，薛王沈醉壽王醒。」論者或譏其輕薄。馬君輝云：「養子早知能背國，宫中不賜洗兒錢。」簡齋復反之曰：「《唐書》新舊分明在，那有金錢洗禄兒。」

龍溪林雪巖夢斗《白鷗磯》詩云：「翠笠青蓑學老漁，岸頭時傍白鷗居。五更疎雨三更月，數尺蘆花一尺魚。」頗有風味。

桐溪張蒿村師範有幹濟才。康熙辛丑佐七閩藩幕，會臺灣繹騷，蒿村調護其間，撰《平臺紀》甚詳。晚年歸里，一意於詩，著有《花外集》、《穀堂稿》。《江行》詩云：「八口驅人老未休，又攜書劍溯江流。蘆花兩岸渾如我，歷盡風波到白頭。」

貴州呼南將軍爲黑神。蕪湖韋約軒方伯謙恒詩云：「巫覡紛紛歌舞頻，刲羊釀酒爲何人。不知南八真男子，簫鼓叢祠賽黑神。」

《南宋雜事詩》俱咏建炎南渡後事。按南宋事在潛説友《咸淳志》者，視他書較詳，然不無遺漏，不若此書之備而精。作者七人，爲錢唐沈欒城、吴尺鳧、陳蔚九、符幼魯、趙功千、厲太鴻、趙意林合而成者，此例已屬創見。詩各百首，大而廊朝宮闈，細及閭閻風俗，無不寫以韵言。石倉吴允嘉題其集云：「錢唐宮殿趙家陵，轉眼繁華感廢興。不有才人追七子，誰將詩史續千燈。白蘇往跡隨波逝，楊郭遺編踵事增。懷古搜奇頻歎息，幾多名勝屬山僧。」「蒼山碧水思無窮，今昔池塘了不同。蟋蟀感秋吟敗砌，狐狸乘月瞷離宮。兩京車馬青松下，南渡冠裳白塔中。手把此編和淚讀，斜陽衰草自悲風。」

寫景言情，貴有意外意、味外味。吴星儕《秋夜聽梧桐》云：「殘燈半壁漏初沈，落葉蕭蕭滿院音。似向清秋寫哀怨，未成琴日有琴心。」

董文友《楚宮詞》云：「一幸高唐暮復朝，章華臺畔柳蕭條。相思且自加餐飯，莫信君王愛細腰。」《秋暮》云：「正是君王夜飲時，蛾眉修短未曾知。長門休買相如賦，留得黃金賂畫師。」二詩皆以翻駁擅長。

曾青藜云：「詩有不必衆體備者，一體苟長，便可頡頏往哲。如孟襄陽，止以五言獨擅，遂稱王、孟。少陵無樂府，未嘗以此減價。今人刻集，必欲衆體畢備，珠不足而益以魚目，使人并真者亦疑之。」此語道盡今人好多之弊。

檬産南中，《南方草木狀》不載，惟屈翁山登諸《新語》。又字作梯，亦名妄果，「妄」讀平聲。多花而少實，故諺以譏誣妄子，必曰妄果花，蓋言其少實也。南中諸果，多可越宿，惟檬與荔支必須新採。自來詩人鮮咏及者，南海岑鐵泉澂律句云：「若論香味頗堪珍，草木南方古未聞。落實已非無患子，虛花須儆妄談人。搜來奇字應難定，食與離支總要新。我亦木强人共笑，騎驢休傍市中陳。」近以廣城北門外四十里下茅鄉所産爲最，實少如卵，而香更酷烈。樹僅半株，而價重兼金矣。

小庢説詩卷三

順德梁邦俊伯明

輿圖之闢，我朝最廣，昔之所謂邊塞者，多歸内地。張船山太守《西征曲》云：「烏斯藏外説征蠻，一海風沙十萬山。常笑古人詩境窄，衹愁西出玉門關。」沈雲巢太史兆澐《塞下曲》云：「征人六月據征鞍，無定河邊曉正寒。馬上不須回首望，如今薊北是長安。」

世傳酆都爲閻羅所居之地。余從兄雲裳刺史自蜀中歸，常屢言之。張船山詩云：「死人大笑生人哭，浪指酆都作地獄。鑿山起殿山爲縮，殿中沈沈暗如櫝。人來驚拜僧滅燭，閻羅怖人睅雙目。鬼卒猙獰頭有角，長枷大杻堆成屋。鋸聲轔轔火聲爆，刀鋸鼎鑊恣烹剥。椎揚磨轉碓可築，毒蛇滿河方食肉。雪山晶瑩差不俗，蹋凌一滑冰穿腹。男躍女跪嬰孩伏，照眼骷髏千萬束。九州茫茫人鬼畜，一山收之無不足。萬里遐哉南與朔，極天況有要荒服。洎乎一死全入蜀，蜀人便之來亦速。東走瞿塘北褒谷，衆鬼争來聲肅肅。近來牽扶遠者逐，呼號叫跳想歸宿。千頭萬頭猛於鏃，蜀哉蜀哉鬼之鵠。殿前古井誰敢黷，紙錢下飛如轉轂。通神使鬼罪可贖，鬼無心肝神有欲。大杖年年易新竹，聚人無算供敲扑。山僧踞寺狠如蝮，王不答之訝其禿。吁嗟乎，九幽功罪無榮辱，土偶安知作威福。君不見，方平洞口仙人録。」讀「九州茫茫」數語，令人疑團盡釋；讀「山僧踞寺」數語，知易杖等事，皆若輩爲之也。

滿洲舒雲亭明府舒瞻，所作詩幾以一官爲一集。其句如「涼露一船鄉夢外，丹楓兩岸客程中」、「斜照紅分千樹晚，亂山青擁一亭孤」、「晴色遠開千嶂雨，涼雲低壓一船秋」、「梁間巢燕同爲客，牆外蛙聲不屬官」，清雋處却似放翁。

吴星儕最工咏史，如《鄂王》句云：「死尚有旗驚白雁，生偏無酒讌黄龍。」《陸遜》云：「不逢瑜亮纔言智，笑抱機雲亦足豪。」《陳橋驛》云：「百年積弱遺南渡，一夜回軍誤北征。」《鳳山門》云：「汴杭閩廣關天運，劉岳張韓負將才。」《皮島》云：「經略豈堪論主客，偏裨偶激作王侯。」《吴三桂》云：「事去包胥空痛哭，時清欒布又縱横。」皆足上奪義山之席。

羅陽曾鯨堂廣文鏞自序《復齋集》云：「豈有他可取，一真堪自怡。」觀其《吴興傷感》，有「十六年前去此都，孤舟嗚咽别妻孥。萬難當道懷高義，纔得親骸返故廬。骨肉不堪身僅在，知交復與鬼爲徒。瀟瀟風雨菰城側，回首何如痛剥膚」，沈着蒼勁，庶不愧「真」字。

品之高潔，不關於境。陸崑源溥詩云：「朱公退隱從新富，陶令歸來依舊貧。富也不妨貧自樂，湖邊柳下兩高人。」

金雲莊刑曹德輿與知不足齋老人善。老人過訪，與之飯。方談笑間，擲杯於地，呼之已逝矣。老人悼以詩云：「誓向西湖畢此生，無端一語兩心驚。老輕書畫兼金值，死避窮愁兩字名。詩卷新排寧有意，酒杯笑擲已無聲。電光石火須臾景，除是斜陽寫得成。」著有《史翼》、《桐花館詩鈔》。《曉行口占》云：「宿霧空濛曙色初，官橋驛路柳疎疎。前溪昨夜雨聲急，春水一篙人打魚。」

早年喪夫，晚年喪子，洵婦人之厄遇。　華亭張蘊山女史玉珍詩云：「浮生缺陷無如我，忍死心期總爲君。地下有知腸亦斷，箕裘庭訓屬釵裙。」又云：「卜居尚少三間屋，謀食難求廿頃田。」著有《晚香居詩詞鈔》，其弟興鏞序而刊之。當時耆碩如沈沃田、王述庵、錢竹汀、吴白華、竹橋諸名士，謂「東南閨秀，屈一指焉」。

桐鄉三汪齊名，而周士内翰文桂所著《鷗亭漫稿》詩爲最超。如《歸里》云：「乍到翻同客，鄰家早過存。蒼頭呼解擔，老嫗替開門。別久看容貌，傷多牘淚痕。共言城郭裏，今日類荒村。」其弟柯亭直指文柏，如「旅愁侵鬢短，官俸入囊清」、「露氣侵燈暗，星光落水寒」、「人繫重來棹，燈開昨夜花」、「夜燈千匹練，秋雨半湖菱」諸句，亦堪諷誦。若碧巢户曹森官桂林時，撰《粤西詩載》二十五卷、《文載》七十五卷、《叢載》三十卷，最有裨於志乘。而自著《小方壺詩文鈔》，似難競爽矣。

詹湘亭《燕南小詩》云：「家住燕南楊柳村，柳條短短種愁根。無端一夜風吹絮，半化烟痕半雨痕。」「眉峰雙剪靄朝霞，小字分明碧玉家。曾上紅樓三易姓，不知芳草在天涯。」「雙飛燕燕影差池，一帶蘆簾隱竹籬。開到出牆穠李樹，去年鸜鵒唤茶時。」三詩風韻頗好。

桐鄉女史王仙御夢鸞與姊仙駕夢鶴俱能詩，同和汪鈍翁《楊柳枝》詞，爲時傳誦。仙御云：「家住横塘春復秋，門前楊柳數株柔。畫欄長是週遭護，不遣行人繫紫騮。」仙駕云：「交枝楊柳映重門，樹色濛濛帶雨痕。繡幕不開人欲倦，只疑深閣易黄昏。」皇甫瀁亭贈詩云：「瑯琊女子最能詩，閨秀才名冠一時。仙御飄飄仙駕遠，春風依舊麴塵絲。」

婦人有鬚者，自李光弼之母後，代不常見。近時桐鄉沈子才妻濮氏，夫歿守節，晚年髭鬚忽生，長數寸，無異男子，壽八十終。張玉堂崑題節孝祠云：「白首生髯操更潔，青年截髮志尤奇。」

余與劉雨湖、何竹溪、吴星儕暨從弟福草，在珠江送春作詩。星儕詩先成，云：「長亭風笛黯斜暉，緑水迢迢柳絮飛。到底家山在何處，年年三月便思歸。」一座粲然。

香山何花村暉山《竇雞道中》云：「覽勝真成萬里遊，雍州西去更梁州。獨慚量不勝蕉葉，孤負陳倉賣酒樓。」桐鄉吴青巖英《寒食憶湖上》云：「料峭東風二月天，花含曉露柳含烟。五年病裏逢寒食，孤負西湖載酒船。」皆以不飲爲憾。

石門費勝初繼室倪氏，佚其名字。《歲飢有感》云：「五千文字劫餘灰，何物充腸細嚼梅。未了心情隨分去，不堪境遇逼年來。解囊敢有分金望，走札休因乞米裁。正好窮途留氣節，那須一飯受人哀。」是閨秀中琤琤有氣節者。

烏程汪德符中翰曾裕與配金德人俱能詩。中翰殁時，德人年僅二十四，故其詩多愁苦之音。《題管夫人畫竹》云：「墨妙由來數仲姬，閨房静對寫風枝。王孫若解凌霜節，令署烟波老畫師。」殁後，從子雲莊比部題其《傳書樓詩稿》云：「憂患相仍過一生，冰霜歷盡有餘清。卷中多少傷心句，强半寒宵制淚聽。」「文瑞樓空黯夕陰，當年萬卷供閒吟。青邱詩格清江派，自是中閨得力深。」

孔瑶圃繼瑛爲運河道沈啓震母，善書，兼工繪事。嚴於課子，家貧不能購書，令借《左》、《國》等書鈔讀之。鈔未竟，輒手爲代繕。嘗有句云：「手寫兒書供夜讀，身兼婢職佐晨餐。」又云：「夜枕先愁明日米，朝寒更典過冬衣。」及啓震官運河，貽書戒之曰：「毋慮不足而多取一錢，毋恃有餘而多用一錢。」當時以爲名言。著有《南樓吟草》。

南海黄子剛參軍瑞圖，能詩善畫。家業鹽，中落，益陶情於詩酒。嘉應李秋田贈句有云：「碧天雲水能娱我，黄鶴山樵有替人。才已虎頭三絶重，人猶鶴骨一身輕。」可以想其風致。所著《妙有村吟草》，如《田園雜咏》云：「牡蠣牆邊豆蔻花，葫蘆塘畔竹籬笆。門前一水通花市，如此村居有幾家。」《紉秋館即事》云：「湘簾不捲碧沈沈，雲重風輕弄午陰。三日茅檐清絶事，修花種石醉聽琴。」不愧雅人吐屬。

張文端公鵬翮奉使俄羅斯時，所紀《行程日録》，詳叙山川險惡，道途艱辛，惜少見諸篇什。惟《彈琴峽》云：「丹峰四面雲藏屋，翠壁千重石作梯。」《雞鳴山懷古》云：「天連大漠黄雲合，地接平沙白草多。」最寫得塞外風景出。

尤西堂所著《外國竹枝詞》百首，各處土風如見。余特賞其有雅音者，如《安南》云：「漢使虚乘浪泊槎，珠厓棄後隔中華。遺民休抱亡陳恨，纔換黎家又莫家。」《婆羅》云：「一國東西有二王，石城潮打木城當。繡巾裹髮腰雙劍，猶向鵬山望故鄉。」《哈密》云：「天山下馬拜羌酋，故李將軍嶺上愁。舊是合羅公子宅，至今邊調唱《伊州》。」《于闐》云：「阿耨山前三玉河，月光盛處瑱壚多。織成花蕊襴衫舞，半是夷歌半漢歌。」《蒙古》云：「燕支山色女如雲，高帳琵琶徹夜聞。小妹漢宫今在否，美人已屬石將軍。」

呂東萊云：「事不常見則怪。日月星辰、寒暑晝夜，天地之至奇也，人以爲常，然則習而忘之耳。」福蘭泉撫軍福慶所撰《異域竹枝詞》百首，本之椿園《異域瑣談》，分新疆、外藩及絶域諸國，山川風物，土俗民情，各紀其異。以余讀之，不過如《王制》所云「五方之民，言語不通，嗜欲不同」、「五味異和，器械異制，衣服異宜」。其各自爲俗者，因乎天地、寒暖、燥濕，廣谷大川，彼我易觀則異，彼我易處仍同也。其《紀阿拉克》云：「冬能炎日夏飛霜，金木成形獲與臧。莫訝殊方邪術慣，全憑巧思變陰陽。」使中土能傳其技，工倕公輸不得專美於前矣。

周孟侯拱辰《塞下曲》云：「拚將七尺報君恩，夢裏曾驚斬谷渾。聞説霍家新拜爵，衆中私檢臂槍痕。」聲情激楚。

孟侯子蝶庵寀官吾粤澄邁縣，平劇盜，多奇績。著有《硯華堂集》，筆意瀟灑。如《東武林舊游》云：「極目南天阻白雲，幽人竹佩薜蘿裙。武林佳物頻經想，不夢青山便夢君。」《西湖春詞》云：「水香花膩蝶參差，約略西施甫嫁時。堤上垂楊三十萬，一時應變合歡枝。」「半篙弱浪碧於湘，活活春流杜若香。可惜兩湖芳草路，衹教閒睡野鴛鴦。」

周補庵廣文雲杍，爲孟侯之孫。詩筆尤卓，與諸名士結社於西泠學舍。沈端恪公幼困乏，寄食僧寮，補庵器之，力贊其應試。及案發獲售，寺僧即欲閉門披薙，補庵預爲之伺，率衆突入挾之出，得補博士員。後延至學舍，親爲督課，遂成進士，皆補庵力也。《贈顧茂綸處士》云：「四海風雲新白社，百年天地舊烏巾。」《春日王甫瞻過訪》云：「半篆細烟消永日，一尊疎雨話殘更。」家學淵源，於斯略見。

武人以鴻博薦，惟番禺汪鹿門千戎後來耳。鹿門嘗平清遠龍門賊數萬，軍門無事，則以詩畫自娱。集中句有《示温隊長勷》句云：「夜半詩成擕稿入，營門驚道羽書來。」覺雅歌投壺，於今尚有替人也。集中句如《初春病起答湯樂三》云：「日華全在水，風色半開嵐。」《軍行雜咏》云：「竈烟薰澗鼠，弦響落山雞。」《北江》云：「一片野雲開大纛，萬重山雨逼衡茅。」俱佳。書與畫兼長，四方遊宦，去粤者以得其寸縑尺素爲榮。日南諸國，航海致幣，歲索不輟。一時名士，幾莫能抗焉。

嘉應李繡子太史古體峭削，近體佳句如「故山遼絶無歸夢，名士貧來有宦情」，「關山數叠來時路，親友中年別後心」，「舌存不上平戎策，耳熟仍爲出塞歌」，「九曲西來迴華嶽，三川東下扼黎陽」，俱遒勁。

吾廣族系，多是宋季由南雄珠璣巷遷來。番禺謝照山孝廉光國《虔州道中》詩云：「新種梅花嶺路香，古松夾道午陰涼。篋車小歇珠璣巷，六百年來認故鄉。」

端州弔鐘花以形得名，葉盡而花，花盡復葉，他處無是種也。張玉峰琳《冬日即事》云：「閒烹雪水試春芽，石葉香焚繞障紗。讀罷《楞嚴》清晝静，瓷瓶初放弔鐘花。」

南海龐中丞尚鵬，人知其以政績著，不知詩亦深嚴肅括。《百可亭集》中，句如「雨過嵐烟盡，風恬鳥語喧」、「潮長平沙没，村多遠樹連」、「旅夢關河遠，離懷歲月長」、「繞屋溪流合，臨池石徑斜」、「歲寒新酒熟，風急敝裘輕」、「月色臨池近，秋聲入夜涼」、「馬前宿霧長疑雨，城外青山盡是田」、「清簟疏簾高士榻，石橋流水野人家」、「萬里江濤青雀舫，九衢風雪黑貂裘」、「世態江河忘百折，茅齋風日惜三餘」、「心閒肯厭謀生拙，性懶從教見事遲」、「九龍晝起千山雨，萬壑寒生六月冰」、「山烟細繞黃花徑，江樹晴分白雁沙」、「十里長溪連夜雨，一池新水滿園花」、「六月炎風蒸海氣，萬山雲樹隔秋陰」，俱不失唐人矩矱。

畢秋帆尚書「家無半畝憂天下，胸有千秋愧此生」二語，隨園嘗稱之。趙甌北《六十自述》亦云：「身無半畝憂天下，眼有千秋愧此生。」何其適相同也。

吾廣有花田，復有葵田。李琴山泉「料得生涯供國税，花田應不愧葵田」是也。新會譚百峰茂才錫朋詠云：「禾稼桑麻未足奇，岡州人愛種蒲葵。緑雲十里村邊合，未許催耕布穀知。」

任福泉詩頗多名句，五言如《苦雨》云：「雨豈能欺我，天惟要悶人。」《抵厓州》云：「水猶通海北，地已盡天南。」《池上》云：「榕陰低貼水，石穴暗通潮。」《半夜》云：「燈影光沈壁，灘聲響入城。」《初晴野望》云：「無雲山欲瘦，得雨水偏肥。」《閒居雜咏》云：「老我雙蓬鬢，驕人一布衣。」《送蔣耘莊》云：「吾道憐風雅，人心畏市朝。」七言如《秋江夜泊示王石屏》云：「故園所念惟丘隴，異地相親即弟兄。」《讀曹立齋墓誌銘》云：「賓主四年如一日，死生兩地隔千秋。」《金谷園》云：「地爲春寒曾障錦，樓緣恩重不藏珠。」《秋感》云：「空言有命因循老，始信無緣遇合難。」《初夏感事》云：「欲晴不雨心何懶，乍暖還寒鬢已華。」俱耐尋諷。

仇十洲以畫樓臺擅名一時，論者多嫌其有匠氣，然工緻渲染，亦有一種勝人處。余家藏有《阿房宫》障子，千門萬户，粉白黛緑，較《漢宫春曉》、《明皇遊月》諸圖爲優。余題歌云：「滿堂紅粉無顔色，秦代嬋娟盡傾國。粉牆突兀現樓臺，銅駝惆悵埋荆棘。十洲好手今罕逢，筆妙繪出阿房宮。珠幕深沈鎖院閉，瑶闌曲折迴廊通。函谷西來盤磊砢，甘泉殿對鴛鴦瓦。只嫌當日隱宫多，七十萬人猶未寫。帳垂翠羽欲流香，簟展蛟豪自送涼。詔書教作凌雲髻，釵鈿又擁望仙粧。舞衫歌扇昏和曉，佳人髣髴來燕趙。艷極如聞笑語停，寵深不遣愁腸繞。徐福乘將采藥船，邵平牘有種瓜田。備胡枉築長城去，玉舃金環倏化烟。」

俗以臘月二十四日爲竈神上天，其説本於《抱朴子》，謂竈之神每月晦日，輒上天言人罪狀，大者奪紀，小者奪算。范石湖詩有「古傳臘月二十四，竈君朝天欲言事」，是古用二十四也。今有以二十三日，似非。是日多設酒果祭送，或用膠牙餳。四川《綿州志》俗謂粘竈神牙，使不得言，真堪發噱。朱竹垞《醉司命辭》：「餳糕粉茘，雜遝上陳。藉糟漉滓，塗之竈門。司命入覲，行步偊旅。覩觀兩目，醉不能語。」亦屬文人託興。周勤補孝廉廣業詩云：「膠糖祀竈潔春盤，歸到天庭夜未闌。持奏玉皇無好事，且將過惡替人瞞。」措詞極爲婉妙。

《石林詩話》云：「詩下雙字最難。李嘉祐『水田飛白鷺，夏木囀黄鸝』，王摩詰加入『漠漠』、『陰陰』，自見其妙。」今考嘉祐集中，無此二句。又按維爲開元九年辛酉進士，後二十七年嘉祐始及第。上元初維卒，年六十一。至大曆中，嘉祐爲袁州刺史，距維卒又十餘年矣。其年輩相去甚遠，安可厚誣古人耶？

近人畫多不及古，而所獲每勝之。唐六如詩云：「湖上水田人不要，誰來買我畫中山。」足見當日活計之難。邇來名手，輒刻筆單。鄭板橋《自題筆單》詩云：「畫竹多於買竹錢，紙高七尺價三千。任渠話舊論交接，只當秋風過耳邊。」誦之殊有兀傲之氣，亦見好畫者之衆也。南海黄子剛以山水擅長，求者接踵。一日，以紈扇索福草弟詩，並投筆單一紙，福草即題其扇上云：「生涯紙筆古稱難，君却吴閶數往還。曾否桃花庵外説，如今人買畫中山。」子剛屢遊吴中，用來恰切。

小厓説詩卷四

順德梁邦俊伯明

王阮亭精於疊字，人多不及覺。如「封事堂堂在，風霜字字新」、「處處棕櫚緑，村村穲稏紅」、「杳杳衣冠閉，淒淒封樹殘」、「相逢何草草，别思已紛紛」、「寂寂通侯里，沈沈大澤鄉」，及「西流弱水匆匆去，南嚮賓鴻故故多」、「穠桃弱柳垂垂發，沙燕鵁鶄故故低」、「匆匆山色溪流外，寂寂人烟麥秀中」、「山色茫茫江夏遠，風烟漠漠渚宫秋」、「爐熏細細縈琴薦，荻葉蕭蕭映筆床」、「白頭鬱鬱身前事，青史悠悠世上名」、「晴川淼淼通槐里，秋草萋萋入茂陵」、「人代茫茫雙去鳥，夕陽渺渺獨歸舟」、「瓜步素波初嫋嫋，蕪城黄葉已紛紛」、「濛濛夕照開棠邑，葉葉風帆下建康」、「泠泠鐘梵雲間出，歷歷帆檣檻外過」，最得少陵遺法。

族叔介眉館余家時，次子植桐甫七齡。所爲《葩經偶語》，如「交交黄鳥，皎皎白駒」、「赤舄几几，白旆央央」、「儦儦俟俟，濟濟蹌蹌」、「碩鼠碩鼠，鴟鴞鴟鴞」、「采苦采苦，伐柯伐柯」、「爰笑爰語，載寢載興」、「俶載南畝，出自北門」、「出此三物，奄有四方」、「侯主侯伯，宜君宜王」、「萬億及秭，三百維群」、「炰鱉膾鯉，采荼薪樗」、「元衮赤舄，緑衣黄裳」、「赤芾金舄，縞衣綦巾」、「鼗磬柷圉，弓矢戎兵」、「椅桐梓漆，黍稷稻粱」，句頗有巧思。家君見之，常曰：「孺子可教也。」

木棉遇東風則開，蓮藕遇西風則肥。吴星儕《漁村》詩云：「魚莊蟹舍兩三家，緑水淒迷蘸落霞。

怪得東風連日急，隔江催放木棉花。」《半塘》云：「半塘塘外水禽飛，背閃金光帶夕暉。連日西風吹靚雨，碧波輕縐藕初肥。」

葵之用最廣，其精者爲扇，粗者爲蓑、爲篷、爲席，並可爲屋。譚百峰《葵屋》詩云：「千葉蒲葵屋數椽，庇風庇雨過年年。此中便是高人宅，半覆青雲半緑烟。」《葵蓆》云：「茅齋紙帳與繩床，七尺鋪來夏亦涼。竹簟桃笙堪作伴，苔痕滿地卧無妨。」

福草弟《太湖夜歸》詩云：「畫船朝放碧波間，夜氣昏昏打槳還。一片湖心明月上，東風吹出洞庭山。」鄭迪卿年丈謂寫景奇幻，不減太白《下江陵》之作，余亦云然。

余邑娶婦，合巹夕鮮得成婚。三四朝後，即告歸母家，年届清明、除夕兩令節，始返夫家。速則三四年，遲或十餘年，乃安其室。或竟有終身離異者。謝照山孝廉光國詩云：「生同衾，死同穴。在家從父嫁從夫，大義煌煌古人説。邇來女子乃反常，嫁夫不與夫同牀。託言生性畏産育，請夫置妾綿似續。自願長齋繡佛前，凈掃空房甘獨宿。夫不聽從脅以威，懸樑刎頸無不爲。以死自誓堅不移，願爲棄婦請大歸。舅姑勸令權且住，終焉懼禍縱之去。一番歡笑一番愁，枉費心機作昏娶。」惡俗成風，吁，可怪矣。

江南諸生劉某嗜博，至爲匪人誘質其妻。妻焦氏才色雙美，作絶命詞十章，自縊死。宗室恒月山讀其詞，和云：「可憐孤注是紅顔，今古無如妾命艱。一片牛衣消不得，留君看取淚痕斑。」

華亭王玠石光承與弟名世偕隱，屢徵不起。著有《鎌山草堂詩合鈔》。古體祖《楚》、《騷》，近體句多團練，而五言尤工。如《長門》云：「一宫長白晝，六院盡黄昏。」《石門》云：「甲兵三戰盡，臣僕一身多。」《贈劉新令》云：「事簡庭棲鹿，山深吏學仙。」《早過斗城》云：「大路横千樹，孤城託萬山。」《山鄰》云：「水深明碧藻，枝老駁蒼鱗。」《席上贈王將軍》云：「寶刀忘歲月，戰馬死疆場。」《送友人出塞》云：「意氣憑殘甲，功名託敝鞍。」《海潮》云：「雲山時大小，日月變朝昏。」《寄金將軍》云：「秋衣經萬杵，邊月盡三年。」名世亦有「潮聲落庭樹，月色動寒山」之句。

南海程周量《懷王貽上》云：「長安車騎日紛紛，並轡相過氣似雲。香盡酒闌人散後，不知何事獨懷君。」寫來獨具一種纏綿之致。

李嘯村葂《青溪口占》云：「粉牆紅掃落花塵，一帶樓臺樹影昏。雨細風斜簾未捲，縱無人在也銷魂。」吴門徐拙齋朝彝《訪猗蘭校書不遇》詩云：「水邊紅杏柳邊村，黄鳥啼殘静掩門。飛絮半簾花半砌，縱無人在也銷魂。」句同而意别。

東坡禱海市而海市現，愚山禱海市而海市亦現。乃知名士所至，神靈每爲傾倒也。東坡詩狀海市之筆甚少，愚山詩云：「方圓斷續忽易位，明滅低昂頃刻殊。列屏複帳閃宫闕，桃源茅屋成村墟。沙門小島更奇絶，浮圖倒影凌空虚。有時離立爲兩人，上者爲笠下者車。砉然雙扉開白板，中有奇樹何扶疎。三山十洲一步地，群仙冉冉來蓬壺。神摇目眩看不足，惜哉風伯爲驅除。」則極力實寫矣。

唐宋詩家，往往暗用諺語入詩。如王建「照泥星出依然黑，爛漫庭花不肯休」，用「乾星照濕土，來日依舊雨」意也。梅聖俞「日脚射空金縷直，西望千山萬山赤。野老先知雲又風，明日望此重雲黑」，用「日没胭脂紅，無雨也有風」意也。東坡「敢怨行役勞，助爾歌飯甕」，用「霜淞打雪淞，貧兒備飯甕」語也。杜工部「禾頭生耳禾穗黑」，用「秋甲子雨，禾生兩耳」語也。人知「雲山經用始鮮明」，不知質樸古直處，正已遠遜。

名山藏書多後時而顯，鄭所南先生所著《咸淳集》一卷，《井中心史》，二百餘年人無有見之者。於崇禎戊寅，吴下久旱，濬蘇之承天寺狼山房井得之。外錮鐵函，鑿「大宋鐵函經」五字，内書「大宋孤臣鄭思肖百拜封」十字。内有斷句數首，最清脆可喜。《春詞》云：「春氣暄妍御夾紗，玉釵雙裊緑雲斜。倚欄看遍庭前樹，盡是枝頭結子花。」《春日承天寺》云：「野梅香軟雨新晴，來此閒聽笑語聲。不管少年人老去，春風歲歲闔閭城。」《漫興》云：「跣足蓬頭炯碧瞳，劃然長嘯響天風。千巖萬壑無人跡，獨自飛行明月中。」

張淵度繼配劉氏，爲在園司臬廷璣愛女，擇壻綦嚴。見淵度《悼亡》百章，爲時傳誦，遂妻之。後張分司兩淮，積勞病暑，卒。劉作《邃閣哀吟》挽之，中一絶句云：「積累仍多身後逋，清風誰信俸無餘。宦囊亦有頻年蓄，錦軸牙籤萬卷書。」

無錫鄒曉屏尚書炳泰所紀《聽松庵竹鑪始末》，其爲卷四，圖畫三、名賢六十有七、文十三、詩九十有二。其中倡和之句，如「司馬酒壚須却避，玉洲吟榻稱幽眠」、「吟苦詩瓢和月飲，夢醒書榻帶雲眠」、「澆破詩愁初得句，洗清塵思竟忘眠」、「寒驚春雨懷鴻漸，夢落秋風泣麗娟」、「葉掃夕陽三徑遠，瓢分秋月一痕娟」、「庵中臘在蒼髯短，雲外泉流玉乳娟」，俱工。

「新粟米炊魚子飯，嫩冬瓜煮鱉裙羹」，此張管對宋仁宗之語。《淞南樂府》仿其體云：「春浦漁船撈蝨蠏，冬塘柴蕩獵猪獾。」「玉箸魚鮮和韭煮，金花菜好入粞攤。」「月餅飽裝桃肉餡，雪糕甜砌蔗糖霜。」「麥擔横街争火信，魚旗衝浪販冰鮮。」「芋奶香殊羊眼豆，蓮心鮮匹狗頭菱。」其紀地云：「文雉飛翬蘆子廢，赤烏留石檜枝凋。」「船埿如龍浮浦面，樓丹爲鳳出城頭。」「神廟重新花姹奼，豫園依舊玉玲瓏。」紀人云：「筆塚雲礽宗祭酒，硯池月旦右尚書。」「白簡南臺曹御史，青藜東觀陸都官。」「平陸醫方傾李令，倪癡棋局對吴堂。」紀事云：「高堞鷄燈明黑夜，曲橋蟬鬢炫青春。」「截浦鹽拖金絡臂，衝波網快玉搔頭。」「葵蓋茶杯開建片，銅鞋水管喫蘭烟。」「盆樹二三梯屋灌，籠禽千百上城啼。」「上箝沙盆窩蟋蟀，鬬圈錦袋出鵪鶉。」組織俱新。

杜荀鶴《題兜率寺閑上人院》詩云：「百歲有涯頭上雪，萬般無染耳邊風。」「耳邊風」本諺語，而用來不俗。

涇縣翟儀仲翬云：「詩之有聲調，猶樂之有律吕，工之有規矩。樂有殊號，律吕之製則同；工有殊材，規矩之用則一。是故詩之爲道，聲調所不能盡也。泥於聲調者，不可以爲詩。不嫻聲調者，亦不可以言詩。以聲調爲詩，譬之土偶之爲人，有形骸而無神氣，神氣不充，不可以爲人。去聲調以爲詩，如樵唱牧笛之聲，嘔啞嘲哳，自謂悦耳，求之太常協律之所掌，不能與《雅》、《頌》比次也。」余謂知此則庶幾「不入於板，不流於野」矣。

浙江余江干文圻身處闤闠，不廢吟咏。客京江，名公巨卿，皆樂與之遊。句如「小徑竹稀思更種，西窗樹雜議分移」、「夜氣乍涼疑近水，秋聲四起不因風」、「浮生若夢誰非蝶，當候而鳴我類蟲」、「臣飢欲死言非激，我見猶憐妬轉深」，皆新雅。

張南山《秋懷》云：「鱟帆賊已乘風去，犀甲軍如捉月來。」馮子良《羊城雜感》云：「民饑客忍加餐飯，賊去人争説戰功。」寫盡營伍廢弛之弊。

漢唐重文字。《長門》一賦，壽以千金。皇甫作序，千縑猶少。龍溪鄭亮卿琮《放歌行》云：「古人愛才重文藻，金帛區區何足道。誰知此事今不然，萬字何能值一錢。縱使掘墳起屈宋，飢腸枯窘難爲妍。」有慨乎其言之矣。

吴穀人祭酒錫麒詩最研鍊，故句多精采。其《觀夜潮》云：「隔岸忽沈燈數點，如山湧到雪千盤。」《湖上看雨》云：「雙白鳥邊催陣起，萬荷葉上聽秋來。」《葛嶺》云：「圖書小押壺盧印，韜略高談蟋蟀經。」《登吴山》云：「人烟白護千家曉，竹雨青浮四月寒。」

小倉山房詩，不善學者，流爲淺滑。要之集中投贈諸作，多由精心結撰。如《贈吴將軍》云：「潑水刀光迎上客，吹鐙虎穴聽鼾聲。」《題陳古漁詩卷》云：「地當六代悲歌易，胸有千秋下筆難。」《答鎮江觀察錢璵沙見贈》云：「家焚諫草終存史，身是傳人更有詩。」皆無應酬習氣。至《咏靈武》云：「南内歸來玉璽涼，爲兒親着帝衣裳。願兒只學宫鸚鵡，長向風前問上皇。」《馬嵬》云：「莫唱當年長恨歌，人間亦自有銀河。石壕村裏夫妻別，淚比長生殿上多。」則得風人之旨。

長白近多詩人，觀梅林榷使觀榮，爲麟平蓮池之弟，林岑竹樓之兄，風雨聯床，一時稱盛。其和《菊溪節相冬夜與徐晴圃籌軍》詩云：「玁狁旌旗月色清，挑燈行帳更談兵。將軍令不驚雞犬，僕射恩原若父兄。五夜霜華侵白髮，兩河烽火念蒼生。飛書走檄渾忘倦，又聽轅門報轉更。」此律於《掛月山莊集》中，精神最屬團結。

奉新宋氏父子兄弟姊妹，俱有詩集刊行。而可傳誦者，莫如《味雪樓稿》，乃慕劬廣文五仁之女，字婉仙，而名鳴瓊者也。早歲孀居，故詩多悽惻。《咏菊》云：「低徊自抱凌霜志，今世應無鑑賞人。」《烏夢》云：「縱識華香風味好，難將醒語對人言。」《除夕有感》云：「詩書幸有三生約，琴瑟曾無夙世緣。」奇才薄命，鍾於紅顔，可勝浩歎。

石門馬嵰山俊良在粤刻書最夥，其《名臣言行録》、《龍威秘書》，卷帙尤稱浩繁。余邑家暨舟廣文濟川贈以詩，有云：「著述時鐫充棟簡，解推頻罄賣文金。」

《悟雪樓詩草》爲豐溪徐白舫太史謙著。五古清微淡遠，逼真王、孟，絶句尤佳。如《讀太白詩》云：「酒船空載月，不見謫仙人。珍重《烏棲曲》，今無賀季真。」《上灘阻風》云：「浪打白日寒，歸心繫江樹。一一下灘船，萬里揚帆去。」《山行忽雨》云：「山雲半爲雨，雨色失雲樹。樵笠雲中來，戴雨下山去。」《北征雜咏寄内》云：「雲外鄉關雨外船，愁如春水夢如烟。空閨别有關情語，不便分明託雁傳。」《簡友》云：「寶劍芒寒燭斗墟，風塵抑塞近何如。江都自有《天人策》，莫獻長沙痛哭書。」其五言句如《山東道中感作》云：「骨肉荒年賤，邱墟過客憐。」《幽谷》云：「石氣行人偪，嵐光盡日幽。」《夜望廬岳祠》云：「行雲催月疾，飛瀑帶鐘寒。」《山中夜寂》云：「風聲移水近，月勢趁雲飛。」《暮尋山泉》

云：「陰霞猶嶺表，寒月忽窗前。」《家人附南艘至都》云：「問訊鄉音澀，驚疑客鬢摧。」《山中曉行》云：「雲圍深嶂夢，月墮隔溪鐘。」《觀潮》云：「大聲旋地軸，元氣洩天根。」七言句如《吴門晤弟鼎》云：「故鄉親友多殊舊，客地繁華不易居。」《杭州返棹》云：「山欣見慣情逾好，詩愛題佳句易工。」《河干》云：「遠酒難沽多備飲，異書防盡半留看。」《高閣》云：「荒邙墓下誰青史，流水聲中易白頭。」《京邸夢故園》云：「野雀得糧呼侶食，村童散館抱書回。」可謂遇象能鮮、即潔成輝者。

錢塘周蘇門向青《樊山阻風》絶句云：「江城聽雨值清明，十里横塘阻客程。如此風波異平地，笑儂偏向箇中行。」僕僕長途，自問真難自解。

本朝咏始皇者，常熟陳在之、長洲劉東郊二律，皆爲歸愚尚書所擊賞。丹徒張茶農大令深，謂余弟福草所咏庶堪鼎足。詩云：「似續西秦卅四傳，畢嬴翻在六王先。諱名今尚呼正月，紀曆誰仍建亥年。萬里防胡空設險，三山采藥枉求仙。輪臺漢武終知悔，不比輼輬竟惘然。」

顧華玉《懊惱曲》云：「小時聞長沙，説在天盡處。人言見郎船，已過長沙去。」姚叙卿《回雁峰》云：「回雁峰頭望帝京，寒雲黯黯不勝情。賈生已道長沙遠，今過長沙又幾程。」謝良琦《閨夢》云：「郎夢從東來，妾夢從西去。相望不相值，愁心落何處。」沈叔玹《相思曲》云：「憐儂一夢路千重，郎在他鄉復夢儂。朗夢來時儂夢去，相思依舊不相逢。」皆工於寫情也。

詩須有爲而發，古人登高作賦，遇物成詩，亦興會所到而然。今人每故命一題，强人作詩，或擬樂府，或次古韵，或一飲酒必索句，或一登臨必分題，唱者既無意味，和者更覺索然。李西涯曰：「夏正夫、劉欽謨同在南曹有詩名。劉有俊思，名差勝夏。每見卷中有劉詩，累月不下筆。」陳眉公少時見王元美云：「往者燕都之會，于鱗詩必晚出，見他人有工者，即廢己作。」大約人能矜名者必虛心。君苗焚硯、太白閣筆，只是古人見地高，所以能自重耳。

陳爰立枚論詩云：「以温厚藴籍爲體，以風雅鼓盪爲用。思入深沈，調出俊爽。宏麗詩不落穠俗，幽静詩不落枯淡。雄句宜渾不宜粗，婉句宜細不宜巧。一觀意思，二觀體裁，三觀句調，四觀神韵。四者皆得，方爲全詩。四者中更以意思、神韵爲主。」可謂得作詩之旨矣。

朱竹垞云：「網巾之制，相傳明太祖見之於神樂觀，遂取其式，頒行天下，三百年未之改。然題咏者寡，獨藍静之有三詩。」不知元人謝宗可《網巾》句云「篩影細分雲縷滑，棋文斜界雪絲乾」，已經入咏矣。

「渺渺孤城白水環，舳艫人語夕陽間。林梢一抹青如畫，知是淮流轉處山。」此秦少游《東城晚眺》詩也，而歸愚則入之《國朝别裁》中。

小厓説詩卷五

順德梁邦俊伯明

曾賓谷方伯燠莅吾粤時，以城西濠久淤，飭屬鳩工疏濬。濠面限丈六尺，自德興至滙源凡八橋，悉令高之，以通舟楫。新會鍾鳳石孝廉啓韶有《重渡西濠紀事》句云：「丈六濠梁通蟹舍，八重烟月漾虹橋。」語獨妍麗。

南海謝澧浦太史，一門俱工藝事，而太史則詩、書、畫兼長。其詩云：「文章豈無權，心力視所到。六經逮諸史，奮勇追閫奥。能成一家言，終身食其報。」則所造可知矣。

巫覡惑人，吾粤尤甚。豐溪徐白舫太史《咏長生燈》云：「瘟鬼攫食人顛倒，日者云請神巫禱。巫肩神來大鼓鳴，吹螺召神神猙獰。一燈一神一斗米，米滿神前神色喜。本命星君赫顯應，命懸一燈燈救命。著紅抹額争跳舞，摇鈴琅琅對燈語。瑣語巫知人莫知，神不用命威鞭笞。朱緑人面貌五鬼，挺叉逐鬼走千里。夜深病人無人扶，三牲謝神鎮桃符。長生燈小紅糊模，米傾巫囊巫歡呼，肩神未去啼烏烏。」讀之足發一粲。

余性好蓄書。家藏間有未備，必多方向人借閲。周蘇門《閒居雜咏》云：「三徑歸來此敝廬，松窗浮影月華疎。東鄰笑未投名刺，夜半呼兒去借書。」真較我尤痴也。

寒山子，不知何許人。其詩唯書於竹木石壁，并村野人家廳壁上，故無題目，無倫次。有用疊字二首云：「杳杳寒山道，落落冷澗濱。啾啾常有鳥，寂寂更無人。淅淅風吹面，紛紛雪積身。朝朝不見日，歲歲不知春。」「獨坐常忽忽，情懷何悠悠。山腰雲漫漫，谷口風颼颼。猿來樹嫋嫋，鳥入林啾啾。時催鬢颯颯，歲盡老惆惆。」則有意創奇者。

世俗占卜，從掌上起年月日時，有大安、留連、速喜、小吉、赤口、凶亡諸目，傳爲李淳風六壬，間有應驗。余邑孫西庵蕡《閨怨》云：「細展占書繡閣前，不知速喜定流連。憑誰斷得郎歸日，願與金釵當卜錢。」居然用爲典故。

萬曆甲午，司農郎葉公春及疏云：「孔子删《書》，斷自唐虞迄周，典、謨、訓、誥、誓、命之文，凡百篇，秦火後行於世者，五十八篇耳。始皇二十六年，遣徐福發童男女數千人，入海求神仙。徐福多載珍寶圖史，至海島，得平原大澤，止而不歸，今倭其種也。始皇三十四年，始下焚書之詔，故司馬温公《倭刀歌》云：『徐福行時書未焚，遺《書》百篇今尚存。』乞乘小西飛封欵之便，及纂修正史之時，嘗至彼國，搜尋三代以前古書。」葉公此疏，實非迂闊。《丹鉛總録》、《雙槐歲抄》亦嘗及之。至雲間陳眉公繼儒《咏史》則云：「雪滿山前酒滿瓢，一篇常對老潛夫。兒曹空恨咸陽火，焚後殘書讀盡無。」又似不必尋求矣。

仁和宋德恢《謁嚴先生祠》云：「貴賤偶然耳，誰能無故人。忽傳驚帝座，多事是星辰。」不寫子陵之高，而高致彌見。

唐人「玉顏不及寒鴉色，猶帶昭陽日影來」，用意深婉。烏程嚴景文可鈞《擬西宫怨》云：「繡簾斜壓倚新妝，翠輦遥飛滿路香。想得御筵花似錦，西風吹不向昭陽。」似堪嗣響。

桂陽吴東湄鯨《竹埤樓集》中，列代俱有宫詞。余愛其《元宫詞》云：「裙着銷金冠象牙，雲肩鞢襪執加巴。未能熟得天魔舞，去問長安迭不花。」「六宫燈漏徹宵聞，天上龍笙下彩雲。何處六鰲山最好，承恩惟有樹將軍。」風韵獨絶。

吴星儕《登玉女峰》詩云：「清氣入呼吸，烟霞衣上生。群仙一招手，約我若爲情。鬟鬢春風艷，粧臺落日明。醉騎大蝴蝶，去去吹瑶笙。」神乎太白。

常熟吴兼山嵰《道中春望》云：「征驂暫向柳邊停，獨上斜陽送客亭。春草有情知别苦，舊曾踏處未全青。」本「東風知别苦，不遣柳條青」意，而少變之，音節亦佳。

盧照鄰染風疾，拘攣偏廢，不堪其苦，至投潁水死。吴門徐拙齋有末疾，腰以下皆廢，惟兩手可搦管，中有所得，輒寓於詩。集中如《秋懷》云：「詩骨正須窮鍛鍊，壯心無奈病磨消。」《自題書室》云：「愛客何妨衣盡典，買書不惜債頻添。」《遣興》云：「世誰知己期千古，詩肯依人自一軍。」《漫興》云：「厨常無米猶留客，囊有餘錢即買書。」胸襟何等磊落。

寧都魏伯子際瑞有《寄閨中雙迴文》一律，雖小家數，格調自新。詩云：「絶塞關心關塞絶，憐人可有可人憐。月如無恨無如月，年似多愁多似年。雪送花枝花送雪，天連水色水連天。别懷還怕還懷别，懸念歸期歸念懸。」又《雙調翩燕曲》云：「前簷舞影倒翩翩，小燕春風受得憐。憐得受風春燕小，翩翩倒影舞簷前。」

《绛跗草堂集》，爲福州陳葦仁太史壽祺著，以博麗見長，而清微淡遠之語亦復不少。如「濕烟低水白，踈葉滴檐青」、「烟歸千嶂紫，日脱半城紅」、「濤聲不受雨，雲氣半崩樓」、「茘雲燒火樹，梅雨漬蠻烟」、「江湖夢吴越，烟月失齊梁」、「中歲傷哀樂，來因種弟兄」、「才華狂易損，身世醉難寬」、「骨冷功名薄，官貧道義肥」、「一簞饑亦樂，萬卷老忘憂」，皆五言中名句也。「梧葉西風羈客思，桂花白露美人愁」、「江山入筆翻鸚鵡，烟月臨樽弔鷓鴣」、「三更鼓角催星落，萬谷笙鐘挾雨來」、「含烟幾樹無情碧，背日千峰不斷青」、「結客異鄉如不速，關人芳草是當歸」、「醒有狂名寧借酒，貧無長物不言錢」、「日邊名士多於鯽，江上歸心不爲鱸」，皆七言中名句也。

善化淩豐叔玉垣所著《蘭芬館詩》，筆致極新。如《旱甚》云：「蛟龍愁淺潦，天地忘農時。」《黄天蕩》云：「浪急摇山動，天低入水昏。」《荷塘舊居題壁》云：「風霜喬木古，天地轉蓬忙。」《永州即事》云：「千里酒人相聚少，一年詩債入春多。」《秋原》云：「萬葉作聲如驟雨，一峰撑月出遥天。」《移居》云：「分半鶯花鄰舍共，小留風月故人來。」《出郭》云：「天如有路行終到，海不能填憾未平。」

龍溪鄭迪卿年丈開禧督運吾粤時，先君率余趨謁，静穆之氣，撲人眉宇。出所作《知守齋詩》相示。其《勵志》詩云：「不息惡木陰，不飲盜泉水。矯激豈過情，所重在廉耻。何爲附炎熱，不自飭簠簋。但願炙人手，誰知冷人齒。」則所志可知矣。五言如《呈吴石渠》云：「世態貧逾薄，交情賤尚真。」《除日感懷》云：「無才應自廢，入世少人憐。」《曉發》云：「吹面山風冷，迎人水氣沈。」《雨後晚眺》云：「雲勢諸山走，泉聲獨碓舂。」《馬嵐橋》云：「風拖千嶂雨，船劃一溪烟。」《桐廬道中》云：「輕舟裝雪重，狹港得潮寬。」《客懷》云：「旅枕無全夢，長途不記程。」《夜出西直門》云：「泉聲涼帶雨，樹影暗疑人。」《舟中雜詩》云：「夜寒欺酒力，曉霧失山容。」「岸仄時妨棹，橋低每礙帆。」「船平風四正，港錯路三叉。」《初秋即事》云：「書來今雨少，句恨古人先。」七言如《小西湖》云：「柔櫓一聲菰葉雨，小亭四面藕花風。」《除夕》云：「無詩可祭才疑盡，有酒堪斟家未貧。」《西陽嶺》云：「泉聲似怒石當路，風力能驅雲下山。」《白鹿洞》云：「向背石分前後寺，高低雲逐去來僧。」

厲樊榭《歸舟江行望燕子磯作》云：「石勢渾如掠水飛，漁罾絕壁掛清暉。俯江亭上何人坐，看我扁舟望翠微。」是以曲折勝者。

嚴海珊《病起柬謝寒村先生》云：「治病如治兵，命醫如命將。人盡號能軍，心巫術則匠。」又云：「覡言鬼神力，攘功姑自誑。簫鼓羅酒漿，叢祠浩歌唱。」作巫醫者讀之，能無愧赧？

陸放翁「鶴與琴書共一船」，是游宦真景。趙甌北「人共馬牛眠一屋」，是軍行真景。馮子良「人共雞豚屋一間」，是田家真景。

《樗雲詩鈔》，爲龍溪鄭亮卿琮著，鄭迪卿先生搜輯而刊行者也。五古近高、岑，七古近元、白。近體佳句如《夏日遊雲洞紀勝》云：「踞壑松根老，盤空鳥道偏。」《秋夜宿觀海樓》云：「僧歸秋殿磬，人語夜船燈。」《過賓山草堂》云：「水光迎斷靄，山氣落斜暉。」《雨後春望》云：「出雲山氣濕，近水竹聲寒。」《春日雜感》云：「長貧虧禮節，多病損雄心。」《江上舟迴望鄰山》云：「兩岸斜陽漁曬網，一灣秋柳客停橈。」《遊道山》云：「萬井人烟穿樹出，雙峰秋色渡江來。」《春晚雜興》云：「牆短緑分鄰舍樹，簾疎紅落隔山燈。」殊有晚唐標格。

《毛詩》以反覆咏歎，而意味彌深。錢蘀石《王貞女行》云：「理我玳瑁簪，綴我明月璫。虚窗對朝日，自作嫁衣裳。何爲宵夢惡，君耗來踉蹌。委我玳瑁簪，捐我明月璫。虚窗對斜日，忍顧嫁衣裳。」《僮歸》云：「朝行我馬前，忽忽僕馬後。奈何不相及，屢顧爲之久。暮行我馬後，忽忽僮馬前。奈何不相待，使我勤着鞭。」又云：「朝辭書生去，暮伏學士轅。學士比書生，奚翅學士賢。既辭學士去，旋依少師門。少師比學士，無若少師尊。」妙易一二字，神理自別，亦反覆咏歎之遺也。

同輩互相傾軋，竟有戲爲者。趙甌北戲述子才遊蕩之跡，作呈詞控於巴拙存太守。子才亦有訴詞，太守不能斷，竹初以息詞了此案。甌北題其詞後云：「一重公案起無因，太守筵前訟牒陳。不設青紗圍自解，累君來作謝夫人。」「各挾雌黄訴到官，閻羅包老也顢頇。竹蕉兩造皆情熟，欲判輸贏下筆難。」「讕語褒譏總白癡，客嘲賓戲戰交綏。兩家旗鼓今無用，同看營門射戟枝。」可謂極文人好事。

新會黄竹南大令定常「曉風墮秋露，殘月入寒烟」、「黑雲沈塔影，洪浪揭江聲」、「木枯群蟻撼，池淺小蛙跳」，及「一年好景誰先得，萬事初心不易酬」、「箏柱教坊仙度曲，酒旗胡店女當壚」、「沽酒市穿垂柳入，釣魚人背夕陽歸」等句，皆工。

澄海姚行軒天健，生於瓊南。甫三歲，航海歸。全舟覆没，淪於海者七晝夜，遇救得生。其題沈安溪《渡海迎親圖》云：「我生三歲便航海，行到中流舟瓦解。一家覆没一身存，回首珠厓四十載。」

新會唐二羅大令金鑑，闢羅漢洞於羅浮，徵同人爲詩，裒然成帙。錢塘朱閑泉人鳳句云：「樹連絶鑿秋無跡，襟浣寒泉月有稜。」番禺白達堂其璋句云：「六月秋歸無歷樹，一時風穩不帆船。」李朗川仲瑜句云：「水簾百道晴疑雨，山木千重夏亦秋。」新會陳樸山榮句云：「福地成名争片土，靈區無主不千秋。」陳韞堂瑩達句云：「刺船海客來三島，面壁山僧作四鄰。」李壽石有祺句云：「蒼赤胸懷絲竹感，漁樵勛業水雲多。」黎觀橋士欒句云：「亂雲深處疑無路，古木叢中别有天。」皆不愧雅音。

宋高宗不迎二帝，皆由戀半壁笙歌耳。番禺凌翠巖友柏詩云：「康邸龍飛數中興，甘心和議諱談兵。杭州一片笙歌月，不照人羈五國城。」婉而多諷，風人遺則。

嚴海珊「風通花氣全歸枕，月轉樓陰倒入池」、「平沙入暮多牛跡，疎柳迎涼帶水聲」、「風約秋聲涼入樹，月銜暮氣遠沈山」、「涼月滿樓人在水，遠烟着地樹浮空」、「名士光陰多逆旅，破書滋味在貧時」，造句最爲名貴。

《思茗齋集》中，有《次腰站見壁上題無端一覺征鞍夢不見在平勸酒人之句戲書其後》云：「當筵誰脱紫茸裘，那比揚州舊夢遊。門裏歌聲門外馬，最銷魂是五更頭。」情韵俱佳。集爲仁和宋德恢咸熙著。

余邑黄同石璞所著《戰古堂集》，體格薄弱。唯《花塢》律句云：「看花人已去，花塢至今存。不見花開落，空聞鳥雀喧。路邊逢野老，倚杖爲子言。前面垂楊樹，離宫已作村。」則卓有風骨。

僕隸下人，黠者少而拙者多。余邑楊毅然一夔《拙僕》詩云：「我不如渠好，癡獃性所安。任人生喜怒，於己淡腸肝。時或古愚似，焉知拙計難。忘機閒與語，惟有笑相看。」

寒食斷烟，已成習套。余邑何葭洲文宰咏云：「冷節江鄉細雨天，尊虛棼尾亦怡然。最憐此日貧家好，不怕鄰人怪斷烟。」如此寫來，便覺出色。

陳獻孟謂羅曉園詩衆美畢具。今讀其《涵青堂集》，古體平弱，惟近體最佳。如「斷雲迷絶壑，疎雨入孤村」、「天高雲亦冷，風急鳥空驚」、「奔流注雙水，斜幔送行人」、「山連雲峽雨，天入海門潮」，殊有唐人氣格。曉園名植三，南海人。

杜司勳云：「忽發狂言驚滿座，兩行紅粉一時回。」袁簡齋云：「忘是將軍門下客，公然仔細看康郎。」一施之聲妓，一施之頑童，固是有意仿傚。

吾廣當二三月，蟛蜞最盛，鴨食之則肥。業鴨者載以巨艦，遇沙潬可停泊，即縱令飽食。業農者亦利其至，以蟛蜞能害苗也。福草弟《竹枝詞》云：「新秧插罷暖風回，汕子蟛蜞遍岸隈。一帶春江桃浪長，楝花開處鴨船開。」

近時兒童賭戲，有所謂過五關者，即古之跳三關也。每局三擲，不得犯五數，故曰「跳三關」。昔以蠶豆五粒，穴一面，今以骰代之。楊心香《淞南樂府》云：「健婦挑鹽行兩縣，饞夫擲豆跳三關。」

采香樓詩沈雄蒼老，幾不類閨閣吐屬。句如《秋日登山閣》云：「青山城郭斜陽外，黄葉人家烟雨中。」《春日感懷》云：「楊柳曉風人别後，杏花微雨燕來初。」《秋日偶成》云：「明月故人千里夢，關山新雁一聲秋。」絶句《得伯父書》云：「愀然此日挹高風，驛使梅花邂逅逢。關塞萬重家萬里，尺書猶是去年封。」《過十二峰》云：「哀猿啼處樹重重，雲鎖高唐舊楚宫。人在夕陽疎影外，淡烟微雨近巴東。」

風調絶似漁洋。樓爲席蕙文女史所居，因以自號，吴中十才女之一也。

蕪湖許静夫仁《登齊雲山》云：「松摇絶澗疑無地，人立中峰祇見天。」雄俊處頗類沈方舟。

南海何省蘭世文《送春》絶句云：「啼鳥聲聲叫落暉，客中風雨送春歸。多情翻羨堤邊柳，留得黄鶯緩緩飛。」以「留」托「送」，妙緒天然。

文水武晉侯鹺佐廷選，著有《蘭圃詩鈔》，多言情之作。五言句云「病爲知醫致，貧由識字來」。七言句云「能攻我短爲良友，不泣途窮是達人」、「朋來異地如親串，飯到家常勝膳羞」、「妻孥遠别親僮僕，兄弟難逢戀友朋」、「作宦妍媸憑物論，去官冷暖見人情」，皆可傳者。

滇黔事蹟最少，而見之吟咏者亦寡。沔陽張蓮濤錫穀《題劉古山刺史滇黔樂府後》云：「邊城無復景淒涼，回首孤亭夜有霜。多少烈魂招不得，斜風釃酒弔奢香。」「忍同花蕊鬬詩魂，終古難甘不白冤。有恨無聲千點淚，西風吹寄與梅村。」

常熟李小雲司馬書吉，所著《寒翠軒詩鈔》，詞多安雅。五言句「詩人多遠宦，名士少高官」、「事少山同静，人幽竹亦賢」、「急灘支水碓，危石鑿雲梯」、「平野連天盡，黄河入海寬」。七言句云「風塵長鋏雙蓬鬢，天地扁舟萬里家」、「白髮倚閭人萬里，青山歸棹夢三更」、「民得歡心無過惠，吏能潔己不妨慈」。

吴槎客《龍門山晚眺》句云：「危峰石裂雲多變，幽壑年深樹有香。」昔人謂畫所不能到者，庶乎近之。

史梅叔詩多沈雄闊大之句。如「天浮秦塞盡，潮落楚江平」、「地逼巴渝盡，天包楚鄧流」、「地開全陝出，天縱九州平」、「衆流歸大壑，全勢納中原」，數語足與老杜「地卑荒野大，天遠暮江遲」、「吴楚東南拆，乾坤日夜浮」等句頡頏。

黄生謂少陵咏風句皆妙，可稱畫風手。予謂史梅叔咏烟如「過烟浮竹亞」、「白烟生古鎮」、「山翠入空烟」、「薄烟初暝渡」、「雨洗晚烟青」、「白雨散江烟」、「飛鳥入城烟」等句，無不入妙，亦可稱畫烟手。

康熙中，江南學使者魏某，以太夫人壽，建水陸道場于古寺。寺僧懸孔子拜釋迦像，王韓起景琦時爲諸生，見之勃然，捲畫像歸。胥役訴之，學使怒，拘王至。王曰：「生恐累公得罪名教，故奉聖像歸，此舉正爲公也。且不獨爲公，爲天下萬世道統計，天下有聖人拜異教者乎？」學使詘于義，婉言謝之。王裂去佛像，拜而焚焉。有《同錢青在夜飲赋贈》云：「吟魂清遠道，堅骨鍊長貧。」可以想其風概。

咏雪難工，貴得神韵也。柳柳州「扁舟簑笠翁，獨釣寒江雪」，史梅叔「一徑入松林，千峰抱寒素」，一寫江雪，一寫山雪，俱臻神妙。

老杜每用「虚」字，必極幽峭。如「山虚風落石」、「落月動沙虚」之類。梅叔「天寒遠氣虚」、「江陰動虚壁」、「夜氣虚生竹」、「畏虎驛常虚」、「江雲虚定夜」、「留虚出小樓」等句，亦俱清警。

小厓説詩卷六

順德梁邦俊伯明

香山何皇圖翬道，著有《樾巢集》，句多遒鍊。其《送楊髯龍之楚》云：「别非垂老偏多淚，歸已無家復送行。」《歸至芙蓉沙》云：「十年故國人空老，一夜他鄉月可憐。」《懷王礎臣》云：「血浸眼中飛作淚，愁纏筆底寫成詩。」《宿準提閣寄梁寒塘》云：「别幾月來多遠夢，行無人處得新詩。」《藥亭》云：「一年秋色難逢月，半夜羈情易倚樓。」《沛中懷古》云：「路邊雞犬知新里，地下韓彭泣大風。」《南莊偶成》云：「積水化雲天路白，斷虹收雨海門深。」

黄葵之「詩書離亂賤衣食，異鄉難與陳獨漉」、「世亂詩書廢，家貧骨肉輕」，寫仳離處直不約而同。葵之名河澂，南海人。

倣古人體格，既患其不似，又患其太似。番禺謝照山光國，效放翁體作《雜咏》詩云「紫芽薑辣添丁酒，黄耳蕈香供午齋。縱留米債原非病，薄有詩名豈是才」，「放膽欲删無鬼論，安心不作送窮文」，「課兒讀《易》心偏静，聽客談兵氣轉豪」等句，正如趙學《蘭亭》，姿態自不可掩。

張玉洲錦麟《揚州》七律云：「邗溟溝繞濞城流，爲愛名區小駐留。寶馬香車游女路，水沈紅錦賈人舟。二分明月四橋水，十里珠簾九曲樓。如許烟花明麗地，冶遊長憶杜池州。」丰韵抑何綽約。

咏疑塚者，幾無賸義。番禺凌雒田絶句云：「望陵空説有高臺，骨碎漳流亦可哀。不及喬元三尺土，曾勞斗酒隻雞來。」本魏武語以調侃之，與陳獨漉「七十二墳秋草遍，更無人表漢將軍」同一匠心。雒田名湘蘅，番禺諸生，著有《詅癡子集》。

吴星儕《女郎曲》云：「十四垂髫女，憑欄對曲塘。閑情猶未解，呼姊看鴛鴦。」《春雨曲》云：「春夜雨瀟瀟，孤燈破寂寥。愁多難入夢，不敢怨芭蕉。」居然崔國輔小詩。

番禺何畳村紘乾隆戊辰成進士，以親老仍就教職。著有《畳村詩草》。沈文慤選《國朝別裁》，蓋棺論定，初登其詩，後聞尚存，乃删去。其《登滕王閣》云：「湖接九江浮日月，地連三楚控衡湘。」真可傳之作。

李子麟《於郡城送明卿之江西》云：「青楓颯颯雨淒淒，秋色遥看入楚迷。誰向孤舟憐逐客，白雲相送大江西。」自屬藴藉。余弟福草《晚春留别》云：「一片春帆挂夕暉，離情分付落花飛。纏綿剩有長江水，流盡青山送客歸。」尤覺含蓄。

新安吕元素少司農履恒謂：「詩至唐，菁華已竭。後人取其糟粕，釃而漉之，知不復醇也。乃更雜以醯醢，氣索味變矣。」其詩云：「唐虞有賡歌，言志始爲詩。渾噩元化裹，包匭理無遺。飲食以爲質，采色安所施。有娀既以衰，文質將析離。周《雅》啓其鑰，楚《騷》蕩其涯。役精實其物，雲表發高思。蘇李綴遺響，齊梁多燕詞。卓哉栗里子，清真乃得之。杜陵忠厚人，情深文亦奇。奈何李供奉，獨賞謝玄暉。」《風》《騷》以後，獨取陶、杜，作者宗仰自高。

俄羅斯國，即古大食，善用火槍，故又以其技名之。相傳元世祖得其地，立弟爲可汗鎮之，至今國主猶元裔。其邊界泥撲處城與艾渾接，水陸道皆通，歲一至卜魁互市。其人好鬭，至則弁兵監之。桐城方鳧宗登嶧《老槍來》結句云：「高顴眢目卷髭鬚，狐冠草履遊中衢，觀者鼓掌相軒渠。歲以爲期兮日月徂，歸去，歸去，豢爾牛馬駒。」則樂其臣服，仍防其騷擾矣。

人日在天地中，竟不知何者爲天。昔人謂地以上皆天，語最明簡。趙甌北云：「人日住在天，但知住在地。天者積氣成，離地便是氣。氣在斯天在，豈有高下異。蒼蒼非正色，仰望謂天際。試乘高視下，亦復濛濛翠。乃知地與天，相隔不寸許。人生足以上，即天所涵被。譬如魚在水，何處非水味。世惟視天遠，所以肆無忌。」

趙甌北詩，多好自翻騰。如《讀史》云：「一刹那間便一生，何須恩怨苦分明。老來自笑猶閒氣，動爲前人抱不平。」又云：「閒翻史傳遣無聊，歷歷賢奸見累朝。看到檜嵩心不憤，始知壯氣已全消。」

孟山人「氣蒸雲夢澤，波撼岳陽城」，人皆以爲雄闊。吾邑羅石湖孝廉天尺「地開彭蠡闊，天入楚山孤」、「雪沈衡岳白，天接洞庭青」二聯，似不多遜。

香山劉松厓鶴鳴爲欽州學正，以詿誤落職，謫徙湖南澧州幾三十年，故其詩多悽惻之音。其五言如《郴州道中》云：「人聲兼楚粵，山店雜耕耘。」《端陽雜咏》云：「樹沈漁艇亂，山甓鳥飛高。」《晚霽》云：「殘陽歸鳥腹，積霧帶山腰。」《不寐》云：「雨餘蛙吠月，人定鼠窺燈。」七言如《端陽次衡州見競渡》云：「一江烟水分南北，九面峰巒入渺茫。」《湘南懷古》云：「地與芬芳憐帝子，天留窟宅住騷人。」《春日寄居冉麗川别業感賦》云：「蕭寺半浮烟水面，斷雲多掛緑楊村。」寫景亦復工雅。

浙江臬署獄中，有枯柏一株。署南宋時，西曹理刑廳，岳鄂王被難日，柏忽死。人遂神之，甃以石欄，護以鐵鍋，歷數百年植立不朽。司獄范正庸爲繪圖刻石，名曰「殉忠柏」。錢唐屠孟昭太守倬詩云：「喬柯挺立四尺圍，悲風慘淡生圜扉。皋陶祠旁敞官閣，照耀范君圖與碑。君不見，棲霞嶺側王所葬，宰木森森總南向。精誠所貫物亦靈，七百年來更無恙。」

自淵明預作輓詩後，多有效顰者。金芥舟玉岡《自輓》詩云：「女手卷兮貍首斑，癡兒登木唱歌難。一生閉户無人問，此日誰知爾蓋棺。」「萬里孤遊跡已陳，一瓢一笠苦吟身。自今猿鳥長相憶，誰向名山作主人。」「寸書點墨惜如金，嗜好由來自不禁。付與酸風兼苦雨，可憐辜負一生心。」「一點春墳月一痕，棠梨花下漫銷魂。紙錢風散清明夜，墓繞狐狸當子孫。」語皆沈痛，蓋有所感愴而云，與逍遥自適者迥别也。先生資性豪邁，與張竹房、徐文山、金金門、高蘆田諸君結吟社。金金門以事謫戍遼東，無人偕往，先生慨然同行。因探長白、鴨緑之勝，積書一卷而回。晚遊羅浮，卒於電白縣署。死有異徵，人謂仙去。所著有《黄竹山房詩》三十卷、《田盤記遊草》一卷、《天台雁宕記遊》一卷、《粤遊草》一卷。

王丹麓戲其婦曰：「貧者上帝所頒清俸，惟世間文士得享之。」婦笑曰：「有是哉？特未知何日俸滿耳。」

津門金子衡璿《榆錢》詩云：「憑誰鼓鑄作規模，意匠經營造化爐。春裏結來春裏散，免教人笑守錢奴。」咏物詩難得如許風趣。

小兒出語，多屬天籟。王葑亭《戲述幼女語》云：「牽爺看喜事，雙鵲來喳喳。連朝應口渴，招手令吃茶。」「牽爺説新聞，牀下小貍卧。昨夜忽添丁，一二三四個。」

王葑亭《題張麗華祠》云：「臨春艷質已成空，留得遺祠傍故宮。直以捐軀酬後主，更能假手報高公。青溪幻影沈秋月，翠幙生香颺晚風。畢竟國亡還一死，問他狎客有誰同。」

廣州珠娘傍晚候客，謂之「坐燈」。族叔介眉有句云：「妾自坐燈郎坐月，阿誰看月不看燈。」「人行雲亦行」，嘉應李繡子句。「人走月亦走」，程鄉李允求句。

佛氏言施捨，即吾儒博濟餘意，乃世謂人未受佛氏施捨之恩，衆僧已食世人施捨之福。黄同石《光孝寺千僧鑊歌》云：「千僧不種粟，亦自有飯食。千僧釜甑爨，久不以粟易。千僧之鑊何時開？千僧之飯胡爲來？有人鑄鑊復煮飯，千僧飽食何爲哉？」言外自具諷刺。

杜甫《夢李白》詩，是夢中猶知其生，故曰：「君今在羅網，何以有羽翼。」駱賓王《夢梁未央》詩，是夢中已知其死，故曰：「可憐泉路苦，念爾夢魂來。」皆於朋友交情，極纏綿悱惻。

白玉蟾，本葛長庚變易姓名。有《蒼瓊軒》云：「竹已萌千龍，水自走萬馬。人在蒼瓊軒，笑傾白玉斝。飲到月華落，醉倒洞之下。一堂皆酒仙，地遠無人畫。」

白玉蟾《南樓》句云：「漢陽草樹看來短，淮岸漁家淡欲無。」絶妙一幅遠景；至《題筆架山積翠樓》云：「雲粘暮色月華濕，樹顫秋聲天籟寒。」則畫筆所不能到矣。

塵世皆慕神仙，不知神仙亦羡塵世。高要彭春洲泰來《遊仙詞》云：「青鳥含花雪滿身，瑤池清冷不知春。丁郎自笑芙蓉館，却遣瑶英竊嫁人。」「淡蕩天門九扇開，五雲班裏盡仙才。玉樓若作修文地，須向人間索記來。」

東坡「酒闌病客惟思睡，蜜熟黄蜂亦嬾飛」，上句賦，下句比。陳獨漉「松柏本來多直性，英雄何必在成名」，上句比，下句賦。

余邑吴麟山玉書《餐菊》詩云：「不羨豪家列八珍，年年菊瓣慣嘗新。近來飽歷風霜苦，恰與秋花并一人。」

荔支花時，多雹少實，多雨花枯，多晴液涸。買焙之家視之論價。譚玉生詩云：「二月枝頭已着花，村人護惜等桑麻。今年風雨知多少，鄭重論錢判焙家。」

貴妃好荔，東坡亦好荔。新會張總章詩云：「嶺嶠論園誇黑葉，長安一騎笑紅塵。千秋畢竟誰知己，絶世才人並美人。」

雲夢許秋巖都轉兆椿《上元日至山海關口號》云：「春月初圓第一宵，别離草草路迢迢。還家夢是今朝好，明日關城隔更遥。」遠行人讀之，自覺難堪。其《秋水閣集》中有「事到中年百慮深，世味漸諳知老大」，尤爲閲歷語。秋巖仕途蹭蹬幾三十年，故詩亦多感愴也。

黎美周《黄牡丹》詩十首，隨園謂其貼切「黄」字尚少。乃余觀當時倡和諸公，盡力推敲，亦鮮出其右者。惟高康山「瘦骨不隨秋葉老，香鬚曾傍乳蜂寒」、「春同梅子雨中見，人帶槐香客路忙」、「玉容憶自歸金屋，舞袖多承賜錦袍」，蘇興裔「粧成檀暈遊金谷，步蹴蓮花戲大堤」、「祇樹布金遺寶甃，荆山鑄鼎有殘銅」，家紀石「獻賦漫同金碎菊，聽驪應誤日傳柑」、「閒支象管描鴛幛，冷怯狐裘襯驌驦」，黎洞石「殺賊正懸金斗印，濟時須佐白衣人」、「豹霧半籠清影外，蜜脾多在赤闌叢」，區懷年「松花釀作延年飲，杏子襟裁侍獵裝」、「秋風橘柚分榆社，海月玻瓈溢桂觴」，謝長文「蠟痕香瀉琉璃碗，蘭酯波浮琥珀觴」、「縱饒羽扇來仙子，不及宫裳笑太真」，曾息庵「木丹轉染鴛鴦襭，金縷堪裁蛺蜨衫」、「乘鶴入雲樓對閣，卧龍遺土廟爲陵」，尚爲雅音。

久客還家，風景頓異，最足感人。阮疇生詩云：「盡室遯江村，乍歸未識路。却問路旁人，爲指門前樹。癡兒各長成，有弟亦同住。病妻久卧床，淹淹迫歲暮。獨客苦思鄉，還鄉如客寓。二親掩重泉，淒清感霜露。回首望禾江，舊廬杳無處。信宿不遑安，又復出門去。」

黄仲昭《明妃詞》云：「風起龍堆滿面沙，舉頭何處望中華。早知身被丹青誤，但嫁巫山百姓家。」黄幼藻女史《題明妃出塞圖》云：「天外邊風掩面沙，舉頭何處是中華。早知身被丹青誤，但嫁巫山百姓家。」朱竹垞《明詩綜》俱選之。

愛妾换馬，則甚豪；婢换書，則甚韵。華亭朱吉士大韶性好藏書，訪得吴門舊姓有宋槧袁宏《後漢紀》，爲陸放翁、劉須溪、謝叠山三君手評，遂以一美婢易之。婢臨行，題詩于壁云：「無端割愛出深閨，猶勝前人换馬時。他日相逢莫惆悵，春風吹盡道旁枝。」吉士深爲惋惜。余以爲有此婢而不知其才，吉士亦非韵人矣。

徐惟和《客中贈别》云：「吴姬把酒唱離歌，一片愁心奈别何。莫怪相看頻下淚，江南春色已無多。」費滋衡《勸酒》云：「吴姬十五髮鬖鬖，玉椀蒲桃勸客酣。但過黄河風色冷，更無春酒似江南。」似用其意。

余友劉雨湖潛蛟，少日能詩，工書，爲伊墨卿所推許。家綦貧，屢困童子試。吴臬使知其名，欲羅致之，使以書謁陳學使嵩慶不可，洵有志士也。《登浮山第一樓》云：「松竹抱危岑，岑樓閟緑陰。烟霞恣出入，日月漏升沈。頓覺諸天近，都忘萬壑深。憑欄閒俯仰，寒氣襲重襟。」

莞人于南城下，拾得小碣，有詩二首云：「幾株山樹露盈盈，總是愁人淚滴成。試把愁心問明月，今宵明月爲誰明。」「對妝鸞鏡舞山花，暮倚長松樹作家。風伯不知愁思苦，山頭夜夜起悲笳。」末云：「祁瓊娘題於孟山之陽。」詞旨淒怨，不知爲誰家不櫛進士也。

松江唐汝詢幼瞽，作《唐詩解》行世。後樊桐吴山人昌祺老而盲，又增訂之。陳錦江詩云：「早慧何堪作瞽師，聖童口授説唐詩。詩傳復入山人手，老眼雙盲補注遲。」幼盲注書，從古亦罕。

吾粤鍾狂客名禧，甚有詩名。嘗過杭，友人招遊西湖，寄之詩。鍾和云：「湖光山色最宜秋，君不來招也去遊。已辦蜀川千丈錦，爲誰今日盡纏頭。」「萬頃西湖水貼天，芙蓉楊柳亂秋烟。湖邊爲問山多少，每箇峰頭住一年。」豪爽放曠，信其爲狂也。

以詩賈禍，即異域亦有然者。朝鮮權石洲以《新柳》詩涉譏諷，竟論死。徐白眉詩云：「玉峰詩遜石洲工，異國詞人此兩翁。不道柳枝能賈禍，九原遺恨咏東風。」玉峰姓白，與石洲皆有集行世。

香山愛義山詩，至云：「我死爲爾子足矣。」後義山生子，名白老。馮椢庭《香山詩述》云：「死爲白老情先合，書付崑郎計未遲。」則用香山命姪寫詩，一付夢得小兒崑事也，裁對最屬工穩。

游戲題不妨出以游戲之筆。紀文達公《題醉鍾馗畫像》云：「一夢荒唐事有無，吴生粉本幾臨摹。紛紛畫手多新樣，又道先生是酒徒。」「午日家家蒲酒香，終南進士亦壺觴。太平時節無妖厲，任爾閒遊到醉鄉。」

王陽明謂今之院本，即古樂府之遺，最足以勸善懲惡。張南山《演劇》詩云：「演劇始何時，恒舞見殷代。四目揚戈盾，儺賓開此派。初猶弄傀儡，繼遂假粉黛。優伶慣登場，用以佐嘉會。所演苟近正，從俗不必廢。奈何聚男女，衆目覩邪態。尤多事争鬭，勇敢乃稱快。誨淫與導殺，風俗易以壞。願請當事者，剴切爲告誡。論之演報應，庶足資勸戒。勿謂吾言迂，人心重有賴。」溯源杜流，較王説尤詳盡。

錢塘陳雲伯吟咏最富，常以剞劂氏十二自隨，詩成即付梓。《京口》云：「江流萬里海天長，門户金焦鎖建康。北去雲帆通楚越，南來戰壘賸齊梁。重重樹色開秋霽，袞袞潮聲走夕陽。獨倚篷窗酹杯酒，隔江燈火認維揚。」

家章冉廣文廷枏，撰《南漢書》成，取其事之偶對足昭炯戒者，《感賦》四律云：「偏隅花詡小南强，羞向咸陽話故鄉。儀鳳受俘庭太僞，飛龍造字號原狂。横江猛士三年弩，沈水仙人廿四香。獨有規模賢相績，軍樓清海費平章。」「别苑離宫恣冶遊，侍臣奏賦頌風流。操戈枉恃塗金塔，試劍剛傳尚玉樓。小户有辜投虎象，太師無事擁貔貅。可憐二萬中官貴，斷送河山六十州。」「定課豪民慘不歡，蜃龍孫子快呼鑾。美人黃土珠江隔，霸主紅雲玉樹寒。癡夢佛身留指爪，誇談仙使捧丹丸。鼠投牛角無多廣，縱可支持局已殘。」「白天雨讖亂亡催，水上田真泛米來。鐵柱難爲傾國杖，鉛錢無復買城開。牽機緩作降王長，結勒翻憐淫巧才。一樣編摩殊論贊，老夫朝漢有高臺。」書與詩皆見簡括。

小匡說詩卷七

順德梁邦俊伯明

余邑家文康公，相業推重一時。其《元夜》詩云：「今春原自隔年回，先向南枝報早梅。尚恐閭閻春色淺，故教絲管夜相催。」不愧大臣吐屬。

志在匡時者，所言動切民依。樂昌鄧忠毅公《捕盜宿高山夜雨》云：「夜宿高山古廟壇，愁聞滴瀝雨聲寒。自知處險非常計，争奈蒼生殆不安。」《瓊山海忠介公峽山飛來寺》云：「峽山奇勝擬蓬萊，想是當年欲建臺。天恐此方窮土木，故令神物特飛來。」詩以言志，讀此益信。

縛草爲人，以逐飛鳥，田間每有此風景。陸石谿絶句云：「清明日薄晝陰陰，籬外新秧短似針。縛草象人田畔立，借他風力逐飛禽。」

嵩山東太室、西少室相距二十餘里。太室大夫槐、少室將軍柏，秦皇、漢武所封，皆大數十圍，非他山所有也。泰岳大夫松，枯木而已。但世知有大夫松，罕知有大夫槐者。易渭遠詩云：「灰飛劫火留槐影，風散仙壇落柏花。」即指此也。

龍目稱荔奴，品雖亞荔，亦佳果也。李抱真先生詩云：「封皮釀蜜水晶寒，入口香生露未乾。本與荔支同一味，當時何不進長安？」

短章莫妙於用托。方九谷《十八灘》云：「十八灘中去，參差如劍戟。客從灔澦來，至此還歎息。」

二十字中，足抵一篇《行路難》矣。

計孛二星能掩太陽之光，人命值之，多主暗晦。家藥亭詩云：「我生在南斗，朱明耀陽德。人言屬午宮，計當夜入戌。子宮復明明，相對還相尅。」信與退之、東坡身命躔磨蝎同，爲文人之厄矣。

吾廣水村四旁多植松，其樹與在山者不同，似檜而香，抱木旁生，柔韌可作履，謂之抱香履。土人不甚重此木，亦不甚香。嶺北人愛之，香亦殊勝。《練要堂集》中有《水松》詩云：「此物宜鄉國，寒泉不待盟。蟠生即澗底，天籟信濤聲。風雨龍鱗現，陰森魚甲明。抱香知可愛，豈是衆人情。」

荔支名目甚夥。一名「尚書懷」，出增城，相傳湛文簡從楓亭懷核歸，熟最遲，而味特雋。一名「黎仲賜」，相傳得種於黎，而美其稱，顆最大而核極小。南海陳文忠公詩云：「嚼實圖何略，呼名譜未諧。不争妃子笑，得入尚書懷。」「黎仲者誰子，將來奪宋香。飽自宜村舍，心先向尚方。」

詩到真處，愈淺白，愈令人首肯。番禺李少偕駕部時行《得家書》云：「一紙鄉書來萬里，獨憐遊子客天涯。書中縱有千言語，總是丁寧早到家。」

吾廣茉莉與素馨形色相同，崖州却有緑色者。陳喬生詩云：「茉莉白可摘，崖州殊不然。鴨江來細雨，蕉葉漏諸天。蜀客綺相對，石家珠可憐。誰曾簪雪鬢，傳到素馨田。」

張夢晉《對酒》詩云：「隱隱江城玉漏催，勸君須盡掌中杯。高樓明月清歌夜，知是人生第幾回。」有明二百餘年，絶詩當推爲壓卷之作。

唐人「秋風能再熱，團扇不辭勞」，明人「自憐團扇冷，不敢怨秋風」，本《日月》、《緑衣》二詩化出，味特雋永。

黄清浦謂許東侯《白溝》之作，弔古慨今，辭意俱盡，志士讀之，求見深衷，定當擊節。余特愛其《城南游覽》云：「楊柳今無渚，芙蓉舊有園。請看蒿里地，即是樂游原。」言下指點，令人不哭神傷。

妖術惑人，歷朝間有。《浮峰集》中《紅羅女》詩云：「山東之賊紅羅女，用兵迅疾如風雨。白蓮授術成妖精，能令照鏡生公卿。」我朝嘉慶末年，林清作逆，亦以妖術逼近宫禁，乃不崇朝而殄滅殆盡，術徒自斃耳。

元時杏花，齊化門外最繁，石臺群公賦詩張讌，傳爲盛事。葛邏禄易之詩云：「上東門外杏花開，千樹紅雲繞石臺。散憶奎章虞閣老，白頭騎馬看花來。」至明，城東花事衰，西郊漸盛。萬曆後，摩訶庵杏花多至千株。朱養淳太傅詩云：「摩訶庵外袖吟鞭，繁杏春開十里田。曾與村翁舊相識，看花不費酒家錢。」承平日久，翰苑風流，後先輝映，洵佳話也。

魏見泉《岳陽樓》云：「洞庭天下水，岳陽天下樓。誰爲天下士，飲酒樓上頭。」二十字却極豪邁。

坑儒之酷，人多歸罪始皇。葉聖野襄《咏秦穆》云：「《黄鳥》歌殘恨未央，可憐一夕葬三良。坑儒舊是秦家事，何獨傷心怨始皇。」溯原抉摘，殊非深刻。

質庫今名曰當，未有入咏者。無錫邵飏園曾訓《蠶婦吟》云：「今年四月少晴時，蠶病家家不出絲。新絲價長舊絲上，舊絲未贖新絲當。」亦甚雅飾。

荔浦鴛鴦井多小石，拾二石磨之入醋中，則二石合爲一處。王笠舫詩云：「西舍東鄰窈窕娘，兒夫從不客浮梁。鴛鴦井水磨雙石，潑得秋茶比醋香。」

王雅宜山人履吉，畫野菜譜三十四種，其《自序》云：「正德庚辰間，三吴迭遭飢饉，民摘野菜以食，活者甚衆。然或誤採，至傷其生。故繪爲圖，俾詳覽焉。」畫端各系以詩。吴蘭雪題辭中有云：「山人體物如老圃，親到畦邊問甘苦。畫成一幅吟一篇，滿硯松花淚如雨。」又云：「吾儕窮達同一義，于世要當期有濟。不將痛癢關斯民，何取風流誇絶藝。」可知圖之流傳久遠，非僅供玩好而已也。

黄逢永嘗言：「晚下清溪，遥望西厓諸峰，如青紗帳中，十數美人探頭窺客。」此真詩家語也。

番禺李烟客雲龍《明妃曲》云：「漢使南還未及春，單于别部寇西秦。將軍不用臨河戰，猶有長門玉貌人。」黎美周云：「馬上琵琶恨轉濃，恩情猶自勝深宫。他家待買《長門賦》，不爲無金與畫工。」一則悲憤，一則婉約，俱耐吟諷。

市上貿易，名曰生意。王笠舫《花田雜題》云：「客子光陰聊破悶，村家生意不知愁。」用以入詩，化俗爲雅。

琉球内附，其國亦建孔廟，四時致祭。黄士龍詩云：「居人解讀漢文章，俎豆依然奉素王。千百年前浮海嘆，聖心早已屬東方。」

本朝官制，籲留者多不准請。乾隆末年，德政碑亦不許立，慮沽名釣譽者多也。海陽毛紹齡《愛民碑》云：「車馬經過何處頻，豐碑片片驛邊新。貧民但賣山前石，不是襄陽墮淚人。」已暗識其弊矣。

子房從赤松遊，深得功成身退之義。然漢高猜忌，難與共安樂處，早已窺及。余邑蘇伯誠葵《咏史》云：「報得韓仇樹漢功，也曾安受列侯封。若教信越長無恙，未必山中有赤松。」讀書亦自得閒。

黄矩洲《雜咏》云：「洛水當時起卧龍，中朝名姓到兒童。一心天下憂都遍，浪得人稱獨樂翁。」讀書亦自得閒。

吾粤東莞縣，以莞草得名。盧仲和祥詩云：「菀彼莞草，其色芃芃。厥土之宜，南海之東。菀彼莞草，芃芃其色。不蔓不枝，宜簟宜薦，資民之食。邑之攸名，實維伊昔。」惜其草經潮則黴，于南地尤不相宜耳。

建造佛殿，世人以爲無量功德。杜茶村詩云：「大樹風多葉盡彫，莊嚴猶自見前朝。黑頭江令殘碑在，不記君王舊姓蕭。」無實妄費，名猶泯滅，徒增人慨歎耳。

文人筆墨，足以顛倒好惡。鄭中伯妙擅樂府，嘗填《玉玦詞》以訕院妓，一時白門楊柳少年無繫馬者。群妓患之，乃醵金數百，行薛生近宄作《繡襦記》以雪之，秦淮花月頓復舊觀。此與墨池雪嶺事絶相類。

女奪女寵，其怨已深；男奪女寵，其怨尤甚。王存初《春宫曲》云：「輦路春深細草連，妝成空坐百花前。昭陽昨夜誰承寵，聞道金錢賜董賢。」此意鮮有説及者。

承平之世，小民每安於愚賤，若澆競之風起，則世道漸降矣。何无咎《村翁行》云：「老翁耕種居西村，白頭不到城東門。翁言淳樸日非昔，我覺勝兒兒勝孫。大孫自託能當户，負租往往凌田主。日斜歸自縣門來，桑下乘涼説官府。」

謝在杭《桃源道中》云：「春風籬落酒旗閒，流水桃花映碧山。寄語漁郎莫深去，洞中未必勝人間。」鍾伯敬《桃源詞》云：「商山海上半秦民，何獨桃源是避秦。滿洞仙人一漁子，翻疑漁子是仙人。」從弟福草《桃源》詩云：「水碧山青説避秦，桑麻雞犬總紅塵。桃花亦是人間樹，却笑漁翁再問津。」同是翻新之法。

山陰劉彦亨渙絶句云：「白玉搔頭金步摇，春衫紅勝海棠嬌。只因記得當年事，重到桃花第四橋。」「鬟薄雲鬆緑霧涼，春風點額麝臍黄。背人撲得雙蝴蝶，滿扇薔薇露水香。」可謂風流旖旎。

施孟莊《南行途中寄錢唐親友》云：「萬里移家入瘴烟，故鄉音耗若爲傳。衡陽自古無來雁，況去衡陽路八千。」李武曾《憶方虎客宛温》云：「牂牁秋緑晚萋萋，五十郵亭到越溪。不敢更嗟鄉國遠，有人還在萬峰西。」盛庭堅《入蜀懷沈湘皃》云：「雙溪對掩古溪邊，婦汲兒舂各可憐。浩浩乾坤兩萍葉，計程我更遠三千。」許四山《莊浪趨張掖》云：「酒泉張掖近天山，大漠風雲指顧間。莫道行邊人萬里，最西還有玉門關。」皆深一層着筆。

韓君望《言懷》四首，其次云：「古之兵皆農，農富兵亦强。古之士皆農，農樸士亦良。兵農一以分，家室無餘糧。士農一以分，耒耜無文章。待哺難爲兵，忍飢難爲士。分之則三傷，合之則一理。請告當塗人，治亂實在此。」劉繼莊全襲其語，删「待哺」二句，餘易數字。沈歸愚録入本朝《别裁》中，不知其爲韓作也。

李空同《月夜過訪王子》云：「率爾高陽飲博徒，酣歌擊劍膽何粗。金門貴客如相許，徑脱鷫裘付酒壚。」洪昉思《公子行》云：「春明門外酒樓高，稱體新裁蜀錦袍。花裏一聲歌《子夜》，當筵脱與鄭櫻桃。」俱傳神之筆。

邱大祐《春夜》詩云：「香爐銅爐火不增，一牀寒被卧春冰。不知明月將人夢，去落江樓第幾層。」秦景暘《題畫梅》云：「沙際春烟濕未消，落梅風急送輕橈。江邊有客尋詩去，應在西湖第六橋。」陸公璐《梅花》云：「雪壓寒香凍未消，江城歲晚轉蕭條。冷雲漠漠知何處，夢到西湖第六橋。」林初文詩云：「不待東風不待潮，渡江十里九停橈。不知今夜秦淮水，送到揚州第幾橋。」意格亦復相仿。

世途險阻，未聞因險阻而廢舟車者。魏達卿《十八灘歌》云：「水中亂石立森森，急溜盤迴一派深。山鳥任呼行不得，舟行自古到如今。」湯子重《浪淘沙》云：「灩澦瞿塘險半平，衝沙惡浪總堪驚。相逢盡説公無渡，蜀道何曾斷客行。」

《南宋雜事詩》爲錢籜石、吴尺鳧等七君所作，紬經繹史，字鍊句烹，網一代之舊聞，作千秋之佳話。其中有訂譌者，如「天上何曾下玉棺，人間偷把淚珠彈。可知故鬼依新鬼，祏室前頭已奉安」，足闢《西湖志》闕祀欽宗之謬。又「曾聞緦服到臨平，龍德宫中祭奠誠。二帝魂遊沙漠外，何來朽木與燈檠」，足闢《癸辛雜志》楊髡發掘徽、欽二陵之謬。此等最關體要，允推詩史。

俗言富貴衰敗之家，謂之「破落户」，其説見於《臨安志》。宋紹興廿三年，上謂大臣曰：「近今臨安府收捕破落户，編置外州治，本爲民間除害，而謂小火下者，乃爲人訴其恐嚇取錢，令有司子細根治，務得其實。」是以「破落户」爲騙詐之人，想亦無業游閒所致也。沈纍城詩：「爲報臨安破落户，東宫昨日坐南衙。」

婦人稱先生者，起於秦檜妻王氏，自稱「冲正先生」。王佐爲秘書省校書郎，駁之曰：「妾婦安得有此稱？向者誤恩，今得追正。」沈欒城詩：「獨坐綸扉兩朝宰，閨中不許號先生。」

高要龔簡齋府尹驂文，清廉耿介，忤時宰意，故十年不調。致仕南還，有作云：「囊橐無長物，交遊少故知。」又「犬馬有心仍戀主，麟鸞出世不依人」，亦可見其梗概。

讖語多屬附會。肇慶郡署有空宅，相傳爲包孝肅收妖臺。又有「包收陸放馬成湖」之謡，故陸、馬二姓莅事者，端民必呈請大吏乞改調。嘉慶間，馬書欣來守是郡，民如舊呈請。馬曰：「吾爲天子牧民，飲食教誨，豈作禍者耶？」大吏以輿論難違，不數月調去，民争遮道留之。何玉屏元有《送太守》詩云：「包收陸放馬成湖，謬悠騰沸胡爲乎。端州初傳太守馬，聞者色變舌爲下。父老蹌踉愬上官，願乞太守無莅端。上官曲徇太守意，善宦曷必爲其難。太守曰奉天子命，守土牧民我爲政。禨祥水火有數存，鬼神且莫撓其柄。狗吠不驚足生氂，又聽輿人歌誦之。有包在前馬在後，前者爲父後爲母。端州未久調潮州，昔時請還今請留。居官去思各縈抱，借寇留耿争遮道。」

廣州學署爲南漢時藥洲故址，東園久生榛蕪，姚秋農文田督學時，始修整完潔，賦詩以誌。《闢圃》云：「宦跡天南暫寄居，未忘風味是園蔬。清齋早定三年計，隙地新開二畝餘。曉甕汲泉勞灌溉，寒榛當路快誅鋤。看他生意芃芃長，茂叔窗前草不如。」《開池》云：「池上風光好自娱，奈他强半屬泥塗。移橋已遣開生面，鑿地休令占一隅。要使澄清無障礙，不辭疎瀹費工夫。波摇竹樹娟娟影，吹袂輕颸似舞雩。」《種石》云：「佳石真宜荷杖看，多年蹤跡歎泥蟠。峻嶒漫道出頭易，安穩須知立脚難。自有星芒連北斗，好憑風力障狂瀾。此君誰是盟心侶，種得梅花耐歲寒。」《補桐》云：「托根最合近園池，小院梧桐帶露移。自愛清陰傳世德，敢遺嘉樹笑場師。脱身爝火柴烟外，結伴疎花秀石宜。好是三春新雨足，森森先見鳳皇枝。」《護樹》云：「曉圃呼僮理桔槔，喜看雙柎拂雲高。百年雨露同沾受，萬劫風烟此固牢。擬插小籬編杞棘，早開荒徑剪蓬篙。情知不是無情物，辛苦栽培敢憚勞。」

宋、元、明俱有詩話，爲風雅故實。惟五代與遼未備，士林有遺憾焉。王新城作《五代詩話》，以授黄崑圃先生爲綴遺補漏，纂輯刊行，而遼猶闕如。周芚兮大令少白著《遼詩話》，深爲歸愚先生所稱賞。南康謝蘊山方伯題詞云：「四時捺鉢振天威，殪虎秋山漫賦詩。五个翁翁多瞌睡，林牙憂國淚空垂。」「洗粧樓傍舊蓮池，金縷香殘補十眉。諫獵一書陳永巷，霜飛白練結相思。」「瑟瑟傷時憫直臣，燕雲夕枕暗紅塵。白頭宮監談遺事，芳草萋萋廢苑春。」「水濱修禊興超超，援筆詩成壓衆僚。遷客得沾天雨露，妄傳秘事紀焚椒。」「獵取西樓並轡馳，故宮禾黍不生悲。釀成邊釁傾宗社，枉咎降人郭藥師。」

宜興史潁川元潁有《秋樹軒稿》，詩不滿百篇，風骨亭亭，不落凡近。《無題》絶句云：「永安宮裏放秋燈，猶見前朝説法僧。頭白内官親指點，柘黄帕蓋萬年藤。」《雨花臺》云：「空臺石甃裝金粟，野店梅花薦玉盤。」《李陵》云：「曾聞後主歌瓊樹，猶見高皇戴蘀冠。」《秦淮秋望》云：「桃葉人歸秋水渡，瓜皮艇剪大江潮。」

梁溪鄒若瑗女史，工吟咏。殁後，女夫秦小峴觀察梓其遺集，曰《亦南廬小稿》。其《送女夫游山左》云：「落日照離顔，看君辭舊山。琴書原不賤，菽水故應艱。匹馬齊烟裏，荒原魯樹間。殘秋一聲雁，何處穆陵關。」《登焦山頂》云：「盤螺漸上碧雲梯，萬木森森寺徑迷。古步遥連瓜步暝，危厓横壓海門低。屐粘石磴蒼苔滑，林掛烟蘿濕翠齊。欲問華陽真逸事，江流又擁夕陽西。」

小厓說詩卷八

順德梁邦俊伯明

明藩邸諸王能吟咏者，多爲宮詞。如定王之《元宮詞》、成王之《擬古宮詞》，動以百計。余特愛康王《居敬堂集》中一首，云：「薄鬢斜鬟十五餘，妝成猶未下庭除。納涼記得君王作，私把泥金小扇書。」

魏叔子信陽宅，而不信陰宅，謂：「營邱卜洛，詩書顯有明文。」李宗表《贈地理遠碧山》云：「澗東瀍西曾卜洛，定之方中楚宮作。當時相宅論陰陽，猶未經營到冥漠。」是前人已言之矣。

商城程鶴樵國仁，督粵學，再履粵藩，士民皆愛戴。其去之日，謝澧浦太史作《荔灣仙舫圖》，張默遲孝廉作《羅浮大隱圖》，何相文太守暨廣州諸詞人賦詩，殷勤相送。鶴樵因有《留別》詩云：「執手河梁愧感俱，詩家歌咏畫家圖。仙航可許凡夫渡，丹竈誰稱大隱徒。千古交情臨別見，六朝山色過江殊。何當竟赴羅浮約，補種梅花十萬株。」

詩家貴自切身分。劉未山統基言其僕《咏螢火》云：「一點靈明還自照，世人休笑出身微。」惜姓名不及記憶矣。

農占驚蟄前有雷鳴，四十九日雲不開。彭文勤公元瑞詩云：「抑聞驚蟄前，農占理可度。四十九日雲，春水生漠漠。」余徵之信有驗。

西湖有總宜船，取東坡「淡粧濃抹總相宜」語。彭文勤公艶其名，取以號室，因爲詩云：「南榮向暖北窗涼，宜夏宜冬兩不妨。倚着槐根長繫定，恰如釣罷水雲鄉。」「三里雲溪弄碧漪，篷窗閒過十年期。荒齋幾笏瓜皮樣，也學船居號總宜。」

歙縣朱謙山鍾《咏幸蜀圖》云：「一曲淋鈴萬古哀，君王兩幸蜀川迴。誰知南内淒涼月，都自長生殿裏來。」《射潮圖》云：「風急江頭水怒號，錢王英氣儼淩霄。空嗟十萬神機弩，不射朱梁只射潮。」俱有意味。

醫寄生死，所關甚重。顧今之醫者，不因病以求方，多執方以治病，常有不死於病而死於醫者。張船山詩云：「升天入地總無奇，幾卷方書萬古疑。二十九年生不易，肯將性命付庸醫。」醫之不庸，有幾人哉？

陳其年《送張若水出關》云：「祖母秦淮父錦州，盧家少婦又邗溝。百年骨肉抛三地，萬死悲哀迸九秋。」趙飲谷《自大梁東歸》詩云：「飄零淮楚踰河朔，轉徙幽州更大梁。迢遞關河雙去雁，古今歧路幾亡羊。」流離之苦，一自贈，一贈人，俱令人墜淚。

詩有緊字訣。葉進卿向高《出關别江仲魚》云：「心知惆悵對離觴，一望郵亭十里長。自與江郎黯然别，馬頭春草是他鄉。」徐惟和熥《芋江驛樓送張四之白下》云：「春風吹柳萬條斜，此去金陵驛路賒。不必相思當後夜，片帆開處即天涯。」二詩深得此秘。

四會産柑特佳，歲例供制府以下及郡寮各有差，約輸柑一萬餘顆。而胥吏緣之作奸，柑户至洗樹不能應。會稽陶爽齡爲府司李，作《柑子苦》詩，中有云：「昔時有柑民自取，今時有柑官屬厭。小民仰官作天地，敢惜口腹私罌甀。但愁未及官人腹，千萬盡充胥吏嗛。官人只知己玉雪，安識下有豺狼貪。柑子初熟符檄下，叫呼聲怒仍眈眈。一柑未嘗樹如洗，搜及稻麥兼魚鹽。」

歸安陸麟度觀察師政績，有古循吏風，而充礦使一節，以真苗難得，未裕國課，徒累官民，奏請停止，東土人至今感而祀之。所著《玉屏山樵吟》，有《之官真州述懷》云：「邗溝自隋唐，昔稱繁庶地。宴享窮珍羞，吉凶踰典制。巷有衣錦人，家無終歲備。權衡奢儉間，張弛有治義。採風美唐魏，古人豈無意。庶幾去其甚，聊灑俗吏愧。」其留心民瘼，亦可想矣。

帝王之興，雖由天意，然當其始，每假借符瑞，以聳動庸愚。查初白《洪武御碑歌》云：「明明天眼識王氣，故以險怪驚愚蚩。英君往往謀略秘，計大不許尋常窺。亦如田單破燕騎，神道設教尊軍師。不然茲事乃近誕，小數何足誇權奇。白旄一麾江漢靖，軍前長揖從此辭。留侯自伴赤松去，穀城空立黄石祠。」可知白蛇赤伏與篝火狐鳴者，同一智術矣。

查初白《汴梁雜詩》云：「梁宋遺墟指汴京，紛紛代禪事何輕。也知光義難爲弟，不及朱三尚有兄。將帥權傾皆易姓，英雄時至適成名。千秋疑案陳橋驛，一著黄袍遂罷兵。」兵變之詐，言下凛然，始信文人之筆，嚴於鈇鉞。

蠻夷異族，不時騷擾，故古人最重邊防。馬墨麟《南行漫興》云：「遠書底用問邊鴻，得失因緣塞上翁。敢惜金繒當此日，正期鎖鑰仗群公。夫人堡有和番計，丞相碑傳縱虜功。可信降酋無叵測，漫教部曲卧雕弓。」老謀深識，豈得但以詩人目之耶？

黄河之患，皆因淮水堙塞所至。《水經注》曰：「淮水徑義陽東，過鍾離縣北，夏邱縣南。又東至徐縣，又東盱眙縣，東至廣陵淮浦縣，會黄河而入海。」此其故道也。前明廢海運，復會通河以漕東南之粟，乃修歸仁堤，大葺高堰，障全淮，使出清口，與河流會，藉淮刷黄，從雲梯關入海，以故運道不梗，而淮水亦不至爲害。鼎革以來，堤防廢壞不修。順治己亥歸仁堤決，康熙壬寅又決。洎自周橋開，而淮水盡東注矣。淮水既東，清口之力遂弱，不足汰黄流之淤。久之，雲梯關故道爲積沙壅阻，於是黄水逆入清口，奔注洪澤湖，淮復挾黄爲害，合二水悉停蓄滙萃於高、寶諸湖。而下流范公堤諸閘久廢，其入海諸港口又皆堙塞，故水漲盛，每至衝決。夫治其源，宜修歸仁，固高堰；殺其流，宜開支河，濬海口。今河臣於沿堤一帶，設立減水諸壩，入令每歲增堤大三尺，皆未知變通者也。潘次耕《河堤》詩云：「濁河本北流，清淮有南亘。河徙忽奪淮，淮弱而河盛。一石八斗泥，壅礙入海徑。倒灌淮上流，湖淤可涉脛。埂堰始衝決，淮南受其病。」又云：「海口雖停沙，可以水力衝。淮主河乃客，主壯客不攻。用清以刷濁，當年策誠工。淮今僅一綫，河漲猶難容。淤沙積成土，不濬焉得通。古方治今病，和緩技亦窮。疎瀹費雖多，尺寸皆有功。堤成倘蟻漏，金錢擲波中。」於治河方略，洞悉本原，惜無以此陳之黼座者。

錢牧齋、吴梅村同爲勝國舊臣，而《初學》、《有學》二集，感愴之情絶少，不若梅村猶時形篇什也。漳浦趙雙白潛《呈梅村》句云：「蒼梧往事餘雙淚，白首名山只一人。」庶幾不愧。

和州戴無忝移孝，爲務旃本孝之弟，以父死前朝之難，俱不仕。有《答人述先君舊事》詩云：「莫道吴興事，酸風刺骨寒。相知皆死别，無處問平安。故鬼千家哭，孤城百戰難。當時衣上血，今日與誰看。」

戴南枝名易，越之遺民也。寄跡於僧，賣字葬徐昭法先生於珍珠島。著《虎丘表忠補》一編，又有《釣臺》詩五百首。無錫李静山崧贈詩云：「熱血難消白髮新，滄桑閲歷幾番塵。獨書甲子依彭澤，老向乾坤哭富春。畫裏無人元隱士，井中有史宋遺民。一竿何處堪垂釣，流水桃花護舊津。」中以淵明、臯羽、雲林、所南四人比之，南枝於是乎不死矣。

吴江周漢荀龍藻爲忠毅公後，試輒冠其曹偶，竟以歲貢士終。有《妾薄命》詞云：「秋月淒清秋露下，燈花落盡銀河瀉。舉頭悵望女牛星，翻羨嫦娥長不嫁。」悲怨之思，婉然言下。

張陶園《滇遊集》中，多新警之句。如《曉過白馬渡》云：「江流殘霧盡，人入亂山初。」《辰陽道中》云：「斷巖磬瓠廟，疏竹犵狑烟。」《辰龍關》云：「日避重雷外，風生半壁間。」「一梯穿鳥上，萬馬踏天來。」《從貴定行至平越》云：「無天惟有地，不雨亦生雲。」《南中述古》云：「海蟠天上大，日轉地中多。」「山攢銅柱密，水劃鐵橋開。」《南車坂》云：「石危風落鳥，樹古雪翻熊。」《甕城橋》云：「嶺勢盤雲分百粤，江聲捲雪走三巴。」《花紅洞》云：「天鎖長松門作雪，瀑飛夕照寺成嵐。」《郎岱館壁》云：「瘴連百粤人烟少，山入諸羅日月昏。」

佛言夢想爲因，亦有無因而成者。沈磵房丙戌榜前，夢羅昭諫見過，有詩云：「鵠袍烏幘一先生，刺寫江東給事名。八百年來成把臂，可能同訪舊雲英。」「湖磯歸理釣魚蓑，收拾從前淚點多。笑煞江南村使者，有名金榜便如何。」

夢中得句，人恒有之，然必其人工詩，然後夢中之作乃工，則精神爲之也。余友吴星儕《夢中作》云：「古苔延陰厓，老樹盤陽谷。雲去僧不歸，孤龕鎖寒緑。」族叔介眉《夢裏吟》云：「醉後笙歌死後聞，塲中不識果何因。爲君再譜《涼州曲》，始覺何戡是舊人。」

趙甌北「一蚊便攪人終夕，宵小原來不在多」，語頗近於率直。沈香巖《咏蚊》云：「斗室何來豹脚蚊，殷如雷鼓聚如雲。無多一點英雄血，閒到衰年忍付君。」斯爲雅音。

江都王柳村豫著有《種竹軒詩鈔》。《閨怨》云：「古釵寶髻映簾櫳，曉起妝臺興久慵。知否妾心怨秋色，臨江不敢種芙蓉。」

隨園弟子凌芝泉霄，江寧人。有《接洪太史書》詩云：「聞君六月渡冰河，高唱長城飲馬歌。聽到琵琶心易醉，燕支山下女兒多。」《送秦中丞出關》云：「壯遊何處不天涯，但可棲遲便是家。策馬請君揮手去，而今關外有桃花。」音節俱佳，居然青足勝藍矣。

儀徵何琴巖刺史堂，有《有感》絶句云：「今年芳草又萋萋，春雨王孫路欲迷。我却無家歸不得，那堪重聽子規啼。」爲時傳誦。

陳惺齋《涿州有懷故園諸子》云：「匹馬衝寒記昔游，酒杯詩卷儘風流。故人南北分飛盡，今日疲驢又涿州。」

福草弟嘗誦陳夢生《到家作》云：「客遊數載返蓬廬，稚子依稀瘦比予。驚看山妻憔悴影，鐙前猶讀寄歸書。」情真語摯，不以雕琢見長。

余有《西湖曲》云：「瘦金書妙墨流香，花石無端惹恨長。愁煞西湖好烟月，一時齊唱憶君王。」鄭雲麓年伯謂神似新城，每向人誦之。

三山門外莫愁湖，相傳爲盧莫愁家，此其因石城而誤，昔人辨之詳矣。然詩以寫情，正不必拘同考据。余有詩云：「抱愁愁過莫愁湖，門巷誰家認姓盧。悽絶三山門外路，東風一片緑蘼蕪。」

余邑温秋瀛太史爲篔坡侍郎之子，詩品嘽緩和平，能守家法。最愛其《由鳳山門至湖上》詩云：「萬松排嶺直，叢竹上天青。負郭尋幽徑，穿林得野扃。晨光清若洗，仙夢醉初醒。面面湖山秀，籃輿入畫屏。」

從弟熾山九昌，性情韶令，不幸早亡。詩頗清妙。其《鄂王》詩云：「盾樣琴材製枉然，雄軍已失背嵬堅。絶愁沙漠拋毛裹，只戀湖山計目前。三字竟持長脚相，一官兼累翦頭仙。君王奴僕星真陷，壞汝長城孰衛邊。」《鐵門關》云：「玉門關又鐵門關，萬里長征何日還。滿地月明秋已老，不堪回首望家山。」《洞庭湖送客》云：「相逢訝汝忽華顛，愁煞分離又楚天。如此風波如此雨，勸君休上洞庭船。」

余邑劉扶山杰，爲秦小峴侍郎客，侍郎雅重其詩。一時如李制府鑾宣、伊都轉秉綬、吴侍講慈鶴輩，皆争相推轂。其句如《夏日溪居》云：「魚龍出海連窗濕，鸂鶒呼群夾水啼。」《贈墨卿》云：「上直早年依北闕，吟詩終日泛西湖。」《寄小峴》云：「不盡去思縈柳樹，更留高咏照梅花。」《陸賈》云：「詩書北面回高帝，談笑南交下越王。」《武侯》云：「才壓鳳雛方管樂，心懸龍種謝孫曹。」俱佳。

絶句有天然凑泊者，非清機觸發，不能傳出。山陰徐伯調緘《南湖》詩云：「昨夜南湖雨點齊，蓼花灘没板橋低。美人曉起搴珠箔，無限白雲飛出溪。」

番禺黄石谿子高《大道曲》：「大道如繩直，車聲復馬跡。逐逐紅塵間，相望不相識。」《雜曲》云：「東家女如花，西家女如葉。西家女作妻，東家女作妾。」又云：「莫笑籠中鳥，鳥有出籠時。莫作園中花，辭條不上枝。」《同心曲》云：「新製同心枕，鴛鴦繡兩頭。從今誓相守，不作石城游。」《讀曲歌》云：「采花不采葉，花落葉亦稿。君不長少年，妾豈長不老。」殊有齊梁之遺。

關税之嚴，行旅所苦。淞江錢去病霍詩云：「長水收帆落照前，停舟却道使君賢。雲間只有雙黄鶴，飛出吴關不税錢。」吾邑馮介厓達昌《汾江竹枝》云：「廣州關接粤關關，只隔盈盈一水間。風月自來無税例，滿船裝去復裝還。」深痛之詞，出以委婉，自有風人之遺則。

揭陽女媛謝玉娘《題春暮》句云：「朱簾畫閣小樓東，人倚東風對落紅。何事柳眠鶯不起，却緣春事晚來空。」

涇縣釋元理，號覺文，喜與諸文士相接，吟咏無虚日。一日睡起，口占一絶云：「睡起松風理舊篇，此心未老雪盈巔。閑吟花月三千首，虚費工夫四十年。」自是絶口不復作詩。

晉安陳子師大令允錫，著《亹齋詩删》。自言每年僅删存廿首，因爲詩云：「兩代詩存三百首，今人動是數千餘。仲尼縱在無删處，直待秦皇焚却書。」

水西鐘，舊傳異人所鑄，俗有喪者，倩僧擊之，言亡者聞鐘路明也。周蒼泉虬詩云：「水西鐘打暗黄昏，十八聲敲咽復吞。道是黄泉多黑路，爲憑一擊照歸魂。」

任心齋所選《吴中十才女集》外，尚有劉采之芝、金仙仙逸、周素芳澧蘭、汪宜秋玉軫、王拈華寂居、張桂森蘊、葉畹芳蘭、張浣江芳、馮波仙素貞諸女伴。或以詩賦，或以駢體，或以詞曲，各有擅長。一時粉黛駢集，列諸絳帳，洵人生一大快事。

「波面風來香滿舟，露珠滴破若耶秋。雙橈停却忘歸路，貪看紅蓮放並頭。」「臨湖自櫂木蘭槳，蓼草蘋花楚岸長。儂意只將蓮子摘，好留蓮葉蓋鴛鴦。」此李婉兮女史嬿《采蓮曲》也。筆意清雅，一往情深。

韵语雜記

韻語雜記提要

《韻語雜記》十七卷，據上海圖書館藏柳棄疾抄本點校。撰者柳清源，字鄂生，號松琴，江蘇吴江人。此書有道光十三年癸巳自序，略云原稿六卷，不慎焚毁，憶復一二，十不及半。此指前四卷耳。卷五署甲午、乙未，卷九以下各卷皆署年份，每卷一、二、三年不等，順次而下，最末卷成於二十八年戊申。又據卷首民國九年族曾孫柳棄疾題記，乃從故居原稿抄出，而與家譜著録一名《焦桐吟館詩話》二十二卷稍異。柳氏搜詩成癖，戚友多能詩，故録存吴江、蘆墟、分湖、黎里一帶詩篇甚夥。其與郭麐同里，詩識亦近，曾入《靈芬集》，本書亦多以郭復翁之言爲是，時及其行蹤，可視爲《靈芬館詩話》之後篇也。惟話少，每交代出處即止，而無所評騭。其品賞之功全在於去取之間，頗能得吴人吟詠之「清」趣。所録詩題開闊，律細調諧，多爲「有人」、「有我」之作，故又能清而不薄。如卷十五徐曾泰《移居》詩：「移來家具少於車，贏得清閒意自如。漫檢牙籤排硯北，好安吟榻傍窗虚。菊籬秋老誰攜酒，菜圃烟滋獨荷鋤。過客不勞頻問訊，讀書聲裏是吾廬。」將孟郊《借車》之嗟貧一一填實方休。卷十一柳墉《絶句四首》之四：「欲寫新詞臨别贈，幾回搜索奈腸枯。今年貧比去年甚，連却詩中料也無。」「貧」之雅謔，莫此爲甚。卷四王模《古别離》「今别先别心，古别惟别身。别心跬步遠，别身生死親」云云，竟似道出百數十年後信息時代之人際關係。卷十三丁兆寬之新樂府，《裝壩錢》、《踏水車》記道光三年之水災，《吏胥喜》、《鄰女哭》刺横征暴斂，誦詩觀風，力道不遜老杜。卷十七顧如金七古《航海》、《望海樓觀潮》兩首，寫東海之大，身臨波濤中，不同於黄仲則前後《觀潮行》之旁觀者身份，潮湧直能驚心動魄，又撞擊出「自笑本來住水鄉，只恐江湖從此難爲水」之達識，元稹之語翻用自如，詩格驟高。凡此皆爲清詩尤其乾隆後詩之新質趣也。此書題「雜記」則稍不確，實全録詩，卷十五録陳端生之寄外書，亦以有七律六首附後，而仍可不算違例也。

韵語雜記自序

昨歲輯《韵語雜記》六卷，同居失慎，盡付焚如。近從鹿城歸，梅雨如注，索居无賴，憶得一二，輒復書紙。忘失者多，十不及半。然爲之不厭，烏知異日不又裒然耶？仍其名，不忘舊也。道光癸巳五月，焦桐館主人識。

韵語雜記卷一　癸巳

吴江柳清源鄂生

黄溪郁老人，失其名。性耽詩，有《冬夏讀書樓稾》。《水仙》云：「玉版數行臨晉帖，瑶琴一曲理湘絃。」《自述》云：「眠欲得安惟一醉，食求無愧且深耕。」《偶成》云：「得句想從非想外，置身材與不材間。」逼似宋人風格。

海昌沈子逸嘉樹，著有《扶疎閣詩》。其佳句如《春陰》云：「花光團作雨，雲意别添山。」《禪房》云：「抄罷《楞嚴》香未燼，水風開遍白蓮花。」又《觀棋》云「我亦從旁欲下難」，亦妙。

嘉善沈繖堂茂才丹培，爲内從兄西亭孝廉綬高足，喜作詩。《集禪房》云：「竹韵清摇經閣外，桐陰緑到佛眉邊。」《春日》云：「茶烟颺壁疑飛白，花片粘書訝點朱。」《病後》云：「地少名山詩境窄，座添佳士病懷寬。」皆可喜也。

費少府畹香蘭槰，爲殉難松亭少府增運孫。尊甫肇堂丈宗葵以襲職雲騎尉，擢寧海參戎。辛卯冬，畹香自署旋里，繞道過訪，並以近詩見眎。時余適病痁，草草爲閲一過。今止記其《春遊》云：「屐痕處處憐芳草，鈴語聲聲數落花。」《山行》云：「飛泉夾道晴疑雨，叢木成陰夏亦秋。」

有人誦謝履莊一聯云：「幸无罪過灾梨棗，不取功名讓子孫。」

稧湖徐養恬鳳藻性真樸，喜爲詩，時有佳句。《吕城》云：「人稀收店早，村小築橋低。」《客懷》云：

「鄉心深似水，客夢亂於山。」《金陵》云：「千年流水悲殘照，一種青山怨六朝。」《錢王祠》云：「千年英氣潮頭落，三月風情陌上游。」《老馬》云：「可憐荒草斜陽卧，當作牛羊一例看。」皆琅然可誦。

鎮洋顧意秋晞元有《鴻雪集》行世。《觀荷》云：「波光四面緑於酒，花影一湖紅上船。」《東風》云：「春水鷺鷥同命鳥，清明楊柳斷腸詞。」《桃花》云：「胡蝶一雙魂共小，華年三五月同圓。」門客張某稍通文理，曩歲忽出一詩見質，云：「提壺拋盡杖頭錢，典去寒衣贖不全。多謝夫容憐我冷，江頭留住小春天。」語雖淺近，而筆意頗佳。惜耽於酒盞，不肯肆力此道耳。

吴丹山元驥，余受業笠臺師名元音從弟。自謂不能詩，人亦未嘗見其有所作。憶戊子己丑間，余與諸同社以詩索和，屢嬲不已。丹山乃口吟一絶以謝云：「生平從未學吟詩，意欲吟時年已遲。乞得金丹來换骨，只愁兩鬢盡成絲。」觀此，豈真不能詩者耶？

笠臺師哲嗣紫卿廷璜，性孤潔。屢試不得志，遂棄舉子業，學爲詩，多性靈語。余見其《訪北萊上人一絶》云：「蒲團默坐閉松扃，雲滿空階月滿庭。今日篷窗得詩句，要來念與上人聽。」

先世父雙南公諱夢金，前娶梅孺人，爲嵩岳大令維鈉女。性敏慧，博涉群書，人有以故實相稽者，無不了了，雖老儒宿學莫之過也。頻年善病，常在床褥，叢殘書卷縱横枕簟間。有所得，輒以一紙書之，積久篋幾滿。没後，其婢某謂是主人心血，盡付焚如，良可惜也。今止存《讀李青蓮集》一絶云：「《清平》三闋謫仙才，失意佯狂信可哀。捧日未能還捉月，醉鄉深處認蓬萊。」吁，豹之一斑，麟之一角，亦可彷彿其全體矣。孺人號蓉塘。

丁芝圃外翰，琴泉觀察雲錦之父。中歲家貧，外侮時至。有句云：「鬢已青霜點，人多白眼迎。」屢躓秋闈，循例司訓。有句云：「老我一生唯木鐸，看人聯步到花磚。」窮時吐屬，絶不類後日能生受榮封者也。

稧湖徐雙螺茂才晉鎔，山民待詔丈達源公子。與予同受業於葉益齋師名樹棠。曾見其所著《甫里集》，清詞麗句，目不勝賞。如《西林寺》云：「一塔立殘照，雙松盤活雲。」《即席》云：「初寒蟲砌雨，舊夢蜑船春。」《舟夜》云：「落葉走河岸，微寒生板橋。」《謁羅昭諫祠》云：「千秋詞客科名外，一代儒臣道學中。」《題嚴芝田詩集》云：「賤貧歲月依人感，憂患文章哭弟詩。」又《秋柳》四律爲嘉慶己卯下第時所作，慨當以慷，有新城氣魄，並記於此：「幾枝摇曳夕陽村，極目能銷客子魂。九月新寒生白下，六朝舊恨入黄昏。絲絲未改婆娑態，縷縷應添涕淚痕。如此丰姿偏寂寞，傷心豈獨是桓温。」「張緒當年已逝波，風波猶自賞靈和。玉關夢冷封侯信，銅笛聲凄送客歌。楓外荒寒低酒旆，荻邊料峭暗漁蓑。三春顔色歸何處，狼籍秋光落翠多。」「一杯緑醑餞江濱，記得青青黛色匀。絮捲離亭迷故迹，萍浮淺水弔前身。芳情尚戀隋堤月，綺想難忘漢苑春。莫怪舞腰今更瘦，小蠻依舊困風塵。」「畫出江南一段秋，鶯花好景等閒休。空聞少婦棲烏曲，不見王孫繫馬游。灞岸晨霜侵鬢脚，章臺夜雨鎖眉頭。飄零敢向西風怨，轉眼長條拂御溝。」右作善白描，都夭矯可喜，以篇長不盡録。

錢小敏舅氏名煌，隨外大父叔才公諱枚宦游西蜀十餘載，遍歷巴塘、峩眉諸勝。壬午外大父没，舅氏扶櫬南旋，堉鄉僑寓。源時往省問，因得讀所著《塞南遊草》，憶得一二，爲録於此。《偶成》云：「春懷全付與東風，日向郊原覓艷紅。忘却後園小桃樹，花開寂寞倚墻東。」《聞雁》云：「月黑碉樓夜，長空雁影微。一聲催木落，萬里帶霜飛。愁客難成寐，深閨罷擣衣。莫拋游子淚，同戀稻粱肥。」《寄曹文石》云：「憶自南郊別，蟾圓忽幾看。三年爲客易，萬里説歸難。馹路秋風厲，碉樓曉月寒。昨宵殘夢斷，愁聽角聲闌。」《鐵索橋感賦》云：「握别蓉城柳滿堤，旅魂摇曳過橋西。邊關風雲寒人面，塞地冰霜礙馬蹄。夢醒燈摇孤館冷，夜闌月落小窗低。不知誰是鍾情者，脉脉相思兩字題。」《秋夜偶感》云：「携將紈扇立中庭，銀燭幢幢背畫屏。落月闌干凉似水，手拈羅帶看雙星。」他如《客夜》云：「易殘唯燭影，難聽是笳聲。」《野園》云：「垣矮桃全露，沙頹柳半僵。」《除夕》云：「消除客夢千山外，閲盡人情此夜中。」《旅懷》云：「雲山夜皎邊城月，風雨秋生塞地寒。」《盆梅》云：「休教玉笛輕吹落，唤醒羅浮夢裏人。」《春懷》云：「緑盡東風紅盡雨，草痕花片憶江南。」纏綿悱惻，使人意消。又有「愁向雨中多」五字，亦妙。

舅母清如夫人澄，爲吴門沈森如肯松司馬女。女兄弟數人皆能詩。癸未歸自西川，僑居吴下。時舅氏旅食天涯，夫人薪水自支，艱苦備至。戊子冬忽遘羸疾，己丑正月竟不起。舅氏適留山左未歸，哀哉。詩散佚不可考，惟《供菊》一律，夫人曾向源口誦，亟録于此，以見一斑：「纖枝繡罷對瓷甌，淡白輕黄點綴幽。小座艷留三徑露，孤瓶香浸一枝秋。栽從後圃分盆脚，折向疎籬供案頭。我比此花同樣瘦，畫樓相伴當吟儔。」筆致清婉，極郊寒島瘦之態。其姊湘如、琴如、纖如，妹南如，時以詩札相往來。南如有句云：「身立青山萬里空。」詞意闊大，不似閨閣中語，並識於此。

沈式如明經秉鈺，舅母從兄也。才情邁佚，書法勁峭。癸未省舅吴中，遂得相識，極蒙奬掖，謂余爲後來之秀。時舅氏以《觀競渡》詩索和，式翁揮筆立就，云：「紛紛簫鼓競中流，七里山塘逐勝游。公子自調《金縷曲》，美人新整玉搔頭。渾忘擊柝催城市，且看明妝倚柁樓。讀罷《離騷》三歎息，何人酹酒向江洲。」

山陰平種瑶丈疇，爲樾峰明府翰弟，與余母爲中表行，善畫能詩。辛卯夏隨任松陵，爲余作《相對此君殊不俗圖》，並書示近稿數首。今僅記《途次》一律云：「剪刀風裏柳絲輕，燕子南來我北征。春水半篙漁艇活，夕陽一角寺樓晴。荒城近市聞絃管，驛路題詩隱姓名。偏是勞人有清福，好雲山趁馬蹄行。」餘如「垂柳緑摇鞭影細，落花紅蹴馬蹄輕」、「烟雨樓臺春夢裏，湖山風月酒懷邊」，皆清麗可誦。

葉溉翁樹枚工詩善謔，挾藝走四方，遭吴回氏之劫，遂自池亭移居鶯脰湖。近年且老，猶不能安家食，詩人之窮，無過此者。有《改吟齋詩抄》。佳句如《題吴去塵自書詩卷》云：「故人收白骨，夜雨哭青蠅。」《破研》云：「尚留只眼知難閉，翻幸微軀不受磨。」《舊劍》云：「太息清時安用此，祇緣好殺不成仙。」《老尼》云：「十丈紅蓮已妄色，一房青豆亦冬心。」《春郊野步》云：「已落梅如僧退院，乍青柳似女初笄。」《話舊》云：「一二知交青我眼，萬千世故白人頭。」《秋夜雜感》云：「静中未礙蟲聲鬧，淒絶翻嫌月色明。」《天香庵探梅》云：「寓公大似梅花冷，獨對東風不諂人。」《七夕》云：「自家夫婦常如此，管得長生殿裏人。」又：「人生政坐聰明累，莫向天孫再乞來。」《美人足》云：「故把長裙拖着地，要人不看要人看。」真能自寫性靈，不拾人牙慧者。

我鄉自吳雲璈茂才鳴鈞、張憶鑪司馬孝嗣亡後，殊少好事者。溉翁有句云：「詩社荒時懷季子，秋風起處哭張翰。」誠有感也。茂才與余同受業於益齋師，青年奄化，未竟所長，靈芬主人郭復翁麐深悼惜之。司馬家葫蘆兜，嗜酒好客，座上常滿，樽中不空。有《清承堂印譜》行世，篆刻家皆寶之。令嗣子謙益齡與余爲莫逆交。聞司馬未刻詩極多，他日遇子謙，當請全稿讀之。

吳門陸方山崧詩才豪邁，《同人集補夢室小飲》云：「千秋風雨誰知己，一代江湖有幾人。」又：「茫茫今古應同感，四海何人解愛才。」非經生家語也。

烏程沈句山騏隱於商，詩甚佳，人不知也。余於友人處見其《山齋即事》云：「春寒鶯語澀，巷僻屐聲稀。」《病起》云：「琴尊零落久，親舊往來疎。」《歲暮舟次》云：「心隨流水急，帆帶夕陽斜。」《感懷》云：「冷巷客稀尨亦嬾，山厨糧盡鼠同饑。」《雪中訪吕山人》云：「老樹盡着花，深山無行跡。」絶不經意，自然入情。爲録一二，以見梗概。

銅里顧湘南我錡，號帆川。《題涵清閣》云：「卷簾遠岫參差出，倚檻空江自在流。」《偶成》云：「青山不買常當户，明月多情自到廬。」《歸愚文牘》載：湘南曾被徵鴻博，比詔至，已先一年没矣。

余見有《詠菊》云：「耐久衹應留晚節，開遲終覺負春風。」喜其別出一意，能不落前人窠臼。

余向有「雪消晴日雨」五字，未能爲對。有《冬日即事》詩云：「檐雪日高晴滴雨，野烟風定暖生雲。」真先得我心矣，惜忘爲誰何所作。

同邑沈木庵翻詩酒自命，人有誦其佳句云：「友偏先我死，心許後人知。」「文誰青眼看，詩賸白頭吟。」「名士自來如畫餅，仙人未必定蓬瀛。」讀其詩，可想見其生平已。

吉溪張少泉洵詩筆鋭厲，余至外舅家，時與唱和，今没二年矣。遺稿散佚，求之不得。曾見其《病中送婦弟丁石香應試白下》四律云：「江北江南逐鹿場，三年病起劍銷芒。但携詩本遊吴郡，嬾掛風帆下建康。不斷青山常入夢，何時舊雨再聯床。眼前菽水無多望，二頃湖田五畝桑。」「平子當年賦《四愁》，金陵唱和擅風流。美人黄土仍花雨，二赤翁原唱有「自從花雨埋香骨，一任江潮打石頭」之句。名士青山又玉樓。自昔蟾宫難托足，而今蝸室暫埋頭。一杯酒寄澆江水，鐵板銅琶唱已休。」「未必蓬萊到即仙，仙人尸解倍悽然。季方名共元方噪，小宋身隨大宋捐。西亭、熙堂兩孝廉相繼歿。千佛能成猶易滅，孫山況落更誰憐。即今奇字無從問，空使侯芭哭《太玄》。」「家世由來傍斗宫，姓名或列榜花中。試看錐穎隨囊脱，莫使珊枝舉網空。初出山皆無價寶，舊題壁已可憐蟲。詩成送舅兼懷友，三十年來淚眼同。」又《上洋舟次》云：「獨我紅塵空插脚，幾人大海肯回頭。」餘忘不復記矣。

子謙以徐晉齋之詩屬余點定，爲言晉齋早歲奄逝，其尊甫某欲不没其子，幸爲删輯存之。因爲披閲一過，並摘其尤者於此。《金陵道中》云：「山色自朝暮，江流無古今。」《竹夫人》云：「但肯虚心誰復妬，任教無語我終憐。」《送春》云：「酴醿未識東君老，獨立風前送笑來。絲柳不將春繫住，翻開青眼看殘紅。」《柳枝詞》云：「春堤十里雨初晴，縷縷長條拂畫輪。閒客莫教攀折盡，好留濃蔭覆行人。」「朱簾半捲曉風柔，點點飛花逐浪浮。化作青萍才聚合，一渠春水又東流。」筆意輕靈，其才可造。天不假年，未竟所學，爲可惜也。

趙莘田比部雲球《詠閨人履薦》云：「無力扶持偏惱婢，小心收拾也瞞郎。」可謂盡態極妍，工於賦物。

相傳乾隆間蘆墟有賣瓜者，不識一字而能出口成句。一日有以「賣瓜」命題，立詠云：「解得渴還消得暑，客來童子免烹茶。」句雖俚，而有詩意，亦奇人哉。

顧吟波宗濂苦吟力學，屢試不售，賫志而没。去秋令嗣小波益清以遺稿一册，屬爲采録。閲竟，爲摘一二於此。《角園小飲》云：「尋花無別院，賣酒有高樓。」《詠醋》云：「酸寒憐故我，嫉妬惹山妻。」《題懶雲上人采鞠圖》云：「山從畫裏看逾好，詩爲秋來瘦可憐。」《秋懷》云：「風力偏能寒酒面，容懷容易攪詩腸。」文多罵俗憂天譴，詩到驚人亦化工。」《文君當壚》云：「英雄失路宜沉醉，佳麗多情合勸酬。」《老儒》云：「鐵硯誤人磨歲月，青山伴我秃頭顱。」《遣懷》云：「廿年前事空於夢，到處交情薄如雲。」《和韓尺五寄懷》云：「星星各自鬢邊侵，把臂何當共入林。落拓青衫秋士泪，纏綿紅豆美人心。由來眉樣翻時世，畢竟文章判古今。疎雨一簾燈半盞，客窗擁鼻尚高吟。」《高漸離擊筑》云：「生死關頭一擊争，漸離豪氣太縱横。至今易水蕭蕭處，猶作當年變徵聲。」

韻語雜記卷二

吴江柳清源鄂生

葉大蘋洲春生，余受業益齋師令嗣。丙戌迄己丑間館予家，課從子，時相唱和。而嬾不自惜，隨作隨棄。庚寅辭去，遂歸道山。今於從子塤所摭拾一二，亟録於此，以志交誼。《爲小敏舅氏題王校書所贈簪花圖小影》云：「何須紅豆繫相思，「紅豆秋風繫我思」，舅氏贈校書句也。一幅生綃寫艷姿。別後花容應減却，披圖還似見儂時。」《秋燕四絶》云：「初向華堂未有因，入簾端藉卷簾人。也知此意難抛却，秋思無端動白蘋。」「屢築香巢不自由，鸚哥頻唤下簾鈎。舊時花徑今何在，滿眼蕭疎是荻洲。」「花前話別轉依依，且向前途緩緩飛。只爲主人情意重，炎凉纔閲不須歸。」「來時日暖去霜華，遼海蒼茫路更賒。爲約明年春社後，重尋舊侣到君家。」余於己丑秋曾作《秋燕》詩，有「才到秋風便歸去，不嫌人説太炎凉」句，蘋老見而生感，亦成四絶，以「蘋」、「洲」、「歸」、「家」爲韵。今事閲四五年，墨痕猶新，重録遺文，不勝人琴之感。

《吴姬詩》廿二首，爲和致齋相國珅姬人卿憐所作。卿憐吴門人，年十五爲王撫軍亶望侍妾。王被逮，妻子俱發披甲人爲奴。卿憐以位列小星恕，不遣戟門。蔣侍郎賜棨以多金購送和府。己未正月和又被逮，姬乃歸里。寂焉孤處，愁緒紛來，因將入府至被逮時情事，寫成絶句如干首，一時競傳吴下。余傷其遇之窮，復喜其詩之怨而不怒也，因録存之。詩云：「曉妝驚落玉搔頭，正月八日，曉妝未罷，驚聞逮事。宛在湖邊十二樓。王處被逮，情景宛然。魂定暗傷樓外景，可知無水不東流。」「香稻入唇鸚吐舌，海珍列鼎厭嘗時。查封時，適早餐未竟，几上燕窩悉飽兵士。蛾眉屈指年多少，到處滄桑知不知。」「蓮開並蒂豈無因，虛擲鴛梭廿九春。回首可憐歌舞地，兩番空是箇中人。」「相期白首原無分，如此紅顏亦可哀。十美樓中拚一死，侍郎倩我侍郎來。」「爲憐南國命樓居，金鴨焚香日校書。雲板一聲紅袖亂，並來花下息肩輿。」「玉壺金井比其清，故相親題匾四明。四明樓「玉壺」、「金井」皆和相所題額。若捉迷藏無避處，恍如人在鏡中行。」「管絃無復繡工夫，百摺湘裙罩素襦。金玉裹身蟬鬢薄，輸人耳後大秦珠。」「等閒擊節碎珊瑚，金盒銀盆酒玉壺。絲竹橫陳看不倦，朝天嬾去倩人扶。」「居然海燕處高堂，取用精宏比上方。不是吴儂偏異數，卿憐十五嫁王昌。」「名紙千金壽萬金，多財只爲受恩深。相公謝客閽人倦，馬廐黄昏散翰林。」「委蛇詎作退思堂，富貴安危費忖量。用盡鹽梅調鼎鼐，自家身世欠平章。」「最不分明月下魂，保無芳草怨王孫。梁間燕子來還去，誤盡兒身是戟門。」「紗窗閒煞綺羅身，撥火尋香强笑顰。三十六年秦女恨，卿憐還是淺嘗人。」「白雲何處老親存，十五年前笑語温。夢裏輕舟無遠近，一聲欸乃到吴門。」「一朝能悔即君才，和相獄中詩有「對景傷前事」之句。項羽雄心愧夜臺。流水落花春去也，伊周事業浪徘徊。」「朝廷何事費君才，好景無多亦可哀。自得相公明月句，一時紅粉盡成灰。戊午中秋，宴四明樓，和相有句云：「可憐明月不長圓。」」「相門冠蓋列星辰，廣座無非是貴人。今日門前殊冷落，也知春夢未曾真。」「冷夜痴兒掩面題，他年應變杜鵑啼。啼時莫向漳河畔，銅雀春深燕子棲。」「辭樓下閣閉朱門，幸免妻孥是主恩。履舄蘭膏閒料理，可憐無一不銷魂。」「從來薄命算吴儂，反覆滄桑盡意中。金谷輸人傳墜粉，他家夫壻是英雄。」「啼笑無心强自支，可憐零落不多時。夢回酒醒知何處，猶喚通房舊侍兒。」「紅顔從古慣沉淪，待到沉淪信益真。固是天王明聖處，也關薄命不宜人。」又《桂娘登車詩》一律並傳當時，附登於此：「掩面登車淚雨潸，恍如敗葉落秋山。籠中鸚鵡歸秦塞，馬上琵琶出漢關。自古桃花憐命薄，更堪萍梗歎緣慳。傷心最是橋邊水，直向東流去不還。」

姚竹亭先生慰祖，先子受業師也，性情濩落，不事修飾。與先子甚相契，師弟之間唱和甚夥。曩歲令叔雲門孝廉鳳賡題先子遺稿有云：「師生太情重，酬唱到泉臺。」非虚語也。著有《梅花樓詩鈔》，尤者已爲郭復翁采入《爨餘叢話》。而源幼時所記先子口誦先生諸什，稿内並佚，因爲追憶存之。《離家》云：「叢殘書卷舊綈袍，並作行裝打一包。燕子不知人欲去，反來茆屋定新巢。」「老憐憨態尚童兒，增減衣衫倩主持。此去晨昏形影伴，客窗冷暖自家知。」「篙工催我上輕艖，搔首踟躕日欲斜。怪煞痴兒厭拘束，願爺出外不思家。」《送燕》云：「舞罷春花早報秋，飄然飛去不回頭。客窗風冷添寥寂，從此湘簾不上鈎。」「呢喃小語動人思，棖觸閒愁笑我痴。分付燕巢休撥去，他年倘有再來時。」「嬾蹴飛花落舞筵，他鄉飲啄總堪憐。飄零我亦思歸切，悵别家園又一年。」他如《紅梅》云：「好教何遜添才藻，自别逋仙少素心。」「獨留清品寧諧俗，略試新妝不負春。」「綵蝶不來香已老，海棠未聘月先殘。」《黄梅》云：「名士得金寧護惜，美人有子總飄零。」《舟過閉口廟》云：「口業半生宜懺悔。」不脱不粘，皆佳句也。

韭溪秦半痴丕烈，瀟灑能詩。向於右查從叔處，見其遺藁一册，中有《戲沈芝谷納妾》一絶云：「一枝綵筆露輕盈，緑草南園無限情。此後花房隨意宿，分明蝴蝶是前生。芝谷善畫蝶。」

吴寄松師名騰霄，喜博覽，能通天文、曆算諸書。詩非所好，亦不作。源惟見其《詠春雪》云：「新柳未裁先撲絮，寒梅落盡又開花。」《落梅》云：「凍雪乍消春有淚，美人已死夢無魂。」

夏五子謙招余過長歌處，並以尊甫憶鱸司馬遺藁見示。爲言先人多交遊唱和之什，幾數十册，此編係季弟手録，不及其半。是日風雨，留一宿而别。歸後忽忽數日，近始得閒，爲讀一過，並摘其尤者如左。《和友》云：「對酒未妨容我傲，談詩翻喜少人知。」《花朝後有詠》云：「萬千人事中年過，百五春光一半消。」《春雨有感》云：「六朝金粉留殘夢，三月鶯花怕劫塵。」《即事》云：「時邀緑酒爲良友，權辱紅梅當小妻。」《春盡對花》云：「澆我愁憑桑落酒，泥人春作牡丹天。」《海塘觀潮》云：「前生我是乘槎客，見慣風波了不驚。」更有《感舊》一絶云：「子夜曾聞一曲歌，餘音猶繞奈愁何。沈郎豈獨腰支瘦，消盡離魂剩未多。」又「落拓襟懷誤少年」七字，可作我輩座右銘。

内從兄丁石香兆寬，好酒能詩。庚寅間，曾以《緑杉野屋全稿》見示。喜其專尚性靈，不事塗飾，亟登數言入《韵語》中。去冬同居失慎，盡被焚如。今復事編輯，石香更以其稿見寄，屬余采擇。因爲重讀一過，並摘其尤者如干首。五律如《稧湖除夕》云：「今夕是何夕，依然作客身。送窮無善策，守歲聚家人。筍蕨杯盤儉，兒童笑語温。桃符應笑我，一樣傍人門。」「客居無俗累，獨自擁書堆。有客叩門至，是夕養恬信宿寓齋。呼童携來酒。青燈送殘臘，春意動寒梅。翻覺家貧好，無須避債臺。」七律如《送次也從父之遼東》云：「曾題旅壁兩三行，從父曾北游。此日經行舊酒場。匹馬宵衝千里行，征衫晨壓九秋霜。重過東國棠還蔭，從祖曉岑刺史歷仕臨榆、玉田諸縣。待到邊關菊已黄。回首鴒原真痛絶，酒壚可共次公狂。」《哭西亭兄》云：「一生兄道况兼師，余受業十有五年。愛我情深繫我思。期望十年剛小慰，暌違數日忽長辭。前六日尚過余緑杉野屋中。關心幼子新留句，數日前兄有詩云：「長日難銷偏易逝，稚兒速長已遲生。」怕見零牋舊改詩。最是打窗風雨惡，瀟瀟誤認對床時。」七絶如《登馬鞍山》云：「山光水色恰宜春，山石玲瓏最可人。拾得一卷仍棄去，嫌他風骨太嶙峋。」《謁中山王及莫愁女子像》云：「生前偉節孰爲儔，死後祠堂共莫愁。開國老臣傾國色，一齊分付與山樓。」《寄書内子》云：「别後愁心千萬重，挑燈欲話話無從。書中多少家常事，莫向人前便拆封。」《吉溪竹枝詞》云：「西北高樓對洞庭，山光隱隱接窗櫺。勸郎剷去溪邊樹，好露眉痕一角青。」《姑蘇竹枝詞》云：「勾欄小院坐歌僮，風月朝朝醉阿儂。萬户千門春夢熟，寒山寺裏一聲鐘。」「未到平明户已開，摩肩連袂進香回。最繁華是虎丘寺，伍相祠堂若箇來。」「舊事吴宫劇可憐，姑蘇臺畔柳如烟。廿年國破臺常在，留與吴兒索看錢。」「行春橋上月光斜，人到中秋興轉加。此夜石湖真个鬧，最清凉是范公家。」「劍池開處水悠悠，説法臺邊日影留。石自點頭人不省，浪遊依舊説風流。」「滄浪水色繞城南，幾輩詩僧伴佛龕。誰買扁舟蕩雙槳，月明來叩大雲庵。」斷句如《閒居》云：「樹影堆書案，花枝浸石缸。」「炊飯兒吹火，留賓婦拔釵。」「花摇貓捉影，山寂鳥呼名。」「柴米夫妻話，池塘兄弟詩。」《晚泊小相》云：「馬蹄芳草陷，鵶背夕陽馱。」《古研》云：「有人當恒産，幾輩藉登科。」《古劍》云：「自從深閲歷，無復露鋒鋩。」《自嘲》云：「得酒先夸量，無錢尚諱貧。」《遺懷》云：「家爲藏書貧亦願，身因多病嬾須扶。」《第三子生》云：「添丁利市人争賀，教子艱難我轉愁。」《示外甥》云：「恐招人過須緘口，縱不求名莫廢書。」《贈金竹甫外翰》云：「得司文教休嫌冷，笑指頭銜尚帶酸。」《訪友》云：「細雨帆開濃樹外，夕陽人語板橋邊。」《稧湖避水》云：「生涯有限宜從儉，行李無多好在貧。」《留别稧湖》云：「貧士歸囊只琴劍，故鄉風味有魚蝦。」《贈友》云：「交游人最宜詳擇，藥石言原異應酬。」《此日》云：「已忘書本重新讀，未萎花枝着意培。」《吴江晤王眉生》云：「故人强半成霜鬢，山色依然照酒巵。明知無益惟詩卷，尚不忘情此酒尊。」《贈關溪僧》云：「關頭生死小年蟪，身外聲名過耳蠅。」《懷友》云：「千秋知己詩文合，幾輩才人臭味和。」《送西亭兄之同川》云：「無多兄弟仍輕别，已倦江湖尚薄游。」《京林》云：「鐵鎖已銷千古恨，江流還帶六朝聲。」《渡江》云：「江水又逢前渡客，夢魂還繞昨游山。」《除夕》云：「貧極並無人索債，身閒仍與筆爲緣。」《送内子歸省》云：「期雖未定來須早，路縱無多别一般。」《寫懷》云：「詩酒聲名蝸角似，神仙眷屬鹿門同。」「待人似奕千盤變，出語如珠一味圓。」「學淺不嫌知己少，家貧只覺負人多。」「人情似佛无真相，世道如詩有别才。」《爲述齋代庖館政》云：「寫我性靈憑筆墨，借人桃李植門牆。」謝余惠湖筆云：「行篋又添《毛穎傳》，奚囊合寫柳州詩。」和余《落花》云：「暫時寄托難成果，一霎飄零欲問天。」「三春受護留難住，百計滋培廢半塗。」「競秀斷難稱人意，半開何苦費天工。」時適有西河之痛，故云。《海棠》云：「可憐未貯黄金屋，染盡胭脂不入時。」《過江》云：「除却金焦三兩點，好山大半不知名。」《舟過梅堰》云：「薄雨乍收溪轉暝，夕陽烘出遠山來。」《秋懷》云：「窗外芭蕉墻外竹，夜闌面面有秋聲。」他如《哭姪》云：「人無疏戚知心少。」《詠錢》云：「是非顛倒總因兄。」《牡丹遲開》云：「開逐群花便不奇。」《贈友》云：「能賦塤篪即弟兄。」皆妙。又「鄰家小女誦關關」，押「關關」二字，趣極。其餘諸古作，如《紀夢》、《將進酒》、《鬻書歌》、《吏胥喜》、《書余澹心板橋雜記後》，及贈余《相逢行》等篇，或雄壯，或清矯，皆可誦者，語長不録。石香攻詩有年，嘗與里中陳丈二赤赫、張君少泉及熙堂綸、西亭綬兩孝廉起社論詩，歷久不倦。余識石香時，諸君皆已化去，少翁亦頹然病矣。然余每至吉溪，石香必招飲，花天酒地，角韵争奇，或至竟夕。今少翁亦歸道山，石香復困家食，余又遘遇灾酷，才人多窮，若合一轍。因論石香詩，而並及之。

石香又有《吴門紀事》詩。中如「愁説離情歌芍藥，閒談心事剥芭蕉」，「圓到十分天付巧，妓名巧珠。珍逾一斛掌中珠」，「愛我不教仙犬吠，憐卿依舊翠翹斜」，「踏殘繡陌三更月，看煞青螺一枕山」，「瘦弱錯蒙花愛惜，輕狂全仗酒遮攔」，皆情致纏綿，非邨夫子所能道者。

邑城吴友江先生春霔，受業寄松師胞兄，余從姑歸焉。嗜酒成癖，日遊醉鄉，年未五十卒，以此殞生。今夏師以遺稿一册相示，題曰：「《芸窗餘事》，花癖子著。」篇什不多，而有恬逸之致。因掇一二，以存梗概。《過龎勉齋先師故居》云：「閒庭芳草緑，舊館落花紅。」《春暮》云：「一村烟雨桃花落，三月江城燕子飛。」《春晴》云：「小院門閒清晝永，春江水暖落花浮。」《愛漪亭觀桃花》云：「何須重覓仙源路，一樣春光泥客留。最是東風腸斷處，看花猶似去年人。」《菊花》云：「休嫌籬下争芳晚，還向三秋占物華。年來粗會陶公意，一醉花前味有餘。」又《采蓮曲》云：「桂棹蘭橈越女舟，清歌同入白蘋洲。相逢細數郎輕薄，不及蓮花有並頭。」其《悼亡費夫人》云：「花開花謝總無情，巢燕歸來絮語輕。

痴女不知長别恨，入房猶唤阿娘聲。」最爲真摯。

師又示《玉浮書屋詩册》，爲其弟一樵（壽）遺墨，思筆幽閒可喜。如《客窗即景》云：「蟲語出深砌，禽聲隔曉烟。好風穿竹牖，凉雨滴瓜棚。蟬琴眠葉奏，蛛網隔花張。」《夜坐有感》云：「離懷本屬生愁易，交道原知耐久難。」《敝裘》云：「着近狸奴翻遜暖，脱逢狗盗亦應憐。」均仿佛劍南小體。《小庭閒步》云：「細雨初收點，疎簾捲半高。手將花瓣拾，蝴蝶見人逃。」眼前景未經人道。《對雲》云：「禦冷頻將濁酒澆，還磨殘墨點芭蕉。梅林定有春消息，明日騎驢過灞橋。」亦清秀不俗。一樵賦性孤潔，丁亥夏以母亡自縊，年止二十有四。至性所流，真不愧全孝翁后裔，豈僅以區區餘事見重哉。

余家舊藏毛康叔（錫年）《寒山枯樹圖》一幀，蒼老可愛，惜亦爲六丁取去。猶記其自題一絶云：「静對寒霞獨掩關，板橋流水傍山灣。白雲鎖住巖頭路，不許遊人日往還。」詩亦絶佳。

韵語雜記卷三

吴江柳清源鄂生

馮秋穀明經珍有《尊古齋詩抄》行世，吴穀人祭酒爲之序。詩僅三卷，遊旅、投贈之什居多。一時如阮芸臺、梁山舟、洪稚存、張船山諸公，皆與之酬唱。既得湖山之勝，復有師友之歡，宜其才之雋雅不俗也。閲竟，偶摘一二於此。《舟泊楓江》云：「夜寒霜有氣，秋老樹無聲。」《過貝園》云：「樹老根全露，巖欹竹倒生。」《放櫂山塘至塔影園》云：「酒帘斜捲柳風細，夕照低描笠影園。」《秋稧橋散步》云：「亂雲貼地化爲水，飢雀避人飛滿田。」《雪湖晚歸》云：「久雨碧苔延上樹，未秋紅蓼已先花。」《玉山道中》云：「湖光清曉平於鏡，中有寒星幾點明。」《送春詞》云：「昨宵幾陣雷聲疾，鞭筍看成新竹枝。」《晚晴泊舟楞伽山》云：「明朝定遂游山願，塔頂晴霞一線紅。」《西泠橋尋蘇小小墓》云：「野花幾點紅無次，當作零脂斷粉看。」《新城道中》云：「落花似送歸人櫂，幾點殘紅貼水明。」又《晚眺》云：「返照天無定色雲。」摹繪入神。明經壯歲即世，生二子，長稚穀少府廷模。次仰山廷椿，爲古查從叔婿，髫齡失學，不事詩書，然年甫及冠，果自奮勵，烏知丹山雛鳳不克嗣響於後耶？遇仰山時，當以此言勗之。

愚溪老人沈思美錫爵，家古查從叔外舅也。生平有義行，里黨中多所賙恤。善奕，好遊，吴越佳山水足迹幾遍焉。間爲詩，隨手散佚。其《浙東紀游草》一卷，亦同人慫恿付梓，非老人意也。佳者如

《山行》云：「野曠天低噪暮鴉，迷離雲樹夕陽斜。飄來幾陣濛濛雨，開遍山頭轆軸花。」自注：轆軸花，色黄，數朵攢開，遠望若黄牡丹。」《石板埠道中》云：「萬山深處且行吟，忽露青青一點岑。想是謝公遊未及，好山埋没到如今。」自注：自華頂言，旋從亂山中繞澗行。忽至一處，山水幽絶，遠過藍橋。因無寺院，遂少遊者，若從舊路歸，焉能得此奇境，老人以兹山爲奇遇，兹山亦以老人爲知己。徘徊不能去，相對狂叫，響震巖谷。噫，懷才而不遇者，殆與兹山同一感慨也。」蓋用以自況云。老人歿於道光辛巳年，七十有六。

詩僧雪牀德亮，號霽堂，長洲甫里人。俗姓陳氏，年十二即能詩，弱冠祝髮於天津彌勒禪院，爲玉峰雪崖禪師弟子。既遊兩浙、粤東，歸住我邑莘塔之長馨庵。遠近之長於詩者，咸樂與倡和。長洲沈歸愚宗伯尤契愛之。既寂，宗伯選其詩入《别裁》集中，家古查從父復輯其遺稿，鐫行於世，曰《雪牀遺詩》，清幽古淡，有古韋、孟風。今録其尤者。《春行剡溪向晚投宿僧家》云：「山行力將疲，斜陽掛林木。殘霞映水明，樹色上衣緑。洗足涉淺溪，芒鞋挂筇竹。怪鳥見人飛，野性難馴熟。下坡詣茶亭，炊烟出茅屋。日落天已昏，欲借僧寮宿。」《途中懷家兄耻庵》云：「久客忘時序，南荒入望深。隨陽鴻雁意，聽雨鶺鴒心。我道寄寥落，君詩良苦吟。阮生多涕淚，千古一沾襟。」《嶺南逢庭望大兄》云：「春江向我别，冬杪見君時。流水有歸處，浮雲無定期。嶺南回雁早，江闊寄書遲。聚首幾千里，悵然添鬢絲。」《蘆墟夕泛》云：「舟楫偏宜夜，微風激浪痕。寒塘宿鷺立，野渡釣人喧。楓葉前朝寺，蘆花幾處村。鐘聲沉又續，新月照黄昏。」《芒鞋》云：「一緉芒鞋值幾錢，敝時重補底逾堅。愛他踏遍天涯石，掛在牀頭二十年。」

長樂梁茝林先生章鉅，由廉使開藩我吴，禮賢愛才，一時知名士皆靡然從之。刻有《藤花吟館詩》十卷，博大宏深，幾入唐賢之室。尤精於金石考證之學，原原本本，具有根抵，篇長不能録，衹摘其近體數句，見鳳隻羽，亦可想見其德輝矣。《送霽青》云：「名場星小聚，詩夢月同圓。」《有感》云：「筆墨虚名荒實學，米鹽生計累高懷。」《吴山》云：「蒼茫天水餘陳迹，消受名山幾老僧。」《供菊》云：「四圍秋色游仙夢，一盞寒泉獻佛心。」《秋海棠》云：「慘緑衣裳微有淚，昏黄庭院悄無言。」《寒雲》云：「且喜接天無雜色，須知出岫即冬心。」《赤壁》云：「風月衹今歸此地，江山終古托名流。」《因病致仕回籍留别諸同人》四律云：「敢言素志在林泉，蒲柳先秋衹自憐。病與香山真結伴，白詩：「病與樂天相伴住。」恥同玉局早歸田。蘇詩：「主恩未報恥歸田。」六年力瘁催科拙，四度恩深假節連。六載蘇藩，四權撫篆。竊禄懷居並心折，急流雖退亦茫然。」「既托同岑可異苔，頻年儕輩幸無猜。不妨我作閒雲去，但願人爲膏雨來。財賦動關天下計，文昌新入斗間魁。今科會試、廷試兩元皆出吴門。如何感召和甘理，拱聽群公活國才。」「清淺滄浪閲歲時，樗材久與俗相宜。素心共憶紅綾會，謂在吴諸同年。皓首頻賡絳燭詩。謂問梅詩社諸老輩。幸戢砮鴻隨葦迴，又聽叱犢出梅遲。平江水接吴淞闊，果否棠陰有繫思。」「初衣檢點向烟蘿，腸轉車輪感慨多。千疊慶雲思白下，謂陶宫保。一襟明月夢黄河。最感張芥航河帥垂念，而欽遲未晤。故交自惜投簪去，謂林少穆中丞。遠志將如贈策何。屢承程梓庭制府慰留。但乞金丹蘇病骨，春風重許逐鳴珂。」

丹徒楊子堅鑄，有《自春堂詩集》十二卷，才思奔放，瑕瑜互見。古風如《張鐵槍歌》、《娘持鋮短歌》、《唔居大琴塢索畫山水》諸篇，或豪壯，或悲切，皆可喜者。近體如《大石佛》云：「長身壓山岳，慧眼照乾坤。」《題雪蓬道人小像》云：「世以狂名冤阮籍，古無奇字問楊雄。」《宿四松庵》云：「足底忽看飛鳥過，眼前惟覺萬峰低。」《蕪城寫懷》云：「窮淹破寺防僧忤，耻向豪門受僕憐。」《金陵席上逢劉東明》云：「秋光似水夜冥冥，握手風前看酒星。如此江山醉絲竹，男兒那得不飄零。」《游仙》云：「瑶宫貝闕儼蓬萊，赤玉闌干白玉臺。爲戀上清真富貴，人間懶去作奇才。」

嘉善黄霽青刺史安濤，所刻《慰托集》中，有吴江布衣顧瞻麓甦詩，並載布衣家蘆墟，後移居魏塘，爲童子師以自給。其子彤華與刺史尊甫退庵翁塏鈞交好，因得其遺藁一册。郭復翁稱其五律一體至處，幾入四靈之室，既爲抄存《碎金集》中，復采入《靈芬館詩話》。然詢之吾鄉，竟無有知其名者。苦吟一生，見遺桑梓，吁！可悲已。詩如《雜興》云：「養疴先斷酒，愛寂並疎僧。」又：「花開時對酒，瓜熟省煎茶。」《病起試筆》云：「菊開身共瘦，冬近意先寒。病久交多淡，吟稀硯有塵。」又：「病疎新熟酒，閒改舊吟詩。」《蕭齋》云：「天將容我嬾，病似妬人閒。」皆琅琅可誦也。

武林楊小姘女史霙，敏慧能詩，好參禪。終年居一樓，樓中供佛菩薩像。小姘常著道姑衣，頂禮其間，飄飄巾帔，見者疑爲神仙。性孤潔，矢志不字，父母爲締姻於姚，意不願，然無如何也。辛卯四月間，忽無病仙去，年一十有九。臨没，將生平所作盡付一炬，止題一律於壁，云：「小住塵寰二十年，蓬萊時憶白雲間。恩承楊氏難爲報，姻締姚家不是緣。莫學桃花隨水逝，須同松栢歷冬堅。而今謫滿應仙去，手折芙蓉返故山。」舜華早萎，鴻迹僅留。詩雖平淺，然玩其語意，勿亦蓬萊縹緲間，果其返影棲真處耶？

蘆墟向有「柴才子」，能脱口成詩。人傳其二絶云：「柴米油鹽醬醋茶，般般多在别人家。老妻不用嘵嘵説，起看庭前梅樹花。」「三間門面六招牌，南是醫生北藥材。流水小橋船隻響，家家引領望人來。」因呼爲「柴才子」。更有擊柝老翁題泗洲寺壁云：「山門浩蕩吟風月，殿角崔嵬射斗牛。」蓋明季隱者，觀其詩可見其懷抱。

嘉善范春木椿，好酒，有詩才。記庚寅秋，余葺閒吟處既成，春木寄題有「自無俗物容他入，祇有書聲不許遮。興到偶邀麴道士，倦來輕抱竹夫人」之句。其題拙稿一絶云：「君詩卷卷正而葩，全璧真無一點瑕。却笑信明楓落句，虚名半世浪相誇。」

春木季父雨邨丈以潤，家鶴巢世父内弟，亦時爲小詩。《續重陽》云：「滿城風雨近重陽，欲跳愁城入醉鄉。陡憶故園小兒女，綿衣典盡怯秋凉。」《石湖棹歌》云：「石湖風景儼西湖，水色山光似畫圖。一葉扁舟停泊處，狀元紅酒勸郎沽。」《謁宋參政文穆公祠》云：「行春橋畔柳如烟，茶磨山前謁宋賢。一代勛名南渡後，千秋俎豆石湖邊。殘碑剥落欹三徑，高閣巍峩矗半天。拜罷遺容堂下憩，篙工催我上輕船。」

子謙詩才雋逸，高出儕輩，惜賦性疎嬾，所作隨手棄去。今於友朋投贈間，拾其佳者，代存一二。《贈沈子饒》云：「竭來無定止，解后闔閭城。小叙苦萍合，相思空夢成。所遭殊坎坷，此學見平生。三日客齋裏，聽君擲地聲。」《贈殷譜經》云：「仲文儒雅士，寂寞自高歌。吾黨昔同學，君才今最多。

人情妬金玉，世路此風波。所願春容度，能將圭角磨。」《寄懷錢小敏》云：「頗有鄉關想，年年事遠征。飄然仗書劍，勞矣此風塵。跡類飛鴻寄，詩能倚馬成。遥憐劉阿士，謂松琴。契合極平生。」「佳節列櫻笋，招堤記舊年。品茶新雨後，脱帽晚風前。願訪己公去，重尋古佛緣。作詩訴離緒，楊柳況如烟。」《分湖雜感》云：「一聲鐵笛水西頭，紅粉青衫好句留。今日推篷人不見，夕陽殘荻幾漁舟。」《題古查家叔對牀風雨圖》云：「細數風流淚欲零，荊花寂寞自空庭。尋常屋角蕭蕭雨，參佐東頭不可聽。」「棣棠詩好忍重歌，畫裏閒居喚奈何。觸我天涯離雁感，寒塘殘荻淚痕多。先伯兄殁後，余曾作《寒塘哭雁圖》。」《將進酒》云：「明日之日約我來，昨日之日安在哉。來者遲遲去者速，及時行樂苦不足。問君行樂今如何，高堂多列金叵羅。興酣白眼天地小，停杯且聽王郎歌。歌聲呼起謫仙人，樓頭共醉三千春。明月吹來落盃底，浮觴拱手酬前身。吁嗟哉，天理茫茫莫能數，安得來生重我附。即令千年我復來，衣冠面目都非故。前身我不記，來生我不知。明日昨日空相思，當前只有須臾時。須臾之時復不久，一月徒醒二十九。君不見，叔子墳頭三尺碑，不及步兵手裏一杯酒。」《招余集竿木厂》有句云：「酒先醉我難稱敵，詩爲言情敢讓人。」餘不能全記矣。

周丈寄林京，與古查從父爲中表行。好酒，能畫，善作擘窠書。性忼慨，結交多知名士。晚年家益落，賣書自給，晏如也。詩非其至詣，然《五芝堂集》中多可誦者。今從父出其遺稿見示，因爲抄存一二。《落葉》云：「霜信不堪耐，聲聞話雨窗。三秋驚客思，一夜冷吴江。愁斷金閨夢，風凄鐵笛腔。榮枯憑轉眼，肯使壯心降。」《法螺庵訪趙凡夫隱居》云：「欲訪高人宅，携笻到法螺。閒僧空指點，遺址久銷磨。松老濤聲壯，山深鶴唳多。墨池何處是，搔首動高歌。」《贈朱春池》云：「之子五陵客，翩翩氣自雄。馬群空冀北，宦蹟著遼東。富有千秋業，清餘兩袖風。膝前看雛鳳，轉眼羽毛豐。」《輓馬月樵》云：「入世匆匆了劫塵，騎鯨早返謫仙身。空聯挈榼携笻伴，孤負尋山問水因。高會無常偏永別，名花易落不長春。憐余情緒年來惡，雙泪頻教哭故人。」《大水即事》云：「漠漠江天不辨村，荒墳夜半泣孤魂。破棺無數衝波去，撞破人家白板門。」《題沈雲巢鶯湖課士圖》云：「西濛舊有耕鋤地，鶯脰新聯翰墨緣。課罷村農還課士，研田畢竟勝湖田。先生舊有《湖田課農圖》。」「愧我江湖乞食身，别來五載隔音塵。何時載酒重相訪，添箇玄亭問字人。」斷句如《寄朱春池》云：「病餘雙鬢白，貧剩一氈青。」《題沈禮堂詩草》云：「花月歸吟社，湖山入酒杯。」《尋諧賞園遺址》云：「野鶴自來去，夕陽無古今。」《歲暮寫懷》云：「尚留意氣酬朋友，不典詩書勗子孫。」《歲暮喜四橋見過》云：「閏歲春隨梅信早，殘年愁共雨聲多。」《雨窗卧病》云：「落花時節偏逢雨，卧病情懷況送春。」《招友遊西湖》云：「佳日每思良友晤，名山須趁健時遊。」《殷東溪見和遊法螺庵詩因贈》云：「斯世何嫌同調少，名山好向故人論。」《次張嘯泉見過》云：「釋典偶抄非佞佛，山齋小住豈逃名。」《春日漫興》云：「積券如薪催債急，落花成陣乞詩頻。」五古如《張烈女哀辭》三首，七古如《重午集微笑堂觀明忠臣書畫真蹟》、《竹亭因余止酒作勸酒歌見贈因答》、《九日堯峰登高》、《野鶴行》、《久雨歎》五首，亦不愧作者，篇長不録，因摘其題誌之。

勺泉僧悟宗，山民待詔詩弟子，善畫蘭。性冷落，寡言語。辛卯夏，曾以《竿木广存稿》見質，幽微淡遠，詩如其人，亟爲登入《韵語》中。壬辰六月，患疾怛化。余哭以五古一章。近復從子謙處覓其遺稿，重爲采入，亦一段香火緣也。《寓彌陀庵題壁》云：「幾叠玲瓏石，開窗當看山。長廊人寂静，隔岸水彎環。樹老枝全秃，碑殘蘚亦斑。年年此經過，今始叩禪關。」《詠月月紅》云：「如何月月有春風，不盡芳菲小院中。反笑碧桃何短命，三千歲只一番紅。」《題聽秋圖》云：「天半秋雲薄似羅，四山凉籟盡商歌。微蟲吟碎深宵月，最是詩人聽得多。」《詠懷》云：「買書不惜費青銅，典盡禪衣篋笥空。未免被他迦葉笑，笑儂年少學詩翁。」《广中偶成》云：「池亭鎮日讀書聲，不覺光陰漸次更。何事窗前有香氣，鄰家多架豆花棚。」《題畫蘭贈友》云：「靈根本自深山種，淡月微雲自寫真。莫笑頭陀唐突甚，慣將香草贈閒人。」

同門沈笑山進士超然，詩喜白描。余見其《過夢漚閣小飲贈竹溪主人并訂賞雪之約》云：「能覽分湖勝，斯樓作畫看。醉鄉容我傲，觴政喜君寬。小别經旬易，深交脱俗難。素心宜對雪，誓不此盟寒。」《送竹溪移家》云：「閒鷗本自難諧俗，破研還應不負人。」《不嗜食蒓戲作》云：「錬得剛腸渾似鐵，如何腸角肯容伊。」古詩如和余師寄松先生《井田研歌》及《喫麥》、《種劚》、《水稻》等作，皆可誦。

再從父體仁，幼祝髮於杭之靈隱寺，法名顯潔，字粹白，晚號剩朽。讀書工詩，能通内典。己丑春，曾偕古查從叔往訪，已於京都歸，示寂於韜光庵中六年矣。遺稿散佚，求之不得。一僧指壁間一箋，謂是粹公遺墨，眎之，乃《挽滄如姪》七絶三首。滄如係族兄，亦出家於武林者。詩云：「竺國幽棲塵劫輪迴魔擊停，羨君先我證無生。萬慮休，慈雲影裏度清修。三生石與禪關近，應化精魂向此游。」「寂光舊侶如相遇，爲致殷勤一問聲。」「劣疾殘軀托久延，浮華過眼似雲烟。子平術數倘能驗，縱在人間有幾年。」

韵語雜記卷四

吴江柳清源鄂生

秀水計壽喬廣文楠，家聞湖，爲人恂恂如。嘗司訓安吉，以思故園黄菊，解組遂歸，其風致如此。丁亥夏，老母卧病，曾招翁一再過治，因得讀其已刻稿，如《古桃州寓草》、《夢香閣詩》、《惕盦草》等編。近復從他處見之，翻閲一過，如歷舊游，因摘其尤者於此。《早起雨止》云：「詩情春夢後，人語屐聲中。」《偶感》云：「雨聲先在樹，山影半當窗。無求原自貴，能儉可安貧。」《獨坐》云：「山近得秋早，竹深來月遲。」《自遣》云：「好雨能留客，輕寒不礙花。」《即事》云：「山如醉酒客才醒，日似離家人乍歸。」「酒無好量偏思飲，話不關心過便忘。」《雜書》云：「快意書看《遊俠傳》，動人情是女郎詞。」「貪閒轉覺離家好，多用先愁卒歲難。」「老怕不眠姑强酒，貧無爲樂且栽花。」《離緒》云：「花原易落非關劫，燈替含愁不肯明。」《同人夜話》云：「愁心似柳長偏易，好事如花開大難。」《園居》云：「漸成老大心先懶，早占清閒福要修。」《題珊珊夫人遺稿》云：「雙修奇福仙應妬，一劫塵緣佛也憐。」《萬峰山房訪顛上人》一律云：「雨餘山翠裏，恰趁晚鐘尋。黄葉覆松徑，寒泉鳴竹林。語無蔬筍氣，詩有水雲心。清致超塵外，悠然一弄琴。」《寄家書》一絶云：「欲寄家書有便乘，忙中草草寫秋燈。一張紙尾猶餘白，帶問菊花開未曾。」不減晉元人風趣。

春間鶯湖趙君静香筠，寄示近作數紙。中有《珊珊夫人遺集梓成雙螺以印本見示爲題二絶》云：

「平生孝思此先償，一撫麻沙一自傷。難得侯芭真解事，替循子職當稱觴。雙螺四十初度，及門刊集爲壽。」「烟墨叢殘怕漸灰，先嚴手跡欲刊未果。輸君緹襲護璚瑰。今宵痛飲屠蘇酒，重覩嫏環緑字來。」《讀聽琴詩抄次韻寄眉伯弟瀘州》云：「《梁父》清吟後，高風不可尋。四山白雲合，一曲道人琴。行矣渡瀘去，浩然鄉思深。巴渝唐樂府，即是竹枝音。」静翁姪子翰清穎，鶯初潢，與余爲文字交。

吴蘭質女史蕙，漢槎先生兆騫女孫也。其《詠鳳仙》云：「繞砌名葩影徹簾，一時朱紫總纖纖。侍兒不管花憔悴，收拾猩紅上指尖。」

梅女史素娟芬，有《緑筠軒集》。中有《詠王昭君》一絶云：「王庭風景異中華，彈徹琵琶滿面沙。舊日紅顏消落盡，單于猶道妾如花。」與前詩並見《松陵詩徵》。

禊湖諸詩人向有《百秋吟》。周蓉裳員外光緯《秋柝》云：「殘月犬群吠，暗霜人獨行。」陳攬洲茂才佐猷《秋墳》云：「地下骷髏泣，人間蟋蟀愁。浮生感朝露，終古此荒丘。」張少泉《秋容》云：「山先描一角，月較瘦三分。」皆雅切可喜。

同門陳夢琴希恕，性耽詞翰，人亦風雅可親。善作詩，兼工倚聲，爲郭復翁所賞，與余同受業於吴笠臺師。庚寅後往來始密，時得讀其佳句。近以家道中落，賣藥舜湖，花天酒地，不廢吟詠。開紅梨詩社，儒流方技，並習兼修，靈蘭室中，未嘗一日無詩人至也。辛卯間，曾録其佳句入《韵語》中，今忘不復省。僅記其《過靈芬館同古查作》三絶云：「早露眉端喜色黄，侵晨同訪魯靈光。征人更有忙于我，先踏溪橋幾屨霜。」「才慳玉尺那堪量，坐我皆書多古香。乞得大文殊自愧，時復翁爲余作《紅梨詩社序》。小詩花月近荒唐。」「左安舊物右新文，暫息勞身越水濱。惆悵故園春草緑，暮年庾信又風塵。」

何丈書田其偉，術精岐黄，性嗜風雅，與古查從父以詩見合，迭相唱和。前年余曾以小稿見質，極蒙奬掖，題詞寄回，並示所刻《簳山草堂前藁》四卷、《續藁》二卷，清真婉約，卓然正宗。《續刻》斥華崇實，更見老確，於忠孝節義事真若長言不足者。爲録數首，以實吾言。五絶如《舟夜》云：「江泠怯開篷，微風片帆逐。兩岸寂無人，一燈漏茅屋。」七絶如《詠玉簪花》云：「鉛華洗盡覺香清，月裏姮娥乍琢成。應是廣寒人静夜，一枝墮地絶無聲。」《揚州雜詩》云：「殿脚三千費黛螺，烟花銷歇歲年多。玉鈎斜畔如茵草，緑到雷塘覆阿麼。」《懷王惕甫先生掌教邗江》云：「絳帳傳經作馬融，樂儀安定士同風。淮南桃李知多少，半屬司成半屬公。時吴穀人祭酒主講安定書院。」《曉歸》云：「載月船歸半晌停，雞鳴猶未啓柴扃。叩門恐擾高堂夢，閒倚霜籬看曙星。」《小藁編成自題》云：「怕嘲枵腹倍虚心，一字推敲幾改吟。學到秋蟬聲宛轉，燈窗功亦十年深。」《戲柬古槎》云：「閨中無伴莫嫌孤，戲語相招過泖湖。東閣舊栽梅百樹，憐才今欲妻林逋。時君有悼亡之戚。」《甲申歲得一子曰阿丁與辛巳所得阿鴻同生於十月九日因紀》云：「報道蘭湯又浴嬰，優龍劣虎未分明。怪他兄弟如相約，均後重陽一月生。」五律如《春暮遊雨花臺》云：「異花天雨後，花影散林霏。人去臺猶昔，春殘花又飛。鶯聲千樹老，草色一山肥。回首南朝事，茫茫劫火微。」七律如《謁陳忠裕公墓》云：「幾樹松楸賸斷根，一抔埋碧尚留痕。碑重出土苔斑石，墓半犁田草緑門。世有文章名不朽，家無似續像空存。公後嗣五傳而絶。悲風苦雨逢寒食，愴絶江干過客魂。」《甲申紀事》云：「雨打殘梅冷閉門，忍將苦況説荒邨。錢無可貸輕田産，口到難餬厭子孫。墓木斮完薪莫繼，江魚捕盡網空存。賈生處此無長策，濁酒澆來一醉昏。」古風如《題古査得閒集》云：「君才極豪放，落筆迥不群。讀人共讀書，翻陳能出新。得閒四卷詩，卓然追先民。無怪郭十三，期君相扶輪。而余更有説，聞諸滄浪云。詩學如禪學，妙悟乃入神。矜才好議論，雖工非風人。譬展金剛力，能使龍象馴。神通豈不大，曷繇見世尊。君具正法眼，嘗識南宗真。悟得第一義，終皈不二門。超凡登果位，願將瓣香焚。」《論醫》之二云：「治病與作文，其道本一貫。病者文之題，切脉腠理現。見到無游移，方成貴果斷。某經宜某藥，一絲不可亂。心靈手乃敏，法熟用益便。隨證有新獲，豈爲證所難。不見古文家，萬篇局萬變。」《鬻婦行》云：「去年平地水盈尺，萬頃汪汪耕不得。今年暮春天氣寒，浙西一月雨未乾。養得新蠶不作繭，八口相對愁眉攢。愁眉攢，執婦手，夫想鬻妻難出口。婦欲問夫先掩泣，豈願汝妻作人妾。作人妾，妾耻之，活我夫，妾豈辭。貧别不足惜，生離何足悲。但得十千之錢數斗米，夫眉頓舒夫心喜，唤妾出門妾行矣。」《程女女詩》云：「程柚糧，休寧儒。有季女，名聯珠。年初及笄未嫁夫，生母氏任嫡母吴。吴慈撫女如己出，女事二母各歡悦。歲在乙丑月孟夏，生女之母忽嬰疾。疾沉不可醫，坐視徒含悲。母身女所自，女身母所遺。母遺女身將何爲，瞥將玉臂背人割，翠袖涔涔漬丹血。救母私情敢自言，潛投片肉爐中煎。爐烟不起風凄然，啾啾鬼哭銀燈寒。須臾長跽陳母前，母口哽塞不下咽。不下咽，女驚絶，仰首呼天暗天月。月光慘淡烏夜號，母兮一去泉臺遥。相從地下矢弗活，殘軀并欲揮霜刀。霜刀未揮女手顫，群就詰之淚如綫。阿爺疑女負痛深，迫令解衣創始見。還屬家人聲勿揚，事傳反重兒心傷。兒傷生母死，猶幸嫡母强，翻身忍淚趨高堂。」《婁縣二馮孝子詩》云：「苦孝先生十一世祖私謚。世傳孝，刺臂刲股青史耀。三百年後有順孫，兄弟争將母恩報。母恩莫可酬，母疾深可憂，蔘苓無效將安求。求人不如求己身，己身本從母身分。以子片肉還奉母，髮膚之損何辱親。髮膚弗恤志同決，奮握霜刀背人割。兄割不謀弟，弟割不謀兄。但見金萱萎悴，頃刻重敷榮。吁嗟乎，求孝須在名家中，一門二難古罕逢。請旌合著父名字，以昌之子大小馮。孝子長名光鎬，次名光焕，蘇州府學訓導以昌子，嘉慶壬申割股療母。」《種秧歌》云：「往年種秧飽肥肉，今年種秧喫虀粥。往年計工一錢銀，今年工賤無八分。無八分，敢嫌少，買米作糜一家飽，明日種秧到還早。」斷句如《即事》云：「催詩心懶作，借集手貪鈔。」《晤姜小枚》云：「歲儉人無恙，田荒硯有秋。」《榜發後示友》云：「一第文非繇我主，百年名要有人知。」《寓齋遲改七薌》云：「貧士生涯争翰墨，羈人氣誼重交游。」《遣懷》云：「身免飢寒詩句少，心無休暇酒杯疏。」《甲申即事》云：「瓮有藏虀驕鼎食，庭無積水當仙居。」均不愧作者也。

書翁曾大父鐵山先生，有《萍香詩抄》行世，恬適可愛。如《春日雜吟》云：「攤書花亂點，曬藥鳥先嘗。」《涉園》云：「粉蝶昵人立，青蟲避燕飛。」《日暮登靈岩山》云：「亂雲依岫宿，獨鳥共僧還。」《平望訪玉舟和尚》云：「學僧徒願結，對佛覺身閒。」《歸舟》云：「身懶憎帆影，春殘卧雨聲。」《送徐桐江方伯之任山左》云：「河山此去增新色，風雨重聯感舊盟。」《和友人》云：「湖海尚餘豪氣在，姓名不受俗人知。」《得家書》云：「乍得家中書，未知家中事。臨拆又翻看，可有平安字。」《江干尋舊時送别處》云：「昔别記河橋，今來春漲滿。楊柳怕人攀，故意垂條短。」《古别離》云：「今别先别心，古别惟别身。別心跬步遠，別身生死親。楊柳隨風蕩，孤松歸本根。君不見，楊花一朝飛似雪，千秋松液凝琥珀。望夫化石石未消，天長地久無决絶。」更有《自題小舟》云：「筆牀茶竈貯無多，小坐船脣聽棹歌。飽掛烟江帆一幅，吴儂生小慣風波。」《戲贈歌者王郎》云：「白公堤畔柳絲絲，畫舫燈紅泛酒卮。記得夜深人半醉，卿吹紫玉我填詞。」風趣亦佳。先生名王模，嘗以《祭先農壇歌》受知於望山尹宮保，留金陵制府者年餘。年八十一偶示微疾，湛然而逝。臨没口誦一偈曰：「鐵山老人堅似鐵，瘦骨撑持多歲月。九九總歸八十一，千丈麻繩一箇結。」觀此殆有得於道者歟。

又《萍香詩》中，附刻沈學子大成贈鐵翁原詩四首，格律渾成，有大家風度。今録其一云：「何沈原詩友，劉盧况世親。不堪青鏡裏，俱是白頭人。翰墨多生習，鶯花異地春。黄公壚畔過，朋舊半爲塵。」

久聞松江欽吉堂善之名，往訪未果，已歸道山。今從《簳山草堂詩稿》中見其《贈書翁》一律，云：「挑燈搜昔夢，杳杳少年場。意氣仍湖海，鬚眉各老蒼。浮雲談變幻，白首勵文章。一日艱如許，千秋妄共量。」骨格蒼老，因並存之。

許竹溪銓，家蘆墟，雅好文墨，人亦彬彬有儒者風。所居夢鷗閣，紙窗竹几，遠臨分湖。室雖屢空，然有詞客至，輒喜爲東道主。故《夢鷗閣》一圖，題詠多名人。予識竹溪幾四載，未知其能詩。近以吟稿一册不鄙乞予點定，始信闤闠中真有隱君子也。既爲加墨，復摘其可存者如左。《夜宿白雲山房》一律云：「萬壑雲深處，來尋古佛家。巖花浮澗活，山月映窗斜。香散鑪中篆，詩吟壁上紗。終宵渾不寐，欹枕聽啼鴉。」他如《舟行》云：「客思依孤棹，詩懷付酒樽。」《偶成》云：「尋春已嘆堂堂去，得句何妨緩緩吟。帆影半隨流水逝，山光應共夕陽沉。」《漫興》云：「得好友來如對月，有庭花放便吟詩。」《自嘲》云：「家無柴米猶延客，胸有之無便教書。」亦見真率。

孫秋伊楷，工時文，性峭潔，不苟交。今夏同試玉山，聚首寓齋，遂成莫逆。自謂不能詩，然夏間過存時，題拙稿四絶句，氣度雍容，卓乎大家。予故謂君肯作詩，定不落小家數，非虀言也。詩云：「五年前識屯田柳，今日尋君一幅蒲。怪底詩篇清入骨，到門流水接分湖。」「邀月蓬萊幾个廬，邀月、蓬萊，君舊時齋名。我來已是劫灰餘。祝融畢竟無情物，漫説河東賀火書。」「銀漢紅牆意惘然，愔愔無語借眉傳。殷勤爲賦温岐句，自古多情損少年。」「想君秋水定爲神，風月愚溪字字新。倒出奚奴一囊玉，始知南阮未曾貧。」

小敏舅氏寓余家已三四年，花天酒地，時相倡和，爲録其佳者。《舟中晚眺》云：「殘梅和雨墮，新柳借烟肥。」小蓬萊叠石和余云：「庭空林木少，徑狹草花勻。」《臨平道中》云：「寒雲連嶂遠，暝色與波平。」《春懷》云：「天外故人歸夢少，雨中新柳斷腸多。」《荒園》云：「閒花無主開還落，野鳥多情去復回。」《古墓》云：「古碑字滅苔添篆，病柏根枯菌作芽。」《感懷》云：「休嗟冷淡秋雲薄，到處崎嶇蜀道難。」《見和雨窗感賦》云：「隨分功名忘懊惱，就衰門户費支持。」「人論不朽何高第，天遣長貧要好詩。」「老去漸諳當世事，飢來還讀古人書。」「浮世摶沙原易散，老年刻楮究何成。」「簾拖草色微含潤，春護花枝恨不晴。」《見和遊青溪曲水園》云：「曲折林園容小憩，摩挲碑碣認前題。」舟次和余云：「把盞細評春茗碧，拈毫同剪夜燈紅。人因得意狂尤劇，詩爲題花句更工。」《春日》云：「卯酒正酣誰喚醒，翠禽啼上緑楊枝。」

壬辰夏，家古查從叔將嘉慶庚午迄道光丙戌之詩，先付梓行。其未刻稿數卷，屬爲校讎一過，因掇其尤者隨筆録之。五律如《横塘曉發》云：「鳥聲多聚樹，雨氣欲沉山。」七律如《讀莊有得》云：「有夢便爲胡蝶好，忘年且聽蟪蛄鳴。」《柯亭夢琴過訪》云：「詩酒重將年月補，友朋可作弟兄看。」《柬書田》云：「零丁門户偏憐我，甲乙詩篇尚賴君。」《不寐感賦》云：「容易光陰悲老大，最難骨肉慶團圞。」《春日雜感》云：「孤村楊柳鶯爲主，荒塚桃花鬼亦春。」《答郭丹叔》云：「大好文章能壽世，最難骨肉盡風人。」《示薰兒》云：「好學不須求宿慧，及時何用買青春。」《海昌道中》云：「曉雨園林桑樹密，夕陽村巷石橋多。」《即景》云：「牆下竹如佳子護，瓶中花當美人看。」《歲暮雜感》云：「慷慨性情倉卒易，調停骨肉十分難。」《删録近作》云：「同調尚嫌知己少，虚名翻怕後來傳。」《書懷》云：「入夜少眠知近老，逢人不飲怕招尤。」《將梓近稿馨山任校勘之役詩以謝之》云：「問世未能先質友，一時難信況千秋。」七絶如《雲栖道中》云：「一徑槐陰入夏凉，晚晴天愛夕陽黄。蒙茸松竹多於草，遮斷青山十里長。」《吴門即事》云：「東風吹醒百花眠，老去春光又一年。欲採櫻桃剛四月，不知幾箇得儂憐。」「弓鞋步步印成蓮，借得羅裙便是仙。錯道周郎能顧曲，暗中低唱《想夫憐》。」《遊安瀾園》云：「芭蕉庭院未開花，楊柳池塘已集蛙。只我來遊太遲暮，不逢鸚鵡説繁華。」《山塘餞春》云：「鶯啼草長自年年，冷暖平分四月天。只有小梅心獨苦，酸寒未就强登筵。」《憶舊》云：「略有風懷憶舊游，枇杷庭院木蘭舟。小荷乾死垂楊老，一笑蘆花未白頭。」他如《秋蟲》云：「也爲悲秋浪得名。」亦妙。五古如《哭青兒悼破硯》三首，《示薰兒》二首，七古如《嘲蠹魚》、《贈金臞甫王湘筠》、《除夕祭詩歌》、《題殷子補金小影》、《夢琴臞甫以事被累不廢吟詠復作古詩貽之》等篇，皆卓然可傳，以紙隘不登。又《火災紀事》一首，爲余壬辰之厄作也。其詞云：「火鴉夜半樓上飛，啞啞聲亂鷄栖啼。誰遺此種忽延蔓，洪爐烈焰干雲霓。可憐締造談何易，七十年來已三世。當時我祖實首創，至我伯父重開第。傳諸吾兄凡有六，康强早世咸無禄。猶幸從子及從孫，力能堅守此老屋。老屋有堂曰心正，肇錫自先大夫命。有室顔曰小蓬萊，乃是阿咸所吟詠。有樓有閣起巍然，有廊有榭供盤桓。無論秦鏡漢瓦盡可入考證，即云鄴架曹倉亦足相輝映。無端上觸天庭怒，驅下燭龍孰敢拒。夫丁婦壬相爲讎，神焦鬼爛同入土。吁嗟乎，秦人火，楚人炬，古來塵劫難悉數。我家忠厚已數傳，不應同受此荼苦。鳥聲哭兮樹影秃，棲無木兮衣無褉。人誰尤兮神弗福，雪既虐兮霜又酷。我乃大呼汝等且勿悲，世間萬事皆塵埃。但願汝等能自立，天將磨厲成其才。不然眼前玉石俱被焚，人生何物能長存。」

韻語雜記卷五 甲午乙未

吴江柳清源鄂生

魏塘絣山道院許鍊師瀟客湘，風雅能詩，靈芬館主人嘗稱道之。甲午春日，余往訪之，曲房幽潔，花竹翳如。鍊師一見相契，出近稿見示，惜客中匆匆，未及録其佳句。其題拙稿一律云：「門外烟波好，蓬萊即隱居。竹林時倡和，桐館富琴書。名著《靈芬集》，詩存劫火餘。何時乘小舫，挈伴訪精廬。」亦可見其一斑。

梅花堰王臺叔棠，爲研農徵君之佐弟，好吟，工寫生。今夏寄贈竹扇一枋，書近作數首。余感其意，爲録一絶，摇筆爽然，不勝清風故人之思也。詩爲《福德院紅豆樹作花同人邀觀花已謝去因成斷句六首》，其一云：「一點春心鬱不開，相思無那欲成灰。鯫生百事傷遲暮，詎獨看花悔後來。」婉而多感，殊有風人遺意。

往歲余裒集先大父及先君子家母詩合訂一册，題曰《家珍集》，欲付梓人氏，艱於貲，未果。壬辰之畄，以索友人序得存，亦不幸中幸也。今復校讎一過，各録一二，以資諷誦。

先大父厚堂府君《然葉軒遺稿》，詩僅四十餘首。五絶如《懷沈樹庭》云：「别後思無窮，緣君志趣同。音容常入夢，境隔有情通。」七絶如《送别》云：「細雨聲中怨别歌，一杯相送意如何。掛帆分得愁歸去，剩取餘愁較爾多。」《和沈望雲原韻》云：「結伴尋幽喜晤君，歸來依舊悵離群。含愁欲訴籬邊菊，又見南山起暮雲。」五律如《贈别沈望雲》云：「自與故人别，離懷遣酒尊。未逢如欲訴，既見却忘言。形迹笑余化，應酬憐爾煩。冬來花漸少，陶徑幾松存。」七律如《訪人夜歸》云：「獨溯春江棹晚風，瀼瀼冷露滴孤篷。星沉波底船天上，月滿湖邊客鏡中。樹色暗迷歸鳥影，燈光遥識打魚翁。柴扉幾欸人方覺，尨也先驚吠院東。」《閏七夕》云：「天上佳期又一遭，人間乞巧復魂銷。重聯烏鵲千群羽，幻作銀河兩度橋。漏瀉銅壺尋舊夢，香餘錦帳憶前宵。别離未久愁情少，莫向秋風訴寂寥。」他如《暮秋》云：「千山雨後瘦，一枕夢回寒。」《白牡丹》云：「肯以清姿儕俗艷，若將淡思送春光。」《立夏》云：「紅雨滿階春已去，青梅如豆日初晴。」《寒林》云：「一帶遥村寒霧裏，幾株疎影夕陽中。」《冬夜》云：「庭餘殘雪天疑曉，風逼孤燈火漸低。」

本生考確齋府君，有《雪香齋存稿》，不過五十篇。後於零殘斷紙中復薈萃得三十餘篇，爲補遺，附訂卷末。郭復翁曾摘斷句入《叢話》，兹將源平日所習誦者，謹録於左。《遣興》云：「來日悲與歡，今日不可知。去日悲與歡，今日不可追。思前固無憑，慮後復何爲。譬如春日花，色豈無榮衰。譬如天上月，光豈無盈虧。違論造化機，行樂須及時。」《秋夜》云：「夜坐得幽情，小園獨自入。舉頭望青天，月明雲飛急。池水澈底清，魚躍波溁溁。樹陰黑暗中，老石如人立。牆邊一蟲鳴，落盡秋林葉。風微竹聲疎，露零螢光濕。化機能領略，即是行樂法。」《庭前鳳仙兩叢一疎一密悟而有作》云：「彼花花太疎，此花花太密。何不彼此花，分匀俱妙絶。天意原有在，豈肯徇俗悦。睹此金鳳花，妙理悟一説。譬如蕭條家，子弟稀且劣。譬如豐盛家，子弟多且傑。非天有厚薄，盛衰由己出。此理關根本，因材篤其質。撫此奕奕花，更宜圖秋實。」《答竹亭夫子原韵》云：「絳帷分手後，何日不相思。路遠蒼葭隔，人閒白鷺知。有情常入夢，無事只哦詩。偶喜移橈訪，幽居傍水湄。」《幽居》云：「吟身居僻境，即景畫難工。香遠花招蝶，聲幽竹聚風。樓高迎月早，人靜與僧同。閒裏猶多事，敲棋刻燭紅。」《秋懷》云：「瀟灑風流少比鄰，横琴一室絶纖塵。身無俗累常多暇，事到歡心怕不真。月正圓時誰惜夜，花從開後始懷春。何如隨境知清福，駒隙光陰易老人。」《自君之出矣》四首云：「自君之出矣，時序怕逢春。遥憐客館裏，何以遣花晨。」「自君之出矣，明月怕久看。遥憐千里客，相思腸欲斷。」「自君之出矣，新詩怕苦吟。遥憐孤吟者，愁情比妾深。」「自君之出矣，旨酒怕酣飲。遥憐獨飲者，醉卧難安枕。」《題吴笠臺分溪垂釣圖》云：「清趣托分湖，高懷寫作圖。一竿溪水緑，不在有魚無。」《廢宅》云：「杳無人到寂寥中，世態從來厭困窮。只有春光最公道，桃花一樣滿枝紅。」斷句如《春夜不寐》云：「群花祇惜愁中看，好句多從醉後成。」《贈陸梅農》云：「四體偶勤因種菊，三更廢寢爲吟詩。」《偶成》云：「行雲流水原無迹，小草閒花亦有心。」《送春》云：「芳草有情留客夢，落花無語送君行。」《和沈雲巢丈春日漫興》云：「訪友情殷頻泛棹，遊山脚健不須驢。」「芳辰對景如披畫，名士消閒只讀書。」《和友人足疾》云：「萬里名山留舊迹，一春芳草長新痕。」《漫成》云：「飲酒夜深惟對月，談心人少只看書。」《寄懷竹亭夫子》云：「落花流水皆成夢，小酌清吟幾度春。」《新居》云：「傳家有業藏書卷，隙地無荒結豆棚。」《題古查弟孤唱集》云：「好花易謝憎風妬，愁病難痊仗酒醫。」《病劇時口占一律》云：「無端嘔血似啼鵑，中路何堪此病纏。世乏良醫休服藥，死無遺恨即成仙。早知薄福難延壽，悔不當年去學禪。長子未婚諸子幼，一回籌度一潸然。」自先子見背，倏忽數年，愧無寸長以慰地下，繕録遺文，曷勝泫然。

家母翠峰老人工翰墨，平時喜閲名人集及百家諸子書，而未見作詩。戊子夏，源欲請舊作録藏篋笥，母曰：「余少時所作，都已散佚。自持家後，米鹽凌雜，此事便廢。況閨中人不以筆墨重輕，何必藉楮上數行字沽弋才名乎？」閲歲，母檢理舊簏，忽得數紙，授源曰：「此即余舊作也，殘鱗剩爪，幸未爲蠹魚蝕食去，汝姑收拾之。」源受而讀之，僅得二十餘首。詩雖不多，然生平所志，略見於此。敬録成册，以示來兹，其尤者已爲復翁采入《叢話》。復録數首於此，以質世之頌椒詠絮者。《十五夜作》云：「夜色浄無塵，卷簾太息頻。應知三五月，不盡照愁人。」《春日感賦》云：「清明佳節近，細雨灑芳辰。忍見雙飛燕，來尋舊主人。」《見鄰婦插花滿鬢即家園桃花戲成》云：「村妝楚楚也宜人，滿鬢紅霞色自匀。笑此桃花情太重，一枝分作兩家春。」《偶見》云：「炎宵白鳥往來忙，飛鼠絲蟲各飽嘗。同是謀生來啄食，一施智巧一强梁。」《秋蘭》云：「彼美入幽室，開窗挹晚凉。品高兼有韵，心静自多香。翠竹聯清友，紅蓮笑艷妝。横琴一相對，彷彿在沅湘。」《漫成》云：「紛紜世故本無因，棖觸閒愁獨愴神。花擅佳名偏易謝，人逢雅品每多貧。雪中鴻爪原知幻，水底蟾光莫認真。松柏相依堪自適，淡心那復戀紅塵。」《秋夜》云：「玉露金風到處秋，畫樓閒坐思悠悠。花因佳種枝偏瘦，人爲多情病不休。四壁蟲聲催妙詠，三更月色動離愁。拈毫剛欲書新句，一葉飛來落硯頭。」《書凌母龔氏貞節傳後》云：「古來貞節婦，不憚歷艱辛。此何命多阨，天欲傳其人。斷臂與截耳，守志不顧身。嚴冬非霜雪，何以標松筠。吾讀《凌母傳》，苦節獨超倫。地下誓不負，堂前慰雙親。離鸞學烏哺，拮据忘其貧。宗祚賴以延，枯木回陽春。賢哉此凌母，猶是蚩蚩民。獨能盡婦道，本末可直陳。問天破涕笑，貞名千載新。」

詩僧笑溪文峰，拄錫吉慶禪院，工書能詩。余喜其無蔬筍氣，引爲方外交。曩歲書扇寄贈，上題《冒雨渡西湖由烟霞石屋兩洞越楊梅嶺至理安時已薄暮》七古一首，今憶得之，爲書于此。「遠山近山忽不見，疎雨密雨如飛箭。湖中烟水白於雲，雲耶雨耶光一片。三春記得十日游，此來恰喜當清秋。舍舟登岸入松徑，出山仍被山勾留。千尋峭壁路欲絶，青蒨林中火明滅。攀崖越嶺行路難，石頭路滑身防跌。慚余功未熟黄梅，禪心詩心灰未灰。黑雲撲面衣盡濕，清磬一聲天外來。」

郭友三驥，復翁從弟也，以繪事游江湖，並能詩。余於友人處見其《冬閨詞》二絶云：「向陽窗啓尚凌兢，欲倚闌干力不勝。粧罷低聲呼小婢，膽瓶水莫凍成冰。」「一雙姊妹泥疑猜，共撥爐灰傍鏡臺。人世嬋娟誰得似，青娥青女鬥寒來。」饒有靈芬風致。

秋伊少時，和友人自挽二絶云：「自築佳城待返真，自吟詩挽暮年身。潯江隱士倉山叟，作達千秋有幾人。」「公本瓊樓作記才，思量帝遣赤虬催。傳聞天上都莊語，不許詼諧曼倩來。」筆頗雋逸。近寄《見懷》一律，則簡古蒼老，非復曩時故態矣。詩云：「苦憶通眉長爪客，此時骨相比前癯。三楹草草不如故，一瓦呱呱良勝無。積雨欲箋玉皇案，尋詩先怯縣官租。君與小憨詩深以冬潦爲憂。也應輸與郈夫子，飽喫紅腴讀《選》劬。時余校讀《文選》。」

余友董鹿田爲誦《玄妙觀竹枝詞》數首，今止記其一云：「才欣客子返郵程，結束新妝入廟行。惹得小姑含笑問，昨宵身體阿虔誠。」末句作吴語讀，甚趣。

嘉善袁春湖青照，丁年媚學，爲人疎放不羈。乙未春，下榻予家，課姪輩。以所作《守研廬詩鈔》囑爲選勘，既爲加墨，復摘其尤者如左。五古如《改塾課畢書此》其二云：「其次在作詩，亦頗非易事。茫茫萬古人，結習亦云至。各自成一家，各自爲一類。麻沙萬萬本，一一後人示。今雖多作者，已在古人次。或過於謹嚴，讀之昏欲睡。或又矯其弊，汪洋太放恣。二者得其中，曰醇而後肆。此言不可易，此詣良非易。吾里沈紱堂與張樸齋，一軍樹一幟。柳州松琴更奇特，而我獨憔顇。太息勿復道，亦各言所志。」又贈余一章云：「輕雲盪空際，起視忽已暝。天風浩蕩來，吹落諸花馨。西南有瓊樹，柯幹撐青冥。非不鬱奇氣，莫並堯堦蓂。棄置勿復道，對酒何堪醒。一曲《傷歌行》，悢悢不可聽。」七古如《休洗紅》云：「休洗紅，洗多紅漸落。從來故人面，見多情反薄。欲見不見長相思，朝朝暮暮無已時。」《傀儡歌》云：「山有木兮木有枝，斧斤劖削憑偃師。刻作人形二尺修，神工直欲侔棘猴。炬光如帚臺角明，彩絲牽出山鬼驚。協以音律附以聲，喜笑怒罵俱有情。忽焉美好忽粗醜，奸權忠孝肖某某。疑是怒雷夜劈古丘墓，翻身跳出千木偶。亦復舉兵仗，歷亂舞相向。又疑伶人死後頭目手足僵，未化夜深出現更作生時樣。吁嗟乎，一飲一食都不需，登場亦足供娭娛。安得斬盡南山高枝柯，于朝于市皆用他，機械更比生人多。」五律如答余題稿云：「一曲《思歸引》，天涯涕淚多。淒清雲外鶴，激越酒邊歌。病骨支殘夜，幽情寄緑蘿。姓名能著我，勺水亦洪波。」《十五夜》云：「夜色淡無際，遥空月一丸。剛風吹不落，終古此團欒。天地浮光白，山河受影寒。萬人齊仰首，各自有悲驩。」《露坐》云：「涼猋颯然至，吹動莫天雲。遠水銀河影，疎星古劍文。人心空皓月，花蔭妥飛鼯。擬駕緱山鶴，簫聲何處聞。」《獨夜》云：「雲意作去黄昏，雲根别啓門。犬聲吠遥夜，鴻影下孤邨。露重風無力，山空月有魂。題詩寄屋壁，東坡句。心事不堪論。」《夜坐懷人》云：「涼意醒菰蒲，天空月滿湖。白雲吹不斷，仙鶴一聲孤。幾處怨遥夜，閒中着箇吾。思量與君絶，難忘在區區。」七律如《題家古查叔養餘齋集》云：「夜深寶劍閃雄芒，萬疊青山影亦蒼。隻手獨撑詩骨健，一編能藥後生狂。雛花嫩竹看應厭，鉥腎雕肝老更忙。織女幾曾空杼柚，七襄終日報成章。」《無題》云：「愁思和雲歷亂生，斷腸怕見草青青。風流歇絶生無味，恩怨分明死亦靈。花片柳絲春有影，蘭因絮果夢初醒。返魂香好無從覓，弱水三千浪不停。」五絶如《隨筆》云：「儒曰寡過難，佛曰懺悔可。三復聖人言，愧煞平生我。」「乾元亨利貞，古今無二性。留得赤子心，便是古賢聖。」七絶如《題畫蝶扇》云：「那堪容易日西斜，露苦霜辛只自嗟。芳草已殘花已落，尚隨蝴蝶到天涯。」《觀沈石田巫山圖真蹟》云：「漠漠紛紛尺素閒，巫山别有雨雲天。至今十二峰頭月，還照先生畫筆鮮。」《題畫梅扇》云：「亞字闌邊風乍吹，閒携六角寫疎枝。一團幽意横胸久，説與梅花儻得知。」《夏閨》云：「曉風吹散碧天雲，一縷晨光透帳紋。殘睡惺忪呼不醒，侍兒偷著藕絲裙。」《焦桐館偶題》云：「笑聲吹下紫雲邊，阿母宫中舊比肩。不種胡麻殊計拙，桃花開已一千年。」《絶句四首》云：「桂實松脂浪得名，玉爐金鼎火純青。自從九轉功成後，不記《黄庭》兩卷經。」「江波白曉洞庭秋，烟水蒼茫一盪舟。眼看世間不平事，腥風一劍落人頭。」「食氣吞精不記年，泥丸宮裏暖生烟。世人莫道無靈藥，色界回頭便是仙。」「大道從來静處尊，坎男離女守元根。丹成我欲三山去，風雨聲中客打門。」他如《閒詠》云：「樹稍篩日影，風力鬥蟬聲。」《秋日》云：「秋風健鷹隼，江雨短茭蘆。」答余過齋夜話云：「詩文亦豪末，主客此年身。」《詠佛》云：「説法竟難吾輩信，世間惟有此身閒。」《壽伯祖母七十》云：「晨昏著意矜厨婢，寒暖關心到學生。」《長晝》云：「壁縫苔痕成井字，桐梢風意譜琴心。」《日暮》云：「弱羽轉嫌風力健，繁星不敵月輪孤。」又「醉亦無聊醒大難」七字尤妙。

我邑顧孚中思虞，一字竹友，爲迮卍川外翰朗師。遺稿數千首，貧不能梓。其行世者，惟外翰爲刻《集唐宋詩》四卷而已。卷首有周先生曼亭雋題三絶云：「碎碧裁金分外鮮，難於陶冶出天然。丹楓冷月松陵路，誰弔詩人顧彦先。」「釀花成蜜盡芳菲，雲錦初張織女機。辛苦應同千鍊鐵，摶捨不比百家衣。」「使君自激千秋賞，弟子能傳一瓣香。遺墨可知争膾炙，全羅兩宋與三唐。」其餘諸稿不知今尚藏於家否，其子孫能守而勿失否，暇當一訪之。

宜興儲彙初元文，雄於文，詩亦雋秀，所刻《抱山集》可證也。《舟行阻雪》云：「山郭映殘蘆，荒原落凍烏。汀前漁結網，屋角叟圍爐。木葉搶風盡，泉聲入澗無。敲冰買新釀，一笑唤提壺。」《夢到吴淞》云：「江山清泠不上潮，輕風拂面酒旗遥。荻花楓葉蕭蕭下，夢過吴淞第幾橋。」《青樓詞》云：「西風吹落海雲秋，郎倚金鞍妾倚樓。妾恨不如天上月，照郎一路向邊州。」他如《山齋雨後》云：「苔長春泉緑，鶯啼曉木深。」《秋日》云：「人閒秋水外，禾老夕陽時。」《移居》云：「一家八口能偕隱，九載三遷始定居。」《哭位存》云：「落落幾人悲聚散，冥冥何事問升沉。」

海鹽朱半塘鏡《落花詩》數首，今録存其一云：「又值飛花到眼前，升沉容易感華年。纔來便有思歸意，一見翻多未了緣。白髮幾人悲往事，青衫偏我話離筵。也知榮落由天定，看汝飄零總惘然。」又《春陰》一聯云：「十里遥青雲黯黯，一窻柔緑畫沈沈。」亦佳。

於春湖處見朱藹亭瑞增詩，爲摘一二於此。《並蒂蓮》云：「若箇試妝應傍影，倘教解語定雙聲。」《收菊》云：「雨後香粘雙袖濕，風前瘦裹一囊秋。」《寒雲》云：「天容釀到三分雪，寒色吹成一夜風。」《寒爐》云：「贈炭每懷良友意，撥灰拚遣一宵愁。」又《擬陸放翁梅天一首》云：「一天雲意滿，無定是陰晴。衆緑環三面，輕雷時一聲。鳩啼愁日暮，屐響有人行。笑指垂楊外，平橋新漲生。」

魏塘程友泉應枚《夏閨詞》三十首，余最喜一絶云：「鄰家小女約觀荷，觸着相思眼欲波。妾意正如蓮子苦，郎情不及藕絲多。」

金小眉以煐，有《詠金陵十二釵》詩，其《鬟卿》一律有云：「鵑婢不知流淚意，嬰哥還誦《葬花》詩。」可謂巧不傷雅。

余於友人處，見邵女史梅宜詩一紙，都抑鬱無聊之作。女史字雪友，長嫺翰墨，幼育名門，舊業凋零，充人媵妾。河東獅子大肆咆哮，渭北楊枝幾經摧折。郎情紙薄，遂教改配司閽；弱命絲延，無奈遠隨絶域。玉顔塵掩，綺思冰消。馬上啼紅，帳中飲酪。難望曹瞞之贖，何來磨勒之雄。翹首故鄉，羈身異地。以千百年憾事，成三十韵哀吟。此怨女痴心，幾欲共情生情死；而騷人寓目，應爲動悶恨閒愁。節録數章，聊存大概。嗟乎！紅顔蹇命，蒼昊嫉才，綜覽千秋，恍同一轍。卿詩未寫，我淚先流已。其一云：「誰憐青鬢亂飄蓬，馬上琵琶曲未終。嫁得傖夫雙足健，報人夫婿好乘龍。」其五云：「鶼鶼比翼兩相依，文采蹁躚世所稀。誰料風濤生洛浦，鎩翎又逐野鷄飛。」其六云：「自傷薄命更誰如，蘭不當門竟被鋤。回首五年成底事，翠圍珠繞夢華胥。」其八云：「白雲縹緲望中迷，獨倚蓬窗掩面啼。萬里北堂知也否，碧梧不是鳳凰棲。」其十五云：「哮言狺語怪多般，反道奴儂鴂舌蠻。悵望夕陽芳樹外，嬌鶯嘹喨語家山。」其十六云：「挑燈含淚疊紅箋，萬里緘書報可憐。爲問生身親父母，賣兒還剩幾多錢。」其二十云：「摩挲雙眼蹙雙蛾，搔首呼天怎奈何。俗子不知人意懶，挨肩只管唱燕歌。」其二十六云：「十里西湖憶舊游，如今無復泛扁舟。自憐冷落看花眼，日對烟窗兩淚流。」其二十七云：「不須重賦《白頭吟》，入骨煎憂死易尋。贏得芳魂歸去好，一丘黄土百年心。」其二十八云：「柳色依依咏漢南，樹猶如此我何堪。輸他鄰婦無思慮，碗大葵花滿鬢簪。」詩雖未甚典雅，然悲其遇，故爲録其辭，以不没其人也。後閲《隨園詩話》，中載女子趙飛鸞《怨詩十九首》。其人家本姑蘇，賣某參領作妾，正妻不容，改配家奴。味其詞，蓋旗厮之走差者也。然按《蘆中集》云：「邵飛飛，福州府人，色藝俱絶。康熙中，耿精忠反，有旗下羅御史隨王師入閩，見而悦之，賄媒氏佯爲娶繼室，其父母得千金，許之，隨羅北歸。其大婦悍妬，以飛飛配一奴，飛飛作《薄命詞》三十首，流傳京師。有謀欲娶之者，飛飛旋死。」當以此説爲確。

韵語雜記卷六

吴江柳清源鄂生

余於書肆中，得魏少野詩稿一册，都五律一體。按《嘉善縣志》，少野名允札，字州來，庶常學濂子，忠節公孫，弱冠補郡增生。詩詞逼真兩宋，爲江浙名流所推。年八十餘，著有《東齋集》。《夢忠節府君垂訓恭紀》云：「既能知嚮學，當勉作儒人。處世已多病，傳家惟一貧。拙容後輩笑，迂任異端嗔。此説非無本，先公教誡新。」《李東白重開幽瀾泉功成次韵》云：「幽瀾依舊在，不枉費閒心。重與分寬窄，加之量淺深。若携藥可煮，便帶病須尋。時余方大病。只空泠生活，人間少賞音。」餘如《見處》云：「駡人恃一舌，哭世累雙眸。」《憂飢》云：「獨鳥啼烟處，孤花泣雨時。」《自笑》云：「忍窮留飲客，拚病却醫師。」《自慰》云：「在我惟尊古，於人不薄今。」《示友》云：「酒如未去妾，詩是所生兒。」《陸霖川招飲》云：「風月供驅使，江山助設施。」《周南齋留同毛穉賓小飲》云：「人皆方以外，時已歲之餘。」《携酌寶善堂邀客有不至者》云：「年老謀身易，門衰致客難。」《倔强》云：「半死飢寒裏，餘生誦讀中。」惜全稿無從尋覓，姑就所見者録存一二。

禊湖邱後同丈孫梧，號雲枝，余外舅妹壻也。所刻《易安齋詩》六卷，離奇操縱，不可一世，爲録其尤者如左。《鼎鼎》云：「園門閉後有蒼苔，新筍抽梢木筆開。山水志因看畫起，風塵憂爲讀書來。世多枘鑿真知命，著少蟲魚小有才。鼎鼎百年究何用，眼前清福且徘徊。」《哭汝秋士》云：「填胸魂磊未真能平，潦倒窮愁送此生。身世不堪嵇叔夜，文章無耀李臺卿。學求素飽天須餓，事背時趨鬼獨争。讀書人能幾箇，晨星又見没長庚。」《德芬堂集刻竣於家祭時焚化告成》云：「後園時聽朗吟哦，月冷霜淒橋上過。結習文章猶若此，繫情子女更如何。詩書性命差堪告，富貴烟雲儻見呵。一寸紙灰千綫淚，他年兒亦此消磨。」《過隨園》云：「兩版柴扉帶竹開，誰知金碧擁樓臺。早捐軒冕真奇福，能闢山林亦異才。荷葉難勝凉鷺立，柳絲不受暮蟬催。淒凉風景公知道，當日經營草草來。」《秦淮雜詠》云：「笑似裝成顰似真，汙泥蓮性有前因。若教移在江邨住，盡是天寒倚竹人。」《小遊仙》云：「學繡麻姑百鳥裙，絲絲絨吐碧窗雲。輕盈刀尺惺忪語，防有風吹下界聞。」《悼亡》末絶云：「諸雛繞膝苦無知，忍見麻衣嬉戲時。他日欲尋孃面目，在爺十首《悼亡》詩。」《詠秦淮桂花栗子》云：「阿誰解此桂花香，頓使山中名字芳。悄憶秋閨風露夜，挑燈正製木樨薑。」斷句如《玉泉池》云：「泉清魚亦傲，園古鶴能馴。」《西磧麓望太湖》云：「花魂歸縹緲，山意入虚無。」《夜泊江邨》云：「犬吠空村千鬼哭，帆來黑夜一峰飛。」《次韵秦海門》云：「自有齒牙寧拾慧，亦生頭角肯模棱。」《和餘甫兄行園雜詠》云：「水氣未收蛙吹鬧，晴光欲放鵲聲乾。」《和新城秋柳時方悼亡》云：「愁眉觸我閒情緒，病眼思伊舊淚痕。」《詠懷》云：「能知酒趣皆賢聖，但有詩情即《濩》《韶》。」五古如《初到杭州》、《讀書行》，七古如《包生行》、《文信國銅印歌》等篇，皆可誦者，以篇長不録。其《鸚鵡》《鳳仙謡》兩作，鉥肝鏤胃，置之《長吉集》中，亦可亂真。前篇云：「融風吹紅白鸚鵡，身著雪衣口吐火。女丁婦壬煉芙蓉，頃刻花臺現焦土。窈孃踏摇媚孃嚲，麝蘭風裏人頭墮。昨宵衾枕今髑髏，青燐忍痛思婀娜。應相觀音骨子鏁，上方毛女緑鬟犢。草根偷看六銖衣，飛落劍花寒一朵。」後篇云：「美人通身鳳仙紫，匀染硃砂鳥爪裏。藥鐺倒點守宫丸，醉色迷香一彈指。白咽紅頰粲齵齒，嫣然流出桃花水。刀光疊雪洞房秋，泣抱海棠守紅死。曉風殘月倏來止，斜慧梢頭落簪珥。一朝血污麻姑裙，如花都變摩登鬼。」

集中附刻其德配翠寒夫人詩三首。夫人名筠，字念慈，爲内子胞姑。内子曾向余述夫人之才之德，今觀其遺墨，益信非虚語也。詩如《坐月》云：「一雨炎蒸退，言招女伴游。月凉如坐水，樹古欲生秋。鈴語樓頭歇，螢光扇底流。聯吟忘夜短，不覺换更籌。」《思親》云：「寂歷寒閨易夕曛，停針時候憶慈親。兒夫莫怪無歡笑，脱下麻衣着繡裙。」《病中贈外》云：「六年與爾共悲歡，晨夕相揩淚眼乾。君若哭儂儂不曉，莫將閒淚洒闌干。」

其尊人筆峰先生岡《德芬堂詩集》專尚性靈，不事雕飾，有和平恬雅之音。如《光福鎮》云：「居人半樓閣，早市足魚蝦。」《與友夜話》云：「身瘦裁衣省，年荒乞米艱。」《遊野芳庵》云：「船驚歸浦鴨，屐響過橋僧。」《冬莫口占》云：「思歸意每先春到，作客愁難逐歲除。」《春莫招稼圃集後園感成》云：「好花易落愁逢雨，詞客多情怕送春。」《登北極閣》云：「穿城湖影微于綫，抱郭江形曲似弓。」《和金二雅》云：「白眼看人原入世，黑頭如許早辭官。」又《聞雁憶茅慶長》一律云：「雙淚吟秋客，孤燈卧病時。哀音俄入耳，遠道起相思。歲晚程途促，天寒飲啄遲。人間滿繒繳，結伴慎栖枝。」《題畫白秋海棠》一絶云：「落落疎疎三兩叢，玉顔消瘦對秋風。畫工只恐人腸斷，不敢輕描淚點紅。」其《石屋洞》五古、《儲郎殤》七古各一首，閲其集者自知其妙也。

鄭丈瘦山璜《和邱雲枝》云：「大地蒼茫一眺中，盍簪何幸慰飛蓬。性靈要闡前人剩，臭味渾疑夙世同。老我十年依食計，讓君五夜著書功。勳名莫謂文章掩，早晚雲霄兩雁鴻。」《蘆星洲》云：「面面烟雲佛住安，粥魚茶板共蒲團。到來只覺四時好，高處能生六月寒。雨點似同菰葉語，湖光放入酒杯寬。醉歌唱向闌干拍，驚起閒鷗踏浪看。」《題雲枝易安齋集》三首，其一云：「卅年偃蹇塵衖中，苦吟聲似號寒蟲。知交寥寥亦可數，對宇望衡爰戢與許蔚宗。後來結契到丘遲，未識君面先見詩。梨花村裏識君面，彷彿當時詩中見。乃知文字或有緣，兩人各不知其然。君才傲兀凌一世，區區韵語但餘技。即看詩已出一頭，此事那必無千秋。而今許子極潦倒，哀哉爰生莽宿草。題詩悼故並念存，使我哽塞難爲言。」近見贈家古查叔一律云：「卅里相違思滿腔，才名久已熟鄉邦。草堂圖寫盧鴻一，烟水盟尋白鷺雙。兼訪馨山。衰病難勝惟舌在，新詩未鬥已心降。柳州當日原吴産，又見傳家健筆扛。」

凌葦裳壇居鶯湖之濱，起采柏園於宅後，一時名流題詠殆遍，都目爲風雅客，然未知其長於詩也。我今於《易安齋集》中見其一二，亟録之，以誌心賞。《春夜雨》二首云：「野烟緑不盡，吹作夜來雨。是惜花人，照花燃緑炬。群花盡啼粧，濕濃嬌不起。脈脈愁無言，妖艷令人死。輕雷響野塘，竹孫又添幾。笑聽灌園翁，得意自相語。」「孤燈清竹樓，佳客勞雨送。微寒和衣眠，黯惜花小凍。忽憶藥苗長，山家堪分種。欲語復朦朧，花陰壓睡重。霹靂一聲飛，打碎海棠夢。」《集陳芝林雲映齋觀所藏寶刀》一首云：「金飈動樹繁霜清，高堂月落斜河横。主人出示三尺鐵，萬里一碧虹霓晴。虹霓忽斷月未落，血光慘射燈花緑。捧杯起向金環酹，何限精靈夜號哭。精靈號哭知何處，閃上芙蓉嘯寒露。金精有怨空悲鳴，女不能屈廼女誤。若教落在豪士手，紅燭錦筵消手柳。令姬勸客客不醉，便戮雲鬟好姿首。於今冷落君家在，兩世焚香古德拜。有時不遣雄心滅，醉酣午夜摩挲再。君不見，壯髮臨風傷賤子，學書空記姓名耳。雞鳴花裏星河曙，倒瀉珠簾一條水。」

春湖爲余誦其大父媚川丈玉溪《送春》一絶云：「嬉春日日引壺觴，緩緩歸途趁夕陽。此後出門無意味，新詞應唱倦尋芳。」

竹香愛棠，春湖季父也。以所存詩草見眎，囑爲采録一二。《旅懷》云：「一室小如斗，孤燈紅欲花。」《留别朱升齋》云：「歲殘風雪緊，情重别離難。」《風雨感懷》云：「已來春信傳梅意，未到家書妬雁聲。平居豈識離家苦，出外才知作客難。」《偶成》云：「山光入暮青于黛，楓葉經秋紅似花。」《修花》云：「姑息原非王者政，芟夷終是老臣心。」

題畫詩佳者絶少。余於古查叔所見畫册中一絶云：「荒村風雨雜鳴雞，轢釜朝厨愧老妻。欲寫一枝新竹賣，市中筍價賤如泥。」極雅極趣。後閱《六如詩抄》，乃知爲先生《風雨淹旬厨烟不繼聊以遣興》三首之一。

古查叔並爲誦無名氏一詩云：「晚風吹雨百花殘，不典綈袍一醉難。還是去衣還去酒，費人斟酌是春寒。」云於蘇州酒家壁見之，惜不知出自誰手。後閱《兩般秋雨庵筆記》，知爲吴縣周茂才以豐所作。

汝承汪字鴻書，著有《蓼齋詩草》。其《詠菱》一絶云：「細引青絲出水渦，托根無那在江河。風波塔，以醫自給，爲國初總兵右都督同知欽恭次子。《松陵詩徵》載其曾學詩於婦翁葉横山云。

歷盡君應笑，頭角依然未折磨。」又《過妙覺庵》云：「小犬慣迎曾宿客，板橋重渡舊歸人。」鴻書遷莘

青浦倪蕓莊廣文倬，工制藝，詩其餘事。然遺稿中《觀梅道人畫竹》一首，清空一氣，允稱傑作。

詩云：「千尋萬尋撑在腹，其中靈氣相追逐。畫前有筆筆前墨，一潑淋漓遂滿幅。十分著力力更縮，有力不用勢更蓄。勢之化者名曰神，神到天然韵方足。似起非起伏非伏，似斷非斷續非續。此事要須揣摩熟，談文我得道人竹。」其《歸途雜詠》云：「古須句國濟河邊，梁灝門前笑著鞭。東平州有宋狀元梁灝宅，今改龍山書院。若使狀元須八十，吾曹下第尚青年。」殊有風趣。

女史王浣香佩珍，原籍山西太平縣。父任雲南吏目，死於兵。母阮早世，兄弟三人相依爲命。後遭吴回氏之厄，兄死弟亡，女因爲人挾去。越三年，入金閶遊春院，遂墮烟花，深可慨也。有《詠懷》詩九首，并序云：「海棠姿艷，猶怨無香。楊柳絲柔，偏能惹恨。覩流光之荏苒，惜烟景之凄迷。花落閒庭，每悵春歸何處；月明深巷，不知秋在誰家。歌殘小院之鶯，唱斷曉風之曲。短箋裁就，非譜鴛鴦；斷句吟成，難瞞鸚鵡。未嫻聲韵，敢云窺見三唐；聊試推敲，漫爾《詠懷》九首。」今節録其四云：「無端愁緒只如絲，半是閒情半是痴。辛苦更憐蜂釀蜜，不知甜得幾多時。」「新羅衫子剪鵝黄，甘爲他人作嫁裳。未繡荷花先繡葉，愛他常得覆鴛鴦。」「嫦娥夜夜照銜杯，知道人間幾劫灰。寄語廣寒諸女伴，塵寰一謫便難回。」「籬菊新分到曲闌，香凝霜露殿秋殘。花開莫怪常門閉，不是幽人不放看。」婉而多風，絶勝杜韋娘春風一曲。

《棘闈勸戒録》載：太倉陸公容天順三年應試白下，有館人女夜奔，公紿以疾，作詩曰：「風清月白小窗虚，有女來窺夜讀書。欲把琴心通一語，十年前已薄相如。」明日托故辭去。是秋即中式，遂聯捷，仕至參政。又乾隆丙午，江南鄉闈，有一生題詩號舍云：「芳魂飄泊已多年，今日相逢矮屋邊。誤爾功名虧我節，當初錯認是良緣。」明是女鬼所作。嚮聞道光戊子科鄉試，有題詩於卷尾云：「薄采慈姑吟怨句，漫煎益母表相思。臨行互剪羅衫袖，珍重啼痕好護持。」以此被斥。并録之，以爲同志者警。

碧梧小榭中，綉球盛開。春湖請余賦之，余謂詠物詩難，詠綉球更難。曾記丹徒鮑茝香夫人之蕙有句云：「阿誰呵手團成雪，拋上枝頭暖不消。」可爲此題絶唱。夫人爲論山郎中之鍾妹，張舸齋司馬鉉室，有《清娱閣吟藁》行世。元張昱詩云：「落遍楊花渾不覺，飛來蝴蝶忽成團。」亦稱工於刻畫。

越日，春湖亦成一絶見示云：「落盡梅千朵，詩人正淚流。東風爲團聚，吹上別枝頭。」殊有思致。又《戲作捫蝨》云：「何須齚齒爲么麽，小劫堪憐一刹那。無數猩紅飛指甲，琵琶聲裏落花多。」按：《山堂肆攷》呼「蝨」爲「琵琶蟲」。

浦丈星堂煌，余第五舅氏外父也。原籍魏塘，近僑居禾中。乾隆乙卯，尊人中丞公以事死，丈兄弟輩均遣戍塞垣，於嘉慶己未奉詔賜歸。今年四月，道出鴛湖，遇丈於殷先生雲樓樹柏家，蒙置酒見邀。飲次，余以近稿相質。丈亦出《西吟草》一册見眎，皆萬里外羈棲哀感之什，悲涼忼慨，令人不堪卒讀。携歸，爲跋其後，並録數首於此。五律如《羈懷》云：「塞外西風早，天高木葉殘。星沉霜氣重，沙積雨聲乾。玉壘添新恨，孤城怯曉寒。羈懷頻作惡，離緒渺無端。」《旋里感賦》云：「喜餘還拭淚，悲定笑相迎。親友幾凋謝，兒童各長成。數年生死别，今日夢魂清。白髮欣無恙，安爲没世氓。」七律如《感懷兼示内子》云：「不信儒冠誤我同，無端投筆事從戎。髮離吴地根先白，淚過秦山色變紅。豈有功名來馬上，衹餘磈礧在胸中。征衣打叠憑誰寄，月落霜天度塞鴻。」《五十初度》云：「駒隙驚心去似梭，一生傲骨漸消磨。賤貧剩有詩書讀，閲歷徒增感慨多。鵑月滴殘清夜淚，藥爐催起舊愁磨。幾番欲向青天問，三百黄虀喫了麽。」七絶如《偶感》云：「傷心往事但魂驚，啼血争禁杜宇鳴。悵望故園三尺土，春風幾日又清明。」《賀沈二酉納妾》云：「栽花却喜近花朝，笑引漁郎洞口舠。莫説休文圍帶減，夜深還鬥小蠻腰。」「眼意眉情莫浪猜，須知紅粉也憐才。粧臺解誦《靈光賦》，曾侍通經博士來。二酉夫人博學工詩。」「楊枝裊裊柳纖纖，一樣情懷兩地兼。幾日春風寒料峭，宵來半臂爲誰添。時二酉有兩姬。」古風如《懷人歌》八章，其一《與沈選士荇川》云：「洛陽城外馬蕭蕭，驅車送我天津橋。朔風四起日慘淡，《陽關》三叠魂爲銷。吴鉤持贈肝腸熱，握手贈言尤激烈。丈夫努力事戎行，莫作眼前兒女别。」《己未七夕奉詔賜歸感賦長句》云：「銀潢宵耿無纖障，月明皎皎懸穹帳。萬里何人不憶家，忽聞天際金鷄放。罷戍從教返惠城，伊犁名惠遠城。惠城星琯已三更。遷除人事復何定，念此還令百感生。憶昔闤門嬰索木，名列丹書戍沙漠。興嗟張儉已無家，驚心揚子還投閣。母子相牽痛别離，欲别未别心酸悲。死生此去詎能料，預問歸期那得知。離亭酒冷誰相送，惆悵《陽關》笛三弄。阮籍猖狂哭路窮，雞聲茆店縈歸夢。一自征車出玉門，黄塵白日天昏昏。忽然四野狂飇作，石走沙飛萬馬奔。祁連積雪明如玉，祁連即天山，春夏雪常凝。策杖徐行愁繭足。塞上誰憐雁影寒，狐裘不暖肌生粟。戈壁人稀道路長，塞外無草處曰戈壁路，即瀚海也。宿春百里裹餱糧。馬嘶人渴行不得，杯水還應勝玉漿。此時回首江鄉路，天地茫茫隔雲霧。三更月落聽啼鵑，白楊何處封丘墓。氈廬遥接李陵臺，風捲牙旗甲帳開。差喜將軍能揖客，梁園雨雪訪鄒枚。自傷行役分離久，花月何曾笑開口。城頭落日起悲笳，五夜嚴霜徹刁斗。少婦閨中急暮砧，砧聲遥入白雲深。遠書欲寄經年達，鱸膾秋風動客心。故園三徑今寥落，故人不見增離索。枯桐入爨感中郎，駿馬長嘶悲伯樂。苜蓿城邊幾度秋，暮烟衰草不勝愁。燕當社至思辭壘，鷹到霜高欲脱鞲。紅顔不逐風塵駐，秋月春花等閒度。《離騷》有恨賦靈均，美人太息空遲暮。頻年贈策送人還，殘照西風淚自潸。一笛《梅花》飛旅夢，空勞凝眼望刀環。天書忽至除兵籍，烏頭不信于今白。喜極頻疑似夢中，指點家園若咫尺。瀚海從軍路十千，從軍馬革幾人全。子卿白首未歸國，青草榮枯不幾年。一鞭從此整歸計，望闕銜恩徒隕涕。北堂留蔭奉餘暉，酒進椒花祝新歲。於小除夕抵里。」其他斷句如《除夕書懷》云：「故國惟雲樹，天涯只弟兄。」《寄内弟陳春臺襲子》云：「春雨江南遊子夢，西風黄菊故園情。」《過天山》云：「百尺松侵巖氣重，四山日射雪光寒。」《渡黄河》云：「往事於今人寂寂，寒流依舊去滔滔。」《偶題》云：「佳友每從閒處得，好花偏恨看來遲。」《和樹齋外舅》云：「欲掛穩帆遲小汐，愛添新稿及黄花。」《梅影》云：「處士無家空有夢，美人已死倩招魂。」《蘆花》云：「江湖飄泊應憐我，節候蕭寒又遇君。」皆可存者。

《西吟草》題詞有武林嚴四香冠二律云：「五年悲出塞，萬里喜還家。兄弟同艱苦，詩辭記歲華。

懷人星宿海，射獵大流沙。裘馬佳公子，田間學種瓜。」「烏頭兼馬角，生入玉門來。客况成囊錦，家園付劫灰。白頭欣有母，綵服好擎杯。世事非吾急，何妨没草萊。」歸安唐稼農晉錫有云：「三年遷客身如寄，萬里從軍筆未投。」「壯懷未化冰山雪，健筆終回玉塞春。」「陸機詞賦都行役，杜甫詩篇半憶家。」並録之，益見其關山勞役、景物悲涼之况。

韵語雜記卷七

吴江柳清源鄂生

舊架中得《恬養知室詩》八卷，爲臨川李竹雲傳杰所作。雨窗塊坐，繙閲一過，遇佳者輒録之，亦古人摘句圖意也。《舟中見梨花》云：「香從風裏覺，影到水邊無。」《登上方山》云：「高樹易成響，遠雲長似閒。」《觀音門》云：「上有通天路，傍連選佛場。」《留别魏湯言》云：「貧添家累重，清覺宦情閒。」《遣興》云：「鄉禮從人簡，高文避俗誇。」《病後》云：「縱死原非夭，更生亦有涯。」《高郵》云：「平江水净多浮鴨，老木秋聲有墮蟬。」《春草》云：「聽鶯南國剛三月，飛蝶西園又一年。」《登放生閣》云：「波濤去足不盈寸，闌檻倚江如欲傾。」《西估晚泊》云：「蘆荻叢深風亦雨，魚龍氣雜海初潮。」《輓五叔》云：「女孝微消無子恨，親衰苦爲有身愁。」《和兩山初春試筆》云：「全家佛性大歡喜，滿眼春光真太平。」《洪穉存方道堃會餞作詩留别》云：「客顔與月同寒色，人語當杯有淚痕。」《胥江晚發》云：「身因閲世纔知退，事到干人即悔窮。」《輓蓀洲》云：「一年身即隨官盡，千古才難與命爭。」全律如《遲伯兄夢巖歸里不至》之一云：「相逢北來者，問訊每頻頻。近有音書到，始知消息真。一行南鄉雁，卅口遠征人。不料淹留甚，經冬又入春。」《哭次女秀姪》之一云：「念汝行將嫁，教人作嫁衣。誰知泉路逼，不得壻鄉歸。兩月遲爲婦，孤魂何所依。愆期竟賫志，回首萬緣非。」《慰蔣香雪落第就選州佐》云：「射虎頻年嘆數奇，沾巾又對菊花枝。人論不朽何高第，天遣長貧要好詩。隨分功名忘懊惱，就衰門户費支持。一官聊爲慈親屈，此意山中猿鶴知。」絶句如《采菱歌》云：「采菱菱葉圓，蕩漾清波間。願得持爲鏡，照儂憔悴顔。」《題蘭眉詩意圖》云：「君畫不見君，君詩如可讀。月上悄無人，寒烟淡松竹。」《觀烟火》云：「魚龍戲比偃師工，幻影紛紛忽墮空。供得人看纔一瞬，百身都在劫灰中。」《久晴》之一云：「紙鳶各各起城陰，無限痴兒悵望心。時上青天時墮地，一般風力有升沉。」《曉行》云：「野店人眠曉露燈，勞身更怯嫩寒增。驢腰馬背分輕重，各有玲瓏昨夜冰。」

嘉善陳雲銘鉽，著有《鶴汀詩草》，遂安毛會侯際可爲之序。詩都學杜，而微嫌力薄。如《贈曹顧庵》云：「生死憐交誼，艱難識世緣。」《和周越石》云：「交情似水偏憐舊，世局如棋轉好新。」《送葉湛生之漢中》云：「半生總爲浮名誤，兩地誰憐獨客哀。」其古風則清空一氣，純任天姿。《詠懷》云：「明月何皎皎，揚輝燭我床。有懷不能寐，轉輾思故鄉。故鄉日以遠，音信殊渺茫。欲歸道無因，進退徒徬徨。寄言同心者，努力馳康莊。」《曝書亭集》有《送陳雲銘之青浦》一詩及《入楚》一詞。

張樸齋布衣尚白病强項，屢應童子試不售，遂刻意爲詩。《詠懷》云：「不趁青年游四海，爲憐白髮有雙親。」《應試》云：「如何再索梅花笑，依舊難邀柳眼開。」《修花》云：「不是甘心殺風景，譬如辣手改文章。」《漫成》云：「地有江山才入畫，天無星斗不成文。」

陳心齋謌居青浦之金澤鎮。余於古查叔所見其詩稿一册，佳者如《小庭》云：「風來花自活，鳥去樹無聲。」《嚴灘》云：「功名流水外，天地一漚知。」《默坐》云：「道心清似水，詩味淡於禪。」皆可誦也。叔並出其自題《夜雨獨吟圖》四律，屬爲采録，詩云：「兹夜寂何事，閒居獨掩門。每緣清興好，時當卧游論。涼入疎桐雨，秋生白苧村。金溪，古名白苧村。不知小橋外，幾許漲新痕。」「欲話今宵雨，空懷良覿情。蛩憐四壁語，月欠半簾明。雲樹音先阻，池塘夢未成。推敲安一字，檐滴響瑽琤。」「前度催詩夕，聯牀結契深。疎烟茶幾沸，殘醉酒還斟。花落挑燈影，風敲倚壁琴。吟魔拋不得，空谷企遐心。」「圖中聊寄興，圖外我何如。有室名居易，乘閒且讀書。益從良友得，心爲古人虛。箇裏添鴻爪，吟秋一敝廬。」

斷句之可誦者，如聆雅樂，令人欣然忘倦。趙伽庵琳《漫興》云：「竹影敲風瘦，梅花受雪肥。」《閨詞》云：「儉妝慵問婢，綺夢亦瞞人。」《天涯》云：「紅豆悲風雨，青衫淚琵琶。」《華嚴寺晚步》云：「徑荒僧不掃，春去鳥猶言。」《即景》云：「疾風如妬杏，小雨最宜蘭。階静猧眠逸，牆高蝶過難。」《喜墨池過舍》云：「出谷鶯空老，依人鶴不仙。」《夢中得句》云：「壁蚊秋後大，庭葉晚來多。」《山家》云：「亂山青裏屋，深樹渌藏門。」《閒居》云：「田園自好敢言隱，木石雖頑且與居。時招鄰局傾三雅，閒課村童讀四書。」《雜興》云：「庭無客到生苔易，詩少人商就稿難。」《閒居》云：「常引杯看高士傳，不論錢買古人書。」《村齋》云：「風來書借殘杯押，客到茶携小鼎烹。」《即事》云：「平糶單猶冰樣冷，告荒帖與火同嚴。」《敝裘》云：「倘換麴生應見笑，即逢狗盜定垂憐。」《對雪》云：「滿天白戰圍吟屋，一水蒼茫下釣船。」

周與香焜《剔蛾》云：「一念慈悲通佛力，燈花含笑現彌陀。」《楊花》云：「一團風趣有何説，可惜無人管束伊。」與香詩僅從邱氏《易安齋集》中見其一二，全稿實未寓目。友人爲余誦此，姑記之。

青浦姚春木翁椿，一如方伯名令儀公子，以詩文雄世，與郭復翁、彭甘亭兆蓀齊名。刻有《通藝閣詩録》八卷。《自序》一篇具見根柢，詩能出入唐、宋諸家，而卒宗于杜。摘録一二，以質同志。五律如《湘妃祠》云：「湘瑟十三絃，《離騷》字字傳。空江無月夜，太古有情天。怨竹祠山鬼，哀蘋薦水仙。送迎應有曲，誰附《九歌》篇。」《宋玉祠》云：「冤魂招不返，秋氣至今悲。詞賦空爲祖，離憂善學師。國人疑好色，騷客托微詞。故宅猶零落，誰來問舊祠。」《江夜》云：「秋氣萬山烟，征人夜不眠。殘星横夜出，孤月入江圓。別夢迷鷗外，鄉心托雁先。滄浪誰有曲，付與十三絃。」《答寄甘亭》五首之一云：「似我成何事，飄飄易倦游。江湖催短夢，風雨著高秋。客路頻傷別，名山亦貯愁。著書渾未敢，祇欲散離憂。」七律如《曉渡》云：「騾綱替戻苦相催，且撥惺忪倦眼開。萬馬曉驅漳水渡，亂山横截太行來。朔風影裏征塵斷，殘月光中畫角哀。猶有燕鴻心事在，一鞭孤裊暫徘徊。」七絶如《寶應夜泊》云：「渺渺寒蘆瑟瑟波，隔堤殘月冷漁歌。離情正似清淮水，半入長江半入河。」《題甘亭詩後》云：「詩參唐宋諸家體，文是孫洪一輩賢。眼送此身憔悴老，秋衫顔色冷於烟。」《成都東門外送客返吴下》云：「曾聽寒鐘古寺遥，畫船涼月冷蕭蕭。清明時節銷魂別，細雨成都萬里橋。」斷句如《滄浪亭》云：「文章消醉飽，憂患托林泉。」《蜀程雜詠》云：「馬蹄驕日影，人語答谿聲。」《賈生祠》云：「文章諸老伏，詞賦後人憐。」《漫興》云：「水闊翻愁淺，山稀始耐看。」「路紆從僕問，詩好得誰憐。」《同人看菊》云：「人來殘雪後，秋老此花中。」《題竹海竹素粵西詩卷》云：「雨痕啼怨竹，秋色老蠻花。」《簡農老》云：「梅花寒到骨，春草短於愁。」《不寐》云：「夜蛩碪語急，秋夜觽聲多。」《浣花草堂》云：「後世那知懷抱苦，當時猶忌語言工。」《留别麗生》云：「十載交情惟爾獨，萬山春色共人歸。」《湖上》云：「山容似夢涼偏醒，水氣如烟近却無。」《䭾柳》云：「黑頭似我仍飄泊，青眼憐渠也寂寥。」《夜坐》云：「露光高樹團成雨，月氣空庭淡化烟。」《潦倒》云：「一燈寒雪呼兒讀，半甕春風與婦謀。」《寄麗生》云：「緑鬢幾時年少去，青山無恙故人來。」《汪問樵輓詩》云：「薄宦生涯憐遠道，窮途文字托知音。」《辰州》云：「地雜華夷人異俗，路通黔蜀此分疆。」《蘆溝橋曉行》云：「濃霜似雪漫漫白，殘月如雲漸漸消。」《舟泛平山堂》云：「千户亭臺萬楊柳，一時閒煞月明中。」《題扇》云：「新霜一夜寒如月，誰住瑶臺最上層。」《蜀宫詞》云：「半夜錦城寒月色，杜鵑啼煞海棠花。」《冬柳》云：「東君不怕離人苦，更遣明年着意生。」古風飄渺沉着，學李學杜，各擅其妙。五古如《自中巖寺觀石笋三峰》一首、《獨游雲棲》一首、《重至龍井至理安寺》一首、《唐孝女祠》一首、《孟夏記園中草木》十一首，七古如《石琴引》一首、《登高望山望峨眉》一首、《滕王閣西山》一首、《相逢行贈張船山》一首、《醉中狂歌贈彭田橋》一首、《金山喜見麗生作此奉别》一首，皆以篇長不載。讀其集者，自知吾言之不誣也。

近閲宋小茗廣文咸熙所刻《耐冷譚》中，載青浦陸廉訪伯焜家嘗扶鸞，乩書一絶，云：「月無情恨水無愁，不到紅塵已五秋。今夜有心尋舊侣，花魂如夢上西樓。」跋云：「余謝氏世居虎丘木香里，遇人不淑，悒怏而亡。蓬萊宫近修仙史，校書偶缺，命補其員，將邀冶髻山洞天主者。路經此地，聊作鴻泥之印，少頃有清華君過，可叩之。未幾，大書云：『翠袖佳人井臼操，洞天無力敢辭勞。片時萬里攀龍角，一四三年織鳳毛。烘雪教炊靈碧飯，搗霜親製廣寒餻。黄昏奉敕裁宫錦，夜半躊躇下剪刀。』此余贈夢娘舊作也。夢娘謝氏，名娟娟云。」廉訪爲余嗣母胞伯，家虔奉一乩，近已撤去。事近怪誕，不知當日果有此段否，當緩詢之。廉訪孫晴初、梅坪皆有聲黌序，晴初夫婦能詩，惜同歸泉下矣。

又云：「昔年偕篔谷過鴛脰湖，於平波臺畔得芭蕉葉一片，上有詩云：『此心未展恨何窮，相對蘭窗緑影空。作到秋聲倍惆悵，不堪愁雨況愁風。』『碧葉新裁一幅箋，自拈彩管自還憐。秋風不解相思字，清夢何曾到緑天。』蓋女郎詩也，惜不知其姓氏。」今録其原詩於左，披閲此編或有能知之者。

向覓家粹公上人遺稿不得，僅從寺壁零箋抄三絶句以歸，未足見其所長也。今《耐冷譚》中載得一則，録之。其文云：「西湖僧粹白居靈隱之上永福。先府君嘗謂其詩無率意之作，當在小顛之上。年逾五十，刻期示化，索其稿不可得矣。近知少峰與之善，覓得其詩數篇，亦可喜也。」如《題少峰踏葉尋僧圖》云：「禪關遠叩白雲深，香火前因覓素心。一徑西風黄葉滿，芒鞋踏破入秋林。」「初地閒房掩竹梢，畫禪點染訂神交。他時若訪團瓢處，隨意山門月下敲。」《奉懷少峰居士並乞畫》云：「玉溪新漲雪初晴，息影寒齋風物清。遥憶鬢絲禪榻畔，梅花瘦影上窗横。」「製衣充棟締良緣，高義頻資賣畫錢。不似清貧文太守，禨材奢望欲求田。」《代柬寄少峰》云：「重提往事已經年，夙慧情深香火緣。約我尋山衝雪艇，勞君覓句擘雲箋。檐依嬾竹千竿翠，竈焙新茶一縷烟。正是幽棲清絶處，可能乘興踐逃禪。原注：「擬待雪中携釣艇，來從竹裏訪詩僧。」少峰去年贈余句也。」粹白明醫理，尤精制義，大家子弟多從之游，有掇巍科去者。或曰：粹白本名諸生，遭家難，遂放於緇流云。觀此則小茗翁亦未悉其家世云。

青衣解文墨者絶少。吾鄉陳烟農武，爲雲璈茂才舊僕，精繪事，自稱羅浮山道士。俗客乞畫者，投以金且不得，惟樂爲賞音者效其能。曾爲余作《焦桐吟館圖》，筆墨脩遠，觀者嘆賞。嘗聞盧召公學士有僕趙姓，能熟誦杜詩，學士呼之曰肖生，言其肖己之耽書，且析其姓之半也。病中作《病馬》詩云：「不戀三升棧豆，待施一箇敝帷。十載受恩空負，千金買骨有誰。」遂化去。華秋槎司馬家有婢紫鳳，能詩。《遊葛嶺》句云：「斷鈿遺珥嬋娟夢，芳草斜陽蟋蟀愁。」《送女伴出嫁朱氏》云：「從此朱門鎖鶯語，春光不在段家橋。」年十九卒。其妹小鸞亦嫺吟詠，歸蔣明府城。造物生才，不以地限，淤泥中青蓮勝華堂没字碑多矣。

天下奇男子，往往有隱於技者。西湖阮大老於漁，其詩云：「放浪西湖二十年，飢來喫飯倦來眠。今朝檢點傳家物，只有蓑衣最值錢。」「垂老難將結習除，入城向友借殘書。到家妻道晨餐缺，淡月疎烟夜打魚。」又有長年王四者，善酒，能爲小詩，有「岩溜臨廚近，寒雲落枕多」之句，膾炙人口。周木匠，吴淞江人，傭於杭。著有《木屑邊閒吟》。《與友卜鄰》云：「兩家茆屋臨流近，一尺鱸魚上釣便。」《冬日》云：「竹榻生香新稻草，布衣添暖舊棉花。」《閒居》云：「牆低喜借鄰家竹，屋漏先防架上書。」江湖淪落不少隽才，何日讀書餘暇，泛一葉舟，訪之烟波闤闠間，與若輩歌呼笑語耶？

我吴吴巢松先生慈鶴，自號岑華居士，有《蘭鯨録》八卷行世。其《自識》有云：「秀絶潢污，神摇崑閬。杜陵斯言，千古圭瑒。匪曰能之，心所景嚮。」亦可見其梗概矣。長夏無聊，展閲一過，並摘數首如左。《見新月和石卿》云：「傍雲低學鬟，出霧廣於眉。受盡簾前拜，圓時照客歸。」《落梅詞》云：「若爲零落怨陽春，飛出空山帶夕曛。夢裏扁舟横笛去，一聲吹白五湖雲。」《邀笛步》云：「柯亭殘笛倚風新，狼藉江頭落絮春。明月不來山鬼笑，碧天凉雨夜無人。」《西湖柳枝和述庵司寇》云：「聚景樓臺壓半湖，翠甍鴛瓦一模糊。官家儘有瓊花看，肯爲柔條憶汴都。」《嚴子陵印》云：「珠鈐捧出土花斑，帝座星芒不可攀。姓字豈宜人世有，勸君歸葬富春山。」《冶春絶句》云：「火樹星橋瑞字幡，上元雖過有餘寒。富家簫管貧家淚，一樣春燈兩樣看。」《示石卿》云：「跌宕三年别，蒼茫萬里歸。開屏鸜鵒笑，依渚脊令肥。各有雌雄劍，休便薜荔衣。讀書雖萬卷，何以報春暉。」《青衣鮑貞女詩爲沈公子培賦》云：「姑嫜雖未拜，妾志已靡它。宛轉望夫石，摧殘團扇歌。冷花酬素女，霜月照青蛾。三復《柏舟》詠，千秋貞鳥多。」《漫題青琅玕館》六首之一云：「燕雀殷殷賀，鷗梟得得來。水如邀笛步，雲是讀書臺。泉石羞懷刺，干戈漫舉杯。但求偕隱樂，休倚棄繻才。」《雨中作》云：「入夜聲逾怒，連山氣不平。豈曾私草木，直欲洗刀兵。路斷青羊峽，風高白帝城。春風自花柳，寇盜太無情。廣陵晤蓮裳，同澗薈甘亭。」《狎漚洪氏園林小飲》末首云：「彭沈爲姻亞，淒凉亦復同。著書黄目苦，奇字野王工。夏屋渠渠白，秋燈冉冉紅。明朝邗水上，愁逐馬牛風。」《春懷》云：「社鼓餳簫處處同，麥場蠶市過匆匆。遮天薜荔終能緑，墜地櫻桃不肯紅。幽夢碧山芳草外，生涯殘酒亂書中。何妨决意嬉游去，莫漫傷春恨轉蓬。」《寄别絢甫先生》云：「刺眼春光别大難，故園幾日共樽盤。酒無嬌鳥頻頻勸，花恐離人草草看。老矣伯鸞猶賃廡，壯如司馬亟求官。長楊獻賦無消息，絮打征裘雪渺漫。」斷句如《經余忠宣墓道》云：「憤泉穿竹響，秋血灑花明。」《與香谷飲》云：「用舍輕吾道，飄零重子才。」《松》云：「蛟龍平地起，潮汐半天聞。」《偶成》云：「名已浮雲誤，詩將造物争。」《西園夜游》云：「新魚看客起，嬌鳥撲燈來。」《綺懷》云：「紈扇撲傷金蛺蝶，硯池乾死玉蟾蜍。酒無知己尊難緑，樹到傷心色亦紅。」《至日》云：「百年妻子輕離別，萬古星辰任轉移。」《江行》云：「山自左旋江右轉，北風愁煞兩來船。」《絶句》云：「後夜圍爐燈不剪，似嫌春夢太分明。」古風如《感懷》云：「春愁從何來，百感輕一擲。文章冒浮名，寢食蒙厚責。六年就外傅，窈窕髮覆額。燈火二十秋，著作不滿尺。平生氣如虹，志頗在竹帛。徒干過情譽，攬鏡汗顔赤。蹉跎王霸略，跌宕江海跡。不如百夫長，氊裘荷戈戟。」其二云：「五齡識四聲，七年學賦詩。辛苦阿母教，篝燈夜咿咿。十六喜艷詞，柔情裊春絲。二十盡棄去，力欲李杜追。李如三神山，可即亦可離。杜乃岳與河，萬古鎮地祇。羲鞭破茫昧，天漿飽淋漓。怒爲海鯨吞，艷亦蘭翠姿。三復六絶句，此老真我師。絶塵飛黄後，夸父將無嗤。」《畫鍾馗歌》云：「虚堂凄凄夜色紫，地下精靈忽來此。衣冠垢敝神采新，兩鬼蓬頭俠而侍。一援銅鉦睇且笑，一捧軍持花窈窕。乃知亦有世閒娱，未必春風哭蒼昊。飽時相親飢則讎，骨爲臛糜肉脯修。衆鬼何辜受慘毒，九幽夜訴聲啾啾。問子何家終南陬，今則寇盗横戈矛。千村萬落盡鋒鏑，此豈天意終神羞。嗚呼！死能食鬼亦何益，何不西行捉生賊。」《對月歌贈蓮裳》云：「春風吹君來，皎若雲端月。對此地上光，與君兩澄澈。百年明月圓千回，幾回與子臨高臺。焉能夜夜盡三五，常使嫦娥呼酒來。君不見秦時照膽鏡，但照人心不照影。照君照我兩無猜，一片寒芒射東井。莫照五陵年少心，纍纍白骨埋黄金。莫照秦川征戰士，熱血磨刀隴頭死。青天一箭取天狼，太白猶高似連李。吁嗟乎，快馬常苦瘦，健兒常苦貧。頭無鐵兜鍪，跳跋愁煞人。齊紈叠雪摇車輪，長空杯酒落彩雲。君將乘月渡河去，余亦釣鼇滄海濱。」

《以萊州緑石笛貽蓮裳作贈笛篇》云：「瀟湘倒乾斑竹死，氣盡英皇啞宫徵。秋深獨割蓬萊雲，吹破蒼天飛海水。幽人未曉桓伊弄，有此瓊枝亦無用。要尋仙牡嫁雌龍，復恐神媒失雄鳳。樂生舊隸神仙籍，鐵拍銅琶氣無敵。十年魂守緑珠樓，一笑翻從酒邊得。寧王紫玉無消息，三尺昭華土花碧。君今合向涼堂吹，亂動星河月輪仄。江南芙蓉大於掌，一奏紅顔麗情蕩。換頭休作腸斷聲，翠羽心酸蹋花響。誰信儒冠勇如虎，不喜柔弦喜笳鼓。黑河冰合短兵來，曲罷能披鐵衣舞。梅花雪落春紛紛，金槽瀉酒濃若雲。此行莫使蛟龍奪，一入長波恐有神。時蓮裳將東歸。」《安瀾王神弦》云：「睢陽城頭鼓聲死，南八歸來斫斷指。英靈卷作波濤聲，帝遣君王主湖水。銀旄緑雲相盪摩，前飛孔雀後駕鵝。臘月芙蓉花更多，欲采恐有蛟龍訶。青腰玉女色殊衆，來侍君王踏紅鳳。瑶笙吹空月不動，屈注天河向杯送。吁嗟賊臣之肉不足食，萬歲鮫宫樂無極。」餘如《古鏡篇》、《虹橋伯生雪中邀游明湖》、《海棠花歌》、《題樂蓮裳訪琴圖》、《明湖荷花盛開戲爲長句》等作，皆雄傑可誦。

韵語雜記卷八

吴江柳清源鄂生

秀水顧樊渠列星，刻有《苦雨堂集》八卷，後附詩餘一卷，爲仁和杭堇浦世駿、錢塘汪韓門師韓、歙邑鮑以文廷博諸公校定。今擇各體之尤者，録存一二。樂府如《休洗紅》云：「休洗紅，洗多紅在手。在衣猶可縫，在手烏能久。黄河湯湯無停流，女兒洗紅已白頭。水中之紅落何處，那能復與衣相遇。」《白紵歌》云：「華鐙九微開朱荷，博山㬿㬿月沈波。錦韉匼匝覆地羅，鏘金鳴玉歌《陽阿》。滿堂美人朱顔酡，二八迭進肩相摩。明爐曼睩巧笑瑳，銖衣綷縩深雍韡。七盤妙舞玉傞傞，手垂大小迴雙蛾。酌酒不御且聽歌，願將海水傾天河，雞鳴奈此良夜何。」五古如《飲酒》云：「世塗有菀枯，我道無進退。惟醉返其真，一飲却百痗。繇繇如嬰孩，沉沉冥讎愛。輟聰更墮明，默與天地會。此豈醒者知，言之徒憒憒。」《感遇》云：「朝登大隗山，北望崑崙顛。廣成不可見，白雲流其間。咄哉西王母，驂駕虬與鸞。神仙亦小技，遊戲空人寰。安能逃混沌，再樹天龍壇。長眉老導師，携手恒河壖。」七古如《行路難》云：「揚旄使絶域，建旐馳八荒。天下方無事，得容卿輩狂。蠮螉塞上多枯楊，天風蓬勃吹未僵。名王射雁獵狐兔，酒酣作使邯鄲倡。秃襟小袖鮮卑粧，新聲妍唱盈萬方。歸來兒女但指口，釜甑塵生亦已久。」《宫亭湖》云：「宫亭湖裏春濛濛，宫亭湖上白雲封。白雲風吹作車蓋，知是茅君露旌旆。蘭芽已茁湖之汀，柳條乍緑還青青。湖中亦有小龍女，夜夜弄珠在何許。」《示柔瓚》云：「樊桐山人鬢有絲，惟有少子知我詩。老坡海外喜阿過，義山幕府思衮師。古人往矣風致在，今我不樂後世嗤。且賒濁酒永今夕，努力汲古毋後時。」五律如《仲春如杭作》云：「襆被聊蕭甚，離家即倦游。艱難無樂地，風雪有羈愁。白眼來黄口，青山笑黑頭。重湖我舊識，舴艋好淹留。」《静觀堂醉後有示》云：「虚堂屐齒少，風磴草如茵。璧月侵衣晚，紅燈照座春。汝曹皆長大，我輩合沈淪。爛醉無長策，高陽一酒民。」《刻諸亡友詩》云：「世已無知己，天猶不愛才。眼中清血盡，羅隱《投永寧李相公啓》：「泣淚而萬行清血。」門外朔風哀。玉樹埋何屢，春蠶死未灰。屋梁今夜月，可照夢魂來。」《征婦怨》云：「合眼便成夢，未知人死生。長城千萬里，處處月孤明。綉被風前淚，明粧鏡裏情。慇懃拜鴻雁，莫作別離聲。」七律如《無題》云：「拜月亭前璧月凉，鏤金衣上鬱金香。鴛鴦錦護穠桃李，翡翠衾寒小鳳凰。午夜微行愁苑滑，小樓獨上怯梯長。繁欽山北山南淚，開遍棠梨總斷腸。」《悼梅》云：「姑射亭亭去玉京，水邊籬下軫離情。南枝無復當時暖，孤月何須此夜明。官閣夢闌人黯淡，江城風急笛淒清。黄昏醉藉蒼苔卧，愛汝曾經襯落英。」五絶如《戲成》云：「紅淚斷腸花，紅豆相思子。男兒不作達，終當爲情死。」七絶如《春游》云：「紅鴛小隊試輕身，畫鼓鼕鼕舞麴塵。我醉欲眠何處可，紫荷花草軟如茵。」《秋夜題壁》云：「孤燭難銷此夜長，星河耿耿有微霜。金徽零落朱絃斷，欲倩誰彈《陌上桑》。」《明月詞》云：「十載從戎冷鐵衣，秋來知潰幾重圍。可憐一片關山月，長照征人夢裏歸。」《效古》云：「龍紋寶劍珊瑚鉤，五花駿馬千金裘。十年游俠不得意，歸來射獵南山頭。」《懷陸朗甫茂才》云：「漢人辭筆晉人書，清潤蕭疏玉不如。辛苦嚴寒緣省覲，大行冰雪正驅車。陸茂才燿，字朗甫，號青來，吴江人。時省其尊甫虔實翁於山右。」斷句如《送别》云：「孤露依人早，艱難去國輕。」《偶成》云：「紅樹豈生意，秋蟲多苦音。」《小兒》云：「家貧憐汝瘦，世泰望渠賢。」《詠柳》云：「曉雨迷三月，寒烟鎖六朝。」《宿韜光》云：「空山閉蘿月，夕殿暝烟鐘。」《過梅花嶺》云：「尚餘抔土生薇蕨，欲薦溪毛少蕙荃。」《感興》云：「人世蹉跎髀肉長，江湖牢落壯心違。」「薰風那醒窮途憾，濁酒空澆萬古愁。」《懔悧》云：「萬里新霜歸兩鬢，五更殘夢繞孤燈。」《南征》云：「請纓已歎年非少，投筆空嗟劍未成。」《自題長短句》云：「紅桃似火燒殘夢，渌水如羅織舊愁。」《雜興》云：「無多衰鬢愁中老，不盡長饞夢裏寒。」《新凉》云：「從來慧業甘情死，豈有奇才諱色荒。」《戲書》云：「寒倚薰爐爲婢妾，老憑拄杖作兒孫。」《癸未一日》云：「四海無塵王道蕩，百年多病腐儒寒。」《觀明楊忠愍公贈應提牢序墨跡》云：「周旋患難存知己，抒寫心魂付《大招》。」又如《詠俗客》云：「俗客抵睡魔，對之心已懶。昏如頭中酲，滮思體進澣。形接神不親，款久氣愈短。」真可解頤也。

《改吟齋詩續抄》，余既已摘録之矣。今見其前刻詩四卷，復多佳者。如《大風福山渡海》云：「文字生涯拙，江湖性命輕。」《送吴清如携姬人果仙歸》云：「清氣入詩骨，眉痕羞遠山。」《過刻閒齋》云：「出門殊偃蹇，得酒尚清狂。」《虞山舟次與山民話别》云：「暝色催孤棹，飢禽戀舊枝。」《寓齋偶題》云：「濁酒醒時仍獨客，黄花開日又重陽。」《寄汪雪谷》云：「百里蒼葭人渺渺，一湖秋水雁飛飛。」《欲雪》云：「日如帶病懨懨瘦，天亦無聊黯黯愁。」《落葉》云：「一着樹原拚歷劫，得歸根便莫嫌遲。」《秋草》云：「不多幾日春如夢，及早歸來鬢有霜。」《雜詩》云：「月上孤桐自清況，風生勺水亦波瀾。」《集一隅草堂》云：「久雨天如沈醉客，乍開花是少年人。」《秋柳》云：「客路更誰青眼看，江干從此酒人稀。」《擁翠樓小集》云：「舊雨關情常入夢，酒杯到手便忘歸。」《過揚子江小雲居》云：「此地論詩無幾輩，與君小別動經年。」《貽壽喬》云：「酒杯到處多離思，夜夢幾時忘故人。」《書悶》云：「有幾故人俱落拓，如塵影事極淒涼。」《舟行》云：「布帆半幅横將去，驚起一群野鴨飛。」又「推窗只道人僵立，老樹一株横道旁。」《順風舟至雁湖》云：「今日一帆風力健，可憐偏是出門時。」《燈下看菊》云：「忽然窗隙小風入，滿壁花枝齊動摇。」《懷陳二赤》云：「餓死不足憂，得酒便歡喜。好飲兼好博，用財若流水。餘事作詩人，豪氣常滿紙。譬彼黄河流，一瀉不可止。」《次邱後同韵》云：「客歲蒙贈詩，議論頗持正。有如清夜中，夢覺一聲磬。大言真炎炎，可奈人不聽。君質極清羸，吐氣何剛勁。君性亦温和，出筆乃生硬。上下千餘年，辨駁無餘剩。惟其見明澈，故其言豪横。熟讀更沉思，直作古人敬。愛君復勸君，才名勿太盛。蒼蒼者何意，忌才若一定。蛾眉冷後宫，駿骨屈下乘。有命主其間，才學皆聽令。何弗稍斂藏，鍛鍊但存性。空洞如無物，一切皆包孕。幅短意有餘，篇長力無竟。惟我能用才，乃弗爲才病。勸人自勸心，不覺一齊併。平生輒自許，因君益鼓興。琴彈瑟不孤，山鳴谷斯應。定能挽狂瀾，我言爲明證。有志事竟成，人定天亦勝。」《小隅屬題草堂對菊圖時有通州之役》云：「一别不得見，一十有六月。時時夢草堂，夢醒誰與説。綈袍偃蹇霜風寒，故人不見難爲歡。黄花籬下冷笑人，塵勞憧擾還年年。東風忽傳海州信，春生閨户歡妻顔。六張五角事乖迕，胥江江口守空船。伯勞飛燕東西隔，窮途有淚不敢滴。一腔熱血無處消，哭向虎丘山上石。金虎消沉劍血腥，美人寂寞土花碧。詩情嬾處酒扶起，客夢醒時花解語。市聲浩浩金閶門，一掬痴情誰説與。浪迹偶成行乞圖，秋心碎盡紅窗雨。揭來訪舊雁湖濱，重與黄花證夙因。披君之圖羡君福，修得黄花爲眷屬。片帆明發即天涯，海風滚滚飛塵沙。今朝且盡一杯酒，醉拾花枝插盈首。」《久雨不止江鄉水發》云：「一雨不知住，淋浪聲怕聽。新愁何爾許，沈醉幾時醒。入夏寒猶重，戕天詩不靈。啁啾鳥語亂，似亦怨伶俜。」《題朱荔生醉圍紅袖寫烏絲圖》云：「閨中曾否把圖看，看罷還應發怒顔。私罵檀郎太無賴，公然瞞我住花間。」《登中立閣》云：「眼光到此十分寬，四面窗櫺八角盤。貪看故人山民家一面，負他三面好闌干。」

今夏子謙學作寫生，應物象形，氣韻生動。余見其箑頭一雞，自題二十八字云：「起舞雄情尚未灰，明星三五燦樓臺。想他勒馬金門下，多少侯王側耳來。」

從子墉舉業之外，好爲小詩。每有所作，輒乞余點定，性靈所至，時有佳語。如《牡丹花開瘦感賦》云：「花名富貴本繁華，略瘦三分客盡嗟。自笑年來貧到骨，却分寒態與庭花。」《春湖師七夕歸里感呈》云：「漫隨梁燕動歸思，此別重逢又幾時。預折一枝青柳贈，歲殘無此好丰姿。」《游仙》云：「弱水漫漫遠溯洄，瓊樓遥指翠簾開。一雙玉女坐相笑，乍謫塵寰底又來。」「朱爵文窗絶點塵，滿階香氣盪靈芸。閒房如水人何在，偷着麻姑百鳥裙。」他如《夜坐》云：「池水磨新鏡，苔衣補敗墻。捲風簾蹴浪，受月石霏霜。」《秋夜》云：「山深心亦古，月滿意俱空。」《枕上》云：「月明燈色淡，猫懦鼠聲驕。」《漫興》云：「露冷花團清夜淚，風高樹作怒濤聲。」《元旦》云：「思量何物試吾筆，先寫梅花一句詩。」

《立夏》云：「榆錢最是無情物，不贖春回買夏來。」《白荷花》云：「乳子莫矜風貌好，六郎也有白頭時。」《先慈亡日》云：「輸他水面鳧兒樂，一味酣甜傍母眠。」《庭前雁來紅爲風吹折》云：「老去徐娘顏色減，封姨還妬貌如花。」亦有思致。

海昌陳雲有女史素，爲查公子硯北德妃。有《花角樓吟鈔》，蔣宮傅女蘋南夫人季錫爲之叙，稱其斐居大雅，無纖刻之弊，即題鳥品花，皆得《三百篇》遺意，誠非誣也。今録其《春歸》云：「惆悵春歸促，憑闌百感生。亂紅鋪曲徑，小雨弄新晴。園笋多成竹，楊花盡作萍。韶華還一瞬，愁思倩誰平。」《秋思》云：「唧唧蛩聲絶可憐，寶釵簾外露凉天。不妨訴盡空閨怨，莫向天涯攪客眠。」《莫春憶外》云：「小庭昨夜東風惡，滿架薔薇盡吹落。殘紅片片逐春歸，空有濃陰如翠幄。春來已是惹人愁，春去重教恨未休。柳外高樓空望眼，花間携手憶前遊。前遊頓覺成輕别，易水燕山渺天末。水繞山圍幾萬重，夢中有路應難識。衡陽歸燕幾時來，擬把征衫着意裁。肥瘦不知近何似，欲持刀尺轉徘徊。」《夫子復有北行作此誌别》云：「梧桐金井飄初秋，中天皓月當我樓。聽殘刁斗人不寐，月何皎潔心何愁。君歸屈指纔幾日，如此秋光重復别。柔腸百結語不成，欲爲叮嚀聲轉咽。眼前兒女未成人，朝朝暮暮難支貧。長成又恐失教導，可憐妾自空勞辛。流光荏苒日復日，愁碎芳心有誰惜，勸君莫作《久離别》。」

武水丁左川伯長，慈山居士曹六圃庭棟甥也。所刻《謙湖詩鈔》四卷，中多可誦者。如《送朱企田歸雲間》云：「山水催歸棹，琴書耐索居。」《興隆寺納凉》云：「徑荒人跡少，心静俗緣空。」《納凉》云：

「風急竹聲碎，月斜花影長。」《送曹秋漁北上》云：「因思爲客苦，轉覺送行難。」《壽錢秋潭》云：「冷面不妨腸自熱，佛心并羡骨能仙。」《送董愚亭州牧歸山右》云：「不緣山水偏來浙，爲訪朱飽雨而來。翻爲蓴鱸住過秋。」《仲春北上》云：「花柳回頭三月夢，江湖放眼一帆風。」「剩有心腸同鐵石，原無面目耐炎涼。」《題盲者便面》云：「笑他孟浪分青白，未免胸中有世人。」《查表弟出内子所畫芍藥便面索題》云：「倦游我已嫌離别，莫更臨池寫折枝。」《同内子歸自餘不溪》一絶云：「碧水鱗鱗鏡面鋪，如眉山色遠模糊。憑誰妙展倏間筆，寫我餘不歸棹圖。」丁娶清溪沈誠齋明經女，工詩善畫。

梅花堰王孝廉瑩齋先生字榮，余長姑歸焉。孝廉没，姑煢煢無依，先大父乃迎以來迄，余父余兄弟輩奉養弗怠。道光庚寅冬，姑氏卒。子吉人寶善，前娶沈孺人出，落拓不問生産事，復以家難相迫，不能安居舊宅，頻年流宕，爲可慨也。近館予家，課從弟。以舊詩一册見示，閲竟，爲摘其可存者。《枕上》云：「午夜夢初醒，遥聞擊柝響。忽驚月一丸，落我孤枕上。」《花陰》云：「西子方沉醉，朦朧只愛眠。東風吹不醒，有夢但如烟。」《出門感懷》云：「嗟哉寡兄弟，勢已愁孤立。何來無妄災，相煎益窘迫。毅然出門來，飄流作孤客。灝灝清秋波，皎皎長天月。望月懷故園，觀水嘆不息。人生宇宙間，能忍即豪傑。何必傷式微，煩憂時莫釋。客窗叢菊開，往來快三益。」他如《次小迂伯父韵》云：「雨來梧滌暑，風過竹生涼。」《雪香齋留别》云：「佳木老蕭瑟，疎花紅淺深。」《寄懷雨村》云：「飛絮旂亭同作客，落花時節共傷春。」《次秦子青見示》云：「千金駿骨奚求售，兩袖清風不礙寒。」又「窮愁佛不憐」五字，亦妙。

乙未小春，少湄從姪畢姻，同人皆有賀言。子謙七絶四章，其一云：「女兮謝絮才華贍，士也江毫采色兼。倘畫春山雙柳葉，防他篆法上眉尖。三十二體書有柳葉篆，少湄工鐵筆，故調之。」春湖五絶一首云：「只有讀書聲，清能和鳳笙。百年同貴賤，敢不聽雞鳴。」函丈勸勉，最難着筆，曾聞二赤翁有門人新婚，詩云：「春風只會培桃李，不管明年結子時。」頗有風趣。韵生姪五言一律有云：「喚醒池塘夢，蘭閨勝弟兄。」亦佳。余雖亦成一律，苦少佳意，睹諸子詩，益有珠玉在前之愧。

少湄有《花燭詞》四章，余喜其一絶云：「貧家調飪乏廚娘，此後羹湯賴主章。莫慮未諳姑食性，垂髫小妹已能嘗。洛妹年已九齡。」韵古而切。

《山舟紉蘭草》爲婁郡女史陳端寧敬著，《次韵袁夫人泖河放舟》云：「卵色涵天影，羅紋蹙水波。寺邊清磬歇，雲外遠帆多。寫出滄洲趣，傳來聲韵和。顧予慚孺子，清濁漫成歌。」《望夜有懷諸姊妹》云：「一片空明夜色幽，自驚孤影倚江樓。西江聽雨三更燭，南浦乘潮八月舟。閨閣有情天共遠，弟兄無計月同遊。懸知清露沾羅襪，只與蛩聲互唱酬。」《送夫子》云：「欲別猶未別，離愁已不勝。知君今夕影，何處對殘燈。」《雨窗寄二姊四姊》云：「卅里鄉關夢，十年離别情。那堪風雨夜，嘹嚦雁來聲。」《曉坐》云：「淅瀝枕函夜雨，熹微簾額朝晴。且復梳頭小坐，下階恐蹴殘英。」《次夫子韵》云：「弱意柔情强自支，閒時盡是怨愁時。背人偷讀新吟句，又怕雕籠鸚鵡知。」《至瑯琊清河二尚書山莊》云：「晴靄蒼蒼緑樹齊，含青堂外翠嵐低。日長山静無人到，恰恰流鶯自在啼。」

春湖詩已采入一二，近與余訂舅弟交，同讀《全唐詩》未及半，而其學大進。適見其《晴窗》一絶云：「芸窗坐攤書，拂拂晴光和。紙上忽生烟，知有輕雲過。」《韵生養疴學詩寄此調之》云：「白日那許閒中過，志士病亦非蹉跎。燈花雙笑佛跏趺，病鬼來即俱詩魔。心肝歐出不知痛，倒身狂叫翻成歌。」「藥爐湯沸香綿綿，詩骨病骨仙乎仙。侍兒爲滌紅絲研，佳人替寫桃花牋。筆底秋心通一點，冷艷却門夫容妍。」「静如老僧初入定，詩腸一洗碧天凈。病鬼有時去，詩魔那可擯。詩耶病耶且勿論，病即是詩詩即病。」又「忍窮買菊表重陽」七字亦妙。

閲《義山集》竟，見紙尾大書一詩云：「夜坐不厭湖上月，晝行不厭湖上山。眼前一尊又常滿，心中萬事皆等閒。主人有黍萬餘石，濁醪數斗應不惜。即今相對不盡歡，别後相思復何益。茱萸灣頭歸路賒，願君且宿黄公家。風光若此不解醉，參差辜負東園花。」末鈐兩印，一「許鳳儀印」，一「振飛書畫」。按：此詩係唐張謂《湖上對酒行》，恐讀是書者誤以爲許君作也，因記於此。

婁縣莊蒓川師洛，何君韋人受業師也。著有《十國宫詞》百篇，王先生鐵夫爲之序，稱其蒐羅鴻富，綜合諸史，其詞温密，兼有王建、花蕊數家之遺。寒夜不聊，偶加繙閲，取大旨合乎風刺者，録存其十之一。《吴》云：「丹陽宫裏佛前燈，重見枯楊幾度青。最是永興情未了，江都望斷涕常零。」《南唐》云：「百尺樓高喜落成，景陽無井語堪驚。不須怒貶舒州判，望火他年信木平。」《前蜀》云：「女隊裝成回鶻群，鑾輿乍返從如雲。可憐七里亭前水，流到秦川又送君。」《後蜀》云：「羃天席地住花叢，面面芙蓉入望中。卌里錦城真似錦，何須圖畫羡《豳風》。」《南漢》云：「照眼鮫人淚滿盤，媚川都競採洪湍。輸君去作降王長，好獻珠龍九五鞍。」《楚》云：「打馬何人敢著鞭，漫憂國祚不長綿。酒囊飯囊多龍種，更迭還須八百年。」《吴越》云：「握髮殷勤接士流，銀光滿面識清修。如何貌寢羅昭諫，獨感憐才禮遇優。」《閩》云：「水晶屏冷燭空然，誰向九龍帳底眠。惱殺長春纔返駕，東華又送燕翩翾。」《荆南》云：「遇龍國祚兆開疆，江漢雙流地脉長。九十九洲誰指數，鼂翁眼底看滄桑。」《北漢》云：「漢祚圖存起義旗，一隅自保志堪悲。湘陰不得真爲帝，怨殺雕青郭雀兒。」

韵語雜記卷九 丙申

吴江柳清源鄂生

外伯祖錢少宰撫棠公樾，以端方受主知，寵遇優渥。多幹濟才，不屑爲詞章之學。其《恭和御製紀恩述事》及生平酬應諸作，僅得兩册，今存場官春岩表兄堉所，迄未鋟行，故流傳者絶少。近從魏塘裱鋪見其手書詩箋二番，亟借録之，以存梗概。《甲戌五月到京恭請聖安紀恩述事敬賦二律》云：「捧到恩綸自日邊，擴清雲翳朗中天。疎慵久負栽培篤，殊渥俄驚雨露偏。昨冬具摺，恭請聖安，奉到硃批有「汝病痊時來京，另候擢用」之諭。伏櫪胸懷猶壯志，據鞌情狀異當年。就瞻有願今誠愜，敢濫鵷行乞俸錢。」「非關耽逸羨抽簪，無奈頻年二豎侵。衰病總緣臣命薄，矜憐仍荷主恩深。到京蒙召見，因病未痊愈，仍准回籍調養。沿流諺有還鄉目，郡有還鄉水，相傳仕宦者多得還鄉里。望闕名符向日心。葵向閣在郡城東。此去秋風黄葉岸，共看寒雀又投林。」《命軍機大臣派員傳旨赴闕謝恩復蒙召見恭紀》云：「昨拜彤廷仰聖顔，忽聞剥啄到松關。時寓圓通道觀。重申巽命諮元老，再接龍光點舊班。垂恤備周憐病久，求寧諄復憫時艱。十六日面聖後，於二十日蒙垂問，命軍機大臣派員傳旨，起身時還要叫見。因具摺陳謝，復蒙召見，諭及江浙民事，並諭令加意調養。輕塵足岳曾何補，慚愧依然載月還。」《陛辭恭紀》云：「天心仁愛復何涯，薄劣猶然荷曲加。治國養身情不異，鋤奸却病道非賒。蒙垂問病概並及時事。只今戀闕還辭闕，爲此無家遜有家。特許再來期隔歲，未須多事覓丹砂。蒙垂問京中有家無家，覆奏無家，因諭：「調養宜有家。看汝臉面比前見時較勝，回去可以望好。侯精神足壯，明年再來。」」《舟行遇盜》云：「半月歸舟傍馹程，何來魑魅見承平。薄裝任取休相誚，捐給存銀所在盡取而去，猶云「僅止此耶？」法網難逃枉自傾。旬日間獲盜已半。幸喜青氈仍好在，寧云白刃竟無情。賊人持刀相向，惟問銀在何處，所携書畫一無損失。九重注念勞飛騎，感極從教涕泗盈。中丞入奏，蒙四百里諭旨，詳詢受驚後病體若何，被盜時一切情形，著由四百里覆奏。」公生平事蹟國史有傳。高祖赤城公霞，康熙庚戌進士，官承德知縣。工填詞，采入《國朝詞綜》。

吴郡朱先生阿顛鑑，字明涵，酉生孝廉綬尊甫也。治申韓之學，歷遊洞庭、湘漢、牂牁、夜郎間。有《一卷石山房存稿》三卷，孝廉梓行之。以韵氣勝，無世俗恒徑。今擇其尤者録之。《家母至平溪志喜》云：「天厓乍相見，驚疑辨真假。再拜問起居，意亂語反寡。顧影内自慙，身事如野馬。恐傷慈母心，有淚不敢下。」《畫松歌》云：「開圖忽見蛟龍舞，盤空贔屓冰夷鼓。又如怪石裂雲根，空翠蒼蒼滴千古。吾聞軒轅鑄鼎遺其薪，歲久化作之而鱗。誰爲此圖筆有神，頓令天地常生春。昔年我浮湘水還，探奇直上南岳山。峋嶁峰前兩松樹，槎牙拏攫排天關。一樹飛騰若奔馬，怒張青鬣長風下。一樹撑空若芝蓋，亭亭矗立青雲外。有時風雨翻松濤，如奏琴聲清萬籟。是時令我開心胸，恨不誅茅伴古松。苦憶此遊不能再，夢魂時在蒼厓中。今觀此圖如故物，一身忽墮烟霞國。何當散髮作巖栖，撫松夜看寥天月。」《與炎人湘江夜話》云：「漂泊長沙外，相逢且盡歡。故鄉何日返，淚眼幾時乾。夜月昭潭冷，秋風夢澤寒。明朝又分手，雲水正漫漫。」《壬申小除夕西河馹道中》云：「大雪迷青嶂，狂風走白沙。看人還故里，老我在天涯。堤柳春猶歛，江梅冷不花。廿年摇落甚，久以客爲家。」《清明日郎岱道中》云：「賸有垂楊綰歲華，陌頭無復見香車。春風野店初啼鴂，暮雨孤村未落花。萬里看山空載酒，十年作客苦思家。若知鬼國漂零遍，早向東門學種瓜。」《客中》云：「久客鄉心動，群鴉暝正飛。不知秋信至，忽見寄寒衣。」《留别王笛浦》云：「萬叠青山去路遥，河梁落日暗魂銷。城邊無數垂楊柳，一夜秋風葉盡凋。」《北門橋怨》云：「風急城頭落木哀，寒鴉盡處夕陽開。生憎一夜空江雨，迸出秋聲萬里來。」「重過當年舊酒樓，哀笳清角動高秋。如何芳杜洲邊水，日暮無人衹自流。」《聞笛》云：「玉笛聲中夜氣凉，空庭明月白如霜。天涯亦有垂楊柳，莫更傷心夢故鄉。」《漢皋雜詩》云：「陌上尋芳緩緩過，最憐山色碧於螺。生憎二月長江水，竟與春愁一樣多。」《重過雅園》云：「巷口苔封事已非，重來猶認舊柴扉。一池春水依然緑，不見當年燕子飛。」「蛛網黏窗暗碧紗，簾鈎空掛夕陽斜。無情最是牆東角，幾樹垂楊尚作花。」「緑窗齊掩畫樓西，賸有空梁落燕泥。嬌鳥但知芳樹在，儘無人處盡情啼。」又《黔中雜詩》云：「巢居水飲自相安，擊鼓吹笙各盡歡。花樣新翻看合沓，新郎掩面上闌干。東謝蠻好巢居，梯曰闌干，婚禮女歸後，夫羞澀避之，旬日乃出。」「長裙細褶帊蒙頭，嶺脚人家半綺樓。最是春風歌舞夜，滿山明月擲華毬。狆家苗馬楚之後，好樓居。婦人多纖美，長裙細褶，白布蒙髻。每歲孟春夜，未婚嫁之男女會於野，互相歌舞。情洽者以花毬擲之，奔而不禁，名曰跳月。」「深箐無人捉白來，鵠形猿臂絶塵埃。短弓竹箭殘陽外，萬仞山頭射虎回。狆苗性悍，出入負弩，伏草捉人，勒金贖之，名曰放白，亦曰放黑。」「馬尾籠頭插野華，月場歌舞日初斜。情濃不用拋紅豆，歸去無須上鈿車。花苗婦人以馬尾雜髮爲髻，孟春跳月，男吹蘆笙，女旋躍而舞，日暮各挾所私而歸。白苗、青苗、猈狫，風俗略同。」「明璫翠羽是邪頭，喫牯歸來暮色幽。阿妹不來明月落，夜深獨倚馬郎樓。黑苗種類極夥，婦人耳垂銀璫，織鳥獸毛爲衣。户分甲乙，甲曰邪頭，乙曰洞崽。畜牲牛祭祖，曰喫牯臟。呼所私曰阿妹，男之未婚者曰馬郎。女子年十四五，於巖外建空樓屋之，名曰馬郎樓，聽其召所私，生子乃行聘。」「墮馬妝成臉暈紅，金環翠羽綺樓中。長裙着地無窮袴，衣尾低開欲罵風。陽洞羅漢苗婦人多纖美，綰髻如墮馬妝，工刺繡，金環翠羽，不與衆苗等。長裙無袴，以刺繡一幅垂之，名曰衣尾。」殊方異俗亦可略見一斑矣。他如《吾家》云：「曉風疏草木，初雨聚雞豚。」《新渡河夜雨》云：「雨聲連峽動，雲氣近船腥。」又：「諸澗水聲天際落，亂山雲氣雨中多。」《魚梁江》云：「江從獨樹腹間出，人在兩山頭上行。」皆琅然可誦。

震澤張鐵甫海珊，辛巳恩科解首，榜未發，已卒于江寧旅次，年僅四十。所著有《小安樂窩詩》、《古文集》若干卷，《日記》一卷，《喪禮問答》一卷，《火攻祕録》一卷。賀藩使長齡采入《皇朝經世文編》者，凡十一篇。具見主試湯吏部金釗所爲別傳中。予從友人處，見其鎸本詩文集兩册，心竊重之。其學以程、朱爲歸，而不廢陸、王，所著救荒、水利諸議，亦見經濟。詩乃其餘事，然多可誦者。《雜詠》云：「靄靄天半雲，閶闔逼高處。縱累造化力，嬾散不成雨。當其在山時，快意争先睹。觸石誤蚤出，卷舒遂無主。白衣與蒼狗，末路那可語。」《金山》云：「仙風引蓬島，飛渡海東來。鐘磬諸天合，樓臺一粟開。樹從瓜步出，潮挾潤城回。我欲搴裳去，長年伐鼓催。」《題歲寒三友圖圖爲金孝章、歸元恭、鄧遠游三先生合寫，以贈先西廬者。》云：「獨抱遺書向歲窮，傳人心事早成空。而今交道真如土，只有梅華似畫中。」《消夏雜詩》云：「八尺桃笙碧玉光，薌花香裏穩支牀。無端又作蓬萊夢，海水天風徹骨凉。」《吴江道中》云：「雲帆葉葉洞庭東，遠水孤鴻滅没中。一抹斜陽數行樹，看殘秋色到垂虹。」他如《西崦》

云：「澗田茶稅早，崖樹蜜房多。」《雙溪夜泊》云：「天寒諸籟靜，野闊衆星低。」《邨居》云：「蘊藉遠山詩有態，蒼凉夕照畫無痕。」《書懷》云：「每邀佳友坐開酌，時有孤花伴讀書。」

錢塘鮑先生淥飲廷博《詠闌干》云：「有約頻敲花底月，多情時拂柳邊風。」又：「施朱太赤花應妬，倚玉無人月也憐。」饒有風致。

閨秀嗣徽，不知何許人。《秋夜》云：「近山秋思早，臨水晚凉多。」《落花》云：「六朝春夢短，終古別離長。天地老烟景，江山空夕陽。」《久雨》云：「歸思逐雲天外落，亂愁和草雨中生。」《雜感》云：「結茆欲遠人間世，何處青山不要錢。」

方朴山先山以時文名世，詩亦雋雅有味。如「敗荷秋水鷺，疎柳夕陽蟬」、「連峰雲氣沈山館，百里江聲走郭門」。《六十一歲元日》云：「坐守庚申憐影隻，重來甲子當生初。」皆可誦也。

佳句可喜者，五律如徐香巖《幽棲》云：「掃徑古苔滑，開門春鳥啼。」吴暮橋云：「幽鳥自朝暮，好山無古今。」「雲影溪留住，秋聲雁送來。」周幔亭云：「江横千里白，琴動一聲秋。」吴榕園《贈澹川》云：「屋補秋林缺，詩兼落葉多。」薛鹵齋《友人過訪》云：「雪後春歸樹，花前客到門。」褚坪芝《吴帆》云：「殘年逼長道，別思入梅花。」田秋水《詠梅》云：「月明疑在水，雪後不逢人。」畢秋帆《待月》云：「但得清光滿，何妨出海遲。」朱椒堂《晚渡》云：「雲淡不成雨，水清常見天。」王柳村云：「馬踏邊雲紫，雕盤塞草黄。」胡品佳《夏雨》云：「雷聲盤地出，雨勢挾山來。」張船山云：「杯心孤月動，蹊底亂山高。雲釀前村雨，風留昨夜花。」陳雲伯《曉發》云：「雞聲催曉月，人面落寒星。」施鐵如《畫閣》云：

「月華依水濕，春色卷簾多。」《詠蟬》云：「江上吾多感，秋來爾亦寒。」

七律如盧垓父云：「濁酒澆殘長夜漏，西風吹盡少年心。」方潤堂《送兄之楚》云：「黃金自愧無顏色，白髮能經幾別離。」毛洋溟云：「窮來骨肉青山盡，老去賓朋白髮多。」張葆光《寄友》云：「馹路斷雲新雁度，楚天涼雨故人稀。」《楊花》云：「有情偏作流離客，無着翻成自在天。」薛鹵齋云：「鳥啼高樹流音遠，花落貧家過客稀。」汪溥澤《眺雨》云：「山遠忽從林際没，樓高先覺雨聲來。」林小溪《送友》云：「欲別每憐相見晚，得歸何惜到家遲。」范白舫云：「水清飛絮欲無影，階静落花如有聲。」畢秋帆《江干》云：「船頭浪立壓山頂，雲外帆飛出鳥前。」王布衣《却聘》云：「黃金笑却將軍聘，白髮羞居國士名。」丁子復云：「養親心迫輕妻子，涉世身孤重友朋。」王柳村《寄友》云：「文章亦抱升沈感，歌哭難忘貧賤交。」李桐村云：「斜陽半露峰峰皺，新緑初齊樹樹圓。」方子雲云：「潮初出海如雲白，月乍離山抵日紅。」《送吴謙谷》云：「雨似春花容易落，人如秋燕最難留。」徐熊飛《簾影》云：「三日東風雙燕語，半窗紅雨一人愁。」伊耐園《登處州》云：「天開曉霧山當面，日落炊烟樹擁城。」又：「四面青山秋意早，一城紅葉市聲稀。」鐵冶亭《山行》云：「白雲擁樹洞長黑，紅葉滿山峰更青。」「越嶺馬隨飛鳥逝，上山人帶斷雲來。」龔素山《寄友》云：「年壯暫悲分手易，家貧才覺讀書難。」

詠古詩頗不易作。佳者如石遠梅《讀李陵傳》云：「偷生原失策，報國已無家。」汪澮楫《學繡塔》云：「秋雨碧衰草，春風紅野花。」王澫夫《過黃州》云：「江山餘兩賦，風月自千秋。」《琵琶亭晚泊》云：「謫官自後詩才少，此地來從客淚多。」王少閬《淮陰釣臺》云：「生死英雄皆婦女，輸贏事業一綸竿。」陳雲伯《項王墓》云：「百二關河終王漢，八千子弟竟亡秦。」朱二亭《詠漢武》云：「東海未回方士藥，西風已報茂陵秋。」張映山《隱仙庵》云：「塵龕金盡佛無色，破簏書殘鼠有聲。」盧玹父《廣陵》云：「我來不識雷塘路，只向蘼蕪多處行。」

張映山《七夕》云：「人生修得如牛女，已較參商是福星。」汪菊友云：「歲歲佳期在秋夕，可知天上不傷春。」意皆新穎。

吴淡川《抵潼關》云：「河山開曉色，關樹老秋聲。」《偶成》云：「别浦流春水，閒門落古花。」《贈友》云：「一劍少年身許國，千金破産客爲家。」《靈巖》云：「湖山不要留歌舞，偏有鶯花替美人。」

漢陽張恒齋司馬《送遠》云：「落日下林莽，平原生晚風。故人相送别，之子遠從戎。後會杳難即，繁憂耿未終。數聲天際雁，滅没海雲東。」氣格渾厚。又「歸鴨晚知家」五字亦妙。

浦丈星堂出其内兄陳筱初壿詩數首，屬爲采録。《題畫》云：「樓迴先延月，山深易得秋。」《花朝》云：「解惜春惟名士侶，最關心是女兒家。」《晚眺》云：「烟沈一塔斜陽外，秋老雙桐小院深。」《送春》云：「楊花飛後春無主，燕子來時客未歸。」《登吴山》云：「雲連山色横江岸，雪湧潮聲到寺樓。」彷佛宋元人小品。

浦丈又出覺羅舒夢亭侍衛崑《都中送别》詩八章，中如「自堪詩酒交元白，莫管恩仇論李牛」、「富貴無緣知福薄，交遊有限見才疎」、「灌夫嫚駡雄心在，曼倩詼諧大隱才」、「一趣要從生處覓，萬緣都向死前灰」，磊落可喜，絶不類粗官吐屬。

金元詩佳者，如郭玨《秋望》云：「片雲隨雁度，疎柳約蟬吟。」劉彧《秋雨》云：「棲鴉不動寒偎樹，過雁無聲冷貼雲。」王庭筠《野堂》云：「雨聲偏向竹間好，山色漸從烟際無。」王元粹《哭李長源》云：「以才見殺人皆惜，忤物能全我未聞。」戴表元云：「貧未賣書留教子，飢寧食粥省求人。」黄庚云：「花怯曉風寒蝶夢，柳愁春雨濕鶯聲。」仇遠《泛湖》云：「山分秋色歸紅葉，風約蘋香入畫船。」謝宗可《緑陰》云：「入簾蒼靄莫春晚，滿地碧雲消晝寒。」元好問《寒食》云：「樂事漸隨花共減，歸心長與雁相先。」

明詩佳者，如陳鶴云：「孤月常隨棹，寒潮自到門。」范汭《琴川夜泊》云：「潮痕隨月落，山勢壓城低。」浦源云：「衣上暮寒吴苑雨，馬頭秋色晉陵山。」又：「雨中黄葉孤村路，湖上青山遠寺鐘。」沈周云：「山雨乍來茆溜細，溪雲欲墮竹梢低。」李攀龍《初春贈謝茂秦》云：「客久高吟生白髮，春來歸夢滿青山。」

書賈持《高青丘集》來，以索價太昂，借閲一過還之。偶記數聯，遂筆於此。《曉步》云：「稍改新題句，渾忘舊讀書。」《雨篷》云：「夢驚孤枕夜，愁掩一篷秋。」《梧桐》云：「影散秋雲薄，聲喧夜雨長。」《送陳則》云：「愁邊長夜雨，夢裏少年春。」《寓廨》云：「鼠跡塵凝帳，蛙聲雨到池。」《陪客登陶丘》云：「獨樹邀人去，斜陽爲客留。」《宿周記室草堂》云：「人情貧後見，客况醉中忘。」《溪上》云：「萍開天倒影，蓮墮水流香。」《步至東皋》云：「愁懷逢暮慘，詩意入秋清。」《雜詠》云：「僧來雙屐雨，漁卧一船霜。」又：「小草皆春意，遥山自晚愁。」《倚樓》云：「雨初過處千山出，人正愁時一雁來。」《江居》

云：「移門欲就山當榻，補屋唯防雨濕書。」又：「閒裏壯年慙白日，愁中佳節負黄花。」《喜徐山人見過》云：「潮聲驚客江三里，秋色留人菊數枝。」

仁和陸筱飲解元飛題其《自度航》云：「莫倚好風帆力健，最難收是急流中。」非見道有得者不能道。余近有句云：「才掛蒲帆風便轉，可知凡事不由人。」亦此類也。

往歲舜湖諸君，分詠守歲雜題。余友沈南一曰富《送窮》結聯云：「臨別忽驚回首問，君家可復讀書無。」殊有風趣。

禊湖陳補堂三陛，多病早卒，有《評月樓遺詩》行世。《詠烟筩》云：「任我吹嘘常掛齒，依人左右只低頭。」《不倒翁》云：「老去折腰原不屑，少時强項故依然。」《雜成》云：「奈讀書無千卷富，要成句覺十分難。」又：「病終有數憂何補，事不能行想亦空。」皆斐然可誦也。

顧馨山友桂以近作《梅修館詩》見示，既爲題一絶於後，復録其心賞者。《答柳古翁五古并序》云：「昨古翁出示斷句，偶有所觸，八叠原韵以答，非云挑戰也。古翁遽謂壓晉師而陳，另用其乞鄭廣文詩韵成五古見投，是欲以奇兵制勝。因戲次其韵，爲息師之請。」詩云：「春郊麗白日，流年换青鏡。惜哉乏絲竹，陶寫此情性。自出金石聲，姑作形影贈。良恐詩成魔，旋學僧入定。昔聞漢李廣，短衣不掩脛。挽强馳匹馬，勝負與人競。恃才必數奇，落魄乃究竟。我敢攻詩城，遽作詰朝請。不幸當戎行，更無所逃命。抽毫驅墨兵，慷慨續高詠。雖殊庚癸呼，聊爲刁斗應。願言享於郊，無煩復伐鄭。」才氣排奡，爲諸同人所稱賞。書《昌谷集》後云：「騷情迥接楚靈均，吟罷將詩問夕曛。莫是神仙盡愚懵，故教才鬼去修文。」《感春》云：「年時我已淡名心，剩有癡情海樣深。細草緑章連夜奏，海棠花要借春陰。」《海紅華館詩既讀數過輒簽其事實於上友人借閲爲塾童墨污數十頁詩以紀恨》云：「數卷新詩月樣明，一窗相對總移情。景重却是何心術，要遣微雲滓太清。」「丹黄滿卷色斑斕，小字簪花足破顔。一輩兒童太游戲，浪揮烟墨倚癡頑。」《讀鄭廣文集賦呈》云：「回首年時感激生，試鐙風急酒鱗鱗。謂癸巳正月奉訪留飲。狂難恕客偏容我，交肯忘年有幾人。莫漫齒牙挂餘論，里中知桂能吟咏者，皆丈人齒牙之力也。要分爪甲與清塵。從教王湜加文思，下筆千言捷有神。」《正月十日同人集夢蘭齋醵飲送吴芝舫還珠溪》云：「東風妍暖試鐙天，將子能來一放顛。略有酒錢謀醵飲，幸無絲竹感流年。眼看寶鴨頻添火，手試香螺緩擘箋。怪底胸中多少語，臨分難倩管城傳。」他如《大風舟行》云：「風翻白浪如鵜浴，人坐烏篷作鷺拳。」《復雨》云：「小草出泥多得氣，好花含淚獨傷心。」《得葉六迂河南書却寄》云：「遠道書函脩隔歲，故鄉燈火入新年。」皆非苟然下筆者。

韻語雜記卷十 丙申丁酉

吴江柳清源鄂生

《三李堂集》十卷，吴縣金子青學蓮所著，吴穀人、洪稚存、樂蓮裳三君子爲之序，中多佳句。《春遊》云：「晚風歸燕子，春水下桃花。」《寶應道中》云：「征鴻同北鄉，淮水獨東流。」《臨水看殘荷》云：「夕陽多在水，秋氣欲生雲。」《詠梁》云：「户空蛛網掛，春老燕泥多。」《枯梅復花》云：「凌寒心轉熱，破寂夢先知。」《城灣》云：「近山對面疑無路，老樹横身欲礙船。」《送張船山還成都》云：「黄菊亂開花事歇，青山冷笑酒人稀。」《函谷關》云：「天險已誇千仞峻，時清并覺一夫多。」《花朝雪》云：「春元似夢情偏覺，酒不禁寒夜又來。」《病中》云：「河流入夢秋心恐，蟲語驚寒病骨知。」《歸舟雜感》云：「無家曾作浮雲壻，逆境真如上水船。」《酬許秀才》云：「熱惱春心花萬種，惺忪涼夢酒三分。」《繡婦嘆》云：「蛺蝶自留春意思，鴛鴦偏少睡工夫。」《秋花》云：「最難識處偏依草，容易殘時不爲風。」《盟鷗圖送人之杭》云：「幾輩江湖多浪迹，一生魂夢有秋聲。」《題空山聽雨圖》云：「難禁斷續惟殘夢，易得凄涼是病身。」《緑陰》云：「却因夏氣生涼雨，無復春痕化薄烟。」《休園秋盡日》云：「中年身世如花草，漸廢園林勝畫圖。」《問訊答芙初》云：「酒如水淡人終醉，夜比年長夢不知。」又：「病懷和恨先春覺，酒力禁寒到曉知。」《雜句》云：「不學圍棋多死著，愛憮花鳥有生機。」他如《鄧尉》云：「詩人心事要清閒，日日尋花尚未還。輸與佳人香雪裏，夕陽眉黛畫春山。」《處州試院題壁》云：「重陰黯黯罨城隈，淺緑深青掃不開。送得輕寒三日雨，亂山無數上樓來。」《題石琴居士亡姬像》云：「一炷沉檀但祝渠，香魂斷後夢回初。意中自有如花貌，畫遍春人總不如。」《重陽後一日作》云：「短日消磨也自長，游塵著眼視茫茫。芭蕉絶勝梧桐葉，猶護西窗一面凉。」《寒窗雜詩》云：「黄梅試花花事空，天竹子似丹砂紅。一群凍雀踏枯葉，雪意滿天吹作風。」《效曹堯賓小遊仙》云：「塵飲寒泉得幾群，魚歸銀海浪生紋。等閒自把青鸞尾，净掃南山一片雲。」「丹鼎青烟鍊石華，長春酒熟飯胡麻。桂枝結子桃成實，天上傷心也落花。」古風如《九月送人遊峩嵋》、《題宋院本宫人鬥草圖》、《題襟館席上與穉存劇飲》及《春人曲》、《園林春盡曲》、《和倪元鎮江南春詞》諸作，悲歌磊落，綺麗纏綿，皆可存者，以篇長不録。

從子伯和塤，舉止厚重，無近時紈袴氣習。專攻舉子業，甲午郡試，曾置第一。客途冰阻，殘冬風雪中，徒步行數十里而歸，因得歐血疾。乙未秋再發，並患下利，纏綿不已。今年八月，勢益不支，遂就牀褥。時余以試事留鹿城，聞其疾劇，遂歸。九月四日竟不起。臨殁時，兩目猶閃閃視余，欲有所語，而舌已强矣。悲哉！生平與余尤篤。兩三年來，見其戚戚然，常有憂生之嗟，叩之不吐。傷於病，厄於境，固早知其必致此爾。居恒不甚嗜詩。養疴時偶習之，不半年，出語多可喜者。有《頣齋小藁》十餘首。去冬春湖歸里，同人都有詩送行，惟伯和所作爲佳。今録于此，以見一斑。詩云：「寒極春欲來，歲月無窮已。酌酒與君别，四山風雪起。立身期千秋，得失寸心裏。世事何足論，年華行復始。抗心希古哲，自愛固應爾。敢謂蠡測海，無能識涯涘。相期志于道，貧賤非所耻。」格高句老，可窺古人堂奥。使天假之年，烏知松陵土著不更添一作者姓名耶？乃甫逾弱冠，奄然厭世。前年舉一男，又未彌月而殤。孀婦煢煢，憑棺視斂，麻衣如雪，號泣呼天。目擊情形，皆爲於邑，況痌瘝相關者哉。噫！子安短命，伯道無兒。天道夢夢，古今同慨。念及此，又不獨爲伯和悲也。

費菊人殿金爲寄松師姊聓，綺歲遊庠，卒于嘉慶壬申年，止二十三。其友楊荻庵羲梓其遺詩數十首，名曰《菊人詩存》。中如《秋感》云：「塵沙容易埋長劍，江海終難實漏卮。」《感懷》云：「詩書竟爲謀生誤，山水原教冷眼看。馬骨久枯燕市冷，蛾眉已死楚宫寒。」《喜歸》云：「卸帆尚問風南北，入舍先看貌瘦肥。」《題楊荻庵詩稿》云：「惟吾與爾稱同調，偶試其才便絶倫。」皆可誦者。楊君輓詩有云：「《白雪》空留身後稿，青山未卜故人墳。天公着意窮吾鄙，塵世何容有此人。」生平氣概略約可見。

王仲瞿孝廉曇《落花》云：「天上好風君子少，世間無福美人多。」殊可尋味。又《詠錢》云：「生來三日須湯洗，死到重泉要紙焚。」其室金五雲女史，亦能詩善畫。當孝廉避禍江湖，女史獨居西湖散花灘，嘗手寫觀音圓通二十五像，爲孝廉祈福。并有句云：「神仙墮落爲名士，菩薩慈悲念女身。」爲時傳誦。孝廉《烟霞萬古樓詩》二卷，錢塘陳雲伯刻之，惜未寓目。

「霜寒午夜燈無焰，風掠荒庭樹有聲」，此寄松師《冬夜偶成》句也，殘宵誦之，令人懔然生畏。余亦有「虚堂説鬼寒生粟」七字，惜未得其對。

寄松師《閒遣》有云：「名士起居多尚怪，詩人言語半歸虚。讀書理熟雄心斂，閲世年深傲氣除。」吉人次韵云：「空驚去日成烏有，那得閒情賦子虚。」《少湄姪》云：「米鹽計較生何趣，筆墨聲名大亦虚。」余亦有句云：「生坐多愁原是累，醒憐好夢已成虚。」

余以詩問訊秋伊。秋伊見答二律云：「臂小兼腰瘦，生涯不可云。壯年思舊賦，殘歲送窮文。冰硯呵豪懶，霜畦護菜勤。屯田能念我，好句寄寒雲。」「甚欲尋君去，人家分水偏。無詩驅瘧鬼，有約負癯仙。尊酒思清集，梅花似舊年。阿咸呼不起，重過合悽然。去冬令姪韵生招集頤齋，今死矣。」讀之悽然生存殁之感。

丁酉三月，春湖見過，出瘦道人詩一卷見眎。道人姓李，名萬秋，居魏塘。青年侘傺，情見乎詞，長吟短歌，時露雋永。亟録一二，俾同志共賞之。《悍吏行》云：「吏行石壕村，雞鴨無一存。催科急于火，暮夜聞打門。有田不若無田好，珠米入官作糠糶。縣官縱吏如縱虎，悍吏捉人如捉盗。叫囂隳突波及鄰，老拳毒手幾傷身。紛紛保甲助兇惡，一群猛獸來逼人。全家婦女吞聲哭，賣男鬻女償不足。前年水旱訴誰知，農食糠粃官食肉。嘻吁哉，耕者無完膚，織者無完衣。小民抑何瘠，縣官抑何肥。縣官猶怒脂膏薄，明日入村吏逾惡。」《麟湖春望》云：「昨夜桃花雨，麟湖入畫中。板橋春水活，芳草短亭空。遠樹横斜照，高樓倚晚風。烟消人不見，天際看移篷。」《麟湖秋望》云：「鳴榔開宿霧，曉色動闌干。一柳水中卧，數帆天際寒。橋浮人影斷，木落雁行寬。欸乃舟何處，蘆花遍地看。」《端午》云：「菖蒲新緑透窗紗，歲月蹉跎感物華。記得兒時雙總角，也隨諸姊插榴花。」《七夕》云：「秋風吹冷綺羅衣，銀漢迢迢鵲亂飛。愁煞蓬門今夜月，更深猶自理殘機。」《麟湖道中》云：「桑陰初緑麥花齊，白布帆輕勝櫓攜。雨過日斜人去遠，一湖青草鷓鴣啼。」斷句如《贈徐擘猿》云：「一諾千金重，雙眸半世空。」《雪後照玉樓春望》云：「雪消流水外，春盎百花中。」《雨夜泊鴛湖》云：「杏花香夢短，春雨五更多。」《申江感賦》云：「夜長歸夢短，人瘦舊袍寬。」「患難懷知己，風霜戀敝廬。」《村居》云：「安分無如耕稼好，惜陰惟有讀書忙。」《述懷》云：「天涯孤往悲歧路，海内相扶仗友生。」《申江閒眺》云：「長天有雁雲開路，古廟無僧丐作家。」《贈夏韵鈴》云：「愁少黄金通世故，感垂青眼到貧時。」《憶孤山》云：「誰携孤鶴銜寒去，春到梅花覺夢多。」《雜感》云：「自知貧極翻憂世，每到忙時却羡僧。」他如《渡黄浦》云：「風擁奔流入海多。」《游豫園》云：「一亭人語各天涯。」《小春述懷》云：「修到梅花已後身。」《客中》云：「山過錢塘不斷青。」皆可誦也。

石香《書余澹心板橋雜記後》七古一篇，纏綿悱惻，使人意消。殷述齋孝廉壽彭爲題三律，風華典贍，足以並雄。今識於此，如聽銅琶鐵板唱大江東去也。「舊院風流話劫前，青谿紅板見飛烟。三更蝴蝶《桃花扇》，半壁江山《燕子牋》。羅綺蕖殘謳蜀魄，琵琶哀怨訴鵾絃。秋孃眉嫵冬郎筆，抵得《裝樓記》一篇。」「蠶眠細字寫冰紈，真覺茫茫集百端。列鎮蟲沙歸悍將，過江人士戀偏安。思從景事追塵夢，解向春餘拾墜驪。傳出開天全盛日，衹應恨煞孔都官。」「唱罷匆匆白練裙，狂香浩態揜斜曛。銅盤鉛水愁中淚，璧月瓊枝夢裏雲。南部烟花空過眼，西崑才調又推君。一生低首陳思語，敬禮何當我定文。時以大著詩詞囑爲訂定，殊不敢當也。」又《題石香白下吟》三絶云：「開卷深宵讀百回，蘁芽那辨此奇才。天風海水雄豪極，都在先生筆底來。時予觀潮始歸。」「白門疎柳記年時，曾打秦淮槳一枝。自笑空囊殊偃蹇，恰無半首紀程詩。」「艷體香奩百福存，記圍紅袞話清樽。《曝書亭集》閒情句，不盼人間兩廡豚。」

今秋余鄉賦金陵，渡揚子江，風急浪猛，舟頗欹側，口占云：「縱得科名亦何物，先教嘗盡險風波。」秋伊云：「余三渡江矣，同得捷音，已輸君安逸，況不可必耶？」相與一笑。秋老《游皇甫墩即事》云：「細雨梁溪路，登樓客自閒。四圍平碧水，一面壓青山。帆疾僧寮外，雲飛佛座間。惠泉今夜酒，三爵已酡顔。」余以醉不能和，念兹名勝，負負何言。

仲弟清濂年十九矣，作文僅能成幅，而好爲小詩，余勸其專攻舉子業，弗聽也。丁酉冬出一編，請余點定，間有可取者。《題寒江釣雪圖》云：「舉頭不見天，入耳但聞水。寒風颯然來，四面蘆花起。」《坐雨》云：「簷鐵響琤瑽，鳩啼小院東。春消三月雨，水漲一溪風。砌蘚淺深碧，庭花濃淡紅。可憐孤坐客，獨飲與誰同。」《魏塘舟中》云：「破曉雞聲幾次催，滿天細雨一帆開。小園花事何拋却，貪看湖山好景來。」他如《納涼》云：「牆月描花影，簾風弄竹聲。」《立夏》云：「一年春事渾疑夢，四月風光如許涼。」皆可喜也。

季弟清淪小仲弟三歲，詩文頗有思致。而跳盪嬾學，無孟晉之思，是其病也。丙申、丁酉，受業於寄松師。明年移館東陽，弟亦負笈從遊。寒窗相對，見余評閲仲弟詩，亦出一卷相質。余爲加墨，并摘一二語以奬勵之。《對雪》云：「獵獵西風雪亂飄，驚寒宿鳥立枯條。一聲仙鶴起天末，白盡江山何處招。」《閒坐》云：「雨餘一抹夕陽斜，剪剪輕風送碧紗。燕子不來簾又下，小庭閒煞碧桃花。」餘如「一燈紅遠寺，幾犬吠前村」、「機聲涼月裏，人語小橋邊」、「痴殺庭前雙蛺蝶，立花枝上惜花殘」、「破窗格裏風如箭，吹得瓶花影亂摇」，如學囀雛鶯，輕圓可喜。

九峰簡含章而文，號蒼霞，康熙間布衣。有《政餘小草》二卷，楷畫端正，似將付梓者。宛平王相國熙天庸子沈白、陸圃玉崑曾爲之序，均稱其拮据葬親，克盡大誼，殆仁人孝子之流也。詩有氣格，無纖穠之習。《宿還道中》云：「驛路風塵暗，停舟樹影重。鷺絲沙渚外，城市夕陽中。小店争投客，殘花晚趁風。渡頭雲物好，我意正飄蓬。」《與日千先生清話》云：「幽鳥響空山，腰鐮自往還。生涯青嶂足，踪跡白雲間。已識披裘慣，寧知徙突艱。時沽郫市酒，醉卧掩柴關。」《返照步謙居叔韵》云：「返照下遥岑，邊風起夕陰。戍戈來舊壘，獵火入荒林。笳鼓連雲動，星河到海沈。憑高獨愁思，何限百年心。」《村居雜詠》云：「十年踪跡歷滄桑，千里雲山斷雁行。投筆班超寧偃蹇，驅車阮籍又猖狂。蟬鳴秋色空衰柳，葉落湖光又夕陽。寂寞漫教傷往事，呼童携酒且盈觴。」《憶别》云：「聞郎作客去，低語蹙蛾眉。願聘東家女，爲郎繫别思。」《姑蘇竹枝詞》云：「燕尾蘭梳新樣妝，淡紅裙子翠雲裳。年年山寺春游慣，不解提筐學採桑。」《夜宴謡》云：「芙蓉樓頭紅日低，芙蓉幕中歡友齊。蘭膏相次如列宿，博山沈沈烏夜啼。江州司馬出樊素，鬟斂巫雲香散霧。嬌將舊曲翻新聲，頓使周郎屢迴顧。大垂手處情暗牽，舉頭忽擘烏絲箋。芳魂未死吟魂斷，長鯨罰酒如飛泉。陳遵猶欲投車軸，玉漏金壺催漸速。高軒人去月明孤，空照畫屏十二幅。」它如《詠蝶》云：「春色常年夢，花陰到處家。」《登龍華塔》云：「海氣吞吴越，潮聲入混茫。」《夏日》云：「芰荷擎宿雨，蛺蝶卸春衣。」《過蕭芷厓村居》云：「風來雲出户，花動鳥窺人。」《德州秋夜》云：「寒烟漫衰草，斜月淡孤城。」《春晚》云：「花賊恬新緑，蜜官愁落紅。」《暮秋》云：「地僻苔先老，山寒秋更深。」《泛泖》云：「花含初霽雨，柳隱欲欹橋。」《雨窗晚望》云：「樓高先得雨，樹密早生凉。」《閒居》云：「三春花寄興，一醉酒埋憂。」《漫書示成章弟》云：「半生好客黄金盡，十載交情白眼多。」《登茸城》云：「海月欲生三泖白，晚霞初散九峰青。」皆耐人尋味也。

吴下張詠仙學博肇辰，喜爲高古之文，詩亦婉篤有味，得新城之風。余見其《己丑詩草》幾頁，中如《武侯故里》云：「馬鳴風獵獵，沙走暮天陰。不見南陽樹，空懷《梁父吟》。艱難經世業，感激布衣心。夜静看星斗，光芒炯未沈。」《出都》云：「道歸歸甚好，歸計却如何。惆悵同袍子，連翩折翼多。金裘空篋笥，風雨滿關河。」《記取都門道三年此過舊出瓜口》云：「塵埃盡洗豁青瞳，一髮光明落鏡中。山到江南都窈窕，浪吹天際但空濛。喜從歸路看風舶，猶記來時倚雪篷。三月蹉跎春去盡，柳條賸有碧玲瓏。」《露筋祠》云：「明璫翠羽拜容光，青草迷離鑠夕陽。記取白蓮門外種，好花不宿野鴛鴦。」《松相國筠書大虎字見貽索詩爲報》云：「天風鼓橐清九垓，鳳闕卧鎮雄崔巍。晝日携歸一枝筆，精光熊熊磨不來。伊我相公今周召，出秉鈇鉞入制誥。雄威睥睨息埏氛，大文彪炳照廊廟。龍馬精神真滿身，時將騰躍臨丹垠。偶然着紙紙欲動，觀者色變驚天人。將軍彎弓碎霹靂，鬼魅潛形辟聲息。怒猊渴驥爲逡巡，獅子搏象具全力。須臾揮灑數十紙，紙上窣窣毛棱起。换鵝不許王右軍，畫龍肯數吴道子。一字一紙抵重寶，軟弱書生敢奮藻。夜懸空壁寒芒生，天上星精耿白昴。」

費藕生安欽《寓松風仙館》云：「猛雨忽然住，濕雲猶未消。遥山微露髻，近水暗添潮。鴨脚已秋色，荷花落昨宵。湖邊風瑟瑟，凉意滿生綃。」《題汪宜秋夫人遺稿》云：「詠絮聲名早歲誇，深閨真有此才華。人從秋水寒山外，夢到梅花處士家。夫人題《頻伽水村圖》，有「萬梅花擁一柴門」句，一時傳誦。哀艷詩歌皆淚點，飄零夫婿竟天涯。群仙訓唱年時事，怕問妝樓舊碧紗。」《題吳門畫舫録》云：「洗裙入月宫詞麗，録事修成眉史新。感我舊遊難解説，一襟殘淚爲何人。」《看菊悼菊人》云：「餐英雅集散如烟，記着斯人一惘然。便當梅花三百樹，歸來插汝墓門前。」餘如《同懶雲上人吟波竹江小飲》云：「酒邀今雨集，詩讓少年狂。」《贈顧吟波》云：「入世雄心判跌宕，悲秋詩思各辛酸。」《録别》云：「暮雨更添遊子淚，遥山先替美人愁。」《花燭詞》云：「廣寒八萬三千户，齊送嫦娥下界來。浙俗送親女從極多。」藕生夫人李蕚仙，亦能詩，有「拈花戲嬌女，戒酒惱檀奴」之句，一時稱善。

楊荻庵《對月懷藕生》云：「月出螢無火，風來樹有潮。」《和費晚恬七十述懷》云：「性不近名何況利，身能小隱便如仙。」《春日苦雨》云：「一月何曾笑口開，踏青時節似黄梅。不知天上愁多少，併入春陰作雨來。」

「黄金抛盡便無聊」，似陳曼生鴻壽《西泠新柳》之作，一爲諷詠，黯然魂銷，知入人意中，初不在長篇累牘也。

王次回《疑雨集》中載御君近得鬼歌，有「流水斷橋魂不渡，夜深孤影月明中」之句。因廣其境，成篇云：「夜永迷靈逐恨飄，漆燈閃爍隔谿橋。荒塗露下千蟲歇，絶壑風生萬木號。水澗獨來愁不渡，山阿誰在語相邀。由來地下悲秋况，還與人間共寂寥。」余謂「絶壑」句似山妖出洞詩。寒宵孤坐，戲仿其意，成一律云：「一望平原不見春，香魂慘淡步逡巡。荒林衰草宵無月，冷雨凄風路斷人。誰向千秋憐白骨，空教五夜閃青燐。長眠杳杳何時曉，愁倚楓根獨歛顰。」竊謂稍勝王作，因筆於此。又前游吳中，見叢冢纍纍，俗傳爲小姐墳者，蓋埋香所也。曾成一詩云：「夜臺一去不知年，玉碎珠沈事可憐。冷入疎林蟬咽露，寒侵叢木鶴棲烟。空埋黄土三生恨，莫問紅塵再世緣。悽絶絶無人到處，一鈎殘月弔花鈿。」憶得遂并録之。

臘月初，少湄姪墉歸里，出丙申、丁酉兩年之作，請政于余。既爲删改，復摘其可存者如左。《游青溪曲水園》云：「一路入幽徑，跫然人跡稀。池波活松影，花氣濕春衣。叢竹密疑雨，奇峰高欲飛。閒游得新句，揩石幾行揮。」《立夏后春湖師見過》云：「花落閒庭寂，雙扉掩緑苔。春風三月別，細雨一帆來。舊事隨流水，時儗棄舉子業習醫。新愁訴酒杯。何時再團聚，相約木樨開。」《身世》云：「身世滄桑感，年華露電過。家貧爲客早，境阨得詩多。恨事難覼縷，雄心耐折磨。何時雷雨至，一笑起龍梭。」《焦桐吟館夜話》云：「模糊冷月射窗紗，斗室談奇静不譁。畫竹黑描千个字，壁燈紅暈一團花。寒風吼野啼烏鬼，怪石拏空學夜叉。掃得階前盈捧葉，安排爐火試煎茶。」《歸舟》云：「晴明天氣稱清游，香草名花插滿舟。贏得倚樓人一笑，載歸知上阿誰頭。」《枕上》云：「欲炧殘燈焰未灰，紙窗微白曉光回。自家好夢尋難得，錯怪雞聲喚醒來。」《曉行》云：「小樓隱隱曉霜濃，四面闌干亞字工。一點殘燈人未起，隔窗射出可憐紅。」《醉後呈春湖師》云：「一艄蒲帆無恙來，提壺聲裏酒三杯。家貧何物堪娱客，百朵牡丹花大開。」《雨過》云：「水邨風景畫圖中，短短槍籬佈置工。一陣輕雷雲外過，豆花點出幾星紅。」《晚眺》云：「四望黄雲萬頃鋪，西風峭立旅情孤。鐮聲人影斜陽外，畫出《邠風》一幅圖。」《爲楊君題其哲嗣遺照》云：「玲瓏樓閣開金扉，天風颯颯銀雲飛。飄然一去不回顧，瑶池獨立仙耶非。」「愁裏光陰如轉燭，阿爺望斷長空目。跨鶴歸來知幾時，傷心孝笋已成竹。」斷句如《殘冬》云：「亂鴉圍秃樹，孤獺立殘冰。」《客夜》云：「客心殘月印，愁味夜燈知。」《寒夜》云：「風聲裏叢竹，寒色壓殘燈。」《偶成》云：「四壁蟲聲寒病客，一庭秋影瘦詩人。」《對月》云：「聽來畢静斧疑響，看到出神桂似花。」《夜泛》云：「愛看江月聊停槳，貪聽秋風故掛帆。」《醉後有感》云：「事到難言呼月訴，世無可語與鷄談。」《春郊散步》云：「一笑輸他荒冢鬼，菜花香裏日高眠。」又：「菜花萬頃黄於土，半葬游人半葬棺。」皆有新意。

曩歲小敏舅氏有《訪秋圖》一幀，同人題詠殆遍，惟山陰平丈種瑶一絶最佳。詩云：「青山無恙我重來，湖海詩名酒一杯。秋色滿林人不見，夕陽樓閣爲誰開。」

韵語雜記卷十一　戊戌

吴江柳清源鄂生

戊戌季春，寄松師見過，即同訪吴茗翁。旋拉茗翁到齋，談讌連日，備極清歡。余有詩紀事云：「忽見扁舟繫水灣，迎門喜色溢眉間。和風入座留春住，舊燕離巢挈侶還。新柳緑摇詞客鬢，夕陽紅鬥酒人顔。眼前桃李嬌如此，一樹無言意自閒。」寄松師見和云：「尋春偶到白雲灣，良會都成無意間。花事驚看三月暮，詩朋喜共一舟還。情牽舊好難分手，語雜新聞易解顔。有酒當前須盡醉，人生能得幾時閒。」茗翁有句云：「語關痛癢真兄弟，詩寄牢騷迭唱詶。」墉姪四絶云：「絶無聊賴度殘春，兀坐空齋耐守貧。剥啄一聲開户笑，滿身花片立詩人。」「連翩裙屐集焦桐，花底開筵話别衷。記否去年風雪夜，兩三人坐一燈紅。」「相逢曾約牡丹開，幾日含苞欲綻放。深怕風姨盡收拾，插枝瓶裏待君來。」「欲寫新詞臨别贈，幾回搜索奈腸枯。今年貧比去年甚，連却詩中料也無。」季弟清淪有「筵開深院裏，人坐夕陽中。衣色着微緑，醉顔生嫩紅」。坡姪有「春風猶拂座，舊燕又窺簾。吟罷酒狂飲，醉將花笑拈」之句，盡筆於此，以誌一時之盛云。

「欲借春陰護艷妝，東風消息斷人腸。阿環不遣瑶池住，散作人間紅雨香。」「更無情緒理殘妝，却是愁腸是酒腸。倘得惜花真御史，不妨今日便埋香。」「誰言薄命到紅妝，苦累兒家九轉腸。報道阮郎須計早，莫教待覓返魂香。」此詩殷孝廉述齋見之旅壁，後題「途中見桃花落矣，感疊三絶，閨中女史李蘭薌稾。」

閏夏高一林宫桂，以《夢池塘館詩》一册屬爲點勘，并謂辱爲暑弟交，勿以俗情見待。余因其惓惓之意，既爲竄易數處，復摘其可存者如左。《哭大兄蘭溪》云：「余家弟兄四，桂也殿雁行。樸誠推仲氏，中年早山岡。池塘春草夢，風雨先神傷。吹箎既絶調，儐籩不盈觴。奈何瞬忽間，伯氏又病亡。家督恃長兄，優游藉卒歲。摒擋鉅細間，勇往不知退。心力暗消磨，一病竟見背。親心惋惜深，不啻明珠碎。過情非所計，寢食頹然廢。而我是懷同，能弗摧五内。揮手去争名，百里暫爲别。殷勤贈我言，語語皆圭臬。姜被不同眠，殘燈離思結。那知禍無形，此夕成永訣。往來纔經旬，兄命已斷絶。病殁不知時，啓視肝腸裂。月缺可重圓，耦喪可復配。手足一傷殘，畢生不能再。造物何無情，往往割所愛。霎時病膏肓，末由以身代。局外原無關，肝胆曾幾輩。此愁永莫解，父母與弟妹。」《殘春》云：「依依長亭柳，對此思嘉耦。夫壻上公車，音書隔何久。争名十丈塵，留春一杯酒。春去人不來，樓頭俯螓首。」「人謂春最佳，吾謂春無樂。春雨非不時，積陰亦蕭索。春芳非不妍，過寒易零落。竊願明年春，陰晴間日作。」《牡丹一叢往年甚繁今歲祇放三四花志感》云：「分得姚黄魏紫來，關心花事獨徘徊。盛衰畢竟非天意，一樣春光兩樣開。」《贈顧子石》云：「放眼湖山詩跌宕，苦心法律佛慈悲。君善刑名之學。」他如《聽雨不寐》云「一燈無好夢」，《嘲酒》云「夷狄釀成千古禍」，皆佳句也。

吉溪陳磵杉灼精奕理，喜小詩。頃余下榻外舅家，梅雨如注，悶坐無聊。磵老着屐過談，頗慰岑寂。并出零紙數十頁見眎，云係舊作。心識數語，今筆於此。《寫懷》云：「年荒薪米收嫌少，月閏蠶鹽用更多。好翻故典偏難記，喜聽新聞却易忘。」《六十述懷》云：「兄弟共憐青鬢改，親朋相訝白頭多。」《與友對奕》云：「爲怕思深心轉惑，年來隨意下棋枰。」《尋陸魯望別墅以春來遍是桃花水爲韵》云：「三高士祠廟貌真，仰清風兮懷古人。數椽别業隔咫尺，烟水茫茫世外春。」「江湖散人晚唐才，松陵唱和詩社開。人境却無車馬到，襲美結盟時往來。」「桑蔴繞屋雞犬遍，釣雪灘前春水漫。可惜今古不同時，鴨尚能言人不見。」「當年避世屢遷徙，不耐喧譁不近市。筆牀茶竈尋無踪，泛宅浮家何處是。」「艤舟彳亍訪詩豪，白雲結構數峰高。千株萬株花欲笑，恍覩仙源洞口桃。」「想伊蓬鬢帽簷斜，身似遊僧到處家。閒中不少忙功課，半是裁詩半種花。」「吾吴非無隱君子，蓴鱸尚待秋風起。誰能去住不留情，只伴行雲與流水。」

磵翁又示醴州戴衣仙女史《廡下吟》詩詞各一卷，其師紫峴老人張九鉞爲之序，稱其適湘邑梁季修，晨夕唱和，相敬如賓，一時傳爲盛事，殆梁亦風雅人也。雨窗無俚，細閲一過，喜其才力渾融，無纖佻氣習。爲摘數首，以志墨緣。《將歸湘中留别諸弟》云：「雲斂碧空寒，離筵夕照殘。歸舟江上繫，别淚坐中彈。烟樹排層疊，湖波湧汗漫。不知今夜月，東閣幾人看。」《草》云：「今日王孫草，芊芊一色青。爲憐離别苦，直欲掩長亭。」《題紫峴師六如亭傳奇》云：「今古同悲是謫臣，髯蘇遺恨倩誰伸。傷心炎海埋香地，彩筆翻傳一曲新。」「學士由來四大空，此身何暇計窮通。蘭因絮果重重在，化盡金經廿字中。」「浩瀚雄文海内驚，閨中女士亦知名。不嫌白髮星星老，甘抱衾裯共此生。」「紫玉紅牙貝葉經，才人説法本惺惺。六如亭畔魂應泣，重散天花護碣銘。」「自苦年來入病魔，挑燈掩卷費吟哦。

繡龕何日參真偈，稽首慈雲受福多。」《菜花》云：「山居幽寂任徘徊，十畝閒情寄草萊。却憶道場山下路，紅裙低映踏青回。」「望疑秋稼欲蒸雲，三月田家讓獨芬。色相我知來佛界，不從桃李媚東君。」「緑肥紅瘦剩殘枝，香艷留渠放獨遲。廿四番風人盡識，此番花信問誰知。」「慚無好句賦春華，孤負東風日放衙。忽憶劉郎曾擱筆，秖吟桃浄便開花。」《春蘭》云：「善權洞口舊家山，弟妹相邀日往還。曾記采蘭逢上巳，一渠香水碧潺潺。」「薄霧低籠小篆斜，粉廊静對讀《南華》。閒來焙入龍團裏，活火香泉細點茶。」斷句如《讀書》云：「乍嘗書味永，便覺道心安。」《渌江舟中》云：「烟江坐空豁，星火望溟濛。」《春柳》云：「翠眉似我愁深鎖，青眼憐人淚欲垂。」《紅豆》云：「靈光當日傳西域，寶樹何年出内宫。」「檢入羅囊常惹恨，寄和錦字每縈思。」「春日有花常並蔕，秋來落葉少同心。」《匣錦道中》云：「偶逢白雁商歸計，乍見黄花憶故知。」《燕至》云：「莫向風前鳴得意，舊時王謝已無家。」皆可誦者。詩餘尤工，余爲題《金縷曲》一闋，以識欽佩。

於友人案頭得抄本詩一册，上題《卷石山房吟稿》。中如《留别福寧守錢秋濤》云：「欲去杯還把，臨歧鋏自彈。非關行路苦，祇是别君難。海日黄沙暗，山風白雁寒。徒憐菊花節，兩地背人看。」《宿法螺庵》云：「林陰禪室静，日暮且停車。澗水流殘月，和風散落花。隻身嗟世路，短鬢惜年華。何日歸鄉里，陶然學種麻。」《挽項春潮》云：「送往惟余在，羈魂倍慘傷。欲言頻注眼，忍淚但牽裳。一瞬爲長别，他生竟渺茫。祇餘清夜夢，無處不聯牀。」《南還有感》云：「半世行藏一卷詩，歸來兩鬢已成絲。隔江野樹交吴地，繞郭溪流似晉時。憔悴敢辭漁父笑，迂疎猶賴故人知。只今相見相悲處，并入東風怨别離。」《秋柳》云：「長條無復舊婆娑，欲贈離人愁若何。一曲《渭城》聽不得，灞橋兩岸夕陽多。」《秋風》云：「紈扇深宮淚，鱸魚故國思。」《秋圃》云：「葉老依然緑，花多半是黄。」《春草》云：「有春易遍三千界，何處能消萬古愁。」《春感》云：「一庭花草春無賴，三五嬋娟夜可憐。」惜不著作者姓氏。後附《圭庵吟草》，有《采桑詞》云：「歸來偶見閒花好，摘朵薔薇插鬢傍。」風致絶佳。圭庵爲何許人，亦無從攷。

銅里顧二子石榕，瀟洒脱俗。近寓蘆花里陳氏，夏五同一林往訪，子石出《琴寄館吟藁》、《汴遊雜詠》二册，屬爲加墨，因摘其尤者於此。《冒雨至北辰》云：「一雲初出山，衆雲與之鬥。頃刻雨滂沱，茆檐瀉銀溜。」《送春詞》云：「光陰依舊落花非，剪盡繁華燕子飛。楊柳絲多偏不管，綰將愁住放春歸。」「東風彈指黯銷魂，不抵尋常惜别論。我有千行送春淚，舊痕未洗又新痕。」《哭陳澧芑》云：「小别無旬日，傷心涕欲漣。支離非爲老，消瘦已經年。花木餘先澤，詩書裕後賢。不堪愁絶處，風雨菊秋天。」《感懷》云：「一諾千金信有無，從來世事總糢糊。臣飢欲死悲魚肆，壯不如人愧狗屠。素願久違鴻鵠志，甘心任聽馬牛呼。幾回手把菱花照，羞説鬚眉是丈夫。」《一林招飲後寄詩索和率答》云：「脱帽狂歌亦大憨，醇醪飲處味醰醰。文章怒駡成原戲，君性不諧俗。世味浸淫醒亦酣。秦系偏師能破敵，向平遊興累多男。困人天氣無聊極，佳句真堪誦晦庵。」《客中寄内》云：「桂花香裏是歸期，望掃離愁展兩眉。客邸平安休我念，天涯況味寄卿知。秋風强飯常嫌早，夜雨孤眠不厭遲。咫尺溪灣昆弟輩，相逢千萬告相思。」《渡河》云：「天風倒吹黄河流，一瀉萬里不可收。奔騰激觸聲若沸，豗雷日夕喧未休。中流迅駛急於箭，片帆飛渡愁行舟。我來剛逢夏三伏，小艇掠波漾河腹。兩岸潮平浪拍堤，千行野樹迷山緑。緑樹迷離雨意深，烟波浩渺雲升沉。彌漫白霧忽四塞，鳴濤中雜蛟龍吟。長篙鐵索得攏岸，回頭黑浪高千尋。」斷句如《客居自嘲》云：「怕回羈客夢，愛讀自家詩。」《種梅》云：「疎處好移卷石補，斷時因礙小橋横。」《閒情》云：「好雲着意不成雨，流水無情偏自波。」《旅感》云：「黄粱夢醒炊難熟，白戰詩成字濃不。」《離家》云：「珍重征衣須檢點，昨宵慈母手親縫。」《朱仙鎮》云：「至今嗚咽黄流水，猶作班師痛哭聲。」《乞巧詞》結句云：「兒心巧已不須乞，要乞郎顔常似花。」《寓樓見徐春谷》云「情傍故鄉親」，《鳩杖》云「不愁呼雨新泥滑」，亦妙。

子石又言，庚寅自漢陽歸，有吴校書小珊珊畫桃花便面贈行，并題二十八字於上，云：「爲臨便面寫春風，錯認羅浮夢裏逢。一樹桃花千點泪，隨君直到大江東。」喜其纏綿悱惻，並録於此。

偶檢得先師葉益齋先生諱樹棠詩一紙，爲《春晚夜遊虎阜》之作，有句云：「清冷山泉深貯月，團欒巖樹巧裝春。」惜餘爲蠹蝕，漫漶不可識矣。先師立品端重，爲士林所欽。晚年喪子，家居課孫，年八十而卒。性好吟詠。源曾記其《詠絡緯》一律，有「月明小院一機凉」之句，極爲郭復翁所賞。其手繕稿兩册，多諸名流題詞，當時惜未録一副本，殊爲欿然。

《焚香閣詩》一册，孫君月泉所著。孫名邦泰，爵里未詳，繹其詩，大概是禾郡人。諸體以氣骨勝，爲録一二，以見豹斑。《次雪門雨窗寄懷韵》云：「雨阻尋詩約，憑闌悵奈何。徑開遊屐少，門掩落花多。靉靆雲千叠，蒼茫水一波。聲聲行不得，野鳥掠窗過。」《題野人居》云：「十畝芳塘五畝居，半依城郭半村墟。緑楊遮屋惟聞犬，碧水通池慣養魚。蓑笠生涯隨處穩，鷺鷗心跡與人疎。何時我亦移家去，分占烟波作老漁。」《題畫》云：「江上暮潮平，落日歸帆緩。何處是鄉關，白雲忽遮斷。」《桃葉渡》云：「渡江無楫溯江皋，傳唱王郎麗句高。相見莫分根與葉，春來顏色盡如桃。」《采蓮曲》云：「灼灼紅蕖映雪膚，弄船飛濺水晶珠。嬌痴不管羅裙濕，笑剥青蓮打鴨雛。」「儂似深深葉底舟，半親香色半藏羞。郎心却比紅牙檝，逢着花多便逗留。」《秋雁》云：「戍樓月落塞雲黄，萬里鄉心字一行。好向江南寄閨信，鐵衣不耐五更霜。」《立夏日感舊》云：「非關輕薄惜知音，檢點殘箋感倍深。一曲新聲珠十斛，羅紈索寫夏初臨。」《題筆樵山人畫扇》云：「古木枯藤掛夕曛，斷猿啼破亂山雲。不知僧寺藏何處，時有疎鐘隔澗聞。」「家住匡廬第幾峰，危橋絶磴一重重。山人歸去白雲暮，玄鶴數聲起碧松。」《枕上》云：「布被蘆花暖似薫，夢迴紙帳覺氤氲。一聲啼鳥山窗曙，春到梅梢已十分。」他如《嚴灘》云：「閒雲春野碓，危石咽晴湍。」《舟行》云：「鐘聲沙磧寺，旆影酒家樓。」《消夏》云：「洞深雲滿屋，溪曲水環居。」《閒步》云：「偶因策杖逢鄰叟，便約看梅過野橋。」《喜西林過訪夏甥貢南踵至》云：「采藥遍尋三徑草，煎茶静對半窗雲。」《寄静上人》云：「定著新詩鈔夜月，更裁破衲補春風。」《立秋夜風雨有懷》云：「長笛關山人萬里，小樓風雨夜三更。」皆饒有韵致。

韵語雜記卷十二　己亥庚子辛丑

吴江柳清源鄂生

己亥四月，松陵道院中遇當湖畫客吴乙杉之瑾，并其弟子朱瘦人之榮。瘦人家魏塘。年方弱冠，書畫詩三絶。所著有《萍蓬草》，出以見示，並囑加墨。爲題二絶，并摘其佳者如左。《臨高臺》云：「臨高臺，上可摘星斗，下可俯清瀏。蒼龍白虎分左右，鈎陳玄武踞前後。徘徊以旁皇，中有雙樽酒。欲飲不及飲，雪花大如手。」《客中至日》云：「對面山如睡，西風料峭天。客愁添一線，歸路逼殘年。入世磨英氣，生涯薄研田。消寒原有法，只少杖頭錢。」《感懷》云：「坐我西窗雨，光陰憾物華。鬢眉徒磊落，世界本鶯花。舊恨抛紅豆，新愁泛緑槎。牽牛空有匹，一水隔匏瓜。」《閑情》云：「春愁渾似往來潮，翠袖生寒倚玉簫。夜雨滴殘秦女淚，東風吹瘦沈郎腰。十分醉靨羞紅豆，一寸芳心展緑蕉。又是百花生日近，携尊同泛木蘭橈。」《湖上》云：「湖中蓮葉正田田，湖上何人墮翠鈿。滿把芙蓉花外立，月華如水草如烟。」《春歸》云：「千絲萬縷柳依依，羯鼓餳簫聽已稀。十二湘簾愁不卷，墻頭開遍野薔薇。」《初春雜感》云：「難將金液煉丹砂，風雨侵簾老鬢華。悵望美人渾不見，一鈎殘月弔梅花。」斷句如《偶成》云：「荒雞攙短夢，冷雨濕孤燈。」《舟次》云：「杜蘅江上客，楊柳鏡中春。」《渡龐山湖》云：「宿霧銜沙鳥，狂風落峭帆。」《無題》云：「藏嬌便儗黄金屋，彈瑟須開白玉堂。」「片雪紛紛翻蛺蝶，小絃切切怨琵琶。」《城南移居》云：「此地祇多花莫逆，故巢惟有燕相思。」《旅次述懷》云：「身似浮雲迷故里，夢隨殘月出林梢。天涯共有悲秋客，塵世難尋裹飯交。」《寫懷》云：「啄泥燕子終成壘，到水楊花莫化萍。」《寒柳》云：「地壚火暖旗亭酒，城闕風傳畫角霜。」又「白頭張緒立斜陽」七字，亦妙。

李小雲以其曾大父芬谷比部大恒《鐵巖小草》見示，囑爲采録。余感其拳拳之意，爲摘卷中可存者於此。《秋日卧病聞家大人回任惠陽感賦》云：「瓊山鬱嵯峩，麗江亘清澈。宦遊念衰親，道遠苦盤折。秋風促我歸，斷雁空悲咽。南望關樹紛，反恨魚書絶。憶昨追隨五嶺春，梅花驛路去來頻。下衙調鶴榕陰滿，燕寢凝香桂酒醇。惠州有桂酒，見《東坡集》。一從伯氏來鄉國，目極雲南淚沾臆。詎因菰米起秋思，已分蒓魚慚子職。子職難供悵各天，珠崖儋耳更殊遷。伏波廟没荒烟裏，陷屋潭深野箐邊。宦轍頻移霜鬢改，攀卧空令去思在。雖然石埭亦蠻天，不似瓊臺距炎海。江鄉獨掩關，旆蓋憶藤山。莫望音書至，翻成卧病閒。落木蕭蕭風瑟瑟，空階滴雨鳴秋蟀。心驚青草瘴偏深，夢入紅棉路應失。忽聞乾鵲報簷牙，争訝賓鴻墮淺沙。黎母水前傳卧閣，蘇公堤畔早迴車。關吏相迎紛雜遝，循陽舊館朋簪盍。却望并州是故鄉，此情此景差相合。聞言喜欲狂，轉側倍難忘。鴛湖與象嶺，雲樹各蒼茫。朝來飄忽神如往，桊韝鞠膽還稱觴。好夢鄰雞忽驚覺，坐令炎天萬里悲蒼蒼。」《夜泊鄱陽湖》云：「臨湖思不及，遥望白雲深。誰遣天邊雁，來驚客裏心。一燈縈遠夢，萬里動悲吟。此夕牛頭嶺，空聞隔浦砧。」他如《望觀音巖》云：「山腰懸佛閣，石隙出僧船。」《邊雪》云：「呼鷹馳鐵騎，射虎響雕弓。」《邊塚》云：「白骨長年暴，孤魂何處歸。」《送陳梧亭之海昌》云：「落日天邊雁，春風海上山。」《看菊》云：

「客來三徑雨，人醉一籬霜。」《讀書》云：「流水浮雲無滯境，殘書古硯是前緣。」《冬夜同紹唐弟作》云：「短榻爐寒添薄酒，孤燈花落補殘棋。」亦都可喜。聞比部年未三十而歿，未竟所學，爲可惜也。

禊湖徐女史蘭清，少巖茂才實治女兄也。著有《繡餘吟草》。今夏寄余，索題。既書二絶，復摘其可誦者于左。《殘菊》云：「落日一籬短，秋風三徑閒。」《不寐》云：「怪烏啼夜月，飢鼠瞰殘燈。」《長至遣懷》云：「年年長至夜，默默故鄉心。」《清明》云：「三月鶯花春寂寂，一樓人語雨絲絲。」《和劉南圪司訓重遊泮宫》云：「一領青衫添繡服，數莖白髮笑簪花。」《詠梅》云：「莫嫌塵世無相識，生就孤高不受憐。」《春閨》云：「小玉暗偷螺子黛，背人私地畫春山。」《紅樹》云：「小鬟指向枝頭笑，好似春風二月天。」《春思》云：「記得去年春較早，杏花時節燕雙飛。」

吴縣湯卿謀傳楹，明縣學生，刑部主事本沛子，與尤展成侗、宋既庭實穎稱兄弟交，皆極道其才。甲申三月，病中聞國變，强起，哭臨三日，遂卒。其婦丁曰：「君往矣，妾何生？」爲越一宿，亦絶。孤子八齡而殤。一女適崑山徐相國元文。著有《湘中草》六卷，尤公所删訂，其壻相國出貲以鋟者也。詩詞文賦，靡不咸備。詩學隴西，無粗厲軟熟之習。略登數語，以志梗概。《秋草》云：「庭氣嘗宜雨，草痕微有香。」《晚眺》云：「晚鐘松外墮，斜日閣中冥。」《晚行》云：「一囊野色拴驢背，十里秋風送雁吟。」《贈人納姬》云：「新調鸚舌工私語，替畫蛾眉閉曲房。未諳閫令趨承懶，初解衾情笑語莊。」《七夕》云：「漢宫紈扇凉兜月，秦女衣裳淡捲烟。」《秋懷》云：「醉來自舞雌雄劍，憂解何勞兒女花。」《秋思》云：「暗香入户花微落，殘照當樓雁自過。」《登君山》云：「萬里風烟山載酒，百年樓閣鬼吟詩。」

《聞車駕親征》云：「但教李勉隨行在，不許朝恩典禁兵。」《聞邊警》云：「宰相倉皇傳急旨，監軍匍匐乞寬恩。」《偶嘆》云：「差許圍棋看勝敗，不堪把酒論英雄。」又「人倚危樓雁一群」七字，亦妙。樂府如《行路難》一首，體創意奇，以篇長不録。《莫愁樂》云：「莫愁江上雨，却愁江上風。郎行阻石尤，恐與洛神逢。」意亦新。《明詩綜》内采其詩二首。

從子坡自壻鄉歸，携李玉田詩來求序。既弁其簡端，復記一二語於此。《江上懷友》云：「征帆多北向，江水自東流。」《看榜》云：「一月渾如夢，今宵乍醒時。」《春草》云：「南浦驪駒傷遠别，西園蝴蝶又雙飛。」《登吴山望江》云：「千秋王氣終南渡，一代功臣葬北邙。」

《燕超堂詩》二卷，吴縣陸元溥著，山陰陳默齋騎尉所刻者也。陸君字季海，别號少室。少孤，力學，屢試不售，幕遊宣、歙間。數年中骨肉死亡略盡。兩娶周氏，止生一女。年三十五卒，無子。文人之窮，無過此者。詩爲其師張白華及同學顧澗薲删定，儀徵阮公元弁首，稱其不以一家名，會意處可上擬王孟。今録其《太白樓》一律云：「文章光燄壓蓬萊，李白高樓枕水隈。天地孤懸詞客壘，江山環拱酒人杯。楚狂自昔爲同調，漢殿何人更愛才。搔首青天吾敢問，把君詩句上頭來。」《病中歌》六首，有云：「天生何爲使我獨，翻羨黄泉多骨肉。」沉痛之言，讀之下淚。

梨花里蔡梅龕濬，與吴君似梅步春爲金石交。蔡没，吴君以《南樓話病圖》屬題，并以蔡所著《焦桐館遺詩》見質。余感其惓惓亡友之意，爲摘其尤者存之。《病起》云：「静極道心生，撫琴鼓一曲。松風颯然來，餘響滿溪谷。日暮不見人，捲簾延衆緑。暝色逐歸禽，蒼然下喬木。」《夜過分湖》云：「空際片帆懸，湖光上客船。夜深人近月，風定水連天。燈影疎星外，霜花朔雁邊。一聲柔艣響，催夢墮寒烟。」《舟夜寄黄曉槎》云：「夜静星臨渚，天清雁渡河。船依秋水曲，人唱木蘭歌。欲采芙蓉贈，其如風露多。思君不可接，楓葉下寒波。」《曉望》云：「人起衆鳥先，開户星滿渚。不見烟中人，但聞艣枝語。」《題小樓聽雨圖》云：「剪燭題詩夜雨斜，青年感我鬢先華。憶萱夢草重重恨，那有心情到杏花。」《題鮑聽香聽烏圖》云：「我亦煢煢一乳烏，未伸返哺影先孤。不知泣雨啼風夜，君在圖中聽得無。」《消夏》云：「雲氣壓山山失尖，雨聲如瀑走茆檐。等閒滌得煩襟净，仰看虚堂挂水簾。」《吴貞女歌并序》云：「貞女長洲人，許字顧氏子肇脩，未婚而肇脩卒。女矢志自守，願奉二親以終。今年已四十餘矣，親尚老健。邑人徵詩，爰爲歌是。」「未離親側，驚聞夫亡。願從夫去，誰侍親旁。一解。堂上有親，以身事之。地下有夫，以心事之。二解。事之事之，三十寒暑。嗟哉貞女，嗟哉孝女。三解。」他如《落葉》云：「秋士飄零意，枯禪解脱心。」《晚步》云：「風前凉意一枝笛，水外夕陽無數山。」《夜坐有懷》云：「天從孤雁影邊闊，夜向百蟲聲裏長。」《宿僧房》云：「風聲撼枕客無夢，霜氣薄天星有芒。」《夏日》云：「晚烟入樹團成雨，濃緑如潮擁到門。」《感遇》云：「便作啼烏頭亦白，化爲杜宇淚仍紅。」《明妃曲》云：「便教賂却毛延壽，未必丹青畫得成。」《即事》云：「坐對梅花三百樹，柴門一月不曾開。」其年不永，未竟所學，惜哉！

辛丑五月九日，余遭母喪，寂處堊室，寸心如焚。七月二十五日，復遇墉姪之變，憂從中來，不可斷絶。便欲焚棄筆硯，謝絶人事，尚何尋章摘句之未忘哉？越日，弟輩請曰：「墉姪已矣，其平時所著，兄不一彙集之，恐遂廢墜。」余因搜其遺詩，止得乙未至丁酉三年之作，其戊戌迄今諸稿，已散佚不可得。復于書叢中拾數頁，係己亥所作，未全一年者。乃與弟輩各爲記憶，更得數首，并斷句數聯，共訂一册，爲跋諸後而藏之。並摘其佳者於此，其前已采入者不復贅。噫！墉年止二十有六，能固窮，詩有清氣。使天與之齡，所造正未可量，惜乎其止於此也。詩如《初秋有懷和松琴叔韵》云：「好風挾秋來，一室净無暑。窗外桐陰寒，濃渌浮眉宇。疎籬開晚花，小鳥踏枝語。淺水作圓瀾，方池躍魴鱮。黄昏月初上，牆角秋聲聚。獨客不成眠，寸心紛愁緒。望遠起相思，雁聲落前浦。」《元旦試筆》云：「意欲看新日，開門仍雨雷。梅花香滿屋，栢葉酒浮杯。痴叔徵詩至，鄰翁賀歲來。吟成拈筆試，紅紙一方裁。」《春日》云：「却喜貧無事，攤書静掩門。春風酣蝶夢，花氣盪詩魂。手有一杯在，家徒四壁存。醉來階下卧，白眼小乾坤。」《夜閲韵生兄頤齋詩存感題》云：「慘澹燈無色，開編欲斷腸。風流今頓盡，一病竟膏肓。壽豈因才奪，兒還待弟償。夜臺應寂寞，得句與誰商。」《題沈清儀桐陰覓句圖》云：「尋思默默聳山肩，滿袖清風意若仙。一樹梧桐幾竿竹，緑陰如水浸詩天。」「秋情一段付斯人，身坐苔錢幾箇青。倘有吟聲出林外，碧愔愔裏我來聽。」《閨情》云：「支頤獨自坐尋詩，手執香毫默搆思。阿母剛來羞寫出，佯開妝鏡畫雙眉。」《編訂舊作戲題》云：「浪抛心力作詞人，幾度拈毫墨吮脣。雪月風花亦常物，一年費我許精神。」他如《對雪》云：「峭立千山玉，齊開四季花。」《月夜》云：「鶴影夜來瘦，人心貧後清。」《詠劍》云：「英雄身倚着，太古雪摶成。」《春日》云：「嬌花炫奇色，啼鳥譜新聲。」《月夜有懷》云：「一片蛙聲人寂寞，半簾花影月玲瓏。」《夜坐和松叔》云：「雙屐僧歸荒市雨，一竿人釣小溪烟。」《風燈》云：「薄籠稍覺餘光淡，小坐宜攤一卷斜。」《偶成》云：「仙鶴不飛伴人立，晚花含笑趁涼開。」《有爲》云：「張羅妄想求烏易，掬水終愁得月難。」又：「皓月花光裝夜色，晚風梧葉作秋聲。」「一樹斜陽人喚渡，半灘紅蓼蟹爬沙。」「二月春風來燕子，一溪新水長魚苗。」《鵲橋》云：「如何只解填銀漢，不渡凡間兩地人。」又：「吟就新詩窗外立，一聲孤雁月如霜。」皆可誦也。又「井小難供千户汲，樹高先受十分霜」二句，係去歲所作，兄弟七人，長者先折，孰意竟成詩讖乎，噫！

乍浦陳愚泉文藻工詩，以櫛髮爲業。家甚貧，然耿介不受憐，以至餓死。同人惜其才，爲梓遺稿，中多佳句。《渡江》云：「潮來千里白，日落萬山紅。」《遊橫山》云：「大海流鄉夢，孤雲駐客愁。」《送陳箬亭》云：「芳草不堪愁裏緑，好山偏向客中青。」《歲暮留别峽中諸子》云：「客夢驚回山館雨，歸心飛渡海門潮。」《歸舟》云：「長路關山曾襆被，殘年風雪又扁舟。」《春暮病中》云：「荒徑蘼蕪愁共長，破樓風雨夢俱寒。」《登樓》云：「山高嵐氣遥侵牖，風急潮聲直上樓。」《春日集吟香居》云：「徑草緑粘雙屐雨，巖花香擁一樓風。」《送胡抱真之江南》云：「游藝漫嗟爲客早，論交最苦識人難。」《黄葉》云：「千里雲山鄉夢遠，一燈風雨雁聲多。」《落葉》云：「夕陽古壘秋邊戍，暮雨孤帆白下潮。」窺豹一斑，亦足見其梗概矣。

魏塘朱企東蓮燭，選樓孝廉時晉尊甫也，有《棲僻園詩抄》行世。中如《晚步至野寺》云：「鳥尋深樹宿，僧帶夕陽歸。」《初雪》云：「薄寒須命酒，驟冷急裝綿。」《漫興》云：「識途老馬空存骨，上簇春蠶賸有絲。」《武林歸舟》云：「山色似仍留客住，天風却欲送人還。」《詠菱》云：「應爲生來稜角峭，年年淪落在江湖。」《晚泊鶯脰湖》一絶云：「鶯脰湖邊霽景開，畫眉橋下晚潮迴。水鄉風味江南好，網得銀花寸寸來。」其次子銀沙時謙，工吟，蚤死。刻有《静濤齋詩草》。《登泖中長水塔》云：「摇天星斗秋風壯，踏浪黿鼉海氣寒。」《金澤頤浩寺》云：「文貞樓閣已空虚，清惠書堂落照餘。手剥古苔讀碑語，風流憶煞兩尚書。」《復園懷古》云：「息園遺跡感滄桑，相國風流溯渺茫。花草只今三易主，阿誰重問午橋莊。園係錢相國息園舊址。」

當湖張含珍女士鳳，宋儒南軒先生裔孫，高君芝亭蘭曾德配也。年四十六而殁。有《讀畫樓詩稿》，高君梓而傳之，並稱其事姑維孝，教子有方，蓋不僅以區區韵語見長也。詩如《陳山觀海歌》云：「岡巒一帶明殘陽，林花掩映春風香。筍輿得得忘路長，九峰遥障波汪洋。陳山屼嵂臨中央，振衣直上登高岡。海天渺渺雲水黄，陡然突起濤頭狂。海風吹水勢莫當，憑空壁立千丈强。馮夷擊鼓魚龍翔，銀樓十二隨飛揚。仰觀俯矚何茫茫，須臾捧出玻璃光。白波萬頃摇扶桑，蜃樓鮫室争輝煌。潮平忽見遥山蒼，數峰若與船低昂。吁嗟乎，潮汐往來那可測，安得假我凌風翼，飛向瀛洲問消息。」《題唐玄宗游月宫畫障》云：「銀河皎潔天無風，月明照徹華清宫。華清宫中樂未已，風流艷説唐天子。長橋百級横半空，此身忽到廣寒裏。一輪捧出清光寒，天孫織錦迷雲端。樓臺倒影涵虚碧，醉酣倚遍紅闌干。青鸞白鶴自成伍，列宿參差影吞吐。素娥十數飄然來，初識《霓裳羽衣》舞。蟾精耿耿摇層臺，對兹那不心顔開。清夜清遊歡未足，還看新譜梨園曲。」《秋日憶弟》云：「同懷惟我爾，念爾遠驅馳。路隔三千里，心懸十二時。雲山增別緒，風雨起相思。却憶孩提日，肩隨不暫離。」「別離猶似昨，兒女各成行。尺素經年隔，黄花幾度芳。家鄉蓴菜熟，海國荔枝香。不及天邊雁，秋風共一方。」《兒子景德作早梅詩拈此示之》云：「東風昨夜來，積雪滿庭户。忽見一條春，微茫月中吐。」斷句如《秋雨》云：「落葉亂殘夢，西風寒小樓。」《寒燈》云：「閉門殘月落，隔牖北風嚴。」《初寒》云：「詩懷樽酒冷，天意雪花團。」《采菊》云：「携來竹屋猶含露，插向瓷瓶尚帶霜。」又《餞菊》云：「黯然秋色又全非，叢菊無端見亦稀。」錢辰田太史謂其竟成長逝之讖。其二女孟瑛、紅珊亦能詩，皆女士教也。

韻語雜記卷十二 壬寅

吴江柳清源鄂生

壬寅夏，范君春木書來，以其弟子王生以培《鸝請山館詩册》屬爲點定。余既爲加墨，并摘其可者於此。《謁林居士墓》云：「春風似惜孤山孤，一夜吹放梅千株。幽人不來踏寒雪，荒荒石徑無行跡。攜笻獨破蒼苔痕，啼鳥無聲山自碧。手把梅花弔黄土，一抔詩骨空千古。放鶴亭前又落暉，何時化鶴翩然歸。」《武塘雜詠》云：「白牛塘北放牛回，梅花渡口梅花開。花開花落無人管，牧笛漁歌相往來。」《悼亡》云：「簪花格仿衛夫人，絮語喃喃慰老親。寫畢題籤囑夫壻，越華書院五羊城。自注：時外舅掌教粤東。」「訃音欲寫又彷徨，和淚書成墨數行。一語定符泉下意，勞兄婉曲禀高堂。自注：時外舅姑未聞此信，寄書子淵内兄，囑其委婉上禀。」「硯匣塵封斗帳空，滿庭殘葉落梧桐。零縑斷墨千回看，拌付今宵嗚咽中。」斷句如《春日》云：「楊花霏暖雪，社鼓響晴雷。」《贈彝齋出宰鰲峰》云：「沈攸之已十年學，龐士元非百里才。」《白蓮》云：「水月光中色相真。」《閒成》云：「詩不勤删悔積多。」皆妙。

竹垞謂：「明詩自王、李教衰，公安之派浸廣，竟陵之燄頓興。一時好異者，譸張爲幻。關中文太青倡堅僞離奇之言，山陰王季重寄謔浪笑傲之體，如帝釋既遠，修羅藥叉，交起搏戰，日輪就暝，鵬子鴞母，四野群飛。」誠慨乎其言之也。頃友人貽予明人詩三册，其一爲嘉善劉墨仙芳《未删草》，舒魯直忠讜、錢仲芳棻爲之序。卷中有與程孟陽、熊魚山、張受先、朱之蘅、錢仲馭輩酬和之作，當亦表表一時者。然其詩艱澀晦僻，幾欲走入醋甕，遁入藕絲，竹垞緝《明詩綜》棄而不取，有以也。今姑擇其稍成章者録一首，亦藉以存其姓名耳。《過受先廬》云：「野外風俱肅，蕭然户不聞。避人全砌草，却軌動牆雲。俯仰一如夢，低回果是君。先生天下士，亦豈謂離群。」

一爲雲間喬苑風培《圓嶝閣詩》，有天目張垿、西陵來集之序文，李雯題詞，與文湛持、陳卧子、周介生、朱白民諸人相贈答。詩分上下卷，大約趨法雲間，而未洗七子流派者。《明詩綜》亦遺之。兹録數章于左，不使苦吟之士名字翳如云。《子夜歌》云：「乘颸芙蓉池，手揮合歡扇。不關三伏涼，香肌自無汗。」《讀曲歌》云：「憶歡初識時，歡來接殷勤。含嬌不肯語，春風動羅裙。别郎久，相見不能言，含情握郎手。」《青樓曲》云：「翠被薰籠暖，高樓著意寒。夜深《金縷曲》，飛雪滿闌干。」《從軍五更轉》云：「五更啼烏起，轉戰朝復始。生縛左賢王，歸報漢天子。」《雜詩》云：「東風來天閶，百草爲之緑。朝日薄寒霜，暉暉出暘谷。時方元景晏，翩然發微燠。經過古墓間，涼飈吹苜蓿。不知何王塚，但見石馬矗。牛羊日夕悲，松柏刈爲束。感此還舊疆，迴轡遵平陸。朝銜壯思往，暮抱倦影宿。傷彼泉下人，年命徒局促。齊紈進魯酒，盛年策高服。」《湖上酬舒章》云：「月白霜雁高，秋風吹蘭枻。送我河之湄，逢君湖海契。披襟冰雪朗，摇筆珠璣麗。煌煌經國姿，鑿鑿憂時計。甯生石爛歌，賈子湘潭涕。惜哉國步艱，輕舟誰與濟。與君幸周旋，把酒但凝睇。静討方寸心，徐綜千古事。予亦三獻者，胸藏俯仰意。玉剖方知良，穎脱方知鋭。世徒驪黄觀，何須傷淫滯。玉露浩前川，碧空邈無際。曷以佩君身，采采蘭與桂。」《丹陽道中》云：「出郭亂風烟，平岡遠接天。旗亭官柳外，蕭寺夕陽連。馬雜雲成隊，車轔人比肩。相逢少相識，鳥道各争先。」《送卧老會試》云：「臣子憂危日，朝廷多事年。攙搶方掃地，庚癸動呼天。法戒思中壘，災祥憶廣川。知君饒定策，應上賈生言。」《送文湛持先生還朝》云：「名臣待詔擢明光，位列鴛班第一行。詞賦千秋欽國寶，絲綸五色掞天章。心如玉鑑輝朝日，身作紅雲捧上皇。七諫歌成容吏隱，歲星依舊是東方。」《寄朱白民華山》云：「蓮子峰頭蘿薜家，仙人借得采烟霞。春來誰解傳消息，應問華山第幾花。」《送徐古修北上》云：「翩翩裘馬事戎游，三月楊花擁客舟。我欲憑君靖遼水，愁心先到古涼州。」《送僧游武夷》云：「蕭蕭木葉洞庭波，遠浦離帆欲渡河。一夜芹溪萬山紫，風光誰似七閩多。」《送顧伯露讀書武陵》云：「三絶奚囊足自豪，更驅山色佐揮毫。狂來散髮雙峰頂，卧聽錢塘八月濤。」《春宫詞》云：「朝元瑞靄簇回鑾，侍女新添花勝冠。又進翰林春帖子，六宫齊賜五辛盤。」「天邊昨夜奏瑶笙，祠罷東皇羽節輕。三十六宫春不管，至尊自愛宿西清。」

一爲平湖王時魁梅《柘湖遺藁》，雜著附焉，有太倉陳如綸、平湖馮汝弼前後二序。《明詩綜》内采其詩六首，兹爲更録數章。《送人從軍》云：「秦王城邊無定河，古來戰骨高嵯峨。赤亭嶂口火山道，春風不長胡天草。胡人鞍馬以爲家，慣於馬上吹胡笳。月明霜冷吹一曲，無限邊人向邊哭。送君去兮何時還，勒功好向燕然山。君不見，麒麟閣上功臣面，半是風塵沙塞顔。」《寄董侍御》云：「有客三年别，悠悠動遠思。江環廣陵郡，日落仲舒祠。塵榻憐今雨，深杯定幾時。寂寥西省樹，誰爲寄瑀枝。」《出塞曲》云：「太白耀精芒，陰山虜正狂。羽書飛上谷，烽火接長楊。都護朝來塞，將軍夜渡湟。前鋒聞叠鼓，已獲左賢王。」《張子益貶揭陽》云：「望望潮陽路，悠悠逐客行。一杯臨别酒，萬里故人情。落日韓祠古，浮雲庾嶺横。憂時已多淚，况復近猿聲。」《憶家》云：「窗虚夜永風蕭蕭，長安客子心旌摇。采蘋欲寄隔烟渚，望雁不來迷遠霄。天寒舉目非故國，月明何處停孤橈。江花江草如禁恨，挹淚憑將逐去潮。」《漫興》云：「柳條縷縷染鵝黄，曩日團風特地長。珍重行人莫攀折，野人籬落自春光。」《重陽登高》云：「黄葉無風自落，哀鴻冒雨猶翔。多病怕逢佳節，登高况是他鄉。」他如「放衙招白社，捲幔入青山」，「春蘿摇石月，夕鳥下汀烟」，「沙蜮窺人過，山狽入夜多」，「晚雲低几席，秋月落壺觴」，《醉翁亭》云「山水東南郡，乾坤六一亭」，「月明草閣人初静，鐘動山城雨忽來」，皆可誦也。

華亭高楂客不騫，太常卿層雲之子。康熙四十四年車駕南巡，楂客以布衣獻《東吴望幸歌》九章，上覽嘉歎，召賜行在，尋命扈行北上。其紀恩述事及途中登臨贈答之作，彙爲一卷，名曰《傳天集》，胡會恩、戴名世序之，詩亦不多，中如《命從入都》云：「貧病淹中歲，耕漁妥下才。已慙前席對，况載屬車迴。斂退惟同鷁，追隨豈有駘。倉皇圖自奮，佳氣足蓬萊。」《寶應道中夜行》云：「夏閏淮南氣象清，柳塘斜月照行程。粘天波浪憑忠信，中夜舟航託聖明。孰敢早籌前路事，何曾不繫故園情。爲從羽衛鈎陳後，坐倚書囊數漏聲。」《湖莊夜坐》云：「瓜皮船浄鴨頭波，油壁車通瑪瑙坡。長定錢塘門不閉，居人莫問夜如何。」《雨泊桃源道中》云：「旗脚連朝擲便風，看看行省判南東。雨師作意留仙蹕，少住江鄉息聖躬。」《分水廟作》云：「放船銜尾自江都，莫謂鄉情此際無。一樣從龍過分水，南人惆悵北歡愉。」《藍菊》云：「籬下花碧色，蹸淮紫氣交。争知太行道，冷翠長秦艽。」皆秀穩可喜。按楂客刊有《商榷集》，此册想亦附入，余未之見也。

明四明延慶寺僧守仁，字一初，有詩云：「盡拋身外無窮事，遍讀人間未見書。」可謂有志者也。又徑山住持僧德祥，字止庵，《西園》詩云：「欲净身心頻掃地，愛開窗户不燒香。」余每遇飛花委地，落葉下庭，必命家童掃去，才覺快意。嘗謂子弟曰：「吾人打掃心地，亦當如是。」止庵上句實獲我心矣。又天寧寺僧明秀，字雪江，臨終偈云：「一夜小牀前，燈花雨中結。我欲照浮生，一笑浮生滅。」亦彼法中所謂解脱者。

高麗文教遠勝他邦，許琮有《尚友堂集》，佳句不減唐人風格。如「春歸飛鳥外，天闊落帆中」、「細雨全沉樹，孤城半帶烟」、「東風瓜蔓水，斜日竹枝歌」、「官橋晴曬網，野渡晚維舟」，皆清婉可誦。沈彦光《望遠亭》詩有「白雁依寒渚，青驢度小橋」之句，許洽有「漁店日斜遥笛起，海門風急曉帆開」之句，亦覺名儁。其女子能詩者，有月山大君婷、趙瑗妾李氏、許篈筠妹景樊，尤爲難得。

《明詩綜》内，載江陰陳墅里郭姓《春日題壁》云：「細細冥冥濕燕泥，楝花香暖鵓鳩啼。籬邊笋迸無多日，却與茅簷一丈齊。」又嘉興高百户《閨歸示友》云：「半床書卷剩山河，如此歸來可奈何。便欲與君同一醉，梅花不比舊時多。」郭詩清靈，高詩悱惻，真令人欲唤奈何者也。又京口衣工李東白《登黄鶴樓》云：「興饒老子胡牀上，秋在仙人鐵笛中。」姚園客謂爲絶唱。

閩縣葉毅齋觀國，有《綠筠書屋詩鈔》行世。曩于友人處一見之，記其《詠老翁》有云：「笑狂翻有淚，卧早却無眠。弄孫分棗栗，遣妾贈釵鈿。」《詠氈簾》有云：「曲院風難撼，虚堂暝易生。」《過鳳嶺》有云：「亂草見鈎吻，空山啼畫眉。」《題文信國琴》有云：「鞠通倘覓當時伴，尚有人間玉帶生。」惜未得其全稿。

宋瑞亭明府錫祺，於道光辛巳冬來宰震澤，政簡刑清。癸未勸賑，一塵不染。甲申治河，捐廉蕆事。乙酉夏解組歸田，邑紳士上額於垂虹亭，題曰「棠蔭」。就道之日，各以詩贈行，多至三百餘首，彙而刻之，名曰《輿頌編》。即以明府《留別》詩四章弁于首，詩云：「訟庭五載試琴聲，來固蕭然去亦輕。無益于民原合退，不才似我敢言清？久思閒散成歸計，幸未循良處盛名。贏得兒童共相諒，宰官依舊是書生。」「積潦前年被患深，濬河今日詎勝任。周防恨乏迴瀾手，信誓唯存飲水心。不羨催科膺上考，尚愁敗檢累官箴。生來事事居人後，只此還堪質影衾。」「一葉歸裝志不疑，今朝便去已嫌遲。升沉變幻全無定，功過分明衹自知。嘉樹未留南國蔭，高文終愧《北山移》。劇憐父老多情甚，相送依依惜別時。」「垂虹亭畔看花紅，似有前緣澤國東。樹下未忘三宿戀，囊中何害一錢空。半挑行李隨身便，四野桑麻幾處同。珍重臨歧無別語，從今歲歲願年豐。」纏綿愷惻，仁者之言，録之以勸夫宰斯邑者。

石香《緑杉野屋詩》，前已采録之矣。今哲嗣寶怡復以全稿見寄，爲重閱一過，再摘樂府四首。《裝壩錢》云：「計家派田，計田派錢。每畝五十，内圩則然。内圩之數且如此，外圩不百錢不止。鄉民猶嫌少，走向前村告地保。地保爲之首，挨家擦户幾次討。云是將錢買竹木，不然圩不築，田秧盡漂泊。地保得錢入市走，將錢買肉更買酒。歸家妻女各歡喜，酒盌肉槃齊到口。黑雲無端如絮捲，大風起兮竹木都吹斷。鄉民再向地保請，地保昨宵酒未醒。」《踏水車》云：「大雨浪浪田盡没，水車戽水聲不絶。去年水少踏車難，今年水多踏不乾。車棚沿岸搭，男女輪班踏。鳴鉦以聚之，换班誰敢遲。更有低圩田水齊胸際，秧根爛盡愁抛棄。借車以添車，車聲更喧譁。但求車輻轉，那顧脚跟斷。日踏車兮夜守秧，安敢偷閒卧板床。板床上，聲呱呱，兒索乳，可奈何。歇車乳兒兒得飽，兒飽踏車車已倒，大風吹來岸坍了。」此紀癸未水災也。《吏胥喜》云：「吏胥喜，今歲官租又加矣。吏胥怒，糧户完糧不遵數。吏胥哀，當官勒限朝朝催。吏胥樂，收漕兩斛當一斛。眼前日日肆追呼，歲底家家饜粱肉。可憐闔邑田間老，終歲勤劬一旦了。人人忍餓暗吞聲，眼看吏胥箇箇飽。民忍餓，官弗顧。吏胥飽，官也好。」《鄰女哭》云：「鄰女哭，哭聲苦。父負逋，身被虜。每日鞭笞膚不完，賣男鬻女終無補。鄰女哭，哭聲悲，阿母卧床父不歸。甕中之米昨宵盡，有嫂難爲無米炊。勸爾村娃且勿哭，國課未完宜桎梏。不見東家舊賦年年清，追比新糧受酷刑。西家新糧完一半，至今拘執城中未結案。」此庚寅冬刺某明府暴征横斂也。噫！邑長若此，惡在其爲民父母也。

韻語雜記卷十四 癸卯

吴江柳清源鄂生

宋押衙官何立，秦太師差往東南第一峰，恍惚引至陰司，見太師對岳飛事，令歸告夫人，東窗事犯矣。復命後，即棄官學道。蜕骨今在蘇州玄妙觀，爲蓑衣仙。元張昱詩云：「視身已是閒軀殼，一領蓑衣也是多。」

丁子諒寶怡，石香令嗣也。癸卯秋，以所著《止止室詩稿》見寄。既爲加墨還之，并摘數首於此，俾見詩人之有後云。《樹上烏》云：「樹上烏，聲呱呱。老烏尚未歸巢窠，欲食無食將奈何。噪聲未已老烏來，銜食互哺如養孩。人養孩兮朝復暮，烏養雛兮保且護。同此恩勤鞠育心，烏孝偏能知反哺。反哺時，烏已老，羽毛豐滿恨不早。更有東林烏，恩情尤莫比。養得小烏大如此，一烏衰老一烏死。啾啾叫破深林裏，嗚呼此恨何時已。」《讀明史有感》云：「一笑君王正少年，經筵不啓啓華筵。風流細譜《桃花扇》，行樂閒歌《燕子箋》。宰相善承人主意，才臣慣解女兒憐。餘歡欲拾滄桑變，哀怨都教訴管弦。」「江南兵馬已無多，將士誰揮落日戈。有詔尚書教督戰，無愁天子自酣歌。空餘花柳追前夢，如此江山委逝波。話到開元全盛日，難禁故老淚滂沱。」「内院春燈溯樂游，淒淒柳色送殘秋。重留金粉千年恨，併入箏琶六代愁。帝業復同沈鐵鎖，劫灰仍自缺金甌。新亭不作楚囚泣，試問人才第幾流。」「故國雲山怨寂寥，東南王氣黯然消。石頭城外催兵餉，紅板橋邊試玉簫。劍戟銷芒懷上將，鶯花含恨送南朝。可憐一片降旗豎，替作悲聲有怒潮。」《秦淮夜泛》云：「月明打槳趁黄昏，燈火前朝記白門。留得秦淮嗚咽水，不知過客可銷魂。」「畫船逐隊此經過，聽煞珠喉一串歌。誰愛清閒買雙槳，月明來泛莫愁湖。」「金縷飄殘玉樹空，風花不與昔時同。只留一片淒涼月，照得燈船分外紅。」《哭妹》云：「去冬視疾淚先揮，返棹心猶怨落暉。早識匆匆成永别，肯因歲暮迫言歸。」《同人遊正心壇》云：「緑樹陰濃夕照微，山僧閒坐欲忘機。春光暗度無人覺，好鳥一聲花亂飛。」《同人遊冠鰲亭》云：「此地清幽遠市囂，齋前小憩話漁樵。不知一夜溪邊水，流到吾鄉第幾橋。」他如《秋夜》云：「風偏尋隙入，蟲慣傍愁鳴。」《春郊閒步》云：「小橋蹲病犬，老樹噪新鴉。」《答陳禄卿》云：「三更風雨夢，五載别離心。」《蒲劍》云：「傳之《荆楚歲時記》，補入終南進士圖。」《抵金陵》云：「六朝歌管全銷歇，一路青山互送迎。」《雜感》云：「人情似水多波折，世事如碁善變遷。」「諧俗自知無媚骨，讀書最忌博虚名。」《見贈》云：「雲璈水瑟新唐韵，苦海歡場舊酒卮。」《呈陳碉杉》云：「事經多故才逾歛，人過中年性漸和。」《途次口占》云：「塔頂風鈴遥送客，渚頭沙鳥暗窺人。」《感懷》云：「主將得人功始奏，窮黎無食法難繩。」《客感》云：「事求如願談何易，交到知心古亦難。」《韓蘄王》云：「二聖不歸和議定，閒身只合穩騎驢。」亦可喜者。

癸卯重九，春湖命棹過訪。時菊花乍開，小病初愈，舉酒對酌，不知狂態之復生也。酒間賦長歌贈之，春湖亦出近年所作，囑爲點定，乃略加竄易，并摘數首於此。《偶成》云：「鬱鬱園中葵，花開大如斗。空懷向日心，一生只低首。」《離詩四首》云：「生長在親側，不知親易老。平時顧復恩，過後方知好。望我名早成，視我年尚小。愴懷骨肉間，我欲呼蒼旻。」「宇宙豈不大，聊復寄此生。身無諧俗骨，苦效西施顰。新知亦云好，周旋多所親。一時比縑素，勞勞思故人。原注：謂松琴。卓爲林下傑。入座詩頻賡，開軒酒常設。我歌子則笑，子悲我不悦。宛彼手足情，歸向妻孥説。」「虚堂少人跡，殘燈照孤冷。客子夜多愁，顧瞻心若警。浮生良足悲，榮名那可幸。守身庶勿失，相期百年永。」《對菊》云：「愛菊稱陶公，千古流傳久。不知花前身，認得陶公否。陶公何如人，躬耕田幾畝。花前凡幾醉，醉吟詩幾首。問花花不言，笑折花枝走。」《采蓮曲》云：「紅粧女兒村裏住，采蓮愛向南塘去。南塘野水碧于烟，中有鴛鴦花底語。薰風日日吹水温，蓮花半放迎朝暾。惜花私把芳情訴，底事花香心獨苦。采多恐驚鴛鴦眠，不采還愁夜來雨。花光蕩漾鏡中天，采得蓮花空自憐。」《哭張子謙》云：「三絶争推古鄭虔，别來一面隔重泉。不堪回首南園暮，芳草無多欲化烟。去夏爲余作南園緑草飛蝴蝶便面，并題一絶云：「飛入南園悔已遲，天涯回首惜芳時。明年遲爾三春首，絶早來探第一枝。」」「河東有客感黄壚，慟哭靈前置束芻。檢點殘詩留爨下，天教收拾付遺孤。子謙詩不多見，所見惟柳丈松琴《焦桐館韵語》中數首而已。」《春日見桃花》云：「灼灼桃花媚好春，香車寶馬動芳塵。自家已被劉郎誤，那有心情笑别人。」《枕上》云：「曉鐘初動夜寒消，絲鬢蕭疎首自搔。我懶欲眠渾不耐，玉梅枝上鵲聲高。」《指鐶》云：「宛轉憐金縷，香痕一捻添。拈殘花片片，裹住玉纖纖。不斷連環意，難明解珮嫌。瓊瑶何日報，夢影隔重簾。」斷句如《水榭》云：「河流星錯落，人語水西東。」《無題》云：「扇底風流花掩映，簾前心事蝶猜疑。」《不倒翁》云：「憐他崛强還如昔，强自支持頗覺難。失足恐貽天下笑，昂頭空博小兒歡。」

《賣文》云：「惜墨漫誇金不換，救貧終仗筆爲耕。」《歸家》云：「心遠不妨居近市，歸遲終勝客無家。」

《寄盧燭齋》云：「弟兄而外論交誼，幾箇如君亦可憐。」《送燭齋赴試武林》云：「多情只有孤山月，照過梅花又照君。」皆自寫性靈，不流甜俗。

予自季弟亡後，寸心如割，萬念皆灰，思欲焚棄筆硯，謝絶人事，作一心出家之粥飯僧，尚何尋章摘句之未忘哉？頃袁子春湖過慰，屬以季弟遺詩采入此册，深感故人拳拳之意。近日病體稍健，爰爲忍淚摘之。噫！人正綺年，語多秋氣，青春夙隕，職是故歟？弟名清淪，字春魁，號梅溪。讀書有慧質，能書工畫，善鐵筆。自幼即嗜韵語，有《脩梅館詩鈔》一册。今年七月二十七日，以時疾暴亡，年止二十有二。惜哉！古詩如《擬古》云：「皎皎明月光，疑是地上霜。團欒入我幕，殷勤照我牀。游子出門去，賤妾守空房。憂心常悄悄，朝夕思他鄉。他鄉不可接，奈此道路長。」《偶成》云：「去者日以遠，來者日以速。去來總無常，少年往不復。結廬在幽境，雙扉鮮剥啄。隱居耻所知，窮士甘潛伏。功名如敝屣，讀書非干禄。有時明月中，撫桐歌一曲。一彈商聲起，再彈山水緑。凉風颯然來，餘響滿溪谷。」《感懷》云：「幽居閉門坐，不知春過半。百卉正芳菲，對此發長嘆。當前紅與紫，轉瞬榮枯换。花開終復落，萍聚有時散。人生天地中，富貴何足算。行樂須及時，好景當賞玩。青春去不來，老大徒傷惋。我今悟物理，醉眠石欄畔。夢醒已斜陽，啼鳥山窗亂。」律詩如《喜丁鳳儀過齋》云：「忽聞故人至，雙屐印莓苔。分水三年别，春風一棹來。談心追舊事，剪燭倒新醅。良會殊非易，留君莫便回。」《除夕》云：「爆竹送殘臘，群兒笑語喧。薦新思老母，减賦沐洪恩。椒酒開春甕，桃符换板門。

昇平歌大有，金鼓樂鄉村。」《有感》云：「涼氣萬山浮，涼風透早秋。殘星横野渚，孤月上層樓。滅賊期諸將，傷時擔百憂。大江新水碧，隱我有漁舟。」《吴江道中》云：「一夜春江雨，輕烟散碧空。水聲紅板外，塔影白雲中。芳草迷殘照，垂楊卧晚風。分明如畫裏，我却坐孤篷。」《客館留别成轆轤體》云：「匆匆收拾舊征衫，唱罷驪歌客欲還。到眼梅花牽别思，逼人風雪送歸帆。酒因寒重空樽易，詩爲愁深得句艱。兩載論交情莫逆，臨歧猶自話喃喃。」《越日主人以詩送别再作一律》云：「離筵酒罷尚牽衣，多謝瑶章送我歸。殘臘光陰人去去，一天風雪雁飛飛。解維從此辭陳榻，問字何時聚董幃。准待明年春到後，訪君花下扣雙扉。」《偶書》云：「緑陰深處有啼鴂，夢醒東風客思孤。花國香濃飛蛺蝶，春江水暖長蘼蕪。苔痕著雨濃于染，雲氣如烟近却無。正欲解囊謀一醉，枝頭好鳥勸提壺。」《春陰》云：「閒將筆墨暗消磨，無恨春愁付緑莎。小草出泥生意足，好花含雨淚痕多。半庭積水嬉黄鴨，一抹遥山擁翠螺。三月輕寒時惻惻，解囊拌得醉顔酡。」《寒柳》云：「十分憔悴酒旗邊，畫出蕭寒態可憐。壩岸新霜凋緑鬢，章臺舊夢鎖寒烟。封侯信冷春三月，送别人歸雪一鞭。昔日風流銷歇盡，不堪張緒憶當年。」《題外太岳浦星堂先生詩稿》云：「奇花筆底燦餘妍，寫出西吟句雜仙。萬里風塵悲遠戍，五年艱苦寄詩篇。芒鞵踏破天山雪，匹馬嘶殘塞草烟。手把瑶編再三讀，一聲孤雁落遥天。」絶句如《月夜》云：「濃緑蒼蒼中，拂石横琴坐。松林明月來，孤鶴和雲墮。」《吴江舟次》云：「楓葉蕭蕭點客艭，一番冷意逼吴江。卸帆夜泊垂虹畔，燈影家家紅上窗。」《寒夜》云：「一盞孤燈信手挑，殘書幾卷坐寒宵。破窗格裏風如箭，吹得瓶花影亂摇。」《書家書後》云：「當頭涼月又團欒，静夜思家獨倚欄。知道親心念遊子，先書一紙報平安。」《寄伯子》云：「回首家園動別愁，絶無聊賴倚書樓。溟濛連日催花雨，一架朱藤放也不。」《寄呈伯子仲兄》云：「剪燭修成一紙書，平安兩字署封龘。書中不訴別離苦，要問日來詩有無。」《獨立》云：「葵扇椶鞋白紵衣，銀河耿耿夜星稀。晚涼獨立松陰下，仙鶴一聲雲亂飛。」《題鸝請山館詩卷》云：「香半燒殘酒半醺，興酣落墨盡烟雲。而今夢醒吟窗下，聽著黃鸝便憶君。」《獨酌》云：「提壺喚我上簾鈎，舉酒消愁愁更愁。落盡梅花千百樹，獨横鐵笛倚高樓。」《催粧》云：「畫眉風趣羞張敞，舉案賢聲仰孟光。説與布裙椎髻好，入門便要作羹湯。」他如「書聲燈一點，蟲語月三更」、「殘英含宿雨，小鳥弄新晴」、「家鄉殘夜夢，風雨小窗燈」、「酒開十月白，歌唱《滿江紅》」、「孤燈寒客夢，淡月寫秋容」、「菊花時節新詩少，風雨聲中別淚多」、「絮影如雲春黯黯，緑陰如幄晝愔愔」、「兩岸野風蟲語亂，半天暮雨雁聲寒」、「秋水門庭高士宅，夕陽蘆荻老漁舟」、「一夜新霜飛獨雁，半江木葉壅寒波」，《贈人》云「老去著書忘白首，庭前叠石當青山」，《曉霧》云「春消細雨濛濛裏，人在東風黯黯中」、「滿庭明月忽不見，空際一群野鴨過」，皆清綺可喜。噫！十載苦心，一編具在。家貧歲嗛，付梓猶虛，故采之稍多云。

沈君紱堂之詩，往年於友人所見之，曾摘其佳句一二。頃介春湖以新刻《青箱館集》見眎，并乞采取，遂爲抄存如左。《惜花詞》云：「昨日吹花開，今日吹花落。好花無幾時，春風太作惡。」《展内子墓》云：「土埋香骨鎖寒烟，展拜空來送紙錢。一樹桃花紅著雨，隨人含淚晚風前。」《題鍾馗移家圖》云：「女蘿山鬼鬱雄心，憤氣難銷澤畔吟。應悔終南多捷徑，幽棲還要入山深。」《夏日田家》云：「插青纔了又耘來，田熟還防草作堆。織得木棉三尺布，爲郎親把水褌裁。」《謁陸清獻公祠》云：「隻手能將道統扶，偉人崛起溯當湖。情殷致主時封疏，痛切流民欲繪圖。幾見服官移紡具，肯教判獄聽鞭呼。秋風祠宇瞻遺像，敬薦溪毛效拜趨。」《感事》云：「海國雲屯殺氣高，渠魁嘯聚附紅毛。飛灰難遏倭奴燬，斬馘争揮鬼子刀。互市潛通滋羽翼，元戎安坐擁旌旄。棘門戰士成兒戲，勦撫憑誰勝算操。」《咏泥傀儡》云：「未免泥中辱，難誇席上珍。黄土三生夢，紅塵一尺身。」《選菊》云：「草野遴材眼，林泉物色心。」《秋河》云：「人間勞悵望，天上少風波。」《詠蟹》云：「江河罾網密，慎莫肆横行。」《豆花》云：「滿架涼痕侵曉露，一籬野色占清秋。」《入闈》云：「呼盧局盡拚孤注，戰壘兵疲仗背城。」《示鍔兒》云：「雜説悟來皆學問，世情參透即文章。」《新得舊書》云：「但能讀破皆奇福，想到藏時亦苦心。」《盆榴》云：「休嫌尺土憑依淺，終覺丹心吐露多。」《櫓聲》云：「潮落静隨雞唱遠，江空寒帶雁聲秋。」《舟次不寐》云：「秋點聲長驚短夢，曉霜寒重逼孤篷。」《西湖晚眺》云：「白袷重來憐我老，青山依舊笑人忙。」《詠藕》云：「絲不斷頭參了了，心因多竅悟空空。」《登大勝寺泗洲塔》云：「千家烟火塵中市，百里鶯花劫外春。」他如「詩被花魂引，春憑酒力回」、「簫聲催月起，花影壓身涼」、「病讀奇書逾上藥，窮耕破硯當良田」、「雨多花帶銷魂色，風細香留古篆痕」、「室静香隨人寫意，天寒花伴客垂頭」、「百年身世蕉邊夢，三月光陰柳外潮」、「遠山入畫露生面，新柳學人誇少年」、「酒寒酣逐愁痕起，江静秋隨暝色來」、「古壁漏痕成畫意，曲池泉響誤琴聲」，皆佳句也。古詩如《題袁了凡先生兩行齋集後》、《辛丑野鳧行》、《古琴行》等篇，允稱合作，以篇長不録。

張尚白《窑户竹枝詞》云：「家住干窑小鎮西，燒窑手業莫嫌低。磚兒自有翻身日，土甏還潭總是泥。自注：下二句係吴諺。」「滿面烟煤似帶羞，問郎還認妾容不。瓦筒不换新花樣，願做鴛鴦到白頭。」頗有風趣。張字樸齋，爲村夫子以終。

王西山寶書《詠紅線盜盒》云：「朱門沉沉夜三鼓，寶鴨香銷燭花吐。將軍酣飲卧帳中，錦茵繡幕圍春風。忽然一葉墮無影，身輕如入無人境。豈無外宅兒三千，畫戟空排明月冷。亦有侍女立床前，頭觸屏風聲寂静。袖中劍氣白虹流，妾來欲斫仇人頭。欲斫未斫繞床走，將軍頸上凉於秋。七星寶劍文犀枕，旁有金盒襯紅錦。床前取盒出門去，荒雞喔喔天未曙。」頓挫生姿，不减隨園《刺虎歌》。

「奊寔」，音力結，頭邪態，元人有《奊寔集》。《金壺字考》云：「胸次不坦夷，舉事常乖忤人也。」「蚛」音仲，蟲食物也。元人詩中有用「蚛貂皮」。

韵語雜記卷十五 甲辰乙巳

吴江柳清源鄂生

徐蘭浦曾泰有《板橋書屋詩鈔》。陳君訒庵題其編云：「詩工家益落，嗜此寧非癡。」可以知其嗜好矣。詩如《垂虹晚眺》云：「垂虹烟水闊，出郭興堪乘。遠浦静聞笛，疎林時見燈。樓高多醉客，寺近有歸僧。最好逢春漲，桃花浪幾層。」《漪亭即景》云：「小閣憑虚起，窗櫺面面開。遥從烟樹裏，時見片帆來。舊恨題紅葉，新詩刻翠苔。荻蘆秋瑟瑟，放鴨一舟回。」《移居》云：「移來家具少於車，羸得清閒意自如。漫檢牙籤排硯北，好安吟榻傍窗虚。菊籬秋老誰攜酒，菜圃烟滋獨荷鋤。過客不勞頻問訊，讀書聲裏是吾廬。」《僧鞋菊》云：「秋色一籬閒，足音三徑静。如參最上乘，立盡斜陽影。」《初夏田家》云：「日長茅屋燕低飛，豆莢青青過雨肥。一陣暖風香撲鼻，短籬開遍野薔薇。」《曉寒》云：「一聲鵯鵊散朝霞，楊柳惺忪影半遮。多分畫樓人未起，尖風吹落碧桃花。」《漪亭春日》云：「緑楊影裏紙鳶飛，隔岸人家近水湄。引得一雙蝴蝶去，短牆紅出小桃枝。」「高樓晴眺暮烟含，一帶花光色正酣。何處風來清磬響，玉洲橋外有茅庵。」《紅豆花詞》云：「鬢絲禪榻傍花叢，猶憶尊前醉小紅。一種閒情消未得，祝他多子結東風。」《夏夕》云：「半池碧水浸疎星，荷葉香中冷露零。知有攤書人未睡，竹間遥見一燈青。」《初夏》云：「午夢初回擁鼻吟，茶烟一榻晝愔愔。翻風忽見新蕉葉，又展墻東數尺陰。」「屋角時聞唤雨鳩，碧雲涼欲沁茶甌。雛孫索我當庭抱，要折一枝紅石榴。」《舊劍》云：「寶鍔年深消虎氣，空堂夜静作龍吟。」《唐六如祠》云：「舟迎紅粉如相識，畫到青山總不平。」《和楊閑庵游松陵望洞庭》云：「儘有高風追白社，可無佳句爲青山。」亦雋婉有致。

顧丈雲泉宗海年七十餘，生平喜作詩，善詼諧，有曼倩風。今年下榻古楂從叔所，因得時相過從。頃出其《分濱唱和草》一卷，囑爲采擇。讀竟，爲登數章。《泗洲寺弔楊忠節公》云：「寒鴉噪叢祠，晚鐘鳴古寺。中有殘碣存，觀者咸墮淚。云是明楊公，當年斷頭地。公文懸日星，公性秉忠義。遘逢宗社危，倉皇圍萬騎。烈女志靡它，烈士主無二。欲使膚髮完，那得鋒刃避。聞説臨刑時，頭斷聲猶厲。今已百餘年，留此浩然氣。祠宇縱傾頹，芳名終弗替。」按公名廷樞，字維斗。避地蘆墟時，有以倡義相招者，公以因糧於民，不從。順治四年，蘇松提督吴勝兆反，運籌者公之門人戴之雋也。事敗，株連被執。至泗洲寺，巡撫土國寶勸諭，不從。曰：「頭可斷，髮不可斷。」即血書其衣數十言，并賦《絶命詞》十首。五月二日被戮，臨刑呼曰：「生爲大明人。」卒揮刀斷其首，聲自項中云：「死爲大明鬼。」懸首於市，門人迮紹原贖之以殮云。私謚忠文先生。乾隆四十一年賜謚忠節。寺左舊有祠，今已廢矣。《題戴筠軒小影》云：「九十韶光轉眼更，攜柑佳話記分明。可能容我柳陰坐，同聽黄鸝一兩聲。」《冬閨》云：「鴛鴦懶繡久停鍼，梅信傳來畫閣深。詭説灞橋花未放，恐勞夫壻雪中尋。」他如《詠文君當壚》云：「黄金空賣賦，白屋笑藏嬌。」《玉環弄月》云「暗笑痴牛女，終宵淚不乾。」《緑珠墜樓》云：「苧蘿人可作，應悔載鴟夷。」《紅梅》云：「美人本有添粧意，名士原無絶俗心。」《閒遣》云：「鎮日黄壚容我醉，古來青史幾人傳。自嘆棲身如倦鳥，敢云寓目少全牛。」《贈唐北溪》云：「性非佞佛交方外，錢爲看山掛杖頭。」《冬閨詞》云：「閒喚侍兒低語問，寒梅身孕幾分春。」皆清俏可喜。古風如《題倉司馬蓮因圖壽洞庭周立堂五十》、《和唐北溪生輓疫火行》等作，嬉笑怒駡，皆成文章，以篇長不録。

顧丈又出《泮水聯吟集》見眎，爲其尊甫卧岡翁德本友朋倡和之什。翁愛酒好客，善畫墨蘭，嘗有句云：「樽酒不空懷北海，爐香未斷讀《南華》。」可想見其風趣。丈有《步翁五十述懷》云：「詩思清於臨檻竹，筆情狂作受風蘭。」父子喁于，極一時家庭之樂。卷中詩不多，如《晴樂和卧岡登穹窿絶頂》云：「千帆暝色天邊至，萬壑濤聲脚底來。」《蠶娥》云：「蠶妾大欣添百子，美人争愛學雙眉。」張浩亭大觀《和唐南湖四十述懷》云：「喜辨蟲魚通《爾雅》，愛看香草讀《離騷》。」《次卧岡五十初度》云：「閒來對局星移度，醉後持竿月掛梢。」亦可喜者。

陳四橋明經懋學，詩名籍籍。予見其《縐雲石》一歌，結構謹嚴，的稱老手。序云：「是石向爲海寧查孝廉伊璜園中故物，係粤海吴將軍六奇所贈，事詳《觚賸》及《香祖筆記》。後屬顧園，今爲容海馬參軍所得。繪圖徵詩，爲賦是歌。」云：「國初交道心先孚，石交尤數查與吴。意氣磊落航海贈，玉樵誌載非模糊。星移物换年逾百，後人珍重前人跡。携歸猶帶海昌雲，昔屬顧園今馬宅。時遭沉淪荆棘中，時遭賞識烟霞翁。丈夫際會有如此，歷久不變真奇峰。峰勢崚嶒鐵同色，依稀瘴雨蠻烟積。紛紛覆手作兩人，還看圖中皺雲石。」按：孝廉名維佐，將軍謚順恪。後吴興莊廷鉞私史事發，牽連孝廉名，將軍力爲奏辯，得免。

重九日，予正坐東籬下持螯，適浦丈星堂以近作寄示。丈年七十五矣，而書法勁秀，詩情雄壯，不似老年人，筆墨可喜也。詩如《閨思》云：「芳草緣階緑，楊花撲面飛。春風似相識，驀地入羅幃。」《憶往》云：「磨盾當年意氣雄，邊庭草檄騁長風。朝屯馳馬追胡騎，夜帳談兵揖上公。自注：時蒙保公相青目。賴有閒情憐杜牧，空令壯志慨終童。驚心四十年前事，已作蕭蕭白髮翁。」《感懷》云：「蕭瑟乾坤起暮愁，自傷老大倦遨遊。身投瀚海八千里，塞外無水草處名瀚海。手校殘編四十秋。歸里後，著有《枕葄韵抄》、《姓氏録》、《史傳》、《醫卜雜抄》等書。感舊夜深悲伏枕，懷人天末獨登樓。雄心未肯隨流水，尚欲乘槎問斗牛。」又「萬死餘生悲入塞，百年遺恨欲填河。」「老來惟剩唐衢哭，病至聊爲莊舄吟。」皆磊落可誦。

常熟女士歸佩珊懋儀，大司空昭簡公孫，梅溪觀察朝煦之子。歸上海李復軒學璜爲婦。其詩采入汪氏《擷芳集》、隨園《續詩話》者，已播海内矣。余喜其《繡餘續稿》中《舟行》數絶，今録于此：「匆匆小住又辭家，行李無多一擔賖。添得描金新盒子，半安詩稿半盛花。」「唱罷《陽關》解纜行，風前愁聽鷓鴣聲。一雙天外浮屠影，船頭船尾遞送迎。」「青山隱隱暮烟浮，新月娟娟挂樹頭。十部蛙聲青草路，分明鼓吹伴行舟。」「薰風力薄夏初交，滿地楊花似雪飄。遠樹微茫雲黯淡，吟魂多向此中消。」「江天一色水瀰漫，白鷺群飛過蓼灘。兩岸緑陰人不見，溪頭閒却釣漁竿。」「聽得船頭笑語譁，自開鈿盒檢簪花。舟人指點三叉路，好趁潮平直到家。」

魏塘友人齋頭見題畫一絶，清峭有致，因記於此。云：「謖謖長松鎖翠烟，泠泠琴筑漱寒泉。道人睡起當窗坐，無數青山在眼前。」

有於吴門旅舍中拾得陳雲貞《寄外》一札，後附七律六章。書中備述離情，筆致淒楚，詩亦婉篤，閲之使人意消。爲録於此，俾憐才者知其姓氏。云：「妹雲貞再拜，致問秋塘哥哥安履。憶自楓亭分手，彈指十年。遠塞羈愁，空懷歲月。長門幽恨，莫數晨昏。然母親膝前，兒女團欒，尚可寬慰。哥哥隻身孤戍，依人作計，誰與爲歡？問暖噓寒，窺飢探渴，涼涼踽踽，知消受幾許淒其。貞雖不能縱萬里之身，續一夕之好，而離魂斷夢，常繞枕衾。一日思君，迴腸九折，豈虚語哉！别來七奉手札，僅復三函，便固罕逢，筆尤難罄，片語單詞，未足慰雙撑盼睫也。前歲五月六日，得一密信。四爺處送信之日，適貞卧病之時，投遞參差，幾成不測。幸蓮姊解人覷破，支吾遮掩，得以解紛。不覺冷汗涔涔，二豎頓然告退。伏枕細讀，欣感交并。少頃，母親拆書榻畔，笑語貞云：『錦兒脱罪偏隅，歸期可望。來稟頗自愧悔，想已磨折悛改，我今亦憐之矣。』是皆哥哥孝思所感，不然，此恩正未易施也。戊申七月，託勞姓所寄書，備述别後景況。自此五易寒暑，中間情景，大概寄知。新阡樹木成林，圍墻完固，歲時伏臘，瞻拜如常。湖水平漕，不相侵害，大可放懷。母親杖履優游，飲食猶昔，惟痰症時作，精神稍衰耳。親族中概同陌路。大姊夫、大姊姊雖不甚冷落，亦無大照拂。二姊夫已故，二姊姊尚留都下。六妹妹遠在楚省，音問久疎。翼廷大兄，人雖刻薄，但爲母親所依賴，時有書來，總是一味感歎，故尚不失歡心。至負義人今已移居他所，不及堤防。萋斐之言，曖昧之事，難免聳惑于哥哥。貞惟堅心忍性，立定脚跟，期盡我之所當盡。至於青蠅墻茨之譖，信與不信，又何敢必。總之瓊女而在，尚可自解，不幸又於去年八月出疹，冒風以死。十五年仳離辛苦，盡付東流。草草治棺，瘗之塋側。猶記没之前夕，捧貞頰而啼曰：『爹爹離家已久，兒没後，萬不可以告之。』今憶此言，不禁淚如泉湧。何止殘稿遺書，驚心玉碎，零脂剩粉，觸目蘭摧耶。丁郎讀書，頗有父風，然恃聰明而欠沉潛，務高遠而不咀嚼。詩詞有新穎之句，制藝則駁雜不純。青青子衿，初非館閣中人物也。來書詢其所師，舞勺以前，皆貞口授，經史詩詞，略知大義。庚戌仲春，始從楊先生捉筆爲文，是秋即已了篇。後楊先生選教辭去，至今皆卜權齋訓迪，教法頗嚴。貞亦不敢稍假辭色，課餘之下，仍以詩詞試之，不留餘力。惟母親姑息太甚，殊多窒礙，奈何奈何。貞母於壬秋患病，延至癸春二月六日，遽爾長逝。兩老人一生血脉，惟貞一線之存，不料六十年鏡花水月，情深半子，能不酸楚耶！墉弟原非己出，漠不相關，祇知搜索家資，良可痛恨。貞自遭此變，愈覺難堪，顆粒縷絲，一無所出。家務母親經理，歲入不敷。貞屢求典售，而又不忍輕去。房屋欹傾過半，復爲負義人據爲己有，拆變一空。僅留敗屋數椽，聊蔽風雨，大非昔時光景。從前緩急可商之處，近皆裹足不前。遇有急需，貞亦不輕啓齒，正恐不惟無濟，反惹非笑。馮郭西絶跡多年，間承四妹霞而投以詩物，並詢哥哥消息，情意頗真。須小通融，尚可佽助，第恐日久漸疎，難保始終如一耳。而其肫肫懷念之忱，未可負之。節次囑帶瓶口、扇套、鞋襪、筆、茶諸物，盡爲負義人賺去，言之恨恨。貞邇來兩餐之外，未能稍自舒展。嫁笥奩具，陸續盡歸質庫。頻年己身之補綴，蓮姐之盤纏，丁郎之膏火束脩，瓊女之釵釧鞋脚，在在皆挖肉補瘡所辦。况問安侍寢，未敢偶離，怡色柔聲，猶虞獲咎。即飲食衣服，儉則負嗇吝之嫌，費又受奢侈之責，素則云樸陋無色，艷則云冶容誨淫。非詬誶相加，即夏楚從事，求有一日之完膚，亦不可得。貞年逾三十，非復少時，兒女家人見之，有何面目。結褵之始，筆墨爲命，拈毫橫笛，唱隨幾及十年。一旦梗斷蓬飄，往事不堪回首。簫聲硯跡，久已荒踈。縱有屬和之章，不過勉强承命。吟風弄月之句，斷不敢形於毫端。顧影自憐，可勝悲咽。蓮姐自壬夏摘花受逼之後，其志益堅。雨榻風爐，霜砧月杵，甘苦與共，形影相隨。此貞今世之贅疣，而哥哥他年之桃葉也。高魁、賀花兒、顔忠等，衹知迎合上意，計飽私囊。其素芝、碧桃輩，鈎深索隱，播弄如簧，尤爲腹心之患。此狂奴故態，又何足道。惟有委曲將就，飫以好言，博一時清净而已。去年四爺遣人自伊犁來，傳述哥哥敗檢之事，并云一年之中，若肯節用，尚可餘二三百金。幸負義人未將此語上禀，而貞初猶不信也。徐思哥哥賦性疎狂，未展才華，復經大難，萬念俱灰，又何心矜持名節。且棲身異域，舉目誰親。月夕花晨，酒闌燈炧，呼盧排悶，擁妓消愁，亦旅人常事。或值多情倩女，知音嫠婦，彼美憐才，書生結習，未能免俗，聊復爾爾。貞方痛閔之不暇，焉敢效妒婦口吻，涉筆規諷耶。惟念哥哥身原柔脆，性復憨癡。彼若果以心傾，何妨竟爲情死。特患口餳齒蜜，腹劍腸冰，徒耗有用之精神，反受無窮之魔障。私心自揣，殊爲君憂。况麯蘖沉酣，易成腹疾。樗蒲游戲，更喪文名。須小儻來之財，何足爲計。所慮哥哥千金之體，甘自頽唐，反不若貞之釜蟻餘生，尚知自愛者，何哉？來書云：『三月適館春齋，六月仍回故地。』此中原委，未得其詳。哥哥既與四爺爲骨肉之交，相依邸舍，便可爲家，何必舍此他圖，别生枝節？况去之未久，旋復歸來，則貞所不能解者。大丈夫處世，怨固不可深結，恩亦不宜過求。未曾拜德之前，先思圖報之地。四爺豪俠，人所共稱。但其癡意柔情，殆亦堪憐堪笑。自聞與之莫逆，貞即探其爲人，雖非上游，然心跡可取，超拔哥哥於苦海中，而嘘拂之，酬報之機，貞心早爲區畫矣。相隔萬餘里，忽東忽西，萍踪無定，空致魚書，未瞻雁足。即有薄裹水資，亦不敢徑行遠寄，恐蹈故轍，轉使空函莫達也。去春有查辦回籍恩旨，惜未能被及。然此後機緣，大有可望。十年期滿，定遇赦歸。諸凡隨遇而安，耐心以守，鸞臺珠浦，我兩人寧無團欒時耶？每念弱草微塵，百年一瞬，夢幻泡影，豈能久留。生死兩途，思之已熟。別後況味，不減夜臺。現在光陰，幾同羅刹。何難一揮慧劍，超入清涼。奈緣業如絲，牢牢縛定。不得不留此軀殼，鬼渾排場，冀了一面之緣，不負數年之苦。他日白頭無恙，孺子有成，大事一肩，雙手交卸，貞心不大快哉。今哥一日未回，則此擔一日不容放下也。六弟自上江來，猝聞有回伊之便。掩户挑燈，疾書密寄，淚痕滿紙，神魄遄飛。計書到日，開緘當在黄梅。想哥哥閲之，心與俱酸也。附詩六章，聊以言志，信手拈來，亦是一幅血淚圖耳。詩云：『招手雲天接大荒，伊人秋水正茫茫。可憐遠戍頻年夢，幾斷深閨九曲腸。井臼敢教虧婦道，荻丸聊望繼書香。孝慈兩字思無負，即此猶堪寄數行。』『鶯花零落懶搴幃，怕見簾前燕子飛。鏡裹漸斑新鬢角，客中應減舊腰圍。百年幻夢身如寄，一線餘生命亦微。强笑恐違慈母意，藥囊偷典嫁時衣。』『十五嬌兒付水流，緑窗不復唤梳頭。殘脂賸粉盤絲閣，碎墨零香問字樓。千種淒涼千種恨，一分憔悴一分愁。儂親亦未終儂養，似此空花合共休。』『當時夢裹唤真真，此際迢迢若比鄰。愛寫團欒違字讖，偷占榮落祝花神。那堪失意飄零日，翻得關心屬望人。別有憐才惟一語，年來消瘦恐傷神。』『早自甘心百不如，肩勞任怨敢欷歔。迷離摸索隨君夢，顛倒尋求寄妾詩。粧閣早經疎筆墨，簫聲久已冷庭除。讒言休擾離人耳，猶是堅貞待字初。』『未曾蘸筆意先癡，一字剛成血幾絲。淚縱能乾終有跡，語多難寄反無詞。十年別緒春蠶老，萬里羈愁塞雁遲。封罷小窗人悄悄，斷烟冷露阿誰知。』甲寅嘉平朔夕，雲貞再拜上。」聞此札已爲好事者刻入《文章游戲》中。

陳愛溪孝澄以所著《信口吟》介范君春木，乞余點定。既爲加墨，並摘其可者於此。《折楊柳詞》云：「昔年汝送我，口歌《楊柳詞》。今年我送汝，手折楊柳枝。」《前溪曲》云：「月落烏夜啼，送歡前溪去。溪水深且長，歡今在何處。但采山中葛，莫采溪中萍。葛衣附歡體，萍踪常飄零。」《答友》云：「鮒魚居水曲，不識江海流。蘆雁亦么鳥，詎知威鳳遊。古來抱才者，耻與庸衆儔。毁譽兩相忘，白雲共悠悠。」「蛟龍致雲雨，即爲水族珍。當其蟠泥沙，亦與蟲豸鄰。英賢未遇時，面目同衆人。一朝執國政，教化如有神。世人貴目前，貧賤誰相親。」《月下探梅》云：「愛花花下行，滿地月光冷。清風太無情，吹亂横斜影。」《送春》云：「獨立晚風前，殘紅飛滿天。欲將春色買，榆莢已無錢。」《閒詠》云：「一點新涼到户櫺，玉人扶起醉初醒。小詩吟罷誰相問，念與松間白鶴聽。」《自題詩稿》云：「童時風月愛吟哦，老去書窗墨尚磨。叮囑兒曹莫輕看，一生蹉跌爲伊多。」《送孫松月之金陵》云：「相逢須痛飲，相對漫悲歌。相送今如此，相思後若何。路遥鄉信少，雨急客愁多。怕見如珪月，來宵松杪過。」《過孫晉泉草堂》云：「言尋故人宅，獨上釣魚船。一犬迎籬下，千山聳屋前。居然棲隱地，可以樂餘年。我亦忘機者，何妨共坐眠。」他如《夜宿山房》云「半夜欲無月，滿天惟見烟」，《夜讌》云「好在有明月，難于無俗賓」，又「徑草鋤還出，飛禽去復來」、「妻孥嗤落拓，鄰里話平生」、「怕醉常逃席，非官也著鞾」、「有命貧何怨，無求懶不妨。」《詠雪》云：「並非明月光何好，頓使青山老可傷。」《詠梅》云：「若有情兮禽對語，更無人處月當庭。青禽枝上三更月，黄鶴樓中一笛風。」《重九》云：「去年猶記此時醉，今日却登何處高。」《嘲嗜鴉烟者》云：「盤餐以外無他事，床笫之間老此生。」「縱使聞雞難起舞，並非愛月也眠遲。」又「書如好友常相見，泉似清琴大可聽」、「熟思我輩原無用，漸覺胸中少不平」、「愛客家貧猶釀酒，著書才薄祗編詩」、「豈必山居才號隱，算來飽飯已如仙」、「雨無疎密晴才好，夢太分明醒倍驚」、「一春短夢多重複，六扇深窗疑雨晴」。又《古鏡》云：「今古閲人多。」《醉吟》云：「閲世誰堪共死生。」皆可喜也。

韵語雜記卷十六 丙午丁未

吴江柳清源鄂生

陳訒庵明經來泰，字仲亨，有《壽松堂稿》。中如《滸關》云：「關吏眈眈目如虎，平生無喜但有怒。喑嗚叱咤搜索嚴，膽落關前大腹賈。書生未嘗有市籍，七科不謫深法古。胡爲亦復一例看，敝篋煩君翻倒苦。篋中何有有異書，飢來惟賴字可煮。其餘甂酒如虀酸，洗盞酌君君其吐。霽威一笑關吏去，我亦听然掌爲附。能令公喜事大奇，我比髯參異短簿。擁鼻更復掉頭吟，穩出嚴關緩摇櫓。」《獨輪車》云：「如鳥張翅但雌伏，如馬腫背不皤腹。如夔跳行恃一足，旋轉軋軋自成曲。乘船我所慣，坐卧無不可。乘車未曾經，而況乃乘馬。此車似車亦似馬，卧不容身坐礙踝。推之挽之謝僕夫，世間我亦勞薪也。」《傷指行并序》云：「蘇人張鈺賈京師，娶同郡嚴清泰女爲婦。婦之婢與鈺奴八通，婦廉知之，白鈺，逐奴八。他日，奴八乘鈺出，潛至，與婢共謀污婦。夜挾刃入婦室，聲言不我從，先殺若兒，後殺若夫。婦陽與歡笑，醉以酒殪之，呼婢入，又殪之。明日鈺歸，聞其事於朝，旌婦如例。婦殪奴八時，刃傷一指。云：『禍發倉皇只辦死，婦女之技止此耳。覆巢破卵遺恨多，曰烈曰貞謚徒美。張家有婦巾幗雄，談笑從容變能弭。雄虺斬却斬妖狐，刀光閃鑠英風起。槀砧仍合得團欒，玉樹無傷自旖旎。閨中却有戡亂才，智勇驚傳勝男子。風波但藉杯酒平，鼠子何能齧見裏。嗚呼！鼠子胡能齧見裏，白璧微瑕傷一指。』」《題文信國鐵如意拓本》云：「指揮難定宋山河，鐵負錚錚可奈何。最是平生如意事，行來柴市一高歌。」《歲暮示伯海》云：「茶寮歲月足婆娑，閒話朝朝約共過。老去舊交真可戀，眼中只覺少年多。」《題樊榭山民南湖花隱圖》云：「山館玲瓏主亦賢，著書正好送華年。無端一夕鄉心起，明月滿湖人采蓮。」「尚留畫幀未模糊，爲問先生識我無。我已無家何處隱，年年踪跡托西湖。」

七閩黄癭瓢慎書《香草齋荔支詩》一幀，余見之友人壁間。愛其雋永有味，爲記于此。「一肩火齊簇零星，篛笠蒲筐插葉青。長慶寺門剛摘盡，滿街斜日賣楓亭。長慶寺荔支已盡，而楓亭始至。」「綃綈薄薄裹璚漿，細骨輕軀十八孃。怪底紅苞生小結，箇中粒粒是丁香。」「紅塵一騎恨途長，略損朱顔未减香。恰是玉人來遠道，冰肌只著舊衣裳。」「露盤一斗凍金莖，玉碗銅奩擘取精。送與文園消酒渴，冷風殘月未天明。」按：癭瓢與鄭板橋友善，即板橋一桌會中居三老人之列者也。

書簏中檢得秀水虞茂才潤卿寶辰詩幾紙，是數年前余所點定而未歸者。今潤卿已登鬼録，重理殘箋，不勝愴惻。爲録一二，以志友誼。《題徐蘭谷小影》云：「千竿修竹四圍松，泉石烟霞好寄蹤。百八牟尼心即佛，何妨食肉酒仍濃。」《懷當湖陸竹人》云：「鴛湖分袂幾多時，楊柳依依悵折枝。盡日懷君無一事，芭蕉葉上獨題詩。」又「一窗晴日卧詩人」句，亦佳。

胡蘭榭夫人，魏塘浦蘇亭中丞霖德配也，有《喜樹樓詩鈔》。丙午夏，哲嗣星堂丈寄眎，得讀一過，并録其尤者於此。《題畫》云：「秋水浄無波，秋山澹將暮。境寂不逢人，斜陽在深樹。」《春曉》云：「一番花信五更風，那管春宵夢未終。起繞芳叢頻檢點，夜來曾否損繁紅。」《柳枝詞》云：「三眠三起影婆娑，横笛聲中怨若何。莫問隋堤春幾許，落花如雪已無多。」風致嫣然，如聞歌《子夜》，令人輒喚奈何。《胡雁篇》云：「朔風獵獵彫弓響，夜半雪花大如掌。片影南來飛入雲，聲聲嘹唳青冥上。銜蘆迢遞越關山，絶塞蠮螉道路難。數點書空度層障，一行結陣落寒灘。誰家少婦愁行戍，何處哀鳴忽飛度。刀尺催衣急暮砧，萬里音塵憑寄付。雁門關外草荒堆，雪窖刀環去不還。正是征人腸欲斷，深宵飛過李陵臺。」蒼涼悲感，嗣響唐音。《大堤曲》云：「三月春晴好天氣，江城遍處穠桃李。大堤女兒顔如花，盈盈十五嬌羅綺。生長誰知是那家，相逢並駕六萌車。桃蹊柳岸紅塵起，蹀躞驕嘶白鼻騧。飛花飛絮香風軟，陌上歌聲歸緩緩。女伴終朝賦采蘭，流黄無力施刀剪。襄陽城外水平堤，春草沿堤嫩緑齊。估客連檣何處泊，隔江聽唱白銅鞮。」古節古音，不減晉唐樂府。他如《京口夜泊》云：「細雨芳春夢，孤燈倦客心。」《圓月》云：「池光遥入户，樹影欲遮山。」《別二兄》云：「衣上風塵游子淚，夢中燈火故園情。」《滕王閣》云：「千載畫圖傳帝子，一時詞賦屬書生。」皆挺秀不群，不類閨閣中吐屬。又《詠始皇》云：「銷兵未銷斬蛇劍。」語頗新警。

秀水盛紫餘茂才魯，言其舅氏周君與香烺有《題暑窗閨趣圖》三十六絶，當時競傳人口，惜不能全記，止爲余口誦數章，因記於此。《試浴》云：「欸欸深深水得知，背燈猶怯影難支。侍兒手執盤花扇，推轉紗窗候幾時。」《通頭》云：「燈影糢糊一半遮，低頭先卸兩邊花。鳳嫌太整鴉嫌亂，此際梳鬟隨意嘉。」《怯熱》云：「無數歡愁都不思，羅紈摇到手酸時。十分難却難支處，笑問鴛鴦知不知。」《禱風》云：「點着心香默默招，一身汗要倩伊消。背人露下深深坐，且看星兒摇不摇。」《拜月》云：「絶無人處影娟娟，手撥香珠一串完。擡首思量低首祝，幾生修到此團欒。」《數星》云：「嫩涼天氣略支持，漏轉疎疎月上遲。笑指女牛偏記得，昨宵已是欲眠時。」《驚雷》云：「可有濃雲窗外過，搴帷還要問如何。自嫌如此周防密，尚覺年時失錯多。」《嚙梅》云：「紛紛姊妹愛團欒，皺着眉兒齒替酸。未識新來緣底事，見他心上十分歡。」《齋期》云：「倒看黄曆趁涼宵，七七三三喜漸消。頓覺眼前顔色變，明朝大士是生朝。」《繡佛》云：「手點金鑪一炷香，針針挑出好心腸。工夫耐得真無量，一月前頭奉太常。」《鬥葉》云：「歡喜輸贏賭一臺，或長或短費疑猜。不知何事來心上，對着梅花忘記開。」《畫蘭》云：「水晶簾底扇頭攤，幾筆疎疎雨未闌。寫到就中微妙處，同心比是並頭難。」《理曲》云：「蓮花尖上撥宫商，略試珠喉細又長。可惜世人聽不到，放低一調爲西廂。」《撲螢》云：「浴後風光妝束刪，禿籠衫子小徘徊。近前一點如星亮，偏是嫌疑避不來。」《涼夢》云：「幾番扶熱出簾前，懊惱香魂不耐眠。正喜臨池風乍透，偏偏看着並頭蓮。」《賭笑》云：「有情相對若無情，故意莊嚴百態呈。觸撥嬌羞難忍住，者番只怕不能贏。」《鮫帕》云：「餘温猶在枕頭旁，檢點今來濕幾方。只揀無人能到處，海棠花下略涼涼。」《睡鞋》云：「略無分寸可虚裝，結束蓮花一段香。墮入鴛衾尋不着，熟眠光景自思量。」他如《訪友》云：「探君市井中無恙，識我科名外有成。」《謁于忠肅祠》云：「骨相自知無好夢，拜公還到醒時來。」聞與翁遺稿，今在邱君子謙曾詒所，暇當借觀之。其哲嗣子由銑亦能詩。《寄友》云：「地可吟詩真樂境，人離知己即窮途。」《客中》云：「十年意氣銷予病，百様頽唐直到詩。」亦時流之矯矯者。

嘉善陳醇宜女史葆懿，歸烏鎮陸氏，蕣華早萎，未竟所長。夏五王笏山以其遺詩見眎，並囑采録，因摘一二於此。《曉晴》云：「陡覺晨光上畫欄，小鬟報道雨初闌。閒庭落葉知多少，只恐西風替掃難。」《春暮病起》云：「芳園寂寞事全非，紅漸闌珊緑漸肥。怕向樓頭聽杜宇，年年客裏送春歸。」《柬錢叔婉女史》云：「敢誇詩筆艷芙蕖，苦恨髫年未讀書。願得講帷親問字，執經長侍女相如。」卷中附詩餘幾闋，尤覺清麗可誦。

又朱夫人聽秋澄，歸金芳雪觀察之弟持衡。青年喪偶，矢志撫孤，寡鵠哀音，寄之吟詠。其子韵珊少府銓需次南河，先刻其《荻蘆詩鈔》一卷，卷首有吴穀人、黎湛溪、郭頻伽諸公題詞。夫人與錢氏有連，故余母曾相識。其未梓者，尚有《袁浦盟鷗》、《稼園消寒》等集。丁未正月客魏塘，得讀此卷，感題二絶句，並摘數語如左。《題蓉江第二圖》云：「如何君不厭江湖，又繪尋秋第二圖。點染疎疎好風景，烟波得似故鄉無。」《消夏雜作》云：「也曾燈火事寒氊，未得凌霄歛羽翰。漫道閒曹清俸薄，一經休使蠹魚餐。原注：兒子公餘猶能理業。」《袁浦竹枝詞》云：「夕陽衰草蔓孤城，古壘空餘畫角聲。不是千金能報德，如何一飯便垂名。韓信城。」《移寓稼園》云：「琳宫縹緲碧雲深，老樹蒼涼閱古今。自笑客囊貧薄慣，不求指石化爲金。園鄰純陽宫。」《題萬别駕承紫萱帷課孫圖》云：「金堤隻手障狂濤，頻歲當官擘劃勞。今日娱親兼課子，萊衣到底勝宫袍。」他如《詠菊》云：「富貴要憑堅忍力，精神全在退藏中。可笑紛紛凡草木，自無力量怨霜飈。」皆不染骯髒氣習，洵閨閣清才也。《國朝閨秀正始集》，夫人詩亦與選焉。

陽羨萬紅友樹《詞律》一書，填詞家奉爲圭臬。然其中不無譌謬。如柳耆卿《宣清》一闋，列入九十二字，然按其原詞，係一百十五字。前半第三句末本用「凛凛」二字，方與全詞韵叶，今作「森森」，且以爲平仄兩叶之調，誤矣。又「醉魂」「魂」字，今作「魄」，亦不諧。後半「舞燕翩躚」下，脱落「歌珠貫串，向玳筵前，盡是神仙流品，至更闌、疎狂轉甚。更相將」二十四字。「玉釵亂横」下多一「信」字，且以「信任」二字硬斷叶韵，句甚牽强。「舞燕」句下即接「鴛寢」，語意亦太促。總之，一誤則無不誤矣。《曝書亭集》中，《宣清》一闋亦係一百十五字，其叶韵處亦同，則紅友之誤益見。且如《買馬索》、《芙蓉月》、《夢芙蓉》、《瀟瀟雨》等調，均未載入。甚矣，著述之難也。

國初仁和湯西厓少宰右曾《懷清堂集》二十卷，殁後，其子孔茹、孫融書刻之，而北平黄崑圃叔琳、晉陵潘晴巖思榘校定者也。頃從其裔孫小雲茂才嘉樹所假觀，得盡寓目。聞舊板存祠宇中，已燬于火，因録數章於此。《柳子祠》云：「丹荔遺碑字，芳椒酹酒痕。清溪自寒色，返照入祠門。種术風露晚，結茅山水源。平生靈爽在，夜夜叫哀猿。」《送張卣臣學士祭告南嶽》云：「尉候通重驛，懷柔答萬靈。天書頒北極，祀事肅南溟。衡嶽仙人宅，文昌使者星。九疑聯屬遠，彩筆啓幽扃。」《送查浦之蘭州》云：「君去過洮水，關門落木空。黄河繞天外，白草滿榆中。悲壯寒城角，蕭梢大漠風。書生有燕頷，辛苦笑雕蟲。」《雨宿沙河驛》云：「出塞一身遠，將家八口同。百年均是客，多病久成翁。蟋蟀寒燈雨，蠨蛸破驛風。猶欣小兒子，笑語寂寥中。」《山海關》云：「東西誰界絶，封此一泥丸。地接長城險，天浮渤海寬。連山趨碣石，積水見辰韓。吹角關門出，邊風馬首寒。」《荆州》云：「戎馬壬申逮甲申，萬家烟火幾家存。人如封豕屠羊慘，事異黄巾青犢論。妖樹禍生天北極，怪風寒捲郡南門。龍陂橋外坡陀血，誰洗忠臣九地魂。」《彭澤》云：「宿雲初捲雨斑斑，迎棹神鴉杳靄間。烟裹柳遮彭澤縣，夜來潮落小孤山。青螺峰色寒應斂，錦瑟年華客未還。欲折梅花寄歸信，尚憐踪跡滯江關。」《再到汝陽》云：「目極淮西古戍樓，嗚嗚殘角似邊愁。一池鵝鴨寒波没，八代文章斷碣留。夜半火光穿虎落，曉來寒色犯貂裘。病夫自笑摧頹甚，風雪連天入蔡州。」《漫興》云：「吠尨不警樂年豐，聖主恩深萬物同。九驛梯航來海外，二陵風雨護天東。悠悠黑水無沉羽，渺渺扶桑有挂弓。塞上百年烽火息，健兒吹笛戍樓中。」《偶成》云：「梅花嬌小杏花憨，此段春愁了不堪。一蹴輕絃雙燕子，唤回歸夢到江南。」《送内人喪至潞河》云：「一語重泉聞不聞，平沙獨鶴叫秋群。紙錢飛盡殘釭滅，有夢如何不夢君。」《題蘿軒畫梅花》云：「風流裘帶寄斯文，過嶺清詩迥出群。今日烟霏豪素上，墨花猶帶海南雲。」《小凌河》云：「松山行處戰場多，殺氣連營夜枕戈。今日斜陽照禾黍，秋風孤雁小淩河。」《發三水》云：「長年上瀨不須愁，已挽三江水倒流。一夕南風飽帆腹，浪花如雪擁船頭。」《題吴仲圭墨竹譜》云：「猗猗淇園千頃緑，三年坐卧意未足。歸來合眼想檀欒，别有風流在卷軸。海東叩門無所詣，悠然看畫如看竹。吴生静者藝絶倫，落手天機謝拘束。逸韵先封瀟灑侯，清音已入篔簹谷。横斜似見風掃徑，欹倒如聞雪壓屋。窺窗掩冉摇碎金，吹籟清泠戛寒玉。梢頭片雨筆可追，枝上輕烟筆能蓄。連叢忽漏月流夜，病葉將零霜脱木。壯士幾輩直幹排，拔劍千尋高節秃。殷殷中宵雷雨過，䚓䚓錦棚頭角矗。底須縱筆如笙大，趙士安好作笙竹。轉笑成形似紆曲。文與可每作竹况人，朝士張潛迂疎脩謹，文作紆竹贈之。淺深向背生意真，朝暮陰晴清景逐。湖州筆力儼猶在，宣和院體嗟已俗。金錯刀偕鍾隱能，鐵鈎鎖許城懸獨。自言神明出規矩，要令披猖有邊幅。不學誰能心手應，以小喻大當三復。年來與世絶愛憎，漸覺心源少根觸。偶然玩物有此癖，何異小夫金守櫝。通靈妙畫會當去，羽化銀杯哂童僕。巧偷豪奪兩未知，聊喜烟雲一過目。」他如「路分殘月白，詩待遠山青」、「移竹閒聽雨，留花晚占春」、「路黄秋後葉，山黑雨餘雲」、「暮山沉楚色，涼雨入齊州」、「緑槐山店雨，紅蓼野塘風」、「焙藥題新裹，燒香理故衣」、「晚秋汾水雁，斜日晉祠雲」、「宿火勤煨芋，清泉細品茶」、「春當三月尾，人在百花中」、「孤懷能到古人少，萬感盡從閒處生」、「詩壇鵝鸛全軍歛，野局漁樵一席間」、「一生知己傷存没，十載逢君各老蒼」、「牆角秋陰黄葉早，門前野水白鷗閒」、「萬家燈火常依塞，四面烟嵐盡繞城」、「百年幾見爲歡夜，列座誰非既老人」、「老去但餘松石意，客來勸聽管弦聲」，《襄陽》云「估客帆檣依斷戍，人家水竹暗孤城」，《長阪鋪》云「隔嶺雲含殘雨氣，抱枝蟬帶早秋聲」，《新寺》云「松梢細滴長廊雨，佛院微明小炷香」，《先太孺人忌日》云「馬鬣封卑憐宦薄，虎兒才少覺身孤」，《水仙》云「天與風光殘臘後，人教位置早梅旁」，《紀恩詩》云「人慶六旬逢聖節，天教九域遍豐年」，皆可誦也。又《仲秋釋奠》五排一首，《送梁藥亭歸南海》、《登雲麓峰望南嶽歌》七古二首，均以篇長不録。

少宰《雜詩》中有云：「仙苗斸三椏，貢等天府琛。市人一笑鬨，薺苨作人參。真僞久雜揉，清鑒窅然深。」按《爾雅》：「苨，菧苨。」注：「薺苨。」疏：「根莖都似人參，而葉小異，根味甜。」一云根似桔梗，以無心爲異者是也。

文衡山爲茶陵李文正公作《西涯圖》，喬莊簡跋云：「慈恩寺之後，曰西涯，少宰有一絶云：『宏長風流在鼎台，一時門館盡英才。諸生尚有東南秀，未到平津閣裏來。文徵仲圖上署「諸生」。」又集中載有《題須水店壁》云：「風滿山頭月滿城，坐深衣袂覺秋生。何人能識吟蛩語，此是江南露下聲。」詩極清雋，宜少宰之傾倒也。

仲冬下浣，許君竹溪銓過存，以新刻《夢鷗閣詩鈔》見眎，殷太史百庭序之。爲讀一過，竊歎知之不盡，因更摘一二於此。《過泗洲寺弔楊維斗先生》云：「永安橋畔路，憶昔祀先賢。舊有先生祠，今廢。志欲千秋抗，名非一第傳。忠魂依古刹，栗主卧秋烟。憑弔斜陽裏，詩成重黯然。」《自題夢鷗閣》云：「年來鎮日掩柴門，斷息知聞隔市喧。花吐小紅招鳳子，竹抽新緑長龍孫。山公入座忘賓主，蘇氏聯床有弟昆。一笑書生寒骨相，硯田家計尚堪論。」《題袁竹香吟秋圖》云：「夢鷗閣外碧雲寒，拈葉題詩句未安。打叠秋心成一字，便知吟思是愁端。」《賀郭友三重歸故廬》云：「匣劍囊琴處士風，縱横筆墨奪天工。到門老樹應相賀，認得當年舊主翁。」《就館淼湖示諸同人》云：「移來筆硯就荒莊，頭腦冬烘總不妨。笑答鷗群問棲止，臨湖一曲好迴廊。」《自題水村衆五圖》云：「我鄉舊有水村圖，錢魏高風墨未枯。太息靈芬嗣響後，誰尋詩夢到分湖。」又《贈郭頻伽先生》云：「茫茫人海真名士，落落修途少替人。」《病中喜古楂祝唐過問》云：「三春花事情懷減，一病人情冷暖知。」《懷人》云：「八九村童鵝鴨鬧，二三知己酒杯寒。」又「出岫雲同花乍放，剪江帆似鳥横飛」，亦可喜者。竹溪隱居奉母，母夫人爲陸朗甫中丞姪女，壽已八袠。去年彙梓同人祝延之詞名曰《壽萱編》。所居夢鷗閣，圖史縱横，賓朋觴詠無虚日，蓋蘆中一逸士也。

韻語雜記卷十七 戊申

吴江柳清源鄂生

斜塘顧秋堂茂才如金，奇傑士也。性嗜酒，爲人落拓不羈，不屑爲章句之學，而詩才絶佳。戊申春仲，相遇於范君春木所，遂定交焉。出《夢硯室詩稿》見眎，爲題四絶句，並録其尤者於左。《久病脾泄戒食酒肉》云：「平生性豪俠，不平輒呼酒。興酣拔劍看，舉杯不放手。有酒愁可消，不愧掃愁帚。掃愁愁轉多，合號畚愁斗。號呶易由言，那得如瓶守。我醉既不臧，我病因而有。君不見，周武當胙土，作誥訓厥後。又不見，衛武能悔過，作詩箴座右。矧余草野夫，其敢沉湎否。爲謝當壚人，紅友非我友。子思拜君餽，北面受鼎肉。宣尼拜君賜，正席先嘗熟。大烹養聖賢，榮食天家禄。當今富貴人，牲牢惟所畜。一食費萬錢，不負將軍腹。余本饕餮徒，所苦無其福。病脾一載强，唉之勢轉篤。顧謂門弟子，且勿脯脩束。從古先生盤，傳者惟苜蓿。」《和陶靖節韵》云：「結廬在人境，但聞林鳥喧。静觀心自得，非關境地偏。興來或策杖，一路尋溪山。清風吹我衣，白雲時往還。歸來有餘情，親戚共話言。秋菊有佳色，及時餐落英。日落鳥飛倦，我亦淡我情。寵辱非所知，酌言杯酒傾。茅屋容兩膝，一徑寒蟬鳴。琴書聊自得，便足了一生。」《航海》云：「泱泱乎東海也哉。浩浩湯湯，渾無際涯，千里萬里，末由溯洄。天耶水耶，令人疑猜。其大也如彼，將毋經年累月以往來。側聞澎湃聲，云是夜潮至。颯颯蘆花風，誰歟敢造次。一彈指頃雪成堆，十二銀山極天際。危檣百尺當船中，前後左側胥掛篷。一波未平一波起，乘潮况復乘長風。勢如奔馬疾如矢，冥迷不辨西與東。其險也若此，又何取乎航海之艨艟。戊戌之秋，四明是遊。星月皎潔，子夜行舟。虛中揚帆抑落帆，帆滿水溜風聲酣。瞬息已抵蛟門口，記里皷撾七百三。我生膽大大於海，此夕浮航歎觀止。自笑本來住水鄉，只恐江湖從此難爲水。篙工揖我言，所見何所似。統計一夜中，曷弗屈幾指。噫吁嚱，非霧非雲，不山不地，但見我身以外，水天一色，滚滚黄沙而已矣。」《望海樓觀潮》云：「蛟川之水何溶溶，北有大海環城墉。兹樓正當海一面，憑臨可以觀朝宗。有聲隱隱排空至，疑是深山夜撞鐘。忽如新荷經驟雨，又如天半風入松。濤頭一線撲面來，頃刻銀山十二重。洪波巨浪競奔走，出林餓虎風相從。駿馬飛騰逐雷電，神蛟怒鬥滄江龍。貔貅百萬滚滚至，洶湧各自争豪雄。有時列艦駕浪行，凌波雁陣隨風衝。大哉海乎潮漲落，一瀉千里勢突衝。安得氣負湖海士，此時此地來相逢。乞借波濤之萬斛，一洗磊塊之心胸。」《慰朱月江悼亡》云：「昨日之事事莫追，明日之事事未來。今朝有酒今朝醉，會須一飲三百杯。君不見，大庾嶺上衝寒梅，千樹萬樹先春開。東風一夜摧花骨，冰姿雪魄堆山脊。今年開落復明年，雪中依舊香流驛。人生歲月一何促，請君爲我歌一曲。曲終珠淚濕羅襟，説盡平生一片心。吁嗟人壽有幾何，歡樂苦少憂愁多。只今春入梅之萼，文章奪目花隨波。陽春烟景將誰召，與君沽酒酬烟蘿。」《耶溪曲》云：「若耶溪上春風香，若耶溪畔多紅妝。妝成每被吴姬妬，捲簾一笑櫻桃破。我欲提壺問酒家，女兒好酒賒不賒。」《題陸午亭獨立撚鬚圖》云：「獨立不遺世，遺世與世礙。撚鬚不吟詩，吟詩爲詩累。掀髯一笑天地寬，先生之風我下拜。」《新秋看新月》云：「買春得新秋，聽雨見新月。新月月月圓，有盈即有闕。新秋年年來，西風寒入骨。歐陽當秋夜讀書，聞聲起視徒太息。嫦娥奔入得長生，可惜夫妻成永訣。秋兮月兮本無心，有心之人心自活。無心有心心心印，心地都成活潑潑。君不見，宋玉悲秋秋不知，謝莊賦月月不答。新月新秋新又新，一秋一月皆倏忽。我生經過六十二新秋，負他新月七百四十四圓缺。」《燈光山》云：「萬古燈光佛，燈光夜滿山。燈懸峰以上，光落水之灣。海闊憑南北，舟行認往還。危樓高百尺，容我老躋攀。」《夜泊山塘》云：「向晚泊山塘，花香雜酒香。美人春試曲，遊子夜飛觴。醉態千般好，歌聲七里長。燈船來往處，祇覺月無光。」《古意》云：「春盡送郎行，郎與春同去。明年春復來，郎恐他鄉住。」《紙》云：「草稿經三易，人情只半張。修成邊幅短，情比薛濤長。」《棋》云：「旗鼓各相當，機心鬥一場。饒人纔國手，勝負況無常。」《采蓮曲》云：「輕輕私語祝花仙，得個同心嫁少年。乖煞小姑佯不解，攙先折取並頭蓮。」《書落卷後》云：「深鎖香閨二十霜，壓殘金綫繡羅裳。天衣製就誇無縫，苦恨年年不嫁郎。」《歲暮雜咏》云：「詩味無如酒味濃，囊空却不帶愁容。虎頭自有癡堪賣，賣得癡來便禦冬。」「白木窗櫺剪紙糊，煮茶烟裏試紅爐。不須更畫梅花瓣，便是消寒九九圖。」《題沈夢濱窺豹圖》云：「一斑已見翠微巔，漫道文章睹未全。我亦新持三寸管，不將窺豹只窺天。」《鑑湖櫂歌》云：「五市門前窈窕娘，朝朝手織女兒箱。阿儂新釀女兒酒，不許吴姬勸客嘗。」「妾似西湖水上舟，年年鎖住六橋秋。郎如西郭門前水，瀉入江中不轉頭。」《南湖雜詠》云：「傾脂河畔落花多，范蠡湖邊五色螺。爭似鴛鴦飛不去，秋風聽唱采菱歌。」他如「四海誰知己，千秋一浩歌。」「山深人跡少，地僻鳥聲酣。」「奇峰猛虎勢，古木老龍形。」「幾間逆旅即天地，四海相逢皆弟兄。」《秋柳》云：「那堪秋月蕭疏影，不是春風瑣碎痕。」《題學禪圖》云：「趺將大地遊行脚，修到諸天自在身。」《贈范春木》云：「興狂不覺吟懷健，醉倒何妨字迹斜。」皆可誦也。

秋堂又著《螺川竹枝詞》一卷，頗得「水調」之遺，更録數章，以誌風土：「一彎新月小於鈎，鈎起新愁與舊愁。四月那堪聞蟋蟀，傷春未了又悲秋。自注：春夏之交，已聞蟲聲唧唧。」「何物能寬歲暮心，夭桃一路宛春深。天公裝點茅簷富，菜甲平鋪滿地金。臘盡春初，桃花菜甲已似江南三月時。」「吉州水自贛州來，直到章江去不回。妾在沙灘灘上住，夜深水碓響如雷。江水東流，直瀉章門，居人隨灘築碓，日夜舂米聲如雷。」「花巷口頭半是花，争奇鬥艷各相誇。簪來學得吴儂樣，窈窕誰家小女娃。花街正在大街北，俗稱孩子爲小娃子，女曰女娃子。」「績麻紡布女紅多，風雨寒燈午夜梭。健羨東南吴越地，春花秋月織綾羅。吉州出木棉苧蔴，而不飼蠶，非特綾羅昂貴，即棉花價亦較我鄉幾倍。」「遠隔湖東景德窑，青花五彩向來燒。而今翻得新花樣，芳草飛蟲細細描。景德鎮屬饒州，在鄱陽湖東，其地多碗窑。」「妾心最怕落花風，風緊花飛色即空。見説花生花落去，和沙還結果叢叢。花生各處多産，安南爲甚。」「得邀一覆便稱公，不似尋常與考童。最是閨門榮耀處，脚尖新著繡鞋紅。文童覆過一次者，故後木主上書一覆公，覆全者，書全覆公。紳士之妻許穿紅鞋，廬陵一縣應試者三千，内多文僅八行、詩只二韵之卷，大抵爲此鞋而來也。」「百室難開幾扇窗，閨修端合住西江。鑿穿三寸匡衡壁，白日還須一盞釭。屋内並無窗户，只於墻間鑿空一條，長不滿尺，闊僅寸許，間有月洞如碗大及葵花樣者，一間一個，甚爲難得。若方方一尺中，必密豎直欞，白日非燈不能看書作字。」「夕照紅牆天后宫，隔牆時有暗香通。郎心莫共春心發，門外桃花倚晚風。天后宫，在鹽馬頭及西大街東首。」「鬟髮高梳一段雲，纏頭三尺掛元纁。凌波新製秋羅襪，只欠瀟湘六幅裙。少年婦女多作元寶高髻，亦有以玄綢或布束髮，兩端雙垂肩背，非見大賓，雖出門亦不穿裙。」「一片巴歈水調聲，山川風土最關情。吟成好寄家鄉去，省得他年説不清。」

魏塘俞布衣笑生錦好吟，工詞。余偕秋堂往訪，不值。破屋數椽，一老嫗應門而已。秋堂出其《北游草》索題，因得讀一過，更摘數章於此。《贈彈詞錢女郎》云：「前番曾邂逅，瑣瑣尚垂髫。五載不相見，雙鬟如許嬌。鶯聲香吻囀，箏語玉纖調。多少冶遊子，春魂爲爾銷。」《偶成》云：「酒斷澀詩腸，高吟興不狂。亂山環雨白，流水挾沙黄。故土違千里，新交聚四方。客途風景好，相約共平章。」《登金山》云：「紅塵不到處，萬古此禪關。繞岸萬重浪，隔江無限山。詩題苔徑畔，碑讀夕陽間。佛印僊猶在，談禪未擬還。」《晚步》云：「村深不識路，信步夕陽間。泊岸有漁艇，隔林多遠山。野花留客醉，啼鳥勸人還。句爲貪遊得，人生好是閒。」《揚州》云：「觀有瓊花山有堂，繁華從古説維揚。二分明月樓臺麗，十里春風花草香。泊岸客沽深巷酒，捲簾人露入時粧。雖非騎鶴腰纏到，能作清遊興亦狂。」《臨行囑翠筠女》云：「金盡床頭家食難，出門遑顧二毛斑。黄梅雨久書應晒，種菜庭閒草要刪。績可資貧須早起，門稀過客合常關。花逋酒債如相索，説我歸時照數還。」《憶遠詞》云：「楊柳瘦迎風，黯然秋色暮。南浦別離時，曾記攀條處。」《舟中雜咏》云：「人隔關山客思賖，晨昏争奈境喧譁。一宵祇有更餘睡，那得工夫夢到家。」《咏藕》云：「枝上曾開並蒂蓮，顧名思義却堪憐。同心便有纏綿意，一到分開萬緒牽。」《張園看花》云：「輕紅淡白滿園春，弄影枝枝色斬新。已惹客魂銷欲盡，憑闌況有似花人。」《途中即目》云：「蘆幹編籬一徑斜，幾間茅屋是誰家。忽驚眼底春無價，豆蔻初開二月花。」餘如《張秋》云：「土屋延秋草，荒城倚夕陽。」《曉行》云：「禿樹挂殘月，急流拖斷冰。」「孤舟沉遠柝，鄰舫遞鳴鷄。」《阻道》云：「路近家仍隔，冬殘事尚多。」《詩狂》云：「吟來無偶思浮海，興到遄飛欲上天。」《感悼亡婦》云：「一病情才珍伉儷，十年前尚共昏朝。」「適願事須憑福命，不如人爲拙逢迎。」《觀曆》云：「去日盡成春後雪，來時渾似夢中天。」《武城道中》云：「紅豆抛殘遊子淚，黄花開瘦故園秋。」《偶成》云：「老添客鬢無非雪，新富奚囊不是錢。」「隔船春露可憐色，向晚笛飛將别聲。」「花看初冬殘亦好，酒嘗客路淺猶醺。」《潤城道中》云：「踏殘黄葉山中寺，倒遍香醪湖上樓。」《醉後墮河戲成》云：「自緣酒渴思吞海，莫認先生捉月來。」《漂母祠》云：「世間一飯恩原有，只恐男兒負者多。」《和合枕》云：「重帷低語風情處，聽得分明只有君。」又《舟中苦熱》起句云：「恍居爐火上，身欲化黄金。」勢亦奇兀。

歙縣鮑覺生先生桂星，才氣冠時，以兀傲凌人，爲世所嫉。臨終自挽云：「功名事業文章他生未卜，嬉笑悲歌怒駡到此皆休。」其詩渾浩奔放，有不可一世之概。摘録數首，以見一斑。《飲酒》云：「黄河走東海，萬里不復回。白日浴咸池，流光忽西頹。人生百年内，一瞬成飛埃。修名苦不立，歲月倏已摧。南山八千仞，中有淩雲臺。登臺望蒿里，白骨何皚皚。舜華不夕榮，靡草無秋荄。達哉劉參軍，一飲累百杯。」《古詩》云：「人生有真氣，充塞宇宙間。不因死生奪，豈爲榮辱遷。古來奇傑士，太平成憂患。一息苟未澌，非道不可干。青青澗底松，與爾同歲寒。」《題鄭雲蓬乘槎萬里圖》云：「寰中巨浸海最雄，歕山欲野奔長空。女媧斷鰲奠坤軸，百谷之水皆從東。東溟奇觀奇莫比，層波駭浪兼天起。萬里蓬萊到者難，張侯已老宗生死。雲蓬鄭君曠代豪，屣脱軒冕真鴻毛。浮槎一笑觀海去，譬策怒馬橫霜刀。西風八月秋水壯，青溟一氣迴紫濤。天門曉坼噓翠蜃，神仙夜走鞭金鰲。鮫人弄珠月下泣，龍女鼓瑟雲中翱。鶬頭鯉角互出没，馮夷魍魎争啼號。須臾搏桑上初日，五光十色交金碧。貝闕橫捎若木青，珠宮倒射珊瑚赤。天吴震讋辟三舍，颶母咨嗟老龍詫。絶瀬雲霞足底生，群仙鸞鶴空中下。君時拍手興愈狂，意態磊砢神飛揚。騰身直欲窮四極，放眼何止超八荒。吁嗟杰士古難得，屈首蒿萊空嘿嘿。沼沚寧容縱鬐鱗，樊笯枉困凌雲翼。我生負氣愛奇特，因君圖畫三歎息。君去掣鯨東海中，我歸射虎南山側。」《西海門觀落照歌》云：「黄山入天割天半，秘藏雲物作娱玩。奇觀詫絶西海門，不數雞鳴登日觀。西海門，屹兩峰，中有雲氣雙扉通。乃是鬱儀之所宫，夕則入焉潛燭龍。我攜瓢笠貪涉險，徘徊遂至日下舂。青天萬里鏡初拭，仰視但見蒼蒼色。忽焉西北騰異彩，白者如荼黑如墨。紫如玫瑰赤如朱，黄如蒸栗青珊瑚。非烟非霧炫百色，就中湧出羲和車。羲和車，自東至，六鼇奉策雙螭轡。火齊朝從渤澥升，銅鉦暮向崦嵫墜。欲墜不墜景更奇，一輪截作紅半規。雙峰銜之不使下，良久乃墮天西陲。是時返照益陸離，金碧萬丈影倒垂。玃父駭走猩猩啼，三十六峰峰參差。遍染石黛成燕支，嗚呼奇觀奇若斯。」《壽姚姬傳先生八十》云：「浮山四面環大江，七十二峰奇少雙。猗姚先生禀靈秀，健筆遂使方望溪劉海峰降。黄河走天海氣奪，碧華照夜鐘聲撞。鯨呿鰲擲虎豹栗，奔雷激電相砰[illegible]。毘耶帝釋彈指見，七寶瓔珞珠旛幢。蓬萊仙人八萬輩，青鳥白鹿從群龍。有時容與得自在，中流簫管橫輕艭。漣漪無塵風日美，岸花灼灼波溰溰。夜來妙手試鍼縷，玉蟲暗墮深秋釭。

清絲豪竹與哀笛，往往異詞無同腔。須知此事本經術，汝南高密音何跫。先生盛年富根柢，丹地偶一排金窗。挂冠五十耽著述，時雨所被多蘅茳。題評愧我海内冠，先生跋拙稿云然。遠夢飛繞江流淙。鍾山魚書歲枉惠，紛綸大筆龍文扛。今年再與苹鹿宴，八十矍鑠誇奇厖。吁嗟頹瀾日東下，隻手孰障稽天洚。王述庵師錢辛楣先生諸老不可作，靈光獨巋衆所瞠。情頤典墳濟南伏，屣脱纓冕襄陽龐。麥丘頌言識古義，旗翼星氣瞻天杠。何當一葦指江路，再拜牀下浮金釭。」《題蔣母沈夫人紉箴課讀圖爲香杜中翰作》云：「母紉箴，事舅姑，舅姑身有完衣襦。母紉箴，課藐孤，刀尺聲間兒咿唔。兒今成名母不見，衣上箴痕手中綫。回憶風饕雪虐時，紉箴腸與箴俱斷。母箴斷，兒心悲。母箴續，兒讀遲。兒頭白矣讀未衰，母箴在篋母安歸，披圖淚下如綆縻。」《别鶴舫》云：「海内誰知己，尊前獨數君。如何同信宿，復此悵離群。挂席及春水，登樓多白雲。雲中有征雁，嘹嚦不堪聞。」《題施愚山先生遺像兼送費辛胡玉樵》云：「道氣兼詩骨，蒼然粉墨間。梅花宛陵樹，古雪敬亭山。圖畫今猶弆，風流不可攀。憑君到鄒魯，更爲啓賢關。先生嘗視學山左。」《史忠正公墨蹟》云：「草書二百字，字字作虬龍。歌贈雲洲子，相期五嶽筇。滄桑憐浩劫，笙鶴想遺蹤。爲問梅花嶺，愁雲暗幾重。」《松嵐觀察以楊忠愍公真蹟施之松筠庵中爲題》云：「二百年生氣，淋漓墨瀋斜。樓船空擊楫，道路幾看花。碧血飛燕市，春波冷若耶。唯應僧舍裏，掛壁走龍蛇。行書「一路看花何處好，樓船直到若耶溪」二句。」《度新嶺》云：「磴道横空五百盤，亂峰飛插曉雲端。龍湫挂雨青天濕，虎穴生風白日寒。抱璞自憐三刖足，上書誰許一彈冠。鴻南燕北俱漂蕩，擬向蓬萊借雨翰。」《不得登泰山作》云：「縹緲仙雲五十盤，一盤一步一烟嵐。紫泥玉檢春相麗，石氣松陰午亦寒。瓠子西來衣帶淺，扶桑東挂酒杯寬。何當直上天門去，九點齊州絏馬看。」《題葛秀英女史澹香樓集》云：「瓜年漱潤剡苕華，翠羽紅珠絶代誇。句漏丹砂知妾性，若耶春水是兒家。呼來才子眉雙掃，嫁得詩人手八叉。不信彩雲關不住，玉樓香冷月西斜。」「飄零金粉與珠鈿，繡軸空餘宛委編。篋裏西風團扇詠，山頭明月藁砧篇。璇機斷絶三千字，錦瑟淒涼五十弦。挑盡玉釭吟不得，秋聲如雨夜如年。」《江行》云：「漢水緑於醅，江水雪然白。醅以朱我顔，雪以濯我魄。」《夢遊洞庭得詩》云：「黄陵廟裏鷓鴣啼，柳毅祠前曉月低。倒跨白雲横鐵笛，隨風吹過洞庭西。」《夜泊太湖》云：「聽盡吴江欸乃聲，扁舟泊處水雲清。太湖三萬六千頃，迸作一天霜月明。」《和女子阿鵑旅店題壁》云：「生得歸難死更難，繭絲抽盡蠟珠殘。女郎綽有男兒氣，悔不提戈學木蘭。」《秦敦夫前輩索題便面》云：「一樹生紅酒一瓢，梅花吹落玉人簫。無端觸我揚州夢，廿七年前廿四橋。」他如「玉繩横月觀，金掌麗秋河」，「天地歸詩卷，江河入酒杯。」《蘇臺感賦》云：「如此山川宜對酒，可憐歌舞已斜陽。」《閨思》云：「雕籠有舌防鸚鵡，金井無波怯轆轤。」《七夕立秋》云：「天公不解憐兒女，才遣傷離又感秋。」皆佳句也。

東鄉吴蘭雪先生嵩梁，以詩名海内，著有《香蘇山館集》。余於友人所得觀，爲抄録一二，以志向往。《爲朱素人題畫》云：「一女收釣絲，月鈎淡掃雙蛾眉。一女持箬笠，背倚斜風鬢雲濕。數卷書，六尺牀，醒便開函倦倚枕，吟魂浸澈溪波涼。此君清福乃如此，筆下胸中可知矣。生綃要畫好江南，兩岸菰蒲漾秋水。儂亦柘溪垂釣客，平生讀書兼好色。蘇蘭淪茗憶樵青，欲買扁舟歸未得。年年鷗夢五湖多，細雨零花上緑蓑。卷裏雙鬟能下拜，新詩端合付漁歌。」《銀槎杯元人朱碧山製賓谷鹺使得於江氏擷雲爲作歌》云：「前宵酌我對山樓，銀河倒入青樽流。我詩有讖果奇中，康山酒間有句云：「倒捲銀河瀉杯底。」舉杯一笑逢張侯。斗大黄金印懸肘，探源萬里窮星宿。現身忽化酒中仙，一朵白雲墮清晝。科頭兀坐槎中央，輕裾直欲凌風翔。支機片石傳星渚，枯樹何年卧雪霜。銀鈎洗出元朝字，妙絶碧山詩手製。四百年來任拍浮，我笑此翁真骨醉。虞揭介壽張華筵，當時主客皆神仙。此杯雙舉銀燭前，桃花一放三千年。白雁聲中换滄海，塵土消沉舊光彩。一爵曾聞内府收，三鍰却憶江邨買。高淡人草堂名。後先拂拭群公手，神物流傳信非偶。江湖隻影豈飄零，天上人間同不朽。月華秋浸馮夷宫，平湖萬頃玻璃風。美人濃笑持碧筩，酒波滿瀉真珠紅。浩歌手把雙芙蓉，竟擬跳入仙槎中。吾儕得酒且快意，富貴長生總游戲。蒲萄一斛换凉州，如此胸襟定奴隸。誦君長句追昔賢，痛飲爲君歌此篇。醉鄉佳話從今補，壓倒錢塘藥玉船。」《七里瀧》云：「錢塘潮滿連桐江，一日已到七里瀧。雙槳無聲片帆飽，萬山飛舞來船窗。峰峰壓雲吹不起，積翠空濛化江水。一天秋影瀉冰壺，破月如瓜墮江底。榜妾意態閒鷗閒，臨流自約雙鴉鬟。教就竹枝能緩歌，酒鱗摇緑生微波。前生我亦羊裘客，漁弟漁兄共酣適。蘋花風過酒初醒，一枕江天聽吹笛。」《百歲張節婦詩》云：「謂妾無夫妾有夫，六載恩愛誓不渝。謂妾有夫妾無夫，七十九年形影孤。天南地北音信無，妾身閨閣心江湖。青裙白髮涕淚枯，妾身冰雪心蓼荼。嫁夫年十五，一女煢煢伴孤苦。待夫至百齡，夫竟不歸目不瞑。苦節上壽皆可傳，旌典不得邀生前。一抔黄土埋寒烟，有姪能文銘厥阡。謂蔡東墅明府。我詩合共貞珉鎸，女貞一樹青參天。」《自書南唐宮硯詩後呈鐵冶亭漕帥》云：「吴生琢句如琢硯，一字工夫經百鍊，惜哉不令鐵公見。鐵公愛硯如愛才，片石價重黄金臺，惜哉不遇吴生來。此硯歸公今得所，不然棄擲終塵土。吴生潦倒二十年，賀硯以詩心獨苦。東風一櫂凌黄河，墨花怒捲千層波。自携新句擲公袖，識公不早真蹉跎。公能擊節吴生歌，此詩此硯今無多，生不逢公當奈何。」《再過崇效寺看花》云：「昨日看花紅滿枝，東霞西日生奇姿。今日看花花漸白，玉容退酒嬌無力。春光九十風雨多，紛紛艷雪埋青莎，明日看花當奈何。」《書黄仲則詩後》云：「天下幾人學太白，黄子仲則今仙才。其才挺脱實天授，獨以元氣爲往來。有時造意入微妙，游絲裊空影遲徊。有時揮毫極雄宕，神龍出海隨風雷。序事矯變不可測，抒情宛轉難爲懷。傲骨千尋聳孤柏，冷艷一枝横老梅。飄飄凌雲有逸氣，亭亭似月無纖埃。惟其結體盡高妙，遂能彈指成樓臺。花天雪地恣游戲，零縑賸紙俱瓊瑰。黄山奇秀太華敵，松石出没雲濤堆。君造天都俯人海，峰三十六羅嬰孩。謫仙酒樓跨霄漢，其人與地雙崔嵬。君倚危欄發高唱，歌聲怒挾江聲迴。余忠宣墓獨憑弔，詩成擲筆何雄哉。一句一轉一意换，五花八門生面開。我讀此詩首至地，謂君飛將誰能摧。其才如此窮且夭，海内才人心死灰。平生知己數公最，朱汪翁畢同栽培。我時入燕君赴晉，當年恨未相追陪。或論君詩以我匹，心實愧赧佯歡咍。疲駑妄想躡天駟，力既竭矣今衰頹。昨病即死亦中壽，念君數奇尤可哀。行將所作付梨棗，從人覆瓿供詼諧。終期與君結仙侣，驂鸞一笑傾千杯。」《丁烈女詩》云：「生者不可死，天胡奪我胡氏子。妾身未歸心已歸，負義偷生不如死。死者不可生，丁氏之女格以誠。籲天不得以身代，代者竟死死者生。生死之權操自我，騰天入淵無不可。

萬靈呵護二豎迴，至性所結生奇才。愚忠愚孝古來有，遭遇如今天獨厚。一池香水女所家，萬劫開作青蓮花。」《縱節婦詩》云：「縱氏之婦李氏女，事夫九年殉夫死。死也同日斂同棺，妾之初願豈如此。縱郎未病耽讀書，妾以女紅佐勤劬。書聲機聲斷續俱，風雨一燈搖敝廬。郎病漸深醫藥誤，牀褥厠牏手調護。以身祈代人不知，妾淚何曾有乾處。郎死妾何以生爲，再拜舅姑從此辭。堂上老矣下乏嗣，一死區區明妾志。黄金之環妾已吞，繡帶手製妾自焚。妾生徒益舅姑累，妾死母先父母聞。將死未死命呼吸，家人救之環且泣。佯謝守者出復入，三尺朱繩掛于室。嘉慶丁丑十二月，是日歲除前二日，天地鑒觀鬼神集。嗚呼一死人所難，烈婦再死心始安。此心暫移死不得，萬古之名争一息。」《夜登仙鶴峰聞鐘》云：「三十六聲鐘，秋山一萬重。月明都化水，雲氣欲沉松。群籟此時絶，獨游誰與從。仙人驂鶴去，手把玉芙蓉。」《雨中登黄鶴樓》云：「笛裏梅花鏡裏樓，遠山平接大江頭。極天風雨招黄鶴，終古烟波送白鷗。供奉不來芳樹老，司勳已去暮雲愁。憑闌滴盡騷人淚，漢水無情日夜流。」《題朱小琴人間世院本》云：「紗窗如夢晝如年，鬢影春風暗自憐。不是湘裙能化蝶，新詩題寄阿誰邊。」「蝶衣一片粉猶新，小字斜行認最真。樓裏花枝樓外水，春愁泥煞隔簾人。」《題堯山畫竹》云：「風雨清酣得意時，堯山畫似芷灣詩。矯然一筆凌空去，化作蒼龍未可知。」斷句如「溪聲涼入夢，山骨瘦于秋」、「老葉黄堆屋，痴雲白上衣」、「古劍無龍氣，新詩有鶴聲」、「看雲無我相，種竹有秋心」、「花明無月夜，山斷有雲天」、「若將紫玉雕詩佛，應勝黄金鑄浪仙」、「人耕夕照明邊地，鳥没平蕪盡處天」、「一局殘棋無好着，百年畫餅是虚名」、「金粉六朝詩世界，蓮花千朵佛光明」、「水搖燭燄紅成海，雲遏簫聲緑滿天」、「窮來駿骨高無價，老去蛾眉畫不妍」、「王維澹坐成詩佛，李白狂歌是酒仙」、「才名早歲唐花麗，道味中年諫果甘」、「偶然臨水思携艇，除是游山未出門」、「五詠高名荒塚在，六朝奇士醉鄉多」、「一夜紙窗明似月，百年老樹艷於花」、「貧家萬事白雙鬢，老屋一燈青十年」、「下界帆檣飛鳥外，全家笑語白雲中」、「一醉預支生日酒，再來如看故園花」。《題甌北詩》云：「我讓出頭非讕語，世無敵手始奇才。仙鶴一雙都睡着，冷香吹遍緑梅花。」《詠竹掃帚》云：「不許參天甘掃地，落花堆裏有仙人。」皆集中之零珠碎錦也。

鐙窗瑣話

鐙窗瑣話提要

《鐙窗瑣話》十卷，據道光末刊巾箱本點校。撰者于源，字辛伯，號秋泩，浙江秀水人。貢生。有《一粟廬合集》等。此書封面陳汀署題及陳官焌序俱作道光二十七年，然卷九有記道光二十八、二十九年事，成書刊出當在稍後。自言始撰於道光十五年，則前後歷時達十餘年矣。秀水，國朝詩鄉也。詩家輩出，詩話亦先後有《静志居》、《南野堂》等巨製，陳序云辛伯此種可繼爲三。辛伯品詩頗識滋味，此書較前兩家大或不及，情韵則深之。所記朱竹垞、錢萚石等里居逸事甚細，《萚石齋集》手稿晚年由一剞劂老手寫刻一則，頗關萚石詩之評價。惟於王仲瞿之狂放抑塞稍有微詞，似情性不合也。此時仍享乾嘉盛世之餘蔭，咸豐之内亂尚未啓頭，鄉邑之士以詩遣日，興復不淺，至有作詩細編年月，三年計成十册者。然亦有憂患之意在，所謂「景不虚逢添得月，閑難長享折於詩」也。（卷九胡鈖《和亞陶》）辛伯潛心搜采，秀水暨毗鄰之吴江、平湖一帶，逸士軼詩，見録尤夥。其録詩主張采已刻詩從簡、未刻詩稍寬，故頗存佚稿。其中摘引之周坤《詩娱室詩話》、沈遠香《小靈蘭詩話》兩種，即已未見傳本。辛伯詩學不深，於樊榭開浙派之宗宋風氣語帶保留，所好偏在小詩絶句，抒寫性靈。以七絶采入最多，田家四季晨昏，從容描畫，佳句紛呈。然古體長篇全録者亦非僅見，如五古吴振棫《廠述》四首，詳述雲南早期煉銅廠之設備人事；七古俞芷衫《巨魚行》、曹種水《宋砌磚街歌》等，本地近時發生之異事珍跡，始末來歷，原原本本，非長篇莫辨也。全書清朗可誦，亦非無分量。辛伯嘗不滿元遺山《論詩絶句》譏秦觀「有情芍藥含春淚，無力薔薇卧晚枝」爲「女郎詩」，弱乎不弱，其意豈自況乎？

鐙窗瑣話序

吾禾多詩人，以專集傳者，難更僕數，而作詩話者不概見。在國初則有金風亭長《静志居詩話》，乾、嘉間則有澹川居士《南野堂筆記》，五十年來絶鮮嗣音。近時于子辛伯著有《鐙窗瑣話》，取材淹雅，持論名貴，其於遺聞軼事，及憔悴專一之士，尤多所闡表，有功於詩道甚偉。其爲《静志》、《南野》之續，無疑也。辛伯閉户讀書，著述甚富。嘗有《鴛水聯吟集》之選，雞林珍之。去年刻其所爲《一粟廬詩》一稿，亦爲談藝家所推重。未刻者有《題紅閣詞》、《只自怡齋文屑》，又雜綴數種，俱可傳者。此編徇同人之請，先授剞劂，而屬余序之。唯余於有韵之語絶無心得，猥蒙采及葑菲，殊堪顔汗。又不文，何足以言序？爲志其緣起如此。道光二十七年九月既望，同邑陳官焌。

鐙窗瑣話卷一

秀水于源辛伯

乙未新秋，梅里沈遠香愛蓮見過。謂余云，有桐鄉友人載書畫一船過訪。因贈以詩，有「人從書畫船中到，秋自梧桐鄉上來」之句。余甚歎賞。所謂「文章本天成，妙手偶得之」。因論此聯可入詩話。遠香云：「子何不作詩話采之？」余謝不敏。夜窗鐙火，偶憶及此，筆記數則。遠香來，試以質之。

陳蘊齋先生球，居郡中瓶山之側，自號一簣山樵。性豪邁，耽酒工畫。嘗寓西湖，遇雨則着屐出遊，徘徊山麓間，終日不去。人笑其癡，蘊齋云：「此即天然畫稿也，免向故紙堆中覓生活耳。」詩品淡逸，如其畫。《立夏前一日謝吳生鈞璜惠酒》云：「連天風雨妒芳辰，無限鶯花付劫塵。眼底難留春一日，杯中莫厭酒千巡。辱君何事憐吟客，許我今朝作醉人。櫻筍筵開新節換，酡顏倒却老頭巾。」《階前紫竹爲圬人所損越七年而復生作七絶句以誌喜》，兹録其四首，云：「新篁乍透碧雲姿，歎息相逢已恨遲。不可此君無一日，風光况隔幾多時。」「賸粉零香尚復存，可憐黄土困靈根。七年空灑瀟湘淚，不道亭亭却返魂。」「窗前重見影團欒，幾度憑闌帶醉看。贏得兒童消息好，這回可是報平安。」「舊緑凋零新翠攢，何緣又見碧琅玕。生涯此後無他事，揀取修枝作釣竿。」

蘊齋著有《燕山外史》，通體四六，洋洋數千言，儷青妃白，洵傳作也。葉兩垞刺史維庚題云：「海内文宗陳伯玉，禁中樂府柳屯田。閒來譜出《燕山》傳，不數懷甯《燕子牋》。」

詩有寄託便佳，而寄託中亦足自見身分。屈翁山先生，布衣也，《題魯仲連廟》云：「從來天下士，只在布衣中。」吴澹川先生，秀才也，《題范文正公祠》云：「由來賢宰相，只在秀才中。」其風調亦復相似。

桐鄉馮孟亭太史注《玉溪生詩集》，博採諸家，極其精當。但既用甲子編年例，而開卷又特取《韓碑》冠首，何也？

偶過冷攤，見有鈔本詩一帙，買歸。讀之，乃當湖吴太顛名揚曾所作。《登海雲樓》云：「暇日乘清興，高樓空復情。水深林屋洞，花落秀州城。雲裏雞聲出，沙邊雁勢平。蒼蒼望不極，有路接蓬瀛。」《金陵有感》云：「禾黍油油落照邊，鍾山佳氣蕩如烟。奸臣抵死爭三案，天子無愁欠一年。北寺未終鈎黨獄，西藩先下蔽江船。不知亡國緣何事，曲巷猶歌《燕子箋》。」集中有贈稼書先生姪陸西雝一詩，知爲康熙時人。

錢唐金麗生樹本，僑居吾禾，與余少同學。不習帖括，專嗜爲詩，後并不問家人生産矣。得一舊印，文曰「杭州阿獃」，喜極，亦確極也。著有《友蓮新築散稿》。録其《古鏡》云：「秋水一泓清，土花半規碧。是將何代金，鑄此千古月。一照歡紅顔，再照悲白髮。悲歡兩不知，妍媸終脈脈。」《窮巷》云：「聽雨獨自卧，窮巷無人來。閉門春草生，好花猶未開。忽聞幽鳥啼，驚我午夢回。春風動微寒，蝴蝶雙徘徊。」《金沙港殘桂》云：「中秋未到月不滿，七月初終桂已殘。無限惜花心一片，有人先我獨憑欄。」《曉起》云：「案頭一翦玉槎枒，細細寒香透碧紗。侵曉膽瓶冰似鐵，自吹松火暖梅花。」麗生挈眷遊楚，十年不歸，不知猶有故鄉思否？

梅花詩，林逋「暗香」、「疎影」二語，可云絶唱。高菊磵詩云：「近來行輩無和靖，見説梅花不要詩。」故姜夔自製二曲，以曼聲寫之，亦是獨有千古。余謂自白石老仙去後，梅花更不要詞矣。

吾鄉王仲瞿孝廉曇，狂放不羈，其踪跡雜見近人記載。著有《烟霞萬古樓集》，未刻，罕有知者。所聞斷句，如《題洪稚存詩集》云：「除死頭顱孤注擲，補天文字女媧窮。」《咏錢》云：「生前三日須湯洗，死到重泉要紙焚。」雖極抑塞感慨，究不足誦。其室人金五雲女史亦工詩擅畫。當孝廉避禍江湖時，獨居西湖散花灘。嘗禮天竺，以手寫《觀音圓通二十五像》，爲仲瞿祈佑。并系以詩，有「神仙墮落爲名士，菩薩慈悲念女身」句。淒涼婉悴，爲時所傳。

黄鶴樓丈金臺，著有《木雞書屋文集》，駢四儷六，頗極典贍。詩工詠史，善持議論。余尤喜其小詩性靈一種。五古《偕柯小坡遊雁塔寺》云：「一鳥破烟飛，引客入方丈。感弔兩詩僧，白雲寄遐想。蕭蕭風雨來，松濤發清響。」五律《湖上秋泛》云：「湖水淡秋影，曉涼移畫橈。好山皆繞郭，疎柳不藏橋。篷底一尊酒，樓頭何處簫。汀洲采芳杜，殘夢碧天遥。」七律《吴大帝廟》云：「生子當如孫仲謀，聰明雄略冠諸侯。大臣膽落幾降魏，小妹心高合嫁劉。三世訪求文武士，六朝還作帝王州。紫髯碧眼遺容在，蘆荻蕭蕭古石頭。」鶴樓居新倉鎮，地屬平湖。新倉有二：其一在海昌，野航寄書，往往致誤其地。一名蘆川。鶴樓有《蘆川竹枝詞》十首，兹録其四首，云：「嗚鉦吹角勢喧豗，皂隸前驅兩道開。知是白沙巡檢過，行人錯認大官來。」「木棉生計抵桑麻，白雪盈筐婦女詩。去歲價昂今歲賤，村村夜半聽彈花。」「主客移尊話舊歡，却無雋味佐盤飧。春來白蜆秋來蟹，當作珍羞一例看。」「村姑挑着賣鹽籃，掩耳偷鈴苦不堪。勸汝還家勤紡織，免教胥役虎眈眈。」亦采風者所不廢也。

平湖姑嫂餅，相傳姑嫂二人青年守節，賣餅自活，因以得名。鶴樓集中有《咏姑嫂餅》二絶甚佳，詩云：「十年不字姑將老，五夜孤啼嫂又孀。青女素娥俱耐冷，用句。一團明月一團霜。」「玉屑金花一色匀，價廉多買不嫌頻。題糕别有風流筆，妒殺真州蕭美人。」蕭美人糕爲倉山叟所賞，見《隨園詩話》。

吴人呼午飯爲點心，小食亦稱點心。梁《昭明太子傳》：「京師穀貴，改常饌爲小食。」鄭傪爲江淮留後，家人備夫人晨饌，夫人顧其娣曰：「治妝未畢，我未及餐爾，且可點心。」「點心」二字，前人詩中有用得極佳者，如「細嚼梅花當點心」句，膾炙人口，惜不得全詩爲憾。近閲《柳亭詩話》得之，詩云：「磨快鉏頭挖苦參，不知山下白雲深。多年寂寞無烟火，細嚼梅花當點心。」傳是姚州一古寺題壁詩，亦不知何人所作。

長水詩人，梅里爲盛。自小長蘆釣魚師後，代有宗派。近日則推汪一江丈澍。其《古梅溪館詩》清和淡遠，迥出恒蹊。長古如《爲馬小眉題五千卷室銅鼓》詩，及《題金湘波寶劍出匣圖》，尤見力量，篇長不録。録其五古《池上》云：「愛追林下凉，却向池邊步。池水静不波，繁星若棋布。憩石一披襟，清覽愜吾素。桐陰流碧雲，荷氣散香霧。忽驚風入林，落葉紛無數。只疑山雨來，不知秋在樹。虚懷欲悟禪，静得自成趣。手攜蘿徑月，抱琴復歸去。」《冬夜即事》云：「半牀疎影寒，獨卧梅花月。

覺來窗竹鳴，蕭蕭似聞雪。開窗月在樹，猶疑殘雪色。出門踏月去，冷光沁肌骨。心知有花處，香已滿溪積。尋香渡溪橋，一隝凍雲白。」他句五言《有感》云：「燈寒孤館雨，人老百蟲秋。」《生涯》云：「晝寒雙燕静，春暝百花愁。」《秋潦》云：「江鳥浴孤館，溪蘋黏半扉。」七言《曉發鷺湖》云：「一枝柔艣劃殘月，無數白漚飛曉烟。」《答友》云：「詩有人傳差免俗，書無錢買始愁貧。」《對雨懷友》云：「客爲夜寒呼酒數，天憐春短壓花遲。」《危坐》云：「病瘳纔識醫書驗，醉起方知酒券多。」《村西觀白蓮》云：「樹散曉涼初墮月，水涵净碧欲浮烟。」皆可誦也。

汪雨人學博能肅，山陰人。其先寄籍粵中，遂領廣西某科解元。後歸原籍，任嘉善教諭。工詩，擅草書，爲時所重。近作名《魏塘集》。《古琴》云：「時手即能弄，古音終不全。若爲存太始，最好是無絃。獨夜空山外，驚濤大海邊。此時吾與汝，默默待成連。」《新春漫興》云：「草未萌芽樹尚殷，如何便説好春還。梅花世界無妨冷，正月人家大抵閒。佳日隻雞招近局，終年喬木作遥山。比來苦憶長安道，不是生憎苜蓿盤。」《冬夜讀書偶作》云：「廊廟山林兩不成，老來有味只孤檠。書多要在生前讀，名盛還防死後評。半夜高窗賒月色，滿庭大木戰風聲。寸心五嶽時時起，欲向窮涂一請纓。」《葬事畢口占》云：「飄泊東南二十年，旅魂才得妥新阡。從今不敢輕官小，助我猶能賴弟賢。百折清流琴在御，四山協氣玉生田。椎牛何若雞豚養，一奠椒漿一泫然。」《贈宋小茗》云：「老猶相見莫云遲，應仗先生爲析疑。書重牛腰看豈厭，官輕雞肋罷何悲。一生所苦兩兒幼，萬劫不磨千首詩。儉歲富人翻羡子，經畬大熟等平時。」《贈程淡人》云：「世人莫怪操同蚓，儒者原來廉似雞。仲子比君應不及，於陵尚有擗纑妻。」

仁和宋茗香助教大樽，詩豪健，宗青蓮。自編《學古集》，詩僅百餘首，閲者每嫌其太簡。雜見于他選本，知遺珠不少也。録其《少年行》二首云：「見酒忽下馬，繫馬桃花下。腰間不妨無酒錢，一笑便擲珊瑚鞭。」其二「名姬復勸酒，肯使杯離手。將軍忽募六郡豪，笑背歌筵看寶刀。」其三《導飲曲》云：「勸少年，憐青春，新愁舊愁愁殺人。愁何多兮樂何少，樂苦遲兮愁苦早。更有美人先我老。」五律《得徐溉餘水部還自塞上消息》云：「關外更逢關，山前復有山。上天疑地盡，垂死竟生還。泣斷高堂夢，年摧壯士顔。河流與歸客，作伴到人間。」《黄村經徐元嘆隱處》云：「曖曖孤村影，初疑無路通。樵歸野烟白，酒熟桃花紅。四海幾高士，百年皆寓公。此間有耕鑿，何勿把清風。」七律《歌風臺》云：「威加海内氣縱横，纔是歸來衣錦榮。亭長已知天子貴，官家也起故鄉情。百年父老誇湯沐，一劍風塵話太平。始信英雄是天授，文章猶冠漢西京。」七絶《前有一尊酒行逢金大作》云：「酒徒零落渺何之，獨向春風把酒卮。今日花前莫辭醉，相逢不是少年時。」《喜蒓江姪抵舍》云：「仙人掌畔跨征鞍，潦倒歸來也自歡。忽見桃花淚雙落，去年曾向戰場看。」

助教長君小茗先生咸熙，近罷桐鄉教官，設帳郡城周氏拳石山房。予以詩卷質正，蒙採入《耐冷譚詩話》，并以所著《思茗齋集》見贈。詩宗家法，録其五律《宿山寺不寐》云：「不眠貪夜静，窺月上松梢。村遠犬孤吠，鐘寒僧嬾敲。僮扶茶竈睡，詩借佛燈鈔。供客無香積，清齋聚一匏。」《第一樓訪孫漁楂》云：「晨興琴未張，樓净貯秋光。疎樹碧藏牖，亂峰青到牀。酒緣勤學止，詩爲紀遊忙。將母情何切，車輪空轉腸。」七律《送人之金陵》云：「隱侯此去始歸閒，笑向滄江破醉顔。雙槳落花三月渡，短笻孤寺六朝山。聚聽説劍來豪士，偷學吹笙有小鬟。名列蓬瀛仙亦苦，何如遊戲在塵寰。」《與嚴少梅泛舟河渚》云：「一溪占斷好秋光，叢桂飄殘尚有香。新漲拍橋低礙艇，寒瓜眠屋老經霜。酒逢村店零星飲，詩共幽人仔細商。曾是昔人高隱地，居民猶解話滄桑。」五絶《秋砧》云：「夫容泣寒露，欲墮半規月。清砧不敢停，昨夢關山雪。」《謁子陵祠》云：「貴賤偶然耳，誰能無故人。忽傳驚帝座，多事是星辰。」七絶《西湖秋柳》云：「秋風不管别離難，蕭瑟旗亭戒曉寒。莫復歸來怨摇落，有人猶在異鄉看。」《贈余道士雲麓》云：「往日雄心莫漫論，老耽幽寂棄兒孫。四山風雨不知處，虎尾如人夜打門。」先生嘗與同學諸子談藝，謂詩無他法，只有一字，曰「脱」。

李笠翁工于詞曲，所著《一家言》，莊諧互見，雅俗共喜。後人每俳優視之，然其精詣，自不可没。笠翁墓在西湖九曜山之南。笠翁由蘭溪之杭，築室雲居山，名曰層園。卒後，錢唐令梁雲構立碣表之，曰「湖上笠翁之墓」。嘉慶某年，守塚者匿其墓碣，將易主焉。邑人趙寬夫修復之，且俾爲券，藏于家。小茗丈作四絶句紀之。詩云：「築室吴山最上頭，即看餔啜亦風流。層園名士如雲散，樹碣荒阡仗邑侯。」「移將故碣委荆榛，賺得豪家卜兆頻。九曜山南十弓地，誰知此處葬詩人。」「才人賦命多窮薄，荒塚平來亦可憐。身後滄桑總難料，更誰重辦買山錢。」「置人守塚計周詳，更俾親書券數行。從此一坏長可保，不愁枉費束修羊。」俱可風也。

鲂婢魚，産塘西者更美，桃花時尤佳。脊有翠鱗如豆，過桃花時，翠即褪，味亦漸減。以其似鲂而小，故曰「魴婢」，俗名「一點青」，亦名「桃花魴婢」。小茗丈集中有《咏魴婢》一絶云：「歲歲驪歌不可聽，歸來擬補種魚經。碧天橋外春流暖，千點桃花一點青。」

「有情芍藥含春淚，無力薔薇卧晚枝」，是少游體物佳境。元遺山《論詩》，援昌黎《山石》詩以衡之，未免擬不于倫。曾見朱夢泉爲人畫扇，題一絶云：「淮海風流句亦仙，遺山創論我嫌偏。銅琶鐵綽關西漢，不及紅牙唱酒邊。」實獲我心矣。

瓣香廬在南湖濱，盛宜山居士遠舊隱處。居士嘗自築生壙，有「不知一盞花前酒，誰向劉伶墓上澆」之句。《曝書亭集・題盛叟生壙》詩云：「宜山居士抱詩癖，老傍江湖度幽宅。莫嫌丙舍少兒孫，且免他時賣松柏。」今墓碣僅存，餘地爲漁户侵佔略盡。清明鬼蜨，落日魚罾，感慨係之。居士刻有《竹林倡和集》、《瓣香廬稿》僅刻七律一體。嚴伯年家藏有一册，甚完好，不輕示人。

近瓣香廬有翠雲庵，詩僧際淵者，字液川，工畫竹，極風瀟雨灑之致。有石刻藏庵中。著有《觀幻山房集》。録其五言斷句，如「水逆知帆健，舟輕與岸平。」「野花隨路發，幽鳥及時鳴。」「風交群木戰，月浸小庭秋。」「近村嫌酒薄，多雨幸花遲。」「荷衣披月冷，菰葉戰風涼。」七言「衲破頻勞慈母補，詩多爲待作家删。」「自憐抱病身如幻，頓使懷人夜似年。」皆非蔬筍家語。

明萬曆間，瞻山屠公巡按秦中，與番僧遊甚密。後將别去，僧揮刀截頂骨付之，今藏城東東塔寺中。石門吴裴堂太守文照《東塔寺番僧頂骨歌》云：「臠身成佛尸毘王，血肉飽充鷹虎腸。後人妄冀餘靈乞，花萼樓前迎死佛。人死無靈骨有情，爲酬知己願殘身。堅牢壽相歲三百，頂骨未朽刀瘢新。佛面團團如滿月，月到滿時亦應闕。佛髻熒熒現寶珠，報德不與靈蛇殊。輕車裝載歸鄉里，三千衆皆大歡喜。香水朝澄蓮葉龕，精芒夜吐舍利子。東塔寺前塔尚存，客來摩頂禮禪門。卿用卿法何太苦，吾戴吾頭不敢捫。君不見腹可剖，古忠直；頸可刎，情膠漆。義重生輕今昔一。惜哉不如虎顱骨，能攬伏龍出龍窟。」

太守歸田後，卜居城中傾脂河畔。有詩云：「橋迴夾岸有人家，一半簾櫳綠樹遮。慣飲傾脂河畔水，生成兒女盡如花。」風調極佳。

畫家不必盡能詩，除王右丞畫中有詩，鄭廣文藝擅三絶，若曹將軍、王宰，便已無聞。至雲林、石田，則能事畢矣。近時，昭文蔣子延丈寶齡善畫，又極工詩。予不解六法，未知于古人何如；至若其詩，則直造清秘、停雲之室，可云嗣音。著有《琴東野屋詩稿》。嘗手鈔數十首。五古《離家》云：「近遊忽逾月，風暖春已深。春衫典亦盡，又動離家心。孤踪去何方，清夜自沉吟。南望烟水闊，鷗鷺遠可尋。行李自整束，月上高樓陰。黯然別妻子，雙淚沾衣襟。」其一「野航夜不開，挂席遲明發。襆被自擁身，不寐對溪月。春空何冥冥，浮雲淡滅没。時聽橫竹聲，水上迴清越。鄰船客已息，孤坐尚兀兀。辭家始今宵，淒感已入骨。」其二《八月四日移寓烏鎮密印寺偶述》云：「東西盡佛寺，林木交參差。清秋境逾寂，梵唄聞六時。蔣子溽上來，病後身支離。雲堂許投足，于此暫息宜。尋碑趁閒步，望古生遐思。蕭梁代已遠，約略跡尚遺。唯嫌壞墻上，已失厲叟詩。壁上舊有厲樊榭詩。」其一「借居問何所，東偏一椽屋。洞達虛四窗，積檻古苔綠。中庭地亦隘，却喜數竿竹。蕭疎不成行，清影覆簷足。稱我此瘦吟，一襟洗塵俗。晨昏坐其下，時復展書讀。淡淡烟忽籠，涓涓雨新沐。微風更吹之，疎響戛寒玉。長日無人來，藉以慰幽獨。」其二七古《爲張薇人寫客舟聽雨圖卷》云：「江雲潑墨秋陰碎，急雨澌澌響篷背。客舟方自何處來，江空浪闊愁難開。疎楊似人立荒渡，且與商量一宵住。渡頭闃寂無別船，掩篷不寐心淒然。西風亂刮雨難止，斷雁叫群聲在水。此時絮衾寒漸生，矮燈一星紅不明。綺樓珠箔渺天外，飄蕩誰識江湖情。江湖情，自酸苦，底事詞人愛羈旅。星鬢如儂亦可憐，歲闌猶聽僧廬雨。」《海會庵觀徐元歎先生落木庵券》云：「一庵已隨風雨壞，殘券猶傳昔賢賣。官私債迫難貸錢，詩人暮年窮可憐。團蕉十笏手所拓，捨去何如改蘭若。西山老衲况故交，身後孤墳已堪托。茫茫人代事忽遥，斷鐘聲裏魂誰招。昔時雙童埽葉處，松栝依舊寒蕭蕭。前賢手跡數行重，遺像還當香火奉。庵中藏有先生遺像。天地一角青巉巖，何日攜尊酹秋壟。」五律《寄懷葉溉翁鶯湖》云：「遠懷葉處士，蕭索住湖干。玩世師曼倩，賃舂愁伯鸞。布袍如我敝，秋鬢爲詩殘。近日知何似，風波行路難。」《不寐》云：「默默倚孤枕，僧樓最上層。斷難成短夢，那可覓殘燈。月黑窗無影，霜寒被有稜。鄉心空自結，贏得二毛增。」《客中七夕》云：「愁說秋期到，高樓落照斜。頻年常在客，此夕每思家。世事我輸巧，浮生鬢易華。傾尊且謀醉，風雨浩無涯。是夕風雨。」七律《寒食日偕王研農臺叔過衛氏園作》云：「禁烟門巷不知寒，沿路香塵蛺蝶團。佳日易隨流水逝，穠花要趁夕陽看。詩非即境拈題嬾，人慣傷春作客難。甚欲典衣拚一醉，荒園惆悵獨憑欄。」《碧浪湖》云：「琉璃劃破盪吳舲，繞徧鷗汀與鷺汀。終古湖光如此碧，六時山影向誰青。詩仙往跡應難問，漁女清歌好自聽。可惜重三佳節過，不曾來此采芳馨。」《旅感》云：「旅感淒然對夕暉，孤踪海角悵何依。時寓乍浦。書來況説兒多病，路遠難期客早歸。愁比寒潮平又長，心如枯葉碎還飛。米鹽零雜休相攪，待我明朝更典衣。」七絶《臺叔西泠遊草題詞》云：「湖樓十日寫春妍，添得新詩一集編。昨夜因君曾夢往，蓼花紅上總宜船。」《題硯農病中雜咏》云：「芳辰豈忍等閑過，晝永春長奈病何。一室藥烟清不寐，亂愁應比落花多。」《新秋雜吟》云：「欲作清遊放舟去，故人寄跡在湖村。謂程瑶波。竹床欹枕看秋色，無數水萤開到門。」「清吟良夜有誰同，片月遲生屋角東。却笑嬌癡小兒女，呼燈忙殺捕秋蟲。」《月下尋張石耘》云：「狂侶相尋路不遥，思量把袖話蕭寥。烟荒古寺斷行迹，冷月自隨人過橋。」《歸雲庵題壁》云：「高人去後一庵荒，寶墨猶聞歷劫藏。欲和新詩留卷尾，松風吹上挂瓢堂。」《僧寮消暑》云：「老樹扶疎蔽殿陰，日斜枝上亂蟬吟。尋常誰愛西廊坐，到此都來借緑陰。」《蓼花》云：「臨風弄影亦娟娟，冷落荒汀太可憐。時有前溪采菱女，秋衫來睹水紅鮮。」

霞竹丈嗣君仲籬莒生，畫傳家法，亦嫻吟咏。録其《雨泊平望》云：「無限歸心逐水流，何人知我客中愁。前年風雪今年雨，都在鶯湖夜泊舟。」《爲張篠坪寫烟波垂釣圖》云：「移船隨意過溪莊，沽得村醪趁晚涼。今夜思君何處醉，半湖淡月白蘋香。」

贈人之詩，有因其人之姓借用古人，時出巧思。若直呼其姓名，似徑直無味矣。不知唐人詩，有因此而入妙者。如「桃花流水深千尺，不及汪倫送我情。」「舊人惟有何戡在，更與殷勤唱《渭城》。」「平生不解藏人善，到處逢人説項斯。」皆膾炙人口。

《柳亭詩話》謂神女果有其神，嘗佐禹治水有功，亦稱雲華夫人。有降乩詩云：「雲雨高唐入夢驚，君王與妾本無情。只因宋玉多才思，萬古長江洗不清。」神仙縹緲，廋語荒唐，無庸鑿辯。余謂不如「君王莫信《高唐賦》，何處山川不出雲」，二語尤爲超妙。

謝豹有二，一爲子規別名。昔有人飲于錦城謝氏，其女窺而悦之。其人聞子規啼，心動即去，謝女恨甚。後聞子規啼，即怔忡若豹鳴，使侍女以竹枝驅之。曰：「豹汝尚敢至此啼乎！」故曰「謝豹」。見《成都舊事》。一爲蟲名。《事物紀原》：「虢郡有蟲名謝豹，見人，以前脚交覆其首，如羞狀。」作蟲名，不入詩矣。

吾鄉周青士先生，所居與郡丞行署爲鄰。一夕，吟誦徹夜。丞聞其聲，亦達旦不寐，恚甚。遣吏勾捉，將扑之，有士夫馳救，得不辱。嘗寓居僧寺，後有大池。周一人袖手往來其側，或至夜深。僧徒疑其有輕生意，陰周防之。又嘗竚立野次，見有輕舟挂帆，其行甚駛，意甚樂之。呼問何適，舟人告之。遂附載登舟，吟嘯自得。到岸徬徨，蓋實無一事也。殊有晉人風趣。

平湖陳板橋錦，東方三異人之一也。三人余識其二，一爲姚君鐵生。鐵生嘗從軍有功，授職武官，以酒失事，幾獲罪。踉蹌萬里，徒步而歸，至韤爛于足，翦不可脱。後補學官弟子。一爲某，亦諸生，家故饒。人見其衣藍縷如丐，不與世接，不知其中何如。板橋刻有《蘭芳堂集》，詩和平，無可異者。五古《陸魯望故居》云：「道親物自疎，真隱離塵俗。言尋甫里居，泉石殊清馥。笠澤有叢書，松陵遺畫幅。高卧樂烟霞，可耕亦可讀。斯人去已遠，檗閒留芳躅。茅茨近水幽，竹樹當階緑。斜日滿荒庭，何人薦杞菊。」五律《春日田家》云：「遠山當屋角，晴日啓柴扉。菜甲緑齊野，桃花紅滿村。舊巢來燕子，新雨長龍孫。鄰曲時相過，桑麻喜其論。」七律《秋夜聞蛩》云：「銀漢横斜碧宇清，墻陰唧唧起蛩聲。秋高旅館寒初覺，歲暮空堂夢易驚。掩卷窗前人獨坐，挑燈簾外月微明。夜深静讀廬陵賦，一種推遷感物情。」七絶《過葛嶺》云：「山光蕭瑟水微茫，蔓草荒烟易夕陽。一種秋聲聽不得，淒涼閒話半閒堂。」

顧蓉坪邦杰，亦平湖人。長身古貌，口呐呐，未嘗臧否人賢否，而愛才選友，自具青眼。著有《横山草堂集》。五律最工。録其《將之西泠同芝坪兄舟中作》云：「落日摇空碧，人家水上樓。湖山縈舊夢，兄弟此扁舟。蟲語經秋急，湖聲入夜流。篷窗一尊酒，浩蕩愧沙鷗。」《山居曉起》云：「山禽呼客起，日出曉烟昏。澗水碧無際，桃花紅滿村。看雲坐石磴，覓句倚松根。叢竹蕭疎處，數家深掩門。」《歸自武陵過方子春白華田舍》云：「言尋柯古宅，日暮叩柴荆。幽鳥破烟白，疎花環水明。湖山詩客夢，風雨故人情。相對忘言説，空階葉有聲。」《精嚴寺晚步》云：「市聲飛不到，蕭寺黯金沙。凉月墮松子，曉風開梓花。僧歸藤杖健，人坐佛幢斜。便欲參三昧，安禪證苦茶。」《病中遣懷》云：「碧漢歇殘雨，樓深月到遲。蛩鳴梧葉井，鳥語豆花籬。吟苦愁腸覺，秋涼病骨知。美人渺天末，何處寄相思。」《過一粟廬見贈》云：「故人耽寂寞，閉户著書忙。品似東西晉，詩超中晚唐。談深花雨潤，坐久麥風涼。一别經三載，清言不覺長。」

吾邑諸草廬宫贊，少時家貧，無買書貲。聞吴下書賈某愛客，詣之，留數日。主人敬其好學，謂曰：「觀君舉止，欲竟此架上綫訂書耶？」草廬笑而頷之，已靡不徧覽矣。顧俠君、張匠門聞而訪之，爲之延譽，名滿吴下。錢香樹太傅挽宫贊詩，中一首云：「吴下詩人顧與張，早尋踪跡到書坊。坊中萬卷高連屋，多入先生螢火囊。」可想見劬學矣。宫贊梓有《絳跗閣詩集》。更有文集數卷未刻，今藏金陀坊金氏，陳板橋曾見之。宫贊無子，以外孫范氏爲嗣。其後人諸漱六茂才范新，予友也，長于經學。

絡緯亦名梭雞，亦名絡絲娘，其聲甚清越。豆棚瓜架，露夕風晨，殊足助人秋思。余與孫次公瀜乞得一枚。次公媵以二絶云：「託將紡緯寄遥情，金井西風倏已驚。料得今宵静無寐，一燈分與聽秋聲。」「近日詞人興若何，自抒機軸自吟哦。幽齋不厭聲聲促，織得新詩又幾多。」

鐙窗瑣話卷二

秀水于源辛伯

吴江葉溉翁丈樹枚，平生嗜詩，老而彌篤。嘗館吾禾汪少倫元愫家，少倫與沈遠香、姚疎士樹智、楊小鐵均皆師事之。丈詩已刻者爲《改吟齋初集》四卷、《燼餘什一》一卷，尚有《續集》八卷、《甬遊草》一卷、古文二卷未刻。丈没已宿草，其嗣君亦無力付梓。少倫諸子雖各有傳鈔，恐久而散佚。予得借觀，曾摘數首。丈詩尤工七言近體。今録其《月夜獨酌有感》云：「静裏紙窗時有聲，二更初破未三更。千秋妄想真風漢，一歲幾逢此月明。長笛何人怨遥夜，哀鴻底事又孤征。舉頭百感茫茫集，且引壺觴以自傾。」《久雨不止同人小集分韻》云：「一日才晴三日陰，緑濛濛裏晝愔愔。日如老友睽何久，春比美人病更深。江國已愁妨菜麥，書生猶自感苔岑。憂時惜别傷遲暮，併入窮愁徹夜吟。」《老婢》云：「香棗何勞問石崇，用句。等閑歲月過匆匆。算伊能替家常事，得暇還分繡作功。空谷賣珠真絶代，謝家團扇亦秋風。人間可惜漁童少，蹉過春花三月紅。」《老妓》云：「十年夢已醒揚州，舊院風流話亦愁。楊柳樓臺清似水，枇杷門巷冷于秋。歡場已散今才悟，名士如卿例合休。知否有人曾入道，藕絲冠底證靈修。」《訪小眉不值投宿自在庵》云：「又踏階前一寸苔，番番乖迕小驚猜。秋從落葉聲中去，人逐飢鴻隊裏來。無分後堂絲竹聽，重煩有道尺書裁。謂頻伽。風塵顔狀知何似，且覓西方明鏡臺。」《梅里清芬祠助祭詩祠祀里中詩人無後者與馮柳東諸君同作》云：「朅來此處薦杯盤，爲妥詩魂地下安。難得鄉中有陳起，絶勝死後贈方干。梅開古院冬心冷，風定虚廊落葉乾。便作寓公生祭看，一樽自酹孟郊寒。」《暮至烏戍舟中寄聽香瀨子》云：「孤舟摇兀水雲寬，蕭瑟江天畫亦難。病柳經秋如飲恨，暮蟬抱葉不號寒。船頭塔影昏難辨，灘脚沙痕落未乾。并入羈懷作牢怨，急成詩與兩君看。」《讀靈芬館集哭頻伽四律》云：「當時猶自惜離群，不分幽明路竟分。蹙蹙鄉關堪笑我，栖栖道路最憐君。從今矢口成孤唱，此後何人與定文。肉食幾曾知俊味，當筵何苦説紛紛。」「哀樂無端到酒邊，思君何事不淒然。三生金榜羅昭諫，千二輕鸞沈下賢。老向江湖供浩蕩，時從花月感人天。朱袁鐵門、湘湄。地下應相見，影事重提又惘然。」「歸看堂上色愉愉，笑唤卯君酒共沽。薄俗何須苛小節，至情豈必出醇儒。淒清白夜時聞笛，落寞黄昏獨擁爐。江海一時遊道徧，不知心蹟向來孤。」「記共年時把酒杯，飛揚意氣已全灰。暫歸倍覺家堪戀，久客方知世可哀。鄉里但能推輩行，故交多半在泉臺。詩成急寄老同叔，謂丹叔。同向澄湖頻伽葬處。哭土堆。」《冬花》云：「忽驚孤艷一枝偏，冷淡相看已暮年。竹屋紙窗餘點綴，梅兄礬弟共清妍。娟如寒女神仙骨，老證詩人色界天。不識秋風況春露，敗垣荒砌了前緣。」《新秋馮柳東招集四明學舍話舊》云：「疎疎小雨欲生涼，一醉瞢騰客思忘。親月光如越女白，秋瓜葉作道衣黄。蝶無春夢飛應嬾，蟬帶商聲韻不長。多謝故人相款曲，不須風物憶吴鄉。」絶句《題蔆伯范祠夜集圖》云：「功成早退善謀身，一舸五湖智絶人。醉向叢祠君惱否，座中多半是吴民。」《題汾湖秋泛圖》云：「林梢一抹夕陽頹，獨自湖心盪槳迴。只有白鷗閑似爾，蓼花紅處等秋來。」《秋桑》二首云：「霜寒月苦太蕭蕭，絶似秋娘鬢半凋。誰與墻陰話顦顇，莫蟬聲自咽枯條。」「無復濃陰繞徑鋪，天風吹共水楊枯。可憐禿盡青青葉，還有人來索地租。」《將之甬上留别故鄉諸子》云：「五月涼生江上秋，輕裝急束上孤舟。此行未免諸君笑，七十老翁何所求。」

少倫著有《三十三峰研室詩稿》，向曾見眎，惜未采録。遠香著有《青珊盦詩稿》，兹録其五古《秋雨》云：「秋陰忽以暝，微雨霏向夕。梧竹助催詩，恣意作蕭瑟。沉吟不成寐，枕簟涼意積。一穗讀書燈，深窗耿寒碧。」五律《雁水道中七夕》云：「人滯雁湖頭，迢迢此泊舟。雲天淡遥夕，風露感離愁。月氣一篷白，蟲聲兩岸秋。蕭蕭疑是雨，清夢繞蘆洲。」七律《昭慶寺留别興公》云：「秋山木落净湖光，却逐閒雲到講堂。初地偶爲三宿住，清談静洗十年忙。坐深同證中宵月，禪定時聞晚桂香。他日看山懷嘯侶，題詩重向贊公房。」七絶《夜泊》云：「遥夕清泠歇棹歌，四更殘月欲沉波。酒醒夢斷不知處，一枕秋聲絡緯多。」遠香吟咏極富，所眎一卷，僅十餘頁，未能多録。然嘗鼎一臠，已知其味矣。

疎士曾書近作見眎，比事屬詞，言之有物。五古尤朴美，如《夜飲無肴以近作拙詩爲下酒物戲賦》云：「我生具吟癖，斷髭復脱眉。常被妻孥笑，不療寒與飢。豈知詩自好，報我固有時。宵來霜團屋，敝袍冷莫支。急商辟寒法，呼僮進一卮。無奈禦冬蓄，家貧少瓮虀。并亦無《漢書》，有酒莫下之。賴得詩一卷，當作霜螯持。自吟還自酌，醉倒亦不辭。有客爲余言，君今何太癡。緬維華堂宴，燒燭傾縹瓷。上壽有狎客，軸簾出妖姬。金盤臇胎蝦，檀板歌瓊板。爲歡未及已，交疏逗晨熹。君今有何樂，恐爲世所嗤。一笑謝客去，此樂非爾知。」《里婦有佞佛者刻期示化坐龕未闔一夕而復甦余有感焉作里婦篇》云：「里中有寡婦，慕佛成痴狂。忽然告家人，謂當升天堂。爰示解脱期，沐浴更衣裳。遂置彌勒龕，趺坐交目眶。傳聞遍城市，人擁如堵墻。那知散花手，不付法眼藏。越夕乃復甦，舉止如其常。余獨惜此事，何偏逢角張。使托遊西土，而竟歸北邙。安知觀嘆者，不盈道路旁。謂又一祖出，膜拜持瓣香。乃知欺世流，姓名史册揚。其術亦猶是，誰復能致詳。余欲勸此婦，勿再徒皇皇。但須修婦職，守義希共姜。下則和築里，上善事姑嫜。勤勤而懇懇，當作禮法王。自有上天梯，可以達彼蒼。」疎士與余未謀面，蒙見題拙集，推挹過甚，令人感愧。詩云：「欲共棲尋未有因，忽蒙詩句示清新。既驚藻耀胸羅宿，更極微茫筆鏤塵。半面交遲失前日，一頭地出避斯人。小窗正值寒梅放，取共妍辭細嚼頻。」

小鐵年少耽詩，多長者之譽。著有《埽紅村館吟稿》。五言《懷友》云：「落月時上屋，故人遠在心。」《春日》云：「晝陰花氣重，風暖燕泥香。」《緑陰》云：「芳草渾迷路，斜陽不到門。」七言《冬日》云：「敗葉因風鳴短砌，凍禽將暝戀斜暉。」《舟次》云：「鷗閒合作尋幽侶，花晚猶留隔隖春。」《懷麗生楚中》云：「秋夜夢飛湘水月，春風愁隔洞庭船。」七絶《秋水閣》云：「秋水閣前秋水長，鴛鴦湖畔睡鴛鴦。漁舟盪槳紛紛去，摇動菱花十里香。」《冬日遣懷》云：「秋來準擬客天涯，一笑殘冬尚在家。獨自閉門風雪裏，紙窗呵凍寫梅花。」

王詩石勳爲余言，去歲十八里橋有一僧自西北來訪，問居人，此間王楚香先生墳否？人鮮知者，僧遂借村中蘭若居之。一日，荆棘中得一碑，上書「詩人王楚香墓」，旁署「魏少野題」，咸異之。僧言前身即楚香，故來一視其墓耳。里人擬築庵留之，名曰「再生」，不果。僧亦他適。楚香，余檢郡邑志，不載其人。魏少野字東齋，魏塘人，前明忠節公大中之孫。著有《東齋詩集》。惜是集亦尠傳本。頃閲《樗園消夏録》，有《贈沈客子》《挽周青士》詩，與楚香或有投贈，俟更訪之。

嘉興吴螟巢展成居邑之漁里。生平無他嗜好，獨喜爲詩。荒村老屋，破研殘檠，未嘗一日廢吟咏。著有《春在草堂集》。疎士近以見眎，因摘數聯。五言如「平林喧宿鳥，殘照落危墻。」「堂空燈欲細，門閉草初深。」「遠帆疑不動，平楚欲無痕。」「窮來詩作祟，老去禮全疎。」「雪封猶待伴，梅勒未經開。」七言「小飲無聊傾竹葉，餘寒有意壓梅花。」「燈花雨結三更夢，燕子風生二月寒。」「半世清狂因病減，卅年功課爲詩忙。」「故壘蕭蕭棲燕子，春風落落伴梅花。」「窗禽窺我似求食，庭草無人欲上階。」「一世自憐窮賈島，千秋誰與識方干。」皆可誦也。七絶亦有佳者。《七夕納涼》云：「難得偏逢七夕晴，一天夜氣十分清。下方畢竟猶嫌熱，多少鴛鴦夢不成。」暝巢又工倚聲，刻有《啖蔗詞》。

詩石工琴，善圍棋，尤喜飛箝、捭闔、孤虛、風角諸書。詩不多作。余强之，偶成一二首，不留稿也。嘗作新安之游，得詩一卷。小鐵見而愛之，遂攜去。去秋，詩石遘疾捐館，小鐵刻其詩，佐生芻之奠。同人俱有哀詞，亦附刻集中。兹録其《齊雲山看雲鋪海》云：「峰巒見頂不見麓，雲氣迷離滿山谷。須臾一片鋪成海，如此奇觀駭雙目。我來正值雲初生，茫茫空際如水行。俯觀山下舊時路，白衣蒼狗紛縱横。忽然山腰吐縷縷，一散漫天欲飛雨。山頭紅日正午晴，甘霖下界知何許。人道雲高山與齊，我道山高雲尚低。紅塵渺渺隔十里，再上或有昇天梯。明朝待約看雲客，穿雲遍訪神仙宅。更呼七十二峰雲飛來，望裏黄山在咫尺。黄山去齊雲六十里，其巔可望。」《錢塘江干》云：「篷窗無事獨銜杯，暢好臨流眼界開。未暇霸圖弔前代，且看山色過江來。」《小金山》云：「卧木環橋水泊灘，小山起伏叠層巒。分明一幅王維稿，竹笤方窗當畫看。」《桃源》云：「一片紅霞映日光，洞天深處有仙藏。在山泉水清無比，不引漁郎況阮郎。」《吴江舟中》云：「爲看曉色啓篷窗，一片蘆花刺小艭。淡月微明天欲曙，鐘聲催觽過吴江。」皆可誦也。

自樊榭徵君開浙派後，談藝之士，幾欲祖宋祧唐。蓋世之描頭畫角，摹肖杜、韓，不若自寫性靈，足名一家也。近惟海鹽吴彦宣廷燮專學唐人，又能自出機杼，不爲格律所縛，最爲有識。著有《小梅花館集》。兹録其五律《夜泊潯陽》云：「大江流日夜，天地混茫青。今夜潯陽月，鵾絃不可聽。晚霞明斷綺，漁火落寒星。鄉國知何處，征鴻急杳冥。」《上元夜泊陽邏》云：「小泊近江干，閒漚共一灘。月從今夜好，人在異鄉看。燭影侵窗静，濤聲入枕寒。故園千里别，誰與話團欒。」《湖樓觀雨》云：「雲氣挾山浮，高寒水上樓。飛來千嶂雨，散作一湖秋。獨樹暗遥浦，寒烟明白漚。歌聲何處起，晚飯泊漁舟。」《白雲庵觀荷》云：「白雲飛不去，秋水與之長。一片蒼茫裏，荷花萬叠香。歌聲驚宿鷺，雨氣逼新凉。何日聞清静，空山禮法王。」七律《京口渡江》云：「峭帆斜倚木蘭橈，形勝山河入望遥。五夜疎鐘催古寺，一天寒雨送江潮。佛貍飲馬軍書急，《燕子》裁箋舞袖嬌。烟水何關興廢恨，西風蘆荻自蕭蕭。」《雞鳴寺眺玄武湖》云：「渺渺波連太液流，百年陵谷迴生愁。故宫版籍悲黄册，小苑亭臺起白漚。鐘鼓荒凉斜日晚，芰荷蕭瑟野烟秋。可憐王氣終天塹，不遣長江限石頭。」

余少讀書王氏聞琴館，食鰲魚，餘置盌内。夜忽有光若螢火然，遂不敢食。近閲《七修類稿》云：

嘗一夜見地上有如燭煤者數十，以火視之，則日間所食海蝦殼也。東坡遊金山，二鼓，見江中炬火燭天，栖鳥皆驚，有「悵然歸卧心莫識，非鬼非仙竟何物」之句。習海事者云鹹水夜動，則有光影。亦不足怪也。

己亥二月二十日後，禾郡七邑，夜半野水，俱見鬼燐，如星如螢，熠熠閃閃，俗呼爲陰兵。村人燃炬鳴鉦，作追逐狀，否則不吉。余城居，未之見。黄鶴樓丈言，平湖東門外，居民夜半聞鉦聲，俱驚起，有逃至城下者。不知此亦鹹水放光否？吾郡瀕海，固無足異。頃見華亭張詩舲方伯祥河《小重山房集》中，有《干山紀事》一首云：「泖濱月黑陰風生，吹燐作燈千百明。路鬼嘯聚頭髩鬡，三五逐隊碧火擎。白楊颯颯刀戟鳴，村人出窺婦孺驚。瞥疑群盜來荒城，惡氣逼前誰敢攖。擕家四竄夜四更，呼舟滿野啼哭聲。干山分駐一老兵，土床急起冠弗纓。山前山後千銅鉦，號召徒衆齊出迎。鋤犂在手結束輕，近山三里奔敵營。敵勢如散如合并，馳之愈遠衆怒瞠。猶見列焰鬼倒行，漸漸明滅勢不成。衆至渡口一水横，東方雞唱天宇清。」集中自注云：「嘉慶戊寅四月廿四夜也。」

吾鄉朱竹垞、徐勝力兩先生爲同徵友，竹垞居梅里，勝力居城東甪里。勝力嘗邀竹垞飲，或竹垞移尊勝力家。二公嘗以名相戲，有「今日朱移尊，音同彝尊。明日徐家筵音同嘉炎。」之謔，至今禾中傳爲美談。

竹翁《鴛湖棹歌》一百首，言禾中古蹟，獨不及烟雨樓。昔有人赴晏席者，席中行令，各陳其鄉中山川亭苑之名，率以烟雨樓對。酒行至再三，思之不得，遂複舉之。至家偶告其妻，妻曰：「何不云

『烟雨樓』耶？」至今成笑柄焉。近日烟雨樓久不脩葺，廢館頹垣，荒落彌甚。鸎湖唐菱伯壽蕚詩云：「釣鰲磯塌没蒼苔，面面人家鏡檻開。一晌御碑亭下立，野花紅出短垣來。」余亦有詩云：「猶餘亭閣夕陽中，弔古還來繫短篷。荒翠頹紅春一段，畫圖憶殺蔣琴東。蔣山人寶齡，工寫荒寒小景，時下世一年矣。」

菱伯近客吾里。同人刻其《緑語樓倚聲集》。而詩尤沉摯斐惻，時賢中不易得也。而菱伯以詞爲專家，詩不甚愛惜，散佚過半。余雅喜之，以小箋乞其手書，積久遂多。録其見題《一粟廬詩稿》云：「諷諭白《長慶》，感時元次山。人如在空谷，名已動江關。日暮采芳杜，天風聞佩環。因之寫懷抱，三宿未須還。」《立秋夕夜坐》云：「今年秋信晚，併力作商聲。五夜涼吹角，三江昨發兵。烏言滋格磔，螳臂敢盱衡。不待銀河洗，寥天已廓清。」其二「羽檄傳鄰邑，香燈此道場。時鄰院祭幽。欲憑紈扇月，分照鐵衣涼。病鶴秋先警，嚴城夜始長。攻心還繫頸，珍重將材良。」其二《和吴彦宣九日感懷》云：「已負東籬九日花，寒壚依舊一尊賒。秋從羽檄催征雁，詩有商聲答暮笳。獨客情懷彌侘傺，醉鄉風月自清華。登高能賦今誰在，絶憶參軍帽影斜。」其二「三復東征夢欲飛，江干楊柳尚依依。頻驚佳節蜚騰過，未覺勞歌感慨非。鬼國帆來烽火急，海天雲斷信音稀。紅紗籠壁風雷句，昭諫當年一布衣。」其二《題朱酉生知止堂詩集》云：「招手芙蓉下碧城，寥然空際此商聲。《高唐》諷諭言無罪，《小雅》勞歌怨未平。粉黛不妨天女重，性靈如映玉壺清。墨池雲水今蕭瑟，可有遺書弆鑿楹？」《次韻答馬淡于》云：「緑天亭午雨疎疎，一杵齋鐘動梵廬。袖底儘存賒酒券，枕中那有活人書。時寓普濟堂賣藥。夏雲蒼狗情都幻，白水盟漚願總虛。敢恨馬良相見晚，瑩然彩澤兩眉餘。」其二「柘盞江湖作計疎，白雲咫尺渉親廬。久知朝夕恒縣釜，但寫平安且寄書。杜牧論兵言有罪，宓妃解珮事多虚。南鄰一老真飛將，綽板登場七十餘。」其二《輓蔣琴東即仿其體》云：「作客作客方倦游，茶於疲役哀莊周。山資可辦不曾辦，吾道得休應便休。家具荒寒殘畫稿，詩魂風雨舊吟樓。從今誰把并刀翦，逝水皋橋日夜流。」其一「去年同寓鴛鴦湖，瘦聳吟肩如鵓鴣。風雨未黔墨子突，山河已邈黄公壚。人言蘇邁筆資秀，自譽虎兒詩膽麁。相見夜臺不寂寞，修文恰值南鄰朱。謂酉生。」其二《閏三月廿六日鴛湖客舍接虞堂書作歌示故鄉諸子》云：「九十淫霖罨春艷，一晝暄涼幾遷變。東西南北總盲風，牟麥蕓薹浸芳甸。故鄉故人寄我書，云昨理榜歸吴趨。耽園士女競選勝，衫香扇影雲饃餬。下言哀鴻起中澤，乞食閭閻日千百。未聞撫字考陽城，竊擬流亡圖鄭俠。偏災憶自癸未年，至今爛賤江鄉田。誰施方法復凋瘵，僅聚井里空喧闐。侯官大夫去吴久，公道依稀在人口。脱使偏災癸未同，爲政應難陳迹守。矧兹粤海方用兵，補偏救弊非恒情。連年杼柚已告竭，女絲男穀俱疲甿。嗚呼風雨不蔽余家室，哀及仳離究何益。須防緩急失周旋，當面公然爲盜賊。」《夏日小緑天庵病起》三首云：「予生坳根柢，野藿湖上萍。天風倏浩蕩，流轉靡蹔停。暮春寓東郭，長夏依松扃。陰陽自爐炭，灼我胸中冰。游氛一以鼓，五濁蒙神庭。昌陽了無益，奚暇求豨苓。所幸澄内觀，洞徹琉璃屏。侵晨起盥櫛，窮鳥工梳翎。粥飯且隨緣，曉鐘聞星星。」其一「田閒王霸兒，闖然良可喜。昨日吾病暍，慌惚夢鄉里。見汝立床側，沃我以冰水。今汝觸熱來，云奉大母使。吾生實流浪，冥行弗知止。長貽老人憂，豈僅闕甘旨。汝今已盛年，當稔乞食耻。有力傭犁鋤，無力牧羊豕。麄糲苟自給，爲學人倫始。」其二「懷素昔種紙，鎮日揮雲烟。緊我不善書，自署小緑天。《靈》《蘭》古經旨，妙義玄乎玄。藉兹托賣藥，列肆營篭錢。韓康不貳價，婦豎相周旋。向晚博尊酒，跂脚尋酣眠。南湖舊漚鷺，招手雲水邊。誰能具胸臆，含蘖隱不宣。莊生痛疲苶，曼衍窮吾年。」

吾鄉鴛湖書院，主講者歷得名師。乾隆間桑弢甫水部來主此席，厲樊榭徵君時相過從。曾以《郡廨梅花》一題試士，諸先生亦相倡和，裒然成集。道光甲午，長白瑞容堂師元來典郡，請魏塘黄霽青師安濤主講書院，提倡後學，文風一振。又於月課外，增律賦、古今體詩題爲小課。郡伯刻之，亦裒然成集。書院年久頹圮，郡伯爲修葺之。霽青師又於古泉精舍庭中藝梧二本、紫竹四十竿，以寓樹人之意。賦二律云：「榮木移根植講堂，何如種漆問南陽。樹爲及門樊生菖侯代購。出門行見大如斗，拔地已看高過牆。湛露即今其實茂，薰風終古此材良。爨餘莫待中郎惜，佇聽雝喈集鳳岡。」右《種梧》。「數過蕭郎十五枝，爲憐荏弱雨中移。南榮接蔭知何日，東嚮行鞭會有時。幾葉夜窗憑畫手，一竿烟水乞上聲。漁師。笛材善養休輕斫，要待伶倫協律吹。」右《種竹》。

郡廨梅花百本，乃康熙間郡守閻公堯熙所種。作記嵌壁間者，後郡守姚公淮也。歲久，半已摧折，容堂師重補數十株。上元前後，一望如雪。衙齋甚清曠，間有古樹，啄木鳴其上，殊有山林間意。西廊設茶寮，不禁遊客。曾以二絶句紀之，其次首云：「幾番索句晝簷巡，花影横斜落滿身。胥吏不將閒客笑，年來太守是詩人。」

司空表聖詩云：「昨日流鶯今日蟬，起來又是夕陽天。六龍飛轡長相窘，更忍乘危自着鞭。」相見古人惜陰如金、保身如玉也。黄仲則《綺懷》詩云：「茫茫來日愁如海，寄語羲和快着鞭。」其意相反。黄果不永年，此其徵歟？所著《兩當軒集》冠絶一代。余最愛其《題洪稚存機聲燈影圖》云：「君家雲溪南，我家雲溪北。唤渡時過從，兩小便相識。白楊頭望何妥居，辛夷樹訪迂辛宅。君言弱歲遭孤露，却伴孀親外家住。塵封蛛網三間樓，阿母淒涼課兒處。讀勤母心喜，讀倦母心悲。不惜飢寒杼千匝，易得夜燈膏一甁。燈暗尚可挑，機斷不可續。樓風刮燈燈一粟，書聲機聲互相逐。屋角時聞鄰嫗愁，烟中每撼林烏宿。老漁隔溪住十年，君家舊事渠能言。打魚夜夜五更起，洪家樓上燈猶然。即今此事空追溯，《蓼莪》已廢《白華》補。寫聲寫影工則能，難寫孤兒此心苦。如君獨行世無匹，謂我知君一言乞。君名已達薦賢書，母傳應歸赤心筆。我慚腕弱何能任，忽復思淚沾盈衿。畫中咫尺逼親舍，南望白雲千里深。」其《綺懷》詩十六首，淒婉絶世，更録其佳句云：「玉鈎初放釵初墮，第一銷魂是此聲。」「似此星辰非昨夜，爲誰風露立中宵。」「心疑棘刺鍼穿就，淚是桃花醋釀成。」「買得我拚珠十斛，賺來誰費豆三升。」

吴縣蔣國源《題孟昶像》云：「錦江花草化春烟，蜀主風流絶可憐。贏得美人懷舊寵，趙家宫裏祭張仙。」畢秋帆先生《題張仙像》云：「挾弓小像偶流傳，此意當時亦可憐。不信人間新嫁女，爲誰香火事張仙。」余《南唐宫詞》云：「班隨命婦共朝天，何事歸來涕淚漣。一樣國亡猶較幸，絶勝花蕊祀張仙。」同用一典，而命意不同。世僅知花蕊夫人假托，不知真有一張仙，名遠宵，五代時遊春城山成道。蘇老泉有《張仙贊》。

近時作詩之勤，莫過平湖沈浪仙筠。嘗寄詩一函，計十册，細編年月，皆三年以内之作也。「六十年中萬首詩」，不足多矣。所著名《守經堂集》。兹録其斷句，如「久旱見雲心亦喜，斷炊留客語非真。」「有衣客怪秋還熱，無睡人知夜漸長。」「晴原不厭涼思雨，詩最無憑賞任人。」「日短鈔書愁易誤，夜深得句睡餘忘。」「冬暖自忘衣在典，年豐轉覺米難賒。」《自題詩稿》云：「見少江山惟想像，貪多珠玉雜泥沙。」《感事》云：「春風環珮人埋玉，夜火松楸盜摸金。時有發塚者。」七絶《喜雨》云：「歡聲應徧達官衙，清興還添貧士家。暴富一缸天落水，小娃背地學煎茶。」《贈如是庵僧》云：「耕作真禪悟有年，蓮花幢畔繫牛眠。門前一片秧鍼緑，閒補僧衣學水田。」《送人之梁溪》云：「梁溪風景最清幽，此日憐君寂寞遊。紅蓼滿灘一聲雁，破船尾上卧吟秋。」《黄山嶺書望》云：「青合長烟遠樹微，數峰倒影送斜暉。芒鞋一徑吟秋去，紅葉無風晚自飛。」《無題》云：「何處飛聲玉笛涼，年年魚鑰管秋光。月明滿地相思影，誰爲芙蓉護曉霜。」《娜如山竹枝詞》云：「娜如山頭春日晴，金閶門外冶遊情。吴王當日采香處，人與蜜蜂争路行。」

黄巖方治庵絜善畫，尤工刻竹。能於竹臂閣上刻人小影，鬚眉如生，嘐城《竹人傳》中無此技也。嘗寓吾禾岳餘三鴻慶玉楮山房，得數晨夕。治庵最愛余詩，每投一畫，易一詩去，拋玉引磚，可云痂嗜。所著有《石我師齋吟稿》。録其《歲暮感懷》云：「朋輩皆辭去，蕭蕭更寂寥。歸心流水急，鄉思暮雲遥。月落潮生浦，春回斗轉杓。此時雙白髮，想亦望歸橈。」《遊江心寺》云：「偶與浮塵別，來從物外遊。長江環古刹，孤嶼兀中流。清節高人去，名詩古壁留。老僧晨課罷，閒坐話清幽。」治庵最喜寫石，所作《石交圖》，多至數十幅。嘗爲余繪《舞蛟石圖》，蒼老可愛。

餘三爲忠武王裔，倦翁二十二世孫。能詩，亦工刻竹。倦翁銅爵，向藏金鄂巖比部處，送入西湖祠廟，近歸金陀。故餘三所著名《寶爵堂集》。余最愛其《題王研農徵士所藏忠武王玉印歌》云：「金牌疾召歸旌旗，風波冤獄三字疑。長城自壞玉甌碎，半壁莫撑神鼎移。維王精忠天地鑒，維王姓氏華夷知。浩然正氣亘萬古，迄今寸璧猶留遺。想當朱仙出師日，羽書四海風雲馳。芝田鈐尾絳雪爛，此印亦足威邊陲。殊恩未聞錫圭瓚，偉績幾見銘鐘彝。紫綬金章既烟化，虎符龍節成冰澌。惟此一紐塵不蝕，電光奕奕蟠蛟螭。非徒品德比縝密，更想文采揚陸離。大名不朽玉不毁，誰歟好古能得之。徵君博雅善鑒别，愛搜金石羅珍奇。一朝此印快入手，鄭重徧乞同人詩。我慚數典忘厥祖，陸機《述德》無文辭。幸從行篋得瞻玩，摩挲手澤增嗟咨。思陵御札在貞石，倦翁銅爵留崇祠。河山其賴神物守，弓冶頗忝孫謀貽。王之精爽實憑藉，應並青史常昭垂。松窗供奉雷雨怒，夜深恐有蛟龍窺。」

張詩隱陶詠酷嗜杜詩，如「十年違定省，千里報平安」等句，人争傳誦。余雅不喜。最愛其《子夜夏歌》云：「郎如黄梅天，一日十八變。妾既嫁與郎，敢不隨郎轉。」上二句禾諺也，殊新妙。近又寄示詩稿數册。又有《子夜秋歌》云：「妾貌三五年，秋月三五夜。三五月團圞，三五人未嫁。」亦佳。

余初學詩，相與唱和者，劉霞城建標也。霞城少作甚夥，近則因貧授徒，兒童十餘輩，喧聒一堂，吟事稍疎矣。兹從其《吟白廬稿》中録其小詩，如《曉起》云：「曉起幽懷只自知，輕寒輕暖暮春時。怪他昨夜瀟瀟雨，窗外薔薇卧折枝。」《春日小步》云：「雨晴天氣便温和，遍地叢叢軟緑莎。幾角風帘颺斜照，小橋南去酒家多。」

張叔未解元丈廷濟，嘗寓西埏里酒肆，其姬人母家也。後寓餅店内翟氏别業。有句云：「不妨司馬當壚客，來寓公羊賣餅家。」殊爲工切。丈所藏金石甚富，刻有《清儀閣雜詠》。又工楷隸，乞書者門如市。近時碑版文字，大半出丈手。眉長寸餘，瑩然采澤，自號眉壽老人。

鐙窗瑣話卷三

秀水于源辛伯

吴江周叔斗丈夢台，工法書，詩古文詞俱有法度。尤善作銘，凡案頭筆牀、研匣、茗壺、香几，皆有銘。己亥春，來寓里中賣字，年已六十。長身玉立，鶴髮蕭然。寓齋去余家僅一雞飛地，晨夕過從，談藝樂甚。五月間，丈將暫歸，來別余，堅約新秋重來暢叙，不意遂成永訣。丈詩文集向年爲人竊去，後遂不復留稿。余最愛其銘，因記數首。《行篋中印匣銘》云：「無令名，載而行，含章可貞。」《壺盧研銘》云：「壺公居，壺中天。腹有墨，迺神仙。」《圓茶托銘》云：「茗熱不炙，椀盛不脱，月圓不缺。」《紈扇柄銘》云：「一捉搦，五流連。謝芳姿，憶當年。」《笙銘》云：「淡黄月地，花影如戲，理竹音之最細。」《烏木書卷式墨牀》云：「墨同色，雖緇不涅。墨在卷，不妨點染。」《界畫畫尺銘》云：「佐界畫之畫，叙尺寸之勞，心細於髮惟汝操。」《紫檀書鎮銘》云：「混混平平，背作圓，式平。叶先韵。物貞乃堅。鎮諸妄動，無陂無偏。」《椰瓢鼻烟壺銘》云：「以瓢作壺，鼻飲可乎？」《杖銘》云：「此杖得之鴛鴦湖，湖上策策聊相扶，鴛鴦偷眼看老夫。」《黄楊節圖章銘》云：「木有節，密以栗，逢閏不厄文字吉。」《印泥盒銘》云：「紅泥田，玉龍耕種垂蜿蜒。收令名，乃有年。」嘗與丈擬選古今人文集中除墓銘外，凡器具、銘專，選一種，刻以行世。卒不果。

簷鐵，一名鐵馬，微風乍起，丁東自戛。若當秋宵夢醒，涼月在窗，欹枕側聽，猶難爲懷也。此製始見於唐馮贄《南部烟花記》：「臨池觀竹，既枯後，帝每思其響。爲作薄玉龍數十片，以綫縷懸於簷外。夜中因風相擊，聽之與竹無異。民間效之，不敢用龍，以什駿代，故曰『鐵馬』。」史悟岡先生《西青散記》，號以「碧玲」，以碎薄甆片爲之，殊韵絶也。

悟岡先生名震林，雍正間人，金沙進士。所著《西青散記》中記乩仙詩甚多，瑶想清微，雲思縹緲。乩仙多女子，有名清華君，有名白羅天女，有名夢娘，有名碧夜，有名蕭紅。録清華詩云：「琅玕消息近來聞，玉冷空山墮小雲。滄海西頭裙自浣，翠微深處被親薰。人離月殿分鸞守，草滿芝田付鶴耘。香篆若能通御座，萬枝真降一齊焚。」白羅詩云：「吹笙夜過碧蘇庵，洗珮還臨玉女潭。家住洞天渾似繭，滿懷絲緒學春蠶。」其一「銅官山色翠重重，蝦虎城邊第五峰。洞裏三千花姊妹，娉婷都道不如儂。」其二「珠爲簾幌玉爲房，築得秦樓鎖鳳凰。夜半方諸清有淚，太湖千里月如霜。」其三「琳窗自翦白鮫綃，月下穿來色更嬌。曾在青蓮花上立，至今香氣未全消。」其四碧夜詩云：「月無清恨水無愁，不到紅塵又五秋。今夜有心尋舊影，花魂如夢上西樓。」又和白羅詩云：「曾向觀音借小庵，木香村外橘花潭。春絲已斷秋蛾冷，顛倒三生笑緑蠶。」蕭紅詩云：「香絲欲斷渺牽衣，認是君家恐尚非。月榭語生鸚鵡瘦，雪屏春膩牡丹肥。」「花孫自媚何須笑，鳳乳初嬌未肯飛。薄命三千輕被謫，有情無怨玉人稀。」其一「晚妝徐換玉蕭終，夜伴蘭陵姊妹工。共揀銀絲縫嫩白，自吹金斗熨嬌紅。圓朝水面玲瓏月，寒背花梢嫋娜風。衹有夢娘心半醉，細香微火倚薰籠。」其二「翠袖佳人井臼操，洞天無力敢辭勞。片時萬里攀龍角，一匹三年織鳳毛。烘雪教炊靈碧飯，搗霜親製廣寒糕。黄昏奉敕裁宮錦，夜半躊躇下翦刀。」

其三「葉短幽蘭凍紫芽，春光又比去年差。冷囚月姊蜂王宅，夜祭花神燕子家。救月疏成忙未奏，醫花方漏苦難查。何人會寫蕭紅影，坐斷青天一縷霞。」其四又記蕭紅語云：「百花皆有神掌之。花之有香艷者，神皆女子，無香艷者，男子所司也。」其説亦妙。

歸愚尚書不録王次回詩，隨園以《三百篇》不删鄭、衛難之，又謂可惜只存此一格耳。偶閱《疑雨集》，亦有不涉風懷之作，如《睡起》云：「睡起即尊前，前墀霽魄圓。晚花疎更好，秋鳥静堪憐。風露當歌落，星河向酒懸。宿醒猶未解，於此復陶然。」《雲間獨歸留別叔聞於春溪歸後却寄》云：「三年無處不盤桓，客舍逢君一破顔。長共清尊足無恨，每聞佳句有餘歡。閒來步緩烟郊晚，醒後談深雨榻寒。今日獨歸翻似客，杏花狼藉不曾看。」《贈龔君端》云：「閉户繙書有幾車，青燈深夜映窗紗。半簾蕉雨時飄硯，一砌松風静煮茶。筆陣戰酣蠶食葉，文心磨洗鐵沉沙。今朝試向溪頭步，幾樹疎梅盡著花。」《京口不寐作》云：「行役暮江邊，寒袍不貯緜。燈殘聊假寐，酒薄不成眠。霜氣嚴侵被，冰聲勁刺船。平生惆悵事，俱到四更前。」《寓夜》云：「擊柝江城夜，登牀倦卸衣。鼠翻書葉響，蟲逗燭花飛。匣劍陪孤憤，歌絃雜怨誹。橋南新貴客，嘶馬夜深歸。」《澄江客興》云：「匹練江光洗客愁，杜康橋畔幾追游。吟餘落日過茶館，睡美涼風在竹樓。違俗詩文從嫚罵，寄人書札任沉浮。鄉園無屋歸心嬾，擬借張融岸上舟。」《寫況》云：「秋霖才過市成渠，泥屐聲中掩户居。支枕静聽宵齧鼠，臨池頻放午餐魚。酒饞恕取能賒店，金盡慚逢易買書。幸有小舡通榻下，免勞文筆券騎驢。」諸作皆清老，不入香奩一種矣。亦有關係者，如《新年竹枝詞》云：「閒行坊曲看春聯，暗露嬋娟屈戍邊。小户豈曾窺邸報，也隨人寫太平年。」

梁山舟學士，又號頻羅庵主。頻羅，木瓜別名，蓋學士庭中有此一樹故也。吴江郭祥伯，號頻伽，乃馬名。二公俱喜佛氏書，故摘字亦相近。

唐菱伯爲余述蘇州斟酌橋酒樓題壁詩二絶，甚佳，惜忘其姓名。其一曰：「晚風吹雨百花殘，不典綈袍一醉難。還是去衣還去酒，費人斟酌是春寒。」其二云：「斟酌橋邊舊酒樓，樓中夜夜唱《梁州》。棗花簾外如鉤月，一度銷魂已白頭。」偶閲《兩般秋雨庵筆記》載，上一首乃吴縣周茂才以豐作，下一首乃松江汪墨莊作，見《靈芬館詩話》。

菱伯又述吴江仲君博山孫樊詩好作險語。家故貧，設塾授徒。一日，題《牟將軍寶刀歌》，忽得「十萬頭顱浴寒雪」七字，拍案狂叫。一童子與同几坐駭極，遂得顛疾。可謂「詩狂欲上天」矣。

嘗與霞城言劉氏詩人善作曉行詩，惟「雞聲茆店月，人迹板橋霜」爲温飛卿詩。「寒樹鳥初動，霜橋人未行」，劉夢得句也。「馬上續殘夢，馬嘶時復驚」，劉駕句也。宋劉一止賦《曉行》詞得名，人號爲「劉曉行」。此題俱讓姓劉人擅長，亦佳話也。朱竹垞《題曉行圖》云：「樹杪星星塔火收，月殘衣上冷霜浮。郎當風鐸穿林去，莫是曉行人姓劉？」

詩有叙家常事愈質而愈古者，撵石齋《僮歸》十七首是也。近見吴江吴琛堂明經鳴璐《客歸》十二首，亦真率可愛。録其二首云：「游子乍歸家，悍吏已在門。官逋急於火，安能貸汝貧。婦泣牽衣袂，來日無米薪。米薪豈不急，急亦餘難存。傾囊吏始去，吏去安心魂。欲睡不成睡，如豆燈昏昏。」其一

「我父初授我，二百餘畝田。三年遘火災，去十之二焉。前年大水至，官租輸不全。今年幸有秋，一月淫雨緜。猶未粒米入，幾斷三炊烟。縱使租盡入，十口衣食兼。況又積逋負，安能支一年。有田反爲累，不如盡棄捐。棄捐又不忍，祖業艱難傳。」其二餘稱是。七絶《寓樓與蔣霞竹夜話》云：「屈指歸家才百日，殘年又滯舜湖干。此身竟似老行脚，到處常依佛火寒。」其一「喜逢蔣栩對床眠，話到生涯各黯然。有債只除詩易了，一燈如豆聳吟肩。」

唐人七律，有以「盧家少婦」一首爲壓卷，又以《黄鶴樓》一首爲壓卷。然崔、沈各秪一詩，餘不稱也。余謂唐人七絶當以李青蓮爲壓卷，宋人七絶以姜白石爲壓卷。

外洋各國，琉球最爲恭順。國朝詞臣奉使册封，不一而足，俱採其國土産風俗，徧輯記略。道光十八年，又請册封，福建林勿村殿撰鴻彦爲正使。殿撰爲吾鄉朱九山侍御門下士，舟過嘉興，一登岸焉，出近作《奉命册封琉球紀恩》二首。云：「乘風萬里竟長征，元氣爲舟不計程。雨露遠隨丹詔去，每逢册封，則球地豐稔。雲霞爛護白螺行。右旋白螺，定風利涉，大吏渡海，常安放舟中。榑桑日照纖蘿静，姑米潮來獨木撑。球人恭迎封舟，倒用獨木舡數十，牽挽進港。西望觚稜兼望舍，海天臣子最關情。」其一。「南風吹夢朔風饕，球地當閩稍北，故往來必以冬夏二至風信爲準。自在中流氣轉豪。忠信一生臣志定，平安兩字主恩叨。陛辭恭聆「平安早回」之語。將臺酹酒邀神雀，聞封舟往返，必有巨魚異鳥前後擁護，故得遇險無阻。仙鳥投竿釣巨鼇。路經釣魚臺。但使萬流争仰鏡，濟川作楫敢辭勞。」

沈篔溪丈雷謂余曰：「吾鄉梅里布衣稱詩者，前有薛鹵齋，後有汪一江。鹵齋三十後始學詩，所著不多；一江自少至老，用力於此，造詣甚深，卷帙亦甚富。然其品詣孤潔，筆墨清迥，正無容軒輊也。」一江詩前卷采録甚多。兹録鹵齋《桔槔行》云：「今年六月逢大旱，大河小河水流斷。里正敲鑼沿村呼，横塘車水糾人夫。爾民此時不盡力，秋來何以輸官租。東村阿母心欲裂，新來廚下饔飧絶。小男大女不辭勞，吞飢飲汗轉桔槔。桔槔嗚嗚聲不緩，日暮田頭水未滿。老農欷歔耽愁慮，搔首攢眉向妻語。今日明日天不雨，倩人寫紙賣兒去。」《江樓懷友》云：「落照澄波迥，江樓四望通。天垂秋色外，人坐雁聲中。紅葉千村樹，黄蘆兩岸風。倚欄思舊雨，惆悵隔西風。」《題畫》云：「披圖似覺響流湍，嵐氣沉沉樹影寒。記得小樓山外寺，十年前在雨中看。」《畫荷》云：「净洗鉛華點緑蕪，碧筒初放水平鋪。紅衣不肯輕狼藉，莫遣秋風到畫圖。」鹵齋名廷文，著有《聽雪齋集》。又工畫荷，梅里人雅重之，稱爲薛荷。

樊莒侯爲余誦龔定庵句云：「卅六鴛鴦同命鳥，一雙蝴蝶可憐蟲。」今閲《兩般秋雨庵筆記》，知爲陳雲伯《碧城仙館詩》，非龔作也。孫次公又爲余誦近人句云：「書似青山常亂叠，燈如紅豆最相思。」乃杭州葛秋笙自撰聯也。

本朝理學配享兩廡者，睢陽湯文正、平湖陸清獻二公也。歸愚尚書《國朝别裁》僅録文正詩數首，而陸詩不與。《檇李詩繫》録其《題靈邑南寨邨佛寺》云：「亦是聰明奇偉人，能空萬念絶纖塵。當年可惜生西土，未聽尼山講五倫。」議論正大，不是闢拂迂語，而詩究不甚佳。蓋學人之詩，非詩人之詩也。陸公令嘉定，清風惠政，近世罕有。其臨行，與夫人同駕一舟，惟有圖書數卷，織機一張而已。其邑人爲之謡曰：「陸公歸舟何所裝，圖書數卷機一張。」真千古美談也。

檇李詩人，宋以後始盛。《詩繫》首録漢嚴夫子忌《哀時命》一首、晉干寶《從軍行》、無名氏《阿子歌》、陳顧黄門野王樂府四首，唐惟丘庶子爲、顧逋翁況、陸宣公贄最知名。唐以前古蹟猶少，故題詠俱不宜唐音，亦由地使然也。《詩繫》爲平湖沈南疑先生所編，止於康熙丁丑，至今又百四十年。平湖胡氏曾有《續編》數十卷，未刻，今藏黄霽青師處。

《詩繫》録冷協律謙一絶《題燕肅山水卷》云：「依稀廬嶽高僧舍，彷彿商山隱者家。我亦抱琴酬素願，白雲深處拾松花。」謙字啓敬，元季人，居春波門内。工畫，曉音律，善鼓琴。明洪武朝曾爲協律郎，定郊廟諸樂章。嘗拯一貧友，以左道攫藏金。事發，身遁入瓶中，呼之輒應，竟不知所在。今圓妙觀東有冷仙亭，祈夢有驗。祠址爲屠侍御園。《桐葉偶書》載《有人亭題壁詩》云：「繡衣驄馬人何處，水榭花軒蹟尚留。惟有仙人夜吹律，紫雲片片度城樓。」

「妾貌三五年，秋月三五夜。三五月正圓，三五人未嫁」，張詩隱《子夜秋歌》也，已録入前卷矣。《詩繫》中平湖趙天來洄有《子夜元宵歌》云：「儂是三五年，月亦三五夕。三五月長圓，三五年難得。」巧偷豪奪，一至於此。

蘇小小墓在嘉興賢娼巷，南齊人也。小小詩云：「妾乘油壁車，郎騎青驄馬。何處結同心，西陵松柏下。」一云墓在錢唐，蓋據此詩而言。宋時更有一蘇小小，亦錢唐人，事見《七修類稿》。竹垞先生以錢唐蘇小墓爲妝點，梁應來紹壬《兩般秋雨盦筆記》笑竹垞蹈争墩之習，特拈宋蘇小墓歸嘉興，南齊蘇小墓還杭州。自誇平允，殊不知嘉興蘇小墓，唐人已有題詠。兹録唐徐凝《嘉興寒食》詩云：「嘉興郭裏逢寒食，落日家家拜埽回。只有縣前蘇小墓，無人送與紙錢灰。」

明女給事沈氏，秀州人，少選入宫。孝宗嘗試六宫「守宫論」，沈文發端云：「甚矣秦之無道也，宫豈必守哉？」稱旨，擢爲第一。《詩繫》録其《贈弟》詩云：「自少辭家侍禁闈，人間天上兩依稀。朝隨鳳輦趨青瑣，夕奉鸞書入紫微。銀燭燒殘空有淚，玉釵敲斷竟無歸。年來望爾登金籍，同補山龍上衮衣。」

去余家數十步，爲前明徐太僕祠。太僕諱世淳，字中明，萬曆戊午舉人，累官隨州刺史。闖賊亂襄、鄧間，攻隨城，以死守相持七晝夜，食盡援絶，城陷，單騎巷戰，遇害。子肇梁、妾趙氏俱死之，僕從死者十八人。卹贈太僕卿。今祠中嵌壁有黄忠節公道周像贊。祠後荒圃一區，舞蛟石在焉。今子姓衰落，猶歌哭於斯。余問其先世遺書，云多散失。《詩繫》中有公所作《野田黄雀行》，亟録于此，云：「北山豺狼猛于虎，南海蛟龍不敢舞。吁嗟黍苗間，啾啾唧唧相驚喧。卑棲恐遭網，高飛或被羅。飛鳴罕得志，飲啄不敢過。縱使蕭條蓬蒿下，不如隨風入海化爲蛤，飄没浮沉無絶劫。有時網羅寬，有時豺虎滅。蛟龍飛騰脱鱗甲，落大田，仍變雀。天地爾時不卑狹。」寓意感憤，筆亦變化不測。惜不得全稿讀之。

石齋先生《題太僕像贊》云：「千仞之岡冒積雪，危松化石挺奇節。睢陽嚼齒髪如鐵，顔公握爪掌透血。干將吐鋩坐屈折，雷神呼山護巨闕。隨州太守英且烈，手持金湯依日月。火齊騰光不可奪，黄金鑄軀尊楚越。不得以面親吾舌，垂像儼然千載活。精靈上天秉黃鉞，上佐列祖蛩不拔。一洗兵馬消蟒蜺，安知鐘鼎非家物。」此贊作於崇禎壬午年，不數年，亦殉國難。忠義激烈，誠貫金石，洵稱合璧。

舞蛟石高三十尺，廣六尺，蒼髯洞裂，若離若合，怒目深爪，若蛟舞壑。石根有「舞蛟」二籀文，傳是松雪手筆。《曝書亭集》據元黃玠《弁山小隱吟録》有《蛇蟠石歌仿李白更九子山例改舞蛟爲蛇蟠系以詩》曰：「石以舞蛟名，未若蛇蟠古。試誦弁山吟，圖經猶可補。」予謂「蛇蟠」當別是一石，未可混爲一也。

《桐葉偶書》，秀水俞日絲先生纍著。其自序云：「偶有所得則書，偶有所感則書，偶有所聞則書，偶有所見則書，是之謂《偶書》。」又云：「西齋之簷有桐，特生而高出，牡而弗實。秋風乍至，蟲食其葉，悉成字。或作鳥篆，或作科斗文，或作章草，或作飛白。彼蟲偶食之，吾偶從而字之。而《桐葉偶書》，於是乎名。」按先生生於明季，入國朝，不樂仕進。著書自娛。《偶書》中所採，多鼎革時吾郡軼事，足資考證。如吴梅村《鴛湖篇》爲吴昌時銓部作。其外更有祝潛夫《滿江紅》詞云：「石丈依依，唤不膺、爲誰聾啞。記當年，丹甍碧砌，梧邊柳下。北里笙歌過雨雲，南湖燈火開圖畫。乍凝眸、衰草緑粘天，荒秋野。　沙嘴闊，嘶牧馬；池塘冷，魚罾打。問主人何處，寒烟廢瓦。樽俎風流空歷歷，繁華侈麗原虚假。最難堪、遺老説興亡，明如寫。」

《偶書》言嘉善有雨落圩，地最窊，常患積雨。環圩田若干畝，皆廢爲萑葬。朱孝廉國望居是圩，乃以賤值市得數十畝，躬自芟柞，招致失業者，計口授田，資以衣食。數年靡利弗興，悉有一圩之田，屋舍鱗比，炊烟相交。遂以財雄於鄉。建雨匏庵，著有《雨築庚桑記》，子孫登科甲數人。又言孝廉之教子法尤善，悉書舍中牆壁爲字，凡姆抱兒出入，即令指示之。識一字，即犒以一錢。兒在懷抱中，日惟有識字爲事。比就外傅，則經書諸字，識已强半矣。近魏塘柯小坡萬源以《斜塘竹枝詞》寄眎，注中有云：「孝廉鼎革後，彭方伯以才德薦，不就。後死於賊，可哀也。」其詩云：「却聘書裁晚景娱，朱翁何事殞萑苻。我來重展《庚桑記》，瓠葉青邊雨點麤。」

鶴秀塔在三塔寺西，一作學繡，相傳西施學繡於此。鶴秀者，城西某氏婢名也。順治間，有江南裴生投親之浙，不值欲返，路遭盜劫，行囊一空，呻吟卧道旁。飢欲死時，鶴秀奉主母命，攜盒餉女，途遇生，惻然出盒中餌食之，又拔釵以資其歸。有唆于主母，疑其有私，撻楚慘酷。鶴秀不能自明，遂縊死。明年，裴捷進士，以縣令赴官來浙，思報鶴秀德，適署秀水邑篆。時夫人新卒，欲納鶴秀，知已死，有妹及笄矣，乃娶爲繼室。又建塔以報鶴秀，塔上有「鶴秀」二字。事見《聽雨軒贅記》。余有《鶴秀塔歌》，詩長不録。《偶書》言，三塔西去，有李京娘墓。京爲方孟旋妾，旅櫬葬此。踰年，方公復來，袖出殘灰附葬，則其婢也。因種修竹誌其上。錢而介應金弔以詞云：「鴛鴦湖畔春風破，鴛鴦塚上雙鬟卧。白傅舊風流，青衫兩點愁。荒荒學繡塔，誰識京娘墓。竹上有啼痕，殘碑尚可捫。」寄調《菩薩蠻》。

《偶書》録《天凝寺題壁》三絶句，爲東萊王公元曦代巡兩浙，在禾微行時所作。詩云：「秋浦烽烟壓地長，萬家懸罄虎貔行。祇今樵李溪邊叟，猶自傷心怨夕陽。」其二「何人夾袋竟荒唐，封事循聲繞建章。鴻雁不堪愁裏聽，傷心盈耳説南糧。」其三「舟子招招哭捉船，一聲短棹一聲天。只愁南畝催徵急，不道長年更可憐。」可謂有心民瘼者矣。

《偶書》論詩，亦有别裁。如言《雅》詩「蕭蕭馬鳴」，寫田獵終事之嚴；太白「蕭蕭班馬鳴」，增一「班」字，便有别離景象；少陵「馬鳴風蕭蕭」，增一「風」字，便有邊塞景象。

魏唐黄子未丈若濟，爲霽青太守師仲弟。黄氏一門工詩，丈猶篤嗜，入之甚深。又神於月旦，禾中同人詩會，俱就正之，無不悦服。著有《百藥山房集》。兹録其斷句。五言如《春日東莊》云：「人稀三徑静，春到百花忙。」《梅雨》云：「全家居霧窟，一徑富苔錢。」七言《湖樓》云：「一塔斜陽頹老宿，半堤疎柳畫秋娘。」《雪意》云：「急將茆屋三間補，静對枯林一葉摇。」《花朝》云：「微風似引初生蝶，嫩日如憐未放花。」《新草》云：「藤杖支來先覺軟，弓鞋踏去定生憐。」《連陰》云：「雨昏蠟屐閒三徑，春冷山茶殢一花。」《白蓮》云：「昏黄庭院疎簾静，烟雨陂塘一鷺來。」《新燕》云：「深深巷陌穿應遍，曲曲房櫳過未曾。」《風信》云：「一陣先聞鴉翅響，幾回常恐屋山摇。」七絶亦雅近南宋，録其《晚坐》云：「緑窗深處暗莓苔，籬豆花低向晚開。壞砌幽蛩聲斷續，一絲涼月上堂來。」《雲溪嬉春詞》云：「賽社村人密似麻，一條官路市聲譁。行吟獨過溪橋去，野蝶相邀看菜花。」

邊頤公壽民以畫蘆雁擅名。相傳頤公初學時，苦無師承，乃築室郊外蘆葦間，飛鳴食宿，盡得其態，想見良工心苦也。予家藏有一幀，其自題云：「板橋一曲水通村，岸闊沙平落漲痕。我畫雁鴻尋粉本，葦間老屋日開門。」

余最喜七言絶句，故所采詩，此體最多。嘗手録南宋《江湖群賢小集》中絶句數百首，置案頭，時一吟諷，頗有神會。近惟靈芬、山礬兄弟，能得是中深趣。頻伽詩膾炙人口，丹叔詩知者尚少。唐蓤伯嘗評其詩，謂如「着青布衫唱戲，真情實景，絶無粉飾」，可謂善喻。如《水村消夏詞》云：「三更數盡四更長，露濕竹闌團有光。將落月如臨别友，看他顔色漸淒涼。」《明月》云：「牆根漸漸有鳴蟲，簾外微微受小風。待得涼生人已倦，却留團扇月明中。」《夏日》云：「五月已過廿日强，商量避暑有良方。一更便睡五更起，多得曉天幾刻涼。」《冬日田家》云：「團團日出霧初消，西陌東阡路未遥。却笑老翁筋力減，前村稻擔付兒挑。」「何處笙歌雜管絃，田家風景樂殘年。後村娶婦前村賀，頭白老翁坐上筵。」《借馴鹿庄梅花下宴客戲作》云：「幽亭自起拓窗紗，酒琖茶爐略有些。爲語諸君休謝我，今朝作主是梅花。」《遯溪觀荷》云：「相國園荒老屋欹，平泉草木少人知。我來那有榮枯感，只賞荷花正盛時。地爲明相國錢塞庵别墅。」《種柳》云：「頻年相宅此移居，故友關心問敝廬。但到門前須記取，一行新柳十三株。」《曹氏溪莊探梅》云：「園丁頭白亦堪憐，手種猶能記昔年。爲報主人花已放，一枝折供影堂前。」《隔溪》云：「溪上閒行詩思撩，蓼花枝動白魚跳。隔溪想有酒家在，時見提壺人過橋。」《夜坐遲伯子》云：「去歲還家夜款扉，西風淅淅雪飛飛。今年無雪無風阻，風雪不催偏不歸。」《夏日田家詞》云：「黄昏犖确暫時停，野老能談《甘石經》。指示銀河微白處，一雙明滅踏車星。」《夏日閨中詞》云：「簾鉤未下月侵牀，睡鴨金爐尚有香。笑滅銀釭向郎問，今宵涼是昨宵涼？」

檇李自吴澹川翁稱詩後，詞壇寥落，曹種水言純、馬澹于汾兩丈，猶不廢此事。曹丈僅有半面之識。馬丈與予爲忘年契，今年七十四，猶丹黄不廢，巍然魯靈光也。曹丈刻有《種水詞》三種，詩稿頗富，未刻，予未之見。兹從《靈芬館詩話》中録其《題花南老屋》云：「重畫春風舊釣磯，葯畦花町已全非。南鄰父老猶能記，紅板橋東白板扉。」《題郭頻伽病起懷人圖》云：「客裏無人共酒卮，藥囊題罷復題詩。一年幾日關門住，轉憶匡牀卧病時。」馬丈詩，余最愛其《題南野堂集》二首云：「秦關閩海楚江頭，歲月星霜老敝裘。名士風流一枝筆，天涯披寫獨登樓。杜陵戎馬雄才出，李白山川傑句收。到處公侯肯低首，只今欬唾已千秋。」其二「心是蓮花品是梅，昔年總角記追陪。久拋故國青山好，纔借仙人黄鶴回。《鸚鵡賦》傳三楚稿，珊瑚網住九州才。恰看南野堂開處，多少詞人載酒來。」又《懷吴澹川》云：「疎疎茆屋咽階蛩，助我吟詩小病中。桐蔭涼風吹晚緑，荷香零露落秋紅。一年佳節隨流水，千里懷人托斷鴻。湘北荆南戎馬地，感時愁殺杜陵翁。」惜晚年所遭，輒不如意，時形吟咏。其《眎孫》云：「麄衣淡飯貧難必，竹馬泥孩夢可醒。」《偶成》云：「夕陽照水紅猶好，秋草沿階緑幾時。」讀者哀之。

鐙窗瑣話卷四

秀水于源辛伯

宋小茗先生《耐冷續譚》，采上海王叔彝慶勳詩多至數十首。叔彝謂似非詩話體例，致書見問。余謂采已刻詩宜簡，采未刻詩不妨稍寬。蓋外人多所未見，轉以先覩爲快。若《南野堂筆記》録方子雲、吴穀人諸先生詩，亦累牘不盡。叔彝近以《寄深寫遠齋詩鈔》寄眎，較茗翁所采時深秀蒼老，詣益遒上。五古《靈巖山》云：「維舟靈巖麓，策杖靈巖峰。峰峰勢迴抱，濤響澗底松。蠟屐不知倦，雨濕興亦濃。古寺在山頂，萬樹圍垣墉。浮圖倚天表，一半浮雲封。下視湖中山，七十二芙蓉。日暮鬱秋氣，積翠浮重重。暝色鎖林木，隔斷前山鐘。」《飛來峰》云：「衆山皆蒼莽，兹峰獨秀挺。天欲炫奇觀，飛來自靈鷲。懸崖如驚禽，巉石印猛獸。青松頂上盤，碧蘚佛頭繡。蓮花萬瓣垂，日影一線漏。微風裊藤蘿，真液孕巖竇。清泉倒奔出，勢欲與石鬭。終日潺潺聲，自協宫商奏。猿啼久不聞，嵐翠還依舊。巧勢自天成，俗匠安能鏤。試問白足禪，三昧誰參透。長笑過溪來，閒雲鎖層岫。」《水樂洞》云：「路折山始深，林樾氣蒼莽。瀠洄水一池，地廣不盈丈。渢渢絲竹聲，細審音何朗。高下協宫商，還藉風磨盪。激石忽鏗鏘，琴筑互相仿。節奏出天然，鼓出巨靈掌。《大章》與《咸池》，俗樂豈能倣。憶昔賈師憲，曾來聆妙響。奸回豈知音，徒辱山靈貺。我來值初春，洗耳愜清賞。泠泠太古音，何處着塵想。」五律《湓墅夜雨》云：「篷背瀟瀟雨，更深灑未停。濕雲千里黑，殘夢一燈青。漏響沉街柝，風聲颭塔鈴。鄰舟歌《水調》，倚枕不堪聽。」《陶芸丈招飲虎阜》云：「多謝陶彭澤，招邀酒一杯。月光和笛起，花氣隔船來。爽氣披襟挹，長筵倚水開。者番今昔感，不獨是蘇臺。」《金山》云：「塔影凌空起，金山最上頭。飛來瓜步月，橫照大江流。暝合千重樹，烟開萬頃秋。壯心勞擊楫，天地一孤舟。」其一。「要開詩眼界，還上妙高臺。水勢兼天湧，潮聲挾海來。僧談兵後事，佛亦劫餘灰。砥柱何人在，迂疎媿不才。」七律《小坐》云：「秋入蕉陰趣便長，緑窗小坐十分涼。人因知己常相憶，事不關心過輒忘。閉户且消閒歲月，卧遊直傲古羲皇。清風庭院簾垂地，一沼紅蓮自在香。」《寄毛申甫嘉定》云：「頻年踪蹟等浮漚，聞道初回海上舟。問字共來揚子宅，題詩已徧仲宣樓。迢遥山水孤兒淚，申甫尊人海客先生殉白蓮教之難。辛苦文章兩鬢秋。何日一尊重話舊，江天消盡别離愁。」七絶《吴淞即景》云：「滿眼晴光逼短篷，錦帆看使往來風。誰家上冢船初返，一簇桃花柁尾紅。」《過聽翁寓齋》云：「一片癡雲凍未開，時過穀雨未聞雷。東風無力春難轉，剩有墻陰緑蕚梅。」《湖上雜詠》云：「城門車馬日紛紛，一出錢塘便水雲。占得玉蓮亭一角，烟波要與白漚分。」其一「白堤行盡接蘇堤，柳色青青放欲齊。畢竟西湖春事早，樹頭已有曉鶯啼。」其二「鏡樣湖光十里澄，總宜船慣入春增。片帆高挂湖天月，只載雲堂粥飯僧。湖中艇子皆用篙櫓，唯雲林寺船獨具帆檣。」其三「隱隱青山散翠烟，尋幽最好雨餘天。斜陽已上黄妃塔，尚有遊人放畫船。」其四其他斷句如「烟籠官渡柳，香送女墻花。」「烏能知雪意，梅已抱春心。」「月色涼如水，潮聲夜入城。」「看人穿鐵硯，累婦卜金錢。」「雲含禪榻潤，花擁石壇深。」「十年詩句工無益，一樹梅花瘦有情。」「烟火燒紅半枝塔，東風吹緑一江烟。」「紅萏菡邊秋似夢，碧闌干外水浮空。」「詩書畫並稱三絶，歸去來常寫幾篇。」「白筍肥時僧飣客，碧天晴極樹生烟。」「東風有意栽紅豆，南浦無端又緑波。」皆可傳誦。惜茗翁已逝，不獲相與共賞之。

嘉善柯小坡丈萬源，居斜塘鎮。鎮有狎漚亭，自號狎漚亭長。工四六，尤喜填詞。著有《墨磨人齋集》。録其《臨平道中》云：「水荭花傍夕陽明，漁艇争喧趁晚晴。着眼好山青兩岸，亂蟬聲裏過臨平。」其二「茆舍依稀一半遮，炊烟起處有人家。未知何福能消受，香煞門前白藕花。」其三《渡江》云：「江上青浮數點山，好風吹度片時閒。前灘鷗鳥真無事，冷眼看人去復還。」《夜過鶯湖》云：「兩岸菰蒲雨到初，漁燈照我讀叢書。枉來笠澤論鄉味，不見銀絲寸寸魚。」《邨行》云：「籧篨微礙板橋低，店舍無多烟影迷。一徑秋光描不盡，戎葵黄過夕陽西。」

菩薩橋觀音庵僧竺溪，青浦人。俗姓魏，自云甯都三魏後人也。能詩，刻有《黄葉吟草》，居西溪時作。山中無紙筆，得句，爇香刺落葉上，久之，遂積成稿，事殊幽絶。惜詩多野狐禪，予不甚喜。約霞城一過訪之而已。竺公化後，周未庵教授甚稱之，極道其《題鈐山堂集》一詩，録以見示，恨知之不盡。其詩云：「泱泱袁江水，蒼蒼鈐山巔。山川發光怪，鬱久生神奸。咄嗟嚴介溪，擢第登春官。讀書二十載，才名動清班。云何不自飭，林碉生甎顔。永陵慕元修，政柄歸共驩。謬以青詞寵，攬兹黄閣權。宵小競黨附，氣勢傾朝端。大事問東樓，小事諮蕚山。京攸轉傾軋，惇黼競攀援。誰能撩虎鬚，不憚悚豸冠。小臣楊容城，謇諤排天關。帝懵若不聞，相怒不可干。丹心貫斧鑕，碧血埋榛菅。其他所屠戮，罄竹書難彈。貴溪本同寮，忤意喪厥元。曾銑死綏事，債帥稱赳桓。青霞中詩禍，異教嗾追扳。珍玩或賈禍，微言卒投閒。梟獍肆搏擊，不容一鳳鸞。自謂根蒂深，固如磐石安。蒼穹忽悔禍，九重燭欺謾。冰山易以摧，朝露易以乾。司空誅西市，金吾投窮邊。師相逃一死，偷活向草閒。回思老妻泣，没齒含悲酸。口碑挂婦孺，惡名故不刊。藍道誰惑君，公論合當然。嵩已墮術中，暗箭穿心肝。徐階亦巧士，相門迹不傳。一旦取而代，帝心信益堅。余昔過分宜，山水清且寒。欲與山解嘲，泚筆洗其瘢。豈翳山川改，適遭國運艱。生斯老奸佞，元氣從此殘。不見練子寧，清忠冠人寰。亦繫此邦産，賢奸判天淵。一爲澤畔蒿，一爲巖際蘭。」

平湖沈吟齋以堯常過訪不值。介榕屏以所著《白石山房稿》見眎。録其佳句云：「老去藏書千卷富，貧來賣藥一囊多。」《過李辰山墓》。「五夜青燈楓荻岸，一溪寒水稻花秋。」《蟹簖》。「紅杏一旗湖上酒，青山孤艇客中詩。」《塘栖道中》。「滿院鳥聲春晝永，半闌花氣午風初。」《閒居》。「巧合新妝三婦艷，招涼閒坐畫闌前。」《茉莉》。「田低麥熟常多雨，水漲堤平欲上潮。」《壬寅暮春感事》。「琴書樂事歸蕭瑟，風月良辰值亂離。」同上。「西風江上人千里，明月樓前櫓一聲。」《秋懷》。「三徑草生張仲蔚，一船書載米襄陽。」《王小溪移居》。七絶《秋夜》云：「虚堂人静遠聞砧，挑盡孤燈覺夜深。窗外不知微雨霽，半庭殘月一蛩吟。」《戈溪待渡》云：「垂楊緑净繞溪斜，野艇無人泊水涯。芳草斜陽人獨立，數聲幽鳥落桃花。」平湖詩人俱奉方子春先生爲圭臬，雅有法度，吟齋其一也。

子春《生齋集》九卷，手自編定，卓然傳作。其晚年喜性理家言，謂詩爲辭章聲氣之末，有妨正學，可以不作。余謂聖人删《詩》，不廢《鄭》《衛》，矧《雅》《頌》耶？子春之言，似非篤論。其詩尤長于五言律，兹録其《銀山曉發》云：「夢破碧山曉，一星江上明。疎鐘花外寺，淡月水邊城。梅柳新年發，風霜短褐輕。烟波浮浩蕩，深愧白鷗清。」《新秋》云：「芭蕉四五葉，涼意得秋先。清夢留孤枕，羈愁憶去年。殘雲棠邑樹，早雁歷亭船。復奏清商曲，江湖思渺然。」《韶光》云：「天地唯一緑，竹風吹面寒。泉聲半空下，人影白雲端。佛宇憑霄出，江光潑眼看。清幽輸老衲，高卧此層巒。」《懷蘅石》云：「不見五十日，著書今更多。小樓聞落葉，離思渺烟波。旅雁驚秋早，溪堂斷客過。知君耽寂寞，風雨獨高歌。」《望魚山》云：「雲旗不可即，鐘梵自年年。芳草陳王墓，空祠玉女泉。樓臺含暮雨，松桂積秋烟。終古迎神處，飄摇問洛川。」《舟次吴江》云：「太湖春水生，新緑抱孤城。日出墟烟静，風喧谷鳥鳴。草生經雨後，花影入江清。篷背青山色，依依送客行。」《茱萸灣晚泊》云：「春色留不得，楊花高下飛。隨風千萬點，如雪落征衣。鳥下蕪城夕，雲連楚岫微。一尊江上酒，流恨滿斜暉。」《相思》云：「新月挂楊柳，碧天春雁鳴。美人終歲隔，清夜繞花行。别久翻疑夢，書來未報瓊。相思如玉漏，斷續到天明。」《元旦辛豐曉發》云：「林影上朝旭，一峰青向船。榜人炊宿火，流水送華年。鄉夢梅花發，春聲社鼓前。東風催短棹，浩蕩入江天。」《南田》云：「一雨溪流活，波光緑到天。邨喧布穀鳥，人放罱泥船。茆舍臨春渚，桃花簇晚烟。江鄉風日好，雞犬亦歡然。」

康熙庚申二月，吾禾重修郡學，建希聖堂。土中忽現古錢，輪廓堅厚，字畫整楚，陽鑄「天開文運」四字，陰有筆、錠、蓮、燈四象。庚戌平湖陸清獻登進士，戊辰秀水沈元洲廷文以第一人及第。一掇巍科，一躋從祀，真奇兆也。元洲有《咏古錢之瑞呈范司訓》詩云：「安定新堂泮水東，地靈呈瑞五銖工。

鎔成寶篆磨礲舊，鏤就龍文氣象雄。塵土那能埋異質，神光直欲吐長虹。已知天意栽培在，應有真儒達帝聰。」元洲一分校春闈，終于修撰。著有《廣居樓詩集》，近爲其裔孫研怡太守所刻。小詩亦清妙可誦。再録其《停舟棗林閘》云：「層巒坐對一開顔，鎮日看山不厭山。我愛晚山銜落照，莫教津吏便開關。」《舟行即事》云：「行處河流千百折，到來茆屋兩三間。盤中膾有吴鹽在，買得青葱紫莧還。」《元墓山行》云：「登臨莫訝未攜琴，流水高山愜素心。徙倚雨花橋石畔，滿山鐘磬寺門深。」

平湖徐夢蘭元基，一號天壇埽花生，工書，善寫生。詩不多作，時有雋句。近以《碧月樓稿》見示。録其《餞春》詩云：「玉筍朱櫻入饌新，廚開莫惜酒千巡。人生佳節休輕過，明日看花不是春。」《病遣》云：「傲骨支離病體輕，更殘漏斷盼天明。紗幮静寂渾無夢，茉莉花開徹夜清。」

韓詩《羑里操》：「臣罪當誅，天王聖明。」世謂文王豈以紂之無道，反稱以明聖？退之此語，似屬過當。然亦有所本，《詩·凱風》：「母氏聖善，我無令人。」

《陽關三疊》，大約即唱一詩，而三疊之。《夢花雜志》載一伎送人，唱《陽關三疊》，第一疊唱「渭城」七字詩一首，第二疊截去「渭城」、「客舍」等前二字，作五言詩唱。第三疊截去前四字，作三言詩唱。唱至「一杯酒」「無故人」句，則音彌哀楚，舉座淚下矣。其説頗新。

向謂平湖詩人俱奉生齋爲矩矱，謹謹有法。唯費君夢莊熊吉捷足奔放，不受羈縛。予評其七古有青蓮面目：長吉心肝，時賢中不易得也。卷中《嬰山歌》、《東海酒徒歌》、《諸葛銅鼓》諸作，尤爲出色，篇長不録。録其斷句，如「清高詩骨格，豪放酒神仙。」「一夜前溪雨，寒潮直到門。」「作客誰青眼，勞歌易白頭。」「愁雲低古堞，寒月照秋笳。」「破窗穿月影，落葉葬蟲聲。」「水色明沙鳥，秋聲急草蟲。」七言如「歌聞南浦最深處，人在西湖第一樓。」「一燈深巷霜初落，十里天街月色明。」《柝聲》「孤枕三更驚客夢，西風一夕搗離愁。」《砧聲》「繡帕尚餘香冉冉，青衫曾漬淚盈盈。」《無題》七絶《楓溪道中》云：「欲落未落日光淡，半正半欹帆影遲。拍堤新漲人不見，烟水一灘飛鷺鷥。」《湖上納涼》云：「樹影參差帆影斜，碧天如水翦窗紗。嫩涼生向新荷柄，時有好風開一花。」

海昌李壬叔善蘭長于勾股之學，著有《四元解》等集，金山錢氏刻入《守山閣叢書》中。其詩名《聽雪軒吟稿》。録其《子夜歌》云：「歡心作儂屋，方使儂歡喜。一刻不相離，日住歡心裏。」《暮春野步》云：「斜日家家掩竹扉，連宵細雨麥苗肥。落花不管人愁絶，故逐東風上客衣。」《禽言》云：「行不得也哥哥，請看雙親髮俱皤。遊子征途苦，高堂涕滂沱。忍使朝朝愁風波。何況阿嫂又纖弱，兄弟又無多。承歡缺人將奈何，行不得也哥哥。」

余每見冷集遺聞，隨手摘録；或人傳單詞隻句，雜寫書眉刺尾，以備遺忘。偶檢舊篋，得聞川計曦伯光炘佳句數聯，題爲《夏五病起》，云：「多病也知衰有漸，驟暄始覺夏將中。」「索果那能嗔稚子，加餐且復慰慈親。」「煮藥烟凝花隱霧，熟梅雨過研生雲。」皆可誦也。曦伯風誼甚高，其族祖甫草先生墓在爛溪，曦伯嘗修培之，偕同人酹酒墓下，繪有《溪陽謁墓圖》。又得滄浪亭僧六舟所貽吴永安六年計氏造磚，是三國時車騎將軍計昭物。家藏書畫甲一郡，尤多石田、南田真蹟，署其清秘之室爲二田齋，故一號二田。少孤，得兩母氏教，孺慕尤切。嘗乞上海女史趙儀姞棻作《計氏二賢母序》，吴江女史徐丹成玖小楷書，精摹勒石，藝林珍之。

同里陳然青文焌，以《小書篷詩稿》屬爲點定。夏秋以來，卧病累月，鎖置篋笥，寒窗炙硯，校閲一過，藉破岑寂。録其七言斷句，如「隔巷雞聲驚月曉，入簾蟲語訴秋寒。」「碧梧葉葉飄金井，涼月亭亭到玉除。」「籬豆雨疎螢火活，渚荷香浄露珠圓。」「閉户不知花已落，垂簾但覺燕無聊。」七絶《題味梅姪梅窗覓句圖》云：「一丸涼月照庭柯，消受寒香味若何。料得羅浮幽夢裏，乾坤清氣得來多。」其二「官閣哦詩早費才，郎君琢句出新裁。佇看借得東風力，吟到百花頭上開。」其二《七夕》云：「銀河耿耿路迢迢，今夜雙星渡鵲橋。何事倚樓人不寐，涼風吹過一枝簫。」《題月下彈琴士女》云：「月明如水瀉空庭，緑綺攜來對畫屏。秋思滿腔人不識，夜深彈與素娥聽。」皆可誦也。

病起無俚，與次公、壬叔作消寒集。壬叔又招其鄉蔣君杉亭仁榮同作詩牌，郵筒雜置藥鑪、茗椀旁，興復不淺也。壬叔以杉亭尊人夢花丈楷《來青閣集》見示。録其《晚過西山和唐人石刻韵》云：「向晚出門好，行吟上翠微。錯嚌山衲問，貪看竹禽飛。返照紅窺徑，濃陰緑染衣。遥看邨落外，樵牧幾人歸。」《遊理安寺》云：「松聲疑法雨，不見虎投關。福地應歸佛，清泉不出山。堆經禪榻畔，駐錫嶺雲間。默坐三間閣，分明見八還。」《茆庵》云：「山小不知路，茆庵隨意來。寺門出脩竹，佛座暈青苔。坐久蒲團壞，秋深落葉堆。神仙不可接，吟嘯獨徘徊。」七絶《新秋息喧草堂偶坐次吴榕園韵》云：「四壁風聲落樹端，草堂一枕夢初殘。緑陰位置吟詩處，遮住斜陽釀嫩寒。」《茆堂》云：「茅堂灑埽浄無塵，江紙窗糊一色勻。日暖鳥啼禁不住，梅花笑借隔年春。」

杉亭稟承家學，年少工詩。嘗咏黄葉，有「深秋剪出蝶衣工」之句，余亟賞之。昨以《小飛來山館詩集》寄示，各體俱清妙可喜。五古《秋日田家》云：「晚稻未登場，早稻已盈屋。家家新米炊，今歲喜豐熟。稚女不耕田，偷閑栽野菊。秋風老瓦盆，黄花燦庭角。」五律《閉門》云：「閉門得清福，小住淡塵心。林霽響殘雪，竹深鳴凍禽。呼童開臘釀，偕弟試新吟。今夜月初滿，登樓喜不禁。」《來青閣對雪》云：「草閣奇寒聚，紙窗虚白生。探梅疑有信，墮葉忽無聲。山迴空烟合，天低一塔撐。孫康讀書處，今夜省燈檠。」七律《春陰》云：「濕烟低與遠山平，幾點澆花雨未成。竹院僧猶迷午夢，藥欄人未解朝酲。簾痕似水微通燕，林暈如潮欲閣鶯。連日閉關無客至，不知小草滿庭生。」七絶《過汪一江半漁水榭》云：「紙窗竹屋倒澄波，窗外時聞欸乃歌。經卷藥鑪安置好，公然一箇病維摩。」《客窗聞雁》云：「一燈如豆照愁顔，嘹唳征鴻去復還。寒月滿窗風滿枕，櫓聲摇夢到家山。」其他五言斷句，如「寒星窺酒盞，殘雪逼書燈。」「竹酣青墮地，山曉碧浮空。」七言《咏緑萼梅》句「愛分山水早春色，脩到神仙未白頭。」亦佳。

梅里姚眷庭循陔館來青閣最久。著有《木石居詩草》，馮勺園外翰嘗采入《清芬集》中。眷庭晚喪妻子，形影相弔，詩句如「漸覺頽顔非故我，若教削髮便成僧。」「顧我本無文可賣，逢人只有老堪詩。」皆淒涼不忍卒讀。

杉亭又寄示令弟韵泉光烈遺詩一紙，詩爲《題南田柳溪漁隱圖》。云：「牽蘿補茆屋，青山日當午。一溪杳莫測，隱隱數聲櫓。插柳柳含烟，人語隔江浦。得漁行買酒，一塢鶯聲聚。」韵泉工畫，詩不多作，作亦不存稿。杉亭頃從故篋檢得之，真吉光片羽矣。

平湖朱草亭逢盛居舊衙鎮，耽吟媚學。嘗與里中同人結詩社，刻有《下里集》。丁未四月，來郡送兒輩應試，以近作一册見眎。摘其佳句，五言《春日即事》云：「午夢墮清晝，空庭生静思。」《詠苔》云：「小園荒徑滑，古墓斷碑封。」《池亭》云：「六月失煩暑，一亭生早凉。」《遊濕香庵》云：「蒼松清鶴夢，流水洗塵心。」《懷黄鶴樓》云：「溪水一泓碧，别來三月餘。」七言《病榻》云：「永夜清霜欺病骨，五更殘夢落燈花。」《春日田家》云：「半村半郭宜蠶地，輕暖輕寒養麥天。」七絶《納凉》云：「一天星斗影縱横，且坐柴門看月明。不覺夜深閒話久，流螢飛出豆花棚。」《荷花詞》云：「蘭橈劃破一湖烟，聽取吴娘唱采蓮。却笑鴛鴦亦癡絶，並頭花下穩雙眠。」《插秧詞》云：「村後村前暗濕烟，桔槔聲斷熟梅天。雨多耐得蓑衣冷，緑遍南山十畝田。」

葉小鸞，吴江人。而《隨園詩話》誤爲粤人，亦非無故。會稽陶綏之隨宦嶺南，寄籍番禺，補博士弟子。嘗得小鸞眉子研，研有犀紋，如新月狀。其跋云：「舅氏從海上獲研材三分，致予兄弟。瓊章得眉子研，綴以二絶云：『天寶繁華事已陳，成都畫手樣能新。如今只學初三月，怕有詩人説小顰。』『素袖輕籠金鴨烟，明窗小几展吴牋。開奩一研櫻桃雨，潤到青琴第幾絃。』此二詩《返生香》失載。葉溉翁爲天寥先生詩裔，其《題疏香閣集後》有『一研何年歸嶺海，致令詩老誤流傳』句，指此事也。」

蔣子延丈最喜誦潘功甫舍人曾沂「一絲風裏看叉魚」之句。吴枚庵先生序舍人詩，迺稱「小紅去後笙歌歇，月細風尖水磨頭」二語。沈匏廬太守詩話中，則又獨賞「細雨濛濛艓子來」七字。予以爲皆佳句也。唯蔣丈所誦，今功甫小集中不存，知好詩亦删去不少。諸公既標其單詞，鯫生更摘其偶語。五言《光福道中》云：「疎籬淡流水，古墓冷秋烟。」《坐月》云：「風聲碎黄葉，花影卧蒼苔。」《贈觀公》云：「禪心静流水，詩骨淡梅花。」《得雲庵坐雨》云：「寒意動疎竹，清愁上短檠。」《管氏水亭》云：「松花落枯蝨，荷葉墮哀蟬。」《晚憩》云：「水鳥歸前渡，漁烟帶廢祠。」《遊某寺》云：「苔莓縫裂石，蝙蝠帖危闌。」七言《客舍》云：「三椽冷舍多留月，一夜空牀守廢檠。」《冬日齋居》云：「盆花減石疎于畫，林雀投簷冷到詩。」《山谷生日小集》云：「上皇瘞鶴思公物，小璧團龍寫舊詩。」《旅店阻雨思友》云：「巷無車馬三朝雨，子有衣裳一夜寒。」俱極慘淡經營，非僅學郊寒島瘦也。

荒齋湫隘，早暑便酷，幾無可避。架上拈得《於斯閣集》，有一詩題甚佳，讀之不翅一服清涼散也：「臘月十二日早，寒甚。開户始知有雪，遥望隔溪，路稀人絶。步過石橋，叩梅史門，趣之起，偕遨南廬，由西阡上妙果山。過小桃源，松竹經雪，反娟娟有媚意，寒翠沁入心骨。登西峰平臺，望東南諸山，林壑縈蹙，朝暉注射，雪色明滅。加以萬家炊烟，暎帶往復，明秀不可描畫。此時人意亦蕭騷曠遠，絶不類在人間。驢背清狂，詎論今昔。乃至酒家水閣，劇飲竟日。」詩云：「啓户觸奇情，入山淡朝旭。雪意不媚眼，唯能曠幽獨。半夜風力嚴，萬峰寒意足。迢遞問前溪，臨流唾净緑。」集爲海昌陸少白素生所著。

次公《斷腸人去傷心事多作綺愁十二首》，録其斷句。如「摘後青梅含醋意，種來紅豆是愁苗。」「漫天弱絮飛無力，匝地荒荆刺有鍼。」「繡枕鴛鴦是同命，開籠鸚鵡豈初心。」「百丈絲誰牽玉虎，一杯虀未覓倉庚。」「苦縈春夢偏多惡，知畏人言已薄情。」皆哀感頑艷，淒入肝脾。海上沈浪仙題其後云：「閒愁如水日盈盈，并翦攏來斷不成。儘見才人嫁厮養，空傳名士悦傾城。玉簫舊約迢迢夢，紈扇新裁縷縷情。我亦金鈴虛十萬，護花心事負今生。」予亦有題詞四首，存集中，兹不更録。

緑荷花見于題詠者絶少，唱闘紅者未易濡筆也。近見楊辛甫丈秉桂《潛吉堂集》中有此一題，詩亦絶佳：「東方欲白霧初醒，早起花閒水亦馨。曉色蔚藍涼意淺，竹梢如夢立蜻蜓。」集後附有《畫蘭題跋》一卷，筆墨清絶，亦在冬心、板橋之間。

樊莒侯徐雷好作險語。句如「暗蛩替我泣墻角，窮鬼追人上塔尖」，讀之令人淒然不樂。《北江詩話》有云：「娉婷鬼女夜行役，漆燈照見雙履蹟。土花蝕面不分明，猶帶生前小桃色。」淒人心骨。《西青散記》有云：「西鄰寡婦墻夜崩，濕薪炊烟哭初罷。青霜稜稜雞不鳴，黄花女郎夢中嫁。」盛夏讀之，亦淒人毛髮矣。

黄鶴樓丈爲余誦武原道士張雲槎謙斷句。五言「山月自今古，溪雲無是非。」七言《贈張叔未解元》「六如去後才無敵，三影詞成鬢有華。」又「琴入瀟湘月有聲」，七字尤佳。雲老又工畫山水，嘗輯古今羽客詩數十卷。

吟齋又寄眎尊人雲泉丈廷燿《愛吾廬遺稿》。吾友顧訪溪廣譽序之，極推其人品風誼，詩其餘事也。蓋丈居近三泖，饒桑麻花竹之勝。杜門課子，琴書自娱，故其詩不求工而自有合作。兹録其《暮春》云：「纔見春來又春去，留春無計且吟詩。頻聽幽鳥聲聲喚，緑樹陰中立少時。」《江村即事》云：「雨餘漲過碧溪痕，流水桃花共一村。破曉山禽鳴屋角，不教童子早開門。」

壬叔旅居無聊，忽忽感慨，致書張君湘石，有「古今人不相及」之語。湘石答書難之，謂「古之今人，即今之古人；今之今人，即後之古人」。壬叔不能辨也。湘石亦工詩，昨寄舊稿數紙見眎。録其《塔橋村舍》云：「石梁承塔影，竹徑抱溪斜。一澗明秋水，連塍香稻花。避人憐稚子，愛客款山茶。笑指烟飛處，臨流八九家。」《暮秋即事》云：「立冬已近天始霜，今年秋色遲重陽。枝頭楓葉猶賸緑，籬落菊花初破黄。登盤老蟹剥亦得，壓槽新酒醉不妨。農人過話劇心喜，遍隴稻熟將登場。」《蘆花》云：「水光雲影渺無端，秋色空濛欲畫難。溢浦風淒江月白，洞庭波急雁聲寒。半灘晴雪涼鷗夢，一抹斜陽冷釣竿。我亦年來雙鬢改，不堪蕭瑟倚愁看。」《秋夜散步》云：「早稻壓隴黄雲黄，如鉤纖月照迴塘。柳綫弄風亂人影，蘆花摇雪明水光。道旁竹暗一犬吠，沙渚夢穩群鷗涼。山僮解事門未掩，壺觴小具新醅香。」《題茆屋聽秋圖》云：「草閣一燈青，秋懷静如許。不知夜氣寒，切切聞蛩語。」其一「昨夜雨聲多，芭蕉響不歇。欲知秋淺深，臨階數落葉。」其二《夏日遊仙詞》云：「人間局促暑難安，霞舉翛然挾羽翰。戲拍洪厓肩笑問，洞天何處最清寒？」其一「閒向銀河吹玉笙，清商一曲和雲英。廣寒捧上冰輪月，笑指塵寰徹底明。」湘石名均，海昌路仲里人。

汪端光助教《無題》詩云：「並無歧路傷離别，正是華年算死生。」兒女心口，描摹曲肖。《西青散記》有詞云：「記得深深深夜語，生生死死千千句。」尤覺盡致。

鐙窗瑣話卷五

秀水于源辛伯

月上樓在碧浪湖上，向屬鮑氏。雍正間，厲樊榭徵君納姬時，曾寓此樓，今集中有《八月十五夜城南鮑氏溪樓紀事詩》。近歸奚虚白丈疑，即以厲家姬人小字名樓。樓前有榆七株，一名榆蔭樓，樓中供奉徵君及月上小影。奚丈嘗繪《溪樓延月圖》徵題，余亦有詩，存集中。圖中先有朱酉生孝廉綬二絶云："「平生低首厲花隱，西馬塍西祠墓荒。唯有樓頭老榆樹，當時曾見拂霓裳。」「酒奚瀟灑不諧俗，此是人間真布衣。日夕憑欄看苕水，道場山近片雲飛。」今知止堂刻本中不載，亟録於此。奚丈有自題四首，兹録其二云："「城南良夜正中秋，洗盡銀雲溪上樓。聞道彩鸞曾下嫁，碧天如水月當頭。」「山似修眉水似螺，碧湖雙槳盪漚波。彩雲一散空留影，贏得詩人老淚多。」又湯雨生都督貽汾六首亦佳，録其四云："「天香易散彩雲收，尚有詩人愛此樓。桃葉傷心迎不得，碧湖無恙自東流。」「青山依舊似修眉，無復重來杜牧之。歌斷柳緜人不見，月明誰唱鮑家詩。」「去燕空尋玳瑁梁，畫欄猶賸綺羅香。年年寒食西泾路，只有桃花似舊粧。」「榆錢喜買苧蘿春，如畫湖山願結鄰。妒爾銷魂詩句好，前身豈是擘柑人？」奚丈家善釀酒，故一號酒奚。

朱淑真《元夜·生查子》詞，見《六一居士集》。漁洋山人曾辨之，而竹垞翁《詞綜》猶沿舊誤。近惟許昂霄《晴雪雅詞》，則竟刻歐陽修名。後有選者，當從之也。去年與壬叔、杉亭作消寒會，有《題斷腸集》詩，余仿論詞絶句，作一首云：「愁絶黄昏月上時，文人詞誤女郎詞。任伊銜却千秋恨，我怪小長蘆釣師。」

禾地卑下，舊不産茶。近塘匯章園有種茶樹者，穀雨未過，嫩芽初摘，亦堪入賞。然知者尚鮮。往年王詩石姊壻嘗招同人小集，試章園茶，未及作詩。後詩石以《梅溪舊館圖》屬唐菱伯題詞。菱伯詩補及之，誇爲此題始倡。詩云：「一粟廬中識君始，故人于鵠君舅弟。今年來訪湖上春，清明穀雨流光新。緑楊深處叩君宅，乃與傾衿通款洽。隔墻春酒沽梨花，沽醉瀹我章園茶。章園茶樹産鄉里，灌以鴛鴦之湖水。靈芽漾漾開翠旗，顧渚雙井不足奇。清芬襲人沁肌骨，頓慰文園消渴疾。忻然示我《梅谿圖》，圖中咫尺君舊廬。百年花木有遷徙，枝葉扶疎一本繫。矧君學術深五行，方輿圓緯指掌擎。京房郭璞不挂齒，對客觥觥論文史。題君是圖意鄭重，更乞園茶作清供。但餘舅弟匆餉人，瓦爐活火招嘉賓。昨夜辛伯招同餘三重試佳茗。」

穆湖溪上般若庵，一名小雲臺，向有僧抱月悟瑩駐錫於此。著有《旅泊吟草》。僧生平嗜詩，頗極研鍊。然閉門覓句，不挂於士大夫之口，遂不與借庵、小顛輩並稱。張子眉生壽昌藏其手稿，屬采入《瑣話》中，以存其人。録其斷句。《山僧》云：「閒尋古洞穿雲白，細數幽花點砌紅。」《老僧》云：「心與水雲諧冷淡，身將梅鶴共支離。」《嬾僧》云：「山果卧聞簷際落，野花坐見榻旁開。」《貧僧》云：「半鉢松花輕黍稷，一罏竹火傲陽春。」《遊僧》云：「欲拾萬峰歸碧眼，不辭雙屐叩蒼烟。」《病僧》云：「一枕溪雲秋瑟瑟，四簷山雨夜沉沉。」《孤僧》云：「伴食堦前唯瘦鶴，結鄰庵外只寒山。」《竹林寺》云：

「冷雲隨鶴朝辭洞，孤月尋僧夜入樓。」《送友》云：「秋方作意留君住，月竟無心爲我圓。」《秋懷》云：「野寺僧敲烟翠磬，江邨人掩夕陽關。」《結夏》云：「漫把江山供草屨，好移歲月上蒲團。」皆可傳也。

同邑陳味梅鴻誥嘗和余《寒月》詩，附刻一稿中。近見和余《病起》詩亦佳，補録於此，云：「喜君今已脱沉疴，竹屋蘿窗費拭磨。籬角定驚秋色老，案頭唯有和章多。新晴開爽愁堪埽，舊雨聯吟日再過。便擬攜琴來話茗，一樽相對快如何！」其他絶句亦清妙可喜。《即事》云：「時有清香逆鼻來，匡牀夢醒費徘徊。呼童急起推窗看，架上藤花無數開。」《隔溪》云：「偶啓柴扉步夕陽，輕風遥送稻花香。隔溪隱隱炊烟起，柔艣一聲歸野航。」《寒夜》云：「六出飛飛點翠苔，夜窗開卷幾低徊。忽然簾角一風入，吹逗梅花香氣來。」味梅與弟筠石鸞封俱工畫，每喜合寫梅竹，時稱雙璧。著有《紅豆詩窗小稿》。

然青嘗攜示二阮詩。一曉鶴，名懋播，著有《吟香書屋詩稿》；一芝舫，名壽春，著有《雁湖別館偶存草》。兹録曉鶴《賣花詞》云：「筠籃裝入選時新，巷巷清晨叫賣春。誰料黄鶯偏解事，先來唤起玉樓人。」芝舫《納涼》云：「一庭蕉雨濕莓苔，六扇紗窗向晚開。最好多情天上月，却移涼影入簾來。」二君與味梅亦兄弟行，正如王謝子弟，俱有風格，宜然青亟稱之。

去年六月，時染暑疾，誤服庸醫藥，幾不起。朱生藹人爲余診治，始得痊可。同時次公、霞城同抱劇症，亦邀治之，俱獲效。藹人嘗從余學詩，後去而學醫，寒窗鐙火，頗極研究。年未三十，活人已多。近時吾禾言岐黄者，未能或之先也。偶檢篋笥，得其舊所作詩。録其《詠菜花》云：「幾日東風野外吹，菜花又見試花時。三分春色歸芳陌，滿地黃金布夕曦。茅屋可邀名士賞，竹籬漫和隱君詩。千紅萬紫多消盡，偏有文章擅色絲。」它句如《花隖》云：「紅雨堤邊鶯學語，碧紗窗外燕初來。」《柳堤》云：「碧水平橋漁艇傍，緑烟村市酒家藏。」亦佳。客問：「藹人學醫與學詩孰勝？」予曰：「學醫勝。學醫兼善，學詩獨善。」客曰：「如庸何？」予曰：「學詩勝。庸詩誤己，庸醫誤人。」

立夏前一日，招同人集一粟廬餞春，聽平湖俞芷衫銈彈琵琶。以新聲寫古曲，得所未聞，作長歌贈之。芷衫善琴工弈，尤嗜吟咏，著有《蹄涔集》，已二刻矣。兹録其《送時秋鶴司訓餘杭》云：「送君抱琴去，吟偏餘杭山。古洞尋丹竈，仙踪猶可攀。旅程秋色裏，官舍白雲間。陋巷同居者，而今獨掩關。」《舟泊大乘寺》云：「蕭寺何年建，扁舟泝此方。溪寒魚翠落，林静貝多香。幾處積殘雪，一僧耕夕陽。今宵聆妙梵，疲卧悔津梁。」《海上訪沈浪仙不果》云：「借問靈湫客，横琴第幾峰？鷗飛常近海，鶴定不離松。便欲試輕策，其如聞暮鐘。梅花六橋路，恍惚與君逢。」七絶《題南湖小築》云：「愛爾鴛鴦湖上居，輕烟漠漠雨踈踈。門前千尺桃花浪，斜日紅樓看打魚。」《哀徐絅齋先生》云：「山影樓中百衲琴，七條寒玉寫秋心。伯牙腸斷成連逝，無復人間霹靂音。」絅齋名光燦，精于琴。有《霹靂引》一曲，日本使者以千金購其譜，弗許。年九十五，令其孫某招芷衫，將授之，未果。尋卒，竟成《廣陵散》矣。

芷衫詩最見賞于鄉前輩朱小雲觀察，其《蹄涔後集》，觀察序之。觀察以嘉慶辛未捷南宮第一，入詞垣，改水部。嘗使滇南，遊嶺表，歷官豫、楚、黔及塞外。文章治績，炳著一時，似無意與憔悴專一之士爭短長于五字七字矣。芷衫昨以《小雲廬吟稿》見示，集中詩如上灘出峽，斲險追幽，思助江山，筆驟風雨；而其短章小詩，則又抒寫襟靈，自然淡遠。兹録其《立秋日作》云：「老樹得西風，蕭然作秋意。看月啓荆扉，月華流滿地。蟪蛄鳴草根，清露滴荷芰。翹首望銀河，有懷不能寐。」《秋日早起》云：「秋風一夕涼，高枕擁布被。夢醒覺更闌，落月在窗裏。砌蛩聲漸疎，寸心清如水。東家早鳴機，悦然催吾起。」《昭慶寺寓樓》云：「幽絶招提境，禪關夜不扃。雲光當檻合，山色抱樓青。清梵風中落，踈鐘枕上聽。擁衾憐夢短，鄉思渺遥汀。」《寂寞》云：「寂寞茂陵卧，孤懷鬱不開。淒風吹夢斷，微雨送秋來。回首平生志，驚心歲月催。佳人渺天末，中夜幾徘徊。」《黔州七夕》云：「蛛網塵生掩綺樓，歸期孰唱大刀頭。歌殘《錦瑟》華年恨，腸斷銀河絡角秋。天上有情猶惜别，人間無地可埋愁。青鸞白鳳參差翼，萬里含悽對女牛。」《登滕王閣》云：「第一文章第一樓，凭高吟眺挹清秋。三春粉蝶圖仙館，千里長風送客舟。吴楚天光杯底合，衡廬山色座中收。好攜鐵笛重霄上，吹散空江浩蕩愁。」《寒夜寄内》云：「屈指暌違已浹旬，蘭閨寂莫悵孤縈。相思知爾還如我，寒雨瀟瀟夢未成。」《晚泊散步》云：「隔岸青螺聳髻丫，雲林深處兩三家。清香一路風吹送，開遍山田枳殼花。」《題顧榕屏茂才詩集》云：「靈鶴清襟冰雪姿，泠泠澗水入琴絲。洛如風雅音誰嗣，心折韋郎五字詩。」《滏陽道中荷花盛開》云：「觸熱行來路徑遥，花光照眼暑全消。十年憶殺江南景，香渚風清送畫橈。」

道光丙午三月，乍浦瀕海，沙閣大魚，長徑九丈，習海事者亦不知何名。禱于神，臠割以賣，競葬人腹。芷衫紀其事，作《巨魚行》云：「赤馬司年龍紀月，合朔二旬有二日。鐵版沙塗晚汐來，罡風怒吹海倒立。馮夷擊鼓天吴驕，浮空叱咤神鬼號。鼇鯷樓蜃靡不有，不測奚翅黿鼉蛟。嘘氣成雲沫如雨，有物毆舟人漁浦。奔騰跳躍疾且僵，身閣泥沙不能去。萬人聞之争往觀，吁嗟博物張華難。爲鯨爲蝬究莫辨，其狀如魪而黑斑。自尾迄顱徑九丈，惜無象舸战觔兩。脊翅渾疑鬣帆張，頷胡直作鰭旗晃。粤溯乾隆壬午年，巨鱗失水沙汀眠。卜以杯珓殺則吉，長弋樁喉聲聞天。金錯瓜刀腹中剖，始驚呼噏呑舟口。防風朽骨尚專車，乙斵船梁丙舂臼。今之視昔將毋同，天實假手非人功。出乎爾必反乎爾，食人人食須臾中。轉憶揚鬐莽滄渤，南溟運徙還窮髮。萬里横行恣老饕，舜敂湯網難爲力。姤陰伎倆終何如，流膏爲淵觀此魚。作歌一笑告海外，人而魚者其鑒諸。」

宋魯簡肅公宗道鯁直，立朝時，有「魚頭參政」之語。公曾宰海鹽邑，有魯公浦爲公所濬，又有思魯橋。公祠墓亦在其鄉，今分隸平湖，一名東皋園。其裔孫介庵上舍樸猶居皋園中。搜輯公遺書，僅得《家訓》一篇，及《黄山紀游》詩數章。詩載自山志中，世不甚傳。今録其《登黄山》云：「三十六峰凝翠靄，數千餘仞鎖嵐烟。軒皇去後無消息，白鹿青牛何處眠？」《蓮花源》云：「花開十丈照峰頭，露裡紅衣爛不收。太乙真人多逸興，穩眠一葉泛中流。」

魯祠楹帖及謁祠墓詩甚多。茲録平湖徐惺庵侍郎士芬詩云：「松柏凝空青，烟霞流積素。藹藹城東隅，下有魯公墓。魯公已千載，初地尚如故。皋園莽荆榛，遠浦交雲樹。遺愛在此鄉，骨鯁見風度。竭來一展拜，悠悠動遐慕。祠星閟蒼苔，夕陽忽已暮。」後侍郎乞假歸里，僦居簡肅北皋園故址，自題楹聯云：「寄人籬下，在我意中。」殊有景慕先賢之意。又朱勿軒觀察煌楹聯云：「義著三從，端肅内外；諫沮七廟，提振紀綱。」又朱茉堂漕帥爲弼楹聯云：「古之遺直簡編重，鄉有名賢俎豆光。」俱極端重凝鍊。

漕帥弟理堂司馬爲燮又有《謁宋司理魯子謙公墓》詩，附録於此。云：「簡肅風高魯氏先，簪纓奕葉似蟬聯。揚州司理真州尉，宋室循良漢室賢。十八則傳家訓切，公有《家訓》十八則。百千年仗裔孫緜。謂介庵。使君神武昭靈應，鄰近松楸表墓田。公墓在白沃使君廟後。」

嘉慶某年，重甃西埏里集街道路，得宋代砌街甎，銘文八字，云：「人豐翕集，市井駢闐。」後一行云：「大宋政和三年癸巳歲。」前又一行云：「大宋嘉泰元年辛酉歲正月十六用石重砌。」其陰刻「秀州嘉興縣郭五鄉居住會首胡公佐、張世隆，精嚴寺净悟大師有肱、張安言、羅明之、馬悦、沈奭、費元賓、陳章、吴拱，遍募衆緣，同力重砌大市官街一道，自韭溪東砌至菩薩橋。聖宋政和三年六月十一日，下手興工甃砌。伏願保國安民，風調雨順。仍願捨錢僧俗施主，洎普天之下一切有情，增延壽算，植福無疆。書乩謹記。泥水都料邵宗仁，弟宗義等崇信書此。」甎藏葛廣文星垣家。曹種水作《宋砌甎街歌》云：「政和癸巳修甎街，嘉泰辛酉甃石重。非銘非記僅幾字，意賅語朴書體工。其陰文辭祝史類，禱求甘雨祈和風。願延福算遍僧俗，務在閭閻人好公。集街由來七百載，此地翕集稱人豐。鄉名郭五逸莫考，安得建置擢所從。至今駢闐市井象，通寰朝夕喧杵舂。葛君築街嗣先志，倡率仁里相鳩工。韭溪橋道接試院，石匱啓視莓苔封。時維六月日十一，正如前代興工同。陰德自謂如耳鳴，殆已默感神明通。濡搨持贈索賦咏，翠螺丸墨香溶溶。我思汴京《夢華録》，街巷無復尋甎筒。《武林舊事》考諸市，勾闌瓦子迷西東。銅駝荆棘兩寂莫，北狩南渡再數窮。艮嶽既作礙石散，御題并碎卿雲峰。紀年一字葬陵骨，更鬱義士孤憤胸。甎乎豈解抱遺痛，付汝泉淚滴秋蟲。磨麽喜其馬券論，瘦似跛尾黄涪翁。毘陵嬾版銘句就，宜州家倅載筆終。蘇黄手蹟不可得，此書已足當時雄。惜無好事東觀老，不腐瓦證羽陽宫。他時留待補志乘，竊擬志小資譚叢。一鏡雙鎖君不取，經箱自畏胠篋攻。月波樓前買醉好，青錢與我輸酒傭。甎旁又有一鏡、兩鎖、青錢等物。」

向訪種水文詩稿不得，昨郭止亭承勳以所藏《徵賢堂集》見示，黄霽青師曾選一過，猶未付梓。集中有《由拳思古詩》五歌三十首，雜采土風，于《鴛鴦湖棹歌》外，别具一格，篇繁不録。録其小詩《湖陰夜泊》云：「沙路微茫接遠天，江村同泊釣魚船。那知身在瀟湘夢，雨打寒篷夜不眠。」《重陽》云：「客裏登高付等閒，山城試訪武丘山。酒邊獨醮題餻筆，細雨孤篷載菊還。」《洞庭》云：「滿瓶釵股摘絲蒓，魚美刀砧嫩鲊新。唤起白鷗同一夢，黄柑緑橘總留人。」《題南湖脩禊圖送郭頻伽還里》云：「一般楊柳畫中看，此日東風也作寒。付與何人重憶我，滿湖春水倚闌干。」《五月一日偶插榴花有感亡妹》云：「榴花折得强徘徊，節物菖蒲取次催。廿載敲門思往事，雨中正送一枝來。」

檇李以産李得名，然城中絶無此樹。今惟净相寺有數十本，西施爪痕，非顆顆皆有也。昔人以江南楊梅配嶺南茘支，余謂吾禾之檇李方爲勁敵。且茘支以阿環流芳，檇李以夷光駐艷，更難軒輊。昨日竹里王芑亭逢辰摘餉數枚，報以詩云：「分來珍果快嘗新，净相僧廬種最真。好是野航船上寄，不勞一騎走紅塵。」竹里一名新篁里，去城一由旬地，野航籠書，晨夕可達。其二云：「花草吴宫且莫論，已聞舊樹失徐園。妻孥未解興亡感，苦覓西施指爪痕。」徐園在城南，今樹盡薪矣。

芑亭所藏彝鼎古器甚夥，顔其居爲「秦瓦晉甎之室」。所刻《槐花吟館試律詩》，坊間甚珍之。向謂嗜金石者必膠性靈，精帖體者必苦束縛。芑亭以近稿録示，則又清和淡遠，不雜一塵。賢者果不可測也。録其《重至當湖屈氏孝友堂看菊》詩云：「出門又見菊花天，船泊東湖古岸前。夙慕三間名最盛，重逢九日色猶鮮。籬編鹿眼疎兼密，徑闢羊腸斷復連。慚愧王宏無酒至，餐英儘許繼《騷》篇。」「側身恍覺入柴桑，枝挺高寒尚傲霜。仔細看供一月好，辛勤種費半年忙。花佳如見幽人淡，秋老猶留晚節香。彈指兩開今異昔，徘徊前度感劉郎。」

前人詩後人不得妄改，然亦有節删數語而愈見其佳者。如柳子厚《漁翁》詩删去末二句，以「欸乃一聲山水緑」作結，則悠然不盡矣。近人有删黄仲則《題機聲鐙影圖》詩末四句，以「畫中咫尺渺親舍，南望白雲千里深」作結，較更簡妙。吴榕園《浙西六家詩鈔》，吴穀人《鳳凰山懷古詩》亦節改末數句，以「冷落鳳凰青隔竹，隔江風雨諸陵來」作結，尤有神采。

李青《咏石崇》云：「當時付與緑珠去，猶有無窮歌舞人。」勉作曠達，恝然無情。又李昌符《緑珠詠》云：「誰遺當年墜樓死，無人巧笑破孫家。」用意刻深，奈喪名節，直不如一死爲得耳。季倫一守錢虜，絶不足取，而與名士美人，緣頗不淺。黄門同歸，緑珠共盡，抑何幸也！

「掘盡七十二疑冢，必有一冢藏君屍」，語頗痛快。《聊齋志異》載曹操水葬漳河，至康熙間始發露，碑識可辨。王叔武《雜説》云：「正德十一年，河北旱，飢民發曹操疑冢凡十三處，皆有屍。内一冢用水銀殮一黄衣黄鬚人，宛如生者。」

苕上張芸士熙過訪，誦其亡友朱白榆點斷句「不逢黄祖頭還在，爲泣紅兒淚未乾」，語頗奇警。以「紅兒」對「黄祖」，較之趙甌北之對「烏孫」尤工。

陳皇后求作《長門賦》，爲文君取酒；逸少書《道德經》，與道士换鵝，即今潤筆也。近王蓬心太守爲文酒票，黄霽青山長有「詩酒券以詩畫易」，酒亦屬韵事。吾友計君曦伯做二公故事，參東坡《玉女泉》詩意爲調酒符，題尤雅馴。自作詩云：「蓬心六法霽翁詩，韵事流傳又一時。新樣更參坡老製，不知誰餉酒盈瓻。」「尋常酒債自年年，且把雲山换醉眠。破墨頽毫君莫笑，卧遊也省杖頭錢。」曦伯詩，曾録其《夏五病起》諸聯。兹從《二田齋稿》中，再摘其五言斷句。《秋聲》云：「泠雨和蛩急，西風捲葉行。」《漁燈》云：「漚汀摇短夢，蟹舍耿長宵。」《精嚴寺晚步》云：「移柯松鼠疾，隔院木魚幽。」《溪行》云：「桑葉孤村市，藤花野廟春。」七言《初夏集小滄浪》云：「軒窗最好開三面，漚鷺無猜聚一汀。」《元日對菊》云：「霜華籬畔成追憶，金勝釵頭欲鬭妍。」《九日》云：「楓葉傲人先自醉，菊花憐我久無詩。」《竹衫》云：「笑我竟成衣百結，是誰織出綱千絲。」七絶風韵尤佳，《水邨消夏詞》云：「偶來載酒蕩輕橈，紅藕花香一路遥。花底鷺鷥人不見，自家臨水賞風標。」《荷花生日詞》云：「翠蓋亭亭好護持，一枝艷影照漣漪。鴛鴦家在烟波裏，曾見田田最小時。」《春燈詞》云：「刻翠裁綃各鬭妍，千枝銀蠟暖生烟。是誰悄向閒階立，獨自低頭憶去年。」又有七律一首，神似樊榭，題爲《右股患瘍坐卧一榻聞嘯溪有觀荷之遊輒爲神往戲成一律》，云：「如曰哥哥禽忽鳴，鬧紅一舸艷鷗情。繙書正得鑿齒傳，煮藥剛支折脚鐺。善病兒言詩作祟，停沽僮喜酒休兵。若爲夢作溪邊鷺，好傍荷香立到明。」

朱畹芳女史，吾友沈君浪仙太夫人也。結褵兩載，遺孤六月，苦節教子，卒光綽楔。幼嗜吟咏，賦寡鵠後，乃盡棄去。所傳《先得月樓遺詩》，寥寥數章而已。録其《秋感》云：「天空孤雁叫霜寒，七事關心勉自寬。賣繡買書教子讀，質衣糴米勸姑餐。悠悠未醒人間夢，僕僕何能壁上觀。生寓死歸參已破，愁潮淚雨怪無端。」

平望趙静香丈筠知余有《鐙窗瑣話》之輯，致書相勗，謂不宜徇情，忍簡毋濫。以故，前數卷益加删汰，割愛不少。然憔悴枯槁之士槀本散佚，或因是藉存數章，亦未盡可廢，旋復稍稍存之。静翁精楷書，爲時所重。嘗與徐山民丈同葺俟齋先生祠。詩不多作，脩潔可喜。録其《題石谷山水》一絶云：「幽栖分占屋三間，流水桃花路幾灣。未要外人尋便得，春風楊柳緑當關。」

甪里街有婦科醫者，陳姓。門前列一木扇，上書「宋賜宫扇，南渡世醫」八字。其先汴人，名沂者，扈蹕而南，遂爲錢唐人。嘗治高宗妃危疾，有奇效，賜御前羅扇。宫中有疾，不時召之，聽持扇入，闔寺不沮。仕至翰林金紫。見萬曆《杭州府志》。居吾禾者亦其後人，黄册屢更，青囊無恙，亦一奇也。趙意林《南宋雜事詩》云：「朝來宫婢藥囊添，滿院飛花掩畫簾。手把輕羅還絮語，每逢三月病懨懨。」

秦淮古佳麗地，余澹心《板橋雜記》搜采殊富。然如馬湘蘭、徐翩翩，已不及見。近人亦有續記，微不及余作。自鹽筴汰後，揮金客少，炫翠人稀矣。道光壬寅，金陵當用兵之後，舊院一空。吾友秦君次游光第從役戎幕，小住數旬，燕去花飛，彌助羈屑，作《弔秦淮八絶句》。兹録其四首云：「青山碧水總淒涼，南部烟花舊擅場。海外罡風何太急，雨雲吹散怕還鄉。」「微聞豪竹又哀絃，白下西風夕照寒。漆板船兒誰喚取，一齊横在板橋邊。」「畫閣沉沉掩碧紗，粉紅格子映朝霞。釵光鬢影知何處，尚有提籃叫賣花。」「斷風零雨滿征途，對酒空憐喚奈何。兩岸辛夷摇落盡，寒潮聲咽莫愁湖。」

郵亭驛館，多有女子題壁詩。哀感頑艷，最易傳播，摭入小説，流爲丹青，然非信史也。騷人遷客，自況流離，假托閨媛，虚騰芳譽。唯吴漢槎出關，凡經宿處題壁，款署「金陵女史王倩娘」，此爲人所知。

客言聞湖陶梅若丈琯緑蕉山館，芭蕉經冬不凋，霜未降時，先卷其葉，以稻草束裹之；臘尾春回，徐徐展放，緑天無恙也。梅若長于詩畫，其寫生得甌香真趣。頃見其詩，亦疎雋可喜，録其斷句。《餞花》云：「黯緑易成三日雨，瘦紅膩化一簾愁。」《月夜》云：「滿徑竹風凉似雨，當階松影立疑人。」《秋感》云：「人如病柳疎還嬾，詩似秋花淡不濃。」絶句《夜坐》云：「疎簾三面卷斜陽，茗椀閒攜話晚凉。絡緯數聲秋已至，一庭清露玉簪香。」《秋夕》云：「翛然瀹茗焚香坐，此景年時恍惚同。稚女山妻閒論畫，疎簾凉盪一鐙紅。」

梅老又寄示陸君夢珊儀庚《燕山》、《浮湘》二章，録其《桃源道中》云：「落英芳草滿湖濱，路出桃源便問津。猶是桑麻與雞犬，不知何處避秦人。」「白鷗一點還兩點，緑樹千叢與萬叢。輸與船頭捕魚者，朝朝只在畫圖中。」

去年陸君慎庵景鏞以《瓣香書屋詩集》屬加校勘，并爲之序。匆匆付去，未及采摘。近索其稿，再閲一過，因録其《秋日書懷》云：「長日關門稱索居，筆牀茶竈儘蕭疎。齋中絶少閒人到，老樹低頭聽讀書。」《消夏祠》云：「十里蘋花照眼開，平湖幾曲水雲隈。飛飛蝴蝶何因至，却借輕風吹夢來。」《秋曉》云：「喔喔邨雞報五更，窺窗猶見月華明。參差過雁渾無影，何處寒江忽一聲。」俱清雋可喜。

嘉善有二村落，曰南沈、北沈。前明沈氏叔姪二人俱登甲科，官不大顯，而子孫繁衍，分居二村，耕田讀書，殊有桃源風景，不似晉人以貧富分南、北阮也。吾友紱堂明經丹培，南沈也，受業於黃霽青師最早，當執梃爲門生之長。著有《青箱館詩》、《雜組》等集。録其五律《夏墓蕩》云：「波平移短棹，十里晚蒼茫。遠岫飛青翠，孤罾畫夕陽。酒消詩鬢瘦，花引野蜂狂。憑弔前朝墓，空留宰樹荒。」七律《春雨遣悶》云：「長日愁看篆影遲，尋芳負却牡丹時。花如酒客十分醉，雲與詩人一樣癡。斷送落花春草草，消磨渴睡雨絲絲。論文喜有兒能解，據座聊充問字師。」七絶《夏日閒遣》云：「燒殘銀葉暗香侵，乳燕聲低伴獨吟。記得今朝逢竹醉，新篁特地補牆陰。」《偶成》云：「挑燈話雨小紅樓，眉黛俄添一段愁。笑問落花紅滿地，花神底事不擔憂。」其他斷句，《即事》云：「兒頑喜有書堪療，弟病愁無藥可醫。」《敝裘》云：「享同名士千金帚，擁共寒窗半席氈。」《霽青師息耕草堂落成》云：「冷吟祗索梅同笑，清俸還分鶴作糧。」《供菊》云：「燈分瘦影幽人畔，瓶沁寒香古佛前。」《閒遣》云：「病讀奇書如上藥，窮耕破硯當良田。」《賣書》云：「多藏劫重錢同散，舊主緣慳蠹亦愁。」《西湖感懷》云：「白袷重來憐我老，青山依舊笑人忙。」俱佳。

味梅弟筠石，近以《蕉花硯室吟稿》屬爲點定。録其《曉起》云：「曉起了無事，開軒臨水坐。遥指烟雨中，殘荷紅一朵。」《春晚》云：「棼尾參差植滿庭，幽香陣陣入疎櫺。曉窗寂寞閒無事，自折花枝插古瓶。」《春眠》云：「寶鴨香消月影昏，安排紙帳繞吟魂。思量倘有客來訪，分付梅花代管門。」《秋夜即事》云：「閒齋展卷費徘徊，了鳥紗窗面面開。却是那家樓閣上，隨風吹過笛聲來。」筠石年未及冠，而詩筆清灑如此，亦未易才也。

《二溪吟草》，一爲徐君怡亭壎《鷺溪吟草》，一爲張君夔齋允逵《玉溪吟草》。夔齋又館怡亭家，酒闌茗罷，時有聯唱。兹録怡亭《分咏美人宜稱》三首，《樓上》云：「怕透春消息，窗紗故未開。無情堤上柳，青到望中來。」《簾中》云：「隱約紅窗畔，微聲響佩環。麝蘭香不遠，咫尺萬重山。」《燈下》云：「繡罷挑燈坐，閒愁對短檠。晚妝慵未卸，燃草驗陰晴。」他句《春日湖上》云：「花瓣飛紅黏客帽，柳陰分緑上漁蓑。」《月夜舟泛》云：「波光閃爍當風活，星點微茫近月無。」過一粟廬見贈云：「條然一粟幽居地，不信詩藏海漾寬。」夔齋句《迎燕》云：「前邨社雨關心久，小院春風識面纔。」《寒燈》云：「卜花深院釵頻拔，起草寒窗手自挑。」《見贈》云：「兩字功名輕雁塔，十年聲價重雞林。」皆佳句也。

鐙窗瑣話卷六

秀水于源辛伯

余最喜元漫叟《春陵行》、《賊退示官吏》諸作，感事攄情，深燭民隱。歲癸卯，吾郡當用兵之後，州縣奉上官命，清釐積欠。城南有老儒王某，客授外鄉，追捕到官，計無所償。有女年十五，請自鬻以脱父。爲匪人掠賣倡家，瀕受污矣。有曹翁知之，贖以歸。余作《王孝女詩》，存集中，又作絶句一首，云：「磨笄自鬻亦堪悲，忍讀《春陵》一曲詩。千古姓曹人解事，黄金肯爲贖蛾眉。」近曦伯見寄《小瓊海集》，爲吴江陳二赤赫所著。陳亦寒士，集中有八詩甚佳，采風者倘有取焉。題爲《余以國課未了，拘來城中。似禁非禁，不囚而囚，積六十餘日，得詩八首》，云：「我禁吾身自怨嗟，非關人世妒才華。前涂人哭山多虎，半夜村喧甕少蛇。綽有古風牢畫地，斷無好夢客還家。從來成拙都由巧，此後心田慎發芽。」其一「不帶南冠作楚囚，此生分付與窮愁。《胡笳》拍後教誰贖，新婢泥中自忍羞。目送蘆花飛澤國，身同燕子鎖重樓。敝袍可耐吴江冷，門外濃霜積水流。」其二「東南財賦重三吴，鄭俠當年繪畫圖。大有頻書艱卒歲，小家多累迫新租。明知鴆毒飢充腹，敢悔蒲鞭痛剥膚。强半城中來野老，鳩形鵠面伴寒儒。」其三「鹿城校士説今朝，争向詞場奪錦標。此日蝸牛黏土壁，當年銅雀訪山橋。心游文筆峰名。頭慚禿，聲入琴堂尾愛焦。黎邑尊于岸以擬程見示。宋艶班香勞下問，齊瘤不鬥楚宫腰。」其四「横陳地上枕惟肱，啼斷城烏到五更。困似後來薪屢積，惡偏居下濕能生。以柴草鋪地，作卧具。而今絜作沾泥重，多謝身從藉草輕。輸與杜陵兒裂被，常醒魚目聽雞聲。」其五「五十里偏作孤客，兩三月已换中星。人非異雁書應寄，鐙豈無花卜不靈。何處樓臺能避債，閉門風雨況懷刑。弟兄妻子同憂患，那得平安報室甯。望家報不至。」其六「灰填葭管忽飛揚，兀坐端愁此夜長。詩竟無工添一綫，窮真有法守三章。今朝凶吝應生悔，斗室陰寒未勝陽。安得天心容易復，梅花點點暗生光。冬至日作。」其七「彤雲四布作嚴寒，六出花飛耐冷看。自笑空囊真白戰，肯隨凡艷到紅乾。光明好照逃亡屋，堆垛能埋凍餓棺。莫道羈留太岑寂，由來清潔出艱難。對雪作。」其八

秦秋槎丈瀚，次游尊人也。原籍山陽，來客吾郡，遂家焉。中歲苦貧，授徒自給，不妄干一人。其勵品如此。閒亦作詩，俱從性情中流出。如《雪夜懷太初兄》云：「戛玉窗前静得音，敝裘不耐夜寒侵。傭書況味孤檠暗，磨墨生涯古硯深。笑口難如梅有信，淚痕轉羨燭無心。歸篷何日萍踪合，姜被空思續舊吟。」《悼亡》云：「井臼親操不假人，女紅早晚歷酸辛。最傷心是黄昏後，籌及明朝缺米薪。」其一「每逢客至便茶湯，客去時聞論短長。富貴趨承貧莫厭，閨中箴諫未曾忘。」其二次游集其尊人手蹟數十紙，裝成巨册，昨攜見眎，書法亦蒼老可愛。

古書漶漫，筆畫疑似，以訛傳訛，渺不可數。其甚者，莫如遊五嶽之向平或作尚平，脩《晉史》之于寶或作干寶。後人述德，何所適從？

鴉片出西番，一名「合甫融」，見徐伯齡《蟫精雋》；一名「鴨屎紅」，見楊秋衡《海録》。《本草》作「阿芙蓉」，然只是罌粟膏耳。其流毒天下，果不待言。近人拈此題者甚多，《兩般秋雨庵筆記》采一聯

云：「不覺漸成長命債，豈知早受一燈傳。」殊見懺悔。陳愚泉句云：「身長雲卧非關隱，口縱霞餐不是仙。」亦工描寫。然不如應笠湖云：「黄金灰裏盡，白日夢中過。」尤覺超妙。予嫌「鴉片」二字不古，别作《罌粟詩》四律，存集中，兹不更録。

王載揚徵君，平望人。少業賣米，市樓臨水，一燈獨吟。適湖州沈艑翁舟泊水驛，聞誦詩聲，知非常士。詰旦造訪，遂同入都，聲譽鵲起。今其鄉人猶艷稱之。近日張君虡堂鏞，少孤讀書，亦隱於市，不廢吟咏。郭頻伽丈嘗采其詩入《爨餘叢話》。著有《漁父填詞閣集》。録其《和菱伯感秋》四首。《舊劍》云：「鏗然風雨夜堂幽，彈鋏歸來已白頭。碧血沉沉迷世代，土花漠漠記恩讎。沉吟按爾孤懷迥，睚眦從君一醉休。可有延陵風誼在，霜華斜挂墓門秋。」《廢檠》云：「九華無燄夜沉沉，顧影竛竮思不禁。珠箔闇飄將灺雨，蘭煤猶抱未灰心。虛疑銀葉承花妥，隱覺銅仙漬淚深。何限緑綈方底事，冷螢空閃畫堂陰。」《斷碑》云：「頹陽衰草訪清秋，布毯還應信宿留。問字亭荒餘屓贔，摩厓筆健失龍虬。氈椎隔雨聞殘響，樵牧犁烟拾古愁。一片韓陵誰共語，空令異代仰風流。」《蠹簡》云：「叢殘芸葉檢陳編，敝帚千金只自憐。覆醬物餘誰著作，坐氈人老此丹鉛。行間涕淚空留影，劫後蠹魚或已仙。想見歐陽方夜讀，鐙昏雨細校愁邊。」

虡堂有女甥衛氏冰壺玉，少育於張，字里中趙氏子。未嫁，趙卒。其家焚所御衣，烟達女所，女偵知之，詭云就浴，自經死。事在道光庚寅六月初十日也。虡堂爲之請表其閭，復徵詩詠歌之。兹録青浦何韋人其偉《哀辭》云：「衛涘女，曰冰壺。本望族，梅堰居。年十八，字趙家。叶越二載，趙病殂。

女偵知，容無忏。潛自經，以殉夫。歲庚寅，六月初。有行實，其舅書。云女甥，母蚤亡。偕小妹，育於吾。喻大義，孝母烏。性軒朗，無煩紆。精女紅，巧特殊。能代庖，治園蔬。客談詩，心忻愉。隔屏聽，知規模。論氣節，默歎歔。夫與舅，同里閭。命終日，焚禪襦。烟熖臭，達女廬。嫗漏言，意漠如。待嚮夕，寢室虛。索湯浴，扃户樞。覺而救，瞑勿蘇。告于趙，驚翁姑。具禮迎，神主俱。雙棺並，厝牛圩。事駭聞，喧街衢。孰媲美，姚氏姝。家分湖，身許徐。徐暴亡，隨捐軀。先一載，事在己丑孟冬，余亦有詩。若相符。具區秀，閨閫儲。著奇節，綱常扶。婚未成，矢不渝。脱既嫁，忍貳乎。女名玉，比瑾瑜。舅氏張虞堂，稱通儒。語皆真，非虛譽。」

韋人一字書田，著有《竹簳山人集》。山人世業歧、扁，獨造精詣，活人甚多。集中有《論醫四首示及門諸子》，兹録其一首云：「治病與作文，其道本一貫。病者文之題，切脈腠理現。見到無游移，方成貴果斷。某經宜某藥，一絲不可亂。心靈手乃敏，法熟用益便。隨證有新獲，豈爲證所難。不見古文家，萬篇局萬變。」其他小詩亦佳。《過王蒓浦新齋賞菊》云：「書屋清幽絶點埃，芬芳卉木手新栽。朝來沽酒招吟侣，昨夜黄花數本開。」《連日得鱸魚》云：「人家最好住吴淞，日日銀鱸野膳充。若到倦游憶鄉味，不知已負幾秋風。」

虞堂同里邵君稼甫嘉穀，故友周叔斗丈詩弟子。嘗修葺元真子祠，叔斗爲之記。著有《靈石山房集》。録其《焚香》云：「春院紗幮設，焚香默坐禪。窗前縈作字，爐頂净生烟。似有微雲起，能將俗慮蠲。琴絃時自撫，飄渺有情天。」《小九華燒香詞》云：「十里鶯湖古刹開，紛紛士女竭誠來。畫眉橋畔香船泊，一杵鐘聲隔岸催。」「篾篷小肆列西東，岸闊長篙招手工。香燭紙錢生計小，千呼萬喚作牢籠。」「碧玉年華巧様妝，相隨阿母到雲堂。清香一炷輕輕禱，浪蝶游蜂撲滿旁。」「逐隊肩摩擠不開，兩旁玩物競成堆。解囊已了心頭願，尚有餘錢買一回。」小九華在鶯脰湖畔，與平波臺相望，香市極盛。

近時閨閣之能詩古文詞者，首數湖州汪太夫人趙氏儀姞棻。夫人爲上海趙謙士侍郎秉沖之女，適汪酉山鹺尹延澤。謝城上舍日楨，其長子也。夫人著有《濾月軒正續集》、《文集》、《詩餘》，及《南宋宮闈雜詠》。昨謝城見寄新刻本，因得盡讀。學有淵源，才無粉飾，求之並世，實罕其儷。録其小詩《讀淮陰侯傳》云：「獵獵英風大將臺，當年一飯劇堪哀。淮陰不少豪華客，誰及蛾眉解愛才。」《春暮》云：「紗窗未啓曙光紅，半捲湘簾怯曉風。病起不知春已暮，落花飛絮滿庭中。」《車中作》云：「亂石崎嶇路百盤，五更風雨客衣單。追思小閣薰香坐，猶掩紅窗護曉寒。」《棠棣》云：「小朵蟬聯簇絳霞，詩歌韡鄂漫興嗟。莫教一旦風吹散，輸與籬邊姊妹花。」《書感》云：「如環愁緒總無端，儉歲持家事事難。斗米直須錢五百，相逢不敢勸加餐。」

《濾月軒集》中有《題月冷峰青圖》，其序略云：「從姪維嘉，有妾李二姊，京師人。維嘉以府經歷分發廣西，道出漢陽，病卒。二姐吞金以殉，年僅十九。族姪光弼遷其櫬，歸厝宗祠側，爲作此圖。」詩云：「亂峰銜冷月，慘絶暮汀前。屬纊江南客，收帆漢北船。盛年傷玉折，壹志勝金堅。想見從容際，丹青莫可傳。」其一「吾祖殉王事，傳家有素風。餘慶三世後，大節一門中。巾幗能知義，泉臺倍慰忠。四川有慰忠祠，祀金川殉節諸公，先祖與焉。先塋歸骨晚，今幸九京同。」事備輶軒，詩輝彤史，俱可傳也。

乍浦邱絳仙杏，吾友盛君雲泉垧淑配也。曇花偶現，蘭玉早凋。著有《紅餘小課》，濾月老人序之。録其《七夕》云：「娟娟風露夜將殘，新月如鉤挂曲欄。姊妹穿鍼樓上聚，也同牛女別離難。」《冬閨》云：「蕭蕭飛雪撲窗紗，冷透重幃逼歲華。爲待春風消息到，一簾香影詠梅花。」沈浪仙嘗選其詩入《龍湫嗣音》、《乍浦集詠》等集。

華亭丁步洲瀛隱於市，嗜吟詠，喜賓客。嘗與同人結社，名「葺城近課」。每過禾，必迂道見訪，談藝愜甚。數年來郵詩往還，積有篇什。因録其《詠塔影》云：「迷離野寺聳玲瓏，今古常看四照空。法相高參雲以外，禪心圓印月當中。一枝瑞暎琉璃碧，萬户光分璀璨紅。遥聽金鈴鳴晝角，夕陽次第下花宫。」《秋日偶步》云：「無聊結伴此閒遊，頓使胸襟氣爽秋。廢苑祗餘烟漠漠，野塍空見黍油油。僧歸古寺三叉路，鐘打斜陽一覽樓。獨立小樓尋勝景，青青九點遠山浮。」又有《悼亡姬》四首，録其斷句，如「有淚星星含獨枕，無言黯黯對孤檠。」「瓣香曾拜蓮花座，甘露分沾楊柳枝。」「最惜蠶眠還吐繭，劇憐鳳小尚栖桐。」「藥爐茶鼎分明在，愁見安排繡閣中。」殊淒絶也。

松江武生頗永剛，字健壇，平日以忠勇自許，兼能詩。其斷句云：「想是孤鴻尋舊侣，今宵相遇月明中。」妻瞿氏，亦有才識。壬寅吴淞之變，頗隸上海兵籍，夫婦以帶自相纏縛，投泮池殉焉。旁人拯之，頗死，妻猶生，送至松城，卒以不食死。吾友華亭張篠峰鴻卓有哀詞云：「滬瀆城上風蕭蕭，壯士拔劍青天高。泮不獻馘誓不返，功雖未成氣足豪。朝來大殺賊，壓陣愁雲黑。礮聲動地飛霹靂，隻手狂瀾迴不得。吴淞失，滬城存，攖城固守不顧身。滬城失，文廟存，北面拜闕泮水淪。臣忝膠庠盡臣分，一死何足酬君恩。身不敢私況妻子，三尺寒泉請同死。巾幗不辱況鬚眉，紛紛那識逃者誰。鐵石心腸松柏節，忠憤同此一腔血。即今姓氏漸磨滅，精誠萬古貫天日。於戲！庠訓爲射教澤長，弟子行中乃有此英烈。」

安徽武進士劉國標，曾任兵部差官。緣事落職，從陳忠愍效力吴淞口。忠愍倚爲指臂，三年如一日。壬寅五月之戰，忠愍身先士卒，劉實左右之。時飛礮轟天，鉛丸如雨下，忠愍被創垂斃，劉負匿蘆荻中。忠愍卒，賴劉以歸其骨。以再生於蘆中，自號再蘆。耆制軍入奏，復其職，留松，以守備用。篠峰贈以詩云：「陳將軍，奇男子。將軍腹心劉進士。劉竟生，陳竟死。陳死報國恩，劉生報知己。吴淞江口戰血紫，蕭蕭蘆荻悲風起。一死一生兩人耳，萬里君門，臣心如水。報知己，昭國體。屈不撓，伸不喜。奇男子，劉進士。」

篠峰近摘諸故友斷句見示，云：「此數君者，人歸碧落，詩賸吉光，有志發微，未嫌累牘。」金壇于桐岡鳳陽著有《桐花軒詩》，篠峰爲之付梓。録其《金山寺》云：「人争高浪立，山借别洲看。」《夜歸》云：「荒星斷古木，斜月晲行人。」《隋宫》云：「辛苦美人多作客，聰明天子本無家。」《春夜》云：「隔水月依芳草遠，入簾花共美人寒。」江陰繆少微徵甲著有《存希閣詩》。《秋興》云：「路難咫尺遥千里，親在蠹鹽值萬金。」《寄王兩峰》云：「狂瀾東海迴何日，芳草西湖憶去年。」其室人劉佩萱女史蔭著有《夢蟾樓詩》。《赤壁》云：「運先西晉成三國，天遣東風護二喬。」《西施》云：「爲問捧心因甚事，舊君嘗膽妾承歡。」《柳如是》云：「青眼從今開不得，悔將春思問榆錢。」金山姚古然前樞《江行》云：「人如沙鳥沿江宿，山似寒駒帶雪奔。」華亭李蘭田光烈《詠雪》云：「輕黏竹葉新生粉，偶借梅花便破春。」松江李樵峰謹《詠西湖》云：「功名于岳墓，烟景白蘇堤。」樵峰以孝廉任無錫校官，詩稿甚富，殁後散佚，僅此二句。

歸安戴銅士丈銘金知予有《瑣話》之輯，寄其亡友張韵梅樹鵠詩來，屬采一二，以存其人。録其《題沈雪民本事詩後》云：「若溪一水静無波，雙槳曾經幾度過。六曲闌干倚秋月，鴛鴦飛出《采蓮歌》。」「亞之才比牧之清，也負人間薄倖名。今夜小㫬山下路，蘋風新振佩環聲。」

烏程蔣海珊堂藏有徐俟齋先生墨蹟，予見之於玉楮山房，始知其名。因通魚雁，蒙以家刻施注《元遺山集》見貽，并示舊作。録其《花朝同人集飛英塔院餞張同莊明府閩行用趙松雪韵》云：「城北浮圖標勝地，芳時載酒客同過。維摩室净飛花少，名士襟分折柳多。萬頃湖光遥掩映，四圍山色盡包羅。問天自有驚人句，試鬪清吟擘衍波。」《自題貪看梅花過野橋圖》云：「玉魄冰魂品自奇，孤山處士費吟思。慚予風骨修難到，聊倩丹青繪一枝。」「芒鞵到處被勾留，雲自無心水自流。祇爲南枝春色早，滿身香雪立溪頭。」「水邊籬落幾枝横，驢背馳香得得行。回首谿橋人漸遠，霜枝雪影不分明。」施先生名國祁，號北研，亦烏程人。

郭頻伽丈嘗選輯《誠齋詩集》，丹叔手録一過，《靈芬山礬集》中頗自矜賞。徐山民待詔刻之。今年始從趙静香丈乞得一部。并索山民遺詩，不得，甚悵悵。頃於味梅處得鈔本數十葉，亦足見一斑。山民親炙隨園，不染其派，最爲有識。録其《誠齋集付梓將竣過毘陵謁趙雲菘觀察求序不值舟中題匾北集後》云：「未瞻公面得公詩，何異親承玉麈時。古語何妨隨手拾，坡仙可奈繫人思。藥方不死都經驗，删罷長吟只自知。旗鼓只今誰可敵，倉山縹緲鶴歸遲。」「范陸蘇楊世並傳，誠齋何獨佚遺編。宣揚定自廣長舌，淹久如傷遲暮年。弁首文誰能下筆，當今公不愧先賢。校讎豈少烏焉誤，可惜猶慳問字緣。」

平湖朱雪筠雷，草亭丈從子，工寫花卉，生香活色，得甌香真趣。詩不多作，時有雋句。著有《愈愚廬詩草》。録其《題吴聽濤先生詩卷》云：「《廣陵》調絶復誰彈，《白雪》詞高屬和難。一片古琴樓外月，年年清影照欄杆。」《七夕》云：「瓜果筵開月色微，蓬門此夕恨依依。年年乞得天孫巧，却與他人作嫁衣。」其它斷句，《螢火》云：「小院月明蛩語亂，破籬雨歇豆花肥。」《夕陽》云：「半晌晴光牛背淡，一鞭秋色馬蹄驕。」《秋蝶》云：「半生踪蹟花閒過，幾許風情夢裏非。」俱佳。

曦伯寄眎李潤芝莨《聽泉遺詩》一册，云是里中前輩之作，名不甚著，屬采數語，以闡幽隱。録其《靈巖弔館娃宫遺址》云：「舞榭歌臺對夕曛，春風花草舊羅裙。英雄兒女皆黄土，百八鐘聲打白雲。」《雁湖消夏詞》云：「好雨初晴小閣幽，遠村樹樹碧如秋。海雲橋畔微風起，一片涼陰幾點鷗。」潤芝與薛鹵齋善，乾隆間人。

同里嚴伯年人壽，居回谿草堂錢籜石宗伯讀書處。宗伯少時，嘗與王穀原、萬柘坡數君，時作詩會，互刻集中。伯年亦嘗與吾黨諸子結鴛水聯吟社。雖時代不同，顯晦异致，要其揚扢風騷，未殊今昔也。伯年著有《讀易堂初稿》。録其五律《新坊》云：「扁舟駕一葉，破曉入新坊。殘月挂疏柳，炊烟起野塘。人喧晨市集，風順片帆張。問訊前村路，橋南長水長。」七絶《新秋》云：「徑僻門閒少客來，連宵風雨長莓苔。新涼惻惻迎秋至，墻角海棠花已開。」

嘉興徐愛廬丈楨，年已六十餘。平生侃直不阿，喜爲人排難解紛，里閭稱長者。然每于花前酒邊，必述粵游時過藍姬一事，猶欷噓不置。今年始出其所爲《珠江紀别小序》見示，其略云：「翠姬者，藍姓，少失父母。年十四，叔某鬻於勾欄李媪爲假女，故冒姓李。性嫻雅，好淡妝，喜獨居一室，落落寡諧，人亦罕過而問者。戊午春，隨假父買舟江右，寓滕王閣畔。效文君故事，設小桃園酒肆。有李刺史之弟某，性豪放，青樓中足跡幾徧，恨未遇國色。見姬，傾心焉，願量珠爲聘。時假父居奇貨，不允。從此艷名益著。居無何，某公廉訪江右，禁令甚嚴。姬名重，無處避匿。後隨假父奔粤東，居清水里。姬色方盛，遊已倦矣。辛酉秋，予棘闈被放，隨宦羊城。聞姬名，偕友往訪。時姬晚妝初罷，對鏡凝思，淡抹素妝，不啻神仙中人。姬工琵琶，爲余曲盡其妙，余亦流連忘返。一夕，姬玉容慘淡，粉淚盈盈，若有欲言者。余怪問之，姬曰：『妾墮落風塵，於今數載，久思脱離苦海，奈物色無當意者。君氣宇磊落，性情和雅，盤桓半月，不及于亂，是才子而英雄也。倘得長事君子，平生之願足矣。』言已泫然。余亦首肯。惟假父所望甚奢，急切而不能措置，請以春風爲約，勸慰再四而罷。將離之夕，姬設筵餞别，酒半，唱『長亭』一曲以志别。音繁節促，淒切動人。酒闌月上，舟子促客解維，不得已，含淚而别。余題以兩絶句云：『一場影事卅年過，猶聽尊前説翠娥。老淚至今渾欲潰，當時别淚又如何。』『底須更唱負情儂，碧海青天夢不通。紅粉飄零名士老，月斜樓角一聲鐘。』

壬寅仲冬，訪汪一江丈於梅里，次日同遊曝書亭。歸謁李香子丈富孫於校經廎。年七十九，龍鍾已甚。見客至，猶喜動顔色。後以詩寄贈，蒙見酬二律云：「忽枉高軒過，傾心倒屣迎。才華歸大雅，詞賦尚西京。《鴛水》多佳咏，騷壇迭主盟。君近刻《鴛水聯吟集》。詩編傳遠近，麗則早齊名。」「言尋名勝處，咫尺水雲間。仰企亭空補，是日君先遊曝書亭。徘徊屐自閑。攜筇穿竹隖，聯襼叩柴關。此日開三徑，苔岑契不慳。」丈著撰甚富，《鶴徵前後録》及《曝書亭詞注》尤風行。

徐鈍庵丈世鋼，一號鈍頭陀，居里中石檻衖。畫有奇致，寸縑尺幅，人争重之。著有《通介堂稿》，刻於客中，故鄉里絶尠藏本，覓數年不可得。今年晤其文孫壽莊，知其版尚完好，因借印數十本，以贈交好，亦雅有闌幽之意。因録其斷句，五言《琵琶亭夜泊》云：「四絃虚夜月，一葉冷江汀。」《枚皋宅》云：「三間欹古屋，一去老征車。」《廢宅》云：「款門無客到，拜月有狐來。」七言《憶梅》云：「淡月寒窗虚瘦影，孤燈紙帳奈長宵。」《重九小集》云：「文章月旦誰青眼，風雨天涯半白頭。」《題晚晴軒集後》云：「父書能讀丁辛屋，客袂嘗聯癸丑年。」《牽牛花》云：「風尖月瘦吟秋早，雨過天青借色難。」皆戛戛獨造。

鈍老集中有二題甚佳。一爲《李香君桃花扇》云：「不逐楊花漾水濱，鵑紅滴滴帶愁顰。風前半面懷公子，洞口横枝隔外人。莫爲輕紈傷薄命，自來有骨障飛塵。春光三月門相映，誰向秦淮重問津。」一爲《王孟津燕子箋録本》云：「筆走春蠶録萬言，麻姑響搨繼平原。乞花嫵媚簪花格，南苑笙簫北苑猿。補衮調羹虚相業，引商刻羽付梨園。千金可易歸諸阮，世守當年犢鼻褌。」自注：「扇爲商丘宋氏所藏，曲本爲陳浦雲秀才所藏。」

然青近刻其師張晴鶴明經翀遺稿，屬爲題句，因得寓目一過。録其《曹種水招飲》云：「晨起得君札，相招未許辭。莫教桑落酒，孤負菊花期。黄雀肥堪鮓，霜螯健可持。夫君有佳興，握手慰相思。」集中有贈吴澹川詩，蓋亦深於此事者。微然青表章之，則終墮於蛛絲蠹粉中矣。

李牖心丈樸善治瓢，或磨作鉢，或碎作桃實、蓮瓣諸形，四週鏤刻銘語，極爲精玩。巢端明匏尊外，又一傳器也。李丈作詩亦勤，身後俱散佚。郭止亭處藏其零牋數十葉，非其至者。姑就其中，録五律一首，云：「偶然乘野興，日暮叩柴扉。地僻僧房静，林深夕照微。風前聽梵唄，方寸息塵機。坐久談無厭，相期踏月歸。」題爲《精嚴寺小憩》。

同里張子眉生少從余受句讀，初辨四聲，便喜爲詩。嘗詠春柳，有「細雨黯春城」句，予甚賞之。時方授經，不勸其力爲也。旋遭孤露，未竟其業。年來頗嗜碑版，行楷隸書，俱入古詩，亦清婉可誦。録其《吴門歸舟雜興》云：「孤舟遥夜未成眠，前浦漁歌斷復連。知是楓橋塘下過，寒山鐘送枕函邊。」「夕陽西下照金波，真是舟行勝畫圖。貪看五湖山色好，布帆翻怪順風多。」「銀魚出水玉絲絲，吹雪河豚味更奇。典却春衣沽美酒，篷窗消受晚涼時。」「平波臺外月如銀，此地停舟幾度經。今夜垂虹橋下泊，玉簫何處唤人聽？」《獨遊金沙港延青水榭作》云：「天香飄盡暮秋時，獵獵寒風響竹枝。獨立斜陽人不到，壞廊閒讀舊題詩。」「傍水雕闌迹未陳，驚鴻何處記前因。緑波依舊明於鏡，愁絶當年照影人。」眉生近抱瘵疾。平子愁多，仲宣體弱，時復憂之。

向讀濾月老人集，有《謝計蕊仙珠儀贈所畫紈扇》一詞甚佳，初不知蕊仙何人。昨吾友曦伯書來，爲言有愛女之悼，女即蕊仙也。適同里陶君梅若從子稚松震元，嫁甫四載，年僅二十有六。曦伯傷其早逝，莫慰悲懷，以所手寫小詩二册，屬爲摭采。册中墨瀋尚新，最後一首書未及半而止，亦可哀已。蕊仙又工寫生，册中多題畫之什。《豆籬促織》云：「翠影朦朧月照棚，夜涼如水早秋驚。心疑鄰婦機中織，蟲語何來學此聲。」《梅花雙鵲》云：「喳喳聲似昨晴天，雪蕊枝頭曉色妍。似向簷前雙報喜，梅花未謝月將圓。」《七夕詞》云：「靈鵲銀河未見填，空教瓜果供樓前。倚闌只望纖纖月，何處金盆搗鳳仙？」《題芙蓉翠羽便面》云：「芙蓉燦燦帶霜開，幾處芳叢錦作堆。秋老陂塘水清淺，窺魚飛下翠禽來。」《新秋即事》云：「小院無愁殘暑侵，有時閒步到槐陰。緑窗刺罷花間蝶，繡閣眠餘月下琴。薄薄晚涼微雨過，聲聲蟬噪夕陽沉。徘徊立盡西風裏，一葉梧桐仔細尋。」《九日長虹橋晚眺同遂生冶甫弟作》云：「菊花才放插盈頭，隨例登高作近游。遠樹微茫楓葉醉，野塘蕭瑟荻花稠。村前漠漠烟初起，橋下粼粼水自流。聞道海隅兵未靖，一枝占驛重防秋。」

梅堰有二詩僧：一笑溪文峰，著有《如山居未悟編》，化後，陶梅若司馬刻之；一月樵達塵，著有《一指窩詩録》。月公老病，思得身前見其稿本。近王研農徵士爲之鳩付剞劂，未及竣，而月公示寂矣。録其《到庵》云：「才拂蛛絲更剔苔，埽除荒徑竹籬開。詰朝定有詩人到，先把風爐試一回。」殊清絶也。笑溪詩《秋葵》云：「離披翠葉畫秋光，獨對西風吐嫩黃。此是老僧真面目，一庭清瘦立斜陽。」亦佳。

鐙窗瑣話卷七

秀水于源辛伯

錢籜石宗伯詩沉厚博大，不假雕飾，不知者每以率易目之。黄霽青師言，嘉善東門外有劉子端者，剞劂老手也。《籜石齋集》是其寫刻，親見手稿改易甚多，行間字裏，旁行斜注，幾有不可認識者。劉嘗爲退庵封翁述之如此。霽師有詩云：「率意精心論不同，憑何辛苦論詩翁。晚年手稿多塗乙，須問當時老劂工。」

震澤王硯農徵君之佐，道光癸未賞助賑水災，刻有《繪水集》。得岳忠武玉印，顔其齋曰「寶印」，刻有《寶印集》。近又得瞿忠愍行軍印、徐俟齋先生著書硯、柳蘼蕪青田石書鎮，徧徵題詠。性喜遊，駕一葉舟往來吴、越間，一時知名之士。俱樂與訂縞紵。邇時好古而兼好事者，徵君當首屈一指。著有《種竹山房詩草》。録其《歸家》云：「悠然山水結清緣，日坐舟輿俯仰寬。自笑歸家忙未了，新詩親送故人看。」真實録也。

徵君令弟臺叔棠，詩尤清妙。與余僅兩面，而書札往來，無慮數十通。惜年未五十卒。重檢篋笥，每爲黯然。近始讀其《蕉雪庵全稿》，録其七言斷句。《雨窗》云：「新竹欹如狂醉客，壞牆漏學草書痕。」《秋荷》云：「蓬飛絶浦清歌咽，月墮空房舊夢牽。」《結草庵》云：「藤花三寸積階厚，湖水一條環屋深。」《秋夕寫懷》云：「秋從潘岳愁邊到，酒在維摩病後除。」《芭蕉》云：「曲院有人殊悄悄，疎簾無雨亦沉沉。」《山行》云：「古墓無人飛鬼蝶，荒郊有社集神鴉。」《病感》云：「行散最宜雙不借，觀空好在百無能。」《題蕿伯悼亡詩後》云：「紡磚空墮中宵月，蘿屋寒栖獨旦人。」七絶《玉簪》云：「仙葩開向碧闌干，大葉離離露未乾。憶否閒房涼似水，一枝斜嚲藕絲冠。」《槿花》云：「纖枝斜壓水雲灣，晨露瀼瀼濕粉顏。聊與姬姜助膏沐，碧梧窗下洗烟鬟。」槿樹葉，閨中用以洗頭，可補夏日閨詞之遺。

近日聞湖陶氏一門俱工畫，梅石、錐庵兩君名最著。梅石家田上，錐庵居近鎮，分係疎族，終歲不數覯面。錐庵屢言之，不欲附爲南北阮也。錐庵名淇，著有《忠孝堂詩集》。録其《北窗消夏圖》云：「笛簟初親六尺牀，能拋車馬卧江鄉。梧桐祇要無多雨，已足書窗一夜涼。」《無量寺旅夜》云：「衣薄生稜中酒天，終宵憶弟未成眠。闌干憑遍無人共，袖手空廊看月圓。」

計改亭先生《弔謝茂秦墓》詩云：「自是貴遊無遠識，布衣未必歎飄蓬。」蓋王、李始推茂秦爲盟長，後稱「眇山人」以黜之，交誼不終，殊可浩歎。歸愚詩云：「眇目山人足性靈，詩盟寒後苦飄零。後來誰弔荒墳者，只有吴江計改亭。」

改亭墓在爛溪，祭埽久闕。吾友曦伯常偕同人酹酒墓下，復搜其遺集。後又得《天尺樓紀年草》一卷，世少傳本，皆戊子一年之詩。時順治五年，先生方二十五歲，居憂服闋時所作。先生又精醫理，他書不載，僅見此集古荻子序中。集有《擬五君詠》，乃殷伯夷、漢諸葛亮、焦光、晉陶潛、宋鄭思肖也。後先生定全集時，此集詩俱不録入，豈悔其少作耶？

聞湖俗名王江涇，土産綢綾。機聲燈影，近連比户。鵠紋柿蒂，廣售四方。其地半屬秀州，半屬吳江。昨曦伯寄示李君耘庵王猷《菰烟蘆雪集》。耘庵籍吳江，雖心折長蘆，要亦不薄垂虹。今録其《嫁女詞》云：「室中有五女，如雁聚作團。長者遣嫁去，衆雛涕汛瀾。結縭切切語，彩輿在門端。所嗟家計薄，荆布猶未完。」其二「一年復一年，兒女參差長。常苦衣食艱，愁涉婚嫁想。懿彼青松枝，宛轉女蘿上。永夜寄相思，蘭鐙曖羅幌。」其三《答樊甥莒候見寄》云：「吾甥磊落才，年少力探古。哦詩《三百篇》，鏤刻協規矩。愛弟聯蘇牀，奉母效萊舞。往年粵東遊，巾帽犯塵土。淒淒窮鳥吟，風雪誰憐汝。絃桐時挂壁，文字不堪煑。春從湖上來，握手談肺腑。境窮詩乃工，心夷氣不沮。予亦畔牢愁，鬢絲添幾縷。」其他五言句，《訪友不值》云：「烟水無多屋，雞豚自一邨。」《小飲》云：「竹洗一庭俗，橙槎滿手香。」《懷莊曉霞》云：「酒同知己醉，花當美人扶。」《紡燈》云：「花含貧女淚，光映小家扉。」七言《弔周瑜墓》云：「千秋我願交公瑾，一世雄猶歎仲謀。」《鹿城旅感》云：「一城春正梅花落，二月人隨燕子來。」《自遣》云：「狂態偶留緣被酒，名心未净尚争棋。」《除夕》云：「守歲燭花寒亦艷，祭詩酒脯薄逾甘。」《題勺水集》云：「未老情緣因病減，早衰詩鬢爲愁斑。」《同春浦小集》云：「往日鶯花仍鄠杜，十年賓客減應劉。」《與二田論詩》云：「力探古似水穿石，多讀書如木養根。」《菜花》云：「緑楊村外暖風度，白水田頭斜日明。」七絶《花神廟》云：「管領湖山百種花，長紅落盡樹啼鴉。東風作意莓苔緑，暮雨春窗闇畫紗。」《霞心庵題壁》云：「眼穿木末最高峰，犖确坡頭少客蹤。一派濤聲寒籟起，晚風涼戰九株松。」

耘庵又從曦伯寄示家集六種。一其伯父聽泉詩，已録入前卷矣。一其尊人畊亭先生景昌所著，名

《琴溪老人集》。《松陵舟次》云：「垂虹亭畔水雲流，來往沙灘有釣舟。颯颯菰蘆風不定，江城五月已如秋。」《觀插秧》云：「前宵雨過亂蛙聲，負杖溪邊看出耕。一派秧田新水活，夕陽人背緑痕平。」一其季父鳳書先生福昌，著有《伴梧詩存》。《咏燕》云：「枝頭好鳥語頻頻，二月江南杏雨新。怪爾來時春去半，玉樓望斷捲簾人。」一其弟品佳王偉，著有《怡園詩草》。《病起》云：「藥烟容與伴秋光，葉脱霜華三徑荒。最是消魂倚欄處，竛竮瘦影立斜陽。」一其妹瑶華女史持玉，著有《緑窗草》。《病中作》云：「連旬卧病怯輕寒，簾外花飛春又殘。略記荼蘼開似雪，曉妝無力倚欄看。」又《病中遣懷》句云：「塵封妝鏡昏於月，瘦到黄花不似秋。」一其從子質夫達康，有《雛音》一卷。《咏合德》云：「薄眉卷髮鬭新妝，姊妹承恩寵最長。猶勝楊家秦與虢，不教烽火見咸陽。」品佳、瑶華、質夫俱早卒。

曦伯又寄示同里周樂泉明經坤《勺水集》，黄霽青師曾采其詩入《詩娱室詩話》。樂泉嘗作客漢陽，三湘九疑，美人香草，托之吟咏，彌助騷雅。兹於《詩娱》所選外，録其《泠泉亭》云：「孤亭山四圍，嵐翠撲衣冷。涓涓亭下泉，中涵亭上影。攀蘿踏寒澗，烹茶汲短綆。明月寺僧歸，晚鐘時一打。」《送炳如弟之漢上》云：「不忍歸期問隔年，迢迢漢水接長天。茅堂此夜宜沉醉，莫帶離愁上客船。」《同炳如弟舟發邗江》云：「屋山乾鵲噪新晴，兄弟相攜一棹行。預想平山堂下路，雨絲風片做清明。」《曦伯招賞芍藥》云：「杯傳婪尾惜芳辰，冶態狂香入眼新。客醉如泥花莫笑，三年不見故園春。」他句五言《抵家》云：「桑麻青入眼，兒女笑迎門。」《春暮》云：「新篁千个坼，雛燕一巢安。」《寒夜》云：「雪聲敲竹户，燈影淡書帷。」七言《客中》云：「三湘飄泊身如寄，百事蹉跎鬢已蒼。」《和金浦兄四十述懷》云：

「半世孀如稽叔夜，幾分顛似米元章。」《示鈞兒》云：「少日詩書宜努力，他時菽水亦承歡。」《哭姚竹閒》云：「人説武公生有集，我憐伯道死無兒。」《生日遣懷》云：「梅花壽我先春放，椒酒醺人隔户香。」樂泉有女金英，既嫁而亡。集中附録其《送父之漢上》一聯云：「惜别牽衣同小妹，問歸含淚傍慈親。」亦佳。

嘉興闕織亭孝廉鳴珂，工詩擅畫，館聞湖陶氏緑蕉山館最久，與梅若倡和極多。惜年四十餘卒，無子。才人之厄，於君爲酷，吾黨惜之。梅若輯其遺詩爲《碧筠仙館集》。録其五言斷句。《暑夕聽雨》云：「雨窗秋早至，客枕夢先涼。」《贈梅若》云：「秋情雙鬢共，詩夢一燈知。」《秋夜》云：「菊香團一室，風意静孤燈。」七言《都中春感》云：「詩酒情懷仍故我，鶯花時節又他鄉。」《題六如集》云：「春雨桃花香滿隝，秋風桂子夢如塵。」《雜感》云：「文章花樣無憑據，落拓襟懷任毁譽。」《寓齋分賦》云：「無花有酒忘春暮，以客爲家到處便。」七絶《舟中偶成》云：「隱隱漁燈露淺沙，網魚人去夕陽斜。水禽如雪冷無語，立傍幾枝紅蓼花。」《聞溪道中》云：「水風淅淅冷吟蓬，夜色蒼茫障碧空。忽聽前溪有人語，一燈紅出敗蘆中。」

作蠶詞者多矣，然必有爲而作，彌見沉着。近湘石寄示同邑周嘯湄光熊遺詩十三紙，中有《戊戌蠶詞》四首甚佳，蓋雨中作也。詩云：「年年養蠶忙煞儂，今年養蠶愁煞儂。大雨十日桑葉爛，不見桑陰處處濃。」「癡雲一片壓屋低，陌頭滑滑三尺泥。樹頭戴勝聲寂寂，但聽鵓鴣連陣啼。」「十二小姑愁不識，攜筐踏歌茅屋邊。歸向阿娘偏細問，明朝可是第三眠？」「籬邊做絲花已開，不知何日繭成堆。女兒嫁衣且莫問，但恨郎無衣服裁。」

曦伯寄示鈔本《聞湖盛氏詩鈔》五卷。按康熙間宜山居士結瓣香庵於南湖濱，匏仲秀才匏庵亦在附近，即創竹林吟社處也。居聞湖者，唯稼村廣文耳。有《聞湖采菱歌》二十首。兹就五君中摘存數章，以見一斑。盛民譽字來初，仕至桂陽令，著有《盧陽集》。《初至桂陽》云：「十室成孤邑，千山作宦遊。秋塵連蔀屋，瘴霧隱城樓。湯火憐新去，人烟聚未稠。但令民俗好，遑惜此淹留。」盛大鏞字匏仲，著有《匏庵詩鈔》。《幽居》云：「老作朱陳邨裏農，門前多種水芙蓉。炊烟夜飯分漁火，擁被春眠聽曉鐘。榆莢錢難償酒負，槐根夢易失侯封。浄淘紅粒皆雲碓，未要梁鴻廡下舂。」《村居絶句》云：「貼地斜飛燕子輕，銜花相逐又相迎。朱樓自有營巢處，愛共閒人説晚晴。」盛楓字黼宸，官安吉州學正。著有《鞠業集》，桑弢甫有序。《溪南柳》云：「永豐坊裏曲江邊，死別生離總黯然。争似溪南三五樹，但知牽惹釣人船。」盛熙祚字西京，仕至龍川令，著有《春草亭稿》。《洛陽懷古》云：「漢文猶令主，亦棄賈生才。宣室君王對，長沙逐客哀。《治安》千古策，絳灌一時猜。懷抱憐新進，何當痛哭來。」「賈生方挾策，卜式正爲農。爵並通侯貴，才真明主逢。漢廷輸粟相，上苑牧羝傭。出處原無定，乘時有鼎鍾。」《暮抵河間》云：「烟冷城荒日暮中，春風又緑故王宫。十千試向罏頭醉，姹女誰家數最工。」盛禾字稼邨，官天台學博，竹垞翁外甥也。著作較諸盛爲富，其孫畯搜輯得十餘卷，名《膏馥集》。《大悲寺》云：「雪印厓邊虎跡新，閒庭甃石自無塵。野僧開徑能延客，山鳥低飛不避人。」《人日》云：「千朵寒香酒一盃，繞枝凍雀去還來。門前剥啄休相惱，爲報先生正看梅。」竹林社，民譽、熙祚不與。又有盛時雍字和叔、盛繐字覲三，俱社中人。

《槐蔭草堂集》，聞湖王春浦士珠所著。春浦屢客湖潭，宗師騷怨，早騰綺歲之名，不乏長者之譽。《靈芬詩話》中採其駢句甚多。予復愛其小詩。《迎曦齋漫興》云：「斜日穿簾客倚牀，酒人相對便稱觴。飛來野鳥不歸去，啼落殘紅入户香。」《與錢竹泉小飲時竹泉將之漢上》云：「榴花潑眼酒同酤，小酌當軒日未晡。再欲與君謀一醉，天涯清夢客窗孤。」《消夏詞》云：「棐几閒翻楚客詞，美人何處動相思。涼風吹緑硯池水，自寫幽蘭三兩枝。」《自題伴梅圖爲悼亡作》云：「瀟湘有客日思家，那更樓頭聽暮笳。候雁書來鴛夢斷，零風殘月伴梅花。」「幾回攜酒向江頭，極目關山動遠愁。曾憶新詩來雁足，梅花香裏望歸舟。」春浦亡室李夫人《寄外》詩，有「寄語高堂人漸老，梅花香裏望歸舟」之句。

曦伯書來，言聞湖盛氏自宋已居此，今修紀堂後圃垣墻，猶宋時物。並以盛咏仙明經朝黼詩一册寄示。明經工舉業，名最著，詩以真樸勝。所著名《得樹軒初稿》。《立夏日宿沈氏棣鄂堂有感亡婦》云：「去年立夏日，我病卿猶健，忽忽至今年，健者翻不見。那知長相思，不見特其面。扶倦倚東牀，棖觸神情變。壻在女何存，欲語淚先咽。子不共母來，嬉戲猶生戀。姻婭共一樽，愁深酒先厭。遥憶殯宫旁，缺月光無燄。」《送春詞》云：「春光明媚劇堪憐，相送今朝又一年。窗外落花渾似雨，有人孤坐夕陽天。」

以新茗置蓮蕊中，隔宿花開，取以供飲，芳味絶佳。周蓉裳丈《消夏詩》云：「曉光如水潑窗紗，的的苔紋泫露華。早起虚亭延佇久，等荷花放試新茶。」殊清絶也。蓉裳名光緯，字孟昭，仁和籍。世居梨花里，爲燮堂宫傅文孫，望山水部令子。家有五畝園，饒水竹花木之勝。君配畹蘭夫人亦工詩，閨房中自相倡和，見於集中《竹韵樓詩》。嗣君少裳兆杰近以《紅蕉館遺稿》見示，更録其斷句。五言《齋中夜坐》云：「涼颸蘇病骨，瘦菊淡孤燈。」《新秋》云：「梧飄前夜雨，雁界一繩秋。」《乍寒》云：「月挂簾鈎重，霜欺石齒稜。」《浮緑亭步月》云：「月寒秋在水，風急竹横枝。」《遊瞿氏園》云：「草薰闌檻碧，花暈管絃香。」《秋蝶》云：「繁華春一夢，風露菊雙癯。」七言《哭惺齋兄》云：「高堂辛苦親嘗藥，弱女丁零送蓋棺。」《殘菊》云：「三徑霜花侵傲骨，一籬風色畫騷愁。」《咏燈》云：「羅帳薄篩千縷影，雨絲涼暈一窗寒。」《五畝園看殘雪》云：「淺汀殘照留漚鷺，小渚餘寒點荻蘆。」《紅蕉館即事》云：「遊屐此生知幾兩，新詩自享亦千金。」《竹韵樓即事和内》云：「架上詞翻姜白石，鏡中秋寫蔚藍天。」《品茶圖》云：「禪榻静參色香味，冰甌閒品汝官哥。」亦佳。

晼蘭夫人姓王氏，名淑，吴江人。著有《竹韵樓稿》。録其五言佳句。《曉雨》云：「一夜聽梅雨，連番送麥秋。」《咏蟬》云：「秋心先蟋蟀，琴意誤螳螂。」《咏帕》云：「淺深花樣好，新舊淚痕多。」七言《憶菊》詩云：「荒涼舊圃秋如此，寂寞清宵夢獨知。」《夏夕》云：「明月入懷摇綺扇，露華如雨濕桃笙。」《紅蕉館即事和外》云：「簾籠夜色波三折，月寫秋心病一腔。」《病起》云：「静對名花如益友，閒吟詩句當醫方。」《除夕》云：「柏酒澆愁隨臘去，新詩祝病待春痊。」七絶《采蓮詞》云：「蓮花蓮葉滿池塘，不但花香水亦香。姊妹折時休盡折，留花幾朵護鴛鴦。」《寒夜口占》云：「坐瘦銀釭漏已殘，娟娟霜月上闌干。擁爐自覺猶難耐，笑問梅花寒不寒。」夫人又工倚聲，録其《春日病起》云：「澹澹斜陽新雨霽，緑徧苔痕，小院門深閉。窈窕紅闌人獨倚，桃花簾外東風細。瀟灑文窗初病起，杜宇枝頭，又喚春歸矣。碧海迢迢無限意，新愁捲入芭蕉裏。」調倚《蝶戀花》。

寒雨連句，重陰釀暝，有躡屐款門而至者，則雲間雷約軒葆廉、宛丘張次柳凱也。約軒交近十年。次柳爲白也太守應雲長君，少年媚古，嘗刻《蘇米齋蘭亭》、考翁宜泉《三十漢瓦軒詩鈔》行世。著有《蘭苕館詩集》。《見贈》云：「偶向南湖艤畫船，袖詩特地訪詩仙。深杯浮緑傾家釀，小閣題紅擘彩箋。風雨最難招俊侶，朋交多半入新編。雪中隱約留鴻爪，聊訂三生翰筆緣。」

白也太守刻有《新柳倡和詩》。其原倡云：「翩翩騎省侍宫庭，解賦《長楊》正妙齡。一語黄金傳李白，幾時翠縷易樵青。東風出塞聞羌笛，曉月屯田感客星。乍向永豐坊裏見，萬紅如睡未曾醒。」「楊枝乍見易魂消，況對章臺路一條。陌上玉驄分手地，天涯芳草畫眉橋。桃花作浪鶯鶯滑，穀雨如絲燕燕嬌。陶令果皋方荷鍤，莫教輕折舊時腰。」和韵「星」字最難叶。如徐筱漣云：「微開倦眼却星星。」萬秋庭云：「合與香山作小星。」俱精穩。

約軒嘗作《陳蓮峰軍門殉難紀略》，慷慨論事，遠近壯之。年來喜作近遊，足跡所至，不乏延攬。凡三吴知名之士，俱訂縞紵。或至歲暮不歸，人笑之，不顧也。霽青師題其《除夕孤山探梅圖》，有「妻孥悵望不歸去，且過山中快活年」之句。約軒詩甚富，茲於壁間録其舊作。《重過鴛湖》云：「細雨微濛夜漏長，春風拂拂送輕航。擁衾一路人無寐，爆竹聲中到射裏。」「檇李重來景不殊，樓臺烟雨尚模糊。推篷試向湖中望，可有鴛鴦識我無？」

城西殷雲樓樹柏工書，善寫花石，俱入逸品。著有《一多廬吟草》。丈殁後，索其遺稿不得。頃於曦伯《二田齋圖》中見有題詞二律，劇佳，亟録於此。云：「玉躞金題愜卧遊，平生師友是前修。區區賸墨因人重，耿耿精芒歷劫留。畫隱三吴尊此老，毘陵六逸拔其尤。南能北秀衣珠在，異代相望四百秋。」「白雲白石互周旋，簾閣心香裊篆烟。名跡遍搜三十載，膏腴如買一雙田。前身賈島詩成佛，後世桓譚蠹亦仙。有約晴窗來讀畫，乞靈同拜兩高賢。」二田謂石田、南田也。余亦有詩，存集中。

芸士誦其尊人履旋丈《詠早螢》句云：「有形依腐草，無力點疎簾。」殊工。履旋本姓吴，名張華，派出徽之休邑，與吾鄉澹川先生族也。芸士屢言之。

盛澤宋惺甫恭敬，原籍桐鄉，曦伯從甥也。甫晬而孤。迨入塾，師金甘叔茂才作霖工書，惺甫自幼即悟其筆法。十餘歲，能作擘窠大字，即似其師。喜吟詠，尤嗜填詞。白石集皆能背誦，故所居名拜石齋。又工畫梅，初無師承，意在冬心、叔美間。向曦伯貽余畫扇，其一面爲惺甫書，甚愛之。去年見曦伯所攜扇，又其所作。小詞亦頗有清空緜邈之致。日昨曦伯書來，知於梅花笛裏，已賦游仙，爲之悽絶。兹録其《采桑詞》云：「緑愔愔裏布裙紅，初夏芳郊暖意融。貪看銜花雙蛺蝶，一梯閒倚短墻東。」「阿娘屬付早歸家，絲籠初盈日半斜。底事游蜂揮不盡，鬢邊簪得做絲花。」更録其《減字木蘭花》云：「梨庭過雨，簾影愔愔愁獨語。半榻茶烟，夢到瑶臺阿母邊。草香花暖，六曲瓊闌緣砌轉。玉兔初弦，正照文窗了鳥間。」《秋日小步慶壽庵卜孟碩先生讀書處》調寄《高陽臺》云：「斷渚横舟，連畦植杖，依依幾室村農。古柳疎篁，茅庵曲徑微通。蓬門半掩無塵到，但欹牆、露蓴凝紅。渺前蹤、野鶴孤飛，幾拄吟筇。摩𪎭不盡低徊意，悵文窗蛛網，篆碣苔封。三百年來，蕭然誰繼清風。商量琴硯從安頓，有白雲、遍户留儂。儘從容、楚些悲歌，好和疎鐘。」《摸魚兒・題李五丈蘆雪菰烟老釣師圖》云：「寄幽情、苔磯片席，烟波鷗與分占。筆牀茶竈無多具，鼓枻悠然忘遠。真嬾散，向日出、烟消看盡巘雲展。頭銜乍换。比白石佳名，轉庵好句，一例任稱唤。　蕭疎處，□淡倪迂幾點。摩麽幾度生羨。一竿静把原非釣，自與蜻蜓風颭。綸漫卷，便廣設、三千也作尋常看。休嗟晼晚，正晴絮零秋，涼飈戰雨，詩料好裁翦。」

同邑吴嘯江茂才昌榮久客聞川，嘗於冬月雨中過訪。忽謂予曰：「尊齋湫隘，頗覺不俗，何以故？」忽又曰：「有梅花耳。」時友人餉盆梅數本，瓶盂中又插梅殆遍。嘯江家貧，喜買書，至典衣不惜也。最熟史事，録其《詠史》絶句云：「戰海空勞氣薄天，轀輬車弄趙高權。輸他徐福童男女，笑上蓬萊采藥船。」「《玉樹》新歌狎客詞，望仙閣上曉妝時。長江天塹難飛渡，且擁蛾眉艷賦詩。」「《栲栳》歌成未解羞，房州被貶萬重愁。還宫斜倚三思坐，花下凝眸笑點籌。」《晚歸》云：「泛棹歸來已夕陽，閉窗合眼過横塘。忽聞魚斷驚殘夢，篷背一鈎新月涼。」

聞川計詩巢上舍城，曦伯從子也。嗜書工畫，家有小園，饒水木之勝。藏書畫金石亦富。嘯江擕其近稿見眎。録其《病起》云：「鶯嬌燕婉一聲聲，睡起初聞便有情。屈指一春容易過，小園花柳近清明。」《重遊西湖》云：「重泛西湖六柱船，湖山入畫景依然。淡黄蘇小墳邊柳，見我題詩又一年。」《消夏》云：「讀罷芸編汗似漿，垂簾無計制驕陽。芭蕉葉大閒堪用，一角涼陰罩曲廊。」《秋夜》云：「銀漢無聲月一鈎，畫屏斜倚望牽牛。棗花簾外涼如水，已有蟲聲報早秋。」詩巢又眎同里三君詩。一爲屈君紫卿茂垣，吴江籍，著有《招鶴山房吟草》。紫卿無他嗜好，吟詠外，惟小飲三蕉，翛然自得。少年醇謹，無近日紈袴之習。詩亦如其爲人。《白蓮》云：「亭亭雨過絶纖塵，白社真堪結净因。艷謝鴛鴦三十六，攢眉池上有詩人。」「種分太華繞銀塘，净卸紅衣耐淡妝。絶似淩波仙子態，水晶簾低月痕涼。」一爲鄭君子村熙，亦籍吴江，著有《緑曉莊吟草》。子村又工隸篆，今館紫卿家。《清明後二日游古香園》云：「十分春色未全消，弱柳垂垂長碧條。偶倚畫闌閒弄水，浪花圓處一魚跳。」「亭閣依稀小謝家，晶簾隱約假山遮。不知昨夜瀟瀟雨，開遍階前婪尾花。」一爲陳二希煌，秀水籍，著有《北溪吟草》。二希性嗜書，尤愛讀史，每與友飲，輒引史爲證。親年六十餘，無同胞兄弟，遂遵親命，棄舉業習賈非其志也。《秋夜泊亭溪》云：「澄湖寥泬似瀟湘，漁火星浮蟹舍光。曲岸溪聲春客枕，疎簾蟲語織新涼。江湖落落書空寄，蘆荻蕭蕭夜正長。自笑薄游成阻滯，一宵清夢在漚鄉。」《菱湖舟中》云：「火雲如織罩樓臺，手拓篷窗面面開。解纜放舟楊柳岸，緑陰中有好風來。」

嘉興張拙園履坦豪於酒，每夕獨酌，至數十觥不醉，儀止彌飭。尤躭吟詠，喜鄙人詩，倩畫師臨小影，懸齋壁。嗜痂之癖，近無有也，令人滋媿。頃書小詩見示，亦清蒨可誦。《春陰》云：「芳郊青遍未招尋，連日重雲釀嫩陰。薄暝書窗人寂寂，落花庭院晝愔愔。乍寒乍暖天難準，疑雨疑晴望轉深。隱約前林新緑裏，烟中時一囀幽禽。」《穫稻》云：「秋來刈稻畢農功，又見黄雲一望同。早出腰鐮朝霧散，晚歸荷擔夕陽紅。豐年夢落千倉外，飢雀聲喧十月中。吾愛酒人陶靖節，連朝應不放杯空。」

平湖吴聽濤松早失怙恃，祖母朱撫之成立。嘗讀李孝伯《陳情表》，至泣下。嗜琴，得海上徐炯齋先生手授，成連移情，指與弦化。著有《古琹樓詩稿》，丈去世後，哲嗣竹溪刻之。録其《村居題壁》云：「踠地垂楊弱不支，緑陰挑出酒家旗。提壺叫遍村前後，花壓紅橋蝶過遲。」「也無紅袖艷當壚，衹有漁樵隔水呼。歸去白雲知我醉，放他新月照花扶。」《夜宿山寺遇友》云：「蕭寺蓬門夜夜開，故人竟被月呼來。明朝定惹山僧惱，踏破籬邊一寸苔。」

滬城華夷交通，商賈輳湊，紈袴子弟，沉湎聲色，比比皆是。近惟王氏一門，烏衣清族，玉樹多才。如叔彝部郎之《寄深寫遠齋集》，雖未付梓，已早流播。從弟薇洲參軍慶楨與叔彝齊名，著有《養和山館詩稿》。薇洲少孤力學，多病早殂。叔彝刻其遺集，頃以郵示，多名章雋句，時有「遠摹劍南，邇紹甌北」之目。茲録其小詩。《秋夜》云：「者番新雨送新涼，夜静荷花漸有香。露氣滿庭銀漢迴，不知何處有紅牆？」《待潮》云：「水落寒塘出蜆灘，西風向晚卷微瀾。卧聞舟子商量語，今夜潮來月已闌。」《東徐薏香》云：「三月春光正好時，小窗寂寂月遲遲。平生易爲多情誤，每看桃花總有詩。」其他斷句，如「緑意盡歸芳草裏，兩聲愁絶小樓中。」「貪看山色停舟早，淒入蟲聲怕夜長。」「曉汲漱泉神自爽，小眠謝客睡爲辭。」「閉户著書須有福，傾家釀酒不憂貧。」「八法自沿山谷體，一生愛誦放翁詩。」「一宵詩夢和雲化，三月春愁比水多。」「緑樹陰濃簾幕静，白蓮花發寺門香。」「前村初熟梨花酒，昨夜新裁杏子衫。」「清風有意驅殘暑，細雨無聲送嫩涼。」俱佳。使天假之年，當不止此，惜哉！

平湖朱雨甫先生爲霖，爲椒堂漕帥胞弟，諸生，候補江西軍糧廳。著有《似山堂集》、《江西吟草》。頃芑亭攜以見眎，本性情爲真詩，讀之可想見其爲人。録其《蔣蔣村招飲玉蓮庵閣》云：「向晚群峰出，峰峰雲影收。天高孤此月，閤小媚清秋。無限登臨意，堪兹羈旅愁。故人一尊酒，湖水自悠悠。」《對月有懷》云：「深堂欲二更，涼月浸虚清。院静露華泠，天高雲漢横。美人千里隔，舊雨十年情。遥憶從前事，應令白髮生。」《明妃曲》云：「不數輕紈舞漢宫，雲鬟撩亂對秋風。妾身自被紅顔誤，敢向琵琶怨畫工？」《檇李道中》云：「風風雨雨櫂孤舟，轉盼鄉園轉覺愁。此際羨他蘇季子，歸來猶剩敝貂裘。」又有《詠史樂府》百首，兼有鐵厓、西堂之長，篇繁不能備録。長君山泉司馬善張亦善吟詠，著有《安瀾堂詩稿》。

同里沈匏廬觀察濤，少著神童之目，長擅循吏之譽。居近閭巷，未得一見。頃次君花溆明府則可作宰震澤，迎養署中，始通尺素。蒙以詩刻見寄，録其《微雨游虎丘》云：「典却春衫醉不辭，薄寒天氣釀花時。靈旗風急真娘墓，暮雨人歸短簿祠。去盡畫船何太急，抛來紅豆最相思。衣香鬢影闌珊甚，剩有新愁上柳枝。」《澄江秋夜》云：「殘漏咽餘響，斷風摇曳之。愁懷添夜永，病骨與秋支。仄月墮半璧，幽蟲絡一絲。此時孤絶意，唯有短檠知。」《遠亭齋中詠芍藥》云：「婪尾春殘爲爾留，階前弄影自輕柔。折來有贈伊誰諗，看到將離我欲愁。繭栗梢頭逢杜牧，玉簫聲裏夢揚州。女郎詩格知誰好，笑倚東風舞不休。」

止亭述朱梅岑孝廉《登北高峰》云：「拔地九千尺，摩空卅六盤。衆峰皆烏下，此境獨雲端。天目舉頭近，海門横案寬。罡風吹不定，招手下飛鸞。」旋舉於鄉，人以爲詩讖。梅岑名聲豫，文恪公裔孫也。惜早卒，稿本散失，止亭爲收拾之。

鐙窗瑣話卷八

秀水于源辛伯

西湖花神廟塑容姣好，或感水仙之夢，或幻紫姑之妖，雜見於近人小説。園亭既圮，風雨摧之。道光某年，有廣陵客竊其頭歸去。錢唐夏松如丈之盛有《湖山春社弔花神》詩，云：「鞭碎玻璃明月死，盲風吹立西湖水。水仙綽約蹈龍尾，悄喚花姨返瑶𣳀。春容寂寞淚痕洗，紅情冷落虚空裏。手持香劫誰家子，偷匿玉顱置方底。鵁鶄渴喚相思仔，𡐦工試覓誰陰市。瘢痕完熨白獺髓，重款情人纂花史。」

紙鏹之設，始於齊東昏王。鍛錫爲箔，以砑諸紙，杭人獨擅此爲利焉。道光癸巳，歲飢不售，貧户無所藉，爲女紅資，人貧鬼亦窶矣。松如丈有《砑螺篇》云：「雲影薄，風片輕。銀光帖帖照眼明。宵寒似水胝生手，馬蹄得得誰人行。一解東鄰阿妹西鄰姊，牽蘿補屋貧無俚。擔夫來不來，朝餐賴十指。二解幸有餘箔堪易錢，年荒糴貴值更廉。人既貧，鬼亦窶。發光佛，柰何許。三解」

松如丈簉室楊韵芬夫人素書亦工詩，附刻於《留餘堂》及《吟紅閣集》中最多。用意新穎，能寫難達之景，如「戲擲魚仙停玉筯，閒燒欖核放蘭花。」「七巧圖翻分夙慧，九連環解散春愁。」唯略近纖耳。七律《咏桐子》一首，最爲清妙：「碧欄梧影最蕭森，幾串纍纍帶露尋。銜到鳳雛同竹實，點成雲乳悟琴心。驚秋一葉飛前度，槎緑千丸綴滿林。偏是月明深院墮，微吟人正憩疎陰。」

《吟紅閣集》，松如丈長女佩仙伊蘭所著。佩仙十歲學吟咏，十五歲而卒，得詩六百餘首。蘭茗慧業，仙鬼奇才，吴江《返生香》後所絶無僅有者。兹摘其五言，如「病貓秋向火，飢鼠夜窺燈。」「窗月涼侵夢，瓶花瘦入詩。」「秋光和月淡，蟲語透花涼。」「簾明初上月，風細不成秋。」七言「涼月疎燈分夜色，寒蛩落葉亂秋聲。」「鈴工絮語宵嗚咽，月寫花魂影淡濃。」「平分涼思幾竿竹，滴碎秋心一葉蕉。」「黄絹詩才聯姊妹，碧桃天氣互寒温。」「秋在鳥眠蟲醒裏，夢回燈影雨聲中。」「簾幙有花風自韵，樓臺無月夜長閒。」皆佳句也。七絶《病愈》云：「緑窗久謝一編開，身似秋花病起纔。怯弱怕添慈母慮，晚涼絶早上樓來。」《即事》云：「微風習習拂妝臺，不見談詩女伴來。却好畫樓春睡醒，半街新雨賣玫瑰。」《憚暑》云：「燕來炎暑滿蘭房，恰愛芭蕉緑過牆。只爲有心能卷雨，派他樓角障斜陽。」

松如丈長君子儀司馬鳳翔，著有《愛日山房詩草》。客歲寫示近體數首，非全豹也。録其《睡醒口占》云：「鴨爐餘火未全灰，布被奇温夢乍回。虚室忽然生一白，雪光如月上窗來。」次君紫笙茂才鸞翔，著有《春暉山房詩草》。《裏湖》云：「微風吹破嫩晴天，我向湖濱放畫船。十里荷花香不斷，一僧涼抱水雲眠。」

雲南銅廠，夙聞之，未得其詳。子儀寄示其外舅錢唐吴仲雲先生振棫《華宜館詩鈔》，有《廠述》四首，蓋官滇時作也。詩云：「華楹具百戲，雕俎羅八珍。指使諸僮奴，佩服麗且珍。問官所掌職，曰鐵錫金銀。朝上一紙書，暮領十萬緡。會稽足課額，可以娱嘉賓。勿謂官豪華，視昔官已貧。頗聞有某某，憑陵居要津。臣僚日相狎，小吏不敢嗔。積金北斗高，歌舞難具陳。歌舞豈不歡，事勢如轉輪。

朝廷固寬大，國法亦以伸。事過三十年，殘魄含酸辛。官今當黽勉，富貴天所命。鴆卮與漏脯，智者終逡巡。哀哉銅山下，乃有餓死人。」其一「滇廠四十八，寶路區瘠肥。媼神豈愛寶，苗脈有盛衰。攻采矧云久，造物亦告疲。寧台與湯丹，銅廠之最大者。今亦異曩時。比資烏坡銅，鎚鑿逮窮夷。滇銅不足，以蜀之烏坡廠銅濟之。廠在夷地。小廠益衰竭，徵課檄如馳。何從獲硬硤，硐謂之礌，礌石堅，爲硤硬，硬則可久獲大礦。間或得草皮。浮淺而少者曰「草皮礦」。雞窩不滿萬此諺語，雞窩礦，出銅之少者。餓鞘亦奚爲。餓鞘有苗無礦。長茭入龍窟，水洩費不貲。硐有積水，百計涸之，謂之拉龍。費曰水洩。年年告缺額，呵譴安敢辭。我聞古銅官，坊冶各有司。方今吏事繁，難理如亂絲。況復畀廠政，最殿較銖錙。既耕復使織，蹙蹙安所施。誰能劑虧盈，法美用意微。上贍九府供，下給家室私。官私兩不病，治術其庶幾。」其二「受事平其爭，厥長凡有七。客長主官事，課長主納課，爐頭主爐火，鍋頭主役食，鑲頭主鑲架，硐長主礌銅，炭長主薪米。錘手與砂丁，是皆長所帥。有犯則抶之，如奉命甲乙。背荒何勞勞，開峒負土也。晝夜戒無佚。帕首縛一燈，行若緣縫蝨。仰攻亦俯入，但懼引線失。銅苗田引線。風穴竅谽谺，入深苦悶，鑿風洞以疎之。廂木架疎密。硐處下陷，支以木，間二尺餘，支木四，曰一廂。硐之遠近以廂計。龍驚地軸裂，一入不復出。悲哉乾蟣子，枯腊黑於漆。洞陷則死者無算，或爲寶氣所養，屍不腐，名曰「乾蟣子」。更聞扯火勤，爐罩難畢述。煎礦曰「扯火」，煎紫板用美人爐、將軍爐，蟹殼用紗帽爐，啞銅用火風太極爐，銅夾銀用推爐，鉛夾銀用蜈蚣罩，黑銅、蝦蟆罩。罩者，爐之別種。金銀發猛氣，浸淫爲厲疾。去此憂飢寒，一死豈自恤。爭尖與奪礌，刀劍鬥狂猘。東西異綫開采，而同得一礦，則有爭尖奪礌之事。一朝鳥獸散，探肱入人室。索之藉無名，山箐費窮詰。持以問長官，填撫用何術。」其三「廠主半客藉，逐利來窮邊。出貲開采者曰「廠主」，率皆客藉，其自稱曰「客民」。入官報試采，自竭私家錢。欣然太堂獲，繼以半火煎。礦最旺曰「大堂」，晚煎曉成，謂之「半火」。抽課得羨餘，三倍利自專。百貨日麕集，優倡肆妖妍。荒荒蠻嶂中，聚若都市闤。泥沙快揮霍，變化出永鉛。卅爐鑄橫財，陶猗不足賢。聞者饞涎垂，擾擾蟻集羶。儼然師故智，畏命豈在天。叩囊出黃金，一擲虛牝填。所願倘不償，室家徒蕭然。妻孥難存活，伴侶空相憐。不如扶犁好，猶得守薄田。請看足穀翁，飢飯飽即眠。」其四

武原石硯虹丙熺工帖體詩，所刻《縵雲集》，雞林珍之。頃客西泠，寫示小詩數章，殊清絶也。《題黃椒升參軍夕陽紅樹圖》云：「客遊年逐宦遊年，遊遍南閩與北燕。今日更知林下好，一株老樹着花妍。」「天與靈光魯殿留，八旬書法尚蠅頭。料應慣寫《時晴帖》，不負年年柹葉秋。」斷句如「花落硯蟾水，竹敲簷馬風」，亦佳。

隨園以友朋投贈之什，遍貼一室，顔其居爲「詩世界」。吴澹川明經仿其意，爲「詩洞天」。法時帆祭酒則爲「詩龕」，有《雅集圖》行世。陶篁村先生以删牘之作，傚埋退筆例，爲「詩塚」。

世艷小青名，或疑子虛烏有，蓋拆一「情」字耳。《愚山詩録》云是馮具區之子雲將妾，亦不言其姓。或云姓馮，因同主人，故諱之。辟疆歌童馮紫雲是其弟，更似附會。近常熟孫子瀟先生亦拆一「情」字，自號心青居士。

《疑雨集·秋詞》云：「却要因循簟未鋪，鸜哥傳道畫堂呼。風光瞥去消魂在，贏得驚心也勝無。」注云：「《香奩集》『却要因循添逸興』，不知『却要』爲何語？想亦助詞耳。」王芑亭云「却要」是侍兒小

名，見《太平廣記》。

杉亭寄示其鄉錢劍威匡《竹齋遺稿》，是康熙間詩人也。劍威年不永，故名不出閭里，而七律一體特佳。録其斷句，《雨後閒望》云：「山雲未散猶遮塔，湖水初添欲湊塘。」《冬夜樓居》云：「戍柝自鳴孤壘月，漁村空照一樓霜。」《送宋錦江北游》云：「經旬水路隨漚鳥，一月山程過杏花。」《雨望》云：「受驚魚脱前溪網，取捷人穿别港船。」《書懷》云：「飢望年豐還拙想，寒思冬暖亦癡情。」《慰張寄齋》云：「甘守時窮方是士，不爲人忌便非才。」

錢塘萬似庵紹芑與余未謀面，蒙先以詩見贈。并題《燈窗瑣話》云：「不俗即仙骨，冰壺孰比清。袖刊吴郡本，價重洛陽城。雅意勤搜輯，無才仗品評。願裁千幅錦，添助鳳樓成。」「一粟渺滄海，蓬蘆坐嘯身。雞窗新著作，鴛水舊詩人。涉世忘形迹，論交見性真。嘔余守章句，滋味只酸辛。」似庵著有《補拙吟草》。小詩亦佳，録其《夜歸》云：「酣卧蓬窗月影斜，櫓聲摇曳水之涯。奚童推我夢中醒，笑説扁舟已到家。」《即事》云：「苔痕延檻緑，四面綺窗開。閒立看花久，不知春雨來。」似庵伯兄小芝紹汾，蘭玉早凋，長轡未騁。著有《半閒居吟草》，似庵刻之。《幽居》云：「一夜山中雨，山山春鳥鳴。幽居生意滿，草長與階平。閒有看花客，開門一笑迎。興來相對飲，世事不關情。」《山居》云：「流水空山自一村，梅花淡淡月黄昏。天寒猶有未歸鶴，分付山童莫掩門。」

薜荔牆陰，纍纍垂實，名「鬼饅頭」。海昌陳益齋丈守謙有詩云：「暖氣如烘夕照時，傍來宿草一枝枝。鬼猶求食分嘗苦，神所憑依造物奇。莫怪人間多畫餅，始知地府有齋期。荒墳底事頻相笑，却看成堆合療飢。」此前人齒芬所未及也。其他斷句,《春寒》云:「小院遲花信,高樓入雨絲。」《丹陽》云:「亂草淒荒驛,殘花媚晚晴。」《正覺寺題壁》云:「新柳緑於遊子鬢,白雲閒似老僧心。」《長池納涼》云:「一徑松風無六月,數椽茅屋是孤村。」《夏夜》云:「山果迎風當户落,鄰簫隨月過墻來。」《和王碧山》云:「壯懷何日酬龍劍,佳句輸君落燕泥。」《揚州》云:「春風柳色無今古,夜月簫聲久寂寥。」俱佳。益齋爲吾友杏亭上舍有作尊人也。杏亭有《東湖尋夢集》,黄霽青太守師爲之序。

道光甲辰三月,禾郡試事,入學廣文咸集。二十六日小集金陀園,至者十四人,論齒共得八百歲。各有詩紀之,惜未得見。頃芑亭以許敬齋先生乃裕所書詩册擕示,因録所善者數首,亦吾禾他日軼事也。敬齋時爲平湖教諭。原倡云:「十四儒官八百春,斯園斯叙總前因。籌添椿紀思蒙叟,算衍侯封等孟津。勝地自來還自去,吾曹無主亦無賓。時園主人不值。異時重集堪爲例,益壽杯傾更二人。胡秋白、龔蓉漵因病未與。」府學教授周未庵丈和云:「濃緑陰陰勝冶春,吾儕觴詠豈無因。箕疇錫福先言壽,倦圃歸耕欲問津。地近寒齋慙作主,家無薄具可留賓。明年此會仍前約,鳩杖應添二老人。」府學訓導孫康叔丈頤和云:「匆匆辜負此三春,眠石棲雲有宿因。歲序老彭同人算,文章小技孰知津。入門看竹真忘主,舉酒持籌戲答賓。惆悵向隅惟二老,病中原是箇中人。」

雙林蔡康伯慶地,一號巢西子。沈筤溪丈屢稱道之,始通魚雁。去歲以所刻《蓬壺詩選》寄示,雲思霞想,洵非十洲三島人不辨也。録其《題東坡水調歌頭後》云:「玉宇瓊樓絶點埃,清詞麗句壓瑶臺。君王亦有憐才意,特向黄州調汝來。」《偶吟》云:「小樓相近又相親,藥舍丹房作比鄰。天上正稽功過格，無人解道守庚申。」《冬夜》云：「種竹栽花興不賒，疎籬茅屋野人家。莫言此處芳鄰少，昨夜新邀萼緑華。」《漫興》云：「聲聲檐馬小樓聽，蕩漾東風響不停。料得杏花消息近，今宵先爲滌銅瓶。」

嘉善柯小坡丈有《斜塘竹枝詞》百首，一鄉故實無幾，着筆殊不易。近小坡嗣君研北茂才堯桂以同里曹竹君明經信賢《魏塘竹枝詞》寄示，一邑文獻，搜采較富，可謂異曲同工。詩云：「瓶山一簣鎖寒烟，銀杏如人枕石眠。聞説昔時置酒務，幾人曾挂杖頭錢。瓶山，宋置酒務處。」「誰將片石立通津，旱澇年年問水濱。不似山頭峰窈窕，只將舞袖媚遊人。憂懂石能測水旱，舞袖，峰名，在沈氏園。」「聞道來仙高閣開，飛昇一去歲華催。阿儂生怕郎騎鶴，也似仙人去不來。來仙閣，元錢隱君修煉處。」「東阡西陌稻開花，石馬灘深一水斜。城市村莊深不辨，緑陰多處是儂家。石馬灘在城東。」「圖懸百祖軸連緜，十六阿羅盡失傳。是色是空多放下，更於何處着龍眠。景德寺有《百祖圖》，光德庵有貫休《十六羅漢》，近俱失去。」「柳溪如鏡水澐澐，溪上神童有舊墳。父老莫傳真姓氏，一抔黄土淡斜曛。陶莊舊名柳溪，相傳有神童墳。」

永康女史吴絳雪，名宗愛，一代才華，千秋貞烈。父某，爲嘉善校官。絳雪從宦吾郡，與秀水女史吴素聞善，聯倡最多。近桐城吴康甫大令廷康於故家得絳雪所著《六宜樓集》、《緑華稿》，鐫板行世。又得絳雪殉難軼事，屬武原黄韵珊孝廉憲清作《桃溪雪》曲子。蓋絳雪賦寡鵠時，年才二十餘，有艷名。耿逆僞將兵薄城下，令有願獻吴氏者免屠戮。絳雪請行兵退三十里，於桃溪嶺上墜厓死。素聞名但見於張浦山《畫徵録》附傳中，康甫屢屬予采訪不得。兹於《六宜》諸稿中録其與素聞之作，唯願博雅君子，或悉其人，或藏其集，急以郵示，當踵付棗梨也。《遲素聞不至》云：「日暖疎簾燕子催，春風不見繡襜來。芳華且待佳人賞，爲祝桃花緩緩開。」《題素聞山水畫》云：「一舟浩淼出輕嵐，兩岸遥山黛色酣。昨夜燈前重起玩，滿窗烟雨夢江南。」《春日即事和素聞》云：「東風送暖入春衣，茗椀爐香伴掩扉。曉理瑶琴絃尚澀，醉臨褉帖格差肥。垂楊映日眠還起，山雀窺人下又飛。爲誦芬芳悱惻句，幾回盥露漬薔薇。」《寄素聞》云：「憶昔紗窗共繡時，裁紅暈碧日相隨。猧兒矯捷防翻弈，鸚鵡能言教誦詩。愛説荷花開並蒂，愁看芍藥號將離。祇今剩有花間月，照見幽閨獨畫眉。」《春日有懷素聞》云：「别來愁緒起無端，窄袖輕衫怯曉寒。原上草薰春盎盎，意中人隔路漫漫。疎風小圃宜罌粟，細雨新蔬採馬蘭。相憶何緣教縮地，芳華不共倚欄看。」《寄懷素聞》云：「翩鴻邈邈隔遥天，勝會捫胸尚宛然。杯勺冬聯名臘八，園林春戲號秋千。追思舊雨還如昨，屈指離雲又幾年。此日臨風徒悵望，何由吹我到君前。」他句《元夜》云：「笙歌地覺春如海，燈火人忘月在天。」《春日漫興》云：「寒食新烟官柳緑，飼蠶天近女桑穠。」《贈某世弟》云：「負笈人稱高足弟，閉門重著等身書。」又云：「詩人留跡誇丁卯，野客談奇誌《癸辛》。」《抱姊子爲嗣》云：「人誇似舅同無忌，我羨生兒似莫愁。」其餘佳句甚多，不能備録。

硤川許萸坪增，神交十年，緣慳一面。近以詩稿寄示，録其佳句，《除夕》云：「歲序又更詩有料，醉鄉難到酒無功。」《重陽小集》云：「黄葉飛殘千點雨，青山圍住一籬花。」《同人登東山》云：「人躭丘壑剛三益，詩與茱萸共一囊。」《落梅》云：「摧殘世外冰霜質，感到人間鐵石腸。」《秋日即事》云：「貧喜客來賒酒共，嬾無僧約看山行。」《春寒》云：「變幻陰晴雲作態，彌縫寒暖酒爲功。」《悼沈夢蘇》云：

「有情池館餘啼鳥，無命文章了蠹魚。」皆極錘鍊。

海鹽崔霽雲丈德華著有《秋聲山館詩稿》。録其《雨飲山家》云：「樹圍蒼徑滑，雲擁碧峰寒。」《舟泊南湖》云：「人家都近水，風雨正交秋。」《寒食坐雨》云：「日長倦或尋清夢，花好看還讓少年。」《賁湖道中》云：「魚可賤售知水闊，人扶殘醉識年豐。」《詠菊》云：「生涯淡泊安籬落，衰鬢飄蕭側帽簷。」《唁亡妻》云：「老去相憐營馬鬣，歲闌曾共泣牛衣。」丈五十後始學詩，今裒然成集，亦達夫後一佳話。吾友蔣十三杉亭係丈微雲女壻也。

崔丈小阮儷孫嘉淦有《典衣》一律劇佳：「不但年來寄此身，四時衣亦典來頻。翻嫌久摺痕常滿，喜不常穿色尚新。日後或能歸故主，眼前半已屬他人。長生庫裏從游慣，一笑無煩姓氏陳。」

鄰童折垂絲海棠至，商略瓶供，煮茗静對，几無纖塵。適聞川野航寄書來，乃陶丈梅若《緑蕉山館詩續集》也。再録其《消夏雜詩》云：「筆墨疎人涸硯田，炎威連日逼窗前。貍奴也識天光熟，不向亂書堆裏眠。」「試取清醪酌滿卮，尋詩還趁日斜時。海棠不待秋風至，先向閒階開一枝。」「疎雨蕭蕭響蕉葉，輕風時一摇修篁。今年令節翻新樣，小暑炎蒸大暑涼。」「朝曦猶未照疎櫺，涼意翛然坐小庭。入眼又教添畫稿，紅荷花立碧蜻蜓。」《病起》云：「匆匆急景逼殘年，西北風吹日夕偏。知是昨宵窗紙裂，黄梅香到卧牀前。」「村店青帘颺日斜，小除夕過酒難賒。老夫近幸無須此，愛聽松風自煮茶。」

梅石愛女蘭娟馥，適黎里周君少裳兆勳，夫婦俱工詩，秦嘉、徐淑，爲近時所罕得。兹録少裳《消寒第二會集紅蕉山館》云：「雨滴檐前向晚停，消寒勸飲欲傾瓶。未闌酒興疑宵淺，轉怕更籌動客聽。

殘月遲侵三徑白，書窗任暈一燈青。夜深扶醉人歸去，酌少偏誇我獨醒。」他句如「倉輸荒後稅，竈冷爨餘烟。」「窄量翻詩賒酒易，名心未淡學詩難。」「園餘破屋花慵補，家有荒田累未捐。」俱佳。蘭娟《冬夜》云：「夕陽隱隱下西廊，新月光鋪滿地霜。籬畔黄花開欲盡，西風吹瘦一簾香。」《喜晴》云：「怪道溪桃不吐香，冷風淒雨減春光。今朝午後初開霽，新柳梢頭染夕陽。」《初夏》云：「開過牡丹蜂斂翅，長齊芳草蝶消魂。一株楊柳真無賴，弄雨摇風青到門。」《題畫》云：「微雲淡淡已涼天，垂柳絲絲鎖晚烟。人盡夜深誰復到，半丸殘月冷秋蟬。」

少裳寄賖震澤邱氏詩三種。一爲邱太夫人許氏瓊思，著有《宛懷韵語》。《送八姊》云：「殿春花發又殘春，過眼韶光付劫塵。贏得一枝楊柳緑，垂垂欲綰别離人。」一爲邱餘甫孫錦，著有《有餘地詩集》。《乘月抵金山衛》云：「柔艣咿啞廿里賒，空濛水氣入窗紗。山城夜半無更鼓，卧看船頭月影斜。」一爲邱味梅綬壽，著有《借園詩草》。摘其五言《豆棚》句云：「四邊風有約，半漏月微明。」

槵樹，佛家名無患木，夏秋結實，爲菩提子。梅里舊有一本，枝幹扶疎，數百年物也。沈丈澹庵道腴築室其下，爲吟詠所，故所著爲《槵樹軒詩草》。録其《幽居》云：「暑老梧桐雨，秋生蘆荻風。重簾浮浄碧，小圃瘦疎紅。野水到門細，湖亭隔岸通。鄰翁如過我，閒話莫匆匆。」《曉坐水軒》云：「亂雲宿古樹，幽夢破春禽。竹樹滌塵腑，蘭香發苦吟。日遲知晝永，徑僻抵山深。忽聽泠泠水，如聞太古音。」《天香庵探宋梅》云：「劫歷冰霜獨抱真，離奇半作老龍身。十三株外梁應化，七百年來花自春。

凍雨寒烟香入定，殘山賸水夢如塵。短籬一角孤山路，吟瘦斜陽畫裏人。」

澹庵丈淑配陶氏朗卿品玉，梅若司馬女孾也，亦工詩。《題畫》云：「丹厓碧嶂隔江明，老柳高楓兩岸横。此境昔賢疑未到，更誰石壁有題名。」脂粉之習，爲之一洗。

澹庵丈長君栞伯愛萱，精篆刻，嘗爲余作小印數方，鈐五色箋上示客，每詩爲種榆仙館後所僅見。録其小詩《蘋洲吹笛圖》云：「蒼茫一片水雲寬，横笛聲中月色寒。如此夜涼風露重，好山還要倚篷看。」

平湖楊雪珊少府懋驥，配周氏静君夫人蓉，伉儷俱能詩。嘗畫《静好樓圖》，蘭茁慧艷，琴瑟雅音，一時罕有倫比。雪珊詩已采入《乍浦集咏》，兹於浪仙所選外，録其《遊懷橘庵》云：「紅葉斜陽路，閒尋祇樹林。偶逢開士話，能見古人心。徑曲竹偏密，亭幽花自深。一聲吹笛去，溪上月光臨。」《雪後遊真如寺》云：「淺印芒鞋徑未封，禪關幽絶少人蹤。偶登小閣看殘雪，忽見斜陽挂遠峰。半樹梅花邀客賞，一甌春茗待僧供。水松脾上閒題句，一任歸來打晚鐘。」静君《題牡丹畫扇》云：「金錢不惜買臙脂，濃艷叢中畫一枝。付與扇頭摇影好，瑶階微步賞花時。」《秋葵》云：「日光閃閃側金盤，庭外秋葵露未乾。一種鵝黄誰染出，玉人鞸袖倚闌干。」

志載宋張堯同有《嘉禾百咏》，或徵引一二，未見其全詩也。近雪珊鈔示周君朗亭鑑經詩數紙，有《嘉禾雜咏》幾首，亦非全稿。姑就其中摘其斷句。《春波草堂》云：「竹疎欲補須留笋，草密先删爲礙花。」《愛山樓》云：「蓬島不須移梅上，洞天原只在人間。」《藕花池》云：「一種清香風過處，半池圓葉雨來初。」《倦圃》云：「百年喬木高人宅，一枕華胥古寺鐘。」五律《夏日村居》云：「地僻塵囂隔，村幽景物賒。密林喧宿鳥，新水聚鳴蛙。雨助將成竹，風欺欲墮花。偶招農父飲，時復話桑麻。」

《清溪竹枝詞》，平湖張采言嘉鈺所著。近時一村一水，稍有故實，能文之士，便摭拾題詠，亦足補風土之記，發潛德之光，較之尋常嘲風弄月者有間矣。録其《自題》云：「花月年年夢裏思，偶翻《水調》寫烏絲。關心黑蝶風流渺，誰譜新詞付雪兒。」餘不備録。其全集名《晚香居詩稿》。《松江夜泊》云：「木葉下蕭蕭，空江泊短橈。平沙連斷岸，明月湧秋潮。孤客未安枕，美人何處簫。故鄉在咫尺，歸夢奈迢迢。」《官柳》云：「河橋日暮雨蕭蕭，愁緒和烟結萬條。慣惹天涯離别思，短長亭外怕停橈。」《題商巖丈息耘廬遺稿後》云：「青衫落拓寄籐蘿，裙屐年年載酒過。我欲問奇來敂户，板橋流水夕陽多。」采言伯兄朵珊嘉錦，與采言極友愛。亦耽韻語，著有《棣華廬詩稿》。《壬寅秋日登湯山》云：「亂後山猶在，登臨海日晴。帆隨飛鳥没，潮混遠天平。木落千林冷，雲横萬里清。西風何太急，況乃未休兵。」

武林萬星庵紹棠，似庵諸兄也。尤工韻語。一門群從，俱嗜詩媚學，無繡槃帨之習，洵未易得。録其《秋曉》云：「燈燼漏催殘，疎鐘破曉寒。夜涼驚夢短，風急覺衾單。茆舍雞頻唱，蕉窗雨未乾。烹茶呼小婢，閒把佛書看。」《鹿城過竹溪僧舍》云：「乘興遊山去，山高覺路長。叩門寒犬吠，烹茗老僧忙。是處即仙境，幽棲忘異鄉。尋春春又暮，信足憩雲房。」《偶成效劍南體》云：「草閣臨溪六月寒，科頭跣足嬾衣冠。看書不覺眉痕重，摹帖生憎腕底酸。檢點茶瓜留客久，雄談戎馬濟時難。前林雨過天還早，閒看漁舟下釣灘。」《碧梧館桃花八月偶開》云：「依然艷似碧霞丹，嬌質偏支風露寒。天惜秋光容易老，不教花放屬春官。」

梅里胡藹春丈永成著有《鶴溪草堂集》，嗣君芸伯將謀付梓，屬爲題詞，因得瀏覽一過。録其《喜舅弟金彙征見過》云：「一徑蟬聲歇，攜琴到草堂。尊開竹葉酒，風送藕花香。病起詩同健，愁多鬢易蒼。水亭閒話久，涼月又昏黄。」《沈遠香過訪》云：「賣藥水西市，經年蹤訊疎。客來秋水外，人坐晚涼餘。小閣垂簾静，前林返照虚。津亭易揮手，莫惜數行書。」《梅雨浹旬感成八絶》，録其二，云：「簷滴兼旬苦未乾，水天極望漲痕寬。歲正始信農占驗，三亥曾逢檢歷看。諺云：「正月逢三亥，桑田變成海。」「群力齊看側手遮，築堤畚土自家家。桔槔倒向田間置，隱隱雷聲響踏車。」

德清徐太夫人王氏柔如蘊容，山陰人。少耽吟諷，尤工咏物，繡奩鍼管旁，無非詩也。賦寡鵠後，此事遂廢。今其令子伯梅梓以行世，皆早年之作。録其《咏簾》云：「小院垂垂春晝長，眼前人似隔重廊。乍開却放爐烟細，未捲先聞花氣香。夜静窗前篩月影，日高池畔漾波光。玉鈎斜處斜陽動，燕子歸來絮畫梁。」《荷包牡丹》云：「誰把吴綾蹙小紅，倚風映日總玲瓏。芳姿若被天香染，定傍楊家綺閣中。」《夜坐》云：「緑窗寂静啓緗編，小剔銀燈掩鏡匳。最愛横斜好花影，夜深籠月上疎簾。」「茗調蘭露玉花明，香裊金猊夜氣清。栽得蕭疎一叢竹，風敲幽韵作秋聲。」

蘇厚子明經惇元序周辛甫濴《竺橋丙舍圖》云：「周氏四世，聚葬一所，冢墓相望，有《周官》族葬遺意。」沈閒亭進士雲云：「往歲壬寅，夷犯乍浦，郡城居民倉皇引避，以未嘗預爲謀，故而靡所適從。竺橋去城不過二里餘，墓有田足以贍朝夕，田有廬足以蔽風雨。其立法可謂深且遠。」予亦有詩，存集中。册中有兩絶句劇佳，惜忘其名。詩云：「爾祖爾曾萃一丘，九原聚首鬼啾啾。柏風挾雨狂吹黑，夜半讀書雲倒流。」「繞屋桑根野氣清，小窗三五月分明。墓田結箇幽人宅，鄉社豐年有笑聲。」

鐙窗瑣話卷九

秀水于源辛伯

《黄庭經》以鶴爲胎仙，當不似凡羽卵生也。曹慈山《産鶴亭集》云：「雍正甲寅，東園主人自武林攜歸雙鶴，每值春夏之交，鶴必交，與凡鳥無異。乾隆辛酉四月十有七日，忽生二卵，就地結巢，雌雄遞抱。迄五月二十四日，先後兩雛出。」有詩分詠，録其《鶴卵》詩云：「聞道胎禽幻化工，縞衣俄訝覆榛叢。渾疑般若現圓相，不信仙乎藏此中。竟體浴回春繭白，纖痕穿破海珠紅。夕陽影裏連蜷處，細細生機脈脈通。」

「渺渺孤城白水環，舳艫人去夕陽閒。林稍一抹青如畫，知是淮流轉處山。」「横笛何人夜倚樓，小庭月色近中秋。涼風吹墮碧梧影，滿地緑雲如水流。」《淮海集》中句也。而宋牧仲《筠廊偶筆》謂官江南時，於村壁見之，不知何人所作，因録爲無名氏詩。漁洋《池北偶談》亦仍其誤。石門吴岱芝明經宗元《約言書屋集》有《渡淮》詩，特正之云：「林稍佳句集中編，兩絶分明萬口傳。笑煞詩人王宋輩，著書漫説姓名湮。」其他《白燕》詩云：「銀裳三叠倚風斜，窗外差池影碧紗。昨夜玉堂春尚冷，淡雲明月夢梨花。」《西溪早起》云：「西溪人家燈火殘，五更獨起倚疎欄。一聲翠羽山月落，滿徑梅花風露寒。」《上灘》云：「後灘未了又前灘，箭激奔瀧欲上難。急轉飛篙船半側，水花潑上鬢毛寒。」明經子聚堂刺史，著有《在山草堂集》，其詩已録入前卷，知其淵源有自也。

刺史猶子菊裳丈蘭森，少嗜吟咏，客粤後詣益進，著有《蘋蹤集》。録其《初夏過沈青藻丈緑雲深處》云：「小園春色老，留得緑雲深。蕉暗窗前雨，槐分户外陰。邀君坐苔石，爲我拂瑶琴。一曲前山暮，嵐光碧到襟。」《竟夕》云：「竟夕何曾睡，聽雞不肯鳴。江聲寒客枕，月影墮荒城。衣食謀終拙，家園夢未成。愁來人獨起，枯坐剔殘檠。」《敝袍》云：「開箱檢點敝袍存，歷盡清砧夜搗痕。線密縫勞慈母手，天寒贈念故人恩。壓肩聊禦山齋冷，擁絮同添旅榻温。風雪殘年惟爾賴，縱教百結不須論。」《花田南漢葬美人處》云：「十里平疇暮藹青，斜陽一抹上紅亭。荒丘到底難埋艷，六月涼風滿素馨。」「家家栽種作生涯，春到園林爛綺霞。祇恐夜深涼月上，香魂仍倚玉欄斜。」

梅岑孝廉玉森，菊裳令弟也。曾任雲和、定海諸邑校官，著有《紫櫻桃花館遺稿》。録其《祭詩》云：「漫將甲乙定新編，酒脯臚陳侑祀虔。唐宋任教宗有派，馨香不礙士無田。筆歌墨舞迎神曲，紙醉金迷伏臘天。敝帚區區聊自享，梓行或可望他年。」《舟夜感賦》云：「灘水潺潺惱客眠，推篷徙倚聳吟肩。青山風月消長夜，紅燭笙歌鬧别船。笑我功名同上瀨，是誰蹤跡類飛仙。男兒愧乏封侯骨，何不東皋事力田。」《桐廬夜泊》云：「向晚停橈破碧烟，潮平岸闊水淪漣。倘教蹈月尋詩去，定瀹桐江十九泉。」

菊裳舅氏桐鄉曹扶谷先生三選，乾隆戊申舉人，歷官宣城懷柔等縣。因誤功，降二尹，官蜀十餘年，而歿於蜀。著有《吹雲閣詩稿》十餘卷，無力授梓。菊裳屬多録數章，以存其概。《曉過大通橋》云：「車聲驚夢起，倦眼忽滄洲。曉色開寒樹，鄉心折素秋。蕭蕭征馬遠，歷歷斷鴻愁。爲憶柴門外，經年冷釣舟。」《偶作》云：「高館清江上，蕭然吏隱兼。禽聲春倚酒，花氣午垂簾。筋力新知退，風塵久自淹。此心本無著，何用問飛潛。」《雙蓮寺雨夜和荔扉》云：「暮雨蕭蕭曉未休，春光冷落似深秋。花枝着眼真成夢，酒氣填膺總化愁。農事不堪連歲儉，官途應倦旅人遊。紙窗燈火誰相伴，一枕江聲撼佛樓。」《平湖逢朱春山》云：「記否旗亭畫壁時，相看雙鬢各垂絲。風塵興欲隨年減，冰雪交猶繫客思。海上琴聲人自遠，山中桂樹日應滋。閒居不少漁樵侶，攜手春江更後期。」《初秋池上》云：「夜久静無風，池面新涼起。微聞荷葉聲，秋露瀉如水。」《立秋》云：「紈扇月華樓，孤眠未覺秋。西風嘸絡緯，一夜井梧愁。」《春咏》云：「花落復花開，春風自來去。四面曉鶯聲，尋春不知處。」《桐涇晚步》云：「新色滿桐涇，漁舟下遠汀。晚風紅蓼岸，無數碧蜻蜓。」《題畫》云：「茆齋雨過净無塵，移竹栽花樂事新。溪上青山如可買，扁舟我亦畫中人。」《蘆溝橋》云：「蘆溝橋下水離離，橋上行人送别時。可惜一鉤殘月色，曉風楊柳未成絲。」《豫讓橋》云：「書劍無成兩鬢凋，名心似水未全消。平生知己古難得，下馬低徊豫讓橋。」

元吴仲圭嘗居我禾春波里，明李竹嬾太僕亦春波里人。近郭君曉樓照亦居春波里，嗜寫生，所藏書畫名蹟甚夥。閒作小詩，清倩可喜。録其《秋夜》云：「簾外滴清露，秋宵暑氣收。蘋花連岸白，明月帶波流。促織鳴疎壁，寒螢上小樓。一燈人静處，誰共話清幽。」《春寒》云：「峭風嫩日勒寒時，燕子初來舞不支。牆外桃花猶帶雨，江頭楊柳未成絲。遊人尚怨春衫薄，古道還憐芳草遲。何日移舟溪上去，斜陽影裏共題詩。」《寒食坐雨》云：「春城小雨送花飛，寒食人家晝掩扉。連日春陰深鎖住，啼禽舞蝶一時稀。」「禁烟時節冷邨邨，相憶銜尊酒不温。雨裏尋春人欲斷，梨花開後只消魂。」

曉樓嘗以《紅袖添香夜讀書圖》屬爲題詞。圖中先有黄霽青師二絶，劇佳，亟録於此。云：「魚報更籌鶴聽吟，翠爐烟篆裊蘭襟。勸君良夜須珍惜，一寸香如一寸陰。」「最宜茶熟與香温，釵劃疎窗記月痕。更爲子京添半臂，一生消得幾黄昏。」吴江周祖白寶彝四絶亦新妙可誦，録其二云：「錦箧瑶函次第開，子京風度董生才。文章要有氤氲氣，轉倩紅兒督課來。」「瓊樓捲幔夜迢迢，沉水微添燭短燒。却笑姜夔太無賴，小紅當面只吹簫。」

曉樓舅氏沈若坡丈其濬，老宿也。曉樓以所存題畫詩一册見示，恐非其至者。僅就其中，録《咏芙蓉》一絶云：「青女司晨霜漸濃，錦江初綻碧芙蓉。菱歌唱輟回雙槳，玉面羅裙水上逢。」

向讀少倫《三十三峰硯室詩稿》，未及采録，深以爲憾。蓋少倫自遭家難，移居新塍，不相見者垂十年矣。日昨過訪，攜示數章，非全豹也。亟録其五律《首夏雨窗雜咏同溉翁作》云：「鳴鳩聲初起，啼鵑語更酸。客驚花信促，天作麥秋寒。無計消長日，相期結古歡。草堂重聚首，櫻筍正登盤。」其一「我亦閉門者，況兼風雨時。但謀彭澤酒，醉讀劍南詩。釀蜜蜂偏嬾，銜泥燕未癡。落花緣底事，猶自漾游絲。」其二「陰晴渾不定，未信是清和。一夜空堦雨，前村緑意多。有情皈白業，無夢付黄婆。潭水清如許，偕誰共踏歌。」其三「賴有皤皤叟，論文喜浹旬。雲萍原偶聚，蝦菜未嫌貧。容易柳成絮，艱難鬢似銀。杜陵殊好事，老去願留春。」其四七律《次韵黄霽翁見懷》云：「清尊華髮映疎鐙，逸興還傾墨數升。天與息耕翁草堂名。娱蔗境，客慚學圃問瓜塍。涼生翠竹月痕淡，香到白蘋秋思增。三板船輕容載酒，一樓烟雨半湖菱。」七絶《秋海棠》云：「最宜墻角與籬根，銀燭高燒未許論。惆悵殢人風露下，淡烟一抹化秋魂。」

朱英武名德昌，以字行。年十六，忽不知所往。數載歸，精太乙、六壬、遁甲之術。嘗授徒陳氏，盜夕至，以術禦之，盜自相殺而退。後遇盜，傷其鼻，因呼爲「朱爛鼻」。終身不娶，不茹葷，時以孝友勸人。年八十，無病卒。卒之頃，出白金三十兩，付其鄰曰：「待嗣子來與之。」未殮，嗣子至，鄰出所付金，而匿其十。忽張目曰：「何不盡與之。」及舉棺若空，人以爲尸解云。英武故居在新塍鎮，近鄭子霞鏞《新塍櫂歌》云：「星斗光寒畫角呼，駐防夜警戍樓孤。太平自少萑蒲盜，異術休尋爛鼻朱。」餘不能多録。子霞，桐鄉人，居新塍四世。閉户讀書，不與世接，亦畸人也。

溉翁《題虹橋小稿》云：「新詩一卷盡珠璣，篔谷風流近見稀。太息坨翁今不作，坐令此客老巖扉。」虹橋姓朱氏，名桂芳，居新塍之虹橋，因以自號。雖躬處闤闠，而性耽吟咏，有梅里周青士風。喜交遊，凡文士之至其地者，無不結納。與同里許楨最善。少倫頃以遺稿見示。録其《梅涇夜渡》云：「屢爲飢驅出，誰憐病後身。衣單寒徹骨，篷漏月窺人。蟹簖燈明舍，機窗夜向晨。年荒猶樂業，聊以守清貧。」《舟中聽雨》云：「扁舟栖武水，遣悶獨銜杯。花信隨風到，潮聲帶雨來。倚篷聽未歇，欹枕夢初回。萬縷愁心繫，春光暗裏催。」《九日安雅居坐雨》云：「踏徧溪南路幾灣，緑雲深處叩禪關。黄花却比詩僧瘦，白酒難酣醉客顔。避雨昔年曾下榻，尋秋此日復登山。流連暢叙西窗下，乘興何妨趁月還。」《題徐生幽篁獨坐圖》云：「城北相逢又幾年，何緣瀟灑坐林泉。邇來山水知音少，囊却焦桐不撫絃。」其他斷句，如「子晉笙簫空縹緲，洪喬魚雁竟浮沉」，尤爲可誦。

許楨字芷坪，倜儻不羈，治生之暇，不廢吟弄。嘗邀汪四少倫探梅超山，瀕行，適偷兒窺其室。或尼之，笑曰：「此瑣瑣事，毋爲梅花齒冷。」竟飛棹去。嘗輯同里前輩詩，倣沈莘士例，爲《續新溪詩鈔》，未果梓。所作亦不自收拾，存有《二畝半園稿》，僅壬辰、癸巳兩年耳。録其《錢塘道中懷章電發先生》云：「貧病復如何，誰憐老劫磨。無方驅瘧鬼，有句鍊詩魔。疎柳冷難折，孤桐感易多。何時重翦燭，把酒共高歌。」《繅絲泉》云：「爲汲清泉踏軟沙，來朝準擬響繅車。分提雙甕涵雲影，輕攪三盆漾月華。隔岸啼殘看火鳥，沿溪開遍做絲花。鳳山西畔重堤下，一勺涓涓自古誇。」《載酒過七桂園呈電發先生》云：「老去情懷唯酒盞，秋來風景屬黄花。應憐我亦白衣者，攜榼來尋五柳家。」它句「閉門無俗事，繞屋有風聲。」「三徑菊松延客至，一生肝膽向誰傾。」「閲世幾經雙眼白，懷人空對數峰青。」「人似黄花憐瘦沈，門臨秋水學蒙莊。」俱佳。

許竹巖丈煌亦新塍人。少即穎異，長益不羈。嘗幕游閩嶠，曾登仙霞嶺絶頂，飄飄然有凌雲之概。晚歲旋里，年已古稀，酒闌燈灺，猶斫地悲歌時也。善左書，著有《閩游草》《怡清吟稿》。《雨窗書懷》云：「樹影壓簾重，溪聲繞枕流。如何連夜雨，渾似一天秋。懶極翻成病，吟酣不散愁。浪將飛動意，博得醉鄉侯。」《送沈香林之粤》云：「别後不成醉，奈何君遠行。桂林秦作郡，銅柱漢標名。碧草鄉園夢，青蘆夜雨聲。炎方無去雁，那寫客中情。」《閩中送卓茂績入都》云：「楊柳緑如此，送君溪水潯。但言前路遠，已覺别離深。春草他鄉夢，寒燈舊雨心。秋來見鴻雁，好寄故園音。」《送春》云：

「韶光都付水流東，杜宇聲聲喚曉風。最是春人無奈處，一簾細雨畫樓中。」

竹巖同里程小伊浩，少從鄭橋板棟游，得其詩派。著有《行餘吟稿》。嗜書法，年六十，猶臨池不倦。録其《翠微莊觴菊》云：「翠微深處枕溪流，有約黄花值九秋。結社人邀名士屐，開尊不放故人舟。半窗瘦影邀人賞，一晌閒情付酒籌。即此賞心兼樂事，柴桑風景座中收。」《小寒日過涵清軒話舊》云：「獵獵西風二九天，暗香疎影落尊前。三杯白酒澆今日，一盞青燈話昔年。聚首又叨雞黍共，消寒更結水雲緣。那堪此夕清如許，明月遲遲到檻邊。」《初冬游陳氏園》云：「園林依舊壓城西，古色斑斕路不迷。黄葉堆階秋滿地，白雲擁樹鳥空啼。徘徊山徑鐘聲靜，俯仰樓臺夕照低。更羨主人能好客，一時裙屐盡留題。」《水天閣》云：「水天閣外水沄沄，閣上朦朧卷暮雲。却喜道人閒似我，煎茶汲水話斜曛。」

海昌馬伯泉觀察洵，居吾禾之梅里。愛客嗜詩，尤與郭復翁善，刻其《靈芬館四集》詩，又爲里中詩人汪一江刻其《古梅溪館二集》。嘗約一江往訪未果，而伯泉歸道山矣。魏塘黄霽翁師爲釐訂其《五千卷室集》行世，始得展讀。録其《坐冷泉亭》云：「幽澗清如此，長留萬古音。峰坳銜夕照，亭角轉松陰。寒木發高唱，臨淵寫素琴。鐘聲催夢放，隱隱出深林。」《同榕園文漁游安平泉》云：「空林尋古寺，一徑白雲邊。佛胛瘦于樹，泉聲清似禪。丹成人已化，碑在石重鐫。惆悵下山去，前村散夕烟。」《花朝》云：「吹香門巷鬧餳簫，一半春光上柳條。風暖不晴雷不雨，爲他兒女做花朝。」《溪上看月》云：「缺月如眉挂柳梢，千金難買是清宵。笛聲吹斷艣聲杳，漁火一星紅過橋。」他句《有贈》云：

「殘醉有時頹髻影，春愁無力上眉痕。」《歲暮雜詩》云：「菜甲椒花煩竈妾，紅兒青女拜牀婆。」《送改吟》云：「貧不能償餘酒債，世無所用是詩材。」《懷頻伽》云：「司勳應有江湖感，孫楚元無鄉里譽。」《天香庵探梅》云：「一徑莓苔皴宿雪，數椒明滅閣輕陰。」《酬祝果山》云：「半榻茶簾清午夢，一牀斑管寫閒愁。」《病起酬小溪見訊》云：「病如惡客交初絶，詩勝奇方眼忽明。」《白荷花》云：「半湖雨過了無暑，深夜月明微有烟。」皆可誦也。

聞川楊嘯溪象濟才情敏贍，於學無所不喜，尤長於詩。所作《觀潮行》，人比之黄少尹，洵非虚譽。家故有園，已荒廢，嘯溪葺治之，爲吟誦之所。有《芥園十四詠》，録其《桐牖》云：「門外蠻觸地，門内羲皇天。秋聲不離户，濃陰時弄寒。涼風落桐花，緑雲凝不圓。鄰樹亦有致，楚楚霞裳穿。此亦輞川墅，倚杖聊聽蟬。」《聽織軒》云：「臧孫妻織蒲，《春秋》譏不仁。嗟我四民力，敢自辭劬勤。所難避人海，迫與闤闠鄰。雄雞唱清曉，百賈趨清晨。機聲亦軋軋，拉雜殷雷磤。豆棚啼絡緯，秋露垂蓬榛。熒熒夜燈影，涼翠窗閒分。連年下第返，往往當斯晨。家人相勞苦，女呻復男吟。窮途荷妻憐，志士非蘇秦。」《讀漢書》云：「治化居然邁古風，身行儉德自宫中。露臺能惜中人産，却把銅山賜鄧通。」其一「昆明兵氣照丁零，西域葡萄入帝庭。欲説武皇聲教遠，望思臺上雨冥冥。」其二《閒情》云：「柳梢新月挂銀鉤，玉笛聲清別樣愁。紙帳春深人未覺，燈光紅出水邊樓。」

《小靈蘭館詩話》云：「秀水張茂才雲衢來儀，倜儻有大志，敦氣節，重然諾。先世墓在苕溪，被豪家佔，訟累年不決。豪以金五百鎰爲餌，急麾去。久之，事終得直，而家亦用是赤貧。嘗游京師，戴醇士侍郎熙爲寫《秋山翦棘圖》，一時名卿，咸高其誼。其《埽墓》絶句云：『殘碑古木草青青，爲翦荆榛手未停。嘆息年年寒食雨，幾家麥飯安先靈。』蓋紀實也。」雲衢與余同歲，補博士弟子，往時相見殊落落。今年屢晤於秦氏覺無憂齋，傾吐肝膈，脱略形迹，雖恂恂自下，而精悍之氣猶見於眉間。旋以所著《蓬萊仙館集》見眎。録其《漂母墳》云：「淮安城下路悠悠，荒草迷離土一抔。合與當年瀨水女，英雄慧眼共千秋。」其二「一甌脱粟成佳話，世事浮雲可奈何。莫嘆王孫寡知己，古來漂母已無多。」《過青龍江》云：「水國秋聲客思哀，篷窗鎮日不教開。迷離無數帆檣影，疑是周郎戰艦來。」《松雪三品石》云：「草際一卷石，曾經六百年。憐他同瓦礫，使我感桑田。蟋蟀王孫地，莓苔古道邊。摩挲三五徧，惆悵夕陽天。」《苕溪送朱蓬山明府入蜀》云：「河干把酒送行旌，無限依依話晚晴。旅客夢中添别思，短長亭畔滿秋聲。遥看紅樹連秦棧，好趁寒潮到蜀城。此去益州郊野上，兒童竹馬競相迎。」《小靈蘭詩話》，吾友沈遠香所著。

梅里何近楓國柱將以所作《吟梅仙館初稿》寄示。遠香先題其卷端，卒章云：「載酒江湖作計迂，雪寒月瘦異時趨。騷壇此日推于祐，撫卷應添摘句圖。」予則何敢當。而近楓之詩清和閒雅，自是主客圖中佳選。兹録其《送秋》云：「連江寒雨促歸程，惆悵光陰轉眼更。佳日却憐從此去，西風長恨太無情。凄凉病柳絲難挽，零落黄花酒屢傾。好景匆匆留不住，悔教湘燕一番迎。」《落梅二首爲悼女作》云：「生來風貌總堪憐，小立珊珊骨亦仙。愛汝争妍依砌下，爲他索笑向簷前。霜嚴漸覺冰肌瘦，雪冷還期玉質堅。那忍啼烟兼泣月，教人腸斷奈何天。」「猶憶瑶臺未落時，幾回珍重戀瓊枝。西風一夕隨波去，暮雨連番帶淚辭。入夢殷勤偏喚醒，招魂恅愺苦吟詩。早知如此螢枯易，翻悔頻年手護持。」《題張益齋廣文福庭紀勝》云：「髫年讀罷《天台賦》，便擬名山作浪游。金闕瑤臺塵世外，莫嫌晨肇易勾留。」

桐鄉沈訪仙瀛，向於宋小茗丈《耐冷譚》知其名，心藏已久，恨未相識。今年雲衢寄眎《遥岑挹翠樓詩草》，開卷知爲訪仙作，爲之狂喜。亟録其《苕溪道中》云：「扁舟摇夢過苕溪，曙色微茫鳥亂啼。漸聽人聲知近市，家家都在板橋西。」「樹影模糊靄翠微，水痕分緑上征衣。一聲柔櫓破幽寂，驚起閒鷗兩兩飛。」「東風吹暖放新晴，十里湖光鏡面平。畢竟老漁真解事，緑楊影裏一舟横。」「沿溪風景盡桑麻，亂石圍墻傍屋斜。幾樹碧桃競春色，等閒紅入野人家。」其他斷句，《送陳嘯峰之西泠》云：「故國鶯花紅杏路，東風城郭緑楊烟。」《容膝樓》云：「花影隨風摇檻外，嵐光如黛落尊前。」《林處士墓》云：「千古湖山瘗高士，萬重香雪擁詩魂。」《立夏日》云：「芳草天涯人去遠，緑楊門巷雨來遲。」《謁孫太初墓》云：「若論風裁宜放鶴，不妨身世任呼牛。」《贈友》云：「文章不是干人用，閱歷方知入世難。」俱佳。

沈雲嵐司馬鈺，訪仙尊人也，著有《雪香舍詩稿》。愛客則尊開北海，聯詩則梅動東閣，一時名士，郭頻伽、宋小茗諸君，俱與賡唱，互存集中。兹録其《贈頻伽》云：「乳燕鳴鳩攪客愁，西堂病起思悠悠。一聲差慰離人耳，海上新歸貫月舟。」其二「株守柴門感索居，風光況是落梅初。故人苦念三年别，莫惜春江雙鯉魚。」《以荷花露試松羅茶次頻伽韵》云：「清曉荷池露氣涼，金莖輕爲瀉花房。欲消冰簟秋前暑，先試紅衣瓣裏香。點易正須臨水檻，引杯還許潤詩腸。拈毫有客饒佳興，添得茶經字幾行。」《對竹小飲和貽簪姪》云：「誰將高論湧言泉，韵鬭詩牌報警聯。北海樽開千日酒，東籬菊放九秋天。花殘午夜添銀燭，雨過丁簾潤玉絃。一詠一觴豪興劇，阿咸好與聳山肩。」

往時曾題沈厚甫沅《桐蔭草廬遺詩》云：「翩翩《八詠》賦才工，底事青年了此中。今日一編重展讀，秋風秋雨落梧桐。」此詩集中失載。事隔十餘年，漸不省記。厚甫爲訪仙之弟，近又寄讀，如覩故物。録其佳句，《夜泊玉溪》云：「窗虛疎月漏，夜冷曙鐘清。」《游龍翔寺》云：「人來新雨後，花落晚風前。」《新秋》云：「涼生枕簟三更後，秋在梧桐一葉中。」《病起》云：「病餘人比黄花瘦，秋老愁同落葉多。」七絶《過香雪居》云：「日上深林鳥語喧，偶攜蠟屐入遥村。沿溪一路無人跡，春草如茵緑到門。」

梅花道人雛鳳琴，前明烏程沈少吴司寇曾藏，滄桑後流落人間。司寇後人水村丈增得於桐溪夏氏。一彈再鼓，樂此不疲，故所著爲《雛鳳軒集》。其《乞同人題梅道人雛鳳琴》云：「老友夢禪子，出門興何逸。偶來鴛水濱，古琴欣物色。不惜杖頭錢，焦桐一朝得。攜歸坐松陰，諦視漆如墨。摩挲手不置，龜紋重拂拭。腹中數字存，知是仲圭物。謂我祖澤留，慨贈意無怫。解囊彈復彈，開口笑吃吃。發聲清以長，按絃皆中節。遺失自何年，塵埋今始出。物聚於所好，我今幸什襲。慚非知音人，新詩敢先乞。」

沈綺霞鴻藻，桐溪人。游庠之歲，適宋小茗先生司鐸是邑，遂得專心吟咏。後客語溪，與施少峰、周小癡諸子遊，詩益進。近館訪仙家，賓主情契，時有聯唱。著有《紫薇花館詩集》。《夜過新塍》云：

「艕聲聽未已，夜景逼黄昏。寒閣街頭柝，燈明水外村。霜華壓篷背，鄉夢攪詩魂。欲買新塍酒，人家盡掩門。」《寓齋夜雨》云：「望月月無色，寒燈倚壁昏。年華驚轉燭，風雨撼重門。壞葉樹頭墜，飛湍簷際喧。匡牀眠不穩，何處夢鄉園。」《埽雪》云：「一白應知没釣磯，思量擁彗出柴扉。幾回不敢輕開徑，昨夜梅花和雪飛。」

古歙朱硯廬昌熾，僑籍嘉興，居城東之雙溪。豪邁嗜酒，尤耽風雅。嘗爲次公校刻《鷗盟集》。詩不多作，時得佳句。録其《登烟雨樓》云：「畫樓中峙柳排衙，兩兩鴛鴦拍水涯。夾樹疎燈雙塔影，小橋春水萬人家。」「老漁撥雨穿孤艇，飛燕和烟捲落花。最愛晚來新霽後，釣鰲磯畔夕陽斜。」《題畫》云：「籬落人來往，田歌風送迎。數家春雨裏，布穀兩三聲。」

南方清明，折柳插門，近世猶沿之。北人以麪作子推，貫柳插門上。見宋張耒《宛丘集》。向刻《鴛水聯吟集》，七邑詩人，唯石門相識最少，僅得徐亞陶廣文薦謙一人。别後落落，久疎音問。近索其專集，始盡披讀。清幽逋峭，是不食人間烟火人語。《雪夜小集》云：「殘雪映新月，滿室虚白生。禦寒别無策，入座佳釀傾。良朋盡肝膽，高談清復清。朔風透窗隙，燈燭昏又明。衆醉我獨醒，起繞梅花行。悠然發長嘯，孤鶴麡同聲。」《黄葉村莊》云：「詩翁不可作，幽意滿巖阿。老樹得霜早，秋聲如雨多。人隨流水遠，僧話夕陽過。幾度尋殘碣，荒烟鎖薜蘿。」《憎蠹》云：「穴史穿經煞費心，箇中妙理總難尋。可憐食字殘書裏，妄想神仙誤到今。」《花港觀魚》云：「西湖樂國盡魚兒，别墅盧家更鑿池。記得尋詩堤畔路，第三橋畔立多時。」他句如「得異書如逢好友，對新月似見佳人。」「松陰月上鳥先覺，窗隙風來燈預知。」「當頭明月誰知己，放眼青山識故吾。」「窗月移花幽似畫，石枰過雨净如揩。」皆佳句也。

予向亞陶索觀石門蔡氏詩。亞陶書來，言其妻弟笑拈學博錫琳詩最清灑，惜數月前歸道山矣。著有《梅花猶是廬稿》。時乞序外郡，不得見，僅寄眎《移雲軒筆記》一種。録其《西湖紀游》四首云：「湖邊鎮日泛瓜皮，幾樹疎楊傍岸垂。忽聽鐘聲動何處，鳳林寺近岳王祠。」「蘇小墳前草色幽，水流花落不勝愁。香魂畢竟歸何處，不辨杭州與秀州。」「扁舟載酒晚晴初，對面雲巒畫不如。萬傾湖光清徹底，手牽萍葉數游魚。」「西湖浪説比西施，難斷情絲比柳絲。孤負樓頭好風月，再來未必是春時。」

皺雲石高一丈三尺，圍三尺有奇，嵌空玲瓏，色若積鐵，爲豐順吴將軍六奇贈海昌查孝廉伊璜物，事見《觚賸》及《聊齋志異》。蔣心餘太史曾作《雪中人》曲子。後屬海鹽顧氏。嘉慶間，歸海昌馬容海。道光己酉四月，笑拈買移石門之福嚴寺，圖畫題詠，亦極一時之盛。笑拈作《道情》十首，其末云：「英雄老去才人死，祇賸得雲峰猶是。收拾這鐵版銅琶，一棹歸去矣。」笑拈竟於是年八月卒，年僅三十二，適成詩讖，亦可哀已。

石門胡玉海茂才鈖與亞陶爲總角交，性孤介，所如不合，久而鬱鬱，於戊申夏雉經而亡，年僅三十三歲。亞陶以其所著《了齋詩鈔》寄示。録其《蠟梅》云：「縞衣脱却换金衣，黄四娘家見亦稀。倚竹也能開口笑，號梅翻有效顰譏。相逢禪友真投契，試較檀奴孰瘦肥。似蜜不知還似蠟，游蜂莫漫繞枝飛。」《花神廟》云：「石家金谷習家池，艷冶春風千萬枝。一種繁華誰配食，寒泉秋菊水仙祠。」《赤壁圖》云：「英雄已矣鐵沉沙，此地髯蘇兩泛槎。欲覓簫聲何處是，一灘寒月浸梨花。」他句《雨後》云：「一鳩鳴霽色，霜樹蔭初晴。」《月夜舟行》云：「人語聞還遠，星光看漸稀。」《夜坐》云：「夜深燈共語，人懶夢相尋。」《有感》云：「數日無詩心便俗，一春有酒睡常濃。」《冬夜》云：「天不欺貧時與健，月能破悶夜還來。」《臘八粥》云：「卧雪人家飢雀噪，打包僧院木魚鳴。」《和亞陶》云：「景不虚逢添得月，閑難長享折於詩。」俱嘔肝佳句。論其身世，又不止長吉夭矣。

同里陳小畬光禄保圻工畫花卉，著有《醉書廬吟草》。頃於味梅案頭見其題畫小詩《梨花》云：「繁處渾疑雪亦香，一枝皎潔媚韶光。只愁顔色隨春老，爲寫真妃淡淡妝。」《虞美人》云：「天意興劉項已休，《虞兮》歌罷不勝愁。香魂化作閒花草，猶帶尊前楚舞幽。」嘗鼎一臠，已知其味。近日北郭陳氏俱雅能詩，將來人人有集矣。

里中半郭樓，爲前明沈純甫少司馬别業，近爲陸生静薌浩所居。城郭參差，花木叢翳，頗極幽勝。静香亦工寫生，得白陽超逸之致。又精鑒别，雖老骨董家不能欺。間亦爲詩，疎落可喜。録其《自題竹屋煮茶圖》云：「半榻輕烟一縷斜，短瓶凍未解梅花。呼童擁帚收殘葉，客送詩來好煮茶。」

鐙窗瑣話卷十

秀水于源辛伯

桐鄉沈曉滄司馬炳垣宦上海最久，海疆連年，夷務叢挫，悉心籌畫，具有條理。司馬早歲工詩，向見宋小茗先生屢稱道之。近張子雲衢以司馬所著《祥止室詩鈔》見眎，始盡披讀。清高深穩，不媿作手。録其《元夜宿虞山下》云：「信宿虞山下，勞人得暫安。月光依水静，嵐氣壓舟寒。燈火連宵徹，江湖行路難。何時息征羽，一室聚團欒。」《舟夜聞蛩》云：「千蟲併一聲，瑣碎不分明。徹夜啼何急，當秋感易生。長河天影遠，亂葉月華清。獨有宵征者，孤舟夢未成。」《登黄樓》云：「萬頃沙田眼界寬，高樓獨上思漫漫。斜陽欲落人歸市，春色初佳客倚欄。山色争排三面險，河聲高逼一城寒。殘碑細讀公書賦，壁間子由《黄樓賦》殘碑四枚，相傳爲公書。猶作甘棠手澤看。」《寒夜偶成》云：「一燈相對影依依，回首光陰鳥倦飛。病起暗知年鬢改，時艱方識宦情非。心如止水書還讀，門可張羅客到稀。爲問申江老漁父，幾人把釣便忘機？」《畫菊》云：「柴桑歸去眄庭柯，畫裏風光在薜蘿。笑我心情比秋冷，竹疎苔瘦得詩多。」《舟中偶成》云：「九峰山色青無恙，三泖波光半已淤。我棹扁舟不歸去，吴淞江上買鱸魚。」

司馬弟台簪明府淮，著有《三千藏印齋詩鈔》。明府罷臨邑時貧甚，訪友於高唐、禹城間。值歲暮風雪，投逆旅。逆旅主人不知其故長官，舍之甚隘。油燈土銼，以破扉爲几，明府哦詩不輟。一童子睡熟，自起束緼爇火，假寐至曙。其和易如此。詩與《祥止》相近。予最喜其《圓夢詞》數章，亦東坡《芙蓉城》詩意。其序略云：「戊子春暮，宿敖陽旅館。夢至一室，脩竹横窗，異書堆案。時方展閲，忽有美少年偕一女郎至，瓊枝並秀，花影雙妍。少年曰：『予二人癡情眷戀，兩意綢繆，雅訂幽期，未諧私願。今君到此，敢求作合。』予愕然，既以手中書授之，曰：『今日七夕良辰，此書即爲汝二人證盟也可。』少年受書，相與再拜而去。正驚疑間，欲叩其姓氏，以僕夫促登車而覺，蓋三月七日也。」其詞云：「燕尾輕衫蛺蝶裙，罡風吹下鳳凰群。芳齡不信圓如月，好夢無端幻作雲。五字定情繫主簿，十年薄倖杜司勳。蕊宫小摘雙株樹，粉怨香愁亦太紛。」「閒翻珠笈小窗明，珍簟牙牀六尺横。願乞紅絲牽一縷，自言白石訂三生。節逾上巳春無影，書較陳庚拜有情。惆悵游仙匆促甚，通詞惜未叩芳名。」「小桃紅映此重門，庭院無人鳳蠟昏。七日幽期諧月老，雙星良會擬天孫。花描没骨成佳果，草茁同心結慧根。十二碧城緣底事，温柔鄉裏總銷魂。」「未删綺語費閒吟，懺悔難超愛海深。夜月篝燈游子影，秋風紈扇美人心。六州鑄錯鑪鎔鐵，千里相思屋貯金。知是因緣知是夢，留將公案去來今。」

歲凶時艱，萑苻易起，星夜舟行，每遭盜劫。長官但禁夜行船而已。乍浦鍾穆園步崧有《題長水驛》一絶云：「水西疎柳裊寒烟，日午津亭老卒眠。牆角一行官帖在，大書嚴禁夜行船。」真實景也。穆園稱詩海上，與沈浪仙齊名。著有《夢琴山館集》。更録其《金閶舟中》云：「敢將身世感飄蓬，又挂離帆逐斷鴻。漸訝鄉音變吴語，閒聽舟子説齊東。打篷落葉鳴殘雨，夾岸叢蘆戰夜風。冷月有情偏戀我，一程程照客途中。」《桃花隖弔唐六如》云：「綺夢删除半偈成，轉因畫筆掩平生。千金力却驕王騁，一第空邀國士榮。風月佯狂原世忌，英雄末路以才名。問誰曠代推知己，終古桃花識此情。」《理安僧月楂過訪》二絶句云：「雪泥十載留南澗，魂夢今猶往復回。轉怪白雲閒不得，無心飛過海天來。」「智公三絶儘堪誇，白足談禪結習賒。相約楓江尋野衲，謂余不信有梅花。時約同訪覺阿。」俱佳。

客歲，張春水丈澹以徐君月坡《東崦草堂圖》屬爲題詞，心識其人。東崦在光福鎮界青芝、鄧尉間，早春探梅，境亦幽絶。吾鄉黄霽青、徐惺庵兩先生嘗過其新居，流連詩酒，興復不淺。鄙人詩故有「聞説幾回開雅集，題襟遲我泊輕航」之句。日昨春水攜示月坡新刻《東崦草堂詩鈔》，因録其《自笑》云：「自笑謀生拙，蹉跎四十秋。質衣搜古籍，沽酒欵名流。花月平生癖，江湖汗漫游。焦桐聊遣興，撫軫不知愁。」《將之滬城》云：「作客原非計，艱難八口家。飢寒疎骨肉，衰病尚天涯。壯志三更夢，驚心兩鬢華。何如歸學圃，帶雨自鋤瓜。」《拈花禪寺爲朱買臣故宅》云：「蘿屋松門曲徑通，負薪人去翠微中。恩讎富貴俱消歇，祇見斜陽照寺紅。」《招春水探梅》云：「書來有約須三日，盼望停雲奈若何。莫遣寒香零落了，江樓今夜笛聲多。」月坡又輯有《光福志》。

同邑唐益子員居聞湖濱，工詩，著有《石帆閣集》。又精醫，出計壽喬先生楠門下。頃介曦伯寄示近作。録其《月夜有懷》云：「蟲語晚風急，桐陰生夜涼。迢遥望銀漢，清輝照茅堂。征雁飛孤月，秋花點薄霜。伊人夜不寐，清課一燈忙。」《舜湖舟中》云：「帆影如飛去未停，不妨舟小似蜻蜓。趁墟人走三叉路，落日鴉棲八角亭。烟弄晚晴湖面白，草舒冬暖岸頭青。柳邊燈火遥相待，知是誰家門未扃？」《偶成》云：「坐依林下寂無譁，手把《黄庭》到日斜。風定一鑪烟穗直，數聲啄木墮松花。」

城西鄭蘭坡耀祖，年才弱冠，無他嗜好，喜讀書，手不釋卷。結交多老蒼，爲紈袴子弟所難。尤躭韵語，斐然可誦。録其《初秋夜酌》云：「積雨驅殘暑，花陰獨泛杯。蟲聲呼月出，雁陣帶秋來。米賤禾將熟，風香桂漸開。南窗聊自適，得句不須催。」《蠟梅》云：「一翦寒花插短瓶，宫黄半額影亭亭。新糊紙閣無風到，晴日半窗寫道經。」

蘭坡仲弟嬾雲光祖，年尤少，詩已成帙。嘗以運漕北行，流連名勝，不乏佳構。《夜過淮城》云：「千家夢静寂無聲，寒柝敲殘月二更。兩岸怪禽啼不住，輕帆如箭過淮城。」《江口》云：「瓜洲城外晚烟浮，揚子江邊水亂流。兩岸柳絲摇落盡，可憐風景是殘秋。」

李静軒鈞與蘭坡昆仲同運四明漕船，年與嬾雲相若，詩亦清摯。余最愛其《泣題先慈遺像》一律云：「六歲抛兒去，十年徒苦思。形容猶昔日，撫育悴當時。見貌心先痛，知恩報已遲。空餘遺像在，瞻拜涙如絲。」

陳心泉丈基居吾禾之清池里，工篆刻，師鬵石農。嘗作《泉石怡情圖》，其嗣君友山司馬祖廉介遠香屬爲題句，得一披覽。圖爲周于邰封所作，上題云：「緑玉壺天寄此身，嬾將高躅染風塵。泉聲洗出清涼界，綺陌如荼不是春。」甚佳。更録張叔未丈次首云：「鐫華一卷紫雲濃，硬筆能師鬵石農。《史籀》相承真本在，可能移櫂話從容。」此專指篆刻而言。友山好藏古硯，多精品，仿前明李太僕例，顔其室曰「小六硯齋」，遠香爲之記。

遠香攜示桐鄉馬蘅垞茂才蘭芬詩，七古神似眉山，餘體亦清峭可喜。青年媚學，所到正未可測。

兹録其《送岳蓉村歸梅涇》云：「西風冷羅幌，素雪明窗紙。有客賦曰歸，舟已前溪艤。同心二三人，各有離愁起。留君度殘年，相聚聊可喜。消寒鬭酒兵，咏雪吟禁體。塗糟醉司命，祭詩酌清醴。何以欲揚舲，歸心急於水。前溪梅花開，送君暗香裏。」《珠村紀事》云：「野梅花落點蒼苔，臨水柴門扃不開。忽聽牆陰輕點屐，有人冒雨送詩來。」其二「枕溪水閣認蘋香，今日重來心暗傷。坐我舊時讀書處，半簾月色太荒涼。」其二其它斷句，五言《雪夜小集》云：「夜燈欺影瘦，艷雪戰詩酣。」「消寒傾竹葉，拚醉爲梅花。」七言《無題》云：「調翻銀甲鵾絃澀，淚滴銅荷鳳蠟凝。」「鬭草佯輸羞擊腕，評花最愛是同心。」「銀箏勸酒揮纖甲，金扇泥人寫秘辛。」俱佳。蘅垞居烏青鎮，著有《青溪一曲樓集》。

張兩杉光裕亦桐鄉人，居後珠村，蓼蘆丈千里嗣君也。著有《紫荷花榭小草》。詩本庭訓，雅有家風。録其《曉過汾湖》云：「曉望湖光十里遥，布帆無恙過輕橈。漁家早起閒無事，拋却寒罾曬野橋。」《題馬静峰丈秋窗聽織圖》云：「一篝燈火暗疎寮，如水秋光着意描。軋軋機聲聽不得，有人和淚話深宵。」「碌碡霜濃秋氣清，梧桐庭院夜涼生。空階落葉無人掃，愁聽蕭蕭促織聲。」斷句如「多愁因作客，有酒願爲仙。」「酒將愁並下，扇與月俱圓。」「黠鼠搬薑愁腹儉，凍蠅鑽紙出頭遲。」「竹葉鳴風敲易碎，梅花邀月寫偏真。」亦可誦也。

憶數年前，嘗一傾蓋，有錢丈牖雲者，許以詩藁見示。别後落落，未通音問。日昨柿林程翁小伊以短箋數葉寄閲，蓋牖雲詩也。云已歸道山矣，爲之愴然。始悉牖老名棟，於吟咏外，兼工六法。所居東禪寺村，地極幽僻，蒔花藝竹，不與外事。子焯三，諸生，能讀父書。庭課餘暇，閒有倡和。兹録其《種菊寄小伊》云：「箍瓦分盆手自栽，幾番辛苦得花開。一秋祇合高人賞，三徑應無俗客來。顧影漫愁如我瘦，耐寒原不畏霜摧。經冬莫謂蕭條甚，灌水添泥更護荄。」《探梅》云：「村路彎環曲復斜，探梅乘興到鄰家。遥知竹外一枝放，聞得清香不見花。」《游道場山》云：「蕭條古刹客來稀，修竹疎疎颭夕暉。清磬一聲人不見，白雲如絮滿山飛。」

以《青溪一曲樓集》寄歸蘅坨，數日又以同里周朗亭官勳《深柳讀書堂稿》郵示。聞其年才弱冠，刻苦吟詩，已多長者之譽。集中詩以七絶爲最。兹録其《詠水仙》云：「洛濱神女態清妍，羅襪凌波絶可憐。昨夜水晶簾未卷，有人和月弄冰絃。」《白秋海棠》云：「素質盈盈傍粉牆，西風庭院正新涼。夜深明月摇秋影，背着銀燈暗斷腸。」《楊花》云：「未見開時見落時，一番飄泊有誰知。可憐化到浮萍日，猶絆行舟怨别離。」《採菱》云：「妾家生小住湖邊，只種湖菱不種蓮。菱角心甜蓮子苦，勸郎莫上採蓮船。」《落梅》云：「春光又是斷腸時，羌笛無情次第吹。寄語師雄休入夢，美人已嫁莫相思。」

舟行見帆檣在樹杪，蓋船在隔堤行也。三吴水鄉每多此景，惜無人道出。近蘅坨以嚴笠溪茂才錦《蘅香館詩》見示，中有《鴛湖歸舟》詩云：「抛書欲睡夢還驚，半是風聲半雨聲。一幅布帆飛樹杪，始知船在隔溪行。」真先得我心矣。更録其《題畫》云：「枯蓼一枝瘦，遥山半角低。秋聲不知處，黄葉滿橋西。」《消夏詞》云：「新製蕉衫稱體裁，松棚低處立蒼苔。緑陰障得天無縫，不放斜陽一線來。」其它斷句，如「疎燈人話漁家市，夜雨鐘聲佛子樓。」「月來窗紙生虚白，風過瓶花墮碎紅。」「老梅與我一般瘦，明月伴人五夜寒。」「寄友常將詩代簡，看山惟與鶴同船。」「笛聲吹落高樓月，花氣招來隔院風。」

亦佳。

蘅坨又以何君纕穀毓芳小傳並其《秋芬館遺稿》寄示。憐其化隨泡影，詩賸吉光，屬采數言，以表幽隱。録其《對月有感》云：「一片高樓月，今宵分外明。世情緣病減，詩骨入秋清。」別思烟波渺，孤雲河漢横。雄心磨不盡，倚劍坐深更。」《秋日即事次費曉樓韵》云：「蕭蕭疎柳暮烟浮，一笛西風動客愁。正是蟹肥村酒熟，蓼花紅上釣船秋。」斷句《西湖雨中》云：「僧尋山寺衝烟去，客上湖樓看雨來。」《有感》云：「貧後偏多閒歲月，病中添得睡工夫。」《白蓮禪院》云：「半壁梅花留古畫，一潭秋水印禪心。」《病中》云：「藥能利病應忘苦，薺可充腸便覺甘。」俱佳。纕穀居烏戍之南郊，家號素封，重然諾，尚氣節。往時，郭復翁、葉改吟諸老皆曾延攬。後得肺疾，累年不瘳，家亦日落。詩稿頗富，多散失，蘅坨爲收拾之。

青溪嚴笛舟茂才紛，笠溪弟也。亦嗜韵語，住兩頭屋，分一窗鐙。蘅坨又以所作近詩見示，録其《雨窗遣興》云：「緑陰濃後惜紅疎，石髮紆迴上草廬。宿醉隔宵如病起，暮春久雨似秋初。未開蔣氏三條徑，且飽庾郎半畝蔬。書課餘閒休負却，藥苗階下手親鋤。」其他斷句，《夜坐》云：「風過竹先受，月來人不知。」《春草》云：「踏青舊地迷陳迹，澆酒平原弔故人。」《冬夜》云：「客夢不離燈影畔，詩愁例在雨聲中。」《偶成》云：「竹能位置横斜意，花爲安排次第春。」俱佳。

與岳君蓉村昭愷別一載矣，近以尊甫小坡丈廷枋《醉六居遺稿》寄示。小坡兩割股療親疾，本至性，爲真詩，不當僅以詞人目之也。録其《溪口夜步》云：「幽人夜未眠，興來每孤往。夜静遠鐘微，深林樵斧響。棲鳥時一驚，前溪明月上。」《荒苔》云：「一徑春深人跡稀，落花飛絮自相依。經年蠟屐何曾到，賸有秋來瘦蝶飛。」斷句《暮春小集》云：「婪尾酒多參玉版，槎頭魚好試銀刀。」《題王香蘅詩集》云：「杜陵老去能青眼，彭澤歸來有素心。」《穀貴》云：「窮到無錢還結客，狂來有淚肯沾衣。」亦佳。小坡配朱氏淑珠，著有《德隱樓詩稿》。録其《梅魂》云：「孤山分得幾枝梅，料峭寒風昨夜開。應是羅浮清夢在，半簾明月美人來。」更録蓉村《觴菊》云：「壽客詩人併一庭，四圍涼影自亭亭。今宵邀月同花醉，醉倒東籬不要醒。」《寄懷湯乘庵》云：「思君不見幾徘徊，旅館頻驚歲月催。溪上梅花開也未，殷勤好寄一枝來。」

蓉村又寄示亡友施聽泉兆壬遺詩數紙，屬采數語，以存其人。予最愛其《題畫梔子芭蕉》云：「客到牖林禪是友，風生涼簟扇爲仙。」殊佳。著有《職思其居稿》。

朗亭寄示錢君少樵《環翠軒吟稿》，録其《病起探梅》云：「惜花早起怯春寒，已落猶開一朵殘。深謝東皇解憐惜，多情留與病人看。」《環翠軒》云：「楊柳枝枝隔水斜，緑陰深鎖野人家。一雙燕子忽驚去，飛落野田蕎麥花。」他句如《秋夜舟中》云：「虎跡千山月，漁燈數點秋。」《秋夕小坐》云：「明月淡於水，秋風涼到門。」《梅魂》云：「藐姑化去春無恙，倩女招來月有痕。」《野望》云：「千家曉色青楊柳，一夜春風紅海棠。」俱佳。少樵名德基，居震澤之蓮花涇。今年以避水，小住禾中。先蒙見過，少年醇謹士也。

吴江張春水丈近客上海，每過吾郡，必來見訪。所著《風雨茅堂集》，長謡短詠，殊極宏富。頃讀近作，録其《題李子木畫梅》云：「寒消九九入新圖，家法營丘得遠模。憶否同堂談畫夜，小梅花底置風爐。」殊清絶也。

平湖時祉卿元熙以《空山鼓琴圖》屬題。旋以詩見酬，雅韻清聲，妙合琴德。因索其近稿讀之。《客夜有懷》云：「清飈振林木，脱葉響空廊。琴滌秋心潔，燈摇客夢涼。亂蛩催曉月，斷雁警新霜。遥憶江關路，離愁赴渺茫。」《冬夜不寐》云：「松窗燈火耿餘光，檐鐵聲中漏點長。葉戰疎林三徑雨，夢寒孤枕一天霜。漫親毫素吟偏苦，久謝絲桐譜亦亡。慚愧塵襟未湔滌，欲皈島佛爇爐香。」

郁荻橋丈載瑛亦平湖人。工駢體文，爲朱小雲觀察所賞。著有《味雪齋集》。《送蔣楚亭歸上元》云：「歸舟臨發又停橈，重寫詩篇慰寂寥。最是離愁消不得，燈昏酒冷聽寒潮。」「野風颯颯斷雲低，草白沙寒去夢迷。烟樹接天帆影遠，暮猿啼過秣陵西。」

蘭隱女史徵，荻橋女弟也。性孝，父病垂危，剜臂肉煎湯進之，病尋瘳。女紅外，兼好吟詠，寫墨蘭亦有致。適同里馮君雲端。卒年三十有四。著有《吟香閣詩鈔》，乍浦沈浪仙采入《滄海珠編》。録其《枕上》云：「斜月穿林夜色凄，參差花影玉堦迷。飛來涼笛知何處，詩夢如烟墮水西。」

金山錢錫之司馬熙祚，一字雪枝。少著才望，長敦行誼。所輯《守山閣叢書》，蒐羅美富，校讎精萃，儀徵相國序之。又有《珠叢别録》、《指海》等書，俱行於世。以需次京邸，年四十餘卒，遠近惜之。著有《守山閣賸稿》。君弟叔保熙哲頃以寄示。録其《滕縣》云：「驅車渡瀞水，緩轡過滕陽。古廟依城角，殘碑立道旁。偏隅錯邾薛，好禮勝齊梁。俗尚知崇儉，都無時世粧。」《韓蘄王祠和張嘯山文虎作》

云：「祠宇蒼涼佛火紅，威靈猶鎮大江東。千艘早計長鯨戮，一夕何期老鸛通。南渡江山沉醉夢，西湖風月困英雄。只今回首黄天蕩，腸斷游人説戰功。」《西湖雜詩》云：「清游最好薄晴天，天竺雲林佛國連。行盡修篁不知路，一聲松鼠竄蒼烟。」

城東郭止亭承勳，少嘗問詩於曹種水丈。種水言，學詩者須耐三千盞瓦鐙，則成矣。止亭近以家累，詩不多作。嘗爲示手箋，録其《題郭藕鄉問津圖》云：「夾岸桃花樹，中流春水船。不知林盡處，可是洞中天。陶令原游戲，漁郎亦偶然。津頭如許到，爲報太平年。」《吴門道中》云：「旬日吴門去復還，扁舟又過太湖灣。忽逢村落知通市，行盡人家見遠山。」

秀水徐柳堂丈步蟾以《春草》詩得名，和者數十家，人呼「徐春草」。近晤其子青田汝鶴，始得卒讀。詩云：「低拂平堤露淺根，望窮南浦黯消魂。馬嘶金勒迷官道，人曳青衫弔墓門。小館夢餘懷謝客，空江日落憶王孫。東風不管傷心事，處處荒烟没燒痕。」

曹海槎丈大經，邑之梅涇人，年近七十矣。工詩，善書，又精篆刻。近介岳君蓉村以積稿寄示。知其有三丈夫子，俱早世，僅一遺腹孤孫，煢煢相弔。其次君名涵者，與余同歲，補學官弟子，年僅弱冠，卒，今已二十稔。無論玉溪生官不列朝籍，即東野貧亦勝於長吉夭矣。今爲老人録詩數首，不禁有今昔之感。《秋夜》云：「年華看逝水，風雨過重陽。歲儉謀生拙，愁多覺夜長。孤燈摇破壁，敗葉走空廊。何處征鴻度，棲棲覓稻粱。」《初夏小病漫書》云：「衆花落盡長春蕪，櫻筍厨荒事藥爐。人老怕經新節序，身閒賴有病工夫。紅蠶葉盡新成繭，紫燕巢乾欲試雛。永晝無聊詩卷廢，倩誰壁寫卧游圖。」

《哭涵兒》云：「何處披雲問彼蒼，蘭芽竟萎未秋霜。童烏譽早原非福，健驥程摧倍可傷。怕撿遺文封故篋，强收痛淚對高堂。青衿入畫還餘恨，芹藻搴來兩載香。」《過垂虹》云：「岸花送客亂飛紅，回首江南烟雨中。笠澤群山青未了，漁歌聲裏過垂虹。」《偶成》云：「蓮花高館緑池塘，一枕游仙一扇涼。可信泥塗田水熟，鋤禾當午汗如漿。」《除夕》云：「歲除又見燭花紅，門徑荒涼廢送窮。三尺童孫兩孀婦，不知門外有春風。」

新坊鎮一名平林，在嘉興治東二十里。近得沈君春鄂_標一人。春鄂著有《八詠樓稿》，介似庵屬爲點定，因得細讀一過。録其《西湖雜詩》云：「蘇小墳前野草春，餘杭客愛説鄉親。我來莫道無相識，却認梅花作故人。」《和陸秋平栽菊》云：「家住江南黄葉村，菊花滿徑酒盈樽。吟懷差勝潘邠老，胥史催租未到門。」《胥江道中》云：「田田蓮葉緑初平，萬頃波中一櫂行。可惜荷花還未放，先將風雨作秋聲。」

華亭胡省庵先生_{維鐘}，吾友小樵_遠大父也。生平著作甚富，多散失，維《北游草》一册殊完好。小樵屬爲題詞，因録其《曉出狼山》，云：「曉出懷安道，明星漸欲稀。萬山迎馬立，一雁破霜飛。野曠寒侵骨，天高風裂衣。荒村只羶肉，藉以療晨飢。」《感懷和二兄》云：「猶憶連牀話未休，慈顔仍似去年不？枕長被大迢迢夢，草白雲黄黯黯秋。安得抽帆歸歇浦，便勝騎鶴上揚州。共承菽水歡何極，一埽從前旅邸愁。」《秋雨和胡恒如》云：「空階點滴幾時停，隱隱遥山霧作屏。鄉思欲隨秋共至，旅懷偏在夢初醒。雁飛平野雲迷路，風埽疎林葉滿庭。回首江南垂釣侶，緑蓑青笠蓼花汀。」《買劍》云：「千金買一劍，萬里伴征鞍。俠客知誰是，匆匆欲贈難。」小樵擅畫山水，寫梅尤超妙。

數年前，有友人攜拙稿至武林，歸附題詞一首，爲山陽薛君伴梅江作，心識其人而已。頃於《北游草》中見其一詩，亦佳：「匹馬趨戎幕，書生抱俠腸。萬山延漢月，一劍躍邊霜。詩老頭顱白，秋高草木黄。中宵摩鐵笛，遮莫聽《伊涼》。」小樵言伴梅官衛千户，曾偕過訪不值。今督運北行，歸時當相見也。

九月二十五日，城東方蓮卿郡丞維祺折簡招賞奇石。石高四尺餘，爲高江村先生故物，玲瓏夭矯，與里中徐太僕祠舞蛟石相類。予名之曰「騰蛟」，作長句紀之。云：「雷鞭一夜驅風雨，南山奇石化龍去。何年飛在東海頭，潛藏幽壑幾百秋。江村侍郎具米癖，上拱高齋肅袍笏。墨池中共老螭蟠，變幻雲烟入椽筆。金鰲退食歸未遲，清門猶照東湖湄。文光應尚射奎宿，怪貌何處覘鍾馗。文星、鍾馗二石俱高氏藏物，見張錫爵《吾友于齋續集》。此石雲礽猶世守，得而寶之自吾友。山窗羅列彝鼎間，兀立昂藏讓石叟。今辰招我下拜來，入門先已驚崔嵬。瘦蛟搏舞正相似，脱口贊歎無遲回。君不見，艮嶽綱遺一拳石，舞蛟石，花石綱所遺。霧隱千年冏卿宅。墨雲飛到共此鄉，始識連城有雙璧。君今六法書名標，飛騰有兆凌紫霄。聖朝文字慶遭際，會看繭紙珍龍跳。」蓮卿藏金石甚夥，有周三家彝、魯矦角，俱見阮氏《積古齋款識》，三家彝又采入郡志。去年又得周師趛鼎，大與焦山鼎埒，向藏無錫秦氏，希世珍也。鄙人俱有詩，存二稿中。蓮卿師事錢塘高爽泉丈塏，得其書法。近復究心褚、歐諸家，駸駸日上。詩不多作，清穩可誦。其《自題魯矦角》二詩已勒石，亟録於此。云：「一角當筵立，蒼然古色鮮。得名珍益重，少杜倒適便。置酒承歡樂，分題索雅聯。形模存秉禮，什襲要無愆。」其二「寶器勝奇書，求之豈易歟？景純曾拂拭，向爲郭氏所藏。東野藉吹噓。爲孟熙山丈作緣。金石緣應合，岑苔誼不虚。攜來伴甌椀，清賞足吾廬。」

甪里朱麗天霞以韓康術賣藥乍浦，以故居同鄉井，初未相見也。近以所刻《享帚山房吟稿》見示。《自題烟雨幽篁》云：「雨韵烟姿鬱不開，遠山隱見水瀠回。此中大有幽深處，待箇瓜皮艇子來。」《題沈石香畫蘭》云：「亦因不入時人眼，塵海何勞覓賞音。獨寫芳馨贈同契，墨花如雨潤孤琴。」俱佳。

陳小邱新居郡之北郭，釀酒爲業。善詼諧，作游戲詩，爲時所稱。然其所著《杏花村肆集》，清和雅正，非打油、釘鉸比也。《木屐》云：「攜歸從此任晴昏，托足欣看吾道存。碎踏秋聲聞葉響，輕黏冷色破苔痕。春來須避花當路，雨後先知客到門。只作尋常沽酒料，一生幾兩且休倫。」《送張松舟》云：「好向尊前醉莫醒，人生聚散等浮萍。明朝便是他鄉客，寂寞長亭更短亭。」《西湖春柳》云：「微茫千樹俯清流，西子西湖比有由。却似浣紗人早起，青絲撩亂未梳頭。」年四十餘，以酒病卒。稿本想無存矣。

苕上費曉樓丹旭，於繪事無不工，尤神於寫真。所作仕女，姿態妖冶，霧鬢風鬟，罕有其匹。近作諸侯賓客倒屣相迎，鬻金而返。嘗録小詩見示。《丁巳九月武林寓齋漫興》云：「佳辰已放等閒過，夢遠秋聲奈别何。鏡裏鬚眉愁易改，客中風雨夜偏多。尋芳且喜聯裙屐，補屋知難隱薜蘿。不少卅年浪遊迹，邵教一例付蹉跎。」《孤山探梅第二圖》云：「路近孤山第幾橋，横斜影裏便停橈。寒深水閣花還瘦，凍膌籬根雪未消。壁上墨痕詩歷歷，天邊人遠夢迢迢。畫圖輸與花光老，鐵幹冰枝着意描。」

海鹽張雲槎道士，七旬杖履，翛然靈光。予於前卷曾采其斷句，雲老不知也。近介硯虹録寄近體詩數首。《清涼寺》云：「萬竹四山秋，清涼一寺收。天花飛講席，海月上層樓。境僻人稀至，林高鶴遠投。下方塵滾滾，欲去迥含愁。」《重過陳山寺》云：「憶昔尋僧結静緣，禪房花木致便娟。而今却話三年别，古樹寒鴉一惘然。」其它斷句，如「浮名付高枕，時事且銜杯。」「潮來風撼榻，月上水明樓。」「人生先後客，物候短長年。」「疎花香卸三更雨，敗葉聲乾五夜風。」「滿院幽香焚柏子，半庭明月浸梨花。」「一年酒戒因寒破，半夜詩魔得句降。」俱佳。

雲老弟子朱文江華，亦工山水。近住乍浦天后宫，苦行清修，課徒自給，遠近重之。録其《春柳次韵》云：「小蠻學舞不勝憐，萬種愁絲欲化烟。走馬堤前風陣陣，聽鸝館外雨緜緜。能將青眼窺行客，豈藉黄金媚少年。終古暮鴉棲宿穩，有人指點夕陽邊。」

賀鏡湖師章亦住海鹽城隍廟，雲老徒孫也，並工韵語。録其《吾笏山比部招游管山草廬不果往》，云：「管山草廬多植梅，管山主人昨日來。邀我明朝看梅去，聯屐白雲最深處。畫梅道人趙王孫，謂陵洲。亦招之去同討論。此事由來須眼福，千樹玲瓏綴香玉。謂我莫負此芳辰，同舟更有長眉人。謂叔未。梅始花兮春未暖，欲起不起更遲緩。日三竿兮我尚眠，諸公已到管山巔。」

《錐庵筆記》云：「陳坤字敷仲，號紫卿。秀水人，居聞川。少孤，力學，嗜詩。工畫，山水師張瓜田，花卉近玉几，寫梅類冬心翁。近得咯血疾卒，年僅二十有五，同輩惜之。」頃見其《清娱閣詩草》，清倩可誦。《春日同錐庵禄卿過壽生寺》云：「細徑通禪寺，精廬傍水鄉。溪花含雨媚，池竹度風涼。雲牖參禪味，松廊煮茗嘗。胸中塵慮净，銷盡一爐香。」《初夏》云：「村居初夏似新秋，日嫩風恬宿雨收。一院碧陰涼似水，試飛雛燕立簾鈎。」《雁湖秋望同嘯溪作》云：「沿溪散策夕陽時，蒼莽胸懷總入詩。行處忽驚秋已老，一堤殘柳不成絲。」

（吴忱、張宇超點校）

柳隱叢譚

柳隱叢譚提要

《柳隱叢譚》六卷，據咸豐二年刊本點校。于源生平見《燈窗瑣話》提要。此書有四卷本、五卷本及六卷本，乃繼《瑣話》而作。楊峴序署咸豐二年，謂「君顧以拙詩預卷末」云云，其詩録在卷四，則所見尚是道光三十年庚戌刊行之四卷本耳。楊序又實録一粟廬，「地不數武，而几席精雅，紙窗晶瑩，壁間圖書金石氣」；自記亦有「寒月在窗，夜静如水，瓶中黄梅，嫣如欲笑」等語（卷一），與所録之人、之詩清雅同趣。頗有直言漁洋、隨園者。推崇漁洋自不待言，録鄭耀祖見懷詩有句「詩派繼漁洋」，弟子詩有得漁洋神味者，即辭謝不敏，「無能爲役」（卷三）。於隨園或有俗嫌，所謂「自拼不入儒林傳，只好裙邊署姓名」（卷二録秀水陸鑽《讀小倉山房集》詩句。）然終能識其大。人有譽其《鐙窗瑣話》與《漁洋詩話》、《隨園詩話》鼎足爲三，即欣然自得，此雖較《静志居》、《南野堂》之比爲近，實皆不免稍過。所録包世臣題其《南湖柳隱圖》詩、黄爵滋次韵見酬詩，略關交遊，詩亦甚佳，可補兩家之遺。又記錢塘孫元培注彭兆蓀《小謨觴館集》，而版毁於火，孫注今存。辛伯亦喜詞，《叢譚》録詞作較《瑣話》大增，幾可曰「詩詞話」矣。

柳隱叢譚序

歲辛丑里居，奚君榆樓眎余《鴛水聯吟集》，皆嘉興名作，于君辛伯執牛耳，始知君風雅士。庚戌客乍浦，沈君浪仙又數數口君名，心愈艷之，然不果訪。今年福安李薌園師令嘉興，余客縣齋，君灑然來，一揖後，不暇致寒暄，袖出《一粟廬詩》四卷、《鐙窗瑣話》十卷貽余。讀其詩，奇肆而有秀潤之色。《瑣話》取材富而持選精，必傳無疑，然後信奚、沈二君不余欺也。越日，訪君草堂，地不數武，而几席精雅，斜日射紙窗，晶瑩如玻璃，照見壁間圖書，燦燦金石氣。君指亂堆中《柳隱叢譚》，謂余曰：「此《瑣話》之繼也，刻將竟而未有序，請屬子。」余唯唯。因念弱冠時，爲《寓庸齋詩話》。同調商榷，夜漏三四下，童僕倦盹，頭觸柱有聲，池邊水鳥，拍拍驚起，相與撫掌狂笑以爲樂。曾不數年，逡巡散去。余亦治漢儒經學，不復拈韵語，曩舉頓廢。君獨肆力不紛，裒然成書，摯篇什之散棄，揚名流之芳聲，文獻有取，於兹在矣。抑又惑焉。夫山珍海錯，奇臭異味，必不雜蔬菜登盤；縉紳先生，高冠博帶，必不招野人講禮。君顧以拙詩預卷末，得毋「貂不足，狗尾續」之誚乎？懸筆書此，有汗泚然。時咸豐壬子冬十有一月，歸安楊峴拜識。

柳隱叢譚卷一

秀水于源辛伯

國初名人以圖畫傳者，朱竹垞《小長蘆釣魚師圖》、王漁洋《歸舫載書圖》、陳伽陵《填詞圖》、李秋錦《灌園圖》，其尤著也。近則村夫俗子都作一行看子，紛乞吟咏，徒取人厭。隨園故有「題圖詩不存」之語。鄙人嘗作《南湖柳隱圖》，三吴知名之士，半有題句，裒然成册，雖未能追踪前賢，要不至貽譏傖父。兹摘幾家，以見一斑，惜卷隘不能盡登耳。長洲褚仙根明經逢椿五律云：「濃翠挹清襟，南湖柳色深。書堂不可見，溪水一相尋。聞説風潭上，時還拂素琴。樓臺亦詩品，誰寫入林心。」滿洲觀葦杭明府成五律云：「烟雨層樓外，依依望欲仙。胸隨湖並闊，人與柳同眠。村郭欣兼半，形神羡獨全。水邊千縷碧，生不傍離筵。」長洲施君珊茂才澐七絶云：「一樓烟雨盪輕波，中有詩人載酒過。築個漁莊此間住，醉敲銅斗和高歌。」其一。「直北孤亭按落帆，滿湖空翠嫩烟嵌。聽鶯愛擘雙柑坐，罨地濃陰上碧衫。」其二。「蘇小南齊好卜鄰，《吴地記》：蘇小墓在嘉興縣前。「柳色春藏蘇小家」，樂天句。全家如占武林春。莫教誤唤烟波叟，此是靈和殿裏人。」其三。「棹歌朱十最風流，二百年來孰唱酬。從此鴛鴦三十六，爲君飛去更回頭。」其四。嘉善錢萍矼農部寶青七絶云：「生涯且自問烟波，淡淡湖光碧似羅。要賦劉安招隱曲，雨條風絮奈君何。」其一。「緑陰深處狎盟鷗，小築吟廬許逗留。烟景好教回首憶，蕭蕭秃筆畫疎秋。」其二。「折枝寫入灞橋春，却似枌榆故社情。纔唱《陽關》第三弄，便應誤作棹歌聲。」其三。「蟹行橋畔日初斜，棖觸離懷到酒家。十里緇塵儂去後，樓臺烟雨總天涯。」其四。時萍矼方入都，詩兼留別，河干折柳，離思紛然矣。吴江楊辛甫廣文秉桂七絶云：「遠山如畫隔長堤，春水方生漲緑漪。時有鳴榔出烟外，棹歌聲裏雨絲絲。」丹徒嚴問樵太史保庸七絶云：「滿堤柳影碧如流，紅葉青萍相映秋。爲有故人此中住，幾番打槳到湖頭。」其一。「一尊相與坐苔磯，如畫溪光對竹扉。好句聯成忘日暮，滿頭蒙得柳花歸。」其二。烏程孫愈愚明經燮七絶云：「一條水隔世間埃，柳浪高高翠作堆。不比桃花紅太艷，引他俗子問津來。」嘉善謝石雲大令宇澄七絶云：「柳枝浮翠滿晴壖，欲訪幽棲向水邊。聽到讀書聲起處，草堂只隔一重烟。」嘉善黄霽青太守師安濤七絶云：「烟波深處四無鄰，占斷鰲磯一角春。閒向東風呪飛絮，莫教吹落馬頭塵。」其一。「有時打槳盪微瀾，一領紅衣入畫看。新署頭銜漁處士，隨身書卷與綸竿。」其二。「湖堤平水樹含烟，記我曾來訪戴船。熟客不須鷗鷺導，一絲風裏到門前。」其三。倚聲尤多佳構。再録震澤唐菱伯布衣壽萼《邁陂塘》云：「記翩翩、華年慘緑，南湖曾訪漁隱。重來已是闌干壞，何況倚闌人影。寒一鏡，算照盡、紅衣又照青衫冷。憑君管領。這曲曲烟波，年年花月，佳約鷺鷗訂。　　尋秋晚，衰柳昏鴉弄暝。客懷無那淒緊。錦屏紅燭挏羊讌，料與勞人無分。風雪迴，喜煨芋、開爐一粟廬還近。明年芳訊。願湖上垂楊，更迴青眼，遲我理烟艇。」吴江郭少蓮茂才枏《臺城路》二首云：「東風吹得春潮長，絲楊緑垂千縷。嫩色藏鴉，輕烟鎖岸，好景南湖深處。主人此住。正招隱裁詩，閒居成賦。世外交游，漁兄漁弟共來去。　　柴門如在畫裏，羨書倉坐擁，兼富佳著。挈鷺提鷗，分題選韵，長作騷壇盟主。先生倘許。願青眼同垂，算爲吟侶。更擬挐舟，北窗來聽雨。」其一。「儂家舊向汾湖住，湖中亦多佳景。漁唱邀涼，鶯啼送曉，助我吟情詩興。水窗偶憑。見沙鳥依人，野航泛影。嫩柳垂絲，晚風吹起落烟暝。　移家今已卅載，嘆萍踪未定，鷗夢多泠。一片烟波，三間老屋，不省誰爲管領。私心自忖。欲拋去團瓢，換來漁艇。捕蟹撈蝦，共君湖上隱。」嘉興沈匏盧觀察濤《夢橫塘》云：「結盟鷗外選夢鶯邊，絲絲烟柳拖碧。樹裏湖光，正一片、空明塵隔。新緑珍珍，畫闌低罥，翠陰如織。聽漁莊蟹舍，兩岸歌聲，須驚起、狂吟客。　頻年倚馬斜陽，悵輕拋白苧，村回雲合。卅六鴛鴦，應喚到、小名猶識。問誰寫、眉痕似黛，染得波心鏡紋濕。認取彎環，遥知門處，待閑來停檝。」華亭張嘯峰司訓鴻卓《摸魚兒》云：「緑濛濛水容烟態，和秋涼入鷗夢。蘭橈憶泛南湖艇，影入絲楊無縫。開玉甕，但斗酒、聽鸝少個詩人共。温涼互送。又勞我懷人，慳君識面，葭末露華重。　吟樓迥，半榻圖書坐擁。人間青紫何用。翠雲團護先生宅，千載柴桑伯仲。新句諷，倘許扣、雙扉那敢輕題鳳。西風暗動。笑儂只宜秋，柳陂水榭，添把藕花種。」嘯峰有《藕花深處填詞圖》，故有末句。吴江陳夢琴明經希恕《買陂塘》云：「占湖干、幾間茅屋，先生門外栽柳。萬紅塵軟飛難到，清絶藥瓢茶臼。烟雨後，算緫緑、惺忪催得詞成驟。村醪熟否？更菱角堆盤，蝦羹煮釜，風味莫孤負。　名流盛，直恁此邦明秀。騷壇衹合低首。人間多少金貂客，輸與鷗盟依舊。延訪久，怕一抹、濃陰無處尋溪口。扁舟買就。判繫纜橋邊，攀條堤上，攜取故人手。」吴江仲子湘茂才湘《邁陂塘》云：「傍垂楊、更臨流水，數椽廬舍誰築。軟紅十丈飛難到，門外週遭濃緑。鄰早卜，愛織葦、搴蘿半是漁家屋。耽幽厭俗。便弄絮詞成，攀條賦就，未要世人讀。　烟波隔，笑我勞生魚鹿。鷗邊曾未徵逐。明年柳上春風動，一舸定尋芳躅。看尺幅，算似此、湖名只合騷人屬。詩盟酒局。莫驚起鴛鴦，碧愔愔裏，雙睡夢初熟。」嘉興馬淡于明經汾《青玉案》云：「一湖澄碧環烟墅，更風柳，絲絲舞。著個幽人耽隱住。静知魚樂，暇尋鷗侣，吹笛撑船去。　遥山幾叠江天暮，看畫出，芳洲路。我若來時君見否？償還詩債，買添漁具，閒把叢書著。」往乞淡丈題詞，久不就，敦促經歲，始以見付，故有「償還詩債」之句。今年丈所著《耨雲軒遺稿》刊成，不知是何人删削，此詞竟失載。然如「吹笛撑船」，集中亦不易得也。吴江趙静香刑部筠《清平樂》云：「金風亭長，欸乃傳漁唱。今日風流誰嗣響，料理露篷烟槳。　似聞鴛水詩盟，依然儔侣清聲。商略雙柑斗酒，緑楊深處聽鶯。」平湖楊酉麓孝廉懋麐《采桑子》云：「垂楊影裏成壺隱，烟月春湖。風月秋湖，奚必浮家算釣徒。　艣聲摇破尋詩夢，我住東湖。君住南湖，唤起閒鷗認得無？」方外、閨秀，亦多題句，以武原道士張雲槎謙四絶爲佳：「幾樹垂楊覆草廬，幽棲湖上勝山居。新枝莫被行人折，留貫春波錦帶魚。」其一。「烟雨樓前景色饒，東風吹出短長條。料知吟興春來劇，目斷江南話六朝。」其二。「十年不改舊衫青，鎮日蓬門且自扃。脱却名韁與利鎖，棗糕翻笑乞神靈。」其三。「我已偷閑了一生，栽花種竹結前盟。何當曳棹裴公島，共聽流鶯百囀聲。」其四。

同邑吴嘯江茂才昌榮，近號蘇門山人。《題南湖柳隱圖》云：「昔聞花隱棲南湖，樊榭山人一號南湖花隱。徵君老去詩壇孤。百年未閲替人出，柳陰深處盟鷗鳧。鄉游雲水豁襟抱，琴東妙筆高三吴。快意沽春響吟屐，濛濛緑染衫模糊。百里無山轉幽絶，遥看一鶴盤浮圖。烟波静古得真趣，斯人風味摹狂奴。我來樹下話魚樂，鴛鴦飛去依菰蒲。雲開月上疎枝扶，貫腮可憶松江鱸？」又録其《早起》云：

「樹戰西風撼客心，園林霜後減疎陰。曉來静向閑堦立，落葉新來一寸深。」《秋日偕計雲鶴遊雁湖》云：「挈伴添遊笑拍肩，横堤蘆繞雁湖邊。長吟望斷征帆影，十里西風吠蛤天。」其一。「鸕鷀衝起掠烟輕，一角斜陽柳外明。小倚江亭吹鐵笛，白波打岸作潮聲。」其二。嘯江有書癖，又精相人術。予贈以聯云：「巨眼相天下士，細心讀古人書。」亦實録也。

吴江屈紫卿茂垣，予嘗采其詩入《鐙窗瑣話》。近又寄示新作，詣益精進。《村落晚步》云：「野色添新月，遥村隱碧潯。夕陽明鳥背，空水淡人心。燕麥疎籬外，鶯花老圃深。長歌認歸路，涼吹動高林。」《春草》云：「芊緜一抹黯連村，畫出裙腰緑有痕。斜日東風三月暮，天涯去馬憶王孫。」《苦雨》云：「誰家低唱《懊憹歌》，散入愁懷唤奈何。忽憶去年風景好，白蓮花外晚涼多。」

紫卿伯兄蘭林慶墉，亦嗜吟咏。兩頭屋底，一穗燈前，時有聯唱，嘯江屢稱道之。著有《憶山亭草》。《暮春即事》云：「紅稀緑暗映蒼苔，乳燕巡簷往復回。蛺蝶也知春色好，殘花飛去作團來。」《偶成》云：「戲將垂釣作生涯，滿耳溪聲浣俗譁。晚立閒階風料峭，一枝寒放碧桃花。」

《六有西齋吟稿》，聞湖陶經鋤鵠元所著。其女夫王朗卿茂才將謀付梓，屬余校勘。録其《鴛湖納涼》云：「小艇摇漣漪，荷花最深處。坐愛湖上亭，桐葉題詩句。日暮涼風生，秋聲響高樹。」《虎嘐夜歸》云：「小泊寒灘净，疎梅凍未花。飢來人去國，春到客還家。孤月縈離恨，東風感歳華。夜闌南向望，天迥雁行斜。」《初夏》云：「春如旅客去匆匆，庭樹成陰怨落紅。燕子將雛鶯又老，雨絲吹過楝花風。」俱佳。其女韵琴女史題其後云：「淋漓彩筆得來難，差幸遺編未盡殘。涙灑緑窗燈火下，新詩一字一珠看。」

朗卿名蔣鑫，居吾邑之聞川。嘯江誦其《舟夜》一絶云：「一星幽火逗篷窗，何處聲飛鐵笛腔。舟子貪程趁殘月，載將清夢過寒江。」亦佳。

金華吴孺子喜啖吾鄉冬米，曰：「此檀香粒也。」每雨後，策杖石邊樹下，尋莓苔豐縟者，玩之竟日，曰：「天地間森秀華蒨之氣，除李太白酒邊横眼、卓文君鏡裏舒眉，即此物矣。」語見李竹嬾《紫桃軒雜綴》。孺子狀如老猿，有木瘿爐及曲木几，光净如蠟。焚香埽地而坐，以諸物自隨，瓶中花枝狼藉，則以散衾裯間卧之。能畫山水，有黄鶴筆法。最愛一瓢，偶破之，大哭，一時名士皆有《破瓢》詩。語見陳眉公《太平清話》。

聞川計曦伯光炘頃以《二田齋詞稿》相眎。余書其端云：「曦伯於畫師法石田、南田。近復製爲長短句，似樂笑翁，則又瓣香玉田矣。去射襄城二三里，爲雁湖。橋上有亭曰冠鰲，一名野水。又有僧舍曰小滄浪。曦伯嘗消夏於此，風帆沙鳥，烟波渺然。此畫境，亦詞境。余年來亦耽倚聲，第不能工。他日當挐扁舟，擫短笛，與君賡唱於蘋洲柳屋間，倘相許否？」録其《憶少年》云：「蕭寥棋局，頽唐酒盞，荒寒詩格。銷磨遽如此，況人非磨墨。　去日如雲何處積，杳無踪、那堪尋覓。還君鏡中見，一絲絲添白。」《懷錐庵吴門·蝶戀花》云：「記别君時春未暮，客裏春歸，君自歸期誤。落盡荼蘼飛盡絮，榴花早又紅無數。　畫舫蘭橈無覓處，今年吴門無競渡。烟草淒淒，緑徧横塘路。合唱方回腸斷句，黄梅時節蘇州住。」《丙午四月十四夜醉後偕桐伯子宣泛舟雁湖登冠鰲亭人影寂寥酒懷棖觸相與徘徊久之不自知感之何從也調倚西子妝》云：「碧宇銷雲，金波緆月，一棹空明摇蕩。蕭條渾不似春餘，聽菰蒲、早驚秋響。絲楊繫榜，問一角、荒亭無恙。更誰來，賸堤邊鷗鷺，依依三兩。烟波曠。比似西湖，也算無多讓。生憐睡起苧蘿人，未梳鬟、鏡臺羞傍。休攜畫舫。付漁艇、餐風眠浪。又殘宵，酒醒還添悵惘。」《立秋前二日風雨間作新涼灑然雲陰覆檐黯如欲暝調倚百字令》云：「蕭蕭何處，是篩空疎雨，欺荷驚篠。準待迎秋秋未至，秋信因風先到。黛冷脂蔫，烟濃墨淡，寫幅淒涼稿。碧梧應識，一聲聽得知了。剛愛簾薄通颸，窗深貯暝，殘暑渾如埽。當日詞仙遊倦後，只説虚堂眠好。病酒年光，悲歌身世，倚枕愁偏攪。輸他鷗夢，葦間長定幽悄。」《題宋甥惺甫拜石齋圖遺照·沁園春》云：「嘆息吾甥，玉雪清才，乃不永年。記髫齡學語，詩情楚楚；閒窗點筆，書格翩翩。縫月裁雲，偷聲減字，自爇心香白石仙。人何在，便圖中片石，精衛難填。早孤身世堪憐，忍重話淒涼卅載前。況無兒伯道，更抛白髮；呼嬃長吉，齎恨黄泉。瓊樹猶新，玉樓遽召，此段因由欲問天。天難問，且商量剩墨，料理遺篇。」

歸安徐阮鄰太守保字世居青鎮。庭有玉蘭，數百年物，故所著爲《抱碧堂詩鈔》。太守嘗隨那繹堂尚書籌戍西疆，又曾爲楊時齋制府襄幾記。其詩得伊、涼之氣居多，兹録其小詩《月夜古山探梅》云：「踏月月如雪，梅花樹樹妍。滿林香忽斷，獨立意蒼然。溪凍不流水，山空欲化烟。寥寥孤鶴影，飛向寺門前。」《靈石道中》云：「鬬古泉聲冷，城頽樹色蒼。馬蹄穿絶磵，人面落新霜。李靖祠空閉，韓侯嶺未荒。摇鞭訪靈石，幽壑正朝陽。」《濮子耕參軍招詣華嚴禪室待月》云：「叢樹蕭森紺宇開，梵音風度妙蓮臺。雲隨閒吏無心出，月似佳人有約來。讀曲花前澆苦茗，題詩石上點秋苔。菱塘絶妙幽棲地，輸與旃林老辨才。」《山行》云：「村郊暢好卸行幐，門繚幽花屋架藤。樹蔭涼眠茄鼓隸，溪坳雨立打包僧。山因愛看詩腸飽，酒爲多澆病肺增。説到鄉愁祛未得，烟波隔户夢漁罾。」《過平定州》云：「斷峰曲岪帶荒城，驛樹蕭蕭雁幾聲。欲療客愁正惆悵，一天微雨鵲山行。」《河橋驛》云：「崎嶇纔得過冰溝，野水荒涼渡客舟。一角青帘關店早，梨花亂落短墻頭。」余嘗謁太守於里第，極稱拙詩，許爲天下有數人才，殊滋媿也。

青溪女史潘韵芬蕙，吾友周君朗亭室也，著有《種紅樓小稿》。朗亭年才及冠，詞藻翩翩，不知其閨閣中復有唱和之雅，秦嘉、徐淑，未能專美於前矣。《種紅樓同外坐雨》云：「秋雨颯然過，湘簾面面垂。一番涼意足，幾片濕雲癡。小稿成新賞，疎花着故枝。同聲呼小婢，煎茗莫遲遲。」《曉起》云：「曈曈曉日上妝樓，九十春光强半留。鸚鵡不知儂病久，棗花簾外喚梳頭。」《茉莉》云：「花田埋玉繫相思，種出香閨絶妙姿。碧月一彎簾半捲，美人樓上晚妝時。」

葛澹塘丈佑銓，海昌人，僑居青溪。耽詩善飲，與阮翁、朗亭、芑厓諸君日有酬唱。著有《聽花齋吟稿》。《答沈燕山》云：「尺鯉勞君寄，平安慰所思。小樓孤客夢，一紙故人詩。紅葉題新句，黄花訂後期。莊周曾有約，謂莊曉鶴。莫負把深卮。」《水仙花次韵》云：「湘水湘雲夢宛然，小簾櫳外月如烟。梅馨兄弟方爲友，冰雪聰明合喚仙。幾疊瑶琴諧潔凈，一泓波鏡漾清圓。寒泉只薦西湖廟，不要陳王賦麗娟。」《秋蔬》云：「藜藿腸飢莫漫愁，連朝霜露碧盈疇。翦來荸甲初經雨，挑倩園丁正及秋。野蔌自敦風朴古，山厨也費意綢繆。盤飧别有田家味，淡泊生涯孰與儔。」

芭厓姓陳氏，名啓，亦海昌人。久客青溪，著有《不惑吟草》，蓋自四十始成詩也。録其《自感》云：「卌八年華鬢半蒼，茫茫來日意傍皇。妻痡未覓三年艾，子幼單傳一脈香。客地雁鴻誰伴侣，閒中燈火且詞章。近來學得消愁法，竹裏秋枰角勝場。」《鸚鵡詞》云：「赤啄青衣巧語翻，惱他宫女鎮無言。上皇老去楊妃死，寂寞金籠憶舊恩。」《對雪》云：「濃雲壓徑朔風吹，滿地梨花埽作堆。多謝天公解人意，替儂妝點小園梅。」

朗亭家有老僕陳慶祥，性誠慤，無他嗜好，喜吟詩。有「蝶追飛絮影，燕語落花風」句，爲人所知。稿積二寸，没後爲其孫焚去。後於塵壁間得其《病起感懷》一絶云：「敝裘破帽劇堪憐，老病那當欲雪天。新得禦寒方一箇，稻柴堆裏枕肱眠。」

同邑曹苹陔明經均工楷法，嘗見其手書《顔魯公傳》，得唐人三昧。又精舉業文，刻有《翼經集》。近曦伯寄示所著《花影讀書軒小稿》，録其《題陸華倉雨泛圖》云：「扁舟縱所適，況復水雲寬。湖海三豪士，乾坤一釣竿。林陰凝宿靄，花氣釀春寒。快讀紀游什，心知和者難。」《題液川畫竹》云：「解脱詩禪與畫禪，上乘自結竹林緣。誰知手拂青鸞尾，埽盡南湖萬頃烟。」「自别吴門上楚臺，孤眠常夢水雲隈。樓頭黄鶴如堪借，歸約先參玉版來。」苹陔爲曦伯尊人慕雲先生師。曦伯藏其手稿，屬采數語，意甚殷拳，俱可傳也。

上海王輯庭封翁文端，生一歲而孤，賴母張食貧守節，撫養成立，故孺慕之情，至老不替。翁以勤苦起家，境漸饒裕。既爲母呈請旌表，會邑人議建節孝總祠不果，慨然曰：「此吾母位在焉。吾母之苦節既不可没，與吾母同而凡苦節者又何敢遺諸！」遂購學宫西隙地，獨力捐建。生平未嘗讀書，而至性所發，持論輒與古人合。嘗曰：「子孫賢，雖貧無害；子孫不賢，多積以厚其禍。」年逾六十，始與兄文源分授子弟産，以六歸兄，以四歸己，孝友謙讓，有古君子風。迨病革時，猶以設立義莊諸善事諄命後人。今哲嗣二如太守壽康一一舉行，悉成先志。吾鄉張叔未解元譜成樂府，前後十六首，刻入集中。封翁捐館後，松江紳士張詩舲中丞採訪孝行，題請入祀忠義孝弟祠。

二如太守承輯庭封翁家範，秉性慈祥，持躬侃直。少爲諸生，作文務究根柢。中年後益潛心於濂、洛、關、閩之學，然不欲以理學名也。嘗親炙倪畬香、楊香林兩徵君，稱入室弟子。滇南陸夢坡方伯觀察上海時，極推重之。生平無他嗜好，惟留意翰墨。書品出入鍾、王，在近人中尤酷肖劉文清公。余與令子叔彝部郎交，因得讀其詩。詩不多作，而下筆清勁，天懷灑然。著有《自鳴集》。録其《答沈夢塘》云：「豈有高山曲，重煩作賞音。筆花慚夢杳，江水讓情深。秋倚笳聲老，心隨劍氣沉。勞薪休感慨，窮鳥不須吟。」《同人步南園柬金梅岑》云：「正是春深候，吹來淡淡風。雲連飛絮白，水漾落花紅。地僻山容悄，林疎鳥夢通。一尊還共酌，往事感匆匆。」《過陸家角懷陸萊莊閩中》云：「萬緑叢中一徑深，分明村路昔曾經。談文早定千秋鑑，戴德遥傳五袴吟。山水邀來歸客夢，風霜鍊就濟時心。此游轉覺真孤負，未聽成連一曲琴。」《次韵答周花農即效其體》云：「更從何處寄相思，愁説楊枝與柳枝。燈影細描眉上恨，霜痕初染鬢邊絲。醉呼碧落三更月，狂寫紅羅十幅詩。莫學樊川成薄倖，問心已悔十年遲。」《示大兒慶勳》云：「循環理早悟分明，樸拙何妨任一生。文字求名途本狹，烟雲養志夢先清。時兒爲余築循陔草堂於枕溪別墅，境頗清幽。讀書豈必求聞達，創業尤難在守成。幸藉前人餘澤永，水田好與課春耕。余承先志，營置義田於莎涇墓舍，兒特司其事。」《題聽濤所畫山水》云：「嵐翠迎涼漬似苔，吟邊遥指亂峰來。山靈怕識趨炎客，故擁頹雲埽不開。」《浦上納涼》二首云：「風微也略解炎氛，天影波光淡莫分。偏是銀河流不住，一星飛墮樹梢雲。」「楊柳臨堤照影清，月明剛是夜潮生。櫓音淒緊蟲音苦，併作城頭畫角聲。」

叔彝神交十年，今秋拏舟過訪，同遊范湖、岳祠諸勝，流連詩酒，不忍言别。别後以詞見懷，調倚《念奴嬌》云：「相思真耐，但能容識面，何嫌太晚。酒味都經情釀就，那厭千般繾綣。碧海濤聲，青山翠色，盡入新詩卷。謂近遊袁江。誰還筆健，誠堪名振詞苑。此夕話共燈窗，詩題粉壁，清味芬蘭畹。不是因緣深翰墨，焉得教人神遠。十載心懸，一宵影聚，魂夢吹難散。南湖秋柳，連朝離緒猶綰。」又以小牋寫眎五七律數首，并録於此。《即事》云：「新竹千竿繞，幽花一徑深。春歸原有脚，雲出本無心。風月多閒趣，溪山費苦吟。石苔童浄埽，一曲奏青琴。」《茸城客次柬同寓諸友》云：「竹葉飛檐暗，桐花覆檻低。人分牀上下，居判屋東西。各有窮通感，難將物我齊。高陽多酒侶，春酒正堪攜。」《小坐寄深寫遠齋同聽翁作》云：「青衫仍故我，緑酒又今朝。風急城頭鼓，人喧極浦潮。秋容已如許，壯志未能消。一點燈花結，談詩慰寂寥。」《引翔港舟次》云：「烟隙村難見，蘆中人可呼。天寒潮信縮，海近浪花粗。飛鳥忽高下，遠帆時有無。清風吹月上，今夕住冰壺。」《野步》云：「倚醉探幽處，前溪隔未通。晴烟浮草際，踈磬出花中。波净劃空碧，日斜頽遠紅。濕泥粘屐重，小立板橋東。」《歸舟即景》云：「雪花吹不盡，山骨益崚嶒。小艇活於鴨，孤雲閒似僧。帆低平遠岸，樹朽絡危藤。遥識柴門近，窗紅影射燈。」《次韵葛恪庭歲暮詠懷》云：「剩守磨牙一卷文，更何閒緒寫云云。眼前已有滄桑感，時下誰收翰墨勳。紅豆幾成和事酒，青燈難化出山雲。敢誇清福修能到，早被寒梅笑十分。」《以足疾不赴秋試戲成》云：「文章誰驗横行兆，本乏人間捷足才。步武憑誇時下好，功名不到枕邊來。夢能伸脚言原妄，智豈如葵狀可哈。漫羨史公牛馬走，追踪偏似折輪材。」《題桃花扇》云：「詞場頓與戰場聯，潦草乾坤太可憐。名重豈爲才子福，情癡易結美人緣。六朝桃葉誰題鳳，一嶺梅花欲化鵑。丁字簾前曾小泊，不堪絃索似當年。」《題小瀛詩餘後即送其就婚金陵》云：「儘許《蘋洲譜》裏詩，何分鐵板與紅牙。多情休種相思樹，此筆能開入夢花。好待神仙成眷屬，那須風月怨琵琶。畫眉莫悵無新稿，一路青山送到家。」

鷺溪徐怡庭壎近數見過，知其於治生之暇不廢吟弄。出眎新著，皆静細可詠。《蒲團》云：「名心冷盡膻無多，草草編來不礙粗。仙境睡過閒歲月，雲房坐定静工夫。已完僧臘圓功未，曾醒人間大夢無？一種清涼誰領略，春風吹暖滿方壺。」又《七夕詞》云：「人間天下等相思，惆悵雙星不語時。新月似憐離別易，銀河西畔落遲遲。」

張君夔齋允逵嘗主怡庭家，今年槖筆滬上，臨行以詩見示。時余亦有袁江之役，帶置行篋，歸時匆匆索去。記其《飼蠶詞》云：「鬢雲草草作龍蟠，起視柔桑葉正乾。侵曉不知風露重，翦刀聲裏正春寒。」

嘉興包稼庭埈貧而俠。麗生落魄吾禾時，稼亭實有推食解衣之雅，同人義之。惜嗜酒踰分，日與麴生作性命交，年方三十而卒，無子，可哀也。頃於嘯江處見其《感懷》一律，亟録于此。云：「欲受人憐益自憐，硯田歲歲不豐年。堂前甘旨漸虚奉，架上詩書欲棄捐。弱妹有心求快壻，山妻無子傲逋仙。何當磨盡紅塵劫，許我重登兜率天。」稼亭又精篆刻，得煮石山農意。

同邑張怡鋆寶芬，嗜琴擅畫，兼工小詩，著有《燕石珍藏稿》。近以瘵疾卒。記其《題紅袖添香圖》句云：「丁香別院花如結，辛苦深宵月有情。」殊工。又《早秋》一絶云：「茅檐雨過聞歌女，籬豆花開見絡娘。讀罷捲簾雲拂地，蒲葵小扇葛衣涼。」亦佳。

寒月在窗，夜静如水，瓶中黄梅，嫣如欲笑。因憶去年臨海傅君嘯生濂客禾時，嘗踏月見過，聯詩談藝，至漏三下始歸。此情此景，顯顯在目，相思千里，予懷渺然。因録其詩，以當晤語。《和陶九成南村雜咏》云：「孤村一曲抱溪流，繞壁泉聲半枕秋。忽訝牀前過鶴影，月華初上九峰頭。」《題墨竹》云：「腕底龍蛇動蟄雷，矯然生氣拂雲開。虚堂夜静墨花嘯，無數溪山風雨來。」《齋居》云：「小院春深長薜蘿，幽居善病似維摩。尋常自是無人到，不爲門前風雨多。」《懷厲駭谷》云：「書劍飄零兩鬢蒼，回頭故里感滄桑。刀邊兒女詩邊淚，何日東歸弔戰場。」《懷陳柳亭》云：「十年長作出山雲，客座瞢騰酒半醺。筆底風流曾不減，斷紈重寫李香君。」《回浦道中》云：「疎竹編籬一帶斜，荒村茅屋兩三家。野風禁得春寒嫩，門外小桃新着花。」《天台桃源圖》云：「曾逢兩度熟胡麻，悔被天風吹到家。此後仙緣如可續，也思老去見桃花。」

柳隱叢譚卷二

秀水于源辛伯

張季鷹云：「使我有身後名，不如即時一杯酒。」近朱西生云：「即時一杯酒，何如千載名。」一則達人澄識，自作曠觀；一則志士用心，獨見孤詣。

趙嘏詩云：「夕陽樓上山重疊，未抵春愁一半多。」李頎云：「請量東海水，看取淺深愁。」秦觀云：「落紅萬點愁如海。」賀方回云：「試問閒愁知幾許？一川烟草，滿城風絮，梅子黄時雨。」皆善言愁者。然不如湯傳楹云：「天下祇有萬斛愁，而我獨得九千斛。」尤爲刻摯。人言愁，我始欲愁矣！

陳起《江湖集》因張敖「梧桐秋雨何王府，楊柳春風彼相橋」一聯，得並坐罪。其外更有劉潛夫云：「不是朱三能跋扈，只緣鄭五少經綸。」又云：「東風謬掌花權柄，却忌孤高不主張。」又曾景建云：「九十日春晴旦少，一千年事亂時多。」景建，臨川布衣也，竟謫春陵以死。見《鶴林玉露》。

中州張白也太守應雲，爲吾友次柳貳尹凱尊人也。次柳寄呈拙刻《一粟廬詩稿》洎《鐙窗瑣話》。太守時宦皖江，遠寄五古一章見贈云：「夜雨漲江潮，春船門外艤。剥啄來吴儂，迢遥寄雙鯉。開帙讀未竟，眉宇色先喜。若游宜春園，滿目燦桃李。若過碎錦坊，環睹羅文綺。佳句廣延搜，采入珊網裏。詩中以話參，例自宋人起。近世沿襲多，傳者能有幾。漁洋與隨園，兩叟而已矣。得君爲三人，勢將鼎足擬。安得造君廬，韵語搜根抵。所惜道路長，無自接裙屐。但聞一粟廬，惆悵望文几。人生宇宙間，孰非槐安螘。滄海渺一粟，此語有至理。君若豐年玉，我材等糠粃。何意大官廚，竟不遺葑菲。乃知天地寬，氣味無遐邇。何必形影隨，始得逢知己。鴛湖我舊游，山水佳無比。捨之事折腰，忽忽歲三紀。每憶烟雨樓，魂夢猶依彼。眷念一粟翁，深慚五斗米。」太守又有《太白樓》一律，膾炙人口，已勒采石祠壁：「樓前十二曲闌干，樓外星精太白寒。狂到月從波底捉，死來山當醉中看。將潮化酒方奇快，此地吟詩亦大難。我也偷名稱白也，荆州可有愛才官？」

次柳有《洞仙歌》三首，辨正張子野「三影」。其小序云：「宋時吾家子野郎中，世咸以『三影』目之。嘗考《漁隱叢話》、《後山詩話》、《道山清話》，所謂『三影』句各不同。余謂『浮萍缺處見山影』乃七言律，郎中倚聲擅場，自當取詞中句耳。『簾壓捲花影』與『月來』句意複。『墮飛絮無影』上四字各本互異。竊爲之審定，『三影』者，『無數楊花過無影』、『隔牆送過秋千影』、『雲破月來花弄影』也。」其《咏無數楊花過無影》云：「畫簾高卷，正青空凝碧。撩亂春雲去無跡。算前因，漂水舊恨粘泥，還禁得，悄倚謝橋望極。　紅闌圍一角，澹蕩溪烟，萬點鵑痕翠陰罩。風逗瑣窗寒，擘絮飛棉，年芳晚、有人低惜。嘆花事、匆匆過三分，便吹盡枝頭，也須相憶。」又《隔牆送過秋千影》云：「畫樓春夢，被東風吹去。十丈紅牆但延佇。又新蟾，今夜笑語聲聲，薔薇外，一道秋千何處。　佳人扶上怯，年少曾窺，斜罥羅裙悄無語。滿地淡烟痕，閒了闌干，風定後、落紅如雨。記往事、三年宋家東，也不隔青天，幾重雲樹。」又《雲破月來花弄影》云：「玉階夜色，看魚鱗六六。一片遥天彩雲簇。漸黄昏、近也楊柳梢頭，新月上，花影橫斜水北。　睡禽池上瞑，劃碎琉璃，簾底玲瓏映圓玉。此際若思量，搖蕩春魂，渾不是、舊時闌曲。聽别院、笙歌重徘徊，問何處清光，照人幽獨？」再録其《自題畫船聽雨圖調倚蝶戀花》云：「柔艣一枝摇夢去，夢也無情，摇到天涯住。記得畫船曾艤處，垂楊影碧閒飛絮。十五珠鬟歌翠縷，各自銷魂，獨自聽愁雨。啼老鶯聲春欲暮，春光如客誰爲主。」此詞爲吴門戈順卿丈所擊賞，稱爲集中傑作，因附於此。

次柳《三影庵詞集》卷首有中州姚子箴司馬輝第題詞一首，甚佳。調倚《踏莎行》云：「照夜圓珠，壓囊奇錦，風流再見張三影。把君行卷過吴淞，春愁載上瓜皮艇。挑盡蟲釭，煎殘鳳餅，簫聲吹得鴛鴦醒。船娘貪聽斷腸詞，推篷忘却梅花冷。」司馬擬有《絶妙詞選》之刻，未識近已成書否？

洛陽人以牡丹爲花，成都人以海棠爲花，見《鶴林玉露》，蓋尊貴之也。江南人以木棉爲花，桑爲葉。

蘇門山人頊以聞川陳二希煌《北溪吟草》見眎。有《贈玉塵山上雲上人》詩云：「松風颯颯雲生户，魯殿靈光山寺古。瘦筇扶上玉塵來，一杵鐘聲過亭午。道人有道寄圓蒲，林影嵐光疑欲舞。由來此地幾滄桑，净對遥峰勞仰俯。我探曲徑走通幽，老桂亭亭花欲語。游思坡老守湖州，閑與高僧訪蘭杜。參禪妙悟憶詩人，舌底青蓮香自吐。而今法溯上雲師，三要虚明皆得所。蕭蕭落葉滿空山，猿公獻果閒爲伍。周妻何肉笑余俗，指顧天龍難力努。歸來捉筆短歌成，光摇水鏡懸秋浦。」似學北宋人，亦有矩矱。

萬柏堂受淦，亦聞川人，著有《味梅書屋詩鈔》，唐君益子序之。知其年甚少，嘗著遠游冠，不乏登眺之作。茲録其小詩《春日途中偶成》云：「二月春方好，江邨雨乍晴。輕風翻小蝶，暖日語流鶯。得句在無意，看山總有情。行行芳草路，遠樹夕陽明。」《柳枝詞》云：「楊柳絲絲兩岸垂，暖風三月任相吹。一枝折送行人去，從此無心學畫眉。」《泊江口》云：「楓林秋老艷新晴，日暮停舟一水横。遥望江干燈數點，湖光漁火不分明。」

金山錢鱸香廣文熙泰，爲錫之通守之弟，媚學，有游癖，所之必窮其勝。曾寓西湖，與古歙胡竹村培翬、長洲陳碩甫奂、南匯張嘯山文虎有文瀾閣校書之役，經年不倦。又嘗西至天目、九鎖，南渡江探禹穴，訪蘭亭諸勝，輒有所作。録其《嬾雲隖》云：「萬竹摇夕陰，空翠撲檐宇。山雲濕不流，當户落如雨。無風花自香，不敢參一語。禪悦夫如何，一指雲一縷。」《天目山留别一漚上人》云：「草草成薄游，領略只一概。出入雲海中，扳蘿屐齒礙。雲亦如山奇，山又出雲外。可惜雨溟濛，人似風鷁退。松會當訂重游，訪古不我悔。一語寄山靈，勿以生客待。」《萬松嶺》云：「一路踏寒影，亂山銜夕暉。松風吹不斷，嵐翠落人衣。樵唱出深谷，鐘聲下翠微。望江亭可憩，我亦憺忘歸。」《太白樓》云：「一鶴横滄海，高名鎮此樓。青山呼伯仲，白眼小王侯。明月自終古，長江空復流。詩魂招不得，載酒與誰游？」《雲棲》云：「舊夢留禪榻，匆匆又五年。竹光青不斷，一路上諸天。覓路泉聲細，山空鳥語圓。蒲團容我坐，香火證前緣。」《板橋浦懷古》云：「大江東去一停橈，認取當年舊板橋。秋月記曾窺短夢，青山依舊送寒潮。騎鯨縹緲空千古，雲樹蒼茫吊六朝。謝朓不來仙李逝，倚篷吟盡碧天遥。」《蛾眉亭》云：「天風吹袂上孤亭，極目蛾眉入杳冥。隔岸楚江三百里，遠山如黛爲誰青？」《竹爐山房》

云：「紅泥佛宇古杉陰，曲曲長廊落葉深。乞取竹爐一勺水，木犀香裏證禪心。」其一。「四山裏翠濕林端，松竹蕭蕭石徑寒。清磬一聲僧入定，半簾山影落蒲團。」

鱸香夫人戈素英瓊，詩亦娟秀。《擬青溪曲》云：「溪水清且遠，行行思更多。水淺不得渡，水深可奈何。」《蓮榭曉起》云：「蓮歌一曲雨初收，十二闌干花影浮。人倚西風香入夢，朦朧起便唤梳頭。」其一。「湖光緑與人争瘦，花霧如雲散短彭。解事鵶鬟上簾柙，放些涼意到羅衫。」《客夜寄外》云：「花鬟惺忪伴燭奴，倚床孤影動流蘇。可憐空有還鄉夢，夢裏見君君見無？」著有《夢香小草》。惜天不永年，卒僅三十有一歲，其日適立夏也。鱸香悼之，爲圖「落花流水」詞意，名曰《人隨春去圖》，自倚《蝶戀花》云：「百計留春春不住，懊惱東風，盡日吹香絮。争得殘紅還上樹，斷腸偏又瀟瀟雨。别夢迷離無意緒，聽殺鵑嘑，聽煞鶯兒語。繡幙塵封誰是主，癡情夢斷春來處。」

德清徐仲魚傳經僑居吾禾金陀坊，少年媚學，脱盡紈絝之習。書宗顔魯公，畫似白陽山人，見者每疑爲老宿。詩不多作，奇逸有致。録其《夜泊東衡里納涼》云：「夜熱不成寐，起來酒半醒。蛙聲如驟雨，螢火亂飛星。人對青峰坐，舟依緑樹停。納涼篷背好，風送聽泠泠。」《初夏齋居》云：「日長不覺暮鐘催，添得多般逸興來。慣染羅衣磨墨汁，嬾攜竹枕擁書堆。樹陰拂地遮槐癭，梢影過牆迸竹胎。怪道世人容熱地，等閒不肯放春回。」《留宿松絃山房》云：「尋山小步紫雲梯，夜宿山房伴佛栖。飢鼠窺鐙當户立，野猿見月隔窗嘑。留松蔭古龍鱗幻，采藥人歸鶴跡迷。撩我吟魂清入夢，一聲聲磬韵幽淒。」他句如「問徑慣招尨也吠，過溪閒笑鴨能言」，亦新。

陸薲香鑌，秀水人，居吴江之黄家溪。其先世藏有唐子畏《寒林鍾馗圖》，後又得吴仲圭《墨竹》長卷，繪《傳畫樓讀畫圖》，題者甚衆。近得陸朗夫中丞送劉石庵相國山水横幅，又陸直之主簿《丙舍課耕圖》，皆藝林所重。著有《鬱林山館集》。其佳句多采入《耐冷譚》，兹但録其小詩。《舟次鶯湖》云：「拍堤新水鏡重磨，西塞飛來浸碧螺。試問玄真仙蜕後，可能容我著漁蓑？」《答金橙臯臨安》云：「龍團曾許惠星星，天目僧來信杳冥。遥羡雷驚芽似粟，松爐活火瀉銀瓶。」《秋柳》云：「驛路迢迢幾樹横，更無密葉可藏鶯。丹青欲仿倪迂筆，一段蕭疎寫不成。」《讀小倉山房集》云：「羅綺叢中過一生，蔚藍天迴笑盈盈。自拚不入儒林傳，只好裙邊署姓名。」皆可誦也。

庚戌春杪，余客袁浦，時宜黄黄樹齋先生亦在浦上，因偕蔣君仲蘺往謁，呈詩一律。越日，即蒙次韵見酬云：「曾假金陀片席閒，不知君處遠松關。慈烏覓子頭先白，哀雁傳書字欲潸。夜月即今方在浦，曉雲何事便離山。風流賴爾追先輩，可似藤花古屋間。」先生以奏禁鴉片，直聲振天下，其詩乃如此清妙。旋以所刻《己酉北游草》見贈。録其《贈錢東平》云：「渥洼天馬慎飛騰，終見雲霄最上層。唱徹千條玉門柳，圖成六月雪山冰。嶺梅在望家猶海，君家室尚在嶺南。湖水迷天酒似澠。聞道徐亭留不住，春風蕭瑟上元鐙。」《過郭羽可夜話有作》云：「扁舟何事詫遲迴，暮雨詩堂茗鉢開。幾輩交情到白髮，一時履跡尚蒼苔。周旋豈必關兒女，訕笑何妨任僕臺。猶欲與君商出處，百年誰是眼中才？」《明孝陵》云：「當時靖難入金川，可有哀思到几筵。祇見後王勤北狩，空聞女子訴南遷。女子謂含光老人，崇禎時事，見《宜黄縣志》。城頭樹色遮黄蓋，殿角苔花綴碧錢。駐馬風前一回首，淒涼陵衛散秋烟。」

《燕子磯》云：「年年江上客帆開，石燕無言浪自催。衆竇争如排壘出，群山都似掠波迴。登臨自寫千秋勝，飛渡誰當萬馬才。一笑浮雲難蔽日，更期招手鳳凰來。」《百花洲感賦》云：「碧波如鏡柳如鬟，兩袖湖光一㕓山。記與尋春人不見，夕陽無語燕飛還。」《偕子湘生公講臺作》云：「花市西偏鶴磵南，道旁流水自憨憨。攜槃步到千人石，時見一僧歸竹龕。」《見題南湖柳隱圖》云：「范蠡祠邊駐夕暉，新詩吟罷水禽飛。如何一片南湖緑，愁向東風染客衣。」

宿遷魏柳衫文彬，僑居袁浦，以營千户改衛千户，效力淮上。苦漕標無事，又思投入營伍。嘗偵探夷務，隻身至定海，曾著勞績。余兩過其家，架列詩書，壺插羽箭，有儒將風，當不僅以下僚終也。著有《白雲樓詩稿》。録其《桃源驛題壁》云：「隱隱桃花驛路遥，緑雲深處馬蹏驕。征人忘却春光好，鞭影如飛過板橋。」《初夏病中》云：「柳風近日覺欺人，病裏維摩又過春。緑蔭滿窗清晝永，藥鑪經卷送花神。」其他七言斷句尤佳。《初春南郊》云：「殘雪讓開春草路，東風吹破凍雲天。」《暮春晚眺》云：「採藥僧擔山色去，送春人背夕陽歸。」《彭城晚步》云：「雪樹缺憑孤塔補，峰巒曲就大河環。」《游雲臺山》云：「山銜落日吞還吐，海湧歸潮凸復平。」《客中》云：「欲訴離愁花是友，暫忘歸思月同鄉。」《寄雨花臺僧墨雨》云：「滿徑白雲藏古寺，一溪紫霧養新茶。」《述懷》云：「醉草題山鐫白石，狂名入劍鑄黄金。」《偶成》云：「短琴自製雙聲曲，小印環鐫六面文。」余嘗偕柳衫訪金陵朱菊垞齡於黄華山館，乞其作畫，匆匆歸棹，未索其詩，輒爲悵惘。

涇縣包慎伯丈世臣時客河帥署，丈曾作宰西江，以辦清漕被劾，今年已七十六。懸河之口，滾滾不休。嘗謂閲近人詩，能奇警者未必清穩，能清穩者未必奇警。以拙詩爲兼有此長，殊顔汗也。余乞題《南湖柳隱圖》，丈謂：「五十年不事韵語，特爲君破例。」知其相愛甚摯。且欲爲余謀枝棲之地，因歸期已卜，謝之，然心實致感。録其見題云：「柳隱先生隱南湖，南湖垂柳萬千株。柳陰深處琴聲高，以柳名隱詩名豪。去歲桑林顛入水，桑摧爲薪薪化米。柳以不才得自全，不避風濤遠斧鐮。柳陰摇蕩湖烟闊，能使先生襟期豁。春搴娟膩澤詩情，秋吸淒清煉詩骨。詩成俯仰真自足，倦就柳陰眠易熟。夢中猶揣依依神，不見彈汁染衣人。」

同里高伯平均儒工古文，得歸、方正軌。書法亦遒勁入古。詩不多作，頃於浦上見其《題黄樹齋先生讀書圖》云：「讜論礪天下，丰采衆所思。睟然好顔色，讀書以致之。衮衮當代彦，疇不古人師。約義與博物，伏牖先謗嗤。尋挾競涉世，攸濟果奚宜。賢聖留典籍，求通辨所爲。先生有嘉猷，把卷還孜孜。爲語殖學者，勤仰松柏姿。」時伯平寓王公祠，修《清河縣志》。

浦上有妓名最著，能寫蘭。仲蘺、楚薌戲約同訪，擬書楹聯贈之，覓句未得。適同邑汪祺昀秉權有都中之行，駐裝數日，與余同寓，代爲構思。忽大叫曰：「癡矣，何用訪爲！」相與一笑而罷。臨别，蒙見贈云：「山人畫與侍郎詩，謂朱菊垞、黄樹翁。行篋君今兩得之。莫向青樓留艷筆，免教白璧染微疵。行雲流水才投契，北轍南舟又别離。他日相逢讀詩話，等身珠玉又紛披。」蓋紀實也。祺昀又述夢中得詩云：「暝色昏黄暗綺疏，淡紅花放紫薇初。新凉一味清於水，夜夜姮娥照讀書。」亦殊清婉。

歲丁未，武林汪鏡仙适孫移居吾禾。方冀聚首，旋客泰州，卒於旅次，同人惜之。頃向其兄少洪邁孫索其積稿，聞多散佚。因就《消夏倡和集》中録其《喜費子苕至》云：「苕上子苕子，重來畫隱樓。松涼能健客，池小亦生秋。月正今宵潔，逋從隔歲酬。年年此相聚，知爲故人留。」又於《詁經精舍詩課》中録其《咏蘇武》云：「穹廬風雪廿年嘗，完節歸來鬢已霜。中禁頭銜標屬國，故人詩句感河梁。繫書聊托天邊雁，生乳奇傳海上羊。從古和戎終失計，幾多降漢老羶鄉。」

與武塘錢萍矼寶青别十年矣。萍矼爲黼堂少宰曾孫，生長滇南。綺歲已讀萬卷書，行萬里路。才弱冠，即登賢書，聯捷南宫，分曹農部，非所願也。今年因同舟友人北上，於寶應途次致書通問，或不至浮沉否。寒宵月上，憶與萍矼同飲北郭酒樓，時方計偕，有詩紀事，兼以留别，云：「一水隔鴛湖，天涯限咫尺。南風吹我來，正值一陽節。舊雨欣復聯，連朝會裙屐。招我登酒樓，清醪酌芳烈。野景莽蕭森，小座劇精潔。覓句韵共敲，開懷節同擊。歡呼各半酣，余懷忽凄惻。今日一尊酒，明日千里别。當時尺素投，相思渺難即。快此遭逢緣，江鄉聚萍迹。暫聚忽復散，毋乃意如結。況將從兹逝，行作燕臺客。北方地苦寒，征途滯風雪。言念二三子，音容正闊絶。酌酒懷故人，此情更誰説。梅花信尚遲，驛路未堪折。談深不知晚，柝聲起城闕。一笑登輕舟，船頭滿明月。」

上元朱述之司馬緒曾耽書成癖，宦轍所至，以纍纍數百箱自隨。同社孫君次公爲司馬門下士，嘗偕造謁，傾心下士，虚懷若谷，雖作吏風塵，故不俗也。嘗刻闔族人詩，名《金陵朱氏家集》，附己作《北山集》三卷，以書卷供其陶鎔，雅鍊無匹。余最愛其《題拂水山莊》云：「烟花南部已飄零，話到開天不忍聽。一代論詩争水火，半生學佛擁娉婷。空思表聖王官谷，尚托遺山野史亭。隔水鶯聲嚦不住，春來垂柳戀人青。」《羅昭諫集》云：「勸討朱梁卓鼓旂，唐臣秉節似君稀。最慚奉册張文蔚，始信江東有布衣。」其一。「玉龍丹鳳困飢寒，危惜文皇創業難。生有雄才不收拾，可憐褒贈死方干。」其二。《高郵》云：「謝公埭下水漣漪，小酒微醺睡偶遲。夢裹櫓摇三十里，一鉤殘月露筋祠。」《景州道中》云：「景州城郭倚雲端，塔影孤標暮靄寒。忽憶雨花臺畔路，古梅殘雪小長干。」

去年己酉大水，較癸未多一尺五寸，蓋綿雨至五十日。荒亦特甚。今年八月十三、十四兩日，大風拔木，雨晝夜如注，水頓漲。時余客乍浦，居人云：「水較去年多一尺，禾中較去年縮一尺五寸。」稻田本大熟，至是收成亦少歉。客中無俚，舍沈浪仙、鍾穆園二君，多無可與談。唯王君克三峻明時一過從，恂恂儒雅，殊可敬愛。嘗出近稿見示。録其《沈浪仙移居》云：「幽居在何處，邐迆乳溪濱。漸與市廛遠，愈同山水親。詩偏寒士富，句較古人新。爲問杜陵老，可容來卜鄰？」《旅夜》云：「露凝孤館冷，夜静倍清幽。疎漏敲殘月，寒蛩絮暮秋。身憐愁處瘦，病喜客中瘳。寂寂凉燈影，思鄉淚獨流。」《采蓮》云：「小艇臨風活，紅衣映水香。鷺鷥無賴甚，窺影立横塘。」《見贈》云：「雲弄浮陰疎樹凉，人歸千里聚鷗鄉。相逢正好值秋半，雨瀉一溪萍葉香。」「海濱風景减袁江，旅館宵驚夢擊撞。珍重珊瑚收一網，佇撑明月入燈窗。」

歸安王西耕鉽僑寓乍浦，性嗜吟詠，與克三有「二王」之目，浪仙數稱之。别後以積稿寄眎。録其《客夜》云：「淡月籠高閣，憑闌望斗杓。雲多山影暗，家遠夢魂遥。支枕聞歸雁，臨風聽暮潮。旅懷愁不寐，況復夜迢迢。」《過劉雅舟隱居》云：「幽人棲隱處，繞屋一溪斜。曲檻排遥岫，閒庭過落花。

清吟移研席，新緑上窗紗。喜有琴書伴，安居避俗譁。」《即事》云：「日長小院畫簾斜，手汲清泉試早茶。一枕松風春睡足，夕陽紅過海棠花。」《山居》云：「門前時有野禽啼，一曲溪塘碧草齊。紅日三竿春睡足，菜花黄過草堂西。」

相湖去郡城十餘里，故人潘君松泉居之，讀書躬耕，隱君子也。著有《相湖草堂集》。《早秋夜坐》云：「愛此涼宵坐，清幽誰與同。瓶花輕落硯，窗竹細敲風。月照長天迥，螢飛曲徑通。漁歌何處起，聲過小橋東。」《秋日偶成》云：「一片幽閒境，真如圖畫中。宅臨秋水碧，門掩夕陽紅。舉酒邀明月，移琴就好風。悠然塵外想，興味幾人同？」《孤吟》云：「清絶高樓夜，孤吟月色寒。所思人渺渺，相望路漫漫。有夢栽連理，無緣締合歡。寂寥誰是伴，花影上闌干。」《中秋風雨》云：「準擬今宵韵事佳，依然風雨暗茆齋。嫦娥尚把清輝吝，更向何人訴苦懷？」《病中》云：「欹枕連朝悶更加，重門深掩尚喧譁。呼兒醫病先醫俗，卧榻前頭繞菊花。」

鄙人近作七律一首，偶不檢點，一東誤通二冬。客乍川時，城南少年指爲非笑，殊不知在唐、宋人先我作古。李義山《五松驛》及《刁景純席上和謝生作》、李長吉《追賦畫江潭苑作》已有通韵，東坡尤多。兹舉坡集中東、冬通韵者於此。《與歐育等六人飲酒》云：「忽驚春色二分空，且看尊前半丈紅。苦戰知君便白羽，倦游憐我憶黄封。年來齒髮老未老，此去江淮東復東。記取六人相會處，引杯看劍坐春風。」《溪堂留題》云：「三徑縈回草樹蒙，忽驚初日上千峰。平湖種稻如西蜀，高閣連雲似渚宫。殘雪照山光耿耿，輕冰籠水暗溶溶。溪邊野鶴衝人起，飛入南山第幾重？」雖借古人分謗，亦非耳食者所知。

鎮洋蕭棣香承萼工詩，善倚聲。余客滬時，曾偕遊陳忠愍公祠。見余所作《黄浦》四首，極蒙擊節。暇出《擷紅詞館續鈔》見示。《送吴勉齋北行》云：「吴剛天下士，十載此談經。對友披肝膽，論文見性情。風塵詩一卷，身世酒千瓶。茅屋深山裏，孤燈照汗青。」其一。「行藏千里志，離合百年心。吾道在天地，斯才自古今。烏飛先擇木，雲出會成霖。憂樂蒼生繫，端居屬望深。」其二。「不盡傷心事，幾人還故鄉。山程楓葉赭，水驛荻花涼。揮手成千里，相思各一方。鴻書何處達，極目海天長。」其三。《餞秋小集》云：「如水涼宵醉不辭，當筵況有好花枝。情深舊雨還新雨，腸斷紅兒更雪兒。鱸膾蒓羹剛入饌，丹楓白雁最宜詩。酒闌陡觸悲秋感，小杜年來鬢已絲。」《江樓晚眺圖》云：「蕭蕭木葉下寒波，極目高樓奈晚何。一片碎雲[illegible]雁外，江天如夢遠山多。」《贈梁閬齋》云：「漫將寸鐵托雕蟲，絶藝何妨隱市中。太息軟紅塵海裏，更無人識古梁鴻。」又於《微波閣詞鈔》中録其《浪淘沙》云：「容易盛年過，縐損雙蛾。翻愁明月入簾多。便是尚留來夜好，後夜如何。　藥裏日摩挱，病怯秋魔。可堪茅屋待牽蘿。瘦骨自憐無一把，明鏡知麽。」《柳梢青》云：「往事蹉跎，幾番追憶，邈若山河。慧業文人，慧心女子，慧舌鸚哥。　珠榴紅影侵波，更滿鏡田田翠荷。冷落金籠，淒涼彩筆，寂寞青娥。」

洞庭在太湖中，三萬六千頃，七十二峰隱見眉睫，其東山尤勝。葉漁莊丈承桂居山趾村，有別業曰五湖漁莊。業富魚計，書滿石室，得官弗仕，有隱君子風。近相見滬上，出所藏《五湖漁莊圖册》，題者至五百餘家。余最愛鎮海姚梅伯燮、海鹽黄韵珊憲清兩詞，因録梅伯《水調歌頭》云：「天影入波浄，波影動青山。山浮四面窗户，七十二湘鬟。一帶疎疎烟柳，一片蕭蕭風荻，水鳥逐舟還。笭省亂蒼翠，斜日下漁灣。不垂簾，且掩卷，好凭闌。眼中若許秋色，詩思與漫漫。辦个緑簑青笠，伴得雲梛月笛，人似白鷗閒。誰道子同宅，只在霅苕間。」又録韵珊《摸魚兒》云：「近烟江、自成村落，人家如在仙境。并刀翦取吴淞水，添个瓜皮漁艇。殘醉醒，吹一笛、參差唱到風波定。詩閒畫冷。看雨後斜陽，星前初月，來照緑蓑影。滄溟遠，蜃氣空濛未靖。茫茫心事誰省。釣鰲海上非非想，聊占碧雲千頃。空翠暝，種幾樹、垂楊垂柳含秋静。紅塵自迴。算蒓菜思歸，蘋花招隱，應有野鷗等。」余題《壺中天》云：「芙蓉七二，曠烟波一片，飛來蛾緑。朵朵雲鬟初洗出，門啓東山山麓。艣唱回旋，帆行遠近，新埽三間屋。絶無塵到，茶經魚譜閒讀。曾記蒲褐歸田，莊開三泖，上畫圖成幅。今日石公招隱處，也占湖天清福。欲棹漁舟，來探仙境，可許同鷗宿。月明千里，夜深吹徹横竹。」

寶山張問秋學博朝桂，少抱異才，長游幕府，顧落落無所遇。老得青氊一席，亦不就。而其詩則又清和閒雅，無些微噍殺之音，知其涵養深也。頃惠所著《養拙居詩稿》，名章雋句，美不勝采。録其《詩集刻成自題》云：「半生心事托長吟，敢向風塵覓賞音。享處也曾珍敝帚，爨餘或可恕殘琴。百年未就名山業，千載徒留不死心。醬瓿若還容我覆，一瓢猶勝付浮沉。」學博尤工尺牘，似倦圃翁。

曾慶林字子羲，嘉定人，王叔彝部郎家青衣也。年才弱冠，詩並韶秀。余訪叔彝於南翔别墅，慶林出近稿相質，卷首已有張東墅太史、張春水徵君贈言，咸極心賞。録其《春來》云：「春來景物盡堪憐，柳自含情花自妍。只恐韶華容易去，雨絲風片奈何天。」《春閨》云：「卷簾怕聽鳥空啼，飛絮漫天送馬蹄。昨夜一燈風雨下，忍寒飛夢到遼西。」他句如「風送漏聲攙玉笛，月移花影過魚竿」、「東風吹綠江南草，細雨噴紅陌上花」、「晴翠一天鶯嘴滑，殘紅三月馬蹄忙」、「涼風蕭瑟懷人館，疎雨微茫捕蟹舟」《絡緯》、「十里烟寒霜有信，一簾雨細夢無痕」《秋草》，俱佳。

柳隱叢譚卷二

秀水于源辛伯

《讀莊日記》，吴江計改亭先生雜書於《南華經》眉上，沈君遠香另鈔一小册，商付梓人，先録數則於此。云：「保身全身，盡年之中，特著『養親』二字，每一讀一凛然。不能養親，則養生亦虚設耳。」又云：「題是《養生主》也，而大書老聃死，莊子可謂達人矣。後世俗物造爲尸解之説，云神仙不死，大可嗤笑也。長吉詩云：『幾回天上葬神仙。』真滑稽之雄。所謂『秦皇漢武聽不得』，亦足令英雄愴然也。」又云：「《人間世》一篇，分作六大段讀。葉公子高一段内，既云『無逃於天地之間』，又云『知其不可奈何而安之若命』；既云『爲人臣子，固有所不得已』，又云『乘物以游心，托不得已以養中』。莊子之悲痛纏緜，於《人間世》之道久矣。乃知太史公稱『其言洸洋自恣以適己』，皆其不得已也，無可奈何也，無所逃於天地之間也！人有悲極痛極，而長笑不止者，莊子著書之本懷也。」又云：「莊子於死生、晝夜變化消息之理，貴賤榮辱之遇，誠卓然能忘矣。惟能忘，故能爲大言而非夸，快論而非激。獨其貧富之關，實有未能涣然冰釋者。蓋死與賤辱可忍可受，而長貧不可受且忍也。細讀《大宗師》篇『裹飯』一段，及《外物》篇『貸粟』一段，大意亦可見矣。悲夫！」

楊子萱大令炳，江西新城人。兩任嘉興，政簡刑清，士民愛之。少工制舉文，屢薦不售，刻有專集。又擅吟詠，蒼涼沉鬱，各體均妙。吾友王芑亭茂才爲大令門下士，頃以所著《惜味齋存稿》見眎。

録其《灞橋》云：「渭水流終古，行人何日回？春風吹柳色，又上灞橋來。詩思尋驢背，離懷入酒杯。長短亭畔路，西望暮雲哀。」《自蚌莪至六肥雨中夜行二十里》云：「松炬雨中明，勞勞共夜行。山奇排鬼影，灘急亂人聲。薺苦嘗應似，蕉陰夢不成。廉纖泥滑滑，難遣此時情。」《金陵懷古》云：「寒潮嗚咽打空城，指點斜陽廢壘平。隔絶長江飛燕子，蕭條遺廟枕雞鳴。池臺已自哀南國，園寢曾聞擬北京。虎踞龍蟠消紫氣，烟蕪野徑看春耕。」「降旛又向石頭過，彈指興亡付逝波。將士防河空鼓舞，君臣立國袛笙歌。雲山生色娟眉好，江水吞聲戰血多。乞得六朝金粉賸，劈牋狎客問如何。」《晚過趙北口》云：「分明眉樣月初三，酒氣欺風駐左驂。兩岸冰花圓似鏡，柳絲何處夢江南？」《呈貢道中》云：「茫茫雲海白如銀，詰曲羊腸路不真。細雨山行殊犖确，蓑衣閒煞看秧人。」《嘉峪關》云：「平沙萬里渺無垠，指點長城古蹟存。西轉鞭絲摇夕照，關門不見已銷魂。門前沙堆蔽之，出關者均由左轉，迴首即不見關門矣。」

今年作客滬上，姚子箴司馬以柳州王少鶴農部錫振《懺庵詞》見眎。少鶴綺歲工愁，中年多病，此詞蓋在江南養痾時所作。頃聞其奉使楚南，襄理軍務，露布朝飛，鐃歌夜奏，詞境又當一變矣。玆録其《琵琶仙·聽顧竹安琵琶》云：「雲外關河，漫提起、舊日霓裳宫闕。偏是遼海琴心，山空鳥飛滅。迴撥處，江蘆浦荻。又聽到、别船嬌咽。驀地烟塵，連天鼓角，風雨摧激。問何事、枯木寒絲，恨猶作沙場響金鐵。多少古今悲慨，付尋常風月。閒罷手，池臺月碧，笑長康、獨坐癡絶。喚醒竹裏幽眠，病來摩詰。」《高陽臺·七月十三日卧病越城，是日鄉中迎賽，朱太守祠最盛，俗傳爲漢朱翁子也。

昔白石道人作越中神曲，獨未及此，故詞及之》云：「覆水杠頭，樵舟涇畔，兩年愁卧西風。落日荒祠，聽殘儺鼓鼕鼕。十年遲我懷中綬，恨消磨、兒女英雄。神仙未補家山曲，笑行歌浪跡，重滯吴東。寂寞臯橋，空聞夜雨鳴春。微生一病都成嬾，畏新來、瘦骨支笻。最逍遥，社酒寒鐙，惟有龐公。」《新雁過妝樓・歸懷强忍，鄉思未捐，子箴新詞見慰，並約同訪詩僧覺阿，新雨生涼，依韵賦答》云：「斷雨新愁。歸心遠、慚賦王粲《登樓》。亂榛荒蒯，黏壁猶見蝸牛。聞有綈袍遺范叔，烟波何日五湖舟。漫悠游，未能化鶴，聊作盟鷗。誰憐春風醉頰，嘆劉郎溷跡，嬾説方州。一櫂滄浪，依舊對影清流。經臺緩尋片石，怕杜牧、情傷蕭寺秋。行歌意，只空山跫足，欲去還留。」

苕上丁樨舫壽保，翩翩書記，詩善言情。頃館上海道廨，客中時復過從。臨别拳拳，賦詩餞贈。兹録其小詩《醉中偶書》云：「花時斟酒總千巡，酒後看花更可人。一日花間幾回醉，醉攜尊酒酹花神。」《客中》云：「欲定歸期未有期，春風又是困人時。客中寒暖無人管，瘦却腰圍尚不知。」

嘉興縣一名由拳，青浦縣一名古由拳；嘉興城東有白苧村，青浦之金澤鎮一名古白苧村。吾友陸雪亭司馬日愛，籍吴江，居金澤鎮。多藏書，俱丹黄一過，詩古文詞均有法度。嘗與同游頤浩寺，賦詩倡和。雪亭原作云：「殿宇凄涼半刼灰，門前古木鬱崔巍。西風黄葉蕭蕭下，數點寒鴉自去來。」予和作存集中。更録其《偕朱藹堂至珠溪宿瀫湖書院與陳醇甫王少逸張瘦石夜話》云：「松江饒蟹稻，珠里稱澤國。文物秀且麗，美哉五畝宅。高閣一俯仰，水天窅同碧。峰横鳥外青，泖落檻前白。開窗列帆影，飛觴醉皓魄。遠樹疑是雲，孤塔拱如揖。翦燈話離愁，心知快良覿。無已工閉門，巍然文章伯。醇甫。摩詰隱輞川，心迹久空寂。少逸。落落玄真子，飄泊烟波客。瘦石。樂圃善化人，矻矻窮典籍。藹堂。賤子厕其間，于學何所得。四君余良友，訂交尚肝膈。共勉空山中，歲寒見松柏。」《追悼顧益齋》云：「五載忘年契，瀕危寄我書。春風狂杜牧，秋雨夢相如。零落雙蓬鬢，荒涼一草廬。挑鐙檢遺札，感舊重欷歔。」《袁村晚泊》云：「數行飛雁叫天空，十幅蒲帆五兩風。江水有情如此碧，野花欲落强爲紅。蟬停疏樹平橋外，秋釀微雲細雨中。黄葉蕭蕭篷底墮，孤舟愁絶聽寒蟲。」《白門懷古》云：「秋色鍾山落照邊，前朝宫殿蕩如烟。聒人簫管渾無賴，不是當年《燕子箋》。」「繁霜一曲訴心期，銀盌金簪記别離。秋冷青溪香夢杳，月明何處小姑詞。」

苕上兩布衣爲奚丈虚白疑，一爲王丈二樵獻。虚翁年八十一。樵翁年七十六，健與虚翁埒。生平足跡半天下，詩古文外尤嗜金石。收藏漢、晉古甎數十種，以拓本裝兩巨册。題詠甚多，翁覃溪先生、阮文達公俱甚稱賞。頃同客吴門，讀其近稿。《喜吴劍星歸自雅安》云：「萬里岷峩客，翻然返故園。相看悲老大，深話略寒暄。村釀澆離緒，畦蔬佐晚餐。幾時脱塵鞅，與爾卜丘樊。」《病中送春》云：「誰知二十四番風，過盡愁中與病中。隔着紙窗紅雨鬧，怪他春去太匆匆。」《菱湖道中》云：「市橋涼月夜沉沉，近水紅窗尚有鐙。最愛清秋風景好，滿堤疎柳半湖菱。」

二樵丈復出《金陵郡齋五老消寒圖》見示，紀庚戌冬吴紅生觀察葆晉招集官廨事，侯青甫廣文雲松年八十六，湯雨生都督貽汾年七十三，高已生孝廉錫蕃年五十七，觀察年六十，樵翁時年七十四，合三百五十歲。兹録廣文原倡云：「使君勵公勤，退食不遑暇。偶抽半日閒，折柬亟走迓。拍肩四五人，白叟作流亞。主人暨嘉賓，謂已生。齒席甘自下。纔及五六十，歲華屬春夏。坡公四十後，翁稱亦可惜。歡然對壺觴，説味品燔炙。晚菘出家庭，候火朝至夜。爛蒸益腴美，食古妙於化。以兹文字飲，不異讀書舍。酒酣出觴政，數典非鄰架。或如鬮可藏，或若覆可射。判若風馬牛，合若併驂駕。天然作對偶，意外各驚訝。今宵良宴會，後約那可罷。他年仍聚萍，好景同啖蔗。披圖綴新什，敢以衰鈍謝。」觀察和云：「菲材領名郡，時清政多暇。我客來翩然，訢訢倒屣迓。年齒鄭潞並，文章班馬亞。寓公與鄉賢，名德不相下。爲之啓東軒，敞屋渠渠夏。座推祭酒尊，古禮非假借。以次列華茵，恣啖牛心炙。三百五十齡，歡叙卜其夜。及兹已二霜，鶊蟀流光化。嗟我宦海中，遷移如傳舍。握管紀前塵，媿乏珊瑚架。圖成渺天末，心痗目光射。清風如故人，白日無停架。子猷暨達夫，同我互咨訝。二老想巍然，扶杖清尊罷。吟哦正倚松，矍爍猶舞蔗。相對六朝山，恒春花不謝。」孝廉和云：「羲和敲玻璃，笞日不使暇。好官如好山，開門偶一迓。輒作圖中人，齒齊肩可亞。風輪倏爾轉，萍梗汎上下。此會已年餘，方春自徂夏。安得木蘭艭，兼蠟雙不借。來躋蔣山巔，跧伏不能化。前者騷壇幟，已甘避三舍。圖成又索詩，屋上屋重架。回首舊巢痕，瞥影流黄射。燕侶各分飛，空羨代馬駕。爲語王子猷，髀肉莫嗟訝。及兹苦雨零，如報南宫罷。今歲不與計偕，時方苦雨。季重亦工愁，甘境未嘗蔗。相與惜青春，花開復花謝。」都督補圖，别作一絶句云：「五人三百五十歲，高會黄堂聚散星。後五百年誰復識，六朝山色自常青。」其事其詩，皆可傳也。

連平練立人太守廷璜以書法擅名，不知於吏治尤勤敏。凡任縣令八、丞倅二，均有政績。晚守松江，如禁伐蘭筍山樹，堅持得體。於吕岡涇築壩，以資蓄洩，民田賴之，人呼爲練公堤。惜年僅逾艾卒。著有《希鄭齋詩文稿》，頃於吴江沈南一孝廉處披讀一過。七古詠史，議論縱闢，在海珊、甌北間。録其《題洪武寶鈔》詩云：「鈔法昔自宋元垂，有明草創承用之。三王制度不相襲，今無古有良非奇。天生五事益民用，不聞獨至金銀虧。節宣得要府藏實，政爾奚藉空券爲。置銀不用持作寶，詒以紛紜縱以欺。若使利權悉上握，彼哉桑孔均堪嗤。或云救弊有一得，行之軍旅差便宜。高皇雄略出天秉，貽後頗復牢扃基。後來粃政恒八九，坐令氣耗國脈衰。君荒臣亂社必屋，此豈財帛能療治。乃咎明亡由鈔廢，書生瞽説真狐疑。萬物休王貴消息，瑣瑣陋見誠安知。五百年間屢變策，久充敗篋隨塵麋。流傳故物欣入手，世遠詎合名高貲。爾來多言此可復，循末終難塞漏卮。不成換酒借一醉，藉考年月增餘噫。聊與蠟潢驗初造，想見深宫夢神時。自注：出祝允明《野紀》。」《題湯雨生太翁與竹居棄稿》云：「賊矢到前揮不去，振臂一呼振士氣。艱難從父及黄泉，廟祀依然想英毅。平生珠玉都千篇，閉藏龍宫追莫還。劫餘殘草見天性，長虹夜挂窗櫺間。」《書王孟津法帖》云：「荆棘銅駝一瞬餘，翩翩墨妙最憐渠。每從蛇蚓盤空處，轉憶河山滿目初。江令南來瓊樹好，譙周北去鬢毛疎。君親兩字關心否，惆悵鑾筬十幅書。」《鷓鴣塘》云：「行行不得泊前磯，兩岸禽聲隔翠微。剛到鷓鴣塘外路，蒲帆十丈去如飛。」《真州道中》云：「天涯寒食客心驚，纔到真州百感生。我亦多情思柳七，曉風殘月過清明。」「記得新城絶句詩，半江紅樹妙摛詞。菱塘一帶漁人宅，釣得鰣魚上岸時。」

太守嘗署嘉定，著有《嘉定守城記》，時在道光辛丑、壬寅間。赴任未幾，四明被陷，海口震動。次年乍浦、寶山以次失守，吴淞告急，嘉定亦危。太守以勤警玩，以静制動，凡勸捐召募、守隘察奸，不憚勞苦。陳軍門中礮死，上海復陷。夷人聲言某日破嘉定，劫庫戕縣官，太守亦不爲動，卒無事。相傳陳軍門屍，武進士劉國標藏之蘆中，太守實募死士，踪跡得之柴塘，手洗其創，親爲具斂。軍門死踰十日，面色如生，兩目不瞑，左手五指拳曲，尚作握鎗勢。右乳下大小礮洞各一，臍上礮洞一，圍二寸許，左手左股鉛子傷痕如豆，約八九十粒。皆信史也。

太守任松江時，元和陳梁叔克家、吴江沈南一曰富、震澤陳子松壽熊皆羅致幕中。三君俱爲雲間姚春木先生椿高足弟子。嘗寄詩云：「梁詩南筆松經義，幕府三君未易才。老我未能忘外樂，相思頻望後園梅。」今子松仍館練氏，課諸公子，南一就幕金山，梁叔留京師，殊有雲散風流之感。

海鹽陸少山別駕保，少隨宦蜀中，承其尊人古山太守家學，屢應京兆試，薦而未售。奉諱後，筮仕江左，嘗攝宜興、震澤兩邑篆。工書法，兼好吟詠。頃從南一處見其手牋數紙。《喜晴》云：「梅雨忽然止，斜陽喜挂簷。門前溪水活，野外晚風恬。山色經時洗，苔痕逐處添。悠閒無别事，好韵幾回拈。」《山行》云：「頗識山行樂，紆徐一徑斜。不時鳴野鳥，隨處放疎花。轍迹環幽壑，蹄痕印淺沙。數竿臨水竹，茅屋有人家。」「幾度曾經雨，連朝喜趁晴。閒雲依嶺卧，流水逐人行。曲路别成趣，讀書時有聲。據鞍看未足，好景盼前程。」《消夏詞》云：「浮瓜沉李冷於冰，斗室婆娑興獨乘。消盡胸中塵萬斛，清閒人定澹如僧。」「濃陰沉碧透輕紗，午夢初回日未斜。最愛北窗閒小坐，一甌細品雨前茶。」

「爐香新炷對疎櫺，几净烏皮照硯屏。一陣清風來處好，拈毫閒自寫《黄庭》。」「曲折臨流屋幾間，清涼博得水雲寰。江南好景如相問，可是吴王消夏灣？」别駕長君銘九爲鼎嘗從軍粤西，投林文忠公幕下。文忠薨，無所遇而返。有「佳節忽逢連夜雨，少年已作倦游人。」「一藝未成難報國，三更有夢總還家」等句，南一爲余誦之。

陸硯海從事朝宗，古山太守季弟也。少客京師，躓於場屋，以例補官江西。勤於吏事，遭水災，奉委稽户口散賑。硯海偏行村落，不辭勞瘁，感時疫，卒於九江官舍，年五十餘。遺有散體文及詩各一册，未刻。其長兄之子喬峰文學人慶謹藏之，屬采數首，以存其人。《游壽佛寺》云：「信步叩禪扉，堂深燕子飛。吟詩留古壁，對佛解征衣。市迹塵難埽，飯鐘僧未歸。息心凝坐久，不覺見斜暉。」《蘭儀口》云：「停策馬蕭蕭，黄河一望遥。風高帆影飽，岸闊水聲驕。《瓠子歌》還奏，桃花浪未消。魚龍成變幻，極目海門潮。」《閒坐》云：「坐久香殘雲縷生，驟寒天氣喜晴明。紙窗暖日融融度，時有凍蠅打一聲。」

吴江沈延之曰壽，居盛澤鎮，南一孝廉兄也。少穎異，喜作詩，便有佳句。好涉獵，不屑屑於科舉學，一赴試即棄去。後從徐召南游，得其傳，治病多效，不計值，無所蓄。適吴中連歲災歉，延之爲家督，累重境困，以杜康解憂，而卒莫解，卒年未五十也。著有《緑意盦詩鈔》。《初夏》云：「長日行將似小年，沈沈雨作熟梅天。苔痕及榻簾衣緑，池水無波樹影圓。文稿作成先弟看，吟腰瘦損有誰憐。對牀深夜談詩共，不用池塘好夢牽。」《將赴吴門答滄嶼》云：「一枝柔櫓又蘇州，此際飢驅不自由。水柳着烟今夜夢，木香如雪故園愁。淚痕重疊孤兒淚，鐙影淒涼獨客舟。珍重贈言應記取，肯隨花草事閒游。」《春晚》云：「才得今朝一放晴，東風招我出柴荆。牡丹零落荼蘼老，縱有花開不着名。」「清和天氣半寒暄，微雨輕烟畫晚村。知道人家蠶事近，桑陰濃壓不開門。」

《笠江小傳》，爲吾友周子因可宗尊人所自作。笠江名璿，字呂璜，一字栗岡，海鹽人。家貧好學，不專一藝，晚俱棄去。唯詩卷、醫書，仍耽夙好。詩以自寫性靈，醫雖無活人術，亦不藉此以牟利。嘗與黄椒升參軍及僧蔚然、道士張雲槎結續小瀛洲詩社。年七十後，詩亦不甚作。客來清話，興至提壺，静守破屋數楹，枯桑幾樹，寒菜一畦，足以供盤飧、娱老景而已。著有《且閒山房詩鈔》。并録短句，以見一斑。《村居述懷》云：「曲水彎環抱一村，緑陰深護晝如昏。夢回耳畔聞啼鳥，知是斜陽已到門。」

子因工寫花卉士女，詩不多作，而清韵獨絶。嘗主武林吴子述承勳家。子述以避難，移家陽羨。子因往返千里，以護其歸。事詳子述贈序中。子述死後，子因每忽忽不樂，且欲積賣畫資以刻其遺集。其始終交誼如此。《别子述》云：「君返吾偏去，離愁解復生。西湖方載酒，南浦又催行。孤雁江天影，涼蛩旅館聲。高樓明月夜，獨立倍淒清。」《西湖秋柳》云：「蕭疎堤畔柳，嘶碎暮蟬聲。一夜西風至，六橋秋夜生。夕陽疲馬繫，細雨釣船横。減盡春痕碧，猶牽離别情。」《題畫》云：「天半峰巒萬疊青，盤空松棧晝冥冥。白雲遮住山腰寺，却漏鐘聲到水亭。」《西溪漁家》云：「沿堤蟹簖鴨欄齊，曲折迴溪路欲迷。開到水葓花兩岸，持竿閒釣板橋西。」

子述名承勳，又號蘅鄉，仁和諸生。吴君彦宣嘗誦其小詞，有「簾鈎一寸松花」句。又工古文，學唐雜家，修潔可喜。著有《緑莊嚴室詩稿》。《晚游真聖觀》云：「風勁難留眺，尋幽興尚癡。井華鳴曲筧，籬影界方池。小景無聊得，真仙不易知。悠然濠上趣，邂逅到新詩。」《芙蓉湖對月寄内》云：「酒淺難成夢，憑欄冷不禁。芙蓉湖上月，能照別離心。欲聽凌波曲，雙橋風露深。知卿同此夜，低拜向花陰。」《秦笙曲》云：「五步十步路不明，松杉不上青柯坪。天風颯颯響空際，疑是星辰偶語聲。」《平望道中》云：「才定新巢又北飛，此身絶似燕忘機。秀州過去蘇州近，梅雨絲絲損袷衣。」更録其《影曇館詞・減蘭》云：「夢中知道，牆角杏花紅最早。看不分明，隔着紗窗一兩層。　香零粉瘦，難得花間開笑口。燕子來時，但寄音書莫寄詩。」《南歌子》云：「秋氣先侵燭，梅陰漸染衣。斷無人處一螢飛，才度窗南又轉畫廊西。　雲樹牽歸夢，湖山負夙期。黄昏幾點雨霏微，料得新萍緑過釣魚磯。」《浣溪沙》云：「試換羅衣待月明，玉人先上水西亭，鴛鴦睡了莫吹笙。　渲碧斜行蘋葉毯，糁金横幅桂花屏，一池秋水浴雙星。」

子述繼室查定生慧，錢唐人，原籍海昌。查氏世家讀書，兄弟俱名孝廉。定生幼即聰穎，工詩善畫，又能射，知音律，嗜鼓琴，能自製曲。先子述卒。著有《吹絮簾小稿》。《湖上觀荷》云：「幽人攬花夢，扁舟出西城。延緣入深處，觵作秋雁鳴。過雨側翠蓋，臨流擷紅英。闌前一凝眺，無限瀟湘情。」《立秋日接家書》云：「小市懸楸葉，輕舟賣藕花。涼風何處起，忽忽滿天涯。琴罷秋無迹，書還病覺差。西湖烽火後，亦未損鉛華。」《俠客行》云：「蕭蕭秋氣逼燈筵，一擲曾輸百萬錢。寶劍自尋酣飲去，夜深枕却革囊眠。」《移居初定》云：「簾前紅日自瑩瑩，初地渾忘屋縱橫。忽覺午餐嫌太早，牡丹花下驗貓睛。」

海昌楊芸士丈文蓀知名最早，嘗受知於阮文達公，又受詩於王述庵司寇。經學詞章，兼綜其美。著有《希鄭齋詩文集》二十卷，吴穀人祭酒、趙味辛舍人序之。又《逸周書王會解廣注》、《兩漢會要》、《南北朝金石文字考》、《南宋石經考》各數十卷。今年探梅鄧尉歸，訪丈於吴門孔副司巷，七旬杖履，靈光巋然。請觀著作，時以彙鈔付梓，不留篋衍，因就《續湖海詩傳》暨所見題圖册中偶録一二，非其至者。《河堤》云：「河堤雄萬馬，河堤險一簣。築堤豈無心，原爲不虞備。下流苟勿壅，胡由致崩潰。治河無賈讓，争以下策試。清淮弱如綫，濁河日奔恣。淤沙積百丈，海口塞不治。河身高於堤，增築蓄水勢。廬舍深堂坳，帆檣迴雲際。蟻穴倘一決，驚濤注平地。治病不察脈，横裂適爲累。嗟哉神禹功，疏鑿豈小智。」其一。「東南重財賦，歲漕數百萬。巨艘蔽江河，轉運達畿甸。往復動經年，漕渠費修繕。自從河流强，淤泥積如堰。艱難上水船，浮淮失利便。邪許聚千聲，牽挽互盤旋。急則治其標，紛紛策誰善。河漕不並理，奚以奏安奠。世無鄭當時，穿渠功莫建。」其二。《題王二樵古甎拓本》云：「世俗重法帖，耳食侈鑒賞。雙鉤與翻刻，棗木競橅倣。篆隸昧源流，書法空想像。何如此殘甓，光怪發榛莽。兩漢逮吴晉，搜羅不嫌廣。摩挲試氈蠟，點畫見疏朗。紀年及姓氏，一一如指掌。即以筆法論，波磔洵莽蒼。彼哉《淳化閣》，安足較尋丈。禮失求諸野，我師在陶旊。吉金貞石間，几席古香盎。寶之勿示人，相契有吾黨。」《題黄秋士湘華館圖》云：「緑净湘波匯碧瀟，擷來蘅茝夢迢迢。憑將幽意傳縑素，讀畫分明似讀《騷》。」「楓溪水暖釣魚蓑，誰款柴扉載酒過。莫忘鄉關好風景，筆牀茶竈好烟波。」「一曲紅闌罨緑陰，窗虚簾静晝愔愔。藤花落後梧桐老，寫出秋心不可尋。」「悵觸情懷感舊游，夢中亭館最宜秋。與君同賃梁鴻廡，好藉湘毫浣客愁。」

嘉興寳林庵尼明修，俗姓陸，年十五字於關，爲待年婦。踰歲，關殤，陸願守貞，誓不去。姑命以夫兄子爲後，已相安矣。越三年，夫兄忽欲嫁之，數諷陸。不得已，歸父母。夫兄乃與妁謀，猝舁婚輿，暮夜欲强致之，陸覺而逸。迎婚人揚炬大索，陸輒覘火光轉徙，得匿以免。念父母家不可居，而姻家女有爲尼孫庵者，欲因以出家。乃夜行十餘里，比明始達。關猶索不已，陸慷慨誓死。族人有義之者，爲白其事於縣，始罷。後祝髮於寳珠庵，年七十九卒。邑人沈開之對薇爲作傳，且言其明敏，通曉世故，有丈夫氣，不僅以貞節著。海昌楊桓伯禮榮作《陸貞女》詩云：「鴛湖之水清莫比，誰能更勝水清泚。有女陸氏生農家，十五許字關氏子。適關待年未結縭，夫壻逾年忽殀死。《柏舟》一賦矢靡他，服婦之服成婦禮。子兄公子姑所命，四載慈姑實善視。何爲兄公忽無良，逼使改嫁謀獨詭。夙夜行露强暴來，吠尨感帨俄驚履。舜顔忽作蘆中人，女貞竟向檀林栽。立志詎慕比邱教，潔躬如玉期無虧。父母無罹即女德，傳中何乃稱其才。特以世衰丈夫少，假此巾幗慚鬚眉。吁嗟乎！貞女禪隱六十載，苦節早已著鄉里。築臺縱未旌懷清，紀事還應入彤史。我今爲賦《貞女行》，輶軒使者或當采。」桓伯一字柯亭，芸士丈嗣君，詩古文詞均有家風。

郡城近時山水家，推張嘯泉茂才陳煊。嘯泉得王秋帆布衣湘指授，秋帆一以奚鐵生爲宗，知其瓣香有自也。兼習岐黄術，多奇效。與予友善，布帛菽粟，稱其人品。詩不多作，有和予《夏日田園雜興》四律云：「好是村居別有天，繅車軋軋晝如年。風摇晚筍梢初放，烟重柔枝柳欲眠。抱甕閒時依樹下，摘蔬隨意到籬邊。兒童似解盈虚理，報道午時蓮正圓。」「晚涼似畫板橋西，静倚柴扉望遠雞。瓜絡踈簷陰掩冉，麥翻新浪勢高低。一絲黏葉青蟲墮，數點藏蘿白鳥棲。最愛梁間雙燕語，補巢銜得隴頭泥。」「纖芒一碧喜秧分，密密排成匝野耘。溝畔桔槔喧夜月，畦間蓑笠隱斜曛。殘紅卸徑迷游客，新緑盈疇對此君。偶與鄰翁較晴雨，數聲知了隔溪聞。」「遥村隱隱起雷聲，瞥見跳珠翠蓋傾。客爲雨留雞黍便，田因水足鷺鷗輕。閒來漫寫瓜壺影，夢醒欣聞絡緯鳴。一角蘆簾涼意動，月光已到豆花棚。」

去年鄭君蘭坡耀祖北行時，余有申江之役，賦詩贈別，各爲黯然。後聞徐、邳水決道梗，心殊懸懸。至歲暮，接其宿遷道上書，并《懷人詩》二十首，代爲付梓，以寄同好，更録數首於此。見懷云：「南湖有高士，自號曰柳隱。著書忘歲月，粲花生口吻。詩派繼漁洋，後生勞汲引。」《懷沈遠香》云：「隱侯八斗才，淵源文章囿。著書富等身，期與金石壽。醫術非所好，亦能起沉疚。」《懷孫次公》云：「孫登天下士，江東無卿比。嫵媚善清談，歌詠超八米。選樓與嘯臺，突兀雲中峙。」《懷楊嘯溪》云：「聰穎楊德祖，學藝邁昔賢。端居説經義，習静耽詩篇。人比黄少尹，自期李謫仙。」今春把晤里門，知其曾游泰山，有《岱游集》一卷。又以匆匆言別，未及索觀爲憾。

吴門客次，孫君則莊周願執贄爲詩弟子。則莊年才弱冠，媚學嗜古，於詩已得新城神味，鄙人無能爲役也。曾以《大瓠堂初稿》屬爲點定。録其《梅花庵訪覺阿》云：「言訪支公去，杳然雲壑深。遥聞一聲磬，忽見梅花林。空外激清響，孤烟生夕陰。前期應不遠，花發一相尋。」《湖堂曉起》云：「浪花無際似瀟湘，近水窗虚夢亦涼。早起自將簾子挂，半湖殘月藕花香。」《虎丘竹枝詞》云：「夕陽影裏亂啼鴉，岸柳絲絲拂水斜。怪底穿窗多蛺蝶，阿儂船傍賣花家。」

柳隱叢譚卷四

秀水于源辛伯

漢軍繼又雲司馬振，郡伯鍾問齋先生裕長公子也。年才弱冠，博雅嗜古，尤喜金石牌版。收藏多宋拓本，具鑒識，雖老骨董家不能欺也。詩筆豪放，不欲拘拘繩尺，而自諧正軌，所造蓋未可測。近數過從，得讀其《南行》、《鴛水》等集。《渡黃河》云：「策馬上船去，馬鳴風蕭蕭。雲寒日色薄，沙重浪聲高。舟子目相覷，行人氣不驕。平生守忠信，未畏涉波濤。」《過江》云：「飛過金焦去，扁舟不暫停。風聲摇巨浪，天影入空冥。落日千帆白，遥山兩岸青。茫茫雲水外，桅火點疎星。」《雨中望九龍山感作》云：「風雨若相苦，倚篷聊短吟。烟痕遮遠目，山翠壓愁心。彼美渺何處，相思忽不禁。何當一清嘯，鼓棹入雲深。」《早發西水驛》云：「破曉啓長途，烟光淡清曙。言辭檇李城，孤棹向西去。斜月閣林梢，艫聲相答語。岸柳拂行人，溪回不知處。」《湖上遇雨》云：「忽聽推艄燕尾忙，畫橈一字入橫塘。風催驟雨過湖白，雲漏斜陽遠塔黃。孤柳陰中蟬送響，萬荷花裏水生香。少年捧扇船窗底，親看吴姬理晚妝。」《冬月》云：「憑欄肌粟影凌兢，風緊高空月一稜。冷暈遠生奇嶂雪，清光橫界大河冰。星辰萬點寒芒凍，鐙火千家夜氣凝。遥想箇儂深閣裏，薰籠斜倚態瞢騰。」《移蕉》云：「移得新蕉繞屋栽，侵晨驚喜葉齊開。也知不負生成力，替我窗前報雨來。」《亭前》云：「虚受亭前草似烟，虚受，郡齋亭名。四圍老樹色參天。偶來倚檻納涼坐，消受數聲風葉蟬。」《清明》云：「清明時節古城隈，夾路衣香拜埽回。斜日桑園人不見，紙錢飛上女牆來。」

早春探梅鄧尉，歸經吴門，訪顧仲安參軍開均於專諸巷中。參軍先世居銅井山，一號銅井山人。所種盆梅奇古無儷，上元節後，移供藥王祠中，觀者成市。自製七律四首，和者數十家，刻有《玉玲瓏館盆梅倡和集》。吟事外又工書畫，俱近南田、草衣。今年已六十一，似三十許人。自言少作甚夥，多散佚。余再四索觀，始録《紫薇花館詩鈔》一册見眎，云其愛女鬟雲檢自叢殘得之。《湖堤晚眺》云：「野橋横夕照，春水碧沄沄。絲柳緑藏艇，夭桃紅隔邨。昏鴉群上樹，歸鴨自知門。何日營茅屋，蕭閒對一樽。」《中秋夜》云：「小閣清於水，鑪烟裊篆紋。桂馨如不隔，秋色恰平分。玉宇圓開鏡，銀鱗細織雲。今宵花霧重，羅袖不須熏。」《秋夜懷韋君繡》云：「君家溪畔月，來照我家樓。樓上月如水，溪邊不斷流。挑鐙怨遥夜，蛩語入深秋。寂寞紗窗外，迢迢望斗牛。」《題徐治伯嶺海編》云：「嶺上梅花似舊無，五羊城遠渺征途。吟殘瓊海珠江月，寫出蠻烟蜑雨圖。立雪師門生死切，望雲親舍夢魂孤。壯游歷歷前塵在，想見高歌擊唾壺。」《鶯脰湖曉發》云：「艣聲人語已喧譁，檣色纔分逗曉霞。怪底昨宵清夢冷，白雲伴我宿蘆花。」《春詞》云：「最是輕寒輕暖天，畫樓人倦不成眠。春風難解相思結，紅豆花開又一年。」

《盆梅倡和集》次韵者，以僧覺阿祖觀爲第一。先録原倡云：「平生心跡寄緗梅，辛苦瓷甌手自栽。檀几寒宵勞鶴守，銅坑明月荷鋤來。獨憐老幹能蟠曲，爲削繁枝費翦裁。差擬伯仁閒諦玩，鏤冰搓雪種瓊瑰。」「漫言着手盡春風，花樣年年總不同。繭紙何須螺黛染，翦刀巧奪彩毫工。欹斜瘦影摹神外，點綴疎櫺寫意中。拈取一枝生鐵筆，盎然天趣鬱蘢葱。」「別開生面伴狂吟，贏得幽人踏雪尋。縮本更翻新畫稿，盤根深契古仙心。横琴静撫玲瓏玉，予有琴曰「玉玲瓏」。銘字留題錯落金。間有柯榦狀如怪石者，鐫以銘詞。一笑借花曾獻佛，嘗移贈通濟禪室。碧雲塵外有知音。」「試燈風細月遲遲，天與梅花吐艷時。宛轉如填穠麗曲，離奇自寫性靈詩。覺阿贈言云：「折枝梅翦離奇畫，自度腔填側艷詞。」雲封碧盌蒼龍蟄，夢醒紅羅翠袖知。願祝玉堂春晝永，香凝寶樹護蘭墀。」覺阿和云：「芳祠雪霽訪寒梅，省識長康妙手栽。粉壁影斜鐙寫出，甆盆香動月飛來。畫臨縮本翻新譜，詩到重删見別裁。獻佛借充祇樹供，故人投贈勝瓊瑰。」「倒似懸厓側受風，別標新意戒雷同。湘簾棐几高低列，怪石枯藤點綴工。附熱無心離窖外，托根得所勝瓶中。脩花翦作生花管，老榦春回氣鬱葱。」「夢回銅井發高吟，異種都從雪海尋。不去新條來歲計，多留宿土故山心。冰甌秀並蘭芽玉，霜墢香遲菊蕊金。試取瑶琴彈一曲，桓伊古調有遺音。」「看花宜早看鐙遲，借得名花冠四時。藥地神絃元夜酒，玉山賓座草堂詩。隨人俯仰身如寄，無地埋藏世已知。寄語孤根勤護惜，好同玉樹種堦墀。」

覺阿所住通濟庵，在楓橋西之白馬磵。陳芝楣中丞贈以梅花五百樹，築有五百梅花草堂，元宵前後，達官名士，咸就賞玩。覺公避喧山中，客至每不相值。今秋挐舟往訪，得共談藝，惜非梅花時，作五古二首贈之。覺公與余未謀面日，先見題《南湖柳隱圖》云：「瑣話鐙窗善説詩，浙西風雅費支持。披圖笑問垂綸客，可是小長蘆釣師？」「烟雨樓頭打槳過，垂楊醮水碧于羅。十年前事猶能記，暮雨歸舟借釣蓑。」「滿天飛絮客憑闌，幾樹蕭疏夕照寒。賴有琴東蔣楊柳，和烟寫入畫中看。」「湖海才名迴不群，一鐙何日共論文。南湖烟雨西溪雪，柳隱梅癡我與君。」殊佳絶也。

吴縣王彦卿復，家貧好學。嘗客外郡，爲人司記室。無所遇，退而賣藥，貧如故也。奇才抑塞，時露於詩。頃讀其《烟波閣詩草》，《横塘拜張硯孫墓》云：「宿草黄山麓，蒼茫有道阡。飢鳥下斜照，獨客拜荒烟。身世等丘貉，夜臺無酒泉。茶花紅一樹，春色自年年。」《月夜・黄河舟中》云：「黑子蒼茫幾點微，琉璃世界御風歸。青天奇絶黄河月，鼉報三更雪浪飛。」

彦卿亡友張硯孫儀祖，亦吴縣人。才氣横溢，不可一世，侘傺無聊，使酒駡座，卒不永年。著有《傳硯堂稿》，殘損過半。録其《旅病感示石梅孫》云：「曉籟傳街鼓，新寒聚客衾。江聲流别夢，雨氣結秋陰。市義誰焚券，酬知自碎琴。吾生徒寂寞，搔首黯沉吟。」《題家書後》云：「極目江關路，西風罷采菱。悶懷聊説鬼，豪氣欲呼鷹。人影閒孤館，秋聲聚一鐙。蘇卿書十上，已是敝行縢。」《寒夜絶句》云：「病起身如一葉輕，常開醒眼待天明。重衾未覺霜華重，冰裂花缾脆有聲。」斷句「病來客似秋殘蝶，飯罷奴成飽後鷹」、「半肩書畫家留産，滿耳虀鹽婦絮貧」、「豐歲兒啼韓子嘆，窮居妻瘦杜陵愁」、「文章不遇翻憎命，風雨無情總爲秋」、「沙飛極浦鷹呼雨，草盡秋原馬嚙烟」，俱奇警。

元和韓履卿光禄崇，爲桂舲尚書弟。嘗任山左鹺尹，不數年，即解組歸，與伯兄聽秋先生暨尚書公對牀聽雨，倡和爲樂。著有《寶鐵齋詩鈔》。君藏金石甚夥，趙忠毅鐵如意尤所欽尚，故以名齋。《長至日有感》云：「十載天涯獨處愁，每逢令節歎淹留。腐儒作吏誰青眼，病體成翁未白頭。竟日避寒眠小閣，幾番聽雨憶高樓。鄉心此夕車輪轉，深悔當年事遠游。」《送螺峰姪還粤》云：「誰向炎洲訪舊聞，昌華故苑冷斜曛。倘逢驛使南來便，寄我劉鋹鐵塔文。」《題覺阿通濟庵圖》云：「楓江西去無多路，四面山光潑眼明。佇我扁舟香雪裏，石橋流水聽經聲。」《楊稚雲墨梅》云：「楊郎墨戲美無匹，大似西江楊補之。空裏疎花橫瘦影，分明籬落曉寒時。」

桂舲尚書對《跋寶鐵齋詩後》云：「嘉慶己卯春，與履卿別於毘陵舟次。庚冬謁選北來，出所著近稿相質，志和音雅，不染一塵。兩年來所造益進，惜一行作吏，恐於風雅事疎。道光初元二月，又將言別，因題兩絶句於簡端，脈脈此情，殆與春俱遠矣。」「毘陵分手淚同傾，今日論詩又帝城。願約對牀林屋下，哦松聽雨徹三更。」「誦渠詩句益憐渠，那得書生結習除。此去吏情春共遠，休嫌驥足絆鹽車。」

聽秋先生崧以名孝廉得弟桂舲司寇貤封如其官。早年客禮世子邸，晚歲喪明，而吟詠不廢。著有《水明樓詩集》。《古南池》云：「甃石涵清鏡，菰蒲颯晚涼。微風迴燕翦，宿雨長魚秧。垂白依鑾井，倉皇剩草堂。誰知濟流上，猶有舊吟場。」《答禮世子汲修居士見懷之作》云：「河間賓席攬賢豪，五色文章振鳳毛。午院春風閒蔗的，夜窗明月聽松濤。行裝丐得西山秀，客夢驚迴上谷高。門對蘼蕪正惆悵，猶勞拂拭到鉛刀。」《沈梅村漁樂圖》云：「君家舊住沃州山，我住太湖蓮子灣。他時舴艋載家具，漁弟漁兄相往還。」

吴門女史顧鬘雲德華，吾友仲安參軍女也。適程君羹梅，夫婦並工醫。羹梅早卒，少君悼夫，時嘔苦詠，歐母教子，待表貞行。頃仲安以所著《華韻樓詩》見示。《田家》云：「群雞啼正午，犬吠客來初。試問客何來，城中輸官租。堂上官府好，顏色和且愉。念此身心安，相對樂有餘。促坐酌新酒，盤餐摘園蔬。舉杯雜言笑，意密容儀疎。留連醉忘返，夕陽下平墟。」《夏日病中》云：「修竹摇風送好聲，病軀偏覺袷衣輕。髮如枯葉先秋落，眼若寒星入夜清。茗椀暫抛除宿癖，藥鑪静對結新盟。漫將多少叢殘句，欹枕無聊子細評。」《思親》云：「滿窗花影夜眠遲，翦燭推敲夢裏詩。悄向中庭望圓月，思親正是憶兒時。」《就醫蘭陵作》云：「曉寒惻惻透重幃，冷雪團花歷亂飛。多謝西風窗外緊，昨宵吹我夢中歸。」「低首徘徊悟静因，藥鑪茶竈伴閒身。遥知清夜梅邊月，瘦影窺窗覓主人。」

吴縣徐夢白丈僖，爲明少司空忠仁公諱如珂之後。周忠介被逮，緹騎激變，奄議欲坑吴。公以全家百口，力保吴民不反，止戮首事五人，於桑梓有再造恩。卒遭奄忌，百計圖公不得，矯旨削籍，遣盗行劫。公引大臣不辱之義，仰藥卒。公子貞孝先生明經，諱廷柱，伏闕鳴冤，得旨追卹。遭時多故，避居鄧尉山，獨行號泣，以佯狂死。公從子都督同知諱樞，有膽智，嫻韜略。崇禎間巡撫三邊，方一藻薦於朝，授校尉，屢著勞績，遷都督同知。以南都失守，力竭不屈，死乙酉難。今同勒像於五百名賢祠。夢白另刻《徐氏三賢傳贊》，乞四方題詠，以寓靈運《述德》之意。夢白嘗行萬里路，今《雪煩山房集》中分有《黔游》、《滇游》諸草。余最愛其《思親》十二章，從至性所發，《蓼莪》嗣音也：「葵衛其足，葛庇其根。我獨何心，不克事親。一解。事親如何，事生事死。生當盡養，死當盡禮。二解。不能事生，不能事死。何以爲人，何以爲子。三解。烏鳥何情，猶知反哺。吁嗟我心，能不思慕。四解。生不克孝，死復何悲。静言思之，涕淚交垂。五解。父母生我，望我成立。不能成立，生我何益。六解。父母愛我，撫我鞠我。欲報深恩，不死曷可。七解。嗟我欲死，父母無子。嗟我不死，誰我怙恃。八解。北風飄兮，吹我衣兮。襟袖不完，誰我知兮。九解。疾呼父母，父母不聞。夢寐見之，不敢告陳。十解。願從九原，九原難從。徘徊顧望，憂心忡忡。十一解。萬物有托，孤兒何依。誥誡人子，孝養及時。十二解。」更録其《客中秋感》云：「秋色邊關早，楓林爾許紅。瘴烟歐怪鳥，塞草蟄寒蟲。目斷雲山外，魂消風雨中。離鄉逾萬里，何處覓飛鴻。」「松竹亂敲門，秋光黯别魂。蛙聲卜晴雨，山色换朝昏。番字書蘆葉，蠻歌叩瓦盆。征裘看已敝，赢得淚雙痕。」《滇南客舍作》云：「積雪瀰漫畫不如，白雲深處策黔驢。山頭不見山腰路，何況家山萬里餘。」「風高雲重雨聲連，蟋蟀争鳴四月天。莫把春衣寄邊塞，騰衝三伏尚穿緜。」令子稼甫徵君立方世其學。

夏孝子名廷榮，字秋田，吴縣人。年十一，父客死江夏，哀泣感行路。事孀母三十年，克盡孝養。母殁，如例請旌。念父未歸櫬，隻身之楚，詢知其處在叢葬處，年久槽敗，不敢遽發。泣三日夜，夢一僧指示之，乃請於縣。刺指，血滴入骨不爽，父缺左齒，亦合符，乃匣以歸，合葬焉。頃客吴門，與秋田晤於師吼禪院，以痛父故，茹素終身。旁通醫，兼以濟世。畫有《尋親負骨圖》，圖中並裱江夏令所給護照一紙。潘順之太史遵祁題云：「欲賦招魂宿草蕪，楚天慘碧淚痕枯。傷心尺半零丁帖，换得清明上冢圖。」

李聽雨茂才文通，原名樹，嘗投詩入鴛水吟社。辛丑冬，隨揚威將軍之浙，授職千户。旋棄去，復下帷，補長洲邑諸生。少於孤虚、風角、兵書、劍譜，俱曾究心。既落落無所遇，懸壺吴市，爲菽水計，而精悍之氣，猶露於酒酣耳熱時。已刻者有《西湖》、《惠山紀游》等集。《平湖秋月亭》云：「萬頃琉璃碧，孤亭枕曲潯。四山圍野色，一月點湖心。倒蘸浮圖影，遥飛冷磬音。六橋何處笛，猶作水龍吟。」《釋迦院》云：「捫葛探靈境，松花點客衣。濕雲山磬冷，細雨佛燈微。洞古蛟龍蟄，巖陰蝙蝠飛。壁端觀佛像，膜拜闡玄機。」《楊鐵崖讀書處》云：「陰陰卉木湛清華，曾闢三楹校五車。鐵笛聲飛一湖月，鞵杯香醉四筵花。烽烟警急關懷抱，山水緣深戀室家。白髮數莖心事在，泖湖好覓舊生涯。」《望亭夜月》云：「水邊燈影入疎櫺，到此凄涼别酒醒。細雨寒蛩啼戰壘，高秋健鶻下郵亭。海疆烽火聞將息，人世風波已慣經。試詠庾公傷亂作，書生琴劍悵飄零。」

婁縣黄秋士鞠，世居楓涇，近僑寓吴下。山水花卉俱工，不名一家。書法絶類白雲溪外史，詩亦清灑。頃從所著《湘花館集》中録其《靈隱》云：「雲林幽徑杳，勒馬惜餘暉。不是飛來者，雲從何處歸。亭空人已去，泉冷淡忘機。欲訪山僧話，松陰掩竹扉。」《京江口占》云：「霜葉初紅菊正芳，雙螯未老我先狂。生憎丁卯橋頭過，一陣寒鴉送夕陽。」《七夕》云：「烏鵲橋邊玉漏停，笑看兒女拜雙星。紅筵瓜果分嘗好，自供牽牛花一瓶。」

錢唐孫賓華丈元培，少侍宦滇南，徧游六詔，得詩千餘首，彭甘亭、郭頻伽兩先生爲之删存六百餘首。後稿本失去，自此不復事吟弄。近訪丈於吴門僑居，年已七旬，陋巷蓬門，安貧忘老，古君子也。早歲曾注《小謨觴館集》，版燬於火。自言有重刻之者存其心血，死可不憾。嘗誦其詩之可記憶者録於此，以見一斑。《貴筑道中》云：「竟向夜郎行，盤空馬亦驚。雲頭昏欲雨，石氣怒難平。異鳥學人語，修蛇當路横。今宵何處宿，山外竹王城。」《登滇南城樓》云：「危樓巘嵲倚晴空，俯視封疆六詔雄。

山勢直盤南掌外，水流倒注北溟中。金城草樹秋烟碧，玉斧關河夕照紅。一笑竟來身毒國，三乘何處問唐蒙。」《題雲林畫》云：「樹影風光望不分，泉聲遠近静中聞。山人又爲尋山去，讓出茅亭住白雲。」古雲襲伯爲丈從兄，其《哭古雲》句云：「家事何曾留一語，盛名想亦可千秋。」「一疏竟能辭國爵，九原今得見親顔。」「圖史閒中清課在，湖山隱到白頭難。」「弟兄還望他時聚，門户深愁此日衰。」俱痛切。

福安李薌園司馬枝青嘗宦乍浦，折節與沈布衣浪仙交，憐才愛士，近所罕得。頃攝篆禾中，戢强除暴，民賴以安。曾偕司馬門下士朱椒軒副車鼎鎬進謁，論文譚藝，娓娓不倦。尤精醫理，以治病比治國，切中時勢，得所未聞。詩亦超妙。録其《乍浦雜詠》云：「九峰羅列乳溪迴，半壁東南百雉開。檇李地從山外盡，扶桑船向日邊來。兵分紫禁成專閫，礮仿紅夷起敵臺。一自湯公殲寇後，堂中籌海是誰才。」「城郭迷茫故邑基，鹽官圖志半傳疑。秦梁原欲成仙子，齊駟何曾到語兒。荒隴難尋皇象墓，叢祠擬補野王碑。龍湫山上遺薇蕨，羨絶千秋兩伯夷。」「居人半倚海生涯，捍海塘邊住萬家。材向甌閩收杞梓，市乘潮汐上魚蝦。螺鈿十色倭奴漆，鮫緯千絲吉貝花。聞説未經兵燹日，金迷紙醉擅繁華。」「黑虎兒軍礮不驚，綺羅珠玉躪夷兵。將軍恨不綏前死，郡佐羞從衆裏生。就戮鯨鯢猶未盡，安棲鴻雁又哀鳴。輯綏須體朝廷意，愧我閒官擁一城。」

武林胡曉含丈瀛，年七十餘，作諸侯賓客。頃館郡齋，得讀其《味辛老人集》。《東高小垞孝廉》云：「四壁蕭蕭風雨聲，歸帆甫卸又長征。飢來驅我行吾素，熱不因人過此生。求友總思袁伯業，卜鄰安得鄭康成。萍蓬踪跡嗟衰老，五夜挑燈别緒縈。」

道光癸未，江浙大水，震澤王硯農徵君之佐刻有《繪水集》。己酉大水甚於癸未，平湖時祉卿上舍元熙刻有《觀水倡和集》。兹録郁荻橋茂才載瑛原倡云：「陰霾漸開朗，塗潦猶横溢。相招城東游，三板試輕疾。行行忽無際，彌望水雲黑。飛粱疑臥槎，浮圖摇秃筆。湖濱舊游處，凝矚不復識。凫鷖亂廬舍，腴田成澤國。村農罷力耕，沮喪見顔色。平堤滅頂過，小市乘舟入。相看重徘徊，内顧心愴惻。催歸轉惘惘，回頭日西匿。」高藏庵孝廉三祝和云：「兼旬苦梅雨，到處皆泛溢。農心歎低窪，相對互愁疾。侵晨天忽霽，四野破昏黑。積塵三斗餘，藉此活詩筆。輕航試新漲，聯袂仍舊識。涉足鷗鷺波，縱目蛟龍國。浮萍混濁水，萬頃同一色。釜底生游魚，村舍不得入。耳聞已震駴，眼見重悽惻。嗟哉蚩蚩氓，何術任遷匿。」祉卿和云：「淹旬積梅雨，湖水滿街溢。柔艣聲到門，來往聽逾疾。閉齋苦寂寥，檢書晝昏黑。忽蒙示新篇，摩空駭椽筆。感時託清謳，思患饒淵識。青丘富才華，澠池勁趙國。指藏庵。紛綸衆妙臻，目耀雲霞色。憶從載酒游，竊幸玄亭入。横流歎滄海，臨文動悲惻。願共刺船去，攜琴塵外匿。」同作甚多，有至二十餘叠韵者，不能備録。

竹垞太史《風懷二百韵》，摛詞美富，冠絶古今。晚年定稿，有「願不食兩廡特豚」語，遂謡以爲有盜姨一事。齊東讕言，本無足據。近山陰俞杏林國琛别訂《風懷鏡》一編，指爲琵琶妓王三姑作，逐句疏解，得一昭雪。唯楊謙注雖略按時代，實亦無鑿説。杏林以爲誤於楊注，亦謬。

桐鄉馮浩注《樊南文集》，爲藝林所珍。而王志堅《四六法海》所選《上崔相公啓》，有「依劉薦禰，素乏梯航；慕藺攀嵇，全無等級」等句，今馮注此首失載。

歸安黃逸亭丈爾法，吾友小涪茂才蔭楷尊人也，與霽青師爲族昆弟。少聰穎，作文下筆立就，以禀父志，棄帖括，理家政，而吟事不廢。中年有兩弟佐其勞，得恣意游覽。凡秦淮、鍾阜、鄧尉、洞庭，以及會稽、武林、苕川、霅水，所之輒有題詠。著有《春星草堂集》。《重游祖塔院》云：「丈室維聞薝蔔香，到來消受北窗涼。十年雲壑碧梧老，三月禪關清晝長。出定與僧同粥飯，浪游憐我倦津梁。空門不乏蕭閒地，一落塵寰便渺茫。」《段窑口阻風》云：「微茫淡月籠沙岸，夜宿江船夢海門。愁絶狂飈驚坐起，鳴榔燈火報潮痕。」《暑雨初霽稍稍近游得二絶句》云：「畏暑經時不出游，水邊閒煞木蘭舟。蟬聲送盡疎林雨，來看溪南一段秋。」「匹練谿光燕尾分，戎戎花草度微薰。遥山一抹烘斜照，不辨殘虹與斷雲。」

小涪嘗訪余於西湖之水月樓，於佳山水得良友朋，興復不淺。別後聞其三賦悼亡，魚疎雁杳，忽忽經年。近以《潭舫詩存》寄示。《三里灣看荷》云：「落日放船好，看花向水濱。芰荷香作國，楊柳暗通津。出郭無三里，同舟有五人。此游殊不惡，涼味得來真。」《葛嶺題壁》云：「攜雙不借上層岡，嘯傲臨風磴道涼。林樹青紅映秋水，樓臺高下簇斜陽。一龕燈火真仙宅，四壁蟲聲彼相堂。捫石讀殘題碣字，老僧閒坐話興亡。」《小青墓》云：「墟墓無人宿草荒，艤舟來坐緑陰涼。何當呼取芳靈起，一盞梨漿奠夕陽。」其三賦悼亡詩有「短長緣分定，新舊淚痕多」、「傷懷仍奉倩，下第況劉蕡」、「尊嫜旋老病，兒女奈嬌癡」、「元相悲難遣，潘郎鬢已皤」，皆極沉痛，應笠湖爲之序。

歸安王守巖佑久客乍浦，嘗受詩法於林雪巖丈壽椿，清穩可誦。令子西耕抄以見眎。《自在庵》

云：「曲徑通蘭若，鐘聲出殿來。境閒空色相，心净澹塵埃。茶話留禪榻，香烟繞講臺。古藤花一本，燦爛佛前開。」《過劉雅舟幽居》云：「長卿栖隱地，半郭半村莊。緑竹遮茅屋，青藤覆古牆。隔城嵐翠撲，入徑野花香。一笑欣相遇，清談到夕陽。」《尋宋妃時卿雲墓》云：「南渡偏安事已非，殯宮空自對斜暉。多情唯有春來鳥，銜住殘花不忍飛。」「此地曾經瘞玉魂，相傳舊有響鈴存。低徊欲訪前朝事，寂寞蒼苔鎖墓門。」

與西耕别三年矣，曾約我邑蔣君雲巢瀚作十日叙未果，而雲巢以疽死，相與悼惜不已。西耕近作益佳，録其《九日偕雲巢登獨山》云：「群岡若屏列，一峰聳雲表。西風吹我衣，木葉經霜早。佳節遇題糕，攬勝探窅窱。絶頂縱遐觀，下視塵寰小。孤嶼枕大荒，極目海天杳。良會興自豪，席地酌清醥。黄菊插滿頭，狂歌驚栖鳥。石上共題詩，緑净蒼苔埽。山下隱茅庵，清磬出叢篠。一泓沙井泉，映見秋光老。游興尚未闌，樵徑白雲繞。行吟取路歸，夕陽挂林杪。」《東湖秋柳詞》云：「寒鴉幾點映清流，十里湖光一望秋。憶得美人船泊處，儂陰遮徧弄珠樓。」《水村》云：「柴門寥落客來稀，春水瀰漫没釣磯。小幅丹青誰畫得，夕陽紅處曬蓑衣。」

西耕中表畢弢庵司馬洤，亦歸安人。媚學嗜古，精鑒賞，吟事外又工駢儷文。頃西耕以近稿寄示，録其《雨窗即事》云：「曉起怯輕寒，春衫衹覺單。燕巢銜未穩，花雨滴初殘。興到拈斑管，閒來把釣竿。故人音問杳，車馬斷江干。」「病骨支離久，天教困此身。林泉淹歲月，藥石辨君臣。薄醉吟新句，高眠避俗賓。空山風雨裏，苔砌緑成茵。」《赤壁圖》云：「髯翁已騎鶴背去，寂寞風流七百秋。一幅丹青張素壁，寒烟冷月夢黄州。」

弢庵同邑潘魚門津，亦西耕友。嘗見其《題奚虚白溪樓延月圖》二首甚佳：「弘景三層閣，元龍百尺樓。詩名傳薄海，畫意寫清秋。招月題新句，飛觴約舊游。情懷追往哲，白首擅風流。」「嵐翠當窗湧，溪光繞檻寒。看山浮醁醑，拂絹寫琅玕。霜冷榆錢白，風輕槲葉丹。樓頭新月上，幽賞夜憑欄。」魚門近幕游晉陽，惜不得全稿讀之。

同里陳覺生參軍若蘭刻有《葆澤堂餘稿》，余爲作像讚，雖和健雛鶴，未必聲減老鳳。余最愛其《武林僧舍贈山陰蕭子滂鹺尹叠觀水韵》云：「我從鴛湖來，水勢平不溢。詩境滿懷開，風送一帆疾。句留兩旬餘，不見片雲黑。日日坐僧寮，時或弄紙筆。蕭遠名久欽，相見恨遲識。昕夕促膝談，遨遊山水國。索我寫紅箋，塗鴉生愧色。瓊報有雲蘿，子滂集名。詩法得門入。九閩望迢遥，時子滂有閩行。欲别心款惻。佳句盡琳瑯，篋衍不須匿。」

余《鐙窗瑣話》中采宋陳沂賜宫扇事。頃朱述之司馬以新得《素庵醫要》十五卷見眎。素庵名沂，精婦科醫，嘗療高宗妃危疾，得賜羅扇。其後静復清隱，皆不忘君惠，刻木爲扇，以爲世傳。明嘉靖間，其裔孫名諫，字直之，實輯《醫要》者。卷首繪素庵執扇像，贊曰：「陳氏素庵，蓋世所稀。康后扶疴，爲帝所奇。出入禁中，惠扇宫儀。敕授翰院，金紫良醫。」

余怪近人作畫，未能形似，輒以白陽山人藉口。唯同里張君子祥熊猶守熙、荃宗法，雖極超逸，中自存矩矱，不爲習俗所移，可謂有識。詩亦清妙。録其《題春江獨釣圖》云：「碧天如水水如烟，一釣絲垂卧柳邊。似仿吾家步兵老，鱸魚等不到秋天。」《秋雨》云：「瑟瑟蕭蕭聽最清，重陽風景又催成。雨聲未必粗如許，中有芭蕉一半聲。」斷句《緑陰》云：「鶯聲宛轉啼何處，花事闌珊感此心。」《秋蝶》云：「夢尋芳草緑將歇，飛入花叢菊正開。」《古硯》云：「一片雲烟留供養，百年心事耐消磨。」《客感》云：「身世冷宜詩作伴，性情孤與俗難投。」亦佳。

吴興山水清遠，昨日胥江歸，擬往遊未果。適歸安楊君見山峴就館由拳官廨，得數晨夕。暇出所著《寓庸齋詩稿》見示。稿中有辛丑年見懷之作，存而未寄，蓋神交久也。君頃治漢儒學，又嗜金石文字。詩所存不多，豪宕古艷，近人中在兩當、謨觴間。録其《見懷》云：「于君起詩社，近在鴛鴦湖。欲往不得往，秋風長菰蒲。清才衆人獨，高興百年孤。何以通款曲，慙無明月珠。」《榆樓丈見訪不值》云：「榆樓老詩伯，訪我命高軒。白髮能好客，青山同到門。浮雲不在岫，野鶴嬾歸樊。慚愧主人禮，何曾觴一尊。」《乍浦登保安城望海》云：「保安城中畫角高，保安城外海天遥。浪打石頭日月瘦，風搜山脚魚龍驕。自從妖蜃幻噓霧，絶少鮫人來獻綃。但得太平息寇盜，便拚一醉老漁樵。」《七夕》云：「穿鍼樓上月模糊，靈鵲填橋事有無。牛女漫嫌離別苦，天邊有箇客星孤。」

同邑龔宜園丈璜曾任東甌校官。工書法，詩亦雅飭。所居近在月河里。丈年老，余向時頹嬾不出門，雖相知，未相見也。頃其文孫芥舟寶芬以《橋西草堂稿》見示，《江船詞》云：「江船女兒眉兩灣，朝來送客富春山。山痕淺畫眉痕澹，一樣閒愁遠近間。」《立秋》云：「新涼忽到碧梧桐，蕭瑟心情一雨中。昨夜井闌尋落葉，鬢邊吹過已秋風。」

篁里王秋霞女史文瑞，吾友芑亭茂才堂妹，適張氏。著有《韵篁樓詩存》。《秋宵即事》云：「高捲疎簾早掩門，碧天如水正黄昏。清宵獨我添幽興，笑拔金釵劃月痕。」《問月》云：「滿庭桐影上窗浮，欲訊深宵獨倚樓。爲底當年擣靈藥，不能療盡古今愁。」《雨後見落花感成》云：「滿庭香氣透簾櫳，片片飛花着雨紅。薄命由來天付汝，莫因零落怨東風。」《花朝》云：「東風昨夜報芳晨，屈指迎春第幾旬。自笑閨中無物贈，特書新句賀花神。」

楊眉隱夫人貞淑，吾友秦次游孝廉室。工詩嗜琴，兼擅寫蘭。去歲以痛母故，抱病不起。次游捷秋榜，已不及見。道光辛丑八月，定海被陷，次游猶困圍城中。夫人以淚洗面，泣禱大士，卒得生還。元相所謂「事事哀」者，於夫人益信。録其《病起》云：「妝臺閒倚鬢雲斜，窗外新寒透碧紗。儂自懨懨春自好，不堪憔悴對菱花。」《鼓琴》云：「曉風簾幙正陰陰，自起焚香拂素琴。怨入湘妃彈未了，池頭寒雨一時深。」

柳隱叢譚卷五

秀水于源辛伯

往客吴門時，海昌朱筱漚太守鈞，以析津市上所得晉安平獻王司馬孚玉印見眎。方不踰寸，字作雲雷，文似篆非篆，精粹無比，作長歌存集中。太守家長安鎮，工書畫，喜賓客，收藏甚富，詩亦雅潔。所見《水天閒唱》一卷，五七律皆叠「家」字韵，係壬子歲總運北行之作。録其《玉峰舟次》云：「細雨横塘路，荒村獨樹家。寒容癡立鷺，暝色急歸鴉。文字論尊酒，功名悟鏡花。殘年風雪緊，鄉思動天涯。」《除夕金沙道中大雪》二首云：「飛棹發金沙，難容客憶家。聳肩蹲瘦鶴，臃背噤寒鴉。相對一尊酒，聯吟六出花，勞勞行役苦，强半此生涯。」「解后又摶沙，扁舟即是家。寄書難覓鯉，索句競塗鴉。昨夜回鄉夢，寒梅正着花。自知清福少，揮手忽天涯。」《述懷》云：「駒隙光陰感鬢華，十年强半在天涯。卸裝乍喜聯吟榻，謂次軒移硯寓齋。捧檄還愁上使槎。沿路看山皆入畫，連宵無夢不還家。故鄉書到傳芳訊，梅放綺窗三兩花。」《寄懷周次軒表弟》云：「一雙斑管艷生涯，如此奇才洵足誇。科第較遲原是命，文章難得是成家。何時歸去開吟社，有約還同理釣槎。笑我黄塵困韡版，竟教辜負老梅花。」太守許檢積稿見寄，日久不至，故所録止此。

吴門歸櫂，聽雨送至舟中，袖出友人詩四册，屬摭數語。逆風艤行，藉以消遣。一爲金君蘭，字子春，吴縣人。著有《碧螺山館詩草》。子春居太湖濱皋峰山下。世家耕讀，養親教子，備天倫之樂。又淡於榮利，詩亦清灑。《園居即事》云：「小結三間屋，還餘地半弓。種梅鋤夜月，分竹散秋風。自得蕭疎致，何須點綴工。連朝天不雨，忙煞灌園翁。」《舟過吴江》云：「雨歇風恬浪不驚，垂虹橋畔片帆輕。半湖蒓菜滑黏觽，一路藕花香進城。近水樓臺明夕照，繞堤蘆荻作秋聲。三高祠外三停棹，弔古蒼茫無恨情。」《歸舟書事》云：「解纜城西月未斜，一枝柔艣自咿啞。篷窗時有暗香入，風露滿城開藕花。」一爲張君紹松，號嘯泉，蘇州人。家西山麓，楞伽踞北，堯峰峙南。俞丈少甫岳序其詩，稱有隱君子風。晚喪妻子，在家出家。詩名《話雨山房集》。《遊幻住庵》云：「傍水垂陽傍樹庵，扁舟繫纜獨幽探。瓦罏塵滿香烟斷，隨意苔花繡佛龕。」《閉户》云：「閉户經旬嬾出門，焚香埽榻理琴尊。春來笑向東風問，紅到桃花第幾村。」一爲沈君鯤，號湖濱散人。所見《十干詩鈔》一册，自道光壬辰至辛丑之作。散人工醫。詩不多作，清婉可誦。《秋柳》云：「秋江烟柳萬條垂，繞岸依依映夕暉。爲問春來攀折處，西風憔悴幾人歸。」《初冬即事》云：「風高木落雁聲南，夕照天涯暮景酣。十幅布帆無恙否，洞庭昨夜熟黄柑。」一爲徐君筠，號韵巖，吴江人。著有《芋香山房詩稿》。《平望遇雨》二絶云：「帶水拖泥客暫停，布樓燈火晚冥冥。誰知四月初三夜，獨宿平望驛裏聽。」「羞澀空囊無物看，典衣且脱换朝餐。離家咫尺已如此，始信人間行路難。」時余夜泊干窑鎮，離家只二十里，擲筆慨然。

與魏塘黄丹秋杞孫别數年，余至袁浦，丹秋又客宿遷，咫尺不得相見。辛亥歲，於西子湖上流連匝月，旋即北嚮，握手慨然。臨行，出近作見眎。《子夜歌》云：「歡自夢中來，儂自夢中去。來去兩相歧，夢且無尋處。」其一「似聞人傳言，歡顔比前瘦。歡瘦定爲儂，儂顔那如舊。」其二「臨風觸離愁，揮淚淚點無。豈是儂心寬，淚眼流已枯。」其三「儂願化爲衣，裏歡身似繭。更願化爲酒，繞歡腸九轉。」其四《由關夜泊》二首云：「獨夜滯江皋，灘聲落暮濤。郵更催酒醒，行槖枕書高。睡羨榜人熟，氣輸關吏豪。苟占家食吉，何恨處蓬蒿。」「邗溝應不遠，烟水望迢迢。宦駬程多阻，鄉關夢已遥。吟情攙夜雨，愁思長春潮。伏枕還開卷，篷窗燭易消。」《夜聞風聲有作》云：「幾回孤枕數更籌，窗外芭蕉戰未休。燈影摇風醒淺夢，雁聲和葉落新愁。河波得與霜同肅，黄河霜降後例慶安瀾。鄉信能傳歲有秋。復恐一番寒氣至，開箱未易説添裘。」

歸安莊笑鶴新鑑居璉漣鎮，家有小園，日涉成趣。辛亥秋賦寓西湖彌勒院，與余所借水月樓最近，時來談笑。能誦次游詩及拙作，朗朗不遺隻字，可謂嗜痂成癖矣。録其《暑窗即事》云：「湘簾竹榻小徘徊，避暑軒南户不開。何事秋聲驚乍起，芭蕉葉上雨初來。」《同人五柳居小集》云：「約得詩朋與酒豪，清秋勝地樂陶陶。登樓有興同浮蟻，聯句無心且劈螯。瀲灧湖光侵几席，空濛山色醉葡萄。添來斜照西窗外，紅上酣顔兩鬢毛。」

癸丑之夏，鶴警方嚴，鷗侣罕至，長日杜門，忽有足音跫然而來者，則青溪嚴笛舟也。笛舟名鈖，前輯《燈窗瑣話》曾録數詩。出近稿相眎，詣益遒上。更摘其斷句「交無可絶唯書卷，憂果能埋有醉鄉」、「未風簷鐵聲先動，欲雨篝燈燄不尖」、「燈似故人親更好，酒如名士老逾醇」、「香草幽宜君子佩，酒杯深似故人情」、「懸堤老樹根如石，出水新荷葉類萍」、「樹常遭蠹全無葉，缸久盛魚薄有苔」。七絶《新晴》云：「盤蝸宛轉上牆頭，小徑泥鬆雨未收。編就短籬三五尺，新搜花子種牽牛。」

七夕詩，古今作者不知凡幾，時見新意層出不窮。笛舟伯兄笠溪錦《七夕詞》云：「一歲才能一渡河，臨行有語托微波。手中機杼休停織，但祝年華疾似梭。」亦未經人道者。更録其《重九夜小酌懷弟》云：「獨酌易爲感，悄然離思生。茱萸今日酒，兄弟異鄉情。月黑雁無影，林疎秋有聲。對牀眠未得，負此瓦燈檠。」《檇李道中清明》云：「春波滑笏一舟輕，柔艣嘔啞不斷聲。三尺短篷插楊柳，鴛鴦湖上作清明。」

嚴也秋女史鈿，笠溪、笛舟之妹，適海昌馬簡香宗玉。玉樹多才，便推詠絮；紙閣無事，奚止賦茗？録其《咏豆棚》云：「一架低棚風受涼，村南村北送清香。莫愁花放無人採，蜂蝶紛紛也過牆。」《螢火》云：「螢光如火火如流，夜讀何人照案頭。不信秋風吹不滅，飛飛又見上簾鉤。」他句《紙鳶》云：「十里怕沾紅杏雨，一絲繫住艷陽天。」《酒旗》云：「板橋野店春無價，水郭山村路莫歧。」《春陰》云：「不雨不晴挑菜節，輕寒輕暖惜花心。」《柝聲》云：「半輪明月鷄遲唱，一點寒燈犬不驚。」《菜花》云：「沽酒村中飄細雨，賣餳聲裏暖東風。」皆可誦也。

錢塘劉子埜泰僑居魏塘，嗜風雅，喜賓客。嘗棹扁舟，往還吴越山水間，探奇攬勝，時復斐然。兹録其《宿雪栖》云：「古寺叢篁裏，山深徑轉幽。碧雲峰外合，緑水澗中流。性静渾忘暑，心清早覺秋。僧寮無俗韵，常向佛前修。」「佛境雲巒護，幽栖竹徑連。七勾參妙諦，六字悟真詮。寶篆香金鴨，優曇鉢玉蓮。洗心亭下立，無垢聽流泉。」《孤山探梅》云：「乞得孤山種，盆中亦植梅。早探春信到，初夢月明來。欲訂同心侶，欣看獨占魁。數枝如可借，好載滿船回。」《南湖即事》云：「打槳南湖七夕過，菱花無數出烟波。欲爲妾鏡郎休笑，長照鴛鴦影若何。」「湖光一片夕陽收，催返吴娃喚渡舟。搖櫓有聲聽唱晚，嘉禾風氣近蘇州。」《採桑詞》云：「桑枝初放葉如錢，買定牆邊與宅邊。葉市未開先有價，今年定是十分年。」「緑雲滿箔雨初滋，得得行來滑滑遲。妾怕蠶飢先採近，剪刀聲斷不多時。」昨客魏塘，子埜與余倡和極多，互存集中。

魏塘瓶山道士許瀟客湘，遺稿未刻，存子埜處。瀟客工詩，能鼓琴。向與黄退翁、郭復翁善，多長者之譽。所見《碧竹山房集》，清洒可誦。《夏日書懷》云：「瓶山雖小山，寄跡聊高吟。清風徐徐來，一枕長松林。有時北窗下，悠然復鳴琴。惜無鍾期遇，奏此流水音。」「怪他褦襶客，溽暑猶招尋。不知静者意，有傲羲皇心。流光亦何速，緑樹皆成陰。寄言林宗子，謂頻伽。就我來登臨。」《初夏山房》云：「桐花開未落，小院緑陰多。雨過聽禽好，人間喜客過。徑幽添細竹，風急亂新荷。睡起新詩就，臨風獨浩歌。」《十月十日同郭頻伽丹叔昆季黄退翁霽青喬梓集馴鹿莊賞菊分韵》云：「蕭蕭蘆荻滿汀洲，有約來同出郭游。但得花前還對酒，從無方外亦悲秋。令徽三雅循環飲，門枕一溪曲尺流。自有人間清絶景，不須吹笛坐黄樓。」《寒梅》云：「寒梅半放已含春，雪壓霜欺又一旬。最愛小窗閒坐處，一枝清影瘦于人。」《秋夜不寐》云：「雲净天高夜欲闌，笑披鶴氅倚闌干。愛他月色清如水，誰奏《霓裳》向廣寒。」

休寧許東堯日昌一字練江。曩客海昌時，嘗作《練江秋月圖》，以寓故鄉之思。十載前曾爲題句，昨同客魏塘，與余始識面，歡然如故交也。練江詩寫性情，不事雕琢。作客東園，已近半載。《書懷》

云：「半載東園客，晨昏在畫游。携尊重九日，對酒閏三秋。欲別難爲別，放舟復繫舟。多情新舊雨，泥我再勾留。」《九日汪方川觀察招同鄉諸君二十五峰園小集》云：「别業新添古魏塘，題糕有約趁重陽。籬邊送酒衣猶白，檻外看花菊未黄。廿五峰頭登絶頂，一千里外倍思鄉。天憐此會無風雨，醉把茱萸泛滿觴。」《溪莊看梅》云：「石作闌干槿作牆，廿年不到此溪莊。而今一片荒蕪景，梅樹無多半種桑。」《閏七夕乞巧詞》云：「花瓜重設喜如何，巧乞雙星笑話和。一樣羅衣紈扇立，今宵但覺夜涼多。」

立春前一日，嘉善楊守愚明經思誠招集魏塘書院。余作一律紀之，有「文章已改秋冬氣，酒食猶來翰墨場」之句。明經狷介自守，不喜諧俗，然二三文字交，未嘗不雅相結契也。詩不多作，和平可誦。録其《己酉水灾記事》云：「淫雨不少歇，江河氾濫憂。四圍成澤國，一望失田疇。户外兒垂釣，檐前客繫舟。鴻嗸民失所，滿眼我心愁。」「禾壞呼庚急，農夫哭籲天。塲添三尺浪，釜斷萬家烟。破屋將全圮，危樓半欲遷。焚香唯默禱，來歲占豐年。」《自題東籬采菊圖》云：「甘苦平生只自知，年華五十欲何之。功名須讓兒曹趕，精力全憑藥石支。入坐有杯聯舊雨，得閒無事賦新詩。家醅旨酒奚奴送，領略秋光趁此時。」「松菊猶存三徑在，繪成九月好風光。忘形差喜一身健，對鏡忽驚兩鬢霜。婚嫁半完孫又抱，詩書早廢學全荒。東籬漫學陶潛種，折得花枝佐酒觴。」

錢琛卿維翰，守愚丈微雲壻也。魏塘錢氏多才，萍矼昆季早登清要，琛卿必非池中物，詩亦與萍矼相似。所見《愛日書屋吟稿》，美不勝録。《迎涼曲》云：「玉宇漠漠河無聲，半明不明牽牛星。炤見誰家庭院裏，棗花簾子猩色屏。一重簾捲新涼好，風動竹竿青嫋嫋。怪道涼風此地多，露痕暗浸桐陰悄。畫欄寂寞瑶階低，獸環寂寂雙銅扉。姮娥捧月窺羅袂，青女飛霜拂縞衣。縞衣羅袂清無汗，銅壺漏滴聲聲慢。芙蓉院落夜深歸，緑螢飛上齊紈扇。」《一别》云：「一别人依舊，相逢恨轉加。思君如流水，憐妾似楊花。碧海雲長斷，寒林日易斜。香車從此去，芳草遍天涯。」《題曹式堂廣文詩集》云：「蠻烟瘴雨浪奔馳，蜀道歸來鬢已絲。青史勳名劉寵傳，白頭兵革杜陵詩。滄桑宦海驚千變，苜蓿官厨冷六時。今日貞元朝士盡，茂陵遺稾問誰知。」《虎丘》云：「寶馬香車日幾迴，虎丘山畔颭塵埃。箇儂心緒無人會，獨向真娘墓上來。」其他本事詩佳句尤多，如「燕尋珠箔春無跡，龐吠花庭月有陰」、「石華廣袖嬌融唾，杏子輕衫穩稱身」、「藏鈎巧覆同心盒，倚袖寒生半臂綾」、「朱書月老鴛鴦牒，粉本滕王蛺蝶圖」、「擣藥有情憐月姊，妬花何術遣風姨」、「嚙臂忽驚紅蜥蜴，定情争賦錦鴛鴦」、「去來不定疑神女，居處無郎羡小姑」、「押衙奇藥生難覓，主簿柔情死便休」、「鴆酒豈能醫妬婦，獅臺祗合禮優婆」、「流水小橋迷舊巷，雨絲風片送殘花」、「空教南國生紅豆，漸覺東風送緑陰」、「綺語入詩難自懺，淚痕洗面太無聊」，俱頑艶有致。

孫蘭坡錢泰，亦嘉善人。讀書敦行，有古君子風。工楷書，詩亦莊雅。録其《寒窗雜詠》云：「不寐起偏早，親爲啓畫檽。霜驚鋪瓦冷，鐘愛隔城聞。手涷妨臨帖，心清且誦經。爐香焚一炷，思慮息冥冥。」《懷許竹溪》云：「翛然清夢落鷗鄉，滌盡塵襟興味長。十里汾湖當供養，八旬老母尚康强。品高合與梅花伴，性孝常留竹筍香。衡泌優游真自在，勝他名利逐遑遑。」《催租夜歸》云：「有田一頃腐儒糧，北去程途九里强。每爲催租動詩興，吟聲時答觽聲長。」「夜闌孤棹住江干，烟水蒼茫蠟炬殘。村落荒鷄聲入夢，五更風雨不勝寒。」

蘭坡外祖錢元仲增，號默庵，善邑諸生。道光壬午年七十八，重游泮宫。無子，撫外孫以待老，故蘭坡名錢泰。所著有《默庵詩稿》。晚與黄退翁、郭丹叔、吴獨游、葉改吟諸君倡和最多。佳句曾採入《靈芬詩話》。録其《寒夜客館》二律，即其實録也。詩云：「賓榻蕭然早掩關，朔風撼樹葉全删。病餘尚怯寒侵骨，老去難尋藥駐顔。生計不須田二頃，安居止欠屋三間。年來客裏如家慣，消受詩人一味閒。」「雲溪浪跡又三年，累婦持家劇可憐。井臼親操渾不厭，虀鹽慣食頗能便。中郎有女絃難辨，伯道無兒經孰傳。一段閒愁消未得，撥殘爐火尚遲眠。」

嘉善吴穎士茂才繡虎，少孤，力學，事大父及母夫人能得其歡心，詩亦清麗。《放下庵訪徐緝甫不值》云：「一徑訪秋士，茆庵問老僧。琴書仍客旅，香火古禪燈。之子不可見，西風日夕增。憐予塵網客，此境得何曾。」《相逢》云：「尋常不相逢，只道相逢好。正恐相逢時，相逢人已老。」《閏七夕》云：「秋來檢點到衣褌，半向長生庫裏存。到底阮郎貧未甚，尚留犢鼻曬晴暄。」

吴誦芬清，善邑諸生，穎士大父也。年七十三，杖履猶健。録其《咏菊》云：「幾種幽香帶露痕，茆檐草草與分盆。自存名士蕭疎意，賞識無人合閉門。」吴言泉寅槎亦諸生，穎士父也。道光壬午秋試，卒於省邸，年二十八，穎士才二歲。録其《六月初三夜作》云：「青燈欲暗晚涼生，風度疎簾乍有聲。夢醒不知新月上，粉牆花影寫分明。」

沈惠舟錫綸，籍嘉興，祖居新坊，僑寓魏塘。工畫，又擅篆刻，詩亦清妙。《嚴陵釣臺》云：「莫向金門傲冕旒，歸來却要着羊裘。河山不是劉文叔，那得長竿釣白頭。」《秋夜寓汪氏葆冲書屋不寐》云：「繞階幾處候蟲鳴，月到三更分外明。夜半倚窗思覓句，梧桐葉落一聲聲。」

嘉善蔣菊圃丈應煜，我友可堂茂才尊人也。隱居教授，潛德弗耀。《蠶詞》云：「四月柔桑緑徧疇，嬌娃采葉傍春游。可憐弱質生來小，恨殺攀枝不到頭。」《次韵壽夢月叔》云：「添籌隨例祝良辰，緑水青山一散人。莫道阿咸寥落甚，囊詩攜酒未全貧。」《得六哥手札》云：「百年人事一飛蓬，曾記青溪到便鴻。今日依然數行李，不知身在楚江東。」可堂名元塏，前客袁江，同舟回里，忽忽六七年矣。

侯官王雪軒觀察有齡，早歲即筮仕之江，所至有政聲。官吳興郡守時，次游次公多羅致幕下。屢欲往謁，因循未果。嘗見其《題次公鷗盟圖》云：「卅六鴛鴦閣，題襟集勝流。騷壇執牛耳，名士譽龍頭。繼武金風長，尋詩梅里游。時次公校刊《梅會里詩輯》方成。慚余違故土，孤負舊盟漚。」

上海李小瀛司馬曾裕，與次游次公交最早。前客葺城，訪於舟次，適已挂帆爲悵。至今歲始識面，殊恨晚也。司馬嘗與王叔彝觀察及次游諸君，同刻所爲詩餘，名《枝安山房詞草》。録其《醉太平》云：「瑶琴嬾横，銀燈嬾明。芭蕉故作秋聲，一聲聲怕聽。　巫山夢醒，眉山淚盈。新涼已怯桃笙，倘秋深怎生。」《卜算子》云：「無語獨徘徊，有恨難收拾。入骨相思計不清，紅豆抛千粒。　妾是雨中花，郎是風前蝶。蝶夢隨風來去狂，花淚終朝濕。」《眼兒媚·薄陰》云：「薄陰天氣半寒温。棼尾酒盈尊。梨花如雪，桃花如雨，簾幕黄昏。　睡紅雙印芙蓉面，春夢淡無痕。鵓鴣聲裏，烟絲風翦，容易銷魂。」《蝶戀花·題黄晴初孝廉竹林古佛圖》云：「□□修篁春寂寂，一葉蒲團，隨處堪容膝。

倘許來生私自乞，願儂莫作多情物。　羨爾空山閒拄錫，紅裏袈裟，竹粉黏來濕。愧我名場同選佛，禪鐙風雨年年碧。」

陳佳谷賢，蘇州人。家貧，五十始娶，旋悼亡。有詩云：「布裙值得幾文錢，猶道新裁未忍穿。手自爲卿歸一炬，再休珍惜似生前。」可云沉痛。韓履卿丈刻其集行世。

震澤凌敬一貳尹鎬，居鶯脰湖濱，需次之江。余館禾興郡齋時，敬一跫然過訪。知其媚學嗜古，非風塵俗吏可比。別後以《秦淮游草》寄眎。録其《靈谷寺》云：「怪石叱奇絶，僧房插亂峰。浮屠栖怖鴿，飛瀑起驚龍。日落千聲佛，風高一杵鐘。誌公衣履在，常有白雲封。」《秦淮歌榭》云：「蹇驢幾出青溪路，裙屐年年任狹邪。照眼雲山如列畫，可人楊柳暗藏鴉。胭脂一部桃花扇，風月三秋燕子家。記得虞山佳話在，水心亭上聽琵琶。」《游鶴林寺》二首云：「雲堂静不市聲譁，流水清泠趁竹斜。安得相逢殷七七，涼秋一發杜鵑花。」「一片閑雲繞徑平，數聲法鼓和泉聲。舉頭秋色清如此，黄鶴山前月正明。」《古驛題壁》云：「片帆争逐亂流中，擁劍哦詩氣亦雄。日暮荒郊無客過，一群羸馬競嘶風。」

烏程孫補華舍人璿，己亥舉人，補内閣撰文中書，敬一外舅也。中年凋謝，藝林惜之。頃敬一抄示數詩，録其《馬嵬懷古》云：「帳暖芙蓉夢未圓，深情枉自合金鈿。蛾眉月缺埋荒草，鴛韈香寒黯暮烟。竟使捐軀安社稷，苦難畫策庇嬋娟。秋風蕭瑟長生殿，何必當年締後緣。」《潯溪道中見雨中楊柳情致纏綿因紀以詩》云：「飛渡征帆一水盈，尊前濁酒繫離情。雨中楊柳皆垂淚，一路低頭送我行。」

補華嗣君壽增，年十一齡，詩亦清妙。其《咏花睡》云：「輕寒深夜尚淒淒，繡幌紅摇燭影低。任着黄鶯啼不住，春風扶夢到遼西。」他日亦未易才也。

吴興荻港，古名荻岡村。章君紫伯綬銜世居是鄉，爲著族。紫伯學備九能，藝兼三絶。去冬嘗刺舟往訪，蘆中三宿，不學剡谿返棹也。紫伯前於悼亡後，讀《會昌解頤録》，感長葛尉劉立與其妻楊氏再世重婚事，作《長葛尉歌》云：「昔有長葛尉，姓劉立其名。娶妻氏弘農，最篤伉儷情。數年妻病死，遺女名美美。語夫嫁須遲，我當重來耳。忽忽十數年，難覓再世緣。死者長已矣，生者尚泫然。罷官久寓心旁皇，縣令郭外招尋芳。裘馬翩翩尉先往，來憩趙氏長官莊。長官有女年十五，女伴相邀出繡户。紅杏枝前翠袖垂，綽約仙姿尉驚覩。女見尉來先一驚，淚珠錯落如泉傾。急向堂前話前世，主人疑信猶交并。主人重問尉名姓，并女美美僕秋筍。再世韋郎洵有之，紅絲不是今生訂。俄焉縣令至，長官白其事。衆客感嘆嗟，願致蹇修意。是時尉年三十餘，羅敷故夫今何如。青廬却借丈人屋，紫陌争看新婦車。鸞膠斷復續，重展鴛鴦褥。人間天上竟相逢，蝴蝶蘧蘧夢一覺。郎心長，妾志償。願共郎挽鹿，尋妾舊帷房。理我篋，荷葉羅裙摺痕疊。開我奩，菱花寶鑑愁容添。阿美亦頗慧，翻長孃三歲。呼女告女知，前世孃又來今世。女聞孃言不勝悲，鞠我恩深我報遲。孃去女兒猶襁褓，孃來女兒瑱髮垂。來時無異去時路，夫女團欒樂朝暮。容顔雖比向時嬌，誰道新人不如故。千載而後尚流傳，僕也聞之恨更牽。望夫不化三生石，怪道牙琴慟裂絃。無已請自今日始，撫卿女與前妻子。待十五年卿再來，莫謂河清竟難俟。」

紫伯與同里於文叔孝廉藻倡和極多。余客荻岡，文叔已北行，未及握手爲悵。茲録紫伯《疊韵送文叔北上》云：「聯吟最憶稚年時，豈料棲分南北枝。久別賦歸驚遠客，半生行役富新詩。天涯涕淚存亡異，去秋小坪明府佐軍宿州，歿于王事。君聞訃星馳，扶櫬南返。日下功名感慨遲。君舉京兆，年已四十。我比君苗焚硯久，盍簪纔卜又嗟離。」「連雲烽火未銷時，贈遠聊憑春一枝。動地鼓鼙征客淚，隔江梅柳送行詩。遣歸眷屬知非易，藉慰英魂莫任遲。小坪已邀賜卹而眷屬仍留保定，君此去擬遣南歸。他日營田來潁上，結鄰重倚篳流離。」文叔和云：「打包又是出門時，泥我南飛繞舊枝。千里心悽楊柳色，一編聲斷鶺鴒詩。燕巢未穩謀歸亟，馬鬣雖封抱恨遲。他日羊求相過從，結鄰重與訴分離。」「春寒料峭打冰時，五兩無風櫓一枝。肴核已辭迎歲酒，風濤爲護壓裝詩。朱提得券行偏早，白下銷兵信尚遲。慷慨悲歌吾所好，更來燕市訪軻離。」

金山張恭叔敬詒，世居朱涇。近年沈君南一主講是邑，陶君錐庵下榻其家，絃詩作畫，倡酬不少。余昨客滬上，迂道訪之。同游其別業，欸乃村莊，水木明瑟，殊擅幽勝。所著有《補讀書齋吟稿》。録其《讀錐庵詩》云：「陶公賦歸去，踟蹰搔我首。偶披舊贈詩，聊下新釀酒。讀罷憩胡牀，明月滿窗牖。禿樹静棲烏，一葉繞階走。」《喜南一至》云：「孤館一燈静，寒雲撥不開。雪消梅萼瘦，潮長客帆來。刻燭聯新句，飛觴倒舊醅。烽塵猶未熄，且住莫遲回。」《游釣灘庵》云：「小徑斜通市，疎花曲護籬。秋深蟲語健，樹老鵲巢攲。寂寞渡頭水，清涼船子祠。逃空猶未得，一笑共題詩。」《重游釣灘庵》云：「會昌殘碣委蒼苔，船子庵荒夕照隈。尚有老僧能耐冷，秋花無數向人開。」《新秋漫興二首》云：「淡淡秋容日色斜，攜朋共訪野人家。紆迴船子庵前過，一隊野凫眠淺沙。」「繞堤颯颯颭垂楊，猶自柔條未着霜。驚散游魚潛水底，有人橋外曳秋裳。」

南一孝廉向同客吴門，索其詩不得。兹從恭叔處抄存數首。《題陳蓮汀載書訪友圖》云：「異書到手如得官，良友一别飢思餐。猗嗟陳侯篤所好，一舟盡日河之干。」「山舟門下今餘幾，畫中之人君老矣。何當借讀載一瓻，更訪比鄰下帷子。謂董柘匏。」《送杜仲容之西江》云：「乍見遽云别，送君登此舟。望雲懷嶺表，假道過杭州。世亂無長策，春寒有敝裘。嵐青帆白處，應憶袖山樓。」《送陳保之出守吉安》云：「自别鍾吾國，十年無一緘。故鄉纔把酒，明日又征帆。風鶴方多警，蒓鱸未許饞。時危行政便，小醜待平芟。」南一工古文，得歸、方遺軌。

嘉定張東墅太史脩府嘗投詩入鴛水吟社。昨客吾郡，爲女校書朱素貞作《東湖曲》，遠追長慶，近繼梅村，時賢罕有其儷，亟録於此。云：「東湖湖水傷心碧，半寫相思半離别。柳絮愁縈倦客情，菱花艷照傾城色。傾城生小是同鄉，家近吴王射獵場。自憶前生原素女，人呼小字比真孃。美人風貌文人命，東風萍梗飄難定。十載琵琶訴向誰，誰知此地扁舟聽。扁舟偶倚弄珠樓，雲樹茫茫黯别愁。渭水歌成三叠玉，潯陽翻作四弦秋。佯嗔泥笑移纖步，入座翩然矜一顧。裙衩低迴翠袚風，釵梁巧壓紅蕤露。對影聞聲已斷腸，湖烟齊化麝蘭香。含情欲説生平事，手把檀槽淚數行。酒波鱗鱗燭花紫，掩抑摧藏一聲起。十三初學内家妝，嚦嚦春陰囀花底。花樣娉婷月樣圓，《霓裳》小拍正華年。都將《子夜》雙聲玉，寫出《丁娘十索》篇。斜抹輕挑漸愁悒，《金縷》歌殘杜秋泣。人間合有鳳求皇，相如可奈琴弦澀。清商絶調轉孤高，心事靈脩託楚騷。似爲吾儕憐傲骨，新詞羞奏《鬱輪袍》。此時湖畔啼鳥急，此時四座青衫濕。袖折弦摧變徵音，鐵馬金戈莽蕭瑟。孤城斗大煽妖氛，戍角無聲散陣雲。青犢横行憑社孽，紅羊慘急避兵人。鬼哭荒闉夜昏黑，篝火狐鳴塞荆棘。琵琶幾换塞笳悲，咫尺家山歸不得。家山辛苦咽刀環，片語真令賊膽寒。不是蛾眉知大義，那能虎口幸生還。生還半晌驚魂細，如雪刀光夢猶悸。併入懷中鐵鳳吟，無端祇怨紅顔累。曲罷餘音繞綺筵，自擕紈扇障嬋娟。臉波半醉低春暈，此意旁人未解憐。鈞天憶奏通明殿，江湖回首觚稜戀。兩載蘭陵入陣歌，三生杜牧傷春怨。每聞古調易霑巾，棖觸瓊樓舊夢塵。淚帕昔曾留灼灼，畫圖今又見真真。香山樂府鉛山譜，天涯亦有鵑啼苦。自别春明更不聞，淒然一種鵾絃語。浮生離合信前緣，意外知音豈偶然。對客當爲善才舞，逢人莫學雍門彈。厮養才人千古例，天生絶代供憔悴。頻年燕市碎胡琴，今夕爲君翻破涕。況今江海徧烽烟，茵溷名花幾幸全。蘆子城邊摧玉樹，莫愁湖畔委花鈿。紅么雙淚休輕迸，祝君從此風波定。艷福誰量石氏珠，芳心倘遇温郎鏡。却立沈吟轉翠翹，依人飛鳥太無聊。冰絲未斷纏綿韵，鸚鵡洲前咽暮潮。潮聲嗚咽催南浦，紅牆一霎人天阻。夜半横塘柔櫓鳴，淒淒猶認瓊瑶柱。東西勞燕感飄零，殘漏蓬窗酒易醒。重唱屯田風月句，隔湖惟對遠山青。」

績溪程味蘭廷彝嘗同客袁浦，别來六七年矣。近以銜官需次江蘇，因公赴浙，歡然道故，復以匆匆言别爲悵。記其《清明無米解嘲》云：「空甕窺來鼠亦憐，塵生釜甑太蕭然。諱貧却笑山妻巧，道是今朝例禁烟。」

柳隱叢譚卷六

秀水于源辛伯

姜西溟先生在史局時，日與輦下詩人縱酒論文。嘗謂我輩人人有集，然其詩或傳與否，均未可知。惟當牽連綴姓名於集中，幸有傳者，即所附載之人，亦因以顯，如少陵之於阮生、朱老，東坡之於杜伯老、苟秀才是也。郭頻伽詩云：「吾黨一人傳，人人皆傳矣。」即此意。

查初白云：詩之厚，在意不在詞。詩之雄，在氣不在貌。詩之靈，在空不在巧。詩之淡，在脱不在易。

江浩然字萬亭，一字孟亭，嘉興人。客濟南最久。名見鄭荔卿《國朝詩鈔小傳》。徐天稽字壽謀，一號南皋子。《春游曲》云：「狹路香車捲細塵，如花一隊出城闉。春風無賴垂楊柳，故把狂絲罥畫輪。」詩見查蓮坡《詩話》。今鄉里無有舉其姓氏者。

馮定遠《題孫致彌集》云：「蠶吐五采，雙雙玉童。樹覆寶蓋，清談梵宫。」蓋仿「黄絹幼婦」，謂「絶好宋詩」也。

漢軍銘東屏觀察岳，以名進士出宰西江，洊陞今職。刻有《妙香館詩文鈔》。頃客滬上，於陶友藍貳尹璨案頭快讀數過，沈雄奇警，卓然名家。集中又有人品、人鑑等作，俱極精妙。因録其斷句。《蕭寺夜坐》云：「官同陶令行將隱，醉學劉伶死便埋。」又云：「燕市空聞求駿馬，葉公原不好真龍。」《寄懷吴虚谷》云:「老去年華增馬齒,别來詩卷可牛腰。」《題黄樹齋師如此江山圖》云:「詩成客欲呼龍聽,興至人疑跨鶴來。」《漫興》云:「壓架好花皆姊妹,過牆新竹有兒孫。」《雨後抵撫州》云:「怪石似牛横水卧,亂雲如馬破空行。」《喜弟鼎臣至》云:「蘇轍執經兄北面,陸機居屋弟西頭。」《中州》云:「樹因風緊初辭葉,雲爲山寒不作峰。」《贈余石園學博》云:「有用文章真菽粟,無聊風味是虀鹽。」《咏一品鍋》云:「軒軒名器頭銜貴,衮衮諸公肉食多。」《絶句》云:「輕風吹起稻花香,獨向青山倚緑楊。野老趁墟歸已晚,滿身明月過横塘。」《讀書萬柳堂作》云:「小窗煮茗邀僧話,五夜敲棋有鶴聽。明月滿身鐘磬寂,妙蓮花下一燈青。」

全椒薛慰農刺史時雨,初令嘉興,有惠政,士民愛之。僅一載即瓜代去。時值卧病,作《感興》五古三章,有「惜聞令公去,誰作道州詠」之句。刺史嗜填詞,刻有《西湖艣唱》一卷。《望江南·新月》云:「新月上,影恰二分宜。兩地情懷憑管領,一分照我一分伊。能否寄相思。」《一葉落》云:「一葉落。涼初覺。彩雲舊訂銀潢約。美人期不來,秋院羅裳薄。羅裳薄,恨向青燈閣。」《減蘭》云:「楊州小杜,十里珠簾空覓句。葉已成陰,孤負尋春一片心。　宵涼夢杳,月影蒼茫星影小。不怨嫦娥,只怪瑶臺風露多。」《一萼紅·爲秦次游題眉隱夫人畫蘭遺墨》云:「剩愁苗,教秦嘉腸斷,香草泣《離騷》。寶匣塵昏,瑶琴調澀,三生福分全消。算只有、曇花小幅,是當年、螺子黛親描。並蒂緣慳,同心影瘦,紉佩香銷。　千古才人工怨,覼零縑斷素,倍益無聊。碧杜緘情,紅蘅憶遠,古芬飛上吟毫。最惆悵、湘君魂窅,一聲聲、楚些渺難招。争怪潘郎華鬢,逐漸霜凋。」

桐鄉金瀛仙太守安瀾，由詞館改農曹，出爲南河司馬。近作二千石，亦垂垂老矣。憶別淮壖，忽將十載。今重晤於滬上，太守因集句書聯見贈。云：「所向皆空闊，相逢各老蒼。」感慨係之間，出近著見眎。録其《題陳筠石吟稿》云：「蚤歲呼英物，重逢已壯年。詩能韓孟合，交與紀群聯。仕矣彈冠慶，仙乎挹袖緣。時偕詩人于辛伯同來滬上。瑶華承賜讀，老眼拭浮烟。」《有感》云：「老去難償志願奢，詩雖苦思未名家。放翁句。一官墮落風前絮，八口漂流海上槎。祇喜瑣言談北夢，敢誇僻典讀《南華》。眼看時局紛紛改，忽似摶沙忽散沙。」《與方鐵君同年話別》云：「題名同到大羅天，萍水相逢感暮年。臨別忽思坡老句，送行無酒亦無錢。」

拙作《一粟盧》一、二稿，題詞甚多，大半散佚。頃檢篋笥，得蘇郡吴清如農部嘉淦二絶句，補録於此。云：「南湖烟月勝西湖，啜茗栽花興不孤。詩艇年年長載酒，風流重接小長蘆。」「落拓江湖鬢未絲，便爲國士有微時。用集中《漂母祠》句。愛才世有河南尹，薦士終須遇退之。」所著有《儀宋堂詩集》。尤工詞，爲吴中七子之一。

同邑周存伯閑，少隨宦浙東，僑居杭郡。自言里中無三日住，故鄉罕有知其人者。連年駐兵焦山，以功授郡司馬。工填詞，長於從軍之作。白石鐃歌，别成鼓吹。《憶舊游·上鳳凰山》云：「向荒涼細磴，礌砢層岡，塵騎登游。亂後山川異，感詩題壁蘚，馬繫庭楸。四郊但看多壘，兵氣静城陬。只獨樹夭桃，花明澗底，不識春愁。淹留，記凭眺，有碧罨琳宫，晴鎖丹樓。舊跡餘殘礎，付幾堆賊火，燒斷吟眸。野池劫灰都盡，陳事渺難求。剩一派長江，滔滔日夜無恙流。」《柳初新·郭津壘邊新柳漸緑》云：「當年墜絮無人徑，弄翠縷、垂垂影。晚鴉啼上，初桃謝後，繫箇野溪春艇。又誰料纖條烟暝。却今年、營門斜映。　別有樓臺日永，飄珠簾、輕寒庭静。歲時離恨，陌頭暮色，定向畫闌潛凭。也未曉、天涯愁境。把柔枝、東風閒省。」《一翦梅》云：「花落門前啼暮鳩，戍鼓城頭，津鼓船頭。春帆一翦去明州，江水東流，海水西流。　此夜疎簾人倚樓，眉樣如鈎，月樣如鈎。夢中天際誤歸舟，鐙火鄉愁，烽火邊愁。」

震澤金小酣司馬其相，爲謝堂太守蘭原文孫。近將需次之江。早春舟經鴛湖，投詩見示，清雄雋爽，愛不忍釋，留三月寄歸。録其《寒山道中》云：「舟行殊寂静，愁思起無端。山色迎人爽，泉聲落枕寒。獨遊尋勝嬾，遠別寄書難。却羨橋邊客，臨流一釣竿。」《過早關戲作》云：「關吏傳呼急，舟人笑語譁。船頭辨江色，篷背怯霜華。路已分南北，帆應定整斜。昨宵同繫纜，轉瞬各天涯。」《西泠歸舟二絶》云：「雙槳清游酒一尊，沿堤楊柳攬吟魂。夕陽欲下歸帆穩，桑柘陰陰過石門。」「客懷攬勝興非孤，烟雨樓宜作畫圖。啼鳥笑人不歸去，西湖游徧又南湖。」《口占》云：「如水涼生雨過時，秋齋燈灺夜遲遲。月華冷咽蟲聲細，花影半欄人課詩。」所著有《求是齋詩詞鈔》。

小酣司馬妹静因夫人慧，適嘉善蔡佛華大令潤琛爲繼室。佛華爲湖北廣濟縣令。罷官擬戍，流寓武昌。值粤匪亂吴，甄甫制軍文鎔留佛華隨營效力，同時被害。聞耗，欲以身殉。三子一女俱幼穉，死而復生者再。旋出走，備嘗險阻。遇張小蓬大令祥泰、劉陶庵別駕鑄救援，始得歸。長子八歲，以駡賊被擄。次子以痘殤。於途有《哭夫詩》十首，甚哀慘。兹摘録其二云：「勉强從軍不自由，相離骨肉萬般愁。可憐一別成千古，此恨常隨漢水流。」「妾今苦節礪松筠，且向如來證浄因。他日養姑心願遂，重泉打點伴君身。」余曾作《棘蘭篇》，存集中。

上元廪生張繼庚，字炳垣。陷賊後，潛赴大營，約内應。尅期進兵不至，備受慘酷，誣指老長毛賊三十二人爲同謀，一時被殺，天下有義士之目。錢塘金麗生澍本初與其事，後逸出。嘗誦炳垣所作無題詩，哀痛迫切，亟録於此。云：「不遇黄衫客可憐，真成三十六重天。紅綃私語都如夢，紫玉春心欲化烟。月缺可能圓有日，河清未卜是何年。」末二句麗生記憶不全，仍闕之。

《金陵癸甲摭談》，蕪湖謝介鶴炳所著。介鶴在圍城十有八月，與張炳垣同謀内應，幾〔罹〕不測，以智免。由漢西門逸出，故自號漢西生。早年有《越中草》、《放亭逸稿》、《白石居稿》，俱付兵火。頃以衙官需次滬上，得讀其近稿。《金陵城中見雁》云：「風吹一段墨雲齊，雁字成行列陣低。十里斜陽明雉堞，人人个个出城西。」《逸出後淳化鎮見金麗生和答》云：「金陵城隔等千山，難許雞鳴即度關。那料干戈離小劫，猶能杯酒話餘閒。重逢獨見交情厚，九折曾驚世路艱。賸得鬚眉同故我，相看不覺淚痕斑。」

英機黎人從番舶携一巨鳥來，高三四尺，黑羽，無翼，善走，名曰鴯鶓。上元孫澄之文川時客滬瀆，作《鴯鶓歌》云：「銕冠覆頂剖半螺，項懸翠胡一寸多。長脛修脰足三趾，無翼有羽如垂蓑。是名鴯鶓遠國至，萬里重洋番舶寄。好事略同驢入黔，離群豈等馬空冀。自來予足去翼爲毛蟲，汝乃羽族何以無翼難摶風。因汝健步善走與獸類，天故靳汝以翼爲至公。汝何爲者神昂昂，觀者環立如堵牆。俗情少見固多怪，汝母自詑生夸張。鷓鴣兮鷓鴣，汝之毛羽黯黯，豈知藻耀高翔，尚有鸞與鷟。汝之嘴距遲鈍，豈知搏擊風沙，尚有鵰與鶻。既不能司晨如黄雞，復不能警露如白鵠。巨口空張舌不存，安望和鳴能中律。即汝善走亦尋常，豈若大鵬奮翅驤展足！我聞烏洲有駝鳥，力大能負重。馴養如馬牛，可以施牽控。又聞島國産鳭騑，疾走如奮飛。捕之作胾殺，雞騖輸甘肥。此皆海外禽無翼，或力可任肉可食。汝乃驅之既不能勝羈靮，烹之更不可登筵席。靦然亦復游中華，獲覩光天與化日。憫汝亦生命，憐汝來遠方。定汝波濤之驚魄，飫汝泥沙之枯腸。皇圖廣大普容畜，豈擇塊處之一物。踐我土兮食我粟，汝今得此亦云足。汝不見梯山航海咸來王，道淳時聖庶物昌。珍禽奇獸不爲寶，鳳凰麒麟不爲祥。汝材既凡形復鄙，適從何來遽集此。勝於汝者正復多，汝若自矜殊可耻。」

澄之亦從圍城逸出，眷屬離散，備極辛苦。余評其詩境，在浣花堂畔、野史亭邊，良非虚譽。更録其小詩。《除夜塗次》云：「石梔潭下寒水清，石梔潭上卧巡兵。臨流敢怪逢呵止，那有將軍肯夜行。」《復至姑蘇》云：「昔去雕菰才結子，今來香稻已生孫。飄然又作吴趨客，細雨撐船過葑門。」所著名《燼餘草》。

嘉興戴禮庭德堅，中年始作詩，便從杜陵入手，慷慨激昂，不作凡語。昨同客吴門，讀其近作，最愛其《張小虎歌》，亟録於此。云：「張小虎，古烈士，河南大俠虎山子。聞小虎祖嘗爲郡守。父虎山任俠，以鋏鎗得名。少年跅弛負大志，猿臂青雕報國字。小虎嘗涅『盡忠報國』四字於臂。兄事劇孟，弟畜灌夫。傲睨金紫，結交狗屠。大黄之弓金僕姑，蛇矛丈八名屈盧。南山射獵餓鴟叫，平原盤馬蒼鷹呼。歸來却過夷門下，不見當年抱關者。悲歌醉向酒家眠，熱血滿腔爲誰瀉？垂頭戢影塵埃中，忽聞粤寇來江東。徵兵四方羽書白，喋血千里烽烟紅。虎也大呼投袂起，鼠輩猖狂何敢爾。仗劍叩轅門，長揖見將軍。畫地陳方略，論議驚千人。江淮惡少悍無賴，感虎意氣望虎拜。拔戟成一隊，此軍可勝不可敗。揚州城，高崔巍，九千斤礮打不開。城頭賊滿曳足笑，安得將軍天上來。刁斗無聲月深黑，潛師突襲虎生翼。踰濠焂忽猱狖騰，蹋壁直上飛隼疾。垂克不克無援兵，癸丑五月二十日，小虎率敢死士二百人，砍城登堞，賊已驚亂。大營兵勇以雙將軍攻城，受砲傷，觀望莫敢繼進，遂不克。從此賊中常夜驚。逡巡畏縮棄城走，論收復功虎居首。戰高唐，戰鎮江，南北馳擊臂兩槍。數奇不得秉節鉞，威名已匹總統張。謂張提軍國梁。殺聲殷天高資鎮，中丞搗賊陷賊陣。丙辰四月二十五日，吉中丞爾杭阿援劉觀察存厚於鎮江之高資鎮，爲賊圍幾殆。排槍八面逼，長圍矗霜刃。雖有萬貔貅，觀望莫敢進。虎也呻吟帳中卧，亞父背疽如盎大。裹創怒馬斫賊圍，健兒二百馬後隨。巨靈擘山走沙石，神龍攪陣訇霆雷。橫衝直突翼以出，黄旂捲地追兵急。賊旂幟用黄色。迴馬一叱咤，兇徒盡辟易。狼機左右發，當者洞胸腋。槍盡揮短刀，刀光掣電人頭抛。殺賊賊愈多，群羊攢虎虎咆哮。山崩地塌壯士死，塵昏日暗戰馬號。吁嗟乎！朝廷養兵二百春，爪牙之士屯若雲。唱籌已竭轉饟力，坐甲愁建沙場勳。虎奇男子起閭左，捐六尺軀報君父。朱家郭解何足數，雖爲執鞭所欣慕。古烈士，張小虎。」

當塗馬鶴船丈壽齡亦從金陵逸出，僑寓吴門，老作諸侯客，雙目炯炯，雄悍之概，時露於語言文字間。録其《三少年行》云：「胡君煦齋翰墨妙天下，草檄飛文恣揮灑。皂衣繩屬突重圍，丈八蛇矛五花馬。田君鼎臣投筆來從軍，戴頭三次來賊城。被人掣肘心不死，慷慨上書猶請纓。汪君燕山手挽兩石弓，舉足一躍身騰空。圖寫美人是絶技，門限踏破羞雕蟲。斯世急需才，古人不可作。有能拂拭建功名，安知不上凌烟閣？祇今鎩羽無風送，可憐國士難殊衆。胡田餬口無粟納，六品頭銜不得俸。汪君幸已刮目看，大府出門作騶從。三人與我笑相視，我與三人愧知己。未能置君青雲端，識君僅有雙眸子。江南薊北望迢迢，時胡客蘇州，田赴都，汪奉撫軍札往句容，襄辦團練。局促鹽車且勿耻。賊徒離德賊魁孤，千載一時正在此。嗚呼！千載一時正在此，燒尾無雷龍不起。」

吴門客次，婺源齊玉溪學裘出示尊人梅麓太守彦槐《送石佛入焦山圖》，名山掌故，我佛因緣。録其題記云：「大唐永隆二年，歲次辛巳，九月丙申朔，十二日丁未，傅黨仁、傅道遠、傅仁高三人，合家等上爲七代父母，法界衆生，敬造阿彌陁像一鋪，合門供養。」又云：「是石舊在安陽縣東高穴村槐陰寺，寺淪入漳河，僅有此刻。嘉慶八年，惠州趙希璜載來揚州，九年八月歸諸焦山。時同游者錢唐吴錫麒、通州胡長齡、邱縣劉大觀、蕪湖韋協夢、陽湖洪亮吉、趙懷玉、孫星衍、陽城張敦仁。十年正月安邑宋葆淳重造石佛二侍者，並題記。」又云：「嘉慶十一年，安邑宋葆淳、揚州江藩、焦循、秦恩復、阮元同送致焦山，永無遷失。」又云：「此石雖經諸老題識，實未送致焦山。道光十年臘八日，婺源齊彦槐購自揚州市中，親載入山，付僧清恒，供奉勿失。雲峰江水，共爲證盟。彦槐記。」卷中有林文忠公題詞，併録於此。云：「金人入夢始有佛，六代造象何紛紛。唐初采經及西竺，供養功德宜精勤。安陽傅氏好弟昆，欲以冥福資六親。紀年在辛月在丙，精宇想見榱櫨新。何時淪棄荒水濱，千三百載浮河津。

屢經兵燹象完好，呵護信有天龍神。趙前宋後發誓願，送之焦山鎮海門。一江水隔竟未果，題名易蝕蒼苔痕。齊君種善多善根，古佛顯應成妙因。杉板船輕剪江去，江風不動波沄沄。是日山中佛光現，異雲五色明朝暾。音樂鳥鳴溪澗曉，旃檀香散林巒春。汲東泠泉作清供，曼陀羅雨吹絪緼。我聞八萬四千幻名相，世塵詎着蓮花身。天人感應理則一，刹竿自樹波由旬。爲君作歌歌止此，別有靈契君應聞。銅觀音象光福村，在宋出土祈祀殷。雨暘徵應紀前志，歲久廟圮叢荆榛。前年去年兩禱旱，楊枝滴水蘇吾民。民無飢寒聖人悦，新灑寶翰題瑞璘。君如來游太湖滸，請依蘭若瞻慈雲。更將貞石摩厓手，一寫裴休讚佛文。」

玉溪詩才横溢，兼擅書畫，俱有奇致。僑寓蘇郡，顔其室爲「天空海闊之居」，鏤板勒石者列左右，當當響搨聲起自廊下。著有《蕉窗詩鈔》，嘗寫眎。《盧忠肅公燬玉雙印詩》云：「真玉燬不壞，孤臣死更生。印鐫廿七字，光射斗牛驚。誤國讒爲大，忠君孝自成。摩挱三歎息，四境正交兵。」其一「大矣盧忠肅，興亡係一身。憂心愠群小，刻玉表孤臣。雙印留天地，高文感鬼神。映江有印記刊行。願鈐千萬本，徧示出山人。」其二。印爲錢映江茂才綺所藏。兩方俱兩面刻，一曰「取彼譖人，投畀豺虎」，又曰「迫生不若死」；一曰「大夫無境外之交」，又曰「孝者俟忠而成」。

玉谿家藏梅麓先生遺册，又有《梅花居士圖》，爲女弟子許定生淑慧所作。中有湘鄉左清石太守仁二律最佳，并録於此。云：「拂袖翩然作散仙，梅花同調歲寒天。生多慧業難成佛，偷得閒身亦有緣。夢裏羅浮常對酒，古來陽羨好歸田。畫中纔識荆州面，恨我遲逢二十年。」「嬾向君王乞鏡湖，濡毫親寫輞川圖。先生杖履春長在，高士園林影不孤。一代詩才存大雅，十年樹木未荒蕪。莫嫌廉吏清如雪，尚有遺文付小蘇。」

吴門李養默元福前年同客語溪魏塘幕中，日有倡和。近游禾中，時復聚首。予最愛其《石門六月十九日慧庵謁大士像》云：「祇林寶相佛生光，滿座青蓮一瓣香。萬障消除徵福慧，漫天花雨禮空王。一念慈悲照佛鐙，飢鷹餓虎正憑陵。净瓶幾點楊枝水，洒滅人間劫火能。」又在魏塘度歲，《詠爆竹》云：「動地春雷徹夜聽，聲聲爆竹急流星。何堪客裹逢除舊，鄉夢難尋酒易醒。」《椒盤》云：「椒花正獻五辛盤，爲祝遐齡百事歡。只歎年年仍旅食，風塵誰復勸加餐。」俱佳。

養默愛女蓉卿玉英，年二十，未嫁而卒。今十餘載，養默猶追悼不已，出所著《憶蘭香館詩鈔》見眎。録其《新秋對月》云：「皎皎新秋月，清光滿眼前。原知千里共，何待十分圓。簾側窺雛燕，枝頭咽暮蟬。藕花香更遠，隨意寫詩篇。」《重游虎阜》云：「烟波七里緑參差，畫舫笙歌夕照遲。記得儂來時節好，桂花開徧白公祠。」

定海藍稚香少府，名居中。余問其命名之意。蓋欲自參於白居易、黄居難之間，亦好奇矣。少歲隨宦楚北，近需次江南。客中晨夕過從，談藝甚樂。嘗同游天平山看紅葉，作圖紀之。詩筆清峭。録其《咏韓信》云：「英雄物色向風塵，漂母原非邱嫂論。終覺君臣專口腹，憂羹修怨飯酬恩。」《夜醉》云：「換却鷫裘醉即眠，醉鄉依舊太平年。半牀斜月驚初醒，黠鼠猶來數酒錢。」他句如「安得術操金點石，久拚心似鏡磨甎」、「西華親殁交情見，東野官卑傲骨高」、「一任浮言讒薏苡，其如長柄問胡盧」、

「半生題字慚凡鳥，一例鳴秋感候蟲」，俱佳。

葉小鸞眉子硯，道光己酉歲，大興王佛雲司馬壽邁得自袁江市中，刻有《硯緣集》。後令吴江，又爲小鸞修墓，禁樵採。集中搜羅賅備，名作如林。兹摘録司馬所題小鸞遺象詩，云：「灰囊妙喻何超曠，《窈聞》載小鸞云『《返生香》一刻，正如石灰囊已留一跡。』生綃又現曇雲相。繡佛前身夙有因，傳神半面今無恙。娉婷珠樹第三枝，冰雪聰明水月姿。白地鴛鴦朝製錦，緑窗鸚鵡夜教詩。詩心縹緲仙心儁，煮夢年光真一瞬。《返生香》載小鸞辛未年戲作《蕉窗夜記》，託名煮夢子。引鳳遲吹弄玉簫，驂鸞早授飛瓊印。瑯函雲笈舊司籤，《窈聞》載泐師謂小鸞爲月府侍書女。小劫回頭十七年。賸有遺芳編阿母，更修慧業證諸天。天人遥隔芙蓉闕，玉梅歲歲花如雪。寂寞疎香小閣中，空簾誰拜纖纖月。月子彎彎眉樣新，硯緣曾結宦游身。《秋雨庵隨筆》載番禺陶綏之曾得眉子硯，徵題。道光己酉，余得於公路浦。一庵分得琴書潤，微雨櫻桃幾度春。春光滿縣花移種，甲寅九月，余由元和移攝吴江令。捧檄江城慙倥偬。片石留參翰墨禪，廿年重有烟波夢。夢爲戊戌年事。曾以「夢淞」自號。夢中環珮記依稀，畫裏春風是也非。安得返生香一瓣，招魂重與賦嬉飛。清芬遠誦憑來哲，家乘殷勤搜散缺。謂葉戟甫友山昆仲。無葉難尋化蝶蹤，《窈聞》注：無葉堂者，師於冥中建設，取法華無枝葉而純真實之義。連枝尚指眠牛穴。天寥公年譜載：崇禎十三年十二月廿五日，移世偁、世儴、昭齊、瓊章四棺，權厝於竇生庵荷花池之北沚。戟甫訪得，今爲大富字圩關帝廟後，纍然高阜，故老相沿指爲葉小鸞墳云。分于坏土久薶香，楓冷秋紅亂夕陽。母宛君紀略：小鸞十歲，以『桂寒清露濕』令對，即應曰『楓冷亂紅稠』。擬翦傣修片碣，一傾椒酒奠寒簧。《窈聞》載泐師云：小鸞在月府時名寒簧。」

年來落魄江湖，家居尤窘。新城楊子萱司馬時有餽遺。仁者之粟，小人有母，致足感也。司馬刻有《惜味軒詩鈔》，膾炙人口。詞不多作，曾以長短句就質。蒙其見題《浣溪沙》云：「詩思枯如木葉乾，多君佳句助清歡，一封書帶雁雲寒。　葯銚茶鐺同寂寞，箋南硯北足盤桓，嚼來虀臼味辛酸。」録此以見一斑。

海鹽徐古春驊世居乍川，與沈浪仙最善。嶺海歸來，賣藥滬上，客中過從甚數。録其《贈王同生太守》云：「移住茅光二月寬，旅窗晨夕樂盤桓。蹉跎事每緣情誤，酬應詩多割愛難。感向狼烽潛出劫，媿無雞黍勸加餐。相逢況值兵戈際，爲我長歌慰我安。」同生，慈湖人。有句云：「半世風塵催鬢白，十年烽火鍊心丹。」亦佳。

古春伉儷工詩，淑配陳葆卿夫人芬爲旌門夏太君愛女，著有《花外樓吟稿》。《謝馬夫人惠柑》云：「東南嘉實燦枝柯，玉質金相美若何。不有歸眉才子餽，傳柑時節竟虚過。」《贈西園麥馬利亞氏》云：「明月高懸玉鏡臺，滄波萬里一帆開。滬城盡化琉璃鏡，姑射仙人海外來。」

華亭何子萬璵工篆刻，直逼漢人，分、隸亦駸駸入古。僑居吴門，嘗師事李君聽雨。聽雨殁後，爲之經紀，埋骨於虎邱山麓。頃見其題聽雨所畫蘆花云：「空江秋與影同飛，蕭瑟蘆花夕照微。剩有羈雌抱雛宿，西風冷到釣魚磯。」

慈湖董獻臣葆琛僑居吴門，介孫生前莊以《學易堂詩稿》見眎。清和朗潤，居然雅音。《秋日寄陳樹珊》云：「千里思歸去，空山獨掩扉。露寒蓮葉悴，雨潤豆花肥。永夜誰吹角，清秋聞擣衣。家書何處寄，江上雁初飛。」《暮秋山塘見蝶》云：「白公祠畔菊初華，緑水橋邊日又斜。蛺蝶不知秋欲去，因風飛入賣花家。」

獻臣侍姬汪珊珊女士素，詩亦娟凈。《病起》云：「畫屏銀燭夜遲遲，小院秋寒病起時。自卷湘簾放涼月，一枰花影亂殘棊。」惜早卒，獻臣作《散花圖》寓悼。

則莊又以董汀蓀繹青《月滿樓詞稿》見眎，獻臣弟也。小令尤清麗可誦。《如夢令·春陰》云：「漠漠濃雲薄霧，醖釀春光如許。輕暖又輕寒，似把海棠深護。遮住，遮住，不放斜陽一縷。」《菩薩蠻》云：「杜鵑啼落林梢月，曉星初上銀河滅。欹枕夢難成，秋蟲繞砌鳴。　起來燈背坐，一任燈花墮。粉淚洗胭脂，欲妝臨鏡遲。」

長洲汪銕心世昭嘗偕則莊過訪寓樓，出《課一龕詩稿》見眎。翩翩年少，絶無繻磐帨之習，可喜也。《聞雁》云：「秋到江南路，天邊雁有聲。關河新月色，風雨故鄉情。隴上乍聞笛，天涯方苦兵。東南劇多事，羽檄夢魂驚。」《鶯湖春泛》云：「垂楊深處結茆居，種水生涯羡老漁。撑出畫眉橋畔艇，一蓑烟雨賣銀魚。」

山陰包萃甫，老友子梁從弟也，亦僑居吴下。客中與何君子萬、馬君湘艇時相過從。嗜填詞，下筆輕倩。《春宵曲》云：「泪眼凝秋夜，愁眉蹙遠山。心事幾曾閒。春來腸已斷，况春殘。」《西江月》云：「雨岸清風習習，半池荷葉田田。吴娃慣弄小吴舡，劃破浮萍一線。　翠袖亂翻翠蓋，紅妝掩映紅蓮。迴舟好趁晚涼天，波底月明如練。」

苕上丁久庵崇城淫於典籍，嘗欲刻古今書目，集江湖群賢，卒卒未果。近見其《題柳如是青田石書鎮》云：「枯木荒亭霜影寒，絳雲片石此雕刊。當時大有興亡感，故作殘山剩水看。」「題句琳瑯偏古吴，別添佳話到蘼蕪。儂家亦有消魂物，一幅《西泠采菊圖》。圖爲程松圓所作。舟中即虞山與河東也。」

吴縣汪雲篆上舍兆豐，吾友燕亭茂才芑尊人也。頃以遺詩見示。存其《月下送友》云：「秋凉如許露垂垂，深巷無人漏亦遲。愛月除君還有我，夜深橋上立多時。」

吴門葉選卿原籍甬東，最耽韵語，與稚香、燕亭時有酬唱。余愛其《七夕》云：「今宵慵去拜雙星，秋色空勞上畫屏。苦憶去年風露下，有人攜扇撲流螢。」

滬上歸來，小病謝客。吴門樊曉埭景烜跫然過訪，并贈新詞，爲録於此。云：「一艇秋烟乘月渡，酒榼詩瓢，雲水深深處。范蠡湖邊容小住，抱琴試覓同心侶。　海上閒鷗縈別緒，話茗昌亭，猶記吹簫句。小病何緣顔色阻，擘菱寂寞南湖雨。」右調《黄金縷》。

今夏偕陳君和叔作滬上之行。道出楓溪，訪程寅谷太守熙賜於掄月軒，匆匆未索其詩爲悵。頃見和叔集中附存一首，亟録於此。題爲《喜和叔及小鐵橋梓見過次和叔韵》云：「意外獲良晤，欣然下榻留。相逢豁煩懑，小叙得優游。晴雪引詩夢，寒風生酒愁。殘年猶未盡，且莫放歸舟。」寅谷爲入祀昭忠祠蘭川觀察猶子，愛賓客，嗜書畫，收藏多真蹟。

上海學宫兵火後移建城西。元和章銕珊學博安行別築問字亭三間，倚樹臨流，頗極幽勝，客中時復過從。六月二十日，與江右徐棠孫司馬奏鈞招集一粟庵，並有倡和，互存集中。學博著有《重夢集》。

《春日學舍偶成》云：「水閣臨波偶獨憑，春來水色倍清澄。地偏剩有投林鳥，官冷渾如退院僧。香爐重添呼僕炷，詩成嬾寫付兒謄。夕陽送罷留餘興，閒倚東窗待月升。」

余前輯《鐙窗瑣話》，欲訪王楚香其人，久無知者。近張玉珊鳴珂以《楚香詩鈔》本一册見示，始知楚香名蘭谷，字九畹，晚號白苧布衣。世居長水大彭鄉。年二十二喪偶，不更娶，撫孤姪成立。獨處一室，榜曰「寄寄」。耽詩嗜酒，好與方外交。晚寄居芋香庵中。與朱竹垞、盛宜山、計菉村諸公同時，詩中皆有評跋。惜只有詠史、詠物兩種，想不止此也。兹録其《富春江》云：「故人江上夢無憑，何待功成詔始徵。二十八臣閒就邸，欲於何處用嚴陵？」餘稱是。玉珊工倚聲，著有《紅豆詞》。

同邑周星堂葆昌，豪邁嗜酒，擅篆刻，近喜作畫，均有奇致。頃見其《自題火烘牡丹》一絶云：「沉香亭畔未逢春，何處妖紅一捻新。自詡司花有權術，那知笑殺洛陽人。」

（吴忱、張宇超點校）